中国当代少数民族儿童文学发展史

国家出版基金项目

张锦贻 著

江苏凤凰文艺出版社

图书在版编目（CIP）数据

中国当代少数民族儿童文学发展史 / 张锦贻著. -- 南京：江苏凤凰文艺出版社，2024.10
ISBN 978-7-5594-8529-8

Ⅰ.①中… Ⅱ.①张… Ⅲ.①少数民族文学－儿童文学－文学史－中国 Ⅳ.①I207.8

中国国家版本馆CIP数据核字(2024)第060841号

中国当代少数民族儿童文学发展史

张锦贻 著

责任编辑	王 青 丁小卉
图书策划	王宏波
装帧设计	徐芳芳
责任印制	杨 丹
出版发行	江苏凤凰文艺出版社
	南京市中央路165号，邮编：210009
网 址	http://www.jswenyi.com
印 刷	苏州市越洋印刷有限公司
开 本	718毫米×1000毫米 1/16
印 张	26
字 数	430千字
版 次	2024年10月第1版 2024年10月第1次印刷
书 号	ISBN 978-7-5594-8529-8
定 价	168.00元

江苏凤凰文艺版图书凡印刷、装订错误可随时向承印厂调换

目 录

绪　论 …………………………………………………………………… 001

第一编　中华人民共和国成立至二十世纪五十年代末

第一章　崭新的中国少数民族儿童文学 …………………………… 016
第二章　代表性作家作品 …………………………………………… 021
　第一节　小说 ……………………………………………………… 021
　　一、满族作家颜一烟的中篇小说《小马倌和大皮靴叔叔》及其他 …… 021
　　二、回族作家胡奇的中篇小说《五彩路》及其他 …………… 024
　　三、蒙古族作家岗·普日布的短篇小说《小侦察员》 ……… 027
　　四、蒙古族作家阿·敖德斯尔的短篇小说《小冈苏赫》 …… 029
　　五、满族作家张少武的短篇小说《逮鸟儿》及其他 ………… 032
　　六、彝族作家普飞的短篇小说《三个牧童》及其他 ………… 034
　　七、彝族作家苏晓星的短篇小说《阿爹与荞荞》 …………… 036
　　八、苗族作家杨明渊的短篇小说《芦笙的故事》 …………… 038
　　九、布依族作家王廷珍的短篇小说《山谷月明夜》、江农的短篇小说《血染山茶寨》 …………………………………………………… 040
　　十、侗族作家刘荣敏的短篇小说《节日里的故事》 ………… 043
　　十一、朝鲜族作家金昌锡的短篇小说《飞鸽传深情》 ……… 044
　　十二、其他少数民族作家的儿童小说 ………………………… 045
　第二节　诗歌 ……………………………………………………… 050
　　一、蒙古族作家纳·赛音朝克图的长诗《沙原,我的故乡》及其他 …… 050

二、蒙古族作家巴·布林贝赫的抒情短诗《心与乳》《理想》及其他 …… 055

三、蒙古族作家哈斯巴拉的童话诗《汽车与羊羔》及其他 …… 057

四、蒙古族作家其木德道尔吉的颂马诗《巴林驹》 …… 059

五、满族作家胡昭的儿童诗《雁哨》及其他 …… 062

六、满族作家柯岩的儿童组诗《"小兵"的故事》及其他 …… 064

七、壮族作家韦其麟的长诗《百鸟衣》 …… 068

八、仫佬族作家包玉堂的长诗《虹》 …… 070

九、其他少数民族诗人的儿童诗歌 …… 072

第三节 散文 …… 076

一、回族作家郭风的散文诗集《蒲公英和虹》 …… 076

二、赫哲族作家乌·白辛的散文集《从昆仑到喜马拉雅》 …… 079

三、其他少数民族作家的散文 …… 083

第四节 戏剧文学 …… 086

一、赫哲族作家乌·白辛的无场次话剧《黄继光》 …… 086

二、满族作家柯岩的小歌剧《娃娃店》及其他 …… 089

三、满族作家赵郁秀的独幕剧《五条红领巾》及其他 …… 091

附记：儿童文学民族性的呈现与体现 …… 092

第二编 二十世纪六十年代初期、中期

第一章 少数民族儿童文学发展之初 …… 094

第二章 代表性作家作品 …… 098

第一节 小说 …… 098

一、蒙古族作家云照光的大青山抗敌中篇小说《蒙古小八路》 …… 098

二、蒙古族作家哈斯巴拉的中篇小说《故事的乌塔》 …… 102

三、回族作家胡奇的中篇小说《绿色的远方》及其他 …… 105

四、蒙古族作家阿·敖德斯尔的短篇小说《草原童话》《雪花飘飘》 …… 107

五、其他少数民族作家的儿童小说 …… 112

第二节　诗歌 114
　　一、蒙古族诗人巴·布林贝赫的草原长诗《阳光下的孩子》 114
　　二、蒙古族诗人其木德道尔吉的故事长诗《独角白鹿传记》 117
　　三、满族诗人佟希仁的儿童诗集《柳树枝挂月亮》《孔雀与白头翁》 120
　　四、彝族诗人吴琪拉达的少年长诗《阿支岭扎》 122
　　五、锡伯族诗人郭基南的地域小诗《伊犁春色》及其他 124
　　六、其他少数民族诗人创作的儿童诗歌 126

第三节　散文 130
　　一、白族作家那家伦的人物散文《然米渡口》 130
　　二、满族作家端木蕻良的草原散文系列 131
　　三、蒙古族作家阿·敖德斯尔的地域散文《慈母湖》《马驹湖》 133
　　四、其他少数民族作家的散文 134

第四节　戏剧文学 136
　　一、满族作家老舍的童话歌剧《青蛙骑手》、童话剧《宝船》 136
　　二、满族作家赵纪鑫的现代儿童京剧《草原小姐妹》 138

附记：儿童文学民族性的充实与丰富 140

第三编　二十世纪七十年代后期至改革开放新时期初

第一章　少数民族儿童文学的新发展 144
第二章　代表性作家作品 148
第一节　小说 148
　　一、满族作家的小说 148
　　　（一）颜一烟的自传体长篇小说《盐丁儿》 148
　　　（二）柯岩的长篇小说《寻找回来的世界》 150
　　　（三）张少武抗日题材中篇小说《九月的枪声》及其他 153
　　　（四）舒群的短篇少年小说《少年chen女》 158
　　　（五）王家男的短篇小说《松花湖上》 161

二、蒙古族作家小说 ……163
（一）苏赫巴鲁的长篇小说《成吉思汗传》……163
（二）佳峻的中篇小说《驼铃》……164
（三）玛拉沁夫的短篇小说《活佛的故事》……167
（四）额·察·力格登的短篇小说《哦,我的伊席次仁》及其他 ……169
（五）石·础伦巴干的短篇小说《三个小伙伴和三个大伙伴》及其他 ……171

三、北疆地区其他少数民族作家的小说 ……173
（一）朝鲜族作家柳元武的中篇小说《我们的老师》及其他 ……173
（二）回族作家白练的短篇小说《儿童文学三题》……175
（三）哈萨克族作家夏木斯·胡玛尔的短篇小说《长满蒿草的原野》及其他 ……177
（四）维吾尔族作家穆罕默德·巴格拉西的短篇小说《流沙》……179

四、藏族作家的小说 ……181
（一）意西泽仁的短篇小说《依姆琼琼》《瞧,那儿还有两朵花》……181
（二）益希单增的短篇小说《啊,人心!》……183

五、土家族作家的儿童小说 ……186
（一）孙健忠的短篇小说《牛牛的故事》……186
（二）李传锋的短篇小说《退役军犬》及其他 ……188
（三）蔡测海的短篇小说《孩子和割草的人》……189

六、西南少数民族作家的儿童小说 ……191
（一）苗族作家贺晓彤的短篇小说《新伙伴》及其他 ……191
（二）壮族作家黄钲的中篇小说《江和岭》……193
（三）白族作家王云龙的短篇小说《爸爸在遥远的扣林》……195
（四）景颇族作家岳丁的短篇小说《爱的渴望》……196

七、其他少数民族作家的儿童小说 ……199

第二节　诗歌 204
一、蒙古族诗人的儿童诗歌 204
　（一）吉儒木图的儿歌集《团结的大雁》 204
　（二）高·拉希扎布的科普诗集《你知道吗?》及其他 206
二、满族诗人的儿童诗歌 208
　（一）胡昭的长篇叙事诗《瘸狼》及其他 208
　（二）佟希仁的儿童诗集《雪花姑娘》 211
三、其他少数民族诗人的儿童诗歌 214

第三节　散文 215
一、回族作家郭风的散文诗集《你是普通的花》及其他 215
二、壮族作家韦其麟的儿童散文诗集《童心集》 218
三、土家族作家杨盛龙的儿童生活散文《东边桃西边李》《小放牛》及其他 219
四、蒙古族作家博·照日格图的散文《太阳的故乡》 223
五、其他少数民族作家的儿童散文 224

附记:儿童文学民族性的延伸与衍变 226

第四编　二十世纪八十年代中后期至九十年代末

第一章　少数民族儿童文学的发展与繁荣 230
第二章　代表性作家作品 233
第一节　小说 233
一、蒙古族作家的小说 233
　（一）哈斯巴拉等的长篇纪实文学《成吉思汗》 233
　（二）巴根那的长篇灾难小说《雪灾之后草青青》 235
　（三）阿·敖德斯尔的中篇神奇小说《云青马》《狗坟》 237
　（四）察森敖拉的中篇生活小说《无词的摇篮曲》 241
　（五）石·础伦巴干的短篇小说集《啊,妈妈》 244

二、满族作家吴岩的长篇科幻小说《生死第六天》⋯⋯⋯⋯⋯⋯⋯⋯ 246
三、土家族作家李传锋的长篇小说《林莽英雄》⋯⋯⋯⋯⋯⋯⋯⋯⋯ 247
四、哈尼族作家存文学的中篇风土小说《神秘的黑森林》⋯⋯⋯⋯⋯ 249
五、鄂温克族作家乌热尔图的短篇狩猎小说集《七叉犄角的公鹿》⋯⋯ 251
六、白族作家张焰铎的短篇乡土小说集《洱海的孩子》⋯⋯⋯⋯⋯⋯ 253
七、彝族作家普飞的短篇山寨作品集《蓝宝石少女》⋯⋯⋯⋯⋯⋯⋯ 256
八、其他少数民族作家的儿童小说⋯⋯⋯⋯⋯⋯⋯⋯⋯⋯⋯⋯⋯⋯ 257

第二节　诗歌⋯⋯⋯⋯⋯⋯⋯⋯⋯⋯⋯⋯⋯⋯⋯⋯⋯⋯⋯⋯⋯⋯⋯⋯ 261
一、藏族诗人贡卜扎西的《贡卜扎西诗集》⋯⋯⋯⋯⋯⋯⋯⋯⋯⋯ 261
二、回族诗人王俊康的节日朗诵诗⋯⋯⋯⋯⋯⋯⋯⋯⋯⋯⋯⋯⋯⋯ 263
三、满族诗人佟希仁儿歌集《蒲公英》⋯⋯⋯⋯⋯⋯⋯⋯⋯⋯⋯⋯ 265
四、其他少数民族诗人的儿童诗歌⋯⋯⋯⋯⋯⋯⋯⋯⋯⋯⋯⋯⋯⋯ 267

第三节　散文⋯⋯⋯⋯⋯⋯⋯⋯⋯⋯⋯⋯⋯⋯⋯⋯⋯⋯⋯⋯⋯⋯⋯⋯ 270
一、回族作家郭风的幻想性散文系列《松坊村纪事》⋯⋯⋯⋯⋯⋯ 270
二、满族作家佟希仁的散文集《五十双眼睛》⋯⋯⋯⋯⋯⋯⋯⋯⋯ 271
三、其他少数民族作家的儿童散文⋯⋯⋯⋯⋯⋯⋯⋯⋯⋯⋯⋯⋯⋯ 272

第四节　童话　寓言⋯⋯⋯⋯⋯⋯⋯⋯⋯⋯⋯⋯⋯⋯⋯⋯⋯⋯⋯⋯⋯ 275
一、回族作家郭风的童话《红菇们的旅行》⋯⋯⋯⋯⋯⋯⋯⋯⋯⋯ 275
二、回族作家马瑞麟的寓言选《摇篮》⋯⋯⋯⋯⋯⋯⋯⋯⋯⋯⋯⋯ 277
三、回族作家海代泉的寓言选《老灰狼作报告》⋯⋯⋯⋯⋯⋯⋯⋯ 279
四、白族作家凝溪的短篇寓言《一壶水》⋯⋯⋯⋯⋯⋯⋯⋯⋯⋯⋯ 280
五、其他少数民族作家的童话⋯⋯⋯⋯⋯⋯⋯⋯⋯⋯⋯⋯⋯⋯⋯⋯ 282

附记：儿童文学民族性的生动与鲜明⋯⋯⋯⋯⋯⋯⋯⋯⋯⋯⋯⋯⋯⋯⋯ 283

第五编　走进二十一世纪

第一章　新世纪少数民族儿童文学的新貌和新质⋯⋯⋯⋯⋯⋯⋯⋯⋯⋯ 286
第二章　代表性作家作品⋯⋯⋯⋯⋯⋯⋯⋯⋯⋯⋯⋯⋯⋯⋯⋯⋯⋯⋯⋯ 293

第一节　小说 ··· 293
　一、动物、自然小说 ··· 293
　　（一）蒙古族作家格日勒其木格·黑鹤的长篇小说《黑焰》《鬼狗》、中短篇小说集《狼獾河》 ··· 293
　　（二）蒙古族作家察森敖拉的长篇小说《天敌》 ······················· 298
　　（三）蒙古族作家许廷旺的长篇小说《马王》、草原儿童小说《黄羊角》 ·· 299
　　（四）彝族作家张昆华的长篇小说《蓝色象鼻湖》《白浪鸽》 ······ 302
　　（五）白族作家杨保中的长篇生态小说《何处家园》 ················ 304
　　（六）其他少数民族作家的动物小说 ······································ 305
　二、探险、惊险小说 ··· 307
　　（一）土家族作家彭绪洛的长篇探险小说系列《少年冒险王》及其他 ·· 307
　　（二）哈尼族作家存文学的中篇探险小说《黑蟒桥》 ················ 310
　　（三）维吾尔族作家穆罕默德·巴格拉西的中篇惊险小说《心山》 ··· 312
　　（四）其他少数民族作家的儿童惊险、历险小说 ······················ 313
　三、本土、乡情小说 ··· 314
　　（一）彝族作家吕翼的长篇现实小说《疼痛的龙头山》《岭上的阳光》 ·· 314
　　（二）仡佬族作家肖勤的长篇儿童小说《外婆的月亮田》及其他 ······ 319
　　（三）回族作家白山的长篇抗日小说《戴勋章的八公》 ············· 322
　　（四）其他少数民族作家的乡土小说 ······································ 324
　四、校园、成长小说 ··· 327
　　（一）蒙古族作家韩静慧的长篇校园小说《M4青春事》《一树幽兰花落尽》及其他 ··· 327
　　（二）彝族作家吕翼的长篇革命历史小说《比天空更远》及其他 ···· 330
　　（三）藏族作家意西泽仁的中篇文化寻根小说《白云行动》 ······· 332
　　（四）毛南族作家孟学祥的少儿成长问题小说集《惊慌失措》 ···· 333

（五）土家族作家苦金的儿童教育问题中短篇小说集《明天在哪里》
　　　　 ··· 336
　　（六）其他少数民族作家的儿童成长小说 ······················ 337

　五、幻想、奇异小说 ··· 340
　　（一）回族作家白山的长篇奇幻小说《猩猩语录》 ············ 340
　　（二）彝族作家普飞的长篇异想小说《灵魂鸟》 ··············· 342
　　（三）其他少数民族作家的幻想、奇异小说 ····················· 344

　六、新创、原创小说 ··· 347
　　（一）《中国少数民族儿童文学原创书系》（第一辑） ········ 347
　　（二）《"金骏马"民族儿童文学精品》丛书 ···················· 352

第二节　诗歌 ·· 354
　　（一）满族诗人王立春的乡野童诗集《骑扁马的扁人》《梦的门》及其他
　　　　 ··· 354
　　（二）瑶族诗人唐德亮的人文童诗集《住进小木屋的梦里》 ··· 357
　　（三）回族诗人王俊康的校园朗诵诗集《向雷锋叔叔学习》 ··· 359
　　（四）哈萨克族诗人阿瑟穆·小七的抒情长诗《我的小羊驼蜜糖》··· 361
　　（五）其他少数民族诗人的童诗作品 ····························· 365

第三节　散文 ·· 367
　　（一）蒙古族作家陈晓雷的乡野散文集《我的兴安　我的草原》 ······ 367
　　（二）回族作家阮殿文的文化散文集《像大地一样》 ·········· 369
　　（三）回族作家马瑞麟的大自然散文诗集《蛐蛐蚂蚁山喜鹊》 ······· 371
　　（四）满族作家佟希仁的花卉散文集《花之魂》 ··············· 373
　　（五）哈萨克族作家阿瑟穆·小七的儿童生活连缀散文集《唯有解忧牧场》及其他 ·· 376
　　（六）满族作家胡冬林的山林散文集《狐狸的微笑》 ·········· 379
　　（七）毛南族作家孟学祥的纪实散文集《守望》 ··············· 381
　　（八）其他少数民族作家的散文 ·································· 383

第四节　童话　寓言 ·· 386

（一）回族作家白冰的幼儿童话《吃黑夜的大象》《小老鼠稀里哗啦》 ·············· 386
（二）满族作家胡冬林的长篇科幻童话《巨虫公园》 ·············· 388
（三）壮族作家刚夫的《海底科普寓言》系列 ·············· 390
（四）其他少数民族作家的童话等作品 ·············· 393

第五节　图画故事（绘本） ·············· 394
（一）回族作家保冬妮的各民族儿童图画故事 ·············· 394
（二）回族作家白冰的民族智慧图画故事 ·············· 398
（三）以各少数民族民间童话为题材的图画故事 ·············· 400

附记：儿童文学民族性的当代呈现 ·············· 401

后　记 ·············· 403

绪 论

伟大中华,文明古国。历史悠久,人口众多。民族纷广,文化深厚。

显然,各民族共同缔造了中华民族文化,共同创造了中华民族儿童文学。五十六个民族中,有五十五个只是因为人口少而被称为"少数民族",在诸多文献史料中,可以看到,各个民族都有着自己的文化传统。在儿童文学这块小小的园地里,每个民族都有自己的重大贡献,都有自己的独特创造。

在南腔北调、稚嫩天真的童声童气里,中华各民族儿童文学,作为一种寄托着广大人民对一代代新人的殷切希望和希冀,寄寓着数千年光阴对一轮轮民族文化的深厚积累和积淀的独特载体,经过了漫长的时代岁月,经历了艰难的历史进程,自有它生成和形成、发生和发展的规律。

一

少数民族虽然大多聚居祖国边陲,偏僻旷远,经济社会的发展相对滞后,但之前由于生产力低下,与之相适应的原始文化比较完整地保存下来了。少数民族神话,尤其是南方少数民族神话异常丰富。南方少数民族几乎都有关于世界最初创造和洪水后再造的神话。如苗族的《苗族古歌》,彝族的《梅葛》《勒俄特依》,纳西族的《创世纪》,白族的《九隆神话》,瑶族的《密洛陀》,阿昌族的《遮帕麻和遮米麻》,畲、毛南等族的《盘瓠歌》,佤、德昂等族的《葫芦传说》,布依、珞巴等族的《射太阳》,壮族的《布伯》,黎族的《大力神》,藏族的《猕猴变成人》,珞巴族的《阿巴达尼》,等等。它们都具有很高的儿童文学价值和历史学、社会学价值。而且,所有的少数民族,无论人口多少、文字有无,史诗、叙事诗都非常丰富、发达。就以蒙古族来说,著名的英雄史诗就有《江格尔》《格斯尔可汗传》《智勇王子希热图》《勇士谷诺干》《乌赫勒贵灭魔记》等。这些史诗以巨大的艺术概括力描绘了蒙古族古代社会的生活画面，展示出游牧民族旷野奔放的无限空间，具有浓郁的草原生活气息和浓烈的天人合一气度，使一代代少年儿童心生羡慕、奉为神圣；并由此积淀成为一种英雄主义，一种崇敬勇士、崇拜英雄的民族精神。在流传至今、规模大、影响广的少数民族英雄史诗中，除蒙古族的《江格尔》等，还有藏族的《格萨尔王传》、柯尔克孜族的《玛纳斯》、维吾尔族的《乌古斯传》、赫哲族依玛堪《满斗莫日根》。这些作品都以英雄人物命名，内容都是英雄人物保卫家乡、保卫百姓、保卫真理和正义，反对外来侵略、反对各种邪恶势力，为创造和平幸福的美好生活而进行艰苦卓绝的斗争的英雄事迹。这样的作品，以它们丰富的社会内容、鲜明的民族特色、可歌可泣的斗争精神，吸引、鼓舞着本民族、他民族的一代代人，早已成为中华各民族儿童文学宝库中的艺术珍品。

各民族中，大量富于故事性、情趣性的民间叙事诗，也在历史前行中留存到儿童文学宝库中，如彝族的《阿诗玛》《妈妈的女儿》，傈僳族的《生产调》，白族的《青姑娘》，苗族的《张秀眉之歌》，壮族的《马骨胡之歌》《特华之歌》，布依族的《月亮歌》，蒙古族的《成吉思汗的两匹骏马》《嘎达梅林》，东乡族的《米拉尕黑》等。在炎炎夏日的漫漫长夜里，在呼呼寒风的暖暖毡房中，通过不同民族民间艺人的深情说唱和真切渲染，那些可赞可信的人物，拥着真诚真挚的亲情、人情，带着神圣、神妙的友情、爱情，感动、感染着各民族儿童纯洁、纯净的心灵。

各兄弟民族也都有讲故事的优良传统。在长期的历史变迁、社会变革和生活变化中，几乎一山一水、一草一木都有美丽动人的传说，那些长期帮人们耕种耕作、与人们相伴相守的牛马犬猫，也都有与之相关的忠诚可靠、机灵睿敏的故事。至于各民族风习礼俗的由来、言行举止的形成，又有着种种出人意外、引人入胜的描绘和描述，尤其是历朝历代那些揭露反动统治、嘲讽上层官僚、表现斗争智慧、显示反抗精神的英烈传说和英武故事，更加撼人心弦、动人心魄。就如白族的《金沙江的故事》，高山族的《日月潭的传说》，哈尼族的《虎背上的斑痕》，彝族的《猫头鹰替喜鹊报仇》，侗族的《养鹅小姑娘》，傈僳族的《聪明的小孩》，维吾尔族的《阿凡提的故事》，蒙古族的《巴拉根仓的故事》等等。无论是在北疆严冬夜晚的热炕头，还是在南陲炎夏正午的树阴下，都有长辈们在给小孩子们绘声绘色、有板有眼地讲故事。在一遍一遍、一次一次的讲述中，在一天一天、一年一年的流传中，这些故事在一代代人的真情叙说里、在一个个民族深沉的演绎里，被充实、被丰富，既有美丽的幻想艺术空间，又有深沉的现实教育意义，真正成为中华各民族儿童文学宝库中色彩纷呈、绚丽多姿、不可或缺的精神财富。

几乎所有的少数民族,都以唱歌、对歌作为一种与人联络联系、交谈交流的简便途径,作为一种彼此倾心倾情、庆贺庆祝的愉快方式。而且,大概是因为居住地区漠野的辽阔、空旷,山岭的高耸、险峻,峡谷的幽深、弯曲,河流的宽阔、湍急,唱歌声音大多高亢、强烈,奔放、昂扬;表达方式大多注重音韵的和谐、声调的婉转、格律的齐整、节奏的活泼,以引起对方的愉悦感、亲近感。由于地域地势的差异、风习风情的不同、性格性情的有别,各民族中流行、流传的歌诗、歌谣是不一样的,但父母教子女诵歌、记歌、背歌、唱歌的习俗和传统是一样的。父母教子女唱歌唱得怎么样,儿童们会唱什么样的歌,能唱多少种类的歌,常常被作为家庭生活状态、教育状况的一个标志;一个民族中,适宜于儿童的歌诗、歌谣多不多、好不好,也正是一个民族文明程度的一种标识。我们现在读到的不同民族的摇篮歌、催眠歌,以及各种各类的游戏歌(荡秋千歌、跳绳歌、摔跤歌等)、问答歌、谜语歌、格言歌,有很多就是世世代代传下来的。其中,有一些歌诗、歌谣,纯粹以艺术形式取胜使儿童获得欢悦欢乐,如连锁歌、颠倒歌、绕口令,等等,也因其诙谐有趣而流传至今。这些歌诗、歌谣,在语言运用、句法结构、音韵格律及表现手法上,都各有其民族情致;独特的民族情致融合于独异的儿童情趣之中,形成独特的中华童诗、儿歌的优良传统。

历史前行中,一些经济、文化有一定发展的民族,在受到良好教育的人群中,有了本民族的作家。他们的作品,或生动地描摹了民族地区的自然风光,或深切地描写了此时此地民间的大众生活和儿童意趣,而被选作私塾的启蒙教材和家庭的儿童读物,或作为儿童诵读的辅助篇目。如元代回族诗人萨都剌的诗词集《雁门集》,明代纳西族诗人木公的《雪山诗选》、木增的诗文集《云薖淡墨》(两部文集都收入《四库全书》),如唐代南诏白族诗人寻阁劝的《星回节游避风台与清平官赋》、杨奇鲲的《途中诗》、段义宗的《思乡》(三首诗都载入《全唐诗》)等。也有的作品,富有民间的智慧和哲理,表达人民的意志和愿望,又采用排比、比兴、夸张等艺术手段塑造人物、开掘思想,从而为少数民族儿童文学铺垫基石、开拓领域。如北宋时维吾尔族诗人尤素甫·哈斯·哈吉甫创作的长篇叙事诗《福乐智慧》,塑造了四个人物:国王日出(吐额迪国王),象征正义与法治;大臣月圆(阿依套尔迪),象征幸福;大臣之子贤明(奥格吐尔),象征智慧;大臣之子的朋友觉醒(奥德吾尔),象征知足。通过这四个人的言行,有理有趣地表达了主张正义、追求幸福、开发智力,以及教育人们要勇敢、诚实、务真的思想。又如古代遗留下来的纳西族《东巴经》、彝族《彝文经》、傣族《贝叶经》,虽是宗教经书,其中却存留着许多本民族的古代文学艺术的内容。清代末期,蒙古族作家尹湛纳希的长篇历史小说《青史演义》,绘声绘色地书写了成吉思汗一生金戈铁马,率领部将逐鹿草原、统一蒙古的英雄业绩,在广阔的背景上展现了十二、十三世纪蒙古族生活的历史画卷。不仅作品内容不断被改写为儿童喜爱的历史故事,其艺术方式、洗练的语言,也一直被之后的蒙古族儿童文学汲取、所借鉴。显然,历史不能割断,从古代到近代,中华各民族儿童文学不断充实、不断丰富。

二

中华各民族现代儿童文学发端于"五四"时期。在"五四"新思想、新文化运动的启迪、推动下,儿童教育问题被提上议程,儿童文学也开始受到社会的广泛重视和深入探究。

二十世纪二十年代初期,满族作家老舍在天津南开中学当国文教员,对国家、对民族的忧患之思,对少年、对文学的热爱之情,使他开始文学创作。发表在一九二三年南开校刊上的处女作《小铃儿》,正是一篇儿童小说。老舍结合自己的身世塑造了一个倔强可爱的爱国儿童形象。小铃儿自幼丧父,与母亲相依为命。她在国文课上听老师讲了日本帝国主义侵华历史和清廷卖国罪行后,就与几个同学组成秘密小团体,锻炼身体,准备将来打日本鬼子。有一天他们袭击了一个外国小孩,第二天却因此被校方开除了。小说赞扬了小铃儿和她的小伙伴的爱国精神,反对日本帝国主义,抨击旧教育制度。一九二四年,老舍赴英国伦敦大学东方学院讲学。一九二九年回国途中在新加坡一所华侨中学任教时,又写了中篇儿童小说《小坡的生日》。小坡是一个爱妹妹、爱同学、爱小动物又爱家爱国的勇敢、侠义的孩子。这个有爱心、有善心的儿童形象,寄寓了老舍强烈的爱国抗日思想,表达了各民族联合斗争的理想。作品前半部分写实,后半部分运用幻想手法;语言幽默俏皮,富有北京韵味;对中国少数民族现代儿童文学具有开创、开拓的意义。二十世纪三十年代中期,老舍又写了儿童短篇小说《新爱弥耳》。作品揭露批判了那种不顾儿童身心发展的客观规律,而将成人意愿强加给儿童、扼杀儿童想象力和生机的旧式教育;更使现实主义旗帜在中华各民族儿童文学领域里高高飘扬。巧妙的是，老舍在批判现实、反映生活时，总是自觉地想到儿童的审美心理，采取多样的艺术手段。进入四十年代后他又写了中篇童话《小木头人》、短篇童话《小白鼠》。后者描写了一只浑身雪白、美丽漂亮的小白鼠，它终因骄傲自负被大黄猫吞进口中，作品真实生动地引导小孩子认识骄者必败的道理。

满族女作家颜一烟于二十世纪二十年代末期开始文学创作，写了儿童小说《弟弟》《老鼠的尾巴》《初夏》等。她在抗战时期写活报剧、秧歌剧和话剧。一九四八年她写了电影文学剧本《中华儿女》，后被拍成电影，在中华人民共和国成立后这部电影获第五届国际电影节自由斗争奖。

另一位于一九三二年参加革命、一九三五年参加"左联"的满族作家舒群，一九三六年发表的第一篇小说《没有祖国的孩子》，表现沦亡的东北土地上的少年生活，刻画不甘当亡国奴的少年形象，在抗日救亡斗争中产生过强烈的社会影响，是少数民族现代儿童文学的又一开拓之作。小说书写了三个孩子的不同命运：一个是旅居在中国的苏联孩子果里沙，一个是祖国沦丧、流落异国的朝鲜孩子果里，一个是将要失去祖国的中国孩子果瓦列夫（俄文代名）。作家基于对丧权辱国的统治者的愤怒，描述了朝鲜孩子果里的不幸遭遇和冒死反抗，描绘了果里在血与泪、爱与恨中的不断成长。作品中，也通过一位苏联女教师苏多瓦对果里、果瓦列夫的教导，歌颂了世界各民族人民之间的友好情谊，唱出了爱国主义、国际主义精神的颂歌，更有力地深化了打倒帝国主义、正义必胜的主题。显然，少数民族现代儿童文学一开始就是与反帝反封建斗争连在一起的。

蒙古族作家、翻译家萧乾，在一九三六年发表了一篇儿童小说《栗子》，描写帝国主义开办的教会学校对中国儿童心灵的摧残。他翻译的作品中有一些正是儿童爱读的，如《好兵帅克》《莎士比亚戏剧故事集》《里柯克讽刺小品选》，为儿童文学创作提供了多方面的启示。

有两位在抗日斗争中牺牲的东北辽宁的满族诗人烈士也为少年儿童留下了壮烈的诗篇：金剑啸的《兴安岭的风雪》，田贲的《奴隶之歌》。前者表现抗日民众与日寇血战到底的英雄气概，后者写对压迫者的坚决反抗，都充满浩然正气，洋溢着革命的理想主义精神。有一位被反动派杀害的新疆维吾尔族爱国诗人黎·穆塔里甫，二十世纪四十年代初求学于迪化（今乌鲁木齐市）省立师范学校，接受了共产党人的教育，投身于抗日救国和人类解放事业，写了《中国》《直到红色的花朵铺满了宇宙》等充满革命斗志、爱国精神,受到广大青少年喜爱的诗篇。这些都显示着少数民族现代儿童文学的一种刚烈的气度。

生长在青山绿水间的回族诗人郭风,又以对大自然的清新活泼的描写,对儿童稚气的天真美妙的描绘,开启了少数民族现代儿童文学的新奇、睿智的窗户,展现了一种新颖而独特、睿敏而灵动的童话意境,使少数民族现代儿童文学的艺术创作得到一定的升华。一九三七年,他在担任小学教员期间,写了散文《给孩子们》。一九四一年写出第一首散文诗《桥》。一九四三年,他在福建省立师专求学时开始写童话诗,一九四四年创作第一首童话诗《小郭在林中写生》,后陆续写出《油菜花的童话》《苔藓》《菌的旅行》《菌的小伞队》《野花的上课》《野菊的小屋》《木偶戏》《舞会》《小泥人的拜访》《豌豆的三姐妹》等脍炙人口的童话诗作。一九四五年这些作品被冠以《木偶戏》书名,由福建改进出版社结集出版。一九四八年他创作的中篇童话《豌豆的仙子》,在福建《星岛日报》上连载,社会反响很大。郭风的作品,拓展了儿童文学文本,锤炼了儿童文学语言,注重儿童文学的审美取向,透示儿童文学的爱心意愿;既体现回族人民精明博爱的心理素质,又表现少数民族人民爽朗、坦诚、温婉、蕴藉的精神风貌;同时可见少数民族现代儿童文学的多姿多彩、丰富丰盈。

当时的一些文学少年,在时代大潮的浸润中,也创作了不少充满生活热情、表现进步思想的作品。如回族诗人木斧,他在上小学时就写了《冬天》《我们的路》等诗作;《血,不能白流》一诗曾被四川大学地下党作为传单印发过。一九四七年,他的诗《同康定藏族儿童在一起的时候》发表在《光明晚报》副刊,在青少年读者中反响十分热烈,可见中国现代少数民族儿童文学是怎样地接地气、撼人心。

三

中华人民共和国成立后,在少数民族原居的地方实行民族区域自治制度,实现民族平等、民族团结。进入二十世纪五十年代以后,各地一方面组织力量对各少数民族民间口头文学进行有系统的搜集、整理、出版,如上海文艺出版社陆续出版了《中国少数民族民间文学丛书·故事大系》,云南少年儿童出版社出版《中国各民族民间童话丛书》等;另一方面,有计划地培养少数民族作家,并采取有力措施,鼓励他们或用汉文或用本民族文字创作,使少数民族作家、翻译家队伍迅速壮大。一些人数较多、文化积淀较为丰厚的民族,如回、蒙古、藏、满、维吾尔、哈萨克、壮、苗等民族,都有了本民族儿童文学作家。改革开放以来,几乎我国所有的少数民族都有了书写儿童题材或反映儿童视角的作品。这一点,在中国儿童文学史上,可以说是具有划时代的意义——不仅结束了过去一些少数民族没有作家、没有书面儿童文学的历史,而且逐渐有了各种样式的儿童文学作品。这是中国当代少数民族儿童文学在发展中的根本性的、巨大的转折。有了这一转折,中国少数民族儿童文学的处境发生了翻天覆地的变化,并不断发展和繁荣,呈现出崭新面貌。

中国当代少数民族儿童文学的发生、发展,是与时代前进的足音相合拍的。

中华人民共和国成立之初,打倒反动派,推翻旧制度,各民族人民当家做主人。在时代的巨变、人民翻身的喜悦中,人们不忘记过去的苦难,不忘记战争的伤痛,不忘记斗争的曲折。少数民族儿童文学创作,在欢快的讴歌中夹着对艰辛岁月的回忆、追述,在欢乐的赞美里有着对英雄精神的崇尚、向往。作品中所描述的各民族大人小孩同仇敌忾、不惜牺牲的大无畏气势,同心协力、不惧险阻地向前进的气概,常使人沉迷其中而不忍释卷,更令人感动而不能自已。这时,开创了中国现代少数民族儿童文学的老作家们,依然站在时代的前沿,意气风发,挥手指引,为新时代的儿童文学实践着,倡导着,启迪着,示范着。老舍在剧本《龙须沟》中写的那个住在臭水沟边上的穷苦小女孩形象,引起多少劳苦大众的共鸣!二十世纪六十年代初,他又根据民族民间故事创作了童话歌剧《青蛙骑手》、童话剧《宝船》,屡演不衰,至今仍受到各民族人民的喜爱。颜一烟除了创作电影剧本,还写了长篇自传体小说《盐丁儿》、中篇小说《小马倌和大皮靴叔叔》,后者被拍成电影《烽火少年》。舒群虽历经磨难,仍心系儿童,改革开放以后,出版了短篇集《没有祖国的孩子》,写出了著名的短篇少年小说《少年 chen 女》,以及纪实性作品《我的女教师》《毛泽东故事》等。郭风在中华人民共和国成立后继续从事散文和童话创作,并历任福建省文艺界领导。其间,他主编《榕树文学丛刊》,出版《散文专辑》《儿童文学专辑》。对培育儿童文学新人、发展儿童文学创作,起到良好的推动作用。

在新的社会里,儿童被称为"祖国的花朵",各种重要的文章里,都明确谈到儿童是民族的希望、国家的未来。关系到儿童健康成长的儿童文学创作,得到党和政府的重视和关心。一九五五年国庆节前,《人民日报》发表《大量创作、出版、发行少年儿童读物》的社论,《文艺报》发表《多多地为少年儿童们写作》的专论,中国作家协会也发了专门的文件。与此同时,叶圣陶、冰心、张天翼等著名作家倡议每个作家每年至少要为孩子写一篇作品。全国各地、各民族作家纷纷响应。蒙古族老作家阿·敖德斯尔的《小冈苏赫》、满族作家张少武的《逮鸟儿》、朝鲜族作家柳元武的《依布妮与百灵鸟》、布依族作家王廷珍的《山谷月明夜》、彝族作家苏晓星的《阿爹与荞荞》,以及蒙古族纳·赛音朝克图、巴·布林贝赫、哈斯巴拉、满族胡昭、柯岩、中申,壮族韦其麟等诸多著名作家的儿童文学作品,都是这一时期创作的。

就是在这样浓厚的儿童文学氛围中,各民族许多有成就的作家开始真正地为儿童写作。兴旺的创作势头一直持续到二十世纪六十年代中期。少数民族儿童文学作家的童心、爱心,始终与儿童心灵中的天真、纯洁息息相通。

二十世纪六十年代,哈萨克族作家夏木斯·胡玛尔,回族作家白练、胡奇、高深,藏族作家益希卓玛、饶阶巴桑,蒙古族作家云照光、察森敖拉、吉儒木图,满族作家端木蕻良、牟心海,赫哲族作家乌·白辛,白族作家那家伦,苗族作家杨明渊、伍略,壮族作家韦其麟等,都以各自熟悉的生活题材,以每人擅长的艺术方式,参与到写儿童文学的行列中来。在这同时,一些作家,更是满怀热爱儿童、挚爱民族的爱心,写作初始就走进"儿童文学"作家队伍,如满族作家佟希仁、张少武,蒙古族作家满都麦、乌·达尔罕、高·拉希扎布、石·础伦巴干,回族作家王俊康,土家族作家孙健忠,彝族作家普飞、张昆华,白族作家张焰铎等。少数民族作家们目光放远、视野拓宽,少数民族儿童文学作家队伍不断地、迅速地壮大起来。

随着党的民族政策的逐步实施,一些"40后""50后""60后"的少数民族作家受教育的程度也越来越高,参与儿童文学创作的自觉性也就比较高。他们走进儿童文学,有着各自的民族情怀和创作个性,带着各自的民族自信和思维方式,所以,在他们的创作中,民族文化的底蕴比较深厚,民族情感的表达比较独特。而且由于他们与当代少数民族儿童的距离比较近,他们对少数民族儿童的心思、心情,志向、志气,行为、行动,等等,都知悉、了解,他们作品中对本民族社会现实、现状的描述,对本民族儿童情性、情趣的书写,也更加自然和天然,更加深沉和深切。他们包括藏族作家意西泽仁、益希丹增,壮族作家黄钲,苗族作家贺晓彤、石定,白族作家严亭亭、王云龙,景颇族作家岳丁、玛波,哈尼族作家存文学、艾扎、朗确,瑶族作家陶永灿,佤族作家董秀英,土家族作家李传锋、杨盛龙、蔡测海、向民胜,蒙古族作家力格登、佳峻、阿云嘎,鄂温克族作家乌热尔图,达斡尔族作家苏华,满族作家王家男,维吾尔族作家穆罕默德·巴格拉西、艾克拜尔·吾拉木等。不少少数民族作家写了青少年题材的作品,由于符合少年儿童渴望长大的意愿而受到儿童读者的欢迎,如藏族作家扎西达娃、黎族作家龙敏、鄂伦春族作家敖长福等人青少年题材的创作。

改革开放以来,儿童文学创作队伍的明显扩大和交错延伸,使新世纪少数民族儿童文学得以在不同门类中都有新的进一步的发展。

进入新世纪,无论是从中国当代儿童文学的整体来看,还是从中国少数民族儿童文学的范畴来说,少数民族儿童文学创作一直处于上升、上进的状态。长期以来,一说中国儿童文学就只提几个有名气的汉族作家的状况有了很大的改变。中国少数民族儿童文学已经无可争辩地成为中国儿童文学中极其重要、不可或缺、无可替代的组成部分。

自新世纪以来,少数民族作家们更加充分地利用自己独有的本民族生活积淀,开掘埋藏其中的历史的、文化的意义,揭示包含其间的民族的、地域的意蕴,使题材优势发挥到极致,使语言特色渲染出韵味,从而使儿童文学的民族性在与时代性相交融、与地域性相交织、与儿童性相交辉之中,呈现得更加多姿多彩、丰富丰厚、深刻深邃。

少数民族儿童文学的题材优势,最明显地体现在写动物、写大自然的作品上。因为,无论是南方还是北方的少数民族,大多聚居于边地的山林、草原,或是大江大河、荒漠荒野的边缘。崇山峻岭、湖川溪泉,是他们生息传承的天地,骏马义犬、驯鹿青羊,是他们生死相依的亲朋,杂草野花、胡杨白桦是他们生存的伙伴。而其中与他们交往最密切、交谈最频繁、交流最深入的,就是能奔跑、能鸣叫、能表情、能干活的动物们。正由于此,动物文学在新世纪少数民族儿童文学中强势崛起。

长年在草原、林地上生活并与烈性的獒犬、刚性的奔马相伴相生的内蒙古呼伦贝尔蒙古族青年作家格日勒其木格·黑鹤的创作,鲜活地表现了茫茫草原、幽幽林海中动物们的性格、性情,以及人与动物之间的互助互爱、相依相存,正适合儿童读者好奇好动、喜新喜异的审美心理,又正适应了当今时代维护生态、保护环境的人文精神,活泼泼地开创了动物文学的新局面,引领了大自然文学的新潮流;也确实地体现了少数民族儿童文学的民族、地域特色和时代、儿童特点。更为奇诡独具、美妙无比的是,吉林长白山满族作家胡冬林的动物散文的创作,因作家长年在山地寻访、观察,坚持于实地追踪、探究,又注重艺术表达上的平易、顺畅,便活脱脱地使生态意识完完全全地渗进知识性,又使知识性自自然然地融入文学性,更因为作家的真情实感而使动物文学的思想、艺术意蕴都大大拓展。

少数民族的新老作家,依据自己所熟悉的生活,写狗写狼写鸟,写羊写牛写鹿,写来各有其独特和独异,各有其历史蕴藉和现实蕴涵。

与此同时,新一代少数民族作家,以培育本民族、他民族儿童活跃的想象力、坚韧的意志力、非凡的创造力为己任,大胆地、果敢地打开少数民族儿童文学中久被封闭的思想空间,潜心于创作深入险境、访查险迹、终得险秘的儿童文学作品。因为,现代化、信息化进程中,人的素质提高是其中的关键。这一类的探险文学创作,就不仅在少数民族儿童文学中,而且在中国当代儿童文学中,一跃而起,一鸣惊人。这一领域中,出生在湖北长阳土家山寨的"80后"土家族作家彭绪洛的创作最具代表性。他在新时代语境中所形成的体验世界的方式与人生价值观,他所倡导的读万卷书行万里路的励志主张,使他在创作中选择了新视角、新题材,作品也因此呈现出新观念、新风格,一派焕然一新的创作风貌。既不同于二十世纪前期拉美魔幻现实主义的儿童冒险小说,也相异于苏联儿童文学中重悬疑的儿童惊险小说。这方面的创作,少数民族作家常因地域、宗教文化的差异而各具情致,但作家们都写到了少数民族少年特有的理想冲动、生命热情,写了他们离奇而真实、惊险而平常的经历;写出了少数民族儿童成长中的实际历练和性格养成,少年人生中的成长意识和吃苦精神;也写及了博大祖国从南到北迥然不同的地域文化风情、文化积淀,以及多民族祖国的生机和希望。作家们都善于借鉴、汲取,使这方面的创作既是本土的,又是超越本土的,别开生面,自成一格。

我国五十五个少数民族,除聚居于五个省一级的民族自治区外,云南、贵州、四川、湖南、湖北、海南、辽宁、吉林、甘肃、青海等省都有民族的自治州、县,不同民族的人们聚居或杂居于此。回族较多散居于大、中城市,因此,不少城市都有回族聚居区。因此,少数民族儿童文学,必然地与本乡本土关联在一起。南北方不同民族聚居的地区相距遥远,他们的生产、生活方式相差很大,民族作家们以不同的视点、从不同的层面较为广阔地展现了本乡本土民族儿童在时代进程中的生活现实,使作品既有历史背景、民族场景的展现、展示,又有时代气息、乡土气氛的洇渗、洇漫。它的思想内涵就会包括了历史变迁、社会变革中民族文化心理的变化和变动,包括了新时代中新一代人的成长;它的艺术方式也会包容了现实主义的真切、浪漫主义的美妙、现代主义的奇幻。在新世纪少数民族儿童文学中,表现本土文化、展现儿童成长、体现儿童梦想的各式各样的内容、形式,具有无限的丰富性和深刻的时代性;不少少数民族作家从新的时代高度来关注、关怀儿童的思想、情感,民族文化、民族精神由此得到进一步承扬,艺术表现也自由、多样。最为重要的是,老、中、青各个年龄段的作家都不断地加入到儿童文学队伍中来。二〇一五年启动的《中国少数民族儿童文学原创书系》第一辑,收录回、满、蒙古、维吾尔、哈萨克、藏、壮、土家、景颇、拉祜等十个少数民族作家有关本民族儿童成长的长篇小说,其中,壮族作家黄钲是"40后",回族作家马金莲、藏族作家觉乃·云才让是"80后"。二〇一七年,《中国少数民族儿童文学原创书系》第二辑继续启动,出版彝、白、纳西、哈尼、阿昌、德昂、瑶、毛南、仫佬、达斡尔族的十位少数民族作家书写的关于本民族儿童成长的长篇小说。这无论是在中国文学史上,还是在中国儿童文学史上,都具开创、开拓的意义。

在时代发展中我们可以清晰地看到:少数民族作家们写了不同民族地区的风情习俗,写出不同民族儿童的情思品性;奇妙的民族生活情趣与鲜明的崭新时代精神,使儿童文学民族性凸显出来;也证明了儿童文学民族性理论在少数民族儿童文学创作实践中的流变——继承、光大、创新、发展。

四

如今我们面对的,是一个我国各族人民正在热火朝天地建设中国特色社会主义现代化强国的新时代,是一个高科技和信息化迅猛发展的新时代。脱贫攻坚、奔向小康,普及义务教育,提升国民素质,使我国各族人民在地域交互、思想交流、习俗交汇、情感交融的同时,共同促进中华文明的新发展。中国少数民族儿童文学发展到当代,因各民族作家的共同学习、彼此借鉴、相互汲取、取长补短,而使自强不息、爱国主义的民族精神弘扬光大,使创造不断、革故鼎新的时代精神激扬焕发;民族儿童文学的民族性、地域性因时代的发展、儿童的进步而更显鲜明而鲜活、生动而富生气。我国各民族儿童文学在历史前行中所呈现的中华优秀文化传统的深厚积淀,所展示的中华优良道德价值,与时俱进,从而使作家在书写特定地域环境、特定风土习俗中长大的民族儿童的生活时,能够真实地写出他们生活中的"同"中之"异",又巧妙地书写了他们成长中的"异"中之"同",写出了南北方不同民族儿童性格性情上的微妙差异,却又彰显出这些民族儿童形象品格中的中华正气和中国精神。比如,我国各民族儿童文学作品中,有不少是写不同民族儿童抗击日本帝国主义侵略者的,那些驰骋在塞北草原、漠北荒漠,生活在岭南山寨、江南小村的不同民族的儿童,自有他们自己的、敌人意料不到的"谋划"和"计策",艺术形式大大拓展,儿童文学民族性的概念由此变得宽阔和宽广,地域性、时代性、儿童性自然地融于民族性之中。

以往的中国儿童文学史,虽然写到了几个少数民族作家作品,但并没有对不同地域各个民族的儿童文学做专门论述,这会使许多优秀的少数民族儿童文学作品因不为人知、不被阅读而湮没在书海里。

显然,创作一本《中国当代少数民族儿童文学发展史》是当务之急。

首先,写当代少数民族儿童文学的发展,必定得写出各民族儿童文学当代发展的史事、史实,真切、准确是前提,这就写出了少数民族儿童在新时期新时代各自的生活意蕴美。不同民族,起初聚居于不同的地域环境,但在社会的改革开放中,因生产生活的变动,上学上班的需要,逐渐形成共同的生活状态和语言方式,并由此生发出强烈的爱党爱国的情感。这样的现实,延伸进儿童天地,反映到儿童文学,自然就有了新的民族特色和地域特点。少数民族儿童文学作品所描写的儿童人物形象中所体现的民族心理素质,更显示出真正意义上的中华民族所独具的人格气质和文化特质的美。历史发展中不同时期少数民族儿童文学代表作都体现了这一点。其次,写当代少数民族儿童文学的发展,必定得写出伟大祖国是具有悠久历史的、统一的多民族国家,写出东方文明古国独具的自然、人文的美。作品中不同民族儿童人物形象的性格、品格,都与历史进程中特定民族、特定地域的自然、人文相关联,更与我国各民族反抗外来侵略、保卫祖国江山的浴血斗争联系着,与我国各民族人民世世代代为弘扬、传承、发展中华优秀文化传统的奋斗联系着。少数民族作家通过与自然对话来与历史对话。他们不是单一地描述风物、描写风景、描绘风光,而是描叙出民族的往昔、前人的功业、历史的沧桑;深藏着一种伟大中华的民族情感,寄寓着一份坚韧中华的民族情思,表达着一缕悠久中华的民族情意。也可见,写这部"史",不是纯客观地记录、记载,而是切实地记叙当代不同历史时期不同少数民族作家真情实感地反映各民族儿童身心成长的文学创作的历程和状态,反映洋溢着不同民族儿童文学作家的生命理想和生活梦想的创作境界和意义。再次,写当代少数民族儿童文学的发展,还必定表现出我国各民族儿童文学的各有不同又有着相同的语言美。因各民族风俗习惯的差异,我国各民族儿童的童情、童趣,会因为无可替代而活灵活现地被展现出来,如写草原上的蒙古族儿童从小会骑马驯马、会摔跤;写壮族儿童自幼即会逮蜂养蜂等等。而这正是中华民族刻苦耐劳、自强自信的文化心理的美在南北方各民族儿童身上的赤忱表露。这是儿童文学民族性中最有生活气息、最具民族氛围的一种艺术形式,也是儿童文学民族性中最具艺术生命力的特色。在少数民族儿童文学发展中,美,是永恒的存在,也是流动、流变的力量。

第一编

中华人民共和国成立至二十世纪五十年代末

第一章　崭新的中国少数民族儿童文学

一九四九年春天，中国人民解放战争三大战役结束，新的政治格局已经形成。十月一日，毛泽东在天安门城楼以洪亮的声音庄严宣告中华人民共和国成立！整个国家，欢声雷动；整个世界，地动山摇。中国人民站起来了！在这个统一的多民族国家里，确立了民族区域自治制度，进入了民族平等、民族团结的新时代。在这个地域辽阔、人口众多的文明古国，马克思主义与中国实际相结合，新的经济基础要求构建新的上层建筑。历史进程中积淀而成的厚重的古典文学宝藏，二十世纪初爆发的"五四"新文化运动倡导、实践现代文学精神，早已形成了中国文学的优良传统。如何承扬光大、推陈出新，是历史赋予中华人民共和国新文学的光荣使命和重大责任。中国共产党筹备建立中华人民共和国之时，就十分重视文学艺术工作。一九四九年七月，在中华全国文学艺术工作者代表大会上成立了中华全国文学艺术界联合会。一九五三年九月，中国文学艺术工作者第二次代表大会上，正式将"开展少数民族文学活动"列为中国文学艺术界联合会的一项任务。一九五五年，中国作家协会召开了推进民族文学发展的座谈会。少数民族作家提出中国作家协会应设立少数民族文学委员会，推选满族老作家老舍来主持这方面工作。一九五六年二月，中国作家协会第二次理事会扩大会议上，老舍做了《关于兄弟民族文学的报告》。报告讲到了民族文学遗产和新文学的兴起、开展搜集整理和研究工作、民族文学翻译和创作问题，等等。一九六〇年，在第二届全国人民代表大会第二次会议上，老舍做了题为《兄弟民族的诗风歌雨》的发言，提出"以汉族文学史去代表中国文学史显然有失妥当，中国是个多民族国家，而兄弟民族又各有悠久的文学传统"，"今后编写的中国文学史，无疑地要把各兄弟民族的文学史包括进去"。同年，他又在中国作家协会第三次理事扩大会议上，做了《关于少数民族文学工作的报告》。在当时的社会情况下，少数民族儿童文学虽然还没有正式地、单独地被提出，但民族文学遗产的继承和发扬、民族民间文学的搜集和整理、民族新文学的创作和翻译等方面的工作，都是与儿童文学紧密关联的。这就是说，中华人民共和国成立初期所进行的少数民族文学工作，为后来少数民族儿童文学创作的倡导、推进打好了基础。

中华人民共和国成立后，聚居、杂居在祖国边陲草原漠野、森林山地的各民族人民翻了身，当了家，生产、生活都好起来。随着教育向民族地区普及，以及各项宣传工作的深入，无论是牧人、猎人、农人，还是看山人和守林人，都知道了孩子是国家接班人，懂得了送孩子上学读书的重要性。与此同时，民族地区中小学的开办，新华书店基层店的开设，电影放映队的定期到来等，也激起了孩子们在这样的新生活氛围里的求知欲望，他们渴望与城市里的小朋友一样，背个新书包，走进学校门；也希望与许许多多小朋友一样，拿起新书来，自己能读懂。正是在这样的新生活氛围里，一种重视儿童、培育儿童的全新观念，像一股清澈明净的泉水，毫无声息、自然而然地洇漫进不同民族人的心地上。有党的阳光照耀，有全社会四面八方的雨露滋润，正确的儿童观油然而生、欣然而立，加上中国作家协会对少数民族作家的格外关注和分外呵护，在主客观两个方面为促进少数民族儿童文学创作准备了良好的条件。事实证明了这一点。比如，二十世纪五十年代连续创作儿童小说的蒙古族作家阿·敖德斯尔，就在那时被邀参加全国青年文学工作者代表大会，入中央文学讲习所学习，同时加入中国作家协会。比如，时常为儿童写作的新疆维吾尔族作家祖农·哈迪尔，中华人民共和国成立后任专业作家，并担任新疆维吾尔自治区文学艺术界联合会副主席。又如，湖南省土家族作家孙健忠，二十世纪五十年代中期担任小学教师时写出儿童文学处女作《小皮球》，随即调入湖南省作家协会；之后，继续创作儿童小说和童话等。又如云南省彝族作家普飞，一开始写的几个短篇小说《孟元才入社》《我的舅母》《红旗》《三个牧童》等都写到了孩子，并取得很好的社会反响，他得到了奖励，成长为儿童文学作家，并成了农民作家的代表，加入了作家协会。

显然，在中华人民共和国成立初期，少数民族儿童文学创作一开始就得到了国家的肯定、社会的鼓励。

需要特别指出的是，在中华人民共和国成立以前，没有一个少数民族是有儿童文学作家的。那时，少数民族儿童文学中只有民族民间儿童文学。

面对战争结束、建设开始的新社会，经济、文化发展相对较快的少数民族中，一些有文学成就的革命老作家,首先关注国家的文学事业、关心本民族和他民族儿童健康成长中的精神需求,义不容辞地担当起领头为儿童创作的责任。看到孩子们过上了和平、幸福的日子,想让他们知道,好日子来之不易、举步维艰,务必珍惜。他们向孩子们讲述,为了推翻压迫各民族人民的反动统治,革命前辈前赴后继,小孩子们也勇敢无畏、不怕牺牲;讲述战争带来的苦难,也讲述了必须用正义的战争反对非正义战争。这方面的作品,有蒙古族作家岗·普日布写本民族儿童投身革命、血染草原的短篇小说《小侦察员》,布依族作家江农写布依儿童面对敌人无所畏惧、不怕牺牲的短篇小说《血染山茶寨》,满族女作家颜一烟写东北抗联小战士生活的中篇小说《小马倌和大皮靴叔叔》等。而苗族作家杨明渊的《芦笙的故事》,则是描写苗族人民反抗官府压迫,被打散后就靠吹响芦笙呼唤族人的历史故事。布依族作家王廷珍写了反映中华人民共和国成立初期复杂、激烈的剿匪斗争的短篇小说《山谷月明夜》。这些作品写的,大多是老作家们的亲身经历、切身体验,丰富多彩且丰厚凝重,惊险曲折且惊心动魄,使革命历史题材小说创作在二十世纪五十年代少数民族儿童文学中形成一股强大的潮流,波澜起伏,滚滚向前。与之同流并进的,还有老作家们描写新社会的新生活、新儿童,以及新儿童的新思想、新行为的现实题材小说。如蒙古族作家阿·敖德斯尔生动描绘草原上新一代牧民儿童美妙的内心情感和出色的放牧行动的短篇小说《小冈苏赫》;彝族作家苏晓星描叙彝家孩子热爱集体牲畜的种种举措,并由此使只想到自家的阿爹受到感动、感化的短篇小说《阿爹与荞荞》;另一位彝族作家普飞则以第一人称细腻描写了"我"和"我"全家怎样像对待家人一样地呵护一只八哥鸟的短篇小说《七弟的翅膀》,更因其真实、真切而感人至深。回族作家胡奇写解放军修筑公路到西藏的神妙与美妙的中篇小说《五彩路》,既写出了祖国建设的发展,也写到了民族团结的实现。这些作品,写了不同民族儿童心驰神往于热火朝天的新生活,他们所想所做都令人耳目一新;也由此反映了各族人民共同建设新生祖国的昂扬精神和热切期待。

面对各民族新一代少年儿童,作为长辈的各民族的老诗人们,或借鉴民族民间传说、童话,写出长长短短、好听好读的故事诗,如蒙古族作家其木德道尔吉的《巴林驹》、满族作家胡昭的《雁哨》《响铃公主》、壮族作家韦其麟的《百鸟衣》;或根据家乡翻天覆地变化的现实,写了颂扬党和祖国、弘扬民族、时代精神的抒情诗,如蒙古族作家的纳·赛音朝克图的《沙原,我的故乡》、巴·布林贝赫的《理想》、哈斯巴拉的《我的祖国》，满族作家柯岩的《"小兵"的故事》、中申的《城外的白杨》；或顺着各民族儿童好奇、好动的天性，来写探索自然、追究万物的幻想诗，如仫佬族作家包玉堂的《虹》等。这些作品虽风格各异，都呈现着爱党爱祖国的新的精神风貌，洋溢着向上向善的新的民族情感。

儿童散文，则多描写大自然，多描述祖国的地理景象，引导儿童开阔眼界、增长见识、热爱生活、陶冶情操。作品大多清新隽永、活泼灵动。回族作家郭风致力于创作优美的、富于乡土气息的散文诗，赫哲族作家乌·白辛在走遍祖国西部之后写出的《帕米尔高原历险记》，也意外地拥有了广大的各民族青少年读者。就是这位赫哲族作家，接着创作了话剧《黄继光》，竟连演三百余场。青年英雄黄继光的形象在各民族舞台上光辉四射，崇拜英雄、学习英雄的热潮在全社会连连掀起。由于东北地区解放得早，宣传新思想的工作总是走在最前面，反映新社会新儿童的短剧创作在这时也十分活跃，如满族女作家柯岩的小歌剧《娃娃店》《照镜子》，赵郁秀的独幕剧《五条红领巾》等。

值得专门提到的是，生活在二十世纪五十年代的中国青少年，几乎没有不读苏联文学的——《卓娅和舒拉的故事》《青年近卫军》《普通一兵》《钢铁是怎样炼成的》《古丽雅的道路》等。爱国主义、英雄主义、集体主义，深深地泗浸在新一代人的心灵里。中国当代少数民族儿童作家自然也深受影响，除了写解放战争中的小英雄、各条战线上的小模范，还写了有国际主义精神的小朋友们，如朝鲜族作家金昌锡的短篇小说《飞鸽传深情》、白族作家菡芳的短篇小说《界河上的红蜻蜓》等。

中华人民共和国成立后的前几年，共产党领导，各民族人当家做主，经济发展，教育普及，文化振兴。在文艺百花园中，少数民族儿童文学，虽是一枝嫩生生的小花，却已是花蕊饱满，花瓣展开了呢——满族作家颜一烟、回族作家胡奇、蒙古族作家阿·敖德斯尔的小说，满族作家胡昭、柯岩的诗歌，回族作家郭风的散文诗等，不仅在中国当代少数民族儿童文学乃至中国当代儿童文学中占重要地位，而且形成了可以在整个文学史上能与其他阶段区别开来的艺术个性。

毫无疑义，这是中华人民共和国少数民族儿童文学的第一个黄金时代。

但是，新国家新制度虽已确立，旧的思想、思潮却不会自行消失、退去。二十世纪五十年代，党的灿烂阳光下，"左"倾思潮的阴影时隐时现。对"文艺服从于政治"的概念化认识,对"政治标准第一,艺术标准第二"的简单化理解,始终无形地影响着、干扰着少数民族儿童文学作家的思维和思想。其间又接纳了苏联无产阶级文化派的一些主张,将文学仅仅看成是革命事业的一部分,机械地强调文学的阶级性和政治功利性,认为儿童文学就是形象化的教育儿童的文学。这就多少忽视了正确的文学观念、深厚的艺术素养对作家创作的意义,多少有一种以思想觉悟、道德水平代替艺术修养的倾向,使得一些少数民族作家在对儿童文学基本观念的理解上存在一些混乱和偏颇。由此,一些作品中就有着很浓的说教气,成人化、概念化的苗头也已经显露出来。之后的反右斗争、文艺界的整风清查运动,虽然并未把儿童文学界当成主要目标,但少数民族作家受到的心灵创伤,民族地区遭遇的风气毁坏,也是严重的。

中国当代少数民族儿童文学,以崭新的面貌、姿态出现在中国当代儿童文学领域里。

第二章　代表性作家作品

第一节　小说

一、满族作家颜一烟的中篇小说《小马倌和大皮靴叔叔》及其他

　　颜一烟(1912—1997),女,北京人,封建官僚家庭出身,祖父、父亲都在清政府做官。她自幼聪颖,就读于北京师范大学附小、附中。但祖母重男轻女,继母心狠手辣,上初中二年级时,父母携全家到东北,将她遗弃在北京。童年时冷酷的环境、心酸的经历使她的心灵受到创伤,也使她的意志得到磨炼。在师大附中她得到石评梅老师的启蒙教育,一九二八年,描述生母和她备受封建家庭迫害的小说处女作《菊》发表在附中校刊上,又得到国文老师、革命女作家黄庐隐的肯定和赞扬。之后,她在北京、天津的报刊上陆续发表了几十篇短篇小说。其中,题目为《弟弟》的一篇,写一个名叫白林的女孩子,被家庭遗弃,饥寒交迫。一天,她在官府衙门前见一个小叫花子向官老爷乞讨,官老爷踢了小叫花子一脚后,钻进一辆小轿车;小叫花子在追讨中被撞倒,险些撞死。白林一看,那小叫花子正是她同父异母、同样遭到遗弃的七岁的弟弟,那个官老爷,正是他俩的生身父亲。白林望着那辆扬起滚滚烟尘的小轿车,把她刚刚拿到的准备换自己一个月食粮的一元钱稿费给了她弟弟。这个作品一九三八年被译成世界语,在匈牙利一家杂志上发表。其他如《地下宝》《别》等,都写父亲的丑行。《我的童年》《初夏》两篇于一九八○年被选入《当代女作家作品选》。可见,颜一烟一开始创作就从描

述儿童苦难入手,揭露封建制度的罪恶,作品中处处有着她自己童年生活的影子,有着一种反抗旧社会、期待新生活的革命的进步的色彩。不自觉中,她已经走进了儿童文学创作的队伍中。她举起文学旗帜,向腐朽反动的恶势力斗争,最早以满族儿童的小视角切入中华民族反帝反封建的大题材!

自一九三一年起,她开始接近中共地下党,从事党的外围工作,上了国民党特务的"黑名单"。她用当家庭教师的收入,自费去日本早稻田大学留学,积极参加左翼文化运动,曾任中华留日左翼文化团体联合会执委等,还创作了不少进步的作品。一九三七年回上海参加救亡运动。一九三八年到延安,九月在中国人民抗日军政大学加入中国共产党。之后创作了多部话剧剧本,又参与苏联文艺理论、高尔基作品的翻译;一九四八年创作电影文学剧本《中华女儿》,拍成电影后荣获第五届国际电影节"为自由而斗争"奖,是中华人民共和国第一部在国际上获奖的影片。一九五〇年后参与《马克思、恩格斯、列宁、斯大林论文艺》的编译。其间,又写出短影片剧本《一贯害人道》《祁建华》,秧歌剧本《农家乐》,独幕话剧《捉舌头》《万年长青》等。

一九四九年,写了以一个贫苦小女孩参加东北抗联的生活为题材的中篇小说《活路》,由东北书店出版;一九五六年由少年儿童出版社重版。这一作品,纵贯中国人民长达十四年的抗日斗争艰难岁月,横跨成人文学、儿童文学两大领域,具有悠长的历史性、充沛的情感和盎然的童趣;使描述东北抗日联军生活和斗争的革命历史题材创作受到更加广泛的关注和重视;使作家有了为儿童创作的责任担当和使命自觉。

一九五八年,颜一烟在做了更加充分的准备之后,创作了描写东北抗日联军中一个小战士成长过程的儿童中篇小说《小马倌和大皮靴叔叔》。小说的主人公是一个生长在严寒东北深山密林里的贫苦孩子——姓江的小马倌。日军侵占东北时他才八岁,父母双亡仍身负重债,他只得以身相抵,给地主养猪、牧羊、放马,长年吃不饱、穿不暖,割不完的牧草、干不完的杂活。但年年月月独自在荒山野岭调养马群——驾驭烈马奔驰着、看顾呵护马驹,朝朝暮暮早出晚归,天热了挨晒、天冷时受冻的生活磨炼,练就了他一身无所畏惧的胆量和一副无比灵敏的手脚,造就了他一种无可形容的存世智慧与一套无往不适的生活本领。他不能忍受地主的虐待,逃到没有人迹的老林子里,与一支抗联队伍相遇,被收留下来。在革命队伍中,他逐渐去掉了捣蛋任性、散漫不羁的蛮野气,懂得了行动守纪律、做事有规矩的道理,并与这支队伍的指导员——大皮靴叔叔建立了亲密关系,成为一名正式的抗联战士。作品中,小马倌的形象真实、鲜活,通过他的生活、情感、成长、志向,生动地描绘了帝国主义侵略和国内反动统治给广大中国百姓带来的深重灾难,反映出中国人全民抗战并坚持抗战到底的奋发、热烈的民族精神,把一段反法西斯斗争的历史巧妙地浓缩在一本儿童题材的中篇小说里。这在中国当代儿童文学发展史上有着深刻的思想意义和审美价值,为革命历史题材儿童文学创作带了一个好头。

更重要的是,颜一烟的创作既充满了革命热情、昂扬激情,又善于运用适合儿童的艺术方式,使整部作品在表现小马倌悲惨、凄苦的童年时,始终透露着热切的希望和愉悦的希冀。可以看到,作家非常注重灵活传神的细节描写,使活泼泼的儿童情趣与刻板板的部队生活相统一、相辉映,使小马倌的个性自自然然地凸显出来、真真切切地饱满起来。如写小马倌与抗联队伍初次相遇——部队正在密林中行进,忽然发现树上有个毛乎乎的东西,灵巧地跳来跳去。战士们看不清那是什么动物,便急速地上树去捕捉。这个毛乎乎的东西却自己掉下树来。这才看清是一个裹着破毛皮的小孩子。大家都同情他,把他收留下来。这足见他的胆大无比和灵健自如。如写小马倌怀着对鬼子的深仇大恨,加入了抗联队伍。可他看到有个"官儿"穿着日本鬼子的大皮靴,当兵的也都身着鬼子的大衣、手拿鬼子的枪,就心生疑虑,逃出队伍;恰巧他在林中遭遇老虎受了伤,又正是这支队伍救了他,将他送到老乡家养伤。小马倌这才明白这是一支抗日队伍。如写小马倌一身野气终难改掉,一次他独自外出打野羊,犯了纪律被关禁闭,他心里不服:"老子不干了,上别处找抗日军去!"打算再次逃走。战士们耐心地教育他、开导他;从此,他与战士们、与指导员——大皮靴叔叔亲密无间,懂事起来。他有一次单独执行任务,竟强制自己不去偷取令他眼馋的小马枪,自觉遵守纪律,尽到责任。又一次,他遇到日军的"讨伐队",被逼迫带路找"抗联"。他因着革命情怀和战斗经历,凭着熟悉山林和了解路径,竟将四百多名日军拖进高山雪岭里转悠了好几天,最终转进抗日联军的伏击圈,抗联打了歼灭战,获得战利品。小马倌被记了一大功,他真正感受到当一名抗联战士的光荣与使命。

这个抗联队伍中的小马倌形象,铭记在各民族儿童读者的心里,成为中国当代儿童文学中一个革命儿童的典型形象。

需要专门谈及的是,作家也非常用心地塑造了抗联队伍指导员——大皮靴叔叔这一成年人的形象。他作战勇敢勇猛、待人平等平易;他是一个赤忱的革命者、一个慈祥的长者,他朴素而高尚的言行中,没有一点官气,没有一丝说教味道,真实、感人。

这部作品于一九五八年由中国少年儿童出版社出版。一九六二年,作家将其改编为七场话剧《小马倌》,由中国福利会儿童艺术剧院演出;作品被译成朝鲜文出版。一九七二年,被改编为电影剧本,由北京电影制片厂拍成影片,片名《烽火少年》。一九八〇年,在第二次全国少年儿童文艺创作评奖中获一等奖。

作家颜一烟还曾写了儿童剧《小北找爷爷》,由中央戏剧学院儿童班排演,对儿童戏剧的创作、发展,起到良好作用。

二、回族作家胡奇的中篇小说《五彩路》及其他

胡奇(1918—1998),原名胡兆才,男,江苏南京人,回族贫民家庭出身。幼年时,祖父送他进清真寺受教,学过一点阿拉伯文。一九二八年上小学,四年后辍学,在小铁厂、糖果铺当学徒。其间曾在上海华漕镇监狱当杂役,接触"政治犯",受到革命思想的启蒙。一九三八年奔赴延安,先在西北青年救国联合会剧团做宣传员。后进鲁迅艺术学院学习。一年后调往太行山敌后抗日根据地,在剧团及宣传部门工作,阅读了能搜罗到的中外文学名著,并开始写剧本。一九四一年,写了一个女工成长为革命者的剧本《闷热的晚上》,受到好评。接着,又写了边区大生产运动的剧本《纺花车与枪》《模范农家》,写了军民团结的《金戒指》《报功单》等。一九四六年解放战争开始,他在晋冀鲁豫野战军第三纵队做随军记者,第二年又在武工队任政治指导员,这时的战斗生活对他的创作影响很大,他在中华人民共和国成立后写的《小马枪》《三颗黄豆》《白凤凰》《琴声响叮咚》等多篇儿童小说都取材于此。一九四九年年初,胡奇任第二野战军三兵团文工团团长,参加渡江战役,写了不少报告文学,出版了短篇小说集《女水手》。这一年,他参加了中华全国文学艺术工作者代表大会,加入了中国作家协会。抗美援朝时他又到了朝鲜前线,写出《玉苹》《四十二箱炮弹》等短篇儿童小说。一九五三年中国戏剧家协会成立,历任两届理事。一九五四年参与我国与捷克斯洛伐克合拍纪录片《通向拉萨的幸福道路》,任第一导演。一九五六年调《解放军文艺》杂志社,一九五九年任副总编,一九六二年任总编、社长。

从二十世纪五〇年代中期开始,他的创作重点逐渐从剧本、报告文学转向儿

童文学。一是因为童年的苦难生活和艰难阅读在他心中留下极深印象;二是他这时陆续创作的儿童小说有了很好的社会反响,这使他具体地感受到儿童文学创作极其重要,感悟到革命作家肩负的神圣使命;三是他的生活经历极其丰富,从旧社会底层跨进新中国的文学领域,有丰富的阅历。他先后参与抗日战争、解放战争、抗美援朝战争,继而投入史无前例、艰苦卓绝的修筑康藏公路的社会主义建设之中。他既壮怀激烈,又情谊深切;既时时缅怀先烈,又常常憧憬未来。他对生活的情太厚重了,对儿童的爱太深沉了。

在我国的革命老作家中,胡奇是最执着于儿童文学创作的一个,而且是最近距离地反映现实、表现儿童;信念与信心同在,童情与童心共存。

胡奇儿童文学创作最鲜明的特色是富于激情而又情趣盎然,十分真实又文采斐然。写于一九五四年的短篇小说《小马枪》,是描写革命战争时期儿童斗争生活的作品。写一个参军的"红小鬼"王学海,心里一直羡慕佩带着枪支的同龄战士,就一心想着怎样得到一支黄托子小马枪。听别的战士说,枪,得从敌人手里夺过来。他心里很急却没有机会,就自作主张,私自上前线,结果受到处分——划地为"牢"蹲"禁闭"。不过,蹲"禁闭"只十分钟,倒是吃到了一块米糖、五颗炒栗子。在徐司令员的教育、引导下,王学海终于懂得了纪律的重要,最后如愿以偿,司令员发给他一支小马枪。作家把一个不复杂的故事写得波澜起伏,令读者忽而惊心、忽而惊喜,逗人不自禁,感人心深处。之后写出的《琴声响叮咚》,则描写红军初创时期,穷苦男孩龙柱子跟爷爷宣传红军闹革命的道理,又接过爷爷的三弦琴,弹奏着鼓舞人心、振奋斗志的《红旗开路》的曲子,参加红军,投奔革命。作家写了儿童对红军的向往,也写出广大百姓对反动统治的憎恨、对人民革命的拥护;充满了各个民族坚决革命的时代气息,洋溢着老少齐心一往无前的奋斗精神。昂扬、昂奋的情调寓于深沉、深切的格调之中,琴声响叮咚,心声叮咚响,悠悠然,昂昂然,跃跃然,欣欣然。革命虽然很艰苦,作家却将革命历史题材用柔情美妙的文字来表达,使作品以真情吸引人,以真心感动人。这是胡奇儿童文学创作所以吸引人的关键之点。

胡奇对儿童的爱,深沉热烈、宽广博大。他从朝鲜战场回来以后,写了在美军大战斗机密集和疯狂轰炸之中,朝鲜儿童舍身为中国人民志愿军抢救武器弹药的真实故事《四十二箱炮弹》,写了朝鲜小姑娘全力救助、精心护理受伤的中国人民志愿军叔叔的生动故事《玉苹》。这些作品没有正面描写烽火战场和残酷战斗,重在叙述中朝人民用鲜血凝成的友谊,抒写朝鲜新一代人热爱祖国、热爱民族,仇恨侵略的纯真感情和纯洁胸怀,抒发朝鲜少年儿童勇敢机智、奋发向上的爱国主义、国际主义精神。

这一时期,他写得最有光彩、最具特色的儿童文学作品,是描写刚刚获得解放的西藏儿童对新生活的向往、追求的中篇小说《五彩路》。该书于一九五七年由中国少年儿童出版社出版。小说写居住在偏僻遥远的雪山里、生活几乎与外界隔绝的三个同村、同龄的藏族孩子:曲拉、丹珠、桑顿。有一天,他们听到人们传说解放军叔叔要在雪山上修筑一条为藏族人打开通道、打开眼界、带来新生、带来幸福的"五彩放光的路"。他们激动、兴奋,怀着想看五彩路的好奇心、想过好日子的美妙愿望,他们三个就偷偷地离开了家乡,结伴前往远方决心探个究竟。一路上,他们艰难地走进沙地,翻越雪山,穿过树林;白天以日出日落来认定方向,夜间靠星移星闪来看清道路;说不尽的艰辛,道不完的困难。但,他们打定主意,没有动摇过,没有退缩过,一定要找到那条五彩路。三个孩子终于找到了解放军,看到了太阳照耀下、横贯在崇山峻岭中的那条熠熠闪闪、光光亮亮的宽阔的无尽头的大路。这是他们的祖祖辈辈从来没有见到过的。他们也终于知道了修筑这条路将给藏族人、给我国的建设事业带来怎样的好处;理解了这一几千年来第一次降临的幸福带给他们怎样的快乐。他们决心要把五彩路修到自己的家乡。

小说描述的是中华人民共和国成立以后中国大地上发生的翻天覆地的历史性变化和变迁,是反映现实生活的大题材。但,作家巧妙地采取藏族儿童的小视角,既写出了藏民族翻身得解放的新时代的到来,写出了我国民族平等、民族团结的新的社会形态,也写出了西藏新一代人对幸福日子的渴望、对美好理想的追求。作家的写作充满了昂昂的朝气、勃勃的活力,洋溢着悠悠的诗意、欣欣的童趣,有一种独到的稚拙美感和独特的艺术魅力——其一,一直以来,西藏给人一种神奇、神秘的感觉。作者亲身投入康藏公路建设,深入藏族人民生活,将西藏地区静谧阴暗的森林、炙烤冒油的沙地、风雪肆虐的雪山、清澈透明的湖泊,一一细细地描绘出来。将藏族群众在特殊的生活氛围中形成的虔诚的宗教信仰生生地、朗朗地刻画出来,都表现得活脱、细腻;又通过儿童口吻的真挚叙述,更觉真实、亲切。其二,这本小说中,作家写曲拉、丹珠、桑顿三个藏族孩子,他们既与其他民族孩子一样,好动好奇、爱说爱听,有理想有志气、愿向上愿助人,又各有各的性情、脾气。如曲拉坚定坚强，做事显得少年老成，一副小大人的样子；丹珠则爱说爱笑，遇事却有个心眼，胆大心细，勇敢机灵，三个小伙伴中数他能拿主意、订方略，是一个让人信得过的小男子汉；桑顿则憨厚随和，谁说得对就应和谁，别人弄不得的就赶紧去做。这样三个小伙伴，即使有一点小纠纷，过一阵就会和好如初。而就在这一点点、一阵阵的碰撞之间，自自然然、实实在在地表现了他们性格的逐渐完善和成长。可见，作家所塑造的三个藏族儿童形象，活脱脱是中国当代儿童文学中最早走出来的少数民族儿童人物典型。其三，这是一部现实主义作品，但整部作品中处处闪耀着理想主义的光芒。书名就鲜亮地呈现了这一点。五彩路，既是现实中正在修筑的康藏公路，又是实现美好理想、通向不远未来的光明之路。三个藏族儿童的行动，以及作家对他们所闻所见、所思所愿的生动真切的描绘，更鲜明地体现了这一点。作家由此所采取的幻想与现实相融合、叙事与抒情相一致的艺术方式，使作品罩上了一层童话般的神奇光彩，思想性与艺术性有机结合、高度统一。其四，作家在创作中借鉴、汲取了藏族民间文学的精华，使作品更富地域色彩、民间色调和民族情致、儿童情韵。如小说开头写道："在很远的地方，有一些孩子的日子过得真寂寞，因为他们居住的村庄长年累月地被雪山封锁着。他们很少接近外边的人，外边的人也很少接近他们。"这就是民间故事的叙述基调。书中还大量运用藏族谚语、俗语，如"恩情的父亲""到嘴的羊肉定要趁热吃"等，都使作品更受各民族儿童的喜爱。

这部中篇小说在一九八〇年第二次全国少年儿童文艺创作评奖中获一等奖。

三、蒙古族作家岗·普日布的短篇小说《小侦察员》

岗·普日布（1928—1986），男，内蒙古察哈尔盟太仆寺右旗一个牧民家庭出身。从六岁开始，跟祖父学蒙古文和满文。之后，曾去蒙古人民共和国财经技术学校学习，一九五〇年毕业。他从小受祖父影响很深，热爱文学，喜爱读书。在蒙古国学习期间，曾参加课余文学小组，经常听蒙古作家们讲课，并学习文学理论和写作知识。一九五二年七月回国，在《内蒙古日报》社担任编辑，并开始用蒙古文创作文学作品。陆续发表了诗歌《祖国，您好！》，小说《在生活的道路上》《集体的力量》《最后一次见面》《在家里》《两个同龄人》等。二十世纪五十年代中期，中国作家协会号召各民族的作家多为儿童写作，《人民日报》为此发表社论，岗·普日布就开始写作青少年题材的小说,发表了《小侦察员》《姐弟俩》《在弯弯的商都河畔》《要去旅行的一天》《姑娘的志气》等作品。一九五五年,以《集体的力量》为书名,出版了中短篇小说集。

以解放战争为背景,描写蒙古族牧童主动为解放军提供情报、积极帮解放军消灭敌人的短篇小说《小侦察员》,是岗·普日布写得最真实、最真情的作品。一九四六年,解放军在东北战场上节节胜利、步步推进。被击溃的国民党残余部队中有一部分逃进内蒙古草原。他们勾结当地的封建王爷,妄图组织反攻。当时在这片草原上放牛的小牛倌都岱,把一切都看在眼里。他一边放牛,一边想着怎样去打听敌人的动态、动向,怎样去把准确的消息报告给解放军叔叔。都岱的父亲是草原上的革命烈士纳森,他曾跟随父亲到解放军连部去过,只是他那时比现在还要小一点,一直不知道那位解放军叔叔姓什么、叫什么。都岱现在十四岁了,他勇敢地接替了父亲的工作,成为解放军的秘密联络员和侦察员。一到晚上,他就会悄悄地到解放军驻地去,驻扎在草原上的解放军战士几乎都知道他、熟悉他,曾格排长更是喜欢他的机智和敏捷。他想尽种种计策取得敌人信任,不断地把重要情报交给解放军,多次出色地完成任务。可是,正因为他有心计、会隐蔽,竟被解放军小分队里名叫仁钦的侦察排长"我"当作"舌头"捉了去。仁钦说,他发现这个放牛娃正在向国民党军队透露"明晚有解放军要去取弹药装备"的消息,还对敌人说"该死的解放军杀了我的父亲,我要替父亲报仇"。仁钦还看见这个放牛娃从敌人手里拿过一沓子钱。于是,仁钦就有根有据地把他捉来了,还骂他是叛徒、卖国贼、骗子,把他狠狠地打翻在沙地上。这当然是误会,但都岱被仁钦好一顿打,已是受了伤。机敏的都岱并不解释,而是将计就计,还嫌受的伤不够重,又忍着疼痛将自己刺伤,然后带着重伤再为敌人送"情报",让敌人深信不疑,以此挑起敌人内部的矛盾。可见都岱不仅聪明伶俐,还能从大局出发,将自己的安危置之度外。仁钦得知一切后悔莫及,很是内疚,都岱却一点不怪他。作家通过一个个生动的细节,写出小都岱爱民族、爱家乡、爱祖国的善良性格和高贵品质。最后,小都岱通过给敌人送"情报",让敌人在解放军建军节前夕自动闯入解放军的包围圈。他点燃爆竹,发出信号;因草原辽阔,他怕爆竹声低,就同时飞马高喊:"敌人进入包围圈啦!快打啊⋯⋯"没有想到敌人发现了他,向他开了枪。小都岱的鲜血洒在家乡的草原上,穷凶极恶的敌人终于被解放军一举歼灭。草原上的人们永远怀念着这个勤恳可爱、憧憬未来却舍身为国的小侦察员。

在广袤的大草原上,蒙古族儿童大多担负着放养牲畜的任务,风吹日晒、驱狼赶狐,虽然自由,却十分辛苦。他们最盼望的是能够不再受王爷的盘剥和压迫,能够进学校自由自在地读书。岗·普日布从小爱学习,他体贴、洞悉周围小伙伴的心情和心思,中华人民共和国成立后,他从蒙古国回来,很多草原牧童的革命故事使他深深感动。童年生活时的深切体验,崭新环境中的深刻记忆,促使他用本民族文字为广大牧区儿童写作。他善于从蒙古族民间故事中借鉴适合儿童的艺术手法,如悬疑、误会、巧合等,使儿童投身革命的行动融合在儿童出自内心的真情实感之中,使儿童的革命行为事融合进儿童的天真本性和自然情趣。虽是革命题材,政治性很强,却没有一点政治概念的叙述和说教意味。作品语言质朴明快、平易流畅,有浓浓的草原味儿和蒙古腔调,有一种只能意会不能言传的儿童式的幽默。

岗·普日布运用了亲历者回忆以往、动情叙述的第一人称的讲故事方式,真实而真挚、深沉而深切。作家写道:"当时,我是某机动独立营的侦察排长。""夜黑得伸手不见五指。……幸亏我们都生长在这里,熟悉故乡的山山水水一草一木……"由此渲染出一种带点神秘、恐怖的氛围,惊险而紧张,有一种独特的艺术魅力。作家在作品的开头和结尾都以今天的儿童少年作为映衬,如开头写来访问"我"的孩子们:"穿着清一色的白衬衣……啊,真是幸福的孩子们哪!在祖国温暖的怀抱里,他们健康地成长;在浩渺的知识海洋里,他们自由地欢游;在人类文明的清澈蓝天里,他们愉快地飞翔。然而,他们怎能明白他们的父辈和兄长在旧社会所经历的黑暗、愚昧和苦难呢!"情景交融,情意深深,格外能打动人。

四、蒙古族作家阿·敖德斯尔的短篇小说《小冈苏赫》

阿·敖德斯尔(1924—2013),男,出生于内蒙古昭乌达盟(现为赤峰市)巴林左旗乌森头灵村,后迁移到巴林右旗白塔子。十二岁上小学学蒙古文,后来到乌兰浩特上了兴安学院。一九四五年参加革命,一九四六年十月被分配到内蒙古骑兵第四师第三十二团,任团政治处主任。一九四七年九月加入中国共产党。一九四八年在鲁迅文学艺术学院学习过几个月,回部队后任宣传队长、内蒙古骑兵第三师政治部宣传科长、内蒙古军区文工团团长等职。在解放战争中参加过多次战斗,对部队战斗生活有很深的体验和了解。一九四八年开始他用蒙古文创作,写了一些歌词;一九四九年写了两个供部队宣传队演出的蒙古语小剧:三场歌剧《酒》,独幕话剧《两种态度》;一九五一年写了富有草原生活气息的独幕三场话剧《草原民兵》;一九五二年写了描述一个优秀通讯战士的短篇小说《朝克图和他的白额枣骝马》;一九五三年发表描写解放战争时期军民关系的中篇小说《草原之子》,社会反响热烈。《草原之子》很快被译成汉文,引起全国文艺界瞩目。一九五六年参加全国青年文学工作者代表大会,同年入中央文学讲习所学习,加入中国作家协会和中国戏剧家协会。一九五七年冬从部队转业到地方,在内蒙古文学艺术界联合会工作。曾任内蒙古作家协会副主席、主席,《草原》《花的原野》文艺月刊主编,内蒙古文学艺术界联合会副主席,文学艺术界联合会及作家协会名誉主席,中国作家协会理事,中国文学艺术界联合会委员等。一九八四年被评为国家一级作家。他从部队转业后,由于长年深入草原生活,眼界扩大了,与广大百姓的心也贴得更近,创作题材明显有了开拓,表现形式也趋于多样,先后写出《莎仁姑娘》《遥远的戈壁》《老班长的故事》《新春曲》《先锋》《"逃"回来的战士》等短篇小说,《敖尔盖草原的歌声》《女拖拉机手》等散文,还在一九五九年发表了电影文学剧本《骑士的荣誉》。从其创作成就看,小说创作仍然占据最重要的位置。而其中,更为重要、更加显眼的,则是他在一九五六年发表的草原儿童短篇小说《小冈苏赫》。这篇作品以蒙汉文发表,少年儿童出版社还出版了单行本,之后又选入了少年儿童出版社《上海儿童文学选 1949—1979·第一卷:短篇小说》。作品历久弥新,在二十多年以后,改革开放的新时期,又被译成英文,发表于《中国文学》(英文版一九七八年第八期),并在一九八〇年第二次全国少年儿童文艺创作评奖中获三等奖。作品悠远的历史性、鲜明的现实性不言而喻,影响的深广可想而知。可以说,阿·敖德斯尔的名字之所以能为广大读者知道,主要得力于这篇儿童小说。

《小冈苏赫》创作于中华人民共和国成立初期。作家在内蒙古草原飞速发展的社会环境里,在内蒙古历史上从未有过的组织起来放牧的生活中,塑造了一个受新生活、新思想的哺育,又具有蒙古民族剽悍气质和倔强性格的牧民儿童——小冈苏赫的形象,真实生动地表现出那个特定历史时期里蒙古族儿童的思想、感情、理想和意志。并且,从小主人公所特有的思想方式、生活方式中,反映出内蒙古牧区的草原风光、社会状况、风俗习惯和人们的心理特征。这个牧民儿童形象使作品有了强大的艺术生命力。

作家全力写活小冈苏赫这个儿童形象：

其一，先着力描绘对小冈苏赫的第一次印象：

……突然，蒙古包的门被撞开了，一个身穿草绿色大袍、腰间像大人一样宽宽地扎着红绸腰带的七八岁的孩子，骑着一根长长的柳条子，身上还挂着刀枪、弓箭，横冲直撞地跑进来。

"阿爸，给我买来了套马杆绳没有？"他边问边掏着父亲的怀。

这装束，这动作，这模样，都透露着草原牧民的感情和蒙古民族的风貌，十分鲜明。

其二，用两件在蒙古族牧童身上很平常而又不平常的东西凸显小冈苏赫性格：一枚佩戴在胸前的劳模奖章，一条用哈达包裹后藏在佛龛里的褪了色的红领巾。小主人公的所喜所爱表达了他的所思所想。

其三，细致地写出小冈苏赫在草原生活中关键时刻的言行举止，如写小孩子们吃光了"好阿爸"过年供佛爷的点心糖果，"好阿爸"气得拿了套马杆子追，伙伴们四散奔逃，他却站在那里等着认错；大风暴的黑夜里，他在野外听到狼叫心里很怕，却装大人用粗嗓子喊，还把羔皮帽子挂在树上当假人等。

其四，用心提炼牧区儿童语言，如写小冈苏赫"活像一个打了一只狼回来的猎人"；写他听到外边传来牲畜叫声，就"急忙跳起来：'我的小羊羔回来了……'边说边急急忙忙往外跑"，都有声有色、有情有趣。

作家从内容到形式，从采撷素材到艺术表达，都十分注重凸显草原游牧民族在历史进程中所形成的民族心理状态的发展、变迁，十分注意草原上牧人生活、儿童情感的新的进展、变化，使民族特色、地域特点与时代特征、儿童特性熔铸一体，具体、生动地写出少年儿童身上所体现的民族性格的新内涵。

值得专门提到的是，阿·敖德斯尔也下功夫写好小冈苏赫周围的成年人形象。如写小冈苏赫家雪白蒙古包的"哈那"上挂满了阿爸特木尔图喜的种种奖状，写出他是名气很大的摔跤手，还在畜牧业生产上做出不一般的贡献。阿妈敖尔吉玛在风暴中不顾自家而去帮"好阿爸"赶一群怀孕母羊。这就很自然地写了民族美德代代相传，写了草原牧人的新家庭、新一代，从而深刻地反映出党的民族政策的胜利，反映出祖国是一个统一的多民族的大家庭。

显然,少数民族儿童小说,也是植根于民族生活土壤的。只是,少数民族儿童文学作家更需要与少数民族儿童心心相印、息息相通。

五、满族作家张少武的短篇小说《逮鸟儿》及其他

张少武(1933—2015),男,出生于辽宁省开原县城郊小李台。先祖阿可敦为满洲正蓝旗之骁将,曾随顺治入关,因不肯奉迎宦官权贵而被"遣回关东,永不叙用"。其后几代皆为"躬耕垄亩"之农人。他从小受民间文艺熏陶,热爱文学。中学毕业后,一九五一年春到沈阳新华书店东北总店参加工作。一九五四年夏调干上大学,考入东北师范大学中文系。自此开始发表作品。一九五六年写出短篇儿童小说《逮鸟儿》,反响热烈。一九五八年大学毕业,先后任吉林省重工业厅秘书、吉林人民广播电台编辑、记者,业余仍坚持儿童文学创作,除了写中短篇儿童小说,还写儿童诗;先后出版了《瓜王》《收窝瓜》两本儿童诗集。后来创作的儿童短篇小说《摸鱼》《捉怪记》,分别获吉林省中华人民共和国成立三十周年文学创作一等奖、吉林省第二届优秀儿童文学作品奖,并被收入全国性的选集。一九七九年调到长春市文学艺术界联合会,创办《春风》杂志,历任杂志副主编、主编;一九八三年加入中国作家协会,被选为省作家协会理事、省儿童文学工作委员会副主任。同年担任市文学艺术界联合会常务副主席、作家协会副主席。一九八七年评定为编审职称,获得国家及省"荣誉编辑"称号。其间,先后出版短篇小说集《远方的种子》、中短篇小说集《红缨弹弓和铜脚渔网》、中篇小说《赤壁大战》《九月的枪声》,以及《张少武儿童文学作品选》等。他的儿童文学创作在东北儿童文学发展史上有着重要作用。

他的处女作《逮鸟儿》,情节单纯,结构明朗,充满童趣,自自然然地写出儿童心灵的淳真美和稚拙美,是一篇真正意义上的儿童生活小说。作品发表时,正是中华人民共和国成立后号召作家多为儿童创作的时期,当时,文艺界在倡导社会主义现实主义,儿童文学界在讨论儿童文学的教育作用,文学创作欣欣向荣之中潜伏着一种以"政治标准第一"为掩护的概念化的苗头。而张少武的这篇小说,却因为作家熟悉儿童生活、深入儿童心灵、提炼儿童语言、表现儿童情感而凸显了儿童文学创作的特殊性。而这,正展示了儿童文学创作的关键所在、意义所在。

《逮鸟儿》从小主人公"我"看到隔壁兴林二哥的"红颏"鸟写起,从惊奇"红

颏"下巴底下那一块水彩染过一般的红,到围着鸟笼转圈,侧面写出"我"对"红颏"的喜爱之情。又正面描写了"我"渴望得到"红颏"的心情:"要是也有这么一只红颏,那该多有意思!"待听到兴林说逮它很容易时,"我蹦高乐""飞似的"去做一切捕鸟的准备,直到第二天天刚麻麻亮就起床,到南河湾去下了夹子、张了网。作家通过对"我"的行动的一系列描写,把"我"想得到"红颏"鸟的躁动不安的心情活脱脱地表现出来。捕鸟过程中,写"我"怕惊了鸟儿,特意绕大圈进树林的小心翼翼的神情,写下夹子时"乐得心跳,手脚直打哆嗦",以及遛鸟之后怕被鸟发现,就"扁扁地趴"在地里,"鼻子尖都快贴地了"的过分紧张的气氛,也都出神入化地把"我"的机灵和谨慎、迫切和细心活生生地呈现在读者眼前。"我"经过兴林哥帮助,终于逮到了"红颏"鸟。这是一个孩子梦想成真的开心结局。但作品没有结束,作家笔锋一转,写"我"看到好心的齐爷爷十分孤独,决定把这只新逮的心爱的鸟送给齐爷爷。瞬间凸显了"我"的淳朴与善良,凸现了新农村新儿童的心灵之美。作家的巧妙在于,将儿童日常置于现实天地之中,作品中写到兴林哥、写到"我"的姐姐,虽然都是穿插性的,着墨不多,却写出了新社会新青年的精神风貌,写出了我国新农村的生活景象。显然,张少武的创作揭示出:儿童文学首先是文学,是反映现实、反映时代的;也显示出少数民族儿童文学表现少数民族儿童新的气质,也就表现出民族心理素质在新一代儿童身上的新发展。

写于这时的另一短篇小说《放马那天》,同样是写新农村新儿童的。相比而言,《逮鸟儿》写儿童爱鸟逮鸟,从日常游玩切入儿童内心的善;《放马那天》则写儿童爱劳动爱集体,从三个儿童在暑假期间为生产队牧马写起,写出儿童们愿意像大人一样为生产队尽力做一些事情,写出儿童心灵的美。两篇作品,都生动地描绘了农村新生活里儿童人物独具的心理状态,又鲜明地刻画出他们的独特个性。如写每天放马的保祥也很累,算术题还没做完,困劲儿就来了,爷爷让他上炕去睡,可是好动的他大白天哪能睡觉呢?他与爷爷并排躺在炕上,就拿爷爷的蝇甩儿"盖住脸——让他看不清我的眼睛是闭着还是睁着",一会儿爷爷打起呼噜,他就悄悄溜出家门。这就很自然地写出了保祥累了不歇、写作业和牧马两不误的好孩子品格。又如写保祥和小伙伴虽主动放马,却常常毛手毛脚、贪玩误事,也很真实、很能打动人。而更能体现张少武创作特点的是,他的每一篇儿童小说,都并不只是在写儿童,也写出了儿童生存于此的新农村的新事物新气象,写出了新农民的新思想新观念;并不只是塑造了儿童人物的性格,也渲染了浓浓的乡情,透露着大东北的地域特点及特定地域中的民族特色和时代特征。作品通过对保祥等三个孩子活动背景的描写,真切地表现出更为广阔的社会生活。

六、彝族作家普飞的短篇小说《三个牧童》及其他

普飞(1934.6—2020.7),男,云南省峨山彝族自治县锦屏乡万和村一个贫苦农民家庭出身。小时在简陋的农村小学读书,但他有一位善于讲迷人的民间故事的祖母,使他从小受到文学熏陶。土地改革时他到地主家捡来一些旧书籍,又用挣工分得来的钱订文学刊物来读。一九四八年小学毕业,便参加了中共地下党领导的武装斗争,在武工队当战士和情报员。一九五一年,参加修筑昆洛公路,从杨武一直修到了西双版纳。一九五四年以后,回到家乡当农业社医生,当会计、记分员、民办教师,其间广泛阅读了大量中外文学作品。一九五五年,云南省文学艺术界联合会举办反映工矿技术革新、农村互助合作运动的征文活动,他的第一篇短篇小说《孟元才入社》获奖;一九五七年,发表在《边疆文艺》的短篇小说《玉龙峡》也得到好评。从此他坚持业余创作,并开始写儿童文学。几十年间发表作品几百篇,出版有《重赶峨山街》《打豪猪》《猎村的孩子》《爱听音乐的小野兔》等作品。一九六五年,他作为云南代表参加了全国青年业余文学创作积极分子大会。短篇小说《山路崎岖》曾获云南省首届少数民族文学创作一等奖,散文《走在五彩缤纷的地方》获陈伯吹儿童文学奖。一九八〇年,被调到峨山县文化馆工作,任《峨山文化》主编,副研究馆员,中国作家协会会员,云南省作家协会理事。在云南省他是有代表性的农民作家,虽然没有"文凭",却有深厚的生活积累。尤其可贵的是,他有一颗纯真的童心。他一生从未离开过自己家乡的土地,没有脱离过生产劳动,他热爱彝家孩子,熟悉、理解他们,而且能用孩子们最喜欢的讲故事的方式和有趣快乐的语言来表达。

普飞的儿童文学创作,以短篇小说为主,也涉及儿童们普遍喜欢的、富有幻想色彩的童话,以及儿童们最为关心的记叙身边的人和事的小散文。但,无论写什么、怎样写,题材主要取自峨山彝族山村儿童生活的方方面面。他尤其善于从彝家儿童的日常生活中选取素材,透过看似单纯明朗却纷繁复杂的生活现象,捕捉能表现生活本质和儿童心灵的琐细事情和微妙瞬间,让人能具体地感受到、能真切地领悟到其文字中的情感。所以,他的儿童文学创作,从来就不是写古往今来的历史纵横,也不写波澜壮阔的宏大场面,他就是写一个个模样不同、性情殊

异的彝家娃娃的所思所想、所作所为,普普通通、平平常常,而又曲曲折折、弯弯绕绕,让你心生共鸣,不忍释卷。如短篇小说《三个牧童》,写彝族农家的三个放牛孩子——好指挥别人的小其卡,好争先的洛拉,好赌气的阿鲁。他们三个人,一块儿放牛,一同打斑鸠,一起吹叶子哨;傍晚,他们又各骑在牛背上吹着悠扬的短笛回家来。一天,他们笑着说着忙着早早回家,吃一点饭就扛着板锄、小条锄出了门。原来,乡里通知他们,明天起重新上学不再放牛。他们高高兴兴地要去把放牛路拓宽、修好,让公牛不被挤着,让母牛、小牛不被推挤。晚上,三个小伙伴一起睡在小其卡家的火塘边,大人们睡熟了,他们还在说话,说明天早早起来跟老师要书,让老师先教他们三人一课,洛拉还说要先学写"共产党"几个字。他们简直不想睡,只想天快些亮。作品活脱脱地写出山村彝族儿童一心想读书又爱牛爱家乡的天真愿望和理想追求。另一短篇《我的舅母》,题目是个谜,不写小孩子写舅母是怎么回事？原来,这个舅母终日笑嘻嘻的,又最爱小孩子。现在,"我"要去找表哥玩弹弓,自然就想到了舅母。可是,这次"我"见到的舅母不笑不说,连站也不站起。只是因为修公路要占舅母家的地,舅母就是不让。众人劝说,舅母不听;表哥和"我"做她的工作,她也不听。后来村长王伯伯说愿将自家的好地拿来跟舅母换。舅母说自家的地是人们最爱的堂前地,问儿子是否爱。"我"的表哥说要学村长,不要这地。舅母终于含泪笑了,答应让地！显然,普飞是在写山村新一代少年儿童的新思想、新气概,写民族的新希望、国家的新未来,也生动地写出了千百年来小农经济造成的农民顽固保守的狭隘、自私的观念,改变农民观念是一件多么不容易的事情啊！但从根本上说,建设社会主义是符合农民利益的,农民拥护社会主义是必然的。由此可见,作为农民作家的普飞写的儿童小说的思想深度和在当时的影响力度。由于普飞写的是他最了解最熟悉的彝家生活,所以,他不只是写了彝族山寨的风土人情,而且更为细致、细腻地描写了彝族人的民族心理素质。他的作品总是以富有本民族特色及西南边陲山村特点的细节描写取胜,他的描述就常常显得单纯率真、真切动人。尤其是写人物,他常常以平常的对话写出某一人物在某一环境中的神情、神态,让人看到他的心思、心境。做到这一点,又得益于他对本民族口头语言的采撷和锤炼。渗透了民族、地域色彩的文学语言,自会营造出一种独特的、浓郁的民族生活氛围,散发出独一的、清新的民族生活气息。如《三个牧童》中写:

……洛拉说:"我们才读了两年书,爸爸妈妈为了抢工分,就把我们叫回来放牛。如今要复学了!"阿鲁说:"这次是社里开会叫我们去上学,他们说'你们不要放牛了,学习要紧'。"小其卡说:"以前我们是学彝文,这回彝文、汉文都可以学了。"接着三个人嚷着:"明天又要上学了!明天又要上学了!"忽然洛拉说:"不知道我们的老师是男的还是女的?"阿鲁说:"大约是男的吧,也许是女的。"小其卡说:"是男是女都好,我们明天早早见老师去。"

这三个孩子说来说去,说出了他们渴望上学的心愿,也说出了彝族山乡生活上、观念上的变化;说出了民族平等、民族团结的现实。但,一切都是实实在在、真真切切、自自然然的。这,不仅显示了普飞生活底子厚,也显现出童心不泯的艺术表达。这一点,说起来容易,做起来很难。而这正是普飞儿童文学创作成功的关键一点。

普飞从不脱离农事劳动,他的作品既鲜活,又都十分短小,每一篇都内容集中、题材独特、题旨鲜明,令人难以忘怀。如写带领小伙伴帮大人找水抗旱的九岁孩子的《小波》,写刚刚六岁却天天到学校听老师上课学认字的《小铭生》,写找上同学设法吓唬老巫婆以揭穿迷信活动的《彝娃智斗老巫婆》,写孩子知错就改的《一只小锦鸡》《一把花银刀》等。

短篇小说之外,普飞还写了一些短小的童话和散文。童话大多从本民族民间故事中汲取素材、借鉴手法,如《掉金银和不掉金银的小树》,讲述父母去世后,心坏的哥哥牵牛回家,弟弟只从牛尾巴上拽下一只牛虱子来,但,弟弟最终有牛有金银。如《小白熊采药》《天门向妈姆敞开》,用幻想的艺术手段讲述知识;《新一号老虎》则用传统的讲故事方式阐释科学幻想。《天下第一猴场》《吵嚷的日子》则是幽默童话。散文也着重写彝家小孩子帮大人、为集体而好好放牛、好好读书、好好干活的种种感人故事,如《阿果》《大平山顶》《泪浇的小树》等,都写得逼真传神。

在二十世纪五十年代,普飞的小小作品产生了大大的影响。在少数民族儿童文学创作中,起到了不可忽视的带头作用。

七、彝族作家苏晓星的短篇小说《阿爹与荞荞》

苏晓星(1931—2009),原名李德祥,彝族名麻博阿底,男,中共党员,出生于贵州省赫章县。一九四七年肄业于贵州省毕节县中学。一九五一年参加工作，历任县粮库会计，县委干事，县报代主编，《山花》杂志编辑，贵州民族学院中文系讲师，贵州省文学艺术界联合会《南风》杂志副主编，省作家协会专业作家。省第三届人大代表，省第七届政协委员，中国作家协会贵州分会民族文学委员会主任、理事。一九五二年开始发表作品。一九五九年加入中国作家协会，一级作家。著有长篇小说《末代土司》《无敌头帕》《省城轶事》《政界》《冷暖人生》，中篇小说《奴隶主的女儿》，中短篇小说集《良心的中伤》，短篇小说集《彝山春好》，专著《苗族文学史》（合作）、《民族民间文学散论》等。作品获一九八一年、一九八三年贵州省少数民族文学创作奖，全国民间文学优秀作品一等奖，全国首届、第二届少数民族文学创作奖。一九八九年再获贵州省少数民族文学一等奖。

苏晓星的创作中，儿童文学占有一定比重，如短篇小说《种花人》《阿爹与荞荞》。他善于在特定情境中通过人物的日常言行刻画人物性格，尤其注重描写人物言行的细小、细微处，以微见著，以小见大，把人物内心世界写得真切、贴切，能够真正地感动人。写于一九五六年年底的短篇小说《阿爹与荞荞》是他的儿童文学代表作。作品写爱自家的黑粉嘴牛、爱心疼他的阿爸、爱好学上进的阿哥，也爱同学、爱集体、爱农业社主任长寿叔的彝族小学生荞荞，在农业合作化运动中，为黑粉嘴牛即将入社感到高兴。可是，阿爹把两条眉毛蹙在一起，像菩萨样看人，眼珠不动；又像老虎样哼哼鼻子，叨念什么；还见珠子样东西从黑粉嘴牛肚皮滚下去，阿爹哭啦！阿爹不喂牛了，他要把牛卖掉。荞荞又气又急，跟阿爹撒着娇说着话，阿爹说荞荞人小少管事，不听他的；荞荞想写信让会讲道理的阿哥回家来，阿哥回不来，没有用。但，荞荞怕瘦了牲口，就使出爬树干翻草堆的本事去取草。却见阿爹扛了梯子爬上来了，又见社主任长寿叔肩上扛了三捆草、手里提着半桶水，也来了……把彝家儿童的淳朴纯真，彝族地区的偏僻封闭，农民阿爹的狭隘务实，都写得真实、确切，赞扬儿童好思考，热情、有趣；批判农民旧意识，诙谐、风趣；表现农村新气象，含蓄、生趣。作品语言浸渍了彝族生活的汁液、浸漫着彝族儿童的情思，彝族的味儿满满的，山村的情韵浓浓的。与普飞相比，虽然他们两个人都出生在彝族山寨，是同时代的作家，作品语言都素朴自然，却各具一格、各有特色。如苏晓星写荞荞跟阿爹的亲热：

"……哎，阿爹，爹爹……"说着，飞身骑在阿爹腰里，两只小手圈住他的颈子,哼着牛崽子一样的声气,舌片儿在那老脸上乱亲。"阿喽喽,你不要拿它糟蹋人,我颈子里毛茸茸的呀!"

阿爹放开荞荞,从头上解下帕子来,像解送什么鬼魂似的,"呸臭!呸臭!"地念念,使劲拍打。帕子上飞起的灰尘呛得人难过。"呸臭!呸臭!""啊嚏!啊嚏!"阿爹叨念着,荞荞呛咳着。

苏晓星写儿童小说不多,但从内容到形式、从思想到艺术,有很鲜明的民族性、现代性。

八、苗族作家杨明渊的短篇小说《芦笙的故事》

杨明渊(1935—),苗名里库,男,中共党员,出生于贵州省黄平县新州镇老虎坳。一九五一年毕业于贵州黄平县中学。当年参加工作,历任麻栗坡检查站检查员,西双版纳边防部队侦察员,《云南日报》编辑、记者,《滇池》杂志编辑,昆明市文学艺术界联合会专业作家,昆明市第六、七、八、九届政协委员。一九五六年开始发表作品,写了儿童散文《游方》《生命之歌》等。一九七八年之后,陆续写出反映苗族风情的散文,并修改了短篇小说《芦笙的故事》。一九八〇年六月加入中国作家协会,七月参加了由国家民族事务委员会、中国作家协会召开的少数民族文学创作会议。这一年,与人合作写出中篇儿童小说《苦聪山上》,由河南人民出版社出版。先后出版散文集《钟情鸟》《在深山密林中》《野象出没的丛林》《苗岭情思》《流动的黄金》《云岭苗山纪行》等。散文《欢乐的芦笙会》获一九七九年云南省文学创作奖,《老虎坳》获全国首届少数民族文学创作奖,《桥》获一九八二年云南省文学创作奖,《"蛊女"的命运》获全国第二届少数民族文学创作奖一等奖,《凡草克顽症》获贵州省庆祝中华人民共和国成立四十周年纪实散文二等奖,共获全国及省级文学创作奖七次。

短篇小说《芦笙的故事》是杨明渊儿童文学代表作。芦笙,是西南边陲少数民族最爱吹奏的一种乐器,音色浑厚明亮,用以伴奏歌舞或欢庆节日。在苗族地区,芦笙更代表了族人的心声,出色的芦笙匠、芦笙手受众人尊重。小说以苗家孩子小库维向爷爷要那把高挂在屋柱上的老旧芦笙开头,引出爷爷追忆往事,讲了这个故事。显然,这是一篇以芦笙为由头的历史小说。讲述的是清朝统治年间,苗族人受剥削压迫,朝廷无止尽地向苗族人要民夫、要粮、要串钱、银子。苗家村寨鸡犬不宁。每到夜晚，苗人吹奏着悲怨的笙乐，议论着造反的事。苗家男人举起长矛大刀反抗压迫。苦战十多年后，苗家被打散了。一名芦笙匠带着十五岁的儿子赶造了许多芦笙，抗暴首领们吹着芦笙召唤族人，重回家乡，山寨又有了生气。但，这位芦笙匠路遇敌人被杀害。少年自此抬着芦笙跟在首领身边，按照命令吹响芦笙。首领及诸多苗人牺牲了。少年鼓起勇气吹响芦笙，竟见到了阿妈，后来他在患难中成了家，也成了出色的芦笙匠。……啊，那个少年就是小库维的爷爷！一段伤心的往事，一段铭心的历史！各民族人民共同与封建统治者斗争的生动的历史事实，证明了我们的祖国是一个多民族的统一国家！证实了中华民族是一个有着优良传统的伟大民族！应该说，这也是一篇革命历史题材的儿童小说。

　　杨明渊青年时代参军后到了云南省，云南也是多民族省份，作家始终扎根在民族生活土壤之中。他所写的那把竹管、笙把都已发黑的芦笙吹奏出来的悠扬的声调，以及苗族人对芦笙的那份深情，都发自肺腑，是苗族人民良好心理素质的一种具体的、细微的表现。这一表现弥漫在整篇作品之中，可见民族特色是外在和内在的统一。他写少年芦笙匠这一人物的经历也非常真实——往偏远山寨送芦笙时，路遇敌人，自己逃脱，阿爸却被杀害。回家磨亮大刀，亏得老者、阿妈和众人劝阻。少年按首领指令吹响集合、出发号，敌人被歼灭。但清军从洋人那里得到长枪，首领被子弹射中，少年从高坎跳下刺蓬，穿洞逃脱。看见山下村寨被毁、村人被杀，正欲吊死树上，见孤雁飞翔得到启示。他又吹起芦笙呼唤苗人。他，见到阿妈，见到族人，重返家乡，重建家园。少年的生活经历中，有着年幼无知、年少气盛、年轻胆大的种种表现，但始终渗透了对清廷的憎恶和仇恨、对苗族人的同情和挚爱。这样的民族情感，是这个少年的，也是作者自己的。可见，作品民族特色的真正体现还在于作家本人民族情感的深厚与浓烈。作家还巧妙地运用广泛流传的苗族民歌来表现芦笙曲调的内涵，委婉、隽永，幽幽地传到躲在深山峡谷里的苗人的耳朵里，响响地打动着对生存已经绝望了的苗人的心——一次又一次地写芦笙的声音，写芦笙发出的声音有着怎样的蕴涵和力量！杨明渊在这篇小说中，并没有专门描写苗族村寨的风光。一来，在统治者残暴杀害苗族同胞的悲戚时刻，任何有良心的人都不会有心思去看这里的风景；二来，芦笙的故事，需要凸显的是芦笙的声音和吹奏芦笙的人；三来，在屡屡被抢劫杀戮之后，村寨已成废墟，已无风光可言。所谓民族、地域特色，绝不可能脱离时代而单独存在。杨明渊作品的思想性、艺术性与民族性、时代性达到了高度一致,显示了二十世纪五十年代少数民族儿童小说创作的深度和力度。

九、布依族作家王廷珍的短篇小说《山谷月明夜》、江农的短篇小说《血染山茶寨》

王廷珍(1932—2020),男,中共党员,出生于贵州省兴义市。一九四九年参加解放军,历任《战斗报》编辑、记者,中共贵州省委党校宣教股长、理论班主任、文化部副主任。一九五九年修业于贵州大学中文系。而后任贵州省民族师范学校副校长,贵州民族学院艺术系主任,贵州电视剧制作中心艺术顾问,贵州省青联副主席、省布依学会名誉会长。后调任四川音乐学院教务处副主任,创作室主任,院学术委员会副主任、副教授。一九四八年开始发表作品,写过小说、散文、戏剧、评论等。一九八八年加入中国作家协会。已出版中篇纪实文学《一个女匪首的传奇经历》,九场话剧文学剧本《月亮山》,电视连续剧剧本《蒙阿莎传奇》《六马兄妹》(《蒙阿莎传奇》是布依族第一部四集电视连续剧);摄制播出了电视剧本《琴魂》(上下集)。出版了传记文学《音乐家贝多芬》,故事专集《中国古代音乐故事》及《久被埋没的宝石——外国音乐家故事》,学术著作《歌词作法》《中国音乐文学简史》等。由他担任副主编的《中国少数民族艺术辞典》获国家民委及国家新闻出版署联合颁发的民族图书一等奖,并选送参加国际图书博览会展出。其间,常有革命题材的儿童小说发表。一九八五年,少年长篇小说《大古山的黎明》由少年儿童出版社出版。

《山谷月明夜》是写二十世纪五十年代初解放军在湘西进行剿匪斗争的儿童短篇小说。首先,湘西地区山势高林子密、人烟少岔道多,土匪扰民多年,加以历年间国民党残兵败将的加入,匪乱更甚。他们凭借对当地山川地理的熟悉,占据山头,抢劫百姓,杀人放火,扰乱社会;几个土匪头子更是狡猾猖狂,与人民政府对峙,与解放军对抗。可以说,湘西土匪的狠毒、厉害是连三岁细娃都晓得的。解放军决定消除匪患,但匪情复杂,攻山不易,困难重重,危险多多。怎样克服困难、克敌制胜?怎样避免危险、险中出奇?这一题材,就像当年苏联惊险小说一样,有极其强烈的吸引力。再加上,少年儿童个个都崇拜解放军,正想看看解放军叔叔们都是怎样的无敌英雄!何况,作品题目中已标明事情发生在"山谷",正是一个幽暗深凹、神秘恐怖的地方,又恰好是夜里!但又不怕看不清,因为那是个"月明夜"。显然,作家在作品的题材、题目上就已经下了功夫。其次,这篇小说是用第一人称"我"的口吻来讲述的,具体而实在,贴近而亲切,有极强的真实感。再次,不是平铺直叙,而是合情合理地写来,弯里弯曲地设障,尤其善于渲染一种氛围,让你身临其境、感同身受——错路间遇见善良老者,破庙里藏进战斗玄机,无畏中生出天大胆量,对敌时有着无穷智慧。就这样,"我"因为急着送信,忙着问路,恰是快着走来,多着悬疑。可见作家善于借鉴中国古典名著中的艺术手段,也可见中华传统文化的精粹既是各民族人民在历史进程中共同创造的,也可为各民族人民共同汲取。作品中写营长让"我"去送一封紧要的信,摊开一张皱皱的地图,告诉他朝哪个方向、经过哪些地方。

> ……可是糟了,满天的雾罩使我早就迷失了方向,……真巧,一个戴斗笠的老乡来了,几十里路没有遇见个人,我像碰见久别重逢的亲人一样迎上去,拉开喉管问道:"金鸡山朝哪里走呀?"那位老乡离我丈把远就站住,呆呆地看着我,好久,颤声颤气地指着中间的那条路说:"这里。"……我很想和他多拉几句话,可是,他好像很害怕似的,斗笠遮住大半边脸,干瘦的身子侧向一边……可怕的事情终于来了,我已经迷失在一座大森林里头……

看,那个"老乡"把"我"引进了没有路的大森林;环境多么可怕,气氛多么恐怖,心情多么紧张。而最为可怕的是,那封紧急的信送不到,后果会怎样?一件看似简单的送信的事,却写出了湘西地貌的复杂和环境的险峻,写出了匪首的狡诈和"我"的幼稚,随之写出了"我"作为一个解放军战士的勇敢与机智,凸现了"我"这个在战斗中成长的少年英雄形象。王廷珍是一个有战斗经历又多才多艺的作家,他的儿童小说富于戏剧性,那个少年英雄有血有肉,淳朴、勇猛的形象,似乎就在我们的面前。

《山谷月明夜》是二十世纪五〇年代革命历史题材儿童小说中最具影响力的作品之一。

江农(1939—2015),原名龙国义,男,出生于贵州省贵阳市。中国当代文学研究会会员、贵州省作家协会会员、贵州省作家协会民族文学委员会委员。发表过诗歌、散文、短篇小说、人物特写、文艺评论、电影文学剧本等作品,还整理了一些民间故事,以诗歌、散文较为显著。已出版诗集《爱的露珠》《春的山谷》;发表散文《用心血浇灌艺术的花朵》,红军故事《木姜子》等;还根据布依族民间传说创作发表了一些叙事长诗,如《刺梨花红》《泉井的传说》等。讲述红军的故事的《木姜子》获贵州省第一届少数民族文学创作奖,并被选入高等学校文科教材《中国少数民族作品选》《红军故事》《布依族民间故事》等书中。短篇小说《血染山茶寨》被选入《中国少数民族儿童小说选》和《贵州少数民族短篇小说选》。

《血染山茶寨》是江农儿童小说创作中的代表作,与《山谷月明夜》一样,是写那个年代在民族地区所进行的剿匪斗争的革命历史题材作品。《山谷月明夜》写的是解放军少年通讯员的忠诚、勇敢、机智;《血染山茶寨》写的是恶霸土匪班老豹窜回布依族山茶寨烧杀抢劫,杀害了村秘书小马、儿童团员茶花小姑娘,毒打民族小学女教师何兴珍后又把她捆在寨前的大青树下,扬言杀女共产党祭寨。儿童团员银荞在土匪开枪时翻滚到路坎下的茶树林里,在林中小道上遇到了农会主席苦海大耶。这时,大青树下,布依族中为亡者念诵经文的班端公,提高了悲伤的嗓音,一句一句、很慢很慢地念着祭文,希望把时间延长些,再延长些。苦海大耶和张政委带着解放军和联防队飞奔山茶寨,吓住了正要杀人的两个彪形大汉,班端公挥起长刀砍断了匪首班老豹正要开枪的手,苦海大耶一梭子打倒几个亡命徒。第二天山茶寨开了公审大会,处决了班老豹等几个匪首。布依人翻身得解放的日子终于来到了。小说虽以斗争胜利为结局,却写出了胜利是烈士鲜血换来的真理。欢乐中有失去亲人的哀伤、有历经苦难的辛酸,由此形象地揭示了"革命"的含义、"历史"的意蕴。更应该注意的是,从这样的作品中可以读出:反动统治者是中华民族共同的敌人;"打倒反动派,解放全中国"是中华民族人民共同的心愿。由此深入理解中国是一个统一的多民族国家的深刻内涵。作品还从侧面、正面描绘了外地来的汉族女教师何兴珍的形象,更加凸显民族平等、民族团结的具体践行和深远意义。作品的艺术结构十分巧妙。虽是短篇,却采用"花开一枝,话分两头"的写法,使儿童团员保卫家乡的行动与土匪头子班老豹作恶多端的罪恶对照分明,既头绪清楚,使情节复杂而明了,又营造了一种危险在即、刻不容缓的紧张气氛,凸现出银荞机敏的智慧和勇猛的精神。作品也以尽情渲染来达到深切感染的目的。如一开头就着力写儿童团员茶花小姑娘,她的所想、所说、所做,给人留下深刻印象。土匪联络员向她开枪,"血染红了她的衣裳,也染红了洁白的茶花",悲痛的气氛很浓。又如写匪首班老豹急于砍杀"女共产党何兴珍",但念诵经文的班端公不理睬,慢慢悠悠地绕着走圈,字字句句地合着节点,等候着、期待着。终于,解放军包围了寨子,苦海大耶杀了站岗的土匪,冲到其他土匪前面,大喊一声:"不许动!"何兴珍老师得救了!全寨子布依人翻身了!欢乐的结局是真实的,也令读者感到振奋。而在细细品读之中,还可以体味到,这种令人振奋的昂扬气息,即使在哀伤中也是贯穿着的。如写土匪联络员向茶花小姑娘开枪之后:

> 银荞钻出茶林,爬上路坎,来到茶花身边,只见茶花倒在一丛油茶树旁边,胸前的红围腰上,打穿了一个洞,从里面淌出了很多血。……银荞含着泪说:"我背你走!"茶花摇了摇头,望着洁白的山茶花说:"不,我要茶花……"银荞折了枝山茶花给她,茶花微笑了,慢慢地,闭上了眼睛……银荞把茶花安放在油茶树下,摘了把茶花放在她胸前,发誓要为她报仇!夕阳的余晖透过茶子林,给茶花的身上,给周围的群山染上一层金色……

这是记叙,也是抒情。整篇作品的思想性与艺术性达到了高度统一。

十、侗族作家刘荣敏的短篇小说《节日里的故事》

刘荣敏(1936—2016),笔名祝化、凌乾,男,中共党员,副编审,出生于贵州天柱。一九五八年肄业于贵阳师范学院中文系。历任贵阳市文化局社文科科员,《群众文艺》杂志编辑,《花溪》杂志编辑、小说组组长,贵阳市作家协会第一、二届副主席,贵州省作家协会第四、五届理事。一九五六年开始发表作品。一九八一年毕业于中国作家协会第六期文学讲习所。一九八三年加入中国作家协会。他一开始创作就关注儿童题材,著有短篇小说集《金鸡飞过岭来》等。《风雨桥头》获一九八〇年贵州省创作二等奖,《打牛场上》获一九八一年贵州省创作二等奖,《高山深涧上的客栈》获一九八五年全国少数民族短篇小说二等奖。

《节日里的故事》是一篇儿童短篇小说,小学校园里一个事事争先的班级,因一个名叫小邋的淘气同学打水仗时泥污了衣裤鞋帽,在清洁卫生竞赛中评分落后,丢掉了红旗,弄得卫生委员小平平和同学们都心里有气,想着夹攻小邋,整他一下,却正好遇到少先队中队长小明。小明说这样不好,真心帮助同学才对。于是,大家依着小邋以往在演出中总是扮演《三国演义》周瑜的兴趣,邀他排练节目,请他听从大家的意见……小同学们不打不骂、不吵不闹,玩着,说着。哈,谁的毛病都是可以改掉的呀！作家写来极其真切，平平常常，自自然然，令人觉得小逯虽做错事，却不是故意的，他一定能克服缺点。作家的高明之处就在于对儿童生活观察得仔细、探察得明白。而更重要的是，作家的创作看似十分随意，实则时时用心、处处刻意；所采撷、提炼的语言，既是当代小学生的口头语言，又是简洁明快、通晓顺畅的儿童文学语言，朴朴素素、清清朗朗，令人感到小学生们就是这样想、这样做的。文学是人学，人们常说的这句话，只有在真正的创作实践中才能具体地感觉到、感受到。人们常说，儿童文学是最浅近、最平易的文学。这篇小说最足以说明这一点。刘荣敏写了不少这样的作品，他自己就是一位平易近人、贴近百姓、亲近儿童的人。

十一、朝鲜族作家金昌锡的短篇小说《飞鸽传深情》

金昌锡（1938—2016），曾用笔名俞哲、金汪盛，男，出生于吉林和龙，一九六五年肄业于吉林省延边大学朝鲜文系。历任图们市第一中学、第六中学朝鲜文教师，图们市文化馆文学创作辅导员、市文化局创评室专业创作员，《天池》月刊小说编辑、编辑室主任，副编审。中国作家协会延边分会第六届理事、小说委员会委员。一九六三年开始发表作品。一九九三年加入中国作家协会。著有短篇小说集《我所敬慕的女人》，《鸽子》获《小溪》文学奖、延边文学奖，《爱与恨》获一九八四年阿里郎文学奖，《父亲的使命感》获一九九六年全国青年期刊好作品奖。另有译著中篇报告文学《海底是泥》，长篇传奇文学《我与拿破仑》（合译），中篇小说《第四个女人》《外交官夫人轶事》等三十二篇。

金昌锡写儿童文学很少，其儿童文学作品大多用朝鲜文写。《飞鸽传深情》由金永彪译成汉文，是一篇不多见的表现爱国主义、国际主义精神的儿童短篇小说。应该说这篇作品是这一时期这一方面儿童小说代表作之一，也是作家的儿童文学代表作。作品写千里图们江畔，中朝两国的村庄隔江对望。在钓鱼、游泳时，两国的小朋友常能碰上，有时还互相说些笑话。后来，因为一只鸽子，有了一个故事——暑假的一天，"我"的哥哥从姥姥家带回一白一花两只小鸽子。兄妹俩细心地照顾、训练鸽子，并为它们起了名字：白的叫丽丽，花的叫咪咪。一个名叫永浩的粗野孩子想要玩鸽子。鸽子都躲着他。丽丽飞上了房顶，咪咪也要向上飞，被永浩扔来的小食槽打中。咪咪受了伤，落在江水里，被对岸放牛的孩子救起，因为鸽子飞不动了，那个孩子就抱着它回村了。转眼几个月过去，"我"和哥哥放学回家,见十多只鸽子落在房顶,其中一只飞下来落在哥哥的肩上,其他鸽子又都飞往对岸。啊,这是咪咪!哥哥从它腿上拴着的小塑料管里取出一张叠得整整齐齐的字条。字条是朝鲜小朋友朴浩男写的。此后,丽丽和咪咪常在两岸飞来飞去。很快到了寒假,中朝小朋友都到图们江上玩陀螺,哥哥玩陀螺最带劲,一鞭子抽到朝鲜小朋友跟前。"我"放飞了咪咪,也终于找到了朴浩男。哥哥把七彩陀螺送给了浩男。鸽群在万里无云的天空盘旋,两国小朋友脸上露出甜甜的微笑。作品中,鸽子也是一个意象、一种象征。虽说这种写法有些一般化,但,孩子纯情,鸽子传情,都是很真实的。作品的优长还在于:其一,情节虽然简单,却反映了一段历史、一个时代;也抒写了珍贵的、中朝人民用鲜血凝成的友谊,抒发了深沉的、中朝百姓情意汇成的愿望。作品所要表达的,就是渴望和平、祈愿幸福、世世代代过太平安宁的日子。这正是小题材、大主题。其二,爱国主义与国际主义是一致的。并不是一说"主义"就是唱高调。"主义"源自大众的思想愿望,只有实实在在的行为才能使"主义"付诸实现。对于儿童来说,对"主义"的理解、践行,就在于文学形象的感染和真实情感的陶冶。其三,通过儿童的游玩、游戏,点出故事发生的时间、地点、环境,显得简明扼要、简洁精当,使结构更紧凑、内涵更深切。其四,作品采用口述的形式,毫无雕琢、矫饰的痕迹,在平常、平易中更显素朴、质朴,更有一种亲切、亲近感。

十二、其他少数民族作家的儿童小说

二十世纪五十年代,百废待兴,百业重振。美好的现实,美妙的未来,就在各民族作家的胸怀和创作之中。他们或以新的情思追忆往昔年代敢于革命、勇于斗争的精神、风貌,或以新的目光审视新一代人敢于破除迷信、消除陋习的思想、行动,或以新的道德衡量今日少年面对社会、面向生活的认识、态度,恰都以少数民族儿童的视角,描述少数民族儿童的新形象,表现民族生活的新气象,也由此反映出南北方少数民族地区社会发展、观念进步的现实。所以,这一时期的儿童小说虽然都比较短小,生活容量、艺术蕴涵却都不小。

首先要说的是一九〇九年生于云南省石屏县的彝族老作家李乔。他少年时代随父亲当过矿工,曾在昆明、上海等地流浪。一九三〇年在上海时受左翼文艺运动的影响,开始文学创作,写出反映矿工生活的小说《未完成的斗争》;之后写了数十篇反映和控诉国民党黑暗统治的小说和报告文学。一九四八年参加地下党领导的游击队。中华人民共和国成立后,他先后到阿佤山地区、德宏傣族景颇族自治州、凉山彝族地区参加民主改革运动,亲历砸碎奴隶制的社会剧变,创作了短篇小说《拉猛回来了》《挣断锁链的奴隶》、长篇小说《欢笑的金沙江》等一系列作品。其中,一九五八年由少年儿童出版社出版的《寄自小凉山》是专为儿童创作的书信体散文集。一九五四年加入中国作家协会,被选为第三届全国人大代表,中国作家协会理事,中国少数民族作家学会副会长,曾任云南省文学艺术界联合会副主席。《寄自小凉山》一书共收录十封信。第一封,向小朋友介绍大小凉山彝族地区的地理位置,讲述以往因反动派的挑拨,民族关系不好;解放后民族关系才得到根本改变。第二封,讲述行程,描述松林遍野、矿藏遍地的情景。那里当时还是奴隶社会啊!第三封,在去跑马坪的路上,看到这里人民在民族工作队帮助下种了麦子、水稻,有了贸易公司、卫生所、邮电局、银行、小学等。第四封,遇到火把节。第五封,到了一个部落,讲了这里的种种状况,讲了养着奴隶的黑彝和被称为"锅庄娃子"的奴隶的生活。第六封,来到宁蒗。被压迫的奴隶穷得全家只有一条裤子,还是补丁摞补丁。在各族人民代表大会上,宣告奴隶制的结束。第七封,到了永宁泸沽湖,描述了湖的美丽和神话传说。第八封,以事实讲述奴隶解放关键是精神解放。第九封,做客百姓家的婚礼,为百姓获得自由平等而高兴。第十封,同解放出来的娃子住在一间新房里。百姓过上了新生活!整篇散文中,作家激情满怀,用平易浅近的语言,向儿童讲述了"解放"的意义,新时代、新生活的气息扑面而来,是一则彝族人新生活的颂歌。在这前后,李乔深入生活时也总是关心着不同少数民族儿童的生活与思想,写了多篇儿童散文和小说。如写中缅边界南卡江渡口傣族祖孙水手抓坏人的《南卡江上》;写彝族小孩及时向解放军通报消息,帮助部队消灭土匪的《彝族小英雄》(一九五五年由重庆人民出版社出版);写洪水造成泥石流,彝族少先队员小杨挥着红领巾,阻挡火车前行因而避免了危险的《一颗铆钉》;写勒刚生病,巫师作法耽误了病情,毛主席派来的医生给勒刚打了一针,两天后勒刚的病慢慢好了的《毛主席派来的人》等,都有较广泛的影响。

  与此同时,生于一九三三年、少年时就参军的吉林省满族诗人胡昭,诗心与童心同在,写诗之余,也写儿童小说。他的小说大多写"小八路"生活,虽然写得少,却真实真切,很是感人。因为他十四岁在村里当儿童团长时参加革命,他所写小说中的故事,大多是他的亲身经历。真情实感是他的儿童小说的一大特点。

如《鱼》,小说开头引用老八路唱的歌:"八路军好比一条鱼呀唉/老百姓好比河里的水呀唉/鱼在水里游来游去呀唉/离水的鱼儿难得活吧咿呀唉!"小说内容并不是一般地表现军民鱼水情,这"鱼"也不是普通的鱼,而是一条演戏时用的道具"鱼"。一九四七年解放军挺进松花江东岸,部队宣传队在镇上演秧歌剧《军民鱼水情》,剧中的小男孩用棍子穿着一串鲜鱼,唱着跳着去慰问解放军。部队炊事员起先不要,后来要了要给钱,小男孩不让。两个人在舞台上你追我赶,引得台下一阵阵笑声。这个剧受到欢迎,但演小男孩的小钟拿着的鱼,常常有一种腥臭味。镇上的一个小姑娘小喜天天帮着从河里摸鲜鱼,可天热,还会有臭味。后来这支队伍要撤离,小喜一定要参军,她的入伍礼物就是她奶奶一针一线缝制的一条道具鱼。这给演出帮了大忙。进城后,道具现代化了,这条道具鱼就成了剧院的传家宝。时代变了,这个戏依然演着,依然受欢迎。这个平平淡淡的故事,反映了一个红红火火的年代。作家采用追忆的手法,写两个五年级小学生被领来歌舞剧院参加演戏,看到剧院墙上挂着用黑白布角缀成的一条大鲤鱼,很是稀奇。由此写到以前和当下,既是历史的,又是现实的。

满族作家中申,一九三四年出生,一九五九年毕业于吉林大学中文系,曾任《吉林文艺》《长春》《作家》杂志编辑,吉林省作家协会副主席,中国作家协会会员,上学时就开始写儿童诗,在熟悉儿童生活的过程中又写起了小说。他的短篇小说《打赌》,活脱脱地刻画了名叫李真、方员员的两个小学生的形象。他们一做算术作业就没了精神,却又不能不做。两人一边不耐烦地磨蹭,一边不在乎地打岔儿,为了题目中的一个名词或概念,就"打赌",就计算输赢,就惩罚对方。直到老师来检查作业了,李真还在不停地"打赌",到头来,浪费了两个小时,一道题还没做出来,老师却又出了一道补充题。作家把这个不专心学习、动不动就跟同学打赌的小学生写得十分真切,时时透露着一种儿童式的幽默和诙谐,令人心头有一种恨铁不成钢的感觉。同情吗?不能同情。责备吗?难以责备。一个极简短的小故事,包含了不简单的大问题,诸如儿童学习意识的培育、学习兴趣的培养,以及好习惯的养成、坏毛病的改正,等等,也牵涉到家庭氛围、学校体制、社会环境等多个方面。可以看出,作家深爱儿童、热爱生活、挚爱民族,希望儿童悟到自身缺点、学校重视性格教养、全民族关怀新一代成长。作品从头到尾无一句说教、无一点指责,却写真写活了打赌的场面——令人感觉到,打赌实在是一件无聊的事,无意义,无趣味,浪费了宝贵的光阴和力气,末了是一事无成。整篇作品,以儿童自身的经历、自我的领略,揭示切身的体会、切实的感受,显示出儿童文学的潜移默化作用。作家的高明在于,写活了细节,写顺了情节,自自然然,平平常常,显示出儿童文学形象的真实感人。整篇小说的语言是口语化的,简洁明了,自然流畅,无一点重复,无一丝拖沓,也有一种示范的作用。

另一位出生于一九三六年、中学时就发表作品、大学却学了工科的满族作家佟明光,同样是既写诗又写小说。他主要写校园小说,写校园少年的思想成长。如《足球场上》,以"少年勇士"足球队长余小华与"红星"足球队长郑家栋在公园小道上遇到、对话写起,写余小华争强好胜、骄傲自负,善于调动队员多练却常常使小计、耍花招;郑家栋倒是实实在在下功夫。足球联赛中两队正好相遇。球场上,余小华"下绊子",上半场以 1∶0 胜。同学们以嘘声表示了不满。下半场,"红星"队中锋踢球入网,1∶1 平。这时郑家栋带球疾进,眼看就要射门,余小华却重重跌倒。郑家栋放弃射门,把余小华背到卫生员那儿。余小华流下羞愧的眼泪。小说取材于少年儿童的生活实际,写少年足球赛的进行,写小队员们的踢球状态、进球技艺,写两个队长各自的竞争意向、指挥方式,都具体而生动,有一种鲜明的现场感。足见作家对少年体育活动的了解和熟悉、对少年心理状况的观察和把握。作品中描述性的语言因此显得活泼而生动,余小华、郑家栋的形象也因此显得活脱而活灵。两个形象相对照,使品性对比十分明朗,道德题旨很是明确——任何场合,任何事情,都应该以德为先,道为重。可以说,这是一篇教育小说。只是,作家写得太直白了一点。这是中华人民共和国成立初期儿童文学创作中常见的一个缺点。那时,苏联儿童文学提倡"共产主义教育的方向性",在"一边倒"的强势中,有这样的创作倾向也是自然的。

贵州的苗族作家伍略,是生活中的有心人。二十世纪五十年代,虽已推翻了旧统治,建立起了新制度,但旧的生活方式、风俗礼仪,并不会自行消除。旧习惯与新事物的对立,老脑筋与新思想的碰撞,普遍存在于日常之中。短篇小说《纺车畅想曲》,写苗族寨子里男孩小嘎沙以凳子当拖拉机的游戏和幻想,表现出新社会、新生活对新一代人的热切召唤和巨大影响。新一代少年儿童想着用机器耕地播种、想着农业机械化,那是因为寨子里有女拖拉机手,姑娘们还在夜晚听课学开拖拉机。那些不好好学习、吹着木叶哨到处浪荡的小伙子是无人理睬的,但老辈人也还在用古老的纺车织布呢。作家生动而概括的描写,不仅有趣有味地写了苗家新儿童新的精神风貌,而且真实真情地反映了苗家寨子当时的现实生活。看似平常，确有深度。尤其需要注意的是，作家对小嘎沙这个苗家儿童的塑造颇有特点：一是着重于小嘎沙内心世界的刻画，不是直接写，而是写风景在他心上的反映："嘎沙很得意，他想象着自己正在驾驶着一台拖拉机，在田野里奔驰。……天上的云朵，仿佛那棉絮般落进田水里，悠悠地飘去。山林也掉进田水里，似乎把田水也染绿了。花朵倒影到水里，摇曳着，显得更加鲜艳好看。还有……"二是着意于小嘎沙精神风貌的描绘，不是直白地写，而是写他对某一事物的态度："……另一个小伙子从衣袋里摸出一只打火机，吧嗒吧嗒，一串火苗就窜将出来。'你看，多漂亮。只要你去把姐姐们喊出来了，我就送给你，怎么样？'嘎沙好想得到一只打火机呀！……'不，不！……'嘎沙咬着嘴唇，盯住那只打火机，想了好一阵。他觉得应当有志气……'不不……我才不稀罕呢。'嘎沙终于迸出了一句话。"三是着力于小嘎沙顽皮天性的表现，不是直露地写，而是写特定环境里的特定举措："嘎沙……心生一计，便悄悄下楼去，从灶房里舀来一瓢潲水。走到窗口边，对着楼底下那几个小伙子泼将下去。"这样就写活了小嘎沙这个苗寨新儿童形象。在小嘎沙的身上，既体现了心理素质的提高，又表现出他的个性，情趣盎然而又妙趣横生。这正是儿童小说最为可贵之处。

有的作家作品着眼于细微处，着力于儿童日常生活中的每一个细小行为，以小见大，潜移默化，如壮族作家宁元士的短篇小说《孙悟空的马枪》。在中国，孙悟空这个形象可以说是尽人皆知，他怎么会有马枪？题目就与众不同，可见作家构思之妙。其实，作品写的是小学生中常见的一种现象——爱在书上任性任意地画东画西。弄脏了书本、弄乱了页面不说，还常常使新书变成旧书、破书。而且，从小乱涂乱画惯了，长大了就会养成不爱惜书籍、不爱护公物的不良习惯。在作家心目中，习惯养成无小事。宁元士写的这篇小说就从生活中来，很真实，又写得很曲折：弟弟高兴地读着姐姐从学校借来的崭新的《少年画报》，为使三打白骨精的孙悟空马上打死妖精，就用圆珠笔在孙悟空手上画了一支小马枪。哪里知道闯了祸了，这是公家的书，姐姐怎么去还呢？弟弟飞速跑到报刊零售亭去买一本新的来赔。排了很长的队，到他这里正好卖光。他只得去求那位在他前面买了两本《少年画报》的伯伯。伯伯告诉他，他买两本《少年画报》，一本给女儿看，一本是帮别人买的。弟弟还是求这位伯伯。最后，伯伯让他把画了小马枪的那本画报拿来，换了他女儿那本新画报，让他姐姐还给了学校图书馆。一点小事变成了一件大事，弟弟从此不在图书上乱写乱画，还用旧报纸为书籍包上书皮。

因为他爱护图书,同学们还选他当中队图书管理员呢。作品中,十分自然地写出了儿童情趣,使儿童自己悟出事情的对与错、是与非,也使儿童文学特征鲜明地显现出来。

而蒙古族作家特木尔巴干写的却是一篇不怕"鬼"的儿童小说《夜走坟地》。作品从巴特尔的舅舅前天晚上走亲戚回家后得了一种白天闷睡、晚上点灯、眼睛直呆、不吃不喝的怪病写起,写巴特尔跟着表弟小朝都急急忙忙连夜赶往舅舅家。两个人穿过坟地时看见一个白白的东西一闪一闪地蠕动着,原来是一个死人头颅骨在前面不远的地方咕噜咕噜地滚动,想来是个"白骨精"。月光下,那个雪白的头颅骨和那对黑咕隆咚的眼窝狰狞可怕。表兄弟俩弯腰捡起石头,从左右两边砸过去。把头颅骨砸个稀巴烂,一只黄鼠狼仰面朝天躺着。他俩到了舅舅家,讲了这个真实的故事。舅舅狠狠地拍了一下桌子,笑呵呵的,接过那只黄鼠狼就到外屋去了。作品述说着"鬼"的可怕模样,渲染了坟地的瘆人气氛,恰正反衬出少先队员不信不怕鬼神妖怪的正气和勇气。一个骷髅壳竟让一个大人突然生病,足见迷信思想的危害程度有多深;人们对"疑神疑鬼""无中生有"等成语也就会有更深的领悟。这样的故事其实早就有了,但故事有,迷信还有。作家就民族地区的实际,写得平易可读、真实可信,着力于彻底揭穿,就用不着讲什么道理了。平平常常的一则作品,实实在在的一分力量,这也正显示出少数民族儿童文学贴近生活、贴近大众、贴近心灵的一种独特作用。作品采用第一人称,一五一十、平铺直叙,与读者零距离,真真切切地打动人。

第二节 诗歌

一、蒙古族作家纳·赛音朝克图的长诗《沙原,我的故乡》及其他

纳·赛音朝克图(1914—1973),男,内蒙古察哈尔盟正蓝旗第二佐(现锡林郭勒盟正蓝旗扎格斯台苏木阿勒坦席热图巴嘎)一个牧民家庭出身。父亲略懂蒙古文,使他能从小认字母、识拼音。十五岁入旗办小学,十九岁毕业后在家劳

动。一九三六年他二十二岁时，入察哈尔蒙古青年学校学习。当时，奉天（今沈阳）、北平等地的东蒙书局、蒙文学会、蒙文书社，出版了不少宣传新文化和科学知识的进步图书，以及民族历史、文学等方面的书籍，使他能博览群书，加深民族感情，丰富各类知识。一九三七年到日本留学，在东京东洋大学师范系学习四年，接触到资本主义国家的文化教育，开始接受民主主义思想，由此认识到内蒙古的落后、认识到祖国和民族危机所在。他也大量阅读了日文版的蒙古历史、文学书籍，并广泛涉猎世界文学名著，扩大视野，加深素养，这正是他文学创作的思想契机和艺术准备。一九三八年开始用蒙古文创作诗歌。一九四一年出版的诗集《心之友》，是现代蒙古文学的奠基之作。一九四二年毕业回国，在西苏尼特旗女子学院任教，出版了书信体散文集《蒙古民族兴盛之歌》、诗集《前进的杵臼之声》。一九四五年日本投降之后，他被任命为察哈尔盟副盟长。这年九月赴蒙古国乌兰巴托市，入苏赫巴托高级党校学习，对于马克思主义理论的理解、把握更进一步，创作上也从苏联、蒙古的革命诗歌中借鉴、汲取，写出了《自由》《两个挤奶员》《曙光》《乌兰巴托颂》等优秀诗篇，并在蒙古国出版了诗集。一九四七年冬回国后立即投身革命斗争，一边在内蒙古日报社工作，一边坚持创作，写出《沙原，我的故乡》《纪念人民英雄陶高的功绩》等诗歌。一九四九年中华人民共和国成立后，他先后在内蒙古人民出版社、内蒙古党委宣传部任职。一九五六年二月加入中国作家协会，并当选为理事，任《诗刊》编委。在当年召开的内蒙古自治区文代会上，他被选为内蒙古文学艺术界联合会副主席，并任中国作家协会内蒙古分会主席。他还被选为全国政协第四届委员会委员、全国文学艺术界联合会委员、内蒙古第二届人民代表大会代表。一九五七年五月参加中国文艺代表团访问尼泊尔，一九五八年出席在苏联塔什干召开的第一次亚非作家会议。其间，一九五五年出版诗集《我们的雄壮呼声》，译成中文时改名为《幸福和友谊》。一九五六年出版中篇小说《春天的太阳从北京升起》，译成中文时改名《春天的太阳照耀着乌珠穆沁草原》。一九五九年加入中国共产党。发表有抒情长诗《狂欢之歌》，出版了诗集《金桥》。

纳·赛音朝克图的诗歌《沙原，我的故乡》并不是专门为儿童创作的，但诗的内容、语言都适合少年儿童，发表后即被编入小学语文课本，在少年儿童中广为流传、深受喜爱，自然地被列入了蒙古族儿童文学之中。诗人写道：

金色沙漠

我的故乡

广阔无垠

充满阳光

绚丽多彩

遍地牛羊

草原牧人

繁衍生息的地方

祖先尸骨

曾在这里埋葬

多少英雄儿女

用鲜血捍卫的地方

诗中,表达出爱祖国、爱故乡的深厚情感,继而指出"不允许反叛匪徒横行""决不让国民党反动派践踏我可爱的故乡",在热情歌颂光明、美好的同时,无情地鞭挞了邪恶,抒发了鲜明的爱憎感情。接着,又以"跟着共产党/争取自由解放""改造沙漠/建设牧场/让故乡变为莺歌燕舞的美好地方"等诗句写出家乡的蒙古族人在共产党领导下为建设幸福家园而奋斗的行动,讴歌了牧区人民的豪情壮志;流畅生动的语言将蒙古族人的内心激情表达得更为深切、真挚。可贵的是,诗人成功地继承了蒙古族民间口头文学的传统创作手法,从开头到结尾都美妙地运用、发展了蒙古族传统诗歌押头韵和押脚韵的形式,音韵和谐,朗朗上口,能够格外地撼人心弦、动人心魄。除上面的诗句,还有更为明朗的,如:

兄弟姐妹放声歌唱

我们有着共同志向

改造沙漠建设牧场

故乡变为莺歌燕舞的美好地方

这一段中,每行的第一个字都采用了蒙古文字的"加"(jia)和"吉"(ji)押头韵连贯成段。作者继续写道:

在寒风刺骨的寒冬季节
沙漠将是阻挡风雪的屏障
在酷暑难挨的盛夏季节
鸟儿将在树阴中歌唱

这一段中,第一行、第三行的开头分别以"寒风刺骨""酷暑难挨"交叉押韵对仗;在第二行、第四行中,用"屏障""树阴"交叉相连,使之相贯通、相和谐。诗中继续写:

春天明媚阳光
照在碧绿牧场上
秋夜银色月光
洒在运草小路上

这一段中,第一行、第三行的末尾是"阳光""月光",第二行、第四行的末尾是"牧场上""小路上",交叉对仗,充分体现了蒙古文诗歌押头韵和押脚韵的优点和特点,使豪迈、激扬的民族情感与深沉、恰切的蒙古文韵律相合拍、相融通。又正与蒙古族儿童喜好铿锵有力、明朗作响的节奏的审美心理相吻合;诗的民族特色与地域特点、思想感召力与艺术感染力相交互、相统一。

纳·赛音朝克图的另一首诗《鲁迅》,也曾多次被选入蒙古文中学课本,在运用蒙古文教学的学校中、在辽阔广大草原上说着母语的牧童中广泛传诵:

当屠杀、逮捕、拷打
　　像黑夜般笼罩的时候,
你是一位闪电般
　　生光的革命家,
当嫉妒、仇视、欺诈
　　像蛛网般密布的时候
你是一位烈火般

燃烧的作家!

诗人尊崇鲁迅先生的文章,更钦佩鲁迅先生的人格;诗中热情洋溢地颂扬鲁迅的凛然正气和不屈傲骨,爱憎之情何等分明!不仅显示了诗人自己的革命情怀,更显现出中华各民族人敬重革命先辈、继承先人遗志的共同的优良传统。诗人善于运用生动的比拟、形象的比喻来描述一种品质、一种精神,也是最适合儿童审美意识的。

正由于此,纳·赛音朝克图的一些诗篇虽不是专门为儿童创作,却深受儿童喜爱。如写于中华人民共和国成立十周年时的抒情长诗《狂欢之歌》:

你们雄狮般
　　勇猛的
　　　　健儿们:
穿上镶有
　　银花的摔跤服
　　　　威武地奔过来!
你们燕子般
　　矫健伶俐的
　　　　孩子们:
把打扮好的
　　追赶黄羊的良驹
　　　　拉过来!

诗句中洋溢着当家做主的各族人民对自己命运的历史性变化的自豪感,豪迈激越的旋律与天真激动的童心一起跃动,使这种自豪感在儿童心目中、想象中变得可感可触、十分具体。他还在诗中巧妙地运用了许多精彩的比喻、生动的拟人、奇异的夸张,天然地显示了蒙古文的丰富和美妙。如描写蒙古族人最爱听的马头琴声:

像在雨后的

草原上
　　啼鸣的小鸟
像在五月的
　　绿林里
　　　鸣叫的布谷鸟
像是抚爱着
　　驼羔时
　　　吼叫的母驼
像是寻找着
　　伙伴时
　　　嘶叫的马儿

诗中的种种比喻，采取了儿童视角，语言也是儿童式的，既是眼前的草原生活，也是草原儿童心里的记存，是民族情感与儿童情思的一种和顺、和美的统一。

《狂欢之歌》以宏大的气概、盛大的气势、阔大的气魄描写了蒙古族人翻身得解放的心境和心情，又采用了苏联马雅可夫斯基式的阶梯形式，字句匀整，节奏明快，在强烈的时代精神与美妙的民族形式的结合上近乎完美，一时间，流传广泛，影响深远。这首诗，对少数民族儿童诗歌创作起到了启迪、示范作用。

二、蒙古族作家巴·布林贝赫的抒情短诗《心与乳》《理想》及其他

巴·布林贝赫(1928—2009)，男，内蒙古昭乌达盟巴林右旗巴音塔拉村一个贫苦牧民家庭出身。父母尽心尽力让他跟随村里的教师学习，母亲又是个心灵手巧、能说会唱的人，这使他从小懂得求学向上。一九四三年春，他进了古尔古力台初小，他勤奋好学，两年就完成了全部学业。一九四五年春在大板上高小。日本投降后，他离开家乡，于一九四六年考入大板实业学校学习皮加工技术，其间到林东昭乌达盟皮革厂实习，当了几个月的学徒。有一次从大板到林东，一路上看着寥廓壮丽的自然景色，合着蒙古族民歌曲调，竟吟出一首歌词来：

那白银似的沙漠

> 那圆圆秃陡的山峰
>
> 是妈妈抚育我的故乡
>
> 回想起来使我阵阵悲伤

这首《圆圆的山峰》的歌词,显露了他的诗心和才情。

一九四八年春,他参加了家乡的民主改革运动。五月入冀察热辽联合大学鲁迅文学艺术院,学习马列文论、毛泽东著作,阅读进步的、革命的文艺作品,提高水平,开阔视野。七个月后到中国人民解放军内蒙古骑兵部队文工队工作,发表了《绵羊》等歌词、短诗,以及短篇小说《热爱母亲就应保卫祖国》等。

他真正的文学创作始于抒情短诗《心与乳》。这首诗,虽然不是专门为儿童创作的,但无论是题材内容还是艺术形式,都与儿童有关,也就为儿童喜爱。大年初一,蒙古族传统的风俗习惯是给孩子们品尝鲜牛奶,为他们祝福美好未来。作者在诗中赋予民族习俗以崭新的意义,使民族文化与现代文明相交融:

> 我们对心里的爱,用乳来表示。
>
> 我们对自由和解放,用乳作献礼。
>
> 我们对健康和兴旺,用乳来象征。
>
> 我们对未来的幸福,用乳来祝贺。
>
> 在鲜艳美丽的雕花玻璃杯里,
>
> 斟满了养料丰富的洁白乳浆。
>
> 从铺设着崭新台布的桌子上,
>
> 我们特选这芬芳的乳浆来劝尝。

诗人用蒙古族人特有的纯洁情感,以洁白乳汁来象征他们纯洁的心,由此祝福祖国繁荣昌盛,真诚、真挚,具有鲜明的民族特色,引起蒙古族大人小孩的共鸣。

可以说,巴·布林贝赫的诗作一开始就与儿童有了不解之缘。

接着,他为儿童专门写了一首《理想》。诗中写道:

我愿高举扳手锤头
做一名工人

我愿紧握镰刀锄头
做一名农民

我愿跨马驰骋
做一名牧人

究竟让我做什么
敬请祖国指定！

诗人以不同工作所使用的不同工具，表现劳动的丰富多彩，表现小主人公热爱劳动、崇尚劳动的思想感情。诗句通俗而有内涵、朴素而有力量，表现了蒙古族新一代人的大胸怀、大志向。他们已经不仅仅想着守着草原当牧人了，想着的是多民族的广大的祖国，是南方北方工农牧业齐头并进的繁荣的祖国；他们已经不仅仅想着家乡的牧场和牛羊，想着的是建设社会主义现代化的实力强盛的祖国，是南方北方两个文明一起发展的、民族平等的祖国。几行短诗，几缕心声，很平常，很随意，却反映出历史的前行、时代的变迁、生活的更新。强烈的政治抒情寓于质朴的儿童情思之中，风格清新、淡雅，读来上口、入心。

这一时期，他还用蒙古文写了儿童诗《哥哥，请给我一把剑》（一九五四年）、《檀香树下》（一九五七年）《不懂事的孩子》（一九五八年）。一九五六年出版了第一部诗集《你好，春天》，一九五八年出版了第二部诗集《黄金季节》。他的儿童诗作辑于其中。

从一九五八年起，巴·布林贝赫到内蒙古大学蒙古语系任教。一九五九年加入中国作家协会。其间他系统学习文艺理论，大量阅读中外名著，既是教授，又是诗人，两个方面都有卓著的成就。

三、蒙古族作家哈斯巴拉的童话诗《汽车与羊羔》及其他

哈斯巴拉（1933—2013），内蒙古哲里木盟科左后旗的一个贫苦农民家庭出

身。父亲早逝，他从小生活在外祖母家，只上了五年小学，就去给地主种地，给牧主放牛，每天只有晚上回到外祖母身边时才有一点点快乐。外祖母会讲很多故事，农闲时外祖母还会带他去听蒙古语说书人的说唱。到了第二天，他把听来的这些有趣的故事，讲给周围的小伙伴听。就这样，他虽然识字不多，却潜移默化地受到本民族民间文学的熏陶。

一九五五年，他主编《内蒙古青年》（蒙文版）文艺副刊，办了一个"红领巾专栏"，也开始用本民族文字为青少年创作。起先写些小品文和散文，后来意识到，有韵律、有节奏的诗歌更足以表达内心炽烈的激情。一九五六年，他写了第一首诗《我的祖国》；一九五八年，以此为书名出版了第一本诗集。

就在写出第一首诗的一九五六年，他参加了中国新民主主义青年团第三次全国代表大会。这一年，青年团正在贯彻执行党中央关于大量创作、出版、发行少年儿童读物的指示。他决心写出真正的儿童文学作品来。一九五七年写了儿童诗《孩子和春天》，作品充满了对孩子的爱抚之情。之后接连发表专为儿童写的诗作，影响较大的，有以写草原儿童见闻的形式，来反映内蒙古草原上新的生产关系、新的生活方式的长诗《巴特尔旅行记》；有写蒙古族少年牧人用雪筑成雪墙，保护了自己公社的羊群，还救了邻近公社跑散的羊的故事的长诗《铁木耳》。最具时代特点的则是童话诗《汽车与羊羔》。哈斯巴拉别具匠心，诗的开头，描述一个活动的物体和一只山羊在远处发出"呜呜"和"咩咩"的声音，小主人公顺着传来声音的方向，远远地看望着，心里默默地猜测着："八成是只骆驼。""也许是辆车。"继而又否定了自己的猜想："看那奔跑的样子好像是动物。""走到跟前再看又不像。"于是，哈斯巴拉以类似特写镜头的手法继续写道：

绿色秃头闪闪亮
两只眼睛放光芒
只见身后有辙印
说停还能停稳当

这样由远而近、先闻其声再见其形的描述，使儿童觉得很真实。同时将汽车开着停着的模样，以及从未见过汽车的牧区孩子盯着汽车猛看的场景生动地展现出来。由于汽车第一次驶进辽阔的草原，小羊羔不认识汽车，诗人采用适合儿童好奇心的拟人的艺术手法,使庞大的汽车和淘气的山羊人格化,于是它们之间又有了一段活泼泼的对话,使长年居住在祖国边陲的蒙古族儿童开阔了眼界、增长了知识。如汽车自述:"有装载万斤的能力。""有日行千里的本领。""是用钢铁制造的牦牛。""……汽车便是这模样。"道出了汽车的力量、速度和自身的材料、外观。接着写出汽车给孩子带来的好处:"为了牧区人民生活/……满足需求愿望。""戴着红领巾的孩子/可乘汽车上学堂。"最后,以"毛主席有指示/光荣任务在肩上/为了支援牧区生产/我们来往穿梭忙"等诗句,点出汽车进牧区只是国家现代化的开始,余味无穷,余韵无限。哈斯巴拉试着在诗作中使描写生活与描述知识、描绘未来相融合,使感性、知性、理性相融汇。

这一时期,哈斯巴拉儿童诗的题材十分广泛,除了写儿童生活,还写国内、国外的社会现实,如《美国在黑夜》;还写大自然,如《春姐姐来了》。除了写少年,还写幼儿,如《额尔德尼进幼儿园》等。艺术形式更是多种多样,但,无论采取怎样的形式,都朗朗上口,有情有趣,好读好记。

这一时期,是哈斯巴拉儿童诗创作的全盛时期。

四、蒙古族作家其木德道尔吉的颂马诗《巴林驹》

其木德道尔吉(1924—1980),内蒙古昭乌达盟(现为赤峰市)巴林右旗牧民家庭出身。因家境贫困上不起学。但他自幼好学,自己住到寺庙里,向僧人们学习蒙古文、藏文,后来在大板小学读了五年书。一九四六年五月参加革命,在林东政治干部训练班学习时开始文学创作,写了歌词《八路军好》。这首歌在内蒙古各地广泛流传,反响热烈。一九四七年,他参加了冀察热辽军区干校骑兵一队,在严峻的战争考验中从战士升为连长,并在冀察热辽土地改革运动中荣立一等功。一九四八年后在内蒙古自治学院任教,创作了歌剧《复仇》《巴雅尔之喜日》等,还参加了《内蒙古民歌集》《东蒙民歌集》的搜集整理工作。二十世纪五十年代初,在昭乌达盟文工团任创作员,创作了歌舞剧《蒙古马》、话剧《绵羊》等作品。一九五二年在内蒙古东部区文学艺术界联合会当专业作家。一九五四年调内蒙古东部区党委宣传部编辑《演唱材料》。这一年他写出了受到广大青少年喜爱的优秀诗篇《巴林驹》。一九五五年任内蒙古文学艺术界联合会《内蒙古文艺》《花的原野》编辑。中国作家协会内蒙古分会成立后当选为常务理事。一九五九年,以中国作家代表团团员身份出访蒙古人民共和国。

《巴林驹》以诗人的故乡草原为写作背景。骏马,是草原牧人必不可少的伴侣,诗人以蒙古族牧人的独特眼光来看骏马的英姿,又以牧人的真挚情感来写它的模样:

降下母胎,
　　它就能挺身站立,
吸吮乳汁,
　　它就会啧啧品尝,
奔腾跳跃,
　　它就能就地撒欢,
含舔草叶,
　　它就会辨别草香,
幼驹靠近,
　　它亲切嬉戏玩耍,
儿马驰来,
　　它当即放蹄扬长,
四野幽静,
　　它安详吸乳游戏,
草丛舞动
　　它登上高处瞭望。

诗人所描绘的这匹小马驹,生气勃勃,生趣盈盈,幼嫩可亲,调皮可爱,既是蒙古民族心理状态、审美意识的生动呈现,又是广袤草原上天人合一、人与自然和谐相处情景的美妙表现;草原生活的现实与牧人情思的真实相重叠、相融合,幼驹健壮成长的画面与牧人当家做主的气概相映照、相交辉,也折射出当时草原畜牧业的繁荣兴旺和牧人生活的安宁快乐。

诗人的描绘当然不止于此,他将幼驹长成骏马的景象和气象描绘得更为奇妙:

洼地的臭水,

从未沾过嘴唇。
污染的草叶，
　　从未啃过一根。
皮绳的笼头，
　　从未上过头颈。
凶恶的狼牙，
　　从未伤过躯身。
明晶的双眼，
　　黑夜格外明亮。
竖起的双耳，
　　不放过任何声音。
雪白的鼻翼，
　　随时警觉抽动。
修长的四蹄，
　　不时扬起飞尘。
牧人们一见，
　　由衷地赞叹。
装点着故乡，
　　驰骋在草原。
对一切敌人，
　　充满了仇恨。
祖国要召唤，
　　立即上前线。

　　诗中，骏马的形象已经不仅仅限于它的自身，而成为蒙古族牧民儿童爱骏马、爱家乡情结和爱民族、爱国家情怀的一种寓托，成为草原上蒙古族牧人生存情态和心理状态的一种象征。作品描绘的是一匹人人喜爱的巴林驹，表达的是一种人人都有的民族情愫，民族性、地域性与时代性兼具。由于诗人描绘得素朴、纯真，更有一种童心童真的美。更不可忽视的是，诗人写这首诗，正是在抗美援朝刚刚取得胜利、帝国主义侵略危机仍然存在之时，仇恨敌人，响应召唤，那是中华各族人民同样的一种爱国情志,中国是一个统一的多民族国家的深刻内涵也就自然地表露出来。

这首诗的语言,借鉴、继承蒙古族民间艺人的叙事方式,字句对称匀整,音韵和顺自如,读时上口,念时通畅,吟时沉迷,唱时悠扬,非常适合蒙古族人喜欢说唱、喜爱高歌的习俗,更符合少年儿童的心理特征和读听需求。民族特色、地域特点、时代特征、儿童特性都十分浓郁。

五、满族作家胡昭的儿童诗《雁哨》及其他

胡昭(1933—2004),男,出生于吉林省舒兰县农村,祖先为满族正白旗人。幼年丧父,童年丧母,只上了几年小学。土地改革时十四岁,在村里当儿童团团长。土改工作队收留了他,送他入吉北联合中学。这所中学的校长正是我国唯一拜访过罗曼·罗兰的著名作家李又然,李又然让他每天写一篇文章并亲自指点,又推荐他为《文艺月报》重点培养作者。胡昭一九四七年十月参军,在部队宣传队工作。一九四八年调中共榆树县委宣传部编县委小报,并开始向省报和东北大区报刊投稿。一九四九年至一九五〇年在《吉林日报》副刊组当编辑,开始时各类文章都写,逐渐地集中精力写诗。一九五〇年秋至一九五三年秋,在北京中央文学讲习所学习。其间,曾赴朝鲜战地深入生活;又曾参加全国政协土改团,在田汉同志率领下到广西搞了半年土改。一九五三年在中央文学讲习所毕业,成为吉林省第一位专业作家。当过《长春》文学月刊编辑、副主编。一九五五年,出版了写朝鲜战地生活的诗集《光荣的星云》,又接连出版诗集《草原夜景》《小白桦树》、评论集《关于学习写作》等。其间,儿歌、儿童诗创作从不间断。一九五六年,出版了儿童诗集《雁哨》《响铃公主》,同年加入中国作家协会。艾青在《中国新诗六十年》中,点到二十世纪五十年代涌现的十几位"新的诗人",其中就有胡昭。他注重写自己对生活的独特感受,艺术上追求清新柔美。但,也就在这时,先是因为他的一位老师与胡风有交往而受到牵连,后又因说了一些不认同"题材决定论"的话而被错划为右派分子。他的创作不得不停顿下来,一停就是二十余年。

胡昭二十世纪五十年代的儿童诗歌创作中,最优秀的作品是《雁哨》。这是一首叙事诗,写一队北飞的大雁,迁徙途中露宿野外,猎人两次靠近,都被守夜放哨的雁子发觉,并向群雁发出警告。哪里料到,猎人两次骚扰,只是一种试探、一

个迷惑,真正的袭击在后头。黎明之前,当守夜雁子发出第三次警告时,睡意正浓的群雁以为仍像前两次一样,不躲避、不逃离,结果中了猎人的奸计,三只大雁因此丧生。作品表明:敌人是狡猾的。对于敌人,任何时候都要保持警惕,切不可麻痹大意。诗人从民间故事《狼来了》中汲取灵感,从一个新的角度,表达一个新的理念。故事单纯而又略显曲折,表达平常而又出其不意,有一种不一般的艺术吸引力和思想启迪性。

他的儿童诗作,还有一些取材于东北地区的民间传说。诗人善于从古老的故事中开掘美妙的诗意,使其情理交融、幽默风趣。如《神奇的翅膀》,告诉儿童知识就是飞向理想境界的神异翅膀;《幸福的钥匙》说明只有劳动才是开启幸福大门的钥匙;《县官和月亮》则嘲讽县官的愚蠢、歌颂劳动者的聪明智慧。另有一些诗作描写东北的树木、森林和动物,除写出它们的特征、习性,还常常采用拟人手法,通过它们之间的关系表现生活中的哲理。如《小刺猬》《打酒喝喝鸟》,写小刺猬的勇敢机灵和打酒喝喝鸟的懒惰贪婪;《黑熊的回声》《偷苞米的大黑熊》,表达一种讽喻意义;《树林里那么多好朋友》,十分口语化,恰是浅语深意,直白又委婉,对于丛生的林木,儿童和大人各有各的领会:

> 永不互相猜疑,也不互相记恨——
> 干旱时,他们用根护送着水分,
> 严冬,用躯干互相遮挡风寒……
> 啊朋友,愿我们珍重友谊
> 也像他们!

他的儿童诗作,更多的是反映、歌咏新生活的。如《煤》,称颂日夜采煤、一心为国家多产煤的矿工叔叔;《雪》,讴歌长春汽车制造工业的飞速发展;《洒水车》,颂扬城市街道上喷出沙沙细雨的洒水车;《大森林的主人》,赞美守林大爷的小女儿愿做大森林的新主人的美好心灵。这些诗,着意呈现二十世纪五十年代东北各行各业欣欣向荣的新气象,着力表现新一代儿童热爱祖国、天天向上的新风貌。

六、满族作家柯岩的儿童组诗《"小兵"的故事》及其他

柯岩(1929—2011),原名冯恺,河南郑州一个铁路职员家庭出身。祖籍广东南海,先世为满族镶黄旗人。父亲是铁路的技术员、工程师,写过短篇小说,还翻译过法国的侦探小说,热爱文学,酷爱读书;母亲粗通文艺,会讲述许多志士仁人的故事。父母的为人和品格,对她的影响极深。她自幼随父母迁徙,在长辛店及湖北、云南上小学。十二岁后,先后在云南华侨中学、保山师范、昆明越秀中学、昆华女师等校读书。一九四五年十二月一日,昆明发生了"一二·一"惨案,四位爱国青年被打死。她担任了昆华女师罢课委员会主席,积极参加爱国民主运动。抗战胜利后,又辗转在重庆、湖北读中学,开始在校刊上发表散文。一九四八年,考入苏州社会教育学院戏剧系。一九四九年苏州解放,她便参加革命,到北京中国青年艺术剧院从事剧本写作。一九五三年,参加赴朝鲜慰问团,接触了英勇的志愿军战士和朝鲜人民,先后创作了剧本《中朝人民血肉相连》和儿童剧《娃娃店》《双双和姥姥》等。其间一个偶然的机会促使她开始创作儿童诗,一九五五年十二月号《人民文学》发表了她的《儿童诗三首》。自此她迈开了为儿童写作的第一步。一九五六年调入中国儿童艺术剧院,任艺术委员会委员。从此,她的儿童诗、剧的创作接连不断。

发表于一九五六年的组诗《"小兵"的故事》是柯岩的成名作,由《帽子的秘密》《两个将军》《"军医"和"护士"》三首饶有童趣的儿童诗组成。第一首描写一群一心想当海军的孩子的课外生活:哥哥是个一连得了几个五分的好学生,妈妈奖励他一顶蓝帽子,可是帽檐老是掉下来,妈妈缝了又缝,但每次哥哥从外面回来,帽子总是坏。妈妈就让弟弟去侦察,当弟弟刚刚发现哥哥扯下帽檐扮"海军"时,自己却当了"海军"的"俘虏"。诗的情节随即拓展:

> 两个水兵向哥哥敬礼,
> 报告抓到了什么"奸细"。
> 哥哥看也不看我一眼,
> 就下令把我枪毙。
> 我生气地说:"我不是什么'奸细',
> 我是你弟弟!"

可是哥哥皱着眉说：
"是'奸细'就不是弟弟！"

这么欺负人还能行？
我就又踢又打吵个不停，
两个水兵只好安慰我，
说枪毙是假的一点不疼。
我说："反正我不能叫你们枪毙，
不管他疼还是不疼，
我长大了要当解放军，
随便说我是'奸细'就不成！"

水兵们都哈哈大笑，
哥哥也只得把命令取消。
大伙说："这可不是个胆小鬼，
欢迎他参加我们'海军部队'。"

诗人用"我"的口吻来讲述，有情又有趣。全诗用对话的方式来表现，活泛也活泼。在富于戏剧性的冲突、细节中，把哥哥对"奸细"态度的严厉和果断、弟弟坚决不当奸细的倔强和不屈，勾画得生动而传神，借此写出新社会新儿童的理想和志趣，把他们勇敢、爱憎分明、胸怀大志的高贵品质一一展现出来。诗的语言，既是儿童的、原生态的，又是文学的、锤炼过的，有节奏的音乐性伴着有故事的戏剧性，真正是有声有色、有板有眼，顺畅而明快，诙谐而明朗，快乐中有着启迪，愉悦中有着启示；又真正是有情有趣、有理有智，通晓而明白，幽默而明丽，具有强烈的时代特征和艺术魅力。

接着，诗人又创作了不同题材、不同样式的各类儿童诗。有些作品流传较广，如《小弟和小猫》，写一个"聪明又淘气"的小弟弟，每天爬高上低，弄得"满头满脸都是泥"，却不肯洗澡：

弟弟伸出小黑手，

小猫连忙往后跳,
胡子一撅头一摇,
"不妙不妙!太脏太脏我不要!"

诗人用美妙自然的拟人化手法把小花猫的神态、叫声写得出神入化、含蓄有趣,让小弟自己觉得很难为情,感到肮脏很不好,嚷着让妈妈"快快给我洗个澡"。这种满怀诗意、含着笑意的批评,在潜移默化之中使幼小儿童能够接受并改正。可见柯岩的儿童诗是在对儿童生活、心灵深入体察后才写出的。柯岩对儿童特有的心理特点、思维方式的了解、把握总是很真切、恰切,没有高度的社会责任感、没有一颗挚爱儿童的心,就做不到这一点。

又如《大红花》:

我家有两朵大红花,
挂在毛主席像底下这一朵,
妈当模范得的它,
那一朵,爸当英雄得的它。
我天天抬头看红花
夜夜做梦梦见它,
快长大吧快长大
长大也戴大红花。

诗中,大红花正是崇高志向、奋发精神的象征。诗人写的是一个普通家庭里的普通场景,小小镜头聚焦在两朵大红花上,深深寓意凝结在"我"的美好心灵中。画面平平实实,语言朴朴素素,感情真真切切,志气昂昂扬扬。从小孩子的小场景中写出大生活的大气象,正显示着诗人思想的深度。小诗平平常常,却自自然然,令儿童、大人都感到格外亲切。有亲和力就有感染力。

又如《坐火车》:

……
抱洋娃娃的靠窗坐,

牵小狗熊的往后挪,
皮球积木都摆好,
大家坐稳就开车。

(轰隆隆隆,轰隆隆隆,呜!呜!)

穿大山,过大河,
火车跑遍全中国,
大站小站我都停,
注意车站可别下错。

(轰隆隆隆,轰隆隆隆,呜!呜!)

……

这首小诗,借鉴了民间游戏儿歌,情满满,趣浓浓,却也是在引导儿童遵守纪律、注重秩序,有一种相互尊重、注意团结的集体主义精神。小诗快快乐乐、高高兴兴,新社会新生活的气息扑面而来,使儿童感受得深、记忆得牢。因贴近儿童生活而更具艺术生命力。

柯岩的儿童诗作,因充满了儿童情趣而使儿童快乐、令大人难忘。儿童情趣,是儿童生活中固有的。但,它决不是娇滴滴的娃儿腔调,也并非稚嫩的懵懂情思,而是与时代发展、与民族进步、与生活变革联系着的儿童内心情愫的外在呈现。一个诗人,没有对当代现实的深刻了解,没有对少数民族儿童的深入理解,哪里会写出充满生气的儿童情趣呢?

柯岩的儿童诗,几乎每一首都流淌着活泼泼的儿童情趣。如《看球记》:

夜里大家已经睡熟,
可是小弟还在梦里踢球。
一脚把被窝踢在地下,
还用脑袋拼命去顶枕头。
妈妈叹口气去给他盖被,
他一脚正踢着妈妈的手。
妈妈笑着把他侧过身去,

一看,背心上还用红墨水涂了个大"9"。

又如《通条,通条不见了!》,写一个孩子听说美国有许多世世代代受欺压的小朋友,想到地球是圆的——

> 不如从脚下挖个洞,
> 从洞儿里边张张他,
> 让他们看看咱的好日子,
> 请他们做客来咱家。

还如《眼镜惹出了什么事情?》,写弟弟以为戴上爸爸的眼镜就能聪明博学,等等。

这一时期出版的儿童诗集,还有让小孩子克服缺点的《"小迷糊"阿姨》,从中认识伟大首都许多美好事物的《最美的画册》等。

七、壮族作家韦其麟的长诗《百鸟衣》

韦其麟(1935—),男,出生于广西横县。在终年绿色的广西山村度过童年时光。白天上山放牛,采摘野果,高唱山歌;夜晚就与小伙伴们在房前屋后或捉迷藏、做游戏,或围着大人听讲故事、猜谜语。那些热热闹闹、曲曲折折的民间故事,启迪着他的正义与良知,启发着他的聪明与智慧。一九五三年,其处女作《玫瑰花的故事》在《新观察》杂志上发表。同年,进入武汉大学中文系学习。大学二年级时,他根据家乡流传的壮族民间故事创作了长诗《百鸟衣》。一九五五年,《长江文艺》发表了这首长诗,《人民文学》《新华文摘》相继转载,在广大读者中引起热烈反响;而且,更是受到各民族少年读者的喜爱。人民文学出版社出版了单行本。韦其麟大学毕业后任教于广西师范学院。

《百鸟衣》的故事广泛流传于广西壮族自治区。故事讲的是:桂西山区有一对相爱的勤劳善良的壮族男女青年,在凶恶淫邪的土司抢走姑娘而企图毁灭他们的幸福时,不畏惧,不屈服;小伙子按照姑娘的嘱咐,历经艰险,射得一百只鸟,用鸟羽做成百鸟衣穿在身上,进入土司衙门。恶土司为讨好姑娘,与小伙子换穿了百鸟衣,小伙子趁机杀死恶土司,救出姑娘。两个人飞身跨上骏马,飞向天空,获得自由。韦其麟从这一民间故事中汲取素材,借鉴其艺术手法,进行再创作。作品中,凸显了劳动者与反动统治者之间的尖锐矛盾,以及一代代劳动者的不屈抗争;凸现了劳动者的坚毅和机智。既弘扬、光大了民族传统美德,又与现代文明中的道德观、价值观相一致。诗人十分注重民族民间语言的采撷和锤炼,使其既具清新、清丽的民族色彩和地域色调,又有精当、精湛的文学性、形象性。作品的思想性、艺术性与民族性、大众性的交融,使其真正适合于少年儿童阅读。

诗人在描写男青年古卡时,巧妙地借鉴了壮乡人称赞乡里能人的最经常的比喻:"嘿!新扁担都挑断了!""连磙石也掀得起!"把这些挂在人们口头上的话语融汇到诗中,如:

別人的扁担,

一条用十年;

古卡的扁担,

一年换十条。

……

五百斤的大石磙,

十个人才抬得动;

古卡双手一掀,

轻轻地举起像把草。

人人知道的比喻,个个熟悉的喻义,只几句,就勾勒出一个有气魄、有气力的壮实威武的青年人形象来。在描述女青年依娌时,诗人又依据当地人重视女人插秧技艺、把秧苗插得直才算能干的习俗,进行精巧的构思:

木匠拉的墨线,

算得最直了,

依娌插的秧,

比墨线还要直。

比喻很通俗,也很夸张,但因来源于实际生活,好理解,所以也最恰切不过。

诗中运用这样的比喻、夸张手法很多。如：

> 露珠最晶莹了，
> 和依娌一起就干了。
> 星星最玲珑了，
> 和依娌一起就暗了。
> 孔雀的尾巴最好看了，
> 和依娌一起就收敛了。

需要注意的是，诗人在运用比喻、夸张手法时，满含着阔大、奇妙的想象，满怀着赞美、称颂的情感，所以，这也是一种优美的抒情、优雅的咏叹，更是一种诗的意境的构建和开拓。

民间文学本来就是儿童文学的源头，但韦其麟并不拘囿于原先的故事内容和形式，而是进行了艺术再创造，使作品不仅贴近本土本民族的生活，而且贴近本民族和其他民族的少年儿童的生活，这是十分难得的。

八、仫佬族作家包玉堂的长诗《虹》

包玉堂（1934—2020），男，广西北部山区罗城县一个贫苦农民家庭出身。一家近十口人，全靠父母开荒种地过日子。他断断续续上了几年学，便辍学回家跟父母一起耕田。他的家乡正是传说中刘三姐的老家，人人会唱山歌，个个善于对歌。他边唱山歌边劳作，在农耕技艺的日渐长进中，在听着学着一首首山歌中，认知事物、认识生活，在一首首山歌动听的旋律、动人的意蕴中陶冶情操、陶铸品格。他常常因为沉醉于山歌而忘记回家吃饭、忘了上山砍柴，却又因为痴迷于对歌而学会思考。辍学虽然不是好事，但，四季的劳作、自然的更替，以及乡间的山歌、习俗的对歌，竟使他在有意无意中获得了生活的启示、人生的启迪，领受到文学的灵性、创作的灵感。这对他日后走上文学创作道路有很大的影响。后来，他又上了中学，其间接触到鲁迅、茅盾等革命作家的作品，促使他进一步思考民族的命运、社会的发展，也使他逐渐领悟到文学的作用与力量。一九四九年，十五岁的包玉堂参加革命。剿匪反霸、土地改革的火热斗争，激发了他的创作热情，他以现实斗争为题材写了一首新山歌，很快就在山村中流传开来，对振奋人心、打击敌人气焰起到切实的作用。自此,他开始自觉地创作。一九五二年,包玉堂根据流传于苗族民间的美丽传说创作了长诗《虹》。该诗在《广西文艺》发表后,《人民文学》转载,并收入作家出版社《一九五六年诗选》。

《虹》是一首叙事长诗,全诗一百多行,大多以四句为一节,共四章。诗中描绘了一个勤劳能干而又蔑视权贵、反抗皇家、有志气有勇气的苗族纺织姑娘——花姐姐。花姐姐擅长织花边,名气很大。名声传到了京城,皇帝派人将她抢去,她宁死不屈。皇帝也无奈,就出了种种难题:第一次,让她在七天内用五彩线织一只会跳会唱的大公鸡;第二次,要她在七天内织一只又跳又唱的鹧鸪;第三次,叫她织一条能叫能生风的仙龙。皇帝的难题难不倒花姐姐。她骑上自己织的仙龙,飞到天上,将皇帝、皇宫烧光。最后她织出一条大花边"虹",挂在天边……民间传说本身优美曲折,对少年儿童有一种天然的吸引力;再加上诗人对民族文化意蕴的开掘、对诗的意境的构筑、对语言音韵意味的注重,使作品具有浓郁的民族生活气息和地域风土情致。童话式的奇特幻想,寓言似的深邃训诫,故事般的诡异传奇,戏剧样的巧妙冲突,使这个作品不仅适合儿童的审美意识和欣赏心理,而且具有了较高的艺术性。

而这首长诗之所以能够长久地在少年儿童中流传,还在于诗人将民间儿歌的特点熔铸其中。从头至尾,诗句简短浅近,文字质朴生动,比喻形象有趣,使整首诗充满清新的生活气息,满溢清美的往昔记忆,现实感与历史感交汇。诗中写人物活动中的自然景象,都是歌谣式的,五彩缤纷,艳色交辉。四句,就写出了一个季节,可见民间口语经过提炼之后,确有一种无可替代的艺术生命力。

> 三月桃李开满寨,
> 红花开,白花开,
> 山坡着花衣,
> 不需剪与裁。
>
> 六月金银花盛开,
> 金花黄,银花白,
> 桃李结成堆,
> 人人见了口水来。

显然,从少数民族民间文学中借鉴、汲取,是少数民族儿童文学创作中不可忽视的一个方面。

九、其他少数民族诗人的儿童诗歌

中华人民共和国成立后,党的民族政策的实施,使少数民族地区发生了翻天覆地的变化。诗人们拥抱新社会,感谢共产党,创作了一首首表现新生活新思想、歌颂党和祖国的新诗歌。这一时期,从民族文学的整体来说,诗歌是最兴旺的一种文学样式。但在当时,文学战线各方面工作头绪很多,诗人们专门为儿童创作的意识还没有普遍地萌发,真正的儿童诗数量很少。倒是一些用本民族文字创作的诗人,从小受到民间童谣、对歌的熏陶,写出了大量韵律鲜明、节奏响亮的儿歌和童诗。以蒙古文儿童诗歌最为出色。如出生于19世纪20年代后期、早年即在内蒙古人民出版社当幼儿文学编辑的吉儒木图的《燕子》:

> 尾巴似剪刀
> 飞翔本领高
> 春天到这里
> 悬崖筑窝巢
> 一对尖翅膀
> 美丽又灵巧
> 空中会捉虫
> 秋凉南迁了

这样的诗歌简单明了、音韵和谐,又富于知识性,还好读好记。

又如一九三三年出生于北京、三岁时随祖父回到家乡科尔沁草原的韩汝诚(原名博彦孟和)用汉语写的《冬夜》:

> 北风吹起快乐的口哨,
> 在雪上飞逐着铁雀;
> 蜷伏于冰雪的被窝里,

木伦河静静地睡了。

星星索索地打着冷战,
远处狼嚎,近处狗叫,
暖棚里母羊偎着羊羔,
梦见一片肥美的水草。

这样的诗歌运用拟人手法,万物皆有灵,活脱脱的,生动传神,极具趣味性,现实融于幻想之中,织就一个非常美妙的童话世界——寒冷变得温暖,恐惧化作向往。显然,这首诗作受到汉族童诗的影响,可这正显示了各民族儿童文学之间的交流、交汇。韩汝诚的另一首诗《女牧人》,也富有童情童趣:

一匹小马骤然离群,
向茫茫旷野撒欢狂奔,
转眼间女牧人骑马归来,
俘虏在套杆下俯首嘶吟。
额吉她气不长出微微含笑,
仿佛什么事情都不曾发生。
为什么兄弟们个个都强悍?
啊,我们有着这样的母亲!

这样的诗歌构思独特、感情深沉,重在启迪儿童心思、激发儿童心智。

出生于一九三五年、一九五一年只身西渡澜沧江、翻越雪山去投奔解放军的藏族诗人饶阶巴桑,这时一直在写歌颂党和社会主义的诗歌。由于他感情真挚、童心不泯,有的诗常在儿童中流传。如写于一九五六年的《牧人的幻想》:

今天他不再羡慕白云,
他也不再对天空幻想,
他骑在马上,策鞭驰骋,
对天空骄傲地唱:

"我的牛羊盖遍了草原,
我的马赛过了飞箭,
白云哟!你为什么
还和过去一样?

"我的草原上有牦牛奔跑,
也有爱泥土的铁牛奔跑,
白云哟!你为什么
还和过去一样?……"

诗中,牧人对着天空的神态,向着白云的诘问,都出自肺腑、发自内心,又都契合儿童好奇好问好幻想的心理。社会发生剧变的新气象,百姓当家做主人的自豪感,都寓托在牧人的心情、心思的描述之中,可谓巧妙而美妙。

他的另一首诗《金沙江边的战士》,描述一队伏击兵的行踪,更具传奇性,也使少年儿童爱不释卷。诗中写道:

一队伏击兵避开大路,
在半空中选择了一串岩洞,
大鹰回巢见了他们,
只当是几团才飞来的凝云。

它栖歇在士兵身上,
一再洗刷自己的羽翎,
只等那密云一散,
就向遥远的村庄启程。

诗人没有写战士如何巧妙伪装,却用"凝云"来形容战士隐蔽得巧妙。既写出了山岩的高峻嶙峋,又显现出战士不畏艰险的勇敢机智。写大鹰"栖歇在士兵身上",生动传神,虽然是一个小镜头,却真正是惊心动魄,令人想到战士的处境、斗争的艰险。足见诗人生活功底之深厚。

　　出生于一九〇七年的朝鲜族诗人李旭,早年在地下党的影响下开始写诗。一九四六年入东北军政大学学习马克思主义,参加剿匪斗争,并坚持写诗。至二十世纪五十年代末,共出版四部诗集。一九五九年,还用汉文写了抒情长诗《延边之歌》。长诗分为五章,以朝鲜族人民的光辉历史为题材,着重塑造了抗日游击队的群体形象;通过对一位"朝鲜英雄"墓碑等的描写,颂扬了在抗日战争中凝结成的朝鲜族汉族两个民族的深厚情谊,讴歌了革命英雄主义精神。诗篇内容吸引了各民族儿童读者。但,让广大儿童更为喜爱的是,诗人采取多种艺术手法,尤其是借用朝鲜族民间传说来渲染主题,动听又动人。如:

啊!
有一个故事
世世代代在人民中间流传

游击队里有两个将军
一个能飞
一个能跑
他们在长白山密林
日月常住的星星世界里
召来天下的大力士们
铸剑造炮
……
……
像长了翅膀的龙马
一行千里
挥舞青云杖
跨过人参、麝香、灵芝飘香的
鸭绿江、图们江、松花江
随意呼风唤雨
像晴天霹雳一样

出其不意地打击敌人

就这样
神出鬼没的游击队
有时从被窝里抓走敌人
有时在大白天撂倒敌人

这一时期一直在写儿童诗的满族诗人中申,一九五七年出版了儿童诗集《城外的白杨》。诗集中,不少诗歌反映了东北新农村的新变化,如《我要画一张画》《大喇叭》《我坐在拖拉机上》等;有的诗则着重写了新一代儿童对毛主席、解放军,以及老师的热爱之情,如《想毛主席》《送给老师尝》《一颗红星星正朝孩子笑》《献红领巾》等;也有的诗描写孩子们参加植树、种向日葵、捡麦穗等各项劳动,鼓励他们做新中国的小主人,如《向日葵》《小麻雀》《给我一把镰刀》等;还有的诗写儿童对父兄劳动本领的赞美,表现自己的志向和理想,如《小小滑翔员》《我们一家人》等。这些诗,都富有新的生活气息,引导儿童积极向上。

第三节　散文

一、回族作家郭风的散文诗集《蒲公英和虹》

郭风(1918—2010),原名郭嘉桂,男,福建省莆田县一个读书人家庭出身。四岁时,父亲在赴法勤工俭学途中得病,返回后去世。郭风在家乡上完小学、初中。一九三三年入福建省立师范学校就读,开始在《莆师月刊》发表作品。一九三七年在莆田县凤山小学任教,并在《抗敌后援报》发表散文《给孩子们》,开始创作儿童文学。二十世纪四十年代,他初积极投入抗日救亡运动,任莆田县教育会秘书,主编会刊《教育之路》。在茅盾主编的《文艺阵地》第四卷第十二期发表散文《地瓜》。之后曾筹办以宣传抗战为主旨的文学刊物《铁鸟之群》,出版两期后被迫停刊。一九四一年赴永安任华南通讯社编辑。当年夏天考进福建省立师范专科学校文史系,系主任正是作家章靳以。毕业后回莆田当中学教员。又在黎烈文当社长的福州改进出版社任《现代儿童》主编及《星闽日报》编辑等。其间,他一直与闽中游击队保持联系。一九四四年,写出第一首童话诗《小郭在林中写生》,又接连写了《小野菊的童话》《木偶戏》《豌豆的三姐妹》,后来都被收入一九四五年改进出版社出版的童话诗集《木偶戏》。

一九四九年八月十七日,福州解放。一九五〇年四月,福建省文学艺术界联合会成立,郭风被选为文学艺术界联合会常务委员。一九五一年年初,任《福建文艺》副主编。一九五四年,连续发表儿童散文《会飞的种子》《林子里的少年》《大黄牛和小喜鹊》《游击队员和山羊》。之后,直到一九五九年,年年都有散文、散文诗发表于《儿童时代》《少年文艺》《人民文学》《萌芽》,以及《光明日报》《福建日报》等报刊。结集出版的儿童散文集,一九五五年有《搭船的鸟》(少年儿童出版社)、《会飞的种子》(福建人民出版社),一九五六年有《洗澡的虎》《避雨的豹》(福建人民出版社)、《在植物园里》(少年儿童出版社),一九五七年有散文诗集《蒲公英和虹》(少年儿童出版社)。一九五九年有散文诗集《叶笛集》(作家出版社)。一九五七年、一九五八年间,还常以《散文 X 题》为总题目,一次发表一组几篇。如发表于《人民文学》一九五七年三月号的《散文五题》:《闽南印象》《木兰溪畔一村庄》《水兵》《榕树》《叶笛》;发表于《少年文艺》一九五七年第五期的《散文四题》:《牵牛花》《丝瓜和瓢瓜》《竹叶上的珍珠》《我梦见我种的树……》;发表于《儿童时代》一九五七年第十二期的《散文四章》:《豌豆》《玉蜀黍》《水藻》《落花生》等。二十世纪五十年代是他散文创作的全盛时期。

一九五九年一月,郭风当选为福建省第二届政协委员;二月,当选为福建省文学艺术界联合会秘书长,同年加入中国共产党。

郭风散文创作势头很猛,绝非偶然。一是他的散文大多描写美丽的大自然。对于心仪"万物有灵"的儿童来说,大自然正是他们亲近的好朋友;而且,他常常采用拟人手法,把大自然写得活泼泼的,知识性与趣味性巧妙地融合一起。如《避雨的豹》中的《黄莺》,写黄莺做窝,"选了两片肥大的柿叶,沿着边缘啄了许多小孔,啄得那么匀称",然后"衔来青翠的松针,按着那些啄好的小孔,像我们缝衣裳一样,把两片柿叶对缝起来",就做成像小钱袋那样的窝。二是他的散文总是充满阳光和欢乐,洋溢着美妙的游戏性。如《豌豆》,写白中带紫的豌豆花爬满在自己筑的小篱笆上,蝶形的花结出了小小的豆荚,豆荚长大了剥开了,豆壳好像一张小床,铺了一层天鹅绒,圆圆的豆子好像几个小孩子,一同睡在小床上。三是有一种对大自然和小生灵的博爱精神和幽默感,含蓄隽永,耐人寻味。如《蛇蛋》,外祖父给孩子解释蛇蛋,却总是说不明白。作者就补充上极妙的一句:"我想,蛇不会像鸟一般在空中飞行,怎么也能够生蛋? 小孩子总有自己的想法,记得那时整整两天我都在想这个问题。"用严肃的思考来证明童年的天真,看不出来的一种潜在的小孩子的幽默。四是短小而精巧。语句精当精致,充满诗情画意。

如《丝瓜和瓢瓜》,这是南方院子里常见的,郭风一写,恰是另一番情景:

六月底,丝瓜和瓢瓜都开始开花了。这倒是有趣的事情。丝瓜是早晨开花的,它开着黄灿灿的花朵。蜜蜂、胡蜂、大凤蝶、粉蝶、细腰蜂,一起飞来了;飞来飞去,在丝瓜的花朵上采花粉。瓢瓜是晚上开花的。在太阳下山以后,丝瓜的花朵已经凋谢了,瓢瓜开放了雪白的花朵,好像是白绸编成的。到了昏暗的夜间,犹如洁白的星星,点缀在暗绿的瓜棚上,我们看见许多夜蛾都飞来了。

白天和夜晚,我们的瓜棚上都开放着花朵。白天,灿烂的黄花。晚上,沉静的白花。

二十世纪五十年代中期,在党的文艺百花齐放方针的指引下,郭风的艺术创造力迸发出来。他的散文接二连三地发表在《人民文学》《萌芽》及香港《大公报》等报刊上。作品结集为《叶笛集》,包括一九五六年至一九五八年创作的散文三十五篇,代表着这一时期他散文创作的风格。而他的儿童散文代表作则是散文诗集《蒲公英和虹》,这是他第九本儿童文学集。《丝瓜和瓢瓜》就收在这个集子里。如《竹叶上的珍珠》:

今天,我很早起身。天空是蔚蓝的,这是明朗的夏晨。我看见校园里的竹丛,每片叶尖上都缀着一颗珍珠。比水晶还晶莹,几万颗的珍珠,映着太阳闪亮闪亮地发光。

一只黄鹂忽然跳到竹枝上。它只轻轻地一跳,很多的珍珠都滚下来了,掉在地上,变成水,浸湿了泥土……

显然，郭风的散文诗，无论是题材内容还是艺术表达，都有一种独属于儿童的清纯的目光和清新的语言。

二、赫哲族作家乌·白辛的散文集《从昆仑到喜马拉雅》

乌·白辛(1920—1966)，原名吴宇洪，男，出生于吉林省吉林市，祖籍乌苏里江支流毕拉河畔红石砬子村。自幼生长在大自然的自由天地里，生性粗豪，酷爱旅行、演剧和写诗写文。高中毕业后，曾考入奉天协和剧团成为话剧演员，并参加了《雷雨》《决裂》等名著的演出。抗战后期，曾在家乡组织一个教师业余话剧团，上演的第一台戏是他自编自导自演的话剧《沉渊》；后又上演他创作的《松花江上》，曾在抗日救亡运动中产生广泛影响。一九四三年后，他将苏联小说《吃耳光的人》改编成话剧《后台》，反响热烈，后被日本宪兵查封禁演。一九四五年日本投降前一星期，他加入了中国共产党。日本投降后，他按照党的指令，组建吉林文工团。一九四六年年初，带领文工团成员转移到东北民主联军第七纵队。其间，创作了第一个小歌剧《送饭》，之后根据形势需要又写出歌剧《好班长》《土地是我们的》《郭老太太杀鸡》。辽沈战役胜利结束时又创作了三幕话剧《四海为家》。一九五一年随中国人民志愿军赴朝鲜。一九五三年抗美援朝战争结束，他荣获国家二级勋章；调入北京八一电影制片厂任编导。一九五四年至一九五七年，他率领摄制组两次赴新疆、一次进西藏，拍摄了《在帕米尔高原上》《勾格尔王》等反映边陲地区民族风情、考古文物的艺术纪录片，受到国家级奖励。一九五八年调到哈尔滨话剧院；后转入哈尔滨市文学艺术界联合会，成为专业作家。他这时创作的第一部戏是话剧《黄继光》。同时创作的散文《昆仑山，喜马拉雅山，冈底斯山旅行记》，由《新观察》《旅行家》连载，一九五九年由中国青年出版社出版，书名为《从昆仑到喜马拉雅》。这是二十世纪五十年代第一部介绍三大山系西端及后藏阿里地区风土人情、地理环境的游记，受到各民族广大青少年读者的喜爱。一九六六年八月二十一日，因遭江青反革命集团的诬陷和迫害，不幸逝世。

乌·白辛是二十世纪五十年代最早深入西藏高原旅行探险并进行文学创作的作家之一。散文集《从昆仑到喜马拉雅》是他的散文代表作，记述了一段令人难忘的充满艰险而又丰富有意义的生活，表现了人类征服自然的勇气和信心。

集子包括《昆仑山》《冈底斯山》《喜马拉雅山》《帕米尔高原历险记》四篇作品。

这部散文集,无论是思想上还是艺术上,都有极鲜明的特色:

其一,以饱蘸情感汁液的生动笔触描绘鲜为人知的祖国大西北、大西南神异的自然景观和神奇的地理环境,使好奇好动好强的少年儿童大开眼界,丰富知识,扩展胸襟。

第一篇《昆仑山》,作家称塔里木盆地为"变化万端"的"黄色的海洋":

暴风的前哨从沙丘上扬起一绺绺的细沙来了,……就在这瞬间狂风暴发了,它咆哮着、跳跃着龇着黄牙涌起冲天的浪涛。

…………

这里的西南风每天不断地顺着峡谷的孔道吹起黄尘,迷漫住峡谷。旅人在峡谷里要整天和黄土纠缠,头顶上是一线黄天,脚下是一条黄地,黄人、黄马、黄骆驼。……裸露的脸皮上漆满一层厚厚的黄土。

…………

不要多,只是一个人脸上的泥土,便可以在清澈的河水里冲出一条长长的浊流,我们的摄影师说:"这脸上简直可以种马铃薯!"

…………

文中写"风刮得太大":

风涛,在灰蒙蒙的月光下,挟带着沙粒、风化石,向我们凶猛地扑打。……骆驼不止一次地挣脱了骆链,像一只没有舵的风船,身不由己地向山坳里飘去……

天微明,我们挣扎到大坂的脚下,路上渐渐雪深没膝,风暴依然在咆哮着,它已不再挟带沙石,而是卷着坚硬的雪粒子……

…………

风暴随着向东北方逝去的尘云过去了,望着遥远的山巅(虽然不到1000米,但在这里称遥远是一点也不夸张的),我们像一只驮着沉重硬壳的蜗牛一样艰难地、迟缓地移动着,不知道还要花费多少时间才能爬到那里。

…………

登上大坂的尖顶,在银白色的月光下俯视苍茫的雪海。雪海的边缘有一条曲曲弯弯漫长的雪渠,那便是我们花费一天的劳动所开辟的路径。南望昆仑山巍峨崇峙的冰山雪岭……

其二,以浓郁的笔墨描写在艰险的大自然中奔波跋涉的人们乐观向上、坚毅尚勇的英雄主义情怀和爱国主义精神。作家以平实的语气叙述到达昆仑山后翻越桑株大坂面临的艰险——冰山矗立,狂风呼啸,黄沙蔽日,暴雪填坑。无论是老战士还是当地人都说过不去。但是,作家和他的同伴们骑着骆驼,啃着冰冻的馒头,迎着飞沙走石的击打,踏着石块架空的冰碛,爬着笔直坚硬的雪坎,终于在悬崖绝壁中、在陡坡雪原上走过来了! 文中写道:

当夜,我们在河滩的柳丛中燃起烛天的野火,来庆祝我们这一段工作的结束。光华灿烂的烈火腾空炫耀的火舌,舔破漆黑的夜空,寂静群山袒露的胸腹上滚荡着金红色的光波……

这就是二十世纪五十年代人们常常谈及的革命乐观主义精神!
第二篇《冈底斯山》,作家竟把艰险的旅途写得神奇而美妙,把对大自然的爱和对祖国的爱融为一体,把人们的英雄主义情怀写得自然生动:

我们在昆仑山里与骆驼运输队汇合之后,又沿着喀喇昆仑山向东南走。这支庞大的骆驼运输队,像一条瀚海的苍龙,每峰骆驼身上滚圆的驮子,构成了它的鳞甲……
黄昏,它俯伏下来,便化为一座城市。
黎明,它又摇头摆尾,昂首阔步,御着风沙……

有时候,也写得很具体、很实在:

情况虽然艰苦,但得到当地的藏族人民全力的帮助,营房落成了。最后一批牦牛运输队,驮来了几根比较直而长的木料,战士们决定连夜把这几根木材推光,衔接起来。在营房和分工委机关落成典礼上升起了五星红旗……

其三，以轻快、浪漫的笔调记述了流传在高原少数民族地区的美丽动人的神话传说，弘扬民族文化的优良传统，也丰富了民间儿童文学宝库。如通过翻译介绍的关于冈底斯山主峰冈拉木且（冈仁波齐）是弥勒佛或释迦牟尼的化身的民间传说；还生动记录了作家率领摄制组登山、钻洞，抵达山顶宫城、隧道、库房、烈士死难地等处实地考察的情形等；又记下了塔吉克老牧人在草湖边上讲给大家听的关于幕士塔格冰山的神话般的故事；等等。有意思的是，这些神话传说、故事中所讲到的，往往与眼前的景象相符合，人们不知不觉间也就想象着神的摆布、天的意旨；感叹着大自然的造化、光阴的足迹；激励着旅行者的勇气、前进者的意志。

有着悠久的历史的中国，辽阔的国土居住着勤劳善良的各民族人民，在广大的民间，有着多少撼人心弦、动人心魄的神话传说！

其四，生命的激情、工作的热情凝聚为诗性的语言。面临千仞冰山、万丈深渊，面对狂暴风雪、严酷寒冷，无所畏惧、一往无前，表现的是坚毅的、忠贞的美；与年轻人相处、与老牧人相遇，见到陌生的藏族人、碰上朝圣的印度人，真诚告诫、尽力相助，表达的是赤忱的、淳朴的美。

他在《帕米尔高原历险记》中写道：

> ……我们把耳朵贴在石隙上，听见石下水流如注，叮叮咚咚，韵似音乐，间杂着沉重的"哒……哒……"的声音。……我们脚下正是巨大的冰山。……冰山一天天地融化，岩石就一天天架空。……再前进半小时，见到了塌陷的冰山。冰山的断层到处皆是，断层下是无底的深渊，面上结着一层翠绿的薄冰，俯首下视，触目惊心。
>
> ……中午时，已接近原始冰河，远望如白色的大海浪，从深谷里流泻而下，行至近旁，才看清那些浪头都是高可五六丈的冰柱，起伏层叠，有的似透明的宝塔，有的似巨人的手掌，形形色色，千奇万状。

至于文中所运用的形象的比喻、适当的夸张、贴切的双关等等，俯拾皆是。使险峻化为壮观，危恶变成雄伟；使天地间充满浩然正气、英然豪气。这个世界上,还有人们做不到的事情吗?

三、其他少数民族作家的散文

这一时期,专门写散文的少数民族作家极少,写儿童散文的就更少。一些选材独到、语言精湛、时代气息浓郁的散文,受到少年儿童读者的欢迎,如蒙古族作家萧乾的《草原即景》《万里赶羊》,就是这方面的代表性作品。

萧乾(1910—1999),男,出生于北京。父亲早逝,母亲当用人为生。小时就读于半工半读的崇实学堂,迫于生计,十四岁时考进北新书局当练习生,开始接触社会,并坚定地走自己的路。一九二五年,积极投入轰轰烈烈的"五卅"运动。一九二六年,因参加崇实学堂的C.Y(共青团)组织而被捕,对现实和革命的认识进一步提高。一九三三年开始在报刊上发表小说。一九三五年毕业于燕京大学,主编京、沪、港等地《大公报》的文艺副刊,兼任旅行记者,继续创作小说,反映社会底层生活,揭露帝国主义罪恶。九一八事变后,以"充当大时代的消息的传达者"自勉,足迹遍及全国、全世界,写出不少反映抗日战争和第二次世界大战的作品。中华人民共和国成立后,曾任《人民中国》副总编、《文艺报》副总编,二十世纪五十年代,他下农村、去草原、过三峡,又写了不少新作品。

《草原即景》,是萧乾从海外回来、踏上他的祖先世世代代生养繁衍的内蒙古草原所写。他写出了一个海外游子对这片土地的独特发现和独特的情感:

> 草原给我的第一个印象是,只有在海上,天和地才能像接到一起的两匹布这么完完整整,没有间隔。只有海才这么寂静,这么广漠得望不到边际,它永远像一幅没有框子的画。而只有在海上,人才会感到这么没有遮拦,自己这么渺小,以致潜意识里莫名其妙地产生把自己遗失的恐怖。

以海的寂静、广漠来比拟草原的神秘、广袤,写的不是草原的外在特征,而是气质、精神,给人以异乎寻常的新异之感。更值得注意的是作家对草原景象的朴实体味和淡远想象,如写云朵"像一簇矿物质的雄狮";如写太阳光线"骤雨还没住,太阳又嬉戏地从云隙间投下一道微光,就像悬在半空的一匹薄纱";如写风吹草浪"风呼啸起来,像千军万马奔腾而至,穗头已经发黄了的草上就掀起一阵波浪,草梗闪出银白色的光亮"。画面是跃动的、活跳的,散发着欢欣的生活气息,泅渗着真挚的赞美之情。一篇小文,写了风景的美好、生活的欢愉,写了历史的前行、时代的发展。

《万里赶羊》是根据当事人口述的一篇特写式散文。记叙了新疆细毛羊运往内蒙古锡林郭勒草原所经历的艰辛和艰险——运羊人徒步赶着一千四百只羊,爬过十二座高达四千米的雪山,渡过一百多个山洪肆虐的河口,穿过人迹罕至的原始森林,与蛇群、狼群、熊群进行了殊死的搏斗,走过了一万一千五百里的路程,为国家节约了几万元的开支。作品赞扬了克己奉公的干部,也赞颂了各民族的团结。这篇散文写得精当而朴素、精致而自然,语言精美而通俗、精炼而切实。如写天山:"高得叫人张嘴喘不过气来,腿沉得就像挂了秤砣""过阿优达坂(山口子)的时候,有人眼睁睁看见一只旱獭子给砸得脑浆迸裂。往下看呢,谁敢往下看呀!万丈悬崖之下净是冰窟窿,窟窿里是滚滚的黑水,丢一块石头要好半天才能落地……""他们头晕,心扑通扑通地蹦……"写得实在却不呆板、平常而不枯燥。又如写路遇蛇群:

> 那真是个蛇的世界,没腰的草棵里,遍地都是几尺长的花蛇,弯弯曲曲地蠕动着,有时候还挺起长颈子来朝人险恶地吐着芯子;一个赶羊的工人热了,把大褂脱下来放一放,等会儿去拿的时候,已经沉甸甸地钻进好几条蛇了。一天晚上有匹马挨了一口,不大工夫它浑身发黄,接着就踹腿了。

文中所用大多是口语,十分贴切,又分外生动。

这样的作品,常被用作儿童作文的示范,影响深广。

再如蒙古族作家云照光写于一九五七年的散文《忆延安》。作品共七小节:从大青山到边区、中央招待所、见毛主席、参观安塞县、五十五队、民族学院、烧木炭。作家写他十岁时奔赴延安的所遇所见所做,革命的童年令新社会的儿童们心驰神往,童年的革命更让儿童们欣然跃然。题材的独一有着巨大的吸引力;再加上作者把自己的亲身经历一五一十、有声有色地娓娓道来,简单而丰富,明白而深邃,更有一种无比亲近的艺术魅力。

一九五七年,内蒙古团委创办蒙古文儿童杂志《花蕾》,这极大地促进了蒙古文儿童文学的发展。这一时期出现的代表性作品有乌力吉的《近期将建两座水库》、敖其的《少先队员苏密亚》、波·策伯格扎布的《朱日和的三个阶段》等。这些作品大多是通讯报道式的。又如乌·昭恩那斯图的《没有鬼》、索义拉的《梳子引出的怪事》、阿拉巴金的《太阳捎来的信》等，则属于知识小品一类。这些作品对于母语阅读的蒙古族儿童影响较大。

壮族作家华山的散文也曾被选入儿童读物中。

华山（1920—1985），男，出生于广西龙州县。一九三六年参加革命，一九三八年加入中国共产党。历任《新华日报》《东北日报》《人民日报》、新华社记者，随军转战于太行山、东北、华北等地区，写下大量作品。抗美援朝期间，三次去朝鲜。二十世纪五十年代后期，下放到三门峡后，他创作了《童话的时代》《神河断流》等散文。

《童话的时代》写于一九五五年，作家满怀豪情，讴歌黄河三门峡水库建设者。他写道：

> 传说里有一条龙，它把头伸进黄河，就能把洪水吸干，它在天空打个喷嚏，普天下便是和风细雨。……正是我们自己，要在六年内修起一座大水库来，把大半条黄河的水全给装住，就像童话里的龙那样。……昨天只能在梦里找到的东西，今天都由我们亲手做出来了。

作家以中国人心中最尊敬的龙作比，写出工程的恢弘气势，写出这一工程在百姓心中的重要地位，有一种强烈的诗一般的抒情色彩和浪漫情调，非常适合儿童的审美意识。而且，作品将神话、历史与现实紧紧联系在一起，将百姓的心思、心愿与工程的进行、进度紧紧连接在一道，既令人心驰神往，又使人心旷神怡。

《神河断流》写于一九五八年，作家选取了三门峡截流的惊险而宏大的场景，赞颂黄河的治理者，赞颂社会主义建设的伟大成就。作品中，作家以李白《赠裴十四》的诗句开头："黄河落天走东海，万里写入胸怀间。"以"黄河落天"比喻建设者的胸怀，由此记叙黄河八天截流的场面和情景，记叙建设者的豪情壮志，记叙工程指挥员的勇敢果断，记叙偌大车队的奔驰往来……文中的字字句句，洋溢着作家澎湃激荡的豪迈情感。作家以激情的呐喊直抒胸臆，表达中国人的爱国情怀和远大志向：

我们要喝令黄河让路！

我们要锁住黄河！

我们要把万里黄河捏在手里！

这样的作品，知识性与文学性并存，思想性与趣味性兼具；这样的情怀中，充满着爱国与敬业的精神，会激励中华各民族新一代人。

第四节　戏剧文学

一、赫哲族作家乌·白辛的无场次话剧《黄继光》

乌·白辛参加了抗美援朝战争，上过朝鲜前线。由于有战争的实际体验和深切感受，他创作的话剧《黄继光》获得成功似乎是必然的。该作品有着鲜明特色：

其一，牢牢地把握住共和国前进中热烈的民族精神和强烈的时代主旋律。

话剧《黄继光》创作于一九五八年。那时，抗美援朝的战争硝烟已经随光阴的流逝而飘散。作为站在马克思主义立场、头脑清醒的文艺家，对广大人民，尤其是对热情高、阅历浅的各民族青少年的思想认识、审美意向的引导，是一个重要的创作主题。乌·白辛写话剧《黄继光》，正好避开了当时弥漫在社会上的浮躁和狂热，探摸到几千年来牢固存积在所有中国人心里的那种爱国主义、英雄主义精神。乌·白辛成功地寻求到了与中华民族自强不息的内在需求相适应，与当时时代特征、社会心理符合，与国人的审美方式一致的当代题材和大众性的艺术方式，对时代生活中富有意义的领域投注了关切的目光。令人喜出望外的是，乌·白辛这一创作竟然开拓了对体现时代精神的戏剧主题的把握与探索，使人们可以通过一个剧真切地窥见时代的一个不可忽略的历史侧面。

乌·白辛的创作思想是深刻的，艺术表现却是朴素、朴实的。剧本中描绘了中国大地上的"春天"：年轻人踊跃参加中国人民志愿军，少先队员拿着橘子来慰问志愿军叔叔等；又巧妙地描述了"朝鲜某城"化为废墟的情景："炸弹坑的土上，已经种植起五谷""光腚子娃娃,胖胖的,在瓦砾里爬着,笑着,捡起一堆机关枪子弹壳子""一个司号员从洞里钻出来,站在废墟顶上吹响起床号"。着重地描写了朝鲜山谷的"夜"——军营、坑道、战场,写到了黄继光抢着多干活、做各种事情帮助战友、争取加入新民主主义青年团、看苏联电影《普通一兵》等日常生活;由此自然而然地生动真切地展现了中国人民志愿军的英雄群体,又在英雄群体中凸显出黄继光的心愿、意志、行动。因为自然而然,就真实地写出了时代、社会、家庭对志愿军战士、对黄继光品格形成的熏陶和影响;因为生动真切,就细致地表现了中国人民志愿军战士群体中所闪耀着的爱国主义、英雄主义精神的光芒。战士品格的壮美与黄继光心灵的柔美在激烈的战火中熔铸为一体。

《黄继光》是乌·白辛根据真人真事创作的话剧,情节、细节的真实是这个剧本的生命;但,剧本不是残酷战争的再现,而是对反抗帝国主义侵略、保卫伟大祖国领土的崇高行为的艺术表达。在那一特定的年代里,《黄继光》从总体上把握了时代精神、民族精神中最富意义的东西,而且细腻地、切实地、形象地表现出来,这就是这个剧本的意义所在。

其二,紧紧地把握住青少年观众的审美心理,探索重大题材舞台剧表演的结构变革和艺术创新。

在常规话剧结构中,按照镜框舞台来演戏,空间、时间的展现是有限的。乌·白辛要在《黄继光》中展现朝鲜战争广阔而多样的场景,要揭示主人公崇高的情怀,那种呆板结构难以适应。于是,乌·白辛首先试图把戏剧舞台直接深入观众之中去。他在"序幕"中写道:"当观众走进收票口,进入剧场的前厅,戏剧便在这里开始了。"在他的结构设计中,剧场前厅被前所未有地围裹在了硝烟、火焰中,使观众步入这里便产生了一种进入戏剧角色的感觉,这就自然地扩展了戏剧的现实空间。其次,乌·白辛借鉴了我国传统戏曲的写意化结构,运用音响、灯光、舞台上人物行动和注意的指向性,在舞台大幕两侧形成一个虚拟的因而也无限广阔的心理空间,激发观众的想象力,整个剧,几乎把所有敌方阵地、敌方的活动都交给了这一层空间。甚至在那里,还以幕外音的形式,向舞台上传递着黄继光内心世界的声音。这一空间的非确定性,使它可以从容地容纳下这一切。有了这种多层次的虚实结合的时空结构,便容易真实地表现那广大的深沉的朝鲜战场。而且,作家大量运用了幕外音和内心独白,能够更深层地揭示主人公在特定情境中的情怀、情思。如作家在剧中写了黄继光的梦幻景象——一会儿,银幕上的苏联英雄马特洛索夫来到黄继光身边;一会儿,黄继光刚入朝时碰到的那个朝鲜姑娘朴春淑领着一大群朝鲜儿童簇拥在黄继光身边唱着跳着。这虽然不是现实的一般的延续,恰映衬了黄继光的情感状态;不仅打破了时空界限,也使现实人物与理想人物相互交错,使人物的思想、理想与遐想、幻想相互交汇,剧情就自然地融进观众的情感里。

其三,切切地把握住话剧对白的巨大震撼力以使其兼具民间色彩与诗性光彩。

对于话剧来说,丰厚的意蕴、丰富的情感都凝聚在人物的对白之中。每一句对白都应该是精湛的、凝练的。而每一句对白又都是具体的人在具体的情境中说出来的,都必定是独异的、个性的。如剧中写黄继光好几天闷头不吭气,战友都着急。这时,新兵排王排长来了。下面是班长与排长的对话:

谢三华:报告!排长,大伙推举我当班长真是硬拿鸭子上架,要讲体力互助,全班的背包,我谢三华一个人背着也没问题,可排长,咱这点本事跟黄继光用不上啊!……明明打两脚血泡,可抢背包不给,要米袋不行,昨晚我给他削了一个小棍,小家伙又来捣劲,一下给我抛了。排长,你看,我能干的都干了,大伙都是"班对班"的一样大,好像我还能解决什么思想问题似的。

王排长:话不说不透,砂锅不打不漏,当班长的就要经常地关心班里的每一个同志,多谈谈,多了解了解同志们的思想情况。

谢三华:排长,这里有困难,我"抹"不下脸,绷不住神啊!

王排长:用不着绷什么神,革命同志比兄弟手足还亲,一个锅吃饭,一个铺睡觉,一块去消灭敌人,行军也好,宿营也好,端着饭碗,或者爬在战壕里也行,随时随地可以谈谈心哪!主要是关心同志们,真正的关心!

接着是排长与黄继光的对话:

王排长:脚上的泡挑了吗?
黄继光:挑了!
王排长:敷药了吗?
黄继光:卫生员给上的。

王排长：今晚出发，你坐团部的大胶皮车走吧！

黄继光：我？（立起）排长，我不坐。

王排长：别激动，来，来，坐下，坐下，坐大车也不是什么不光荣的事，勉强坚持把脚走垮了，以后会增加更多的困难。

黄继光：放心，排长，别人走一百里，我保证不走九十九，决不掉队。

王排长：小黄，我看把车轴磨细了，也走不过你，从参军到现在，你的决心我是知道的，可这几天你不大吭气，总耷拉头，同志们都很关心你，但又不摸底，是不是咱排里的工作有缺点？还是对哪个同志有意见？

所谓的震撼力，不是震动天地的豪言壮语，也不是震颤山河的教诲训诫，只是人物之间十分平常的对话，鲜活、实在、自如、自然；但句句提炼过、推敲过，是饱含诗情、满含诗意的。这样的对白贴近青少年观众，容易记住、记牢，也就会撼人心弦、震人心地。

二、满族作家柯岩的小歌剧《娃娃店》及其他

女作家柯岩在一九五五年十二月号《人民文学》上发表《儿童诗三首》以后，好评如潮。一九五六年就被调到中国儿童艺术剧院任编剧。强烈的社会责任感，加上长年对儿童生活、情感的细致体察、细心体验，以及童年时对文学的爱好和受到的熏陶，使她接连创作了《娃娃店》《照镜子》《双双和姥姥》等儿童剧。其中，《娃娃店》演出场次最多，影响最大。

《娃娃店》创作于一九五七年，乃独幕童话剧。这个剧最突出的特点是采用了锁闭式结构。作品一开始就把矛盾冲突最紧张、最激烈、最尖锐的时刻呈现在舞台上，也就是从接近高潮写起，使剧情集中、精当、强烈、明快，从头到尾一气呵成；剧中矛盾冲突的展开与解决也都迅速、简捷，非常适合幼小儿童的欣赏习惯，一下子就把观众吸引住，并留下深刻印象。《娃娃店》开头就写小姑娘小胖胖和小豆豆来到娃娃店买布娃娃，娃娃店的老伯伯说，这个店的娃娃不要钱，但只有好孩子才能带走，并让她们去挑选。小胖胖和小豆豆看着站得整整齐齐的布娃娃，觉得他们都很可爱、好玩，不知选哪个好。老伯伯告诉她们，这些布娃娃各有脾气、模样和特长，有的会唱歌，有的会讲故事，有的会表演技巧，还有的会跳舞等等。她们先挑选会技巧表演的娃娃，但技巧表演娃娃通过与她们的谈话，了解

到她们俩都爱吃零食,小胖胖还不讲究卫生,小豆豆用自制的弓箭和弹弓打人,就不愿跟她们在一起。小胖胖和小豆豆请老伯伯帮忙,并表示一定改正缺点。第二次,她们挑选了会唱歌的娃娃,唱歌娃娃向她们提出一些问题,她们怕失去这个机会,就回答了谎话,而且不愿认错。唱歌娃娃认为她们不是好孩子,也不愿跟她们走。小胖胖和小豆豆终于明白了怎样才能建立起真正的友谊。她们在最喜欢的跳舞娃娃面前,坦诚地回答各种问题,承认了各自的缺点,赢得了跳舞娃娃的信任,他与她们一起高高兴兴地回家去了。一个特点是,人物设计新颖有趣,玩具竟成了舞台人物。无论是在世界上的哪个地方,布娃娃都是小姑娘的最佳玩伴;布娃娃能说话、有情性,真实而亲切,当然是小姑娘们最高兴的事了。这样的"教训"也是小姑娘、小小子们最愿意接受的。另一个特点是,剧中布娃娃和小姑娘鲜明的有特征的戏剧动作,给人以新鲜感,增强了全剧的艺术魅力。

　　柯岩这时写出的儿童剧,题材很广,但都扣紧儿童的习惯养成、性格形成等品德问题。又都因为充满了生趣、妙趣而引起热烈反响。

　　如《照镜子》,通过一个小姑娘和她的影子(镜子里的小姑娘)来表演,两个一模一样的小姑娘出现在镜子的里外,这样的场景小观众们自然很熟悉,平日里谁不照镜子呢。照镜子还可以在舞台上表演吗?他们也就特别有兴趣。作家正是抓住这一充满幼儿生活趣味的情节来展开戏剧矛盾:这个小姑娘非常爱漂亮,可是不讲卫生,镜子照出了她脸上的肮脏,这使她十分生气。接着是小姑娘的一系列动作——瞪眼、扭身、吐舌、戳镜、打巴掌、掉泪、扭身不照,把小姑娘的神情姿态、心理活动描写得栩栩如生。而当这一连串的表演一模一样地同时出现在镜子里外时,小观众的情感反应竟是热烈非凡,它所产生的戏剧效果是非同一般的。显然,这个剧的情节、细节都来源于幼儿生活,但,柯岩善于发现,又精于提炼,使其比幼儿日常生活更集中、更丰富、更强烈,也更优美。

　　又如《红灯、绿灯和警察叔叔》,舞台上,红灯、绿灯、警察叔叔及各种车辆都是孩子们扮演的。除了警察叔叔,所有角色都是拟人化了的。这个小诗剧看似十分简单,它把成人生活中必须遵守的交通秩序搬上舞台,使其放大、突出,让幼儿学习、认识生活和社会。显然,这样的小剧带有浓浓的游戏性质。小孩子表演起来并不难,却十分有意思,由此受到的教育会很深。

　　游戏,是幼儿生活中必定有的。但,生活中的幼儿游戏毕竟是粗糙的、随意的、散漫的,作家对幼儿游戏予以丰富、改造、提纯,并寓以明朗、明确的教育意义,就能构筑成一个个有趣有味的儿童戏剧。

柯岩这时写出的儿童剧还有《双双和姥姥》等。

三、满族作家赵郁秀的独幕剧《五条红领巾》及其他

赵郁秀(1933—),原名毓秀、育秀,女,辽宁省丹东市一个满族平民家庭出身。一九四六年于丹东市联合中学转入辽东白山艺术学校。之后参加革命,一九四八年开始发表、出版诗歌、演唱、歌剧等作品。一九四九年任《辽东文艺》编辑,一九五三年入北京中央文学讲习所学习,二十世纪五十年代中期起出版《党的好女儿张志新》《为了明天》等散文报告文学集,一九五五年任辽宁省作家协会《文学月刊》编辑。一九六九年下放辽北农村,一九七五年后在县、地妇联工作。一九八五年后调回省作家协会,先后担任儿童文学研究室主任、辽宁文学院副院长、《文学少年》主编、省作家协会儿童文学委员会主任等职。一九九八年离休。现为编审,中国作家协会会员,辽宁省儿童文学学会会长。曾主编《棒槌鸟儿童文学丛书》《韩国儿童小说选》等。

一九五一年,她以"育秀"为笔名发表了东北解放以来第一个独幕儿童剧《五条红领巾》。剧本以解放初期的肃反运动为背景,围绕着一场保护人民铁路和人民生命财产安全的斗争展开矛盾冲突。作品从少先队员们在铁路附近意外发现隐藏的国民党特务鬼鬼祟祟的行踪写起,到发现特务留在铁道上的可疑"手表"——定时炸弹,再到火车临近之际少先队员们为护路与特务展开的殊死搏斗,层层深入地表现了一九四九年国内外错综复杂的矛盾冲突和惊心动魄的斗争,赞扬了广大铁路工人及少先队员们对年轻的人民共和国的无比热爱。由于是独幕小剧,情节铺垫少,发展快,但戏剧冲突紧张激烈,一环紧扣一环,将时代风云隐匿于惊险的现实故事之中,贴近社会,贴近儿童,有较强的艺术表现力。这个剧曾在全国第一次崂山夏令营活动中演出,有一定影响。

在此之前,育秀、宛明创作的小歌剧《师徒连心》发表于一九五〇年《东北文艺》第八期。剧中表现十六岁的小徒工周正不知努力,不好好学技术,跟着师傅三个月,稀里糊涂混日子。在工厂进行技术考试的前夕还不认真学习,总想着到河里捉螃蟹,结果考试得个"大鸭蛋"。在母亲、师傅、工友等众人帮助下,小周正才认识到:不学好技术,就不能在生产战线打胜仗。剧情一点不复杂,但在东北解放后着重恢复经济建设的时代背景里,反映青年工人中的不良倾向,倡导奋发

有为,引导学习技术,是非常有意义的。值得注意的是,剧情虽然简单,却也一波三折,既正面展开小周正与师傅的矛盾冲突,批评了小青年贪玩、不想学技术的不对,也善意讽刺了师傅的自私、保守。剧中采用对比手法,将人物个性表现得鲜活生动,因而易引起青少年观众的共鸣。

附记:儿童文学民族性的呈现与体现

二十世纪五十年代,是中华各民族翻身奋起、昂扬奋发的年代,从经济基础到上层建筑领域的各个方面都发生了翻天覆地的变化:经济在发展,思想在革新,文学在进步。儿童文学,作为新一代人的文学、塑造未来的文学,开始受到党和全社会的重视。这时中华人民共和国成立不久,革命胜利给各民族人民带来了民族平等,当家做主的自豪、快乐和民族团结、共创家园的自强、兴奋的情绪正在持续,社会主义建设需要的冷静思想和丰富智慧正在酝酿、积淀。少数民族中,只有蒙古、回、满、藏、维吾尔、哈萨克等几个民族人数较多、经济文化发展较有基础的少数民族有本民族作家;少数民族作家专门为儿童创作这件事,还没有立即列入工作议程之中。这时的少数民族文学创作,包括少数民族儿童文学创作,都以歌颂共产党、赞美中华人民共和国、颂扬各民族同舟共济、和睦相处的社会主义社会为大主题;小说、诗歌、散文、戏剧,都在描绘新社会新儿童身上所体现的中华民族传统美德的光大和中华民族自强精神的承扬。这时,少数民族作家的创作思想中,儿童文学的民族性,首先是呈现、体现统一的、多民族构成的中华民族的自强不息、爱国主义的民族精神,同时也表现在优秀的民族文化传统的继承和发扬。作品中,热爱眼前的家乡与挚爱伟大的祖国,反抗民族上层的压迫与反击日本鬼子的侵略,胸怀美好的理想与心存远大的志向,都一一地体现在不同民族的不同儿童形象中。可以看到,在实现民族平等、民族团结的新社会,作家浓烈的民族情感使作品的民族味儿更加醇厚、民族色彩更为鲜明。

显然,儿童文学的民族性,是少数民族儿童文学创作中的必然存在。少数民族作家在反映少数民族儿童的现实生活、表现少数民族儿童的思想情感时,自我的民族情愫、情感的程度是展示儿童文学民族性的关键所在。

第二编

二十世纪六十年代初期、中期

第一章　少数民族儿童文学发展之初

　　二十世纪五十年代末至六十年代初,由于反右斗争扩大化,一些很好的儿童文学作品遭到非难,创作倾向愈来愈"左",这就使一些刚刚跨进当代儿童文学门槛的少数民族作家有一种"人人自危"的感觉。加上当时有围绕童话创作进行过关于《慧眼》《老鼠的一家》两个作品的讨论,有的人全然不顾儿童文学创作规律,提出老鼠是"四害",应从童话王国中驱逐出去;还有人提出要在童话中表现社会主义建设、反映今天的工农兵生活的主张,他们以"古人动物满天飞,可怜寂寞工农兵"来概括当时童话创作的现状,带有浓厚的政治批判的意味。于是,儿童文学创作愈来愈趋于政治化、概念化,少数民族作家写童话的本来就少,这样就几乎没有人写了。一九六〇年,在文艺界大批资产阶级人性论的氛围中,儿童文学界开展对陈伯吹"童心论"的批判。由于对"儿童立场"的全面否定,对儿童文学政治性的不适当的强调,导致了作品中儿童形象的严重成人化、刻板化,正如茅盾所批评的:"作品即使主人公只有八九岁至十二三岁,其思想、感情、动作宛然是个小干部。"几年间,这种抹杀儿童文学特殊性的创作思潮愈来愈烈,这样就使中国儿童文学发展中出现了转折。一向薄弱的少数民族儿童文学,自然不可能自己冲开汹涌而来的"左"的文学思潮。转折是必然的。何况,当时社会强调革命英雄主义和革命乐观主义,忽视少年儿童自身的欣赏特点;从苏联翻译过来的少儿文学作品也大都是小孩子支援工农业建设的题材,也使儿童文学的题材愈来愈窄,艺术表现愈来愈一般化。

　　一些经历了革命战争、感受到解放初期人民大翻身的喜悦的民族老作家们,及时抓住六十年代初期党在文艺战线所做的一些调整工作,如《文艺报》发表了《题材问题》,尖锐地指出当时文艺创作中题材过于狭窄的问题,而茅盾发表于一九六一年八月号《上海文学》的《六〇年少年儿童文学漫谈》,更是一针见血地指出,当时儿童文学是"政治挂了帅,艺术脱了班,人物概念化,故事公式化,语言干巴巴",整个儿童文学创作初显"歉收"的局面。这一正确的分析和估计给当时被"大跃进"和"童心论"批判弄得无所措手足的中国儿童文学界敲响了警钟,更使一些人变得清醒起来。这时,党和政府也采取一系列比较现实的政策,以扭转"大跃进"以来政治、经济生活中的严重局面。一九六一年起开始实行"调整、巩固、充实、提高"的八字方针,对文艺政策也做了相应部署。在周恩来同志的直接领导、参与下,中宣部、文化部于一九六一年六月在北京召开了文艺工作座谈会和故事片创作会议;中国剧协于一九六二年六月在广州召开了话剧、歌剧、儿童剧创作会议;同年八月,中国作家协会在大连召开了农村题材作品座谈会,并在此基础上制定了《关于当前文学艺术工作若干问题的意见》(《文艺八条》)。这些会议和决议都对当时的文艺形势做出新的估计,对文艺工作做了新的评价,提出要继续坚决贯彻"双百方针",正确执行知识分子政策,发扬艺术民主,尊重艺术规律,继承古代的和外国的优秀文化遗产,提高创作质量等,在一定程度上抑制了极"左"思潮的泛滥,给当时已经陷入困境的文艺界带来了某种转机。一时间,沉闷的儿童文学界也开始活跃起来。少数民族作家们努力把握儿童文学的现实主义精神,力图真实地、感情细致和深刻地表现生活。他们,或以抗日战争、解放战争中的革命历史为背景,或以边疆少数民族儿童独特的生活遭遇为题材,或以南北各民族中的创世神话、美丽传说为参照,或以边陲广阔漠野上正在变革中的社会现实为依据,写出为各民族儿童所熟悉、所喜爱的不同体裁的儿童文学作品。以蒙古族作家来说,内蒙古土默特旗作家云照光根据抗日战争期间自己参加八路军在大青山建立革命根据地的亲身经历,写出革命历史题材的儿童中篇小说《蒙古小八路》;另一位来自科尔沁草原的蒙古族作家哈斯巴拉,根据内蒙古东部地区草原牧民奴隶在地下党领导下举行武装起义的史实,写了蒙古族小奴隶觉醒、反抗斗争中锻炼成长的又一部儿童中篇小说《故事的乌塔》;来自青海草地的老作家察森敖拉,却巧妙地写了在无比广袤草地上、在长期游牧生活中所积淀、所形成的殊异的民族心理素质,这种独一的民族心理素质,又在代代传承中得以发扬、光大的儿童短篇小说《祁连游牧仔》;长期在中国人民解放军骑兵部队中当政委的蒙古族作家阿·敖德斯尔,又写出了反映新社会蒙古族人家乡草原的巨大变化,以及新一代蒙古族儿童的新的生活状态、新的思想风貌的短篇小说《草原童话》《雪花飘飘》;著名蒙古族诗人巴·布林贝赫也写出长诗《阳光下的孩子》,诗人其木德道尔吉依据本民族民间的美丽传说创作了美妙动人的长诗

《独角白鹿传记》等。可见当时的少数民族儿童文学在实际创作中有了确切的新的转机。

只是这样的转机是短暂的。二十世纪六十年代，很多优秀作品受到限制，本来就荒凉的少数民族儿童文学园地就真正地荒芜无收了。

但，对于儿童文学更为直接的影响还是来自当时的中苏论战所引出的关于革命事业接班人的理论和与此相关的关于教育改革的一系列措施。当时影响极大的《九评苏共中央公开信》等文章提出：苏联作为第一个社会主义国家，为什么在革命成功半个多世纪后改变颜色，出现卫星上天、人头落地的悲剧？关键就是没有选好革命事业的接班人，让修正主义分子篡夺了地方和中央的领导权。因此，要防止同样的悲剧在中国重演，就要培养千百万革命事业的接班人。并说这是老一辈无产阶级革命家开创的革命事业是否后继有人的问题，是无产阶级革命事业是否发达兴旺的百年大计、千年大计、万年大计，所以全党要把培养革命事业接班人的问题提到主要议事日程上来。由此出发，按毛泽东同志"五七指示"等文章，让所有受教育者都把阶级斗争当作一门主课，从小参加实际的阶级斗争、生产斗争、科学实践等三大革命运动。提出："学生也是这样，以学为主，兼学别样。即不但要学文，还要学工、学农、学军。也要批判资产阶级。"于是，立即实行教育改革。学生走出课堂，进工厂，下农村；忆苦思甜运动，上山下乡运动，都轰轰烈烈地开展起来。这一状况很快在儿童文学领域反映出来。仅在作品中抓特务、斗地主已经不够了，需要表现和批判资产阶级思想在儿童生活、心灵中的流毒，将它们从儿童身上清除掉。于是，一些作品在塑造工农兵高大形象的同时，开始描写被资产阶级思想毒害了的少年儿童形象，并对一些没有按照这一模式来创作的作品进行批判。这样，儿童文学创作就不免在这一风潮中受到摧残。少数民族儿童文学当然不会例外。

不过，少数民族中的作家们，恰都因热爱儿童而巧妙地避过这阵风势来创作。如满族作家老舍，一九六〇年写了儿童歌剧《青蛙骑手》，一九六一年写了六场童话剧《宝船》，作品都以民族民间童话作为素材创作，弘扬传统美德，凸显民族精神，有情趣，有神韵，受到各民族少年儿童的欢迎，久演不衰。满族诗人佟希仁，深情描写大自然、刻画小禽鸟形象，把东北大地的四季、珍禽候鸟的多样构筑成意象和意境，表达出诗性和诗情，激发少年儿童爱家乡、爱祖国的情感，抒写少年儿童有理想、有志向的精神，因而能潜移默化地渗进儿童心灵。这时，少数民族作家大多居住在本民族聚居区,非常了解本民族儿童的生存状态、生活状况,他们写出的关于本民族儿童的生活、情感的作品,关于本民族地区的山水、漠野的作品,都富有浓郁的生活气息、强烈的生命律动,民族精神与时代精神交汇其间,与当时提出的培养革命接班人的目标并无二致,这些作品也就立住了脚,客观上为当时的中国儿童文学领域吹进一阵清新的风,令人清醒,更使人保持着文学的审美和心灵的纯净。

在"左"的潮头愈掀愈高的社会氛围中,少数民族儿童文学,竟以写革命历史、写民族现实、写边陲风物、写儿童真情取胜。这是少数民族人淳朴笃厚的民族心理素质的一种自然反应,还是少数民族人聚居边陲乡野,广袤遥远,对"左"倾潮流的冲击的一种天然抗争?

第二章　代表性作家作品

第一节　小说

一、蒙古族作家云照光的大青山抗敌中篇小说《蒙古小八路》

云照光(1929—)，蒙古名乌勒·朝克图，曾用笔名牧牛，做地下工作时化名郭亮，男，内蒙古土默特左旗塔布赛村一个雇农家庭出身。他父亲经常掩护地下党领导同志和工作人员，因叛徒出卖被日本宪兵队打死。大哥、三哥早年参加革命，一九四六年三哥在战斗中英勇牺牲。他自己从小给地主打短工、放牛，没有上学读书的机会。一九三九年三月，十岁的云照光由地下党组织介绍来到延安，先后在陕北小学、延安民族学院、延安大学、三边公学学习，参加了延安大生产运动、整风运动，学了文化，在实际斗争中得到锻炼，又在阅读中受到革命文艺和苏联文学的影响。一九四二年后，他学着写了几个小戏，秧歌剧《鱼水情》于一九四四年正式排练演出，剧本曾在陕甘宁边区文教群英会上展出。同年在延安《解放日报》发表散文《蒙古同胞的感恩》。此后在学校任教员、图书管理员、教育干事等。一九四五年五月加入中国共产党。被分配到解放军中工作，担任过教官、文书、指导员、教导员、科长、处长等职，并曾在内蒙古军区任文化部副部长。

他真正开始创作是在中华人民共和国成立以后。发表了短篇小说《友谊》《母亲湖的火光》《河水哗哗流》《春满军营》《永远在一起》，儿童中篇小说《蒙古小八路》，散文《忆延安》，电影文学剧本《鄂尔多斯风暴》等。一九六二年，《鄂尔多斯风暴》由八一电影制片厂改编拍成电影,影片以席尼喇嘛领导的"独贵龙"运动为题材,真实生动地反映了在中国大革命时期蒙古族人民反抗王公贵族、军阀官僚的斗争历程,热情歌颂蒙古族革命先驱者从自发反抗到自觉斗争的革命历程。影片放映后在各民族中影响深远。他的革命历史题材创作独树一帜。

云照光并不专门写儿童文学。他是一位在革命斗争中成长的作家,热爱革命,热爱祖国,热爱儿童。当年,他是实实在在的蒙古小八路。写成于一九六三年十月的儿童中篇小说《蒙古小八路》,展现在我们面前的故事,并不只是天真的儿童世界和活泼的儿童天地,而是那个时代党领导各族人民抵抗日寇侵略斗争的缩影。写儿童而不局限于儿童。作品从生活出发,选取、集中、提炼最能表达时代本质的事件,通过蒙古族儿童的目光来观察,蒙古族儿童的心灵来感受,蒙古族儿童的口吻来表达。小说从蒙古族儿童的特殊角度,描绘了当时艰难、残酷的斗争环境,既没有回避这一斗争的残酷性,也没有纯客观地渲染战争的恐怖性,而是通过小扎木苏和他周围的人对凶暴敌人的不屈斗争与流血牺牲这一严峻的生活现实,表现出抗日军民不畏强暴、英勇战斗的英雄气概及民族团结的伟大力量,使少年儿童具体地理解党的领导、党的民族政策、党的群众路线,理解革命胜利来之不易,是无数烈士流血牺牲换来的,也由此激发他们对前辈革命精神崇敬、热爱、向往的感情。

《蒙古小八路》在思想上、艺术上的特点很突出:

首先,作家善于在战争年代里发现和塑造儿童英雄典型,又满怀深情地、真切地描写出来,既有使小读者感到亲切的真实感,又有动人心弦的理想的光彩。作品中,先写小扎木苏一家的遭遇——阿爸拉苏荣是地下党小组长,被日本鬼子绑着吊在旗杆上用火烧;阿姐乌云也遭杀害。阿妈巴达玛托起女儿的尸体逼向荣达赖,荣达赖竟命令伪军把她投进大火里。亲人们受尽苦难、壮烈牺牲,并没有吓倒这个从小给牧主放羊放牛的小牧童。大地主、大牧主荣达赖的小崽子强迫他当马骑上玩,他不让;狗腿子把他摁住,还拿鞭子打他跑,他不依;狗腿子们又把他吊起来,打得血肉模糊,他不屈。阿妈把阿姐的带血头巾交给了他,他把仇恨与痛苦埋藏在心底,只盼自己快长大,消灭这些坏蛋。八路军救了他,革命长者的爱怜和教导,使他懂得了蒙汉各族是兄弟,懂得了几十个民族都是祖国大家庭中的成员,懂得了打跑日本鬼子、打倒蒙奸、汉奸,就是为了建立一个各民族平等的、统一的、强盛的祖国。他第一次参加战斗,就用木头手榴弹换回一枚真手榴弹；后来还亲手打死了一个鬼子，活捉了一个伪军；在抗日根据地村民代表大会上，他没有背宋指导员为他准备的讲稿，却讲得生动有力；寒冬腊月，他能借着山沟里积雪的反光，一步一滑摸下山去侦察；他进赛乌素村后被蒙奸扣住，他却在煤堆靠墙的地方发现了一个小洞，等到荣达赖察觉，他已经钻进了这个正好容下他身子的洞口逃了出去；在一次袭击敌人的战斗中，日本鬼子中村一枪打飞了他的帽子，荣达赖正要开枪，李银娃一枪打倒了这个蒙奸；等等。他，小扎木苏，一个被压在社会最底层的小长工，小小年纪，胸怀理想，渴望杀敌，向往胜利；一心报仇，出生入死，勇敢无畏。他，身经百战，终于在斗争中成长为真正的革命者和无产阶级先锋战士。作者通过这个带有鲜明的童稚印记，然而又早熟的小战士形象刻画，充分地发掘出蒙古族人民在灾难深重的阶级压迫、民族压迫之中，在曲折艰苦的斗争中锤炼出来的不屈不挠的精神特质。实现了坚决追求革命的刚毅坚韧的个性和以斗争求生存的剽悍大胆精神的美好统一。塑造了一个既是儿童又是英雄的活泼泼的艺术形象，蒙古民族的威武不屈和中华民族自强不息的精神，贯穿在这个儿童主人公的全部斗争生活之中。但，他的勇猛机智、果敢大胆，既不同于成年人，也有异于众多作品中的抗日小英雄形象。小扎木苏，是一个在特定的反侵略战争年代中、在塞外大青山抗日根据地成长起来的土默特蒙古小英雄典型。这样一个有深度的小英雄典型的成功创造，是《蒙古小八路》对中国当代儿童文学的卓越贡献。

应该提到的是，作家在细致地刻画小扎木苏形象的同时，还生动地描写了他周围的亲人、长者的形象，如阿爸、阿妈对日本鬼子的仇恨，如千里土默川又大又深；侦察员李银娃在火光血河中把他救出，又对他百般呵护；周连长、宋指导员对他的耐心引导和细心开导如家里慈祥的长辈一样；等等。这样就把蒙古族小英雄的成长置于中国各民族人民齐心抗日的群体行动之中，写出了中国人同仇敌忾的抗日精神，写出了那个时代的特征；也让人切实感受到英雄的崇高品质、伟大人格与人民的质朴情怀、平凡行为相一致。小英雄形象和人民英雄群像的光辉在历史进程中交相映照，照亮着奋斗的现实，照耀着光明的未来。

其次，作家洞察并把握蒙古民族心理素质在那一特定年代特定儿童身上的具体体现，又饱含真情地、真挚地表达出来，既具活脱脱的现场感，又富于蒙古民族英雄史诗式的传奇色彩。作家艺术构思巧妙，使作品中浓郁的民族特色自然地融进鲜明的儿童特点之中，作品因情节紧张、好看而有了非同一般的艺术吸引力,更由于情节的曲曲折折、细节的切切实实而更具震撼心弦的艺术生命力。作品中,从扎木苏师长重返故乡、母子团聚写起,倒叙了二十年以前日本侵略者洗劫土默川赛乌素村的血海深仇,详尽描写了母子死里逃生、小扎木苏参加八路军偷下青山、奇遇老交通员王爷爷,以及李银娃带小八路打入敌巢、刺探敌情、冤家路窄,以致小八路被扣、冒生命危险逃离敌穴,终于送出了极重要的情报,打败了日本鬼子,来到延安,见到了毛主席等情节。在整部作品中,小扎木苏几经艰难险阻,四次绝路逢生,在曲折的故事情节中,层次分明地展开了敌我双方的矛盾冲突,环环相扣,悬念接着悬念,浪潮追逐浪潮,一步一步地引人入胜。作品结尾处又补叙了母亲的遭遇,艰险而能脱险,令人欣慰;离奇而能出奇,使人感叹。可贵的是,整部作品虽是传奇式的云谲波诡,却通晓通畅,于淳朴中见深情,于赤忱中显忠贞,近乎说书,近乎白描,是对蒙古族文学传统的弘扬、光大。

再次,作家刻意描绘了一幅幅充满生活实感、浸渍儿童情趣的风景画、风情画,刻意运用富有诗意富有地区特色的抒情语言,加强加深了土默特地区蒙汉杂居、民族团结的文化气息和感情气氛渲染,展现了土默特蒙古族生活中特有的文化色调和感情色彩。

打开作品,土默川风光便活灵灵展示出来:

> 清湛湛的黑河水,从青山后边冲出来,流过昭君坟,在沃野千里的土默川绕了几百个弯子,嘴朝南,在托克托城西汇合到蜿蜒曲折的黄河。和浊浪滚滚的黄河一起,日夜不停地流着,流着……黑河南是旱涝保收的良田,长城内外闻名的米粮川。黑河北是铁道,铁道北是有名的乌兰草滩。乌兰草滩像一条绿色的腰带,细长细长的,从赛乌素延伸到青羊出没的莎拉沁草滩。一座座整齐喜人的村庄,花花点点地散布在黑河两岸。

作家写家乡土地上的斑斓色彩和迷人芳香,充满了豪迈的激情。那巨人一样的青山,那东摇西摆的莜麦,那低飞歌唱的百灵鸟,那漾起波纹的哈素海,那开着红蓝白紫的野花,都那样普通,又那样美妙。正显示出作家热爱生活、热爱美的革命战士情怀。

作家也善于以童心来体察生活和提炼语言,使作品语言既是口语化、民族化的,又是性格化、抒情化的,贴近儿童生活,贴近儿童心灵。正是这一点使儿童文

学与成人文学明显地区别开来,也使儿童文学的民族特征更加鲜明。如对大地主、大牧主荣达赖的描写:

> 荣达赖脸长得像盘,腆起肚来像个坛,短粗的身材活像个庙里的泥胎,抽洋烟抽得脸发灰,像个炉坑里掏出来的山药,是个灰疙瘩。

又如对小扎木苏参加了八路军以后的一段心理描写:

> 他最爱听李银娃叔叔讲……故事。越听越明白,越听越爱听。起先听说阶级长阶级短,还以为是荣达赖家的砖瓦大院的台阶呢,慢慢懂了,什么都是按阶级划分的。……蒙古人里边好人多,荣达赖可是最大的坏蛋。扎木苏自己就在阶级里边,是无产阶级的一分子哩。

这样的语言,是方言,恰是规范化的;是小孩子说话,恰又是精心锤炼了的。这是少数民族儿童文学语言。

二、蒙古族作家哈斯巴拉的中篇小说《故事的乌塔》

哈斯巴拉是一位坚持用本民族文字为儿童创作的蒙古族儿童文学作家。他从写诗起步。一种责任感促使他要把蒙古族老一辈在旧社会受苦受难的事情讲给孩子们听,让蒙古族新一代人了解自己民族的过去,从而理解现在、把握未来。于是,他又写起小说来。一九六二年至一九六四年,他创作了儿童中篇小说《故事的乌塔》。蒙古语"乌塔"译成汉语是"口袋"的意思。哈斯巴拉从"第一个乌塔"写到"第七个乌塔",从主人公小巴特尔的父母为反抗牧主的压迫、剥削,被害惨死,他自己被逼做了奴隶,一直写到草原上来了共产党,在党的领导下进行斗争、起义,巴特尔在斗争中成长为坚强的革命战士。小巴特尔的形象,既是蒙古民族传统美德的结晶,又注入了党的教育的新鲜血液,这是又一个与众不同的蒙古族抗日小英雄,在中国儿童文学的人物画廊中自有其独特的光彩。

小说创作是哈斯巴拉儿童文学创作中的一次飞跃。这部小说的蒙古文原作,从一九六二年六月起在《花的原野》杂志上连载,之后出版单行本。一九六三年,小说的前几段被译成汉文,用《巴特尔爷爷讲故事》的题目在《儿童文学》创刊号上发表后,茅盾在《人民日报》撰文称赞这个作品"一鸣惊人"。一九六五年,中国少年儿童出版社准备出汉语版,因"文化大革命"开始而停止。粉碎江青反革命集团后,该作品于一九七七年正式出版。

从此,注意真实、深刻地反映蒙古族儿童的生活,并把本民族儿童的生活天地与整个中华民族的历史、现实联系起来,成为哈斯巴拉创作中的执着追求。他力求自己笔下的人和事有强烈的生活实感和美感。

由于日本鬼子的铁蹄曾长期践踏在内蒙古草原上,蒙古族儿童文学中,以反抗压迫、打击侵略者为题材的作品不少。但,在文艺创作中,即使题材相同,仍包含着现实生活的广阔性、多样性。每一位作家的生活积累、审美意识、艺术风格不同,每一位作家就都可以写出"人人心中所有,人人笔下所无"的作品。《故事的乌塔》的艺术成就之一,就在于作家刻画了另一类型的蒙古族抗日小战士形象。

作家并没有在作品开头描绘小主人公巴特尔的模样、性格,只是写他向爸爸妈妈的提问——他问爸爸:"你为什么老给人家放羊呀?咱们自己养几只羊不好吗?"问妈妈:"呼尔勒(巴彦的儿子)的妈妈为什么不挤牛奶,偏偏叫你去挤呢?"简洁的笔触,白描的手法,不禁令人一下子就知道了这是一个会思考、爱劳动、敢斗争的草原牧民儿童,也由此自然地勾画出当时的社会状况和时代本质。小巴特尔想到的问题,既是儿童小脑瓜里不能理解的,又是广大蒙古族牧民需要理解的。小孩子提这样的问题是自然的,却真正是有深度的,恰是发掘出蒙古族人民在艰苦动荡的游牧生活中、在曲折复杂的革命斗争中锤炼而得的阶级觉悟和政治觉悟。小巴特尔也因此成为蒙古族儿童形象中的"这一个"。作品从小巴特尔八岁写起,写他的苦难、仇恨、巧遇、斗争、觉悟,在描画了内蒙古草原上色彩缤纷的风景和风俗的同时,巧妙地展示出他生龙活虎的个性与铁铮铮、硬朗朗的民族性格的美好统一。更为美妙的是,这种描写没有既定的框框,也没有划定的禁区。作家是用儿童的目光去观察、审视周围世界的一切事物,去体会、看待儿童的心灵深处:

我舍不得拿羊羔去喂狗,就把它抱回家里……我拿自己的小皮褥子铺在图鲁嘎旁边,让它躺在上边暖和暖和。……妈妈看了看小羊羔的额头,笑着说:"咱们的小羊就叫哈拉金吧。"意思就是白脑门儿的小羊羔。

为了救活哈拉金,我从邻居家讨来一点牛奶,用嘴含着一口口地喂到它的嘴里。我又把妈妈给我留着的几把米,捣碎了喂给它吃。我还找来一点黑墨,涂在它被踩烂的伤口上。

　　过了五天,我的哈拉金终于能用自己的细腿站起来了。

短短一小段,因细节的精当使情节更为精湛,把巴特尔所具有的蒙古族心理素质,所具有的爱心和善良,表达得细腻而细致。

同样应该注意的是,小说中对成年人形象的刻画,集中体现了蒙古民族传统美德的一代代传承和光大,体现了蕴蓄在蒙古族人民中间的无穷无尽的力量。值得专门提到的是共产党人张兴国(汉族)这个艺术形象,作家从儿童所能理解到感受到的生活图景中来刻画人物,具体而切实,但所要表达的思想是深远的——各民族劳苦大众是一家人!各民族人民的斗争目的是一致的!……民族平等,民族团结,也是蒙古族儿童文学永恒的话题。

《故事的乌塔》是根据内蒙古东部科尔沁草原上的朝图山起义创作的。作家以第一人称"我"——小巴特尔来讲述,更使人觉得真实可信、真切优美、真挚动人。而且,"我"的亲切讲述也奇巧地形成了一种故事连故事、故事套故事的艺术结构,曲拐接连,悬念迭起,波折再三。这其实也是作家借鉴蒙古族说书艺术所得,从而使蒙古族儿童文学与民间文学的优秀传统更紧密地联系起来。这一点也体现在小说所运用的既具民族情韵又有儿童情味的语言上,从而使小说的民族味儿更觉醇厚、儿童范儿更显非凡。如小说开头"我"讲述自己一家:

　　我的爸爸阿拉德尔是个好样的牧人,他能辨别一千只羊的毛色;我的妈妈萨仁是个勤劳的妇女,她那一双灵巧的手,能把衣服上的蝴蝶绣活。可是我们这样勤劳的一家,竟连一头牲畜也没有,吃了上顿没下顿,穷得叮当响。我家几辈子替巴彦放牛、放羊,巴彦们把我们看成是最下贱的人,只能吃他们的残汤剩饭。

作品语言所体现的儿童文学民族性常常是无可言传的。

三、回族作家胡奇的中篇小说《绿色的远方》及其他

二十世纪五十年代中期以后,因中篇儿童小说《五彩路》的成功,胡奇的创作重点转向了儿童文学。由于自己童年的苦难生活在心灵深处留下了深刻烙印,胡奇就决心以自己的创作给孩子们以光明和欢乐,并以此作为他儿童文学创作的美学追求。因为经历了抗日战争、解放战争、抗美援朝、西藏解放和建设等,所以他的创作题材丰富丰厚,但他写得最为生动、鲜活的,还数反映西藏少年儿童生活的作品。一九六〇年,出版了包括二十一篇儿童文学作品的短篇集《神火》;又接连出版了《海防少年》《镰刀弯弯》《绿色的远方》等儿童中篇小说。

短篇小说《神火》,与前期写出的中篇小说《五彩路》相呼应,都是写探寻主题的。作品描写一个静谧的夜晚,藏族儿童小多吉躺在草地上,用手托着下巴数星星,突然发现远处东方出现一簇神奇火花,竟像"燃灯节"上家家都在屋顶上燃起无数盏酥油灯一样,熠熠闪闪,煌煌耀耀。于是,小多吉长途跋涉、历尽艰险,去寻觅这远方的"神火"。作品中,寥廓的藏地,神秘的"远方",绚烂的"神火",剽悍的藏族小朋友,都令人沉浸在一种美好的想象和向往之中。

胡奇这一时期最为出色的作品是一九六四年出版的中篇小说《绿色的远方》。小说描写了在西藏民主改革进程中,藏族少年扎西、阿江等在老师、家长的帮助教育下,在与妄图复辟农奴制的暗藏敌人的斗争中觉醒觉悟、不断成长的故事,反映出藏族一代代人的进步及他们对幸福生活的渴望,折射出时代的进展以及人民建设新西藏的心愿。

作家不是一般地、外在地描写西藏地域风貌的殊异和藏族少年民族心理素质的独特,而是紧紧围绕着历史中形成的西藏独有的宗教氛围以及由此而来的。作家的高明在于:一方面,通过真实、生动的细节,具体、实在地刻画藏族少年阿江的性格和情感,让人领略、领会到千百年来西藏反动统治者怎样利用宗教来制造精神枷锁、构筑思想囚牢,以压制广大人民的反抗、压抑新一代人的奋起,从而揭示出西藏民主改革的关键所在,昭示出西藏少年儿童健全成长的重要支点,使儿童小说的民族性与历史性、时代性相交融。如小说中写阿江的父母死于"舅舅"阿罗之手。这个"舅舅"披着宗教外衣干罪恶勾当,把阿江收为"外甥",驱使阿江像奴隶一样为他干活,却把阿江所受的苦难和折磨归于前世积孽和佛之安排。阿江整日念经祈祷,沉默寡欢。在老师李侠的关怀和小伙伴的帮助下,他才

有了生活的希望。他偷偷观察到，这个"舅舅"并不是虔诚的佛门弟子，而是佛门败类时，就开始有了反抗意识。终于有一天，他对着佛大喊着："我是人！"在"神台下"那一节，阿江想着摆脱日复一日的精神枷锁，要试一试佛爷的"法力"。他，面对着护法神像，鼓起勇气，圆睁双目，决意挑战；可是，随着对痛苦经历的回忆，又恐惧起来，"双膝不由自主地跪下来"，说："至尊至贵的神，你宽恕我吧！"可见阿江心底所积淀的对神的敬畏感有多么深重！但，毕竟时代不同了，阿江又立刻想起学校、老师和一切关怀他的人对他的教导，他决心要看看佛爷是否会惩罚他。他的心终于平静下来。他的精神解放、思想觉醒就此开始。作家对阿江面对神像时的心理描写细腻而真切，极富感染力和震撼力，不仅写出了以往受尽苦难折磨的西藏劳苦儿童自己起来砸烂精神枷锁的过程，也深刻地反映出百万农奴在党领导下自己解放自己的精神历程。阿江这个藏族少年形象极具典型性和当代性。另一方面，善于借鉴藏族民间故事中故露端倪、悬疑重重、曲径通幽、神秘莫测的艺术方式。如写少年阿江对神佛的笃信、对宗教的虔诚，交织着善良和懦弱、老实和幼稚，致使他在抗争中时时恐惧、犹豫，在进取中常常退缩、动摇。写阿江和他周围的人们在那个年代、那个环境里，在新与旧、光明与黑暗的夹缝中所呈现的痛苦沉闷的内心世界、豁出命来的斗争行动，真切而疑点满布，读者像是在黑夜里走路，一路提心吊胆。作品中，作家还着力描写严寒贫瘠藏地上的金碧辉煌的寺庙，写进深宏大殿堂中的庄严端正的神像，写出当时西藏的文化氛围和社会状态，写出西藏民主改革的复杂形势和艰难步履。又如写藏族少年生长其中的独异的西藏地域风貌——绿色静谧的森林，炙烤冒油的沙地，风雪肆虐的雪山，晶莹闪亮的湖泊，以及追风赶云的骏马，锋长刃利的腰刀，还有酥油茶、糌粑面、青稞团……都使小说有一种别样的民族情味和地域情致。

需要注意的是，作家在这部作品中不仅塑造了阿江这样的藏族少年形象，还描写了性格、性情迥然不同的其他少年形象。如阿江的小伙伴扎西，他的爷爷、奶奶、叔叔都是西藏和平解放后最先接近解放军的藏族牧民，在家庭的熏陶下，扎西从小就爱憎分明。他在恶势力面前表现得勇敢坚强，勇敢无畏里透露着一股争强好胜的劲头；他待人豪爽热情，但又常常夹杂着一点优越感；他做起事来很是麻利快速，可不免粗糙，有一点粗砺粗犷的牧人作风。这样，那些口是心非的家伙就利用他崇拜强悍的骑手、向往当一个英雄的心理，花言巧语地蒙蔽他。他呢，虽然极其关心阿江的思想和生活，甚至冒险去深谷为阿江寻找"还魂草"，却总是理解不了阿江艰难的处境和千头万绪的矛盾的思想情感。这样的书写，既是现实的反映，也是对少年们的循循善诱、切切教诲；既避免了写人物的单调，又引导了广大小读者的审美取向和美学趣味。

一九六〇年至一九六二年，胡奇还出版了写炮击金门时期东海前线少年英雄事迹和日常生活的中篇小说《海防少年》《镰刀弯弯》。

四、蒙古族作家阿·敖德斯尔的短篇小说《草原童话》《雪花飘飘》

阿·敖德斯尔的儿童短篇小说《小冈苏赫》在二十世纪五十年代中期一炮打响。他因此而了解到各民族少年儿童是怎样地希望读到专门为他们创作的好作品，并由此把他心中对各民族儿童的挚爱倾注到以后的创作中。

儿童短篇小说《草原童话》发表于一九六一年五月二十八日的《人民日报》。作品以内蒙古包头市白云鄂博矿区建设为背景，写一群来自城市夏令营的蒙古族儿童，先是"像鸽子一样飞向白云鄂博巍峨峻峭的山岭，一口气登上了最高峰，瞭望草原上的日出"。然后，是牧区人民公社"崭新的解放牌汽车拉着这群活泼乱跳的儿童，迎着灿烂的太阳，在闪光的柏油路上飞驰，一直驰进了碧蓝的乌兰察布草原"。再后"太阳偏西了"，"公社所在地到了"，"安静的草地热闹起来了"，"孩子们在敬老院后面的小花园里，围着百岁老人听古老的民间故事"。于是，百岁老阿爸就讲了成吉思汗给草原上这座山起名叫白云鄂博，却挖不到山里的宝贝；只有等天上那颗金光闪闪的星星降临到人间，变成一个圣人的时候，"才能被他领导下的千千万万人民挖出来"。最后，"孩子们的掌声和笑声，冲破了深夜的寂静。红领巾们度过了欢乐的假日，幽静的月夜和优美动人的故事，把孩子们引进了未来甜蜜的憧憬里"。在记叙中夹杂着抒情，又在抒情中插入了议论，形式很自由，但形散神不散，无论是描绘瑰丽的草原日出，还是插入古老的民间故事，都是为了展现社会主义建设时期新一代蒙古族儿童的精神风貌和理想追求，为了凸显社会主义现代化进程中现实生活与人的心灵的美。应该说，这是一篇散文化的小说。在阿·敖德斯尔的儿童文学创作中是一次新的探索。

作品的艺术表现也别开生面：

其一，截取精彩的生活片段——使辽阔草原上的美丽风光与社会主义建设的美妙景象在一个特定的生活场景中叠印在一起，构成一种极具北部边疆情调和蒙古民族情韵、又适合儿童审美情趣的诗的意境，诗情更浓，民族特色和儿童特性更浓。小说以蒙古族小学生登山顶看日出开头。凭借儿童视角，描绘日出前天际乳色的白光似一幅淡蓝色轻纱，披在楼房、树木、公路上；矿区里的片片灯火像是满天繁星，在晓色中放射光明；弥漫在草原上空的薄雾与运矿石火车的白烟连在一起，像是一条玉带围护着矿山。于是，平淡的景和物一下子笼罩在绮丽的幻想之中。待到日头瞬间跃出，空中色彩骤变，孩子们欢声一片，更使真实的景象变得奇幻壮观，天地间的光明与壮丽，正是现实和未来的象征。

其二，进行精湛的艺术布局——作品写一群蒙古族儿童在夏令营生活的一日。作家选取这一日生活中两件平平常常的事情：山顶看日出，听百岁老阿爸讲故事。这两项活动的内容和目的都很明朗，但经作家用幻想的色彩加以点染，却显得扑朔迷离。前后两个部分在两个时间、两个地点，是两种情景、两种叙事，却能够紧密关联、自然衔接。所以，整篇结构看似松散，其实很紧凑；篇幅看似十分简短，其实容量不小。而且，作品由于浸染了有浓有淡的幻想色彩，就使本来就富有传奇性的草原矿区变得诗情洋溢、诗意盎然，成为歌唱社会主义新生活的悠扬婉转的赞歌，有了一种鼓舞人心的力量。可以看到，短小的作品中，一个古老的传说，连接着往昔与未来，融合着幻想与现实，联系着老人与孩子，连接着祖国的草原与山川，各族人民的深情厚谊俱在其中。作品因此有了一些现代童话的味道。作家也就此给这篇小说起名叫《草原童话》。

其三，着意精炼的人物勾勒——作品篇幅短小，描写的时间、空间都有限，作家就试着采用精炼的、粗线条的、速写式的勾勒人物的手法，使读者对主要人物留下特别的印象，再通过想象，使人物形象渐渐地完整、完美，也使人物个体与群体相融合。小说中，那个鼻尖微微翘起、说话声音似铃铛般的九岁蒙古族小姑娘锡林托娅，看日出、访老人，到处都能见到她的身影。哪里有她，哪里就能听到她在提问。她是一个脑子机灵、反应敏捷、会撒娇、很活泼、能说会道的小女孩。还有那个因最先看见牧区人民公社开来的接他们去草原的汽车而大声喊叫的少先队中队长吉雅图，是一个对一切好奇又好动的蒙古族小男孩。孩子们天真烂漫、讨人喜欢，由于他们都在读者面前匆匆走过，无法展露他们的性格，但，给读者留下一个美好的想象空间也很好。给人以一种艺术神秘感，则是更好的。

其四，注重精细的语言锤炼——少数民族儿童文学作品中写日出日落景象的不少。阿·敖德斯尔别具匠心，以浓厚的民族感情、地域感受、儿童感触来熔

铸、锤炼儿童文学语言,使其蕴含着、泅透着一种独特的蒙古族特色、一种独异的蒙古族小孩子的特色,意味悠长。如写日落时:

太阳偏西了,早晨那湿润凉爽的空气消逝了。迎面送来的是阵阵烫脸的热气,使人想起透风的蒙古包和清凉的酸马奶。
…………
诱人的黄昏降临在草原上了。……雄伟的白云鄂博山像云霞那样灿烂,山峰的红光映射到辽阔的乌兰察布牧场上,形成一片接连天边的辉煌世界。落日沉没,镀在草原上的玫瑰色的红光渐渐消退到绛紫,然后变成一片深蓝,整个草原沉入静夜。

显然,阿·敖德斯尔儿童小说的语言功力来源于他对草原深刻的体察和体验,对儿童小说创作的深切的领会和领悟。

他的另一篇儿童短篇小说《雪花飘飘》,是《小冈苏赫》的姐妹篇,发表于一九六四年五月十八日的《内蒙古日报》(蒙古文版),汉译文发表于《草原》一九六四年第七期。

《雪花飘飘》与《小冈苏赫》一样,取材于内蒙古草原牧区,都描绘了活泼的牧民儿童形象,展现了鲜明的地方色彩和民族风情。但,《雪花飘飘》中写的人与事与《小冈苏赫》迥然不同——不同的季节、不同的地点、不同的场景、不同的心境,并由此写出一个刚刚十岁、已经戴上了红领巾、蒙古文字写得很好,还会牧牛牧羊接犊接羔,很独立、会思考、有灵气,学习劳动都好的,名字叫朝克珠的蒙古族儿童。与小冈苏赫相比,小朝克珠是草原蒙古族儿童中另一个典型形象。

这一创作的艺术特征是:

其一,具体地、切实地选准"典型环境",生动地、真实地写好"典型性格"。

在雪花纷飞的北疆草原的初春天气里,一个蒙古族儿童在雪地里接生了一个毛色像黑绒一般的小牛犊——一个公"子"。他跟额吉打赌打赢了。他虽然年纪小,却跟阿爸、额吉一样,知道哪头乳牛在哪天下犊儿,到时候把乳牛圈起来,不让它上野外,所以接生一个犊儿活一个。眼前把犊儿生在野外的那头乳牛不知怎么跑出来了。可小朝克珠老练地把自己那匹大黑马的马鞍子立在地上,拿马鞍围住了牛犊,再用马屉从上面盖上,正好像个小小的蒙古包,小牛犊就在里

面睡着,一点也冻不着。但,使"我"暗暗惊讶的,还在后面:

……我站在一边,看他到底怎么骑这匹没备鞍子的高头大马。

没料到小家伙趁黑马吃草的时候,非常熟练地给马戴上了嚼子。然后他把嚼子使劲往上一提,同时往马脖上一跳,就在大黑马抬头的时候,他便翻上马背了。……他把穿着香牛皮靴子的小腿一夹,向着牛群的左边飞也似的驰去了。

……我指着小牛犊故意问他:"你怎么带走它啊?"

小家伙看着我,微微一笑,干脆地说:"让叔叔抱着走。"

"要是没遇上我,你怎么办?"

"哼,反正不能把小犊儿扔在野外。"

……

……他指了指不远的小沟边那个大土坎。

看,这个小家伙多机灵:他打算把马牵到土坎下,自己站在坎上把牛犊放在马鞍上,然后自己骑在鞍子后面。

显然,作家写小朝克珠爱牲畜、爱牛犊的淳朴情感和会放牧、会应变的娴熟本领,确实有一定的深度。对于当代中国曾经出现的公社化,无需我们来评价,但,这一潮头初起时确曾激励着草原上的人们,这种新的生产方式中所包容的集体主义、英雄主义的内涵,也确曾使新一代人十分向往。从这一意义上看,作品中朝气蓬勃的节奏感非常强烈,也艺术地展现出小朝克珠高尚的思想境界和纯真的情感世界。又由于作家把小朝克珠接生牛犊的一个个场面写得细腻而饶有情趣,也就生动准确地反映出当时当地的生活实况,反映出牧区牧民的艰辛劳动,烘托出时代的氛围和草原牧人的情感,拓展了作品的生活视野和艺术容量,增强了作品的民族性和当代性。在二十世纪六十年代初,这样的少数民族儿童小说,在中国少数民族儿童文学创作中有着开拓性、示范性的意义。

其二,以简朴简明的对话、平常平淡的细节来凸显儿童心灵之美。

作品中,"我"与小朝克珠是偶遇,而且又正逢他在雪地里接生牛犊,情节的发展都是通过双方对话来推动的。一开头就是对话:

从我身旁的一头牛后面传出一个人的细嗓音：

"喂，您好啊！"

……

"你这是怎么啦？"

"你看看！"他说着揭开了衣襟，一个小牛犊……在看我。

"是刚下的吗？"

……"就是呀！我等它'额吉'把它舔干，可是它冷得哆嗦起来啦。"

"牛倌呢？"……

"这不是？"他用小手指了指自己。

……

"在这样的大雪天里，阿爸、额吉为什么不放牧，让你这么点个孩子出来？"

……"阿爸上队部开会去啦，额吉在家……喂老弱牲畜……我不放牛谁放啊？叫狼吃啊？"

"啊，真了不起。"我拍拍他的小肩膀，"狼还怕你？"

"嘿！狼还有不怕人的？"他捏紧小拳头一挥……

……"我阿爸……还是个党员同志呢。"……

"这么说，我们都是一个姓，原来是一家人。……你哪，也是个党员同志吗？"

他有点不好意思，摇了摇头，忽然拉着脖子上的红领巾告诉我："我是这个，将来长这么高了，也当党员同志。"说着把小手往高伸了伸。

短短几段对话，写了"我"对小朝克珠的喜爱，也写出小朝克珠既是放牧好手又心疼父母，还积极向上的品性。只一两句话读者就似乎看到了他当时的神态表情，体会到了他内心的情感波澜。把他的那种要强又调皮、能干又稚气的样子表现得出神入化，情味十足。

作家总是有意识地写人物的细小动作，使其与人物的对话相映衬，也就展现出人物的心理状态。如：

……雪,纷纷扬扬地下着,地上有半尺多厚了。小朝克珠来到我旁边,看见牛犊的腿露在我衣襟外,立刻放进自己袖子里暖和着。

我随便问:"这牛犊是不是你家的自留畜?"他瞪了我一眼说:"才不是呢!"他用手指着牛群,"谁能有这么多的自留畜?这都是公社的牛。连这个,我们今年接生了四十二个牛犊了,一个也没死。"

……"是真的?"

他把眼睛睁得挺大,说:"少先队员还撒谎?"

这里,小朝克珠心疼牛犊、维护集体利益、珍惜少先队荣誉的心态,夹杂着自尊、自重的心绪,表现得微妙而隽永。

五、其他少数民族作家的儿童小说

这一时期,由于"左"的思潮愈益严重,文艺上教条主义思想和公式化的主观主义创作逆流使"双百"方针没能真正贯彻到底。题材面愈益狭窄,艺术表现也愈来愈呆板。但,在儿童文学领域里,这种局面并没有继续恶化。有社会责任感、一心为儿童创作的各民族作家们,根据《文艺报》发表的《题材问题》所说"文艺创作的题材,有进一步扩大之必要;题材问题上的清规戒律,有彻底破除之必要",又按照茅盾针对当时儿童文学"歉收"现象所指出的"了解不同年龄儿童、少年的心理活动的特点,却是必要的;而所以要了解他们的特点,就为的是要找出最适合于不同年龄儿童、少年的不同表现方法",写各民族儿童的现实生活,写他们的真挚情感,新的作品不断涌现。

如曾在宁夏回族自治区文艺刊物《朔方》当编辑的回族作家都沛的短篇小说《钢轨上的小黑点》,从现实生活出发,写一个瘦小、心地善良、有音乐天赋、崇拜在对越还击战中立了战功的哥哥而自己终年背一个瘫痪女孩上学的初一学生冀钺,因为一心想当英雄而去拦截火车、去挥拳惩治"坏人"。学校要开除他,他却不知自己错在哪里。年轻的音乐教师司徒华诚,在教师会议上提议,给他"留校察看"处分。冀钺感激司徒老师,摸了鱼送给他。这对师生由接近而亲近,一同排练节目,一同游泳,一同摸鱼。老师的言行影响了他,生活中的许多事情教育了他,如因为他拦火车,铁道工人受了处分;因为他打人,学校文艺演出奖被取消;等等,都使他感到自责。得知哥哥在对越还击战前线牺牲的消息,他内心更加震动。最后写他冒着生命危险救助那个瘫痪小女孩。他的转变却又是必然的。

这是一篇两万多字的短篇小说，分为十一小节。作品写冀钺时时刻刻想着在前线英勇作战的哥哥，放学后总爱跟同学玩抓特务的游戏，写"左"的思潮中学校工作只重惩罚不做教导的偏颇等，都真实具体，令人心动。巧妙的是，作家从侧面来写——写地域的自然美，写师生的情谊美；又写少年内心的某种看法，学校领导的某种神态等，写得微妙而深入。如：

> 黄河的河堤很古老，像小孩残缺不全的牙，而残缺的那部分就形成了夹河。
>
> 如果把黄河比做一条巨龙，那么，那些夹河就是巨龙伸进内陆的一只只闪亮的臂爪。

又如：

> 司徒和两个孩子在沙滩上滚够了，就去苇地捉呱呱鸡，掏鸟蛋，上树逮小喜鹊。
>
> 这天下午，他们玩得可高兴啦，他们收获特别大，但最大的收获，却是老师与孩子们建立了真诚的朋友式的友谊。

再如：

> 回家的路上，冀钺兴致勃勃地对司徒说：
> "老师，我说你呀，不像个老师。"
> "怎么不像？"
> "老师呀，都是那样的，我形容不好，总之，和你正相反。"

还有：

> 路上，碰见骑自行车进城办事的谭主任。他看见司徒完全不像个老师，

手里拎着一串鱼儿,捧着鸟蛋,挽着沾泥的裤腿,打着赤脚。他脸上挂着一丝愠怒的神色,一声不响地擦着他们身边走过。

这是一篇难得的写出"左"的年代里学校教育的缺失、儿童少年成长中内心情感被忽视的少年小说。作家艺术构思的深沉和艺术表现的巧妙十分可贵。

贵州侗族作家熊飞于二十世纪八十年代创作了表现珍贵"亲情"的少年小说《甜甜少年梦》。作品以一个"好漂亮的小木匣子"——"长方形,课本那么大,生漆油过,黑亮黑亮,几个面都绘有金黄色的花草,他从来没见过这个小木匣"——为线索,从开头贯穿到结尾。小木匣始终是少年最关注而又是妈妈不许他动一下的物件。妈妈病重去世,小木匣更是成了一个"谜",也就成了作品中一个引人瞩目的"悬疑"。为了得到这个小木匣子,少年半夜回到从来不称其为父亲的"眼镜"家里,从三屉桌的中间抽屉里拿到了小木匣。不料,踢倒了凳子,惊醒了"眼镜"和邻居们。情节如此紧张,待到他打开小木匣,里面却只有两张纸片:一张是他的出生证,另一张是他妈妈病重时写的亲笔信。原来,他是妈妈从妇产医院捡来的孩子。但妈妈待他跟亲生一样,此事也始终不对他讲,如今,是妈妈嘱托"眼镜"啊。"眼镜"搂住他,搂得很紧很紧。他感恩妈妈,感恩生活。折腾了大半夜之后,他"应该像别的少年一样,去做一个甜甜梦了"!作家选取题材别具匠心,构思也出乎读者意料,有一种艺术吸引力。同时写出妈妈的善良与爱,也折射出一些常被人忽视的民族地区的社会问题。

第二节 诗歌

一、蒙古族诗人巴·布林贝赫的草原长诗《阳光下的孩子》

二十世纪五十年代末,巴·布林贝赫到内蒙古大学蒙古语系任教。一九五九年加入中国作家协会。一九六〇年参加全国第三次文代会,并出版诗集《生命的礼花》。一九六二年出版诗集《凤凰》。一九六四年写出叙事长诗《阳光下的孩子》。这首长诗取材于草原英雄小姐妹龙梅、玉荣为保护集体羊群同暴风雪英勇搏斗的真实故事。全诗分为《序诗》和《在医院里》《灯光》《输血》《同辈人》《春天》等章。在《序诗》中,诗人描述了时代对于成长中的新一代的巨大影响和美好希冀,述说在时代暴风雨中必然诞生"勇敢的海燕"。这就为长诗的展开做了铺垫。之后,诗人没有详细叙述暴风雪夜发生在草原的故事,而是直接转入下一章《在医院里》,真心而细致地描述了救治两位草原小英雄的情况,写出了党的亲切关怀和所有人的深情爱护。一种令人敬佩的、新的革命英雄主义精神流淌在在场和不在场的蒙汉各族人民的心底。真挚的情意引出了长诗的主线。《灯光》一章在追述英雄小姐妹同暴风雪展开搏斗的情景时,采用象征的艺术手法,表现"英雄小姐妹心中的红灯""比火更热,比星更明"。《输血》一章,不仅记叙了抢救小英雄的真实情景,而且自然而然地引申出老一辈革命家在革命斗争中的艰辛经历、坚强斗志,正是小英雄的思想源泉和行为榜样。在《同辈人》一章中,则使读者看到了小英雄的同辈人战斗的身影,看到了民族新一代人的新风貌。《春天》这一章,进一步描绘一代英雄在春风和煦的美好季节里茁壮成长,是现实,是憧憬,有着深远的象征意义和美学意义。显然,《阳光下的孩子》虽然是一首叙事长诗,却具有浓烈的抒情色彩。诗人将自己崇敬英雄又热爱孩子的激情融合在叙事里,又使人生的远大理想、美好追求融进英雄小姐妹形象中。这是诗人第一次用多样的抒情手法来创作叙事长诗的艺术实践,在蒙古族诗歌创作中有开拓性意义。

当时,草原英雄小姐妹的事迹传遍全国,作家以此为题材来创作的不少,玛拉沁夫也曾写了儿童报告文学《鲜艳的花朵》。巴·布林贝赫通过抒情赋予叙事诗以浓郁的情韵,使诗歌富有别样的魅力和别致的感染力。如在《灯光》中形象地描绘姐妹二人面对集体羊群、面对行为选择时的心理活动:

跟随羊群?还是寻找灯光?
继续向前?还是返回牧场?
草原小姐妹啊!
徘徊在人生的岔路上。

又继续写:

> 不！在这茫茫雪原上
> 还有一盏明亮灯光，
> 比炉火温暖比星光明亮，
> 那便是我们心中的志向。

诗人以草原上人们最熟悉最感亲近的"炉火""星星"来比喻小姐妹保护羊群的坚定意志，真切而贴切、生动而灵动。长诗中，确切的比喻俯拾皆是。第一章中就把小姐妹比为"一对雏鹰"，第四章中又写道：

> 雏鹰不是屋檐下的鸽雀，
> 萎靡不振弱不禁风，
> 而是矫健的海燕雄鹰，
> 必将翱翔在时代的风暴中。

这就更使叙事与抒情浑然一体。第五章《春光》中，题目就是比喻，诗中以"为人类带来了永恒春光"歌颂了毛主席、共产党，风格活泼而明朗。

诗人的优长不仅在此，他还使议论融于抒情，来表达自己从现实生活中感知、感受到的包含着理性的思想和观点。这首长诗是为儿童创作的，作者也想让阳光下的孩子们既看到寰球此处的阳光，也知道世界彼处的阴暗。他这样写道：

> 难道只有杯盏相碰，
> 而没有刀枪争鸣？
> 难道只有舞场的香气，
> 而没有监牢的阴风？
>
> 只有想放的花红，
> 没有飞溅的血红？
> 只有琴弦的轻音，
> 没有狼狗的吠声？

显然,诗人是在发议论,但,议论、抒情与描写水乳交融,增强了哲理性,深化了思想性。

二、蒙古族诗人其木德道尔吉的故事长诗《独角白鹿传记》

一九六一年,其木德道尔吉以蒙古民族民间传说《白鹿的故事》为素材,进行再创作,写出了故事长诗《独角白鹿传记》。一九六三年至一九六四年,他进入内蒙古大学文研班学习。一九六五年,从乌兰察布盟文工团调到文学艺术界联合会工作。他除写诗以外,还写散文、剧本、小说;因对民族民间文学情有独钟,他与著名民间艺人琶杰合作,整理改编了《英雄格斯尔可汗》一、二卷,又单独整理改编了《英雄格斯尔可汗》三、四卷。

故事长诗《独角白鹿传记》共十章,一千多行。作品写青年猎手布赫楚鲁遇见了神奇的独角小白鹿,贪得无厌的巴尔斯希勒图王汗闻讯后,设法捕捉这只白鹿而未能得手;又对布赫楚鲁的妻子、美丽的巴迪莲垂涎三尺,施展诡计,抢走了她。布赫楚鲁历尽千辛万苦,在小白鹿的真诚帮助下,以蒙古族传统的三项竞技战胜仇敌,威震四方后凯旋。作品展示出古代蒙古族人以游牧、狩猎为主的生产生活方式,展现出草原上人们反抗反动王汗的英勇斗争,展露出蒙古族牧人向往自由平等、希望过安康幸福日子的心愿。

在蒙古族儿童文学中,类似题材的作品不少,但,《独角白鹿传记》的覆盖面、影响面之广、之深,远非其他作品所能及。它的艺术特征十分鲜明:

其一,承扬蒙古族英雄史诗的传统,突出表现草原勇士无私无畏、勇猛顽强的英雄主义的奋斗精神和聪慧、机敏、乐观的生活态度。作品中,既写勇士精神,也写牧人生活,写主人公的平凡和不凡,写出了蒙古族勇士的独特风范。如:

> 他有七十只白色绵羊
> 他有驰骋千里的白色骏马
> 他有百步穿杨的白色弓弩
> 他有智慧无穷的美丽姑娘

继而又写:

>   他饮用的是
>   山中晶莹圣泉水
>   他射猎的是
>   林中狍鹿和黄羊

这样的描写还体现了蒙古族人崇尚白色、视白色为吉祥、纯洁的文化心理。又如写布赫楚鲁从容反击虎桌王的无理和无礼：

>   虎桌王——
>   我要飞雁乳汁奶酪
>   我要色香美味佳肴
>   只许你按时备好
>   不许你燃火用炉灶
>   布赫楚鲁——
>   牵着无头牛
>   套上无轮车
>   手拿无刃刀
>   提起无底桶
>   舀上温泉水
>   煮就一只羊
>   再经岗岗湖
>   挤那飞雁乳汁献上

简简单单一番话，就使作品的民族特色格外鲜明。

其二，借鉴蒙古族民歌中比拟、夸张、对比等艺术手法，在有板有眼的诗韵和有情有感的诗意中，使美丑、善恶的界线更加分明。如极写女主人公的美丽，并由此凸显她的勤劳、乐观：

>   每当她赶羊出去

彩云跟着移动
　　衣襟掠过的地方
　　花儿争艳怒放

　　她那清脆的歌喉
　　胜过马头琴的鸣响
　　鸿雁一听她的歌声
　　便忘记远方的路程

然后在对比中写出反动王爷虎桌王的形象：

　　黑乌鸦鸣叫
　　是不祥之兆
　　它出现在哪里
　　那里必有兽骨尸毛

　　虎桌王身影
　　是不祥之兆
　　他出现在哪里
　　哪里必定凶多吉少

继而又用勾画的手法使这一形象更加丑化：

　　黄褐色两撇小胡
　　不由自主地上下抽搐
　　……

　　正面端坐虎桌王
　　逼迫碧图丽颜坐身旁
　　……

这就使正邪两方十分明朗,由此激发读者爱憎分明的情感。

其三,采取蒙古族说书中开头有交代、中间三反复、结尾大团圆的祥和的格局,使长年生活在空旷大草原上的蒙古族人的心灵得到慰藉,更使小孩子们在一阵紧张一阵愤慨之后得到快乐和满足。

如开头写:

> 话说当年兴安岭
> 横断峭壁立山中
> 安详湖水卧壁下
> 赞美诗歌自古颂

在蒙古族说书中常把一个动作重复说三遍,诗人巧妙地运用这一手法,用"度过了三个夜晚,迎接了三个早晨"来描述布赫楚鲁斗争生活的艰苦和他的坚强意志;又用"胡子抿了三下,尖声笑了三次"来刻画巴尔斯希勒图奸诈狡猾的性格,生动传神。

诗中最后叙述主人公在一个美好的地方过着富庶的生活,圆满结尾。

三、满族诗人佟希仁的儿童诗集《柳树枝挂月亮》《孔雀与白头翁》

佟希仁(1935—),男,辽宁省抚顺县石文乡一个农民家庭出身。满族正蓝旗。一九五五年毕业于抚顺师范学校,在市十一中学及实验中学任教初中语文,并担任少先队大队辅导员。由此开始儿童文学创作。一九六〇年春出版第一本儿童诗集《柳树枝挂月亮》。一九六一年毕业于辽宁函授学院中文本科。一九六二年出版童话诗集《孔雀与白头翁》。之后三年,在《人民日报》《儿童文学》《少年文艺》《儿童时代》等报刊不断发表儿童诗、童话、小说等作品,为他一生从事儿童文学创作奠定了良好的基础。

儿童诗集《柳树枝挂月亮》,辑入二十六首短诗,大多描述东北农村大地的人畜景象和村野儿童的生活情感,虽平平常常、自自然然,却到处充满了树木青翠、儿童勤劳的生命活力,遍野传播着羊叫蛙鸣、瓜大葵香的生活气息,活泼泼、乐呵

呵,在记叙中讴歌乡间现实,在抒情里表现儿童心声。所以,书虽薄,内蕴不薄。它的艺术特征生动而鲜明:

其一,扎根新农村生活土壤,简捷而又具体、生动地写儿童生活,简明而又形象、鲜活地凸显儿童品性。以用作书名的《柳树枝挂月亮》一诗为例:

> 柳树枝,挂月亮,
> 田野公路满地霜。
> 提着土篮和耙子,
> 我捡粪儿下山冈。
>
> 一筐粪,一石粮,
> 汗珠滚滚往下淌。
> 一边捡来一边唱,
> 忘了东山出太阳。

以自然景致起头,以"公路"点出农村的新。写儿童起早捡粪的好习惯,也正是"一筐粪,一石粮"是传统美德的承扬。

有的作品使美好的现实与美妙的想象相契合,使大好的时光与大美的人文相融合。实在而又含蓄,浅显而又深沉。如:

> 青青草,　　　　　树拍手,　　　　　下的多,
> 草青青,　　　　　风儿叫,　　　　　下的透,
> 蛤蟆打鼓蝈蝈鸣。　小雨点儿把锣敲。　让我的葵花喝个够。

其二,汲取传统儿歌的艺术手法,融会贯通,运用自如。如上面举出的两首小诗都采用了"三三七"句段方式。而《小镰刀》则采取连锁歌的方式:

> 小镰刀,飞飞快　　　镰刀割手,　　　　牛吃庄稼,
> 我拿镰刀去割菜。　　我去放牛。　　　　我去放马。

马儿爱跑，	割草太慢，	鸡蛋爱打，
我去割草。	我去捡蛋。	我去种瓜。
瓜儿不甜，	摆船有浪，	面汤烫嘴，
我去摆船。	我吃面汤。	哎哟哟，
		一辈子做个窝囊废！

这一时期，专门为儿童写诗的诗人很少。作为一名青年教师，佟希仁钟情于童诗创作并孜孜以求，是很难得的。

童话诗集《孔雀与白头翁》，辑入童话诗七篇：《孔雀与白头翁》《小白兔复仇记》《黄牛和野猪》《一只小公鸡》《萤火虫》《蝈蝈要种地》《龟兔赛跑之后》。可以看到：每一篇童话诗都有明确的道德内涵，而且，作品中的道德训诫都有明确的针对性和正确的导向性。可以看出，他的诗作和他的职业，与那时儿童的某些状态紧紧地联系着。可喜的是，任何诗篇中都没有一点点说教的痕迹，也绝没有借作品中哪一小动物、小昆虫之口来说诗人自己想说的话。所有的道德内涵都是作品中那个故事的自然流露或本真呈现。还可以看到，他这时的童话诗作，无论是题材选择还是艺术表现，都受到西方童话、经典寓言的很深影响，如《小白兔复仇记》，明显受到德国格林童话的启迪，但他采取的是鲁迅所说的"拿来主义"，西为中用，也是很好的。由于童话诗故事性强，篇幅也就略微长些，用诗的形式来表达不容易，关键是语言的精当、押韵要与内容的生动、有趣，形象的鲜活、明朗相一致。可贵的是，诗人注意题材的开掘、提炼，注重构思的巧妙、迷人，注重语言的琢磨、推敲。这本诗集的出版，显示着佟希仁在儿童诗创作上的进步——审美视野的拓展，艺术表现的深入。也显示出他在儿童文学创作上的抱负和决心。

四、彝族诗人吴琪拉达的少年长诗《阿支岭扎》

吴琪拉达（1935—　），又名吴义兴，贵州省福泉县一个佃农家庭出身。因家境贫寒，只读了几年小学便回家务农。但，他有一位能歌善舞的母亲，劳动间歇，母亲就给他唱凄凉的彝族古歌，使他从小就受到民间文学的熏陶和启迪。家乡解放以后，他被保送到西南民族学院学习，他学会了本民族语言文字，阅读了大量的彝族古典文学，由此开始学习写诗。毕业后分配到四川凉山彝族地区当小学教员，又参加了凉山地区的民主改革运动，亲身经历凉山彝族同胞挣脱奴隶制锁链、推翻黑暗的奴隶制度、获得翻身解放的斗争过程。他就以诗的形式反映生活，发表了不少充满现实主义精神的诗篇，如《奴隶解放之歌》《月琴的歌》《阿支岭扎》等。其中，《阿支岭扎》写一个奴隶娃子、彝族少女阿支的少年人生，是一部难得的彝族少年叙事长诗。

《阿支岭扎》，全诗七百多行。比较系统地、形象地写出凉山彝族劳苦大众在党的引领下起来砸烂残酷的奴隶制度、翻身做主人的斗争历程，塑造了阿支姑娘这一年轻有为、敢争敢斗的翻身奴隶形象。阿支，是一个孤苦伶仃的彝族奴隶女娃，当共产党派来的工作队和解放大军来到凉山的时候，她跟随着大人们去欢迎。当看到工作队待百姓如亲人、解放军纪律很严明时，她感动得擦着眼泪要求跟工作队去闹革命、去打倒奴隶主。她说："死也不回去，要去找毛主席。"工作队看她实在太小，给她换了一身新衣服，劝导她说："你先回去吧，奴隶翻身的日子就快来了。"就把她送回奴隶主家，严厉命令奴隶主不许打骂阿支，阿支如果"有个三长两短，要你来赔命"。可是，奴隶主就是奴隶主，他们对工作队阳奉阴违。他们为了与工作队对抗，暗中买卖奴隶，以分散奴隶的力量。阿支被卖给山那边的另一个奴隶主，仍然受苦受难。工作队发现以后，翻山越岭找到阿支，让她加入了革命队伍，并送她到州民主改革干部学校学习。阿支从此走上革命道路。待阿支学习回来，她满怀激情，全身心投入工作，一边忙着张贴布告，一边积极参加诉苦会。可就在这时，反动奴隶主发动武装叛乱，偷袭工作队。阿支不顾自己安危，搬来援兵，使平叛战斗取得初步胜利，阿支也当上了民兵队长。但是，平叛战斗中，阿支为了追击逃窜的敌人，在深山里与敌人遭遇，激烈的枪战中，阿支受了重伤，"勇敢的阿支，倒在深山野谷"。此时的阿支，经受了血与火的考验，对党、对党的政策无比信赖、无限忠诚。她，誓死跟着党去摧毁、消灭黑暗的奴隶制度："为了奴隶的解放，我愿把生命献给斗争。"明确的信仰，坚定的信念，使她有无穷无尽的力量。正是这种力量的支持，阿支负重伤后，独自一人在深山老林雪地中挣扎了整整十三天，最后找到了自己的队伍。由于阿支在斗争中的突出表现，又鉴于她自觉、强烈的要求，党组织批准她加入中国共产党。阿支心情无比激动，她站在高高的凉山上，喊出庄严的誓言："党！我的父母亲，我要为党的事业奉献出我的一生。"这个奴隶女娃子终于在党的怀抱中成长为一个无产阶级革命战士。长诗末尾，描写阿支带领乡亲们开展轰轰烈烈的合作化运动，粮食大丰收,预示着凉山的未来将更美好。

阿支,是中国当代儿童文学人物画廊中鲜活的、独具个性的一个形象。

整部长诗,按阿支的生活经历、觉醒过程,一一写来,虽是平铺直叙,却不是干巴巴地说事,而是渗透着诗人的生活热情和革命激情,所以每写一件事总能感人至深。如写阿支身负重伤,却能在天寒雪厚的境地里坚持寻找自己的队伍,那是一种怎样的意志力和生命力?诗人写得实实在在、真真切切。真实,是艺术的生命。而要达到这样的艺术真实,没有真正的生活积累和情感内蕴,是万万达不到的。

对于一部长诗来说,注重语言运用的情味、情韵、情致的前后和谐,注重内蕴表达的意象、意境、意味的整体和美,都极重要。吴琪拉达注重运用民间口语、汲取民歌的表现手法,尤其注重的是将自己的真心真情浸渍到字字句句之中,将内心的赤胆赤忱灌注到情节细节里面,注重每一段每一节的情感价值。如他写奴隶制度的黑暗、残忍,写来凄苦哀伤,沉痛愤怒;而在描写奴隶反抗精神和翻身做主人的章节,则转为激越昂扬,欢快乐观。诗的语言不只是用来押韵、对仗,在吴琪拉达笔下,它是活泼泼的、有生命的。

五、锡伯族诗人郭基南的地域小诗《伊犁春色》及其他

郭基南(1922—),男,出生于新疆察布查尔。中国作家协会会员,中国作家协会新疆分会副主席。二十世纪四十年代初,因茅盾等人的引领走上文学创作道路,写小说和戏剧,也写了《春望》《野火》《新生》等揭露黑暗、呼唤光明的抒情诗歌。中华人民共和国成立后,他以创作诗歌、散文为主,尤以诗歌成就突出。他并未专门为儿童创作,但由于他始终热爱家乡、热爱生活、热爱一代代新人,又由于他博览广思,善于汲取锡伯族民间文学的优良传统,还深受汉族古典诗歌的熏陶,所写出的小诗,因篇幅短小、用词精当、寓意深切、音韵自然,受到本民族、他民族儿童的喜爱。这方面的力作是组诗《伊犁春色》。如其中的一首《春到河谷》:

飞来一群燕,
恋河绕三圈,
呢喃情自啼,

报春到河谷。

另一首《杏花烟雨》：

风吹烟云起，
山村挂珠帘，
云雨滚翻处，
柳绿在飞燕。

小诗为五言诗，音韵自如，节奏明快，点写了伊犁河谷春天的美丽景象，在整体上呈现鲜明的地域色彩，散播浓郁的生活气息。诗人所写，是儿童们常见的，却未必是已经注意到的；是儿童们熟悉的，也未必是已经领悟到的。经诗人的点拨，读者就会受到一种启迪。

又如他的《草原晨曲》：

长空啼云雀，
晨曦烛山冈，
清香随风袭，
百富醒梦乡。

诗人讲究遣词造句，注重节奏律动，既有古时五言律诗的风韵，又具现今山村新诗的风雅，在众多民族诗人的创作中别具一格。

应该提到的是，郭基南的诗之所以为少年儿童所喜爱，并非只是因为诗的短小精致，也是因为诗人总是抒写大自然的可亲可近，抒写天人合一的美妙美好；是一种稚真童心、至美爱心的挚诚表现。如他在《早安！金色的伊犁河谷》中写道：

晨风在旷野里像骏马疾驰，
丰收的气息到处在散发、洋溢，
云雀在晴空中像灵巧的歌手，

翩翩飞翔啼奏着优美的迎春曲。

清清的泉水情意绵绵地流向远方,
它把丰收的良种深渗在肥沃的土地上,
透明的露珠好比无数顽童的小腿,
兴奋地迎接着又一个早晨的来临。

诗中描写骏马奔跑、百灵欢唱、清泉流淌、晨露滚动的河谷早晨,表现出万物苏醒、朝气蓬勃,大地富饶、生机盎然的河谷情境;人与自然的和谐、和美跃然纸上,诗情画意俱在其中。

六、其他少数民族诗人创作的儿童诗歌

在民族民间儿童文学中,儿童诗歌丰富多彩。或许正因此少数民族诗人专门写儿童诗的很少。但,少数民族诗人创作中以民间传说故事为题材的不少。这些民间传说大多是关于本民族历史上的抗敌英雄、征战勇士的,大人喜欢,小孩子更是爱读爱听,一经写成了诗,更便于诵读,小孩子之间也能辗转传讲。这样的作品就像长了翅膀似的,飞进了儿童文学园地。如土家族诗人汪承栋的叙事长诗《黑痣英雄》。汪承栋,一九三〇年生于湖南省永顺县,一九五一年参军,一九五五年转业到中南民族歌舞团、中央民族歌舞团任创作员。一九五六年主动申请到西藏工作。一九六一年至一九六五年,专心于长篇叙事诗创作。《黑痣英雄》是他的代表作,长达一千一百多行。作品描述藏族奴隶起义英雄波乌赞丹反抗土登、发动农奴起义,并在斗争中觉醒、寻找共产党、参加平叛,在党的教育下成长为革命英雄的经历。当时,民族诗人写这样的英雄诗篇的不少。汪承栋因为长久地深入藏族人民的生活,所以写得真实、具体,十分感人。诗中写波乌赞丹"血葬土登宗本,刀洗豺狼的帐篷",拒绝噶厦政府的收买,割下土登派来联合驱汉的信使的舌头,表现出与上层反动阶级的决裂和仇恨;但他不懂党团结民族上层的政策,拒绝参加解委会。他单枪匹马地搏斗,最后只剩八人八骑。虽如此,波乌赞丹却满腔热情欢迎解放军丁政委的到来。在丁政委从拉萨开会回来的路上,还暗中保护,直至身入虎穴,闯宴保驾,击败了土登加害丁政委的阴谋,表现出对共产党人的尊敬与友善。当解放大军开进了藏北草原,波乌赞丹亲历

亲闻,在平叛胜利的喜悦中,思想彻底转变,他发誓"今后要走大道坦途,跟随党移岭搬山"。整部诗篇中,一个活脱脱的波乌赞丹,从西藏走了出来,走到了大家面前。他,杀了反动土登,反对农奴制度,揭露上层阴谋;信了共产党,靠了解放军,走了革命路。细节贴切有致,情节曲折有序,章节布局巧妙,非常适合儿童少年的审美心理。这主要在于诗人善于学习藏族英雄史诗中离奇出奇、波折丛生的艺术方式,作品中写波乌赞丹生就不凡,勇力过人,赛马时手揉羊皮不带缰能生擒飞跑的野兔,活捉矫健的黄羊。被赋予了非凡的神奇的力量。而诗人每写他所做的事,又从不重复他人写过的,总是令人意外、令人惊叹,如写他闯宴救丁政委,就像天外落下的一座山峰。又如写他手中的那口宝刀,不仅显出他本领高强,还总是出奇制胜,惊心动魄。这就把神话的笔法与现实的笔触有机融合,使飞来神笔与实际抒写浑然一体。再加上,汪承栋熟悉藏地的民歌、谚语、格言等,在诗篇中适当插入,也使作品的民族味儿更浓。如诗人根据人物性格的发展和故事情节的延伸,在诗中摹写了大段大段的唱词,渲染了特定现场的气氛,增强了主人公行动的气势,很是精彩。诗中,还常常出现一个身背六弦琴的民间艺人强巴的说唱,巧妙地拓展长诗的艺术容量。

有的民族诗人特别富于想象,其诗作为儿童所喜爱。一九三三年出生于青海省海东地区小山村、二十世纪五十年代初被保送到西北艺术学院民族艺术系学习的藏族诗人伊丹才让,虽然没有专为儿童写作,他的诗却因为想象的丰富、大胆,飞到了儿童中间。如《致海洋》:

> 我的歌声飞旋在海上,
> 海洋变成了广阔的牧场;
> 那海上滚滚的波涛,
> 好像是蹦跳撒欢的牛羊。
>
> 噢!我的心境变得海洋一样宽广,
> 心头欢乐的歌儿就像海水一样;
> 谁能说远离了家乡,
> 那渔帆、岛屿不就是家乡的圈窝、篷帐?

诗人竟把相距遥远的辽阔海洋与广阔的牧场连在一起，又把滚滚的海涛喻为蹦跳撒欢的牛羊，以"渔帆""岛屿"比作牛羊的"圈窝"和牧人的"篷帐"，可见其想象力不一般。而想象力正来源于对生活的了解与理解，对生活中人与事的领略与领悟。尤其重要的，还在于诗人对家乡情感的真挚和深沉，在于对儿童的审美引导和情感熏陶。

有的民族诗人格外注重语言的诗性、诗意，一些诗作对儿童生活启蒙、语言启迪十分有益。如一九三五年出生于云南大理、一九五六年毕业于武汉大学中文系，曾任中国作家协会理事、云南省文学艺术界联合会副主席的白族诗人晓雪，一九六二年写的《洱海新曲》、一九六四年写的《祖国的春天》，就是这方面的佳作。他在《洱海新曲》中写道：

> 要知道洱海有多少鱼虾，
> 请你数数海边的沙粒；
> 要知道苍山有多少鲜花，
> 请你数数夜里的星星。
> ……
> 霞光中船队渐去渐远，
> 歌声却久久激动我的心灵；
> 猛回头苍山对我微笑，
> 笑我追不着消逝的帆影。

再读《祖国的春天》：

> 你带着唤醒大地的雷鸣，
> 你撒下滋润万物的雨点……
> 千里霜雪，万层冰块，
> 化为蓝蓝的湖水清清的流泉；
> 千顷黄沙，万里荒烟，
> 化为翡翠的山河锦绣田园。
> 望不断那长河内外，

> 春风杨柳，繁华耀眼，
> 望不断那大漠草原，
> 油塔如林，绿苗无边，
> 望不断江南山水江南田，
> 溢红滴翠，涌金流彩……

这样的诗歌，使儿童感触祖国的壮美、自然的秀美，并由此生发出一种无可比拟的民族自豪感。

一九三五年出生于甘肃东乡县小山村、一九五六年毕业于西北师范学院、先后任职于甘肃省文学艺术界联合会和出版社的东乡族作家汪玉良，曾写过不少描绘家乡的诗篇。他对家乡的爱是真挚的、深沉的，诗的语言饱含着真情和深情，也是这方面的佳作。如《唐江川抒情》：

> 急跳的心拍打着缓行的船，
> 云朵徐徐推动如云的山峦；
> 家乡啊！我没有抚胸问安，
> 一河波浪已把我举上河岸。
>
> ……
> 牛心山扬手撒出一把云彩，
> 轻轻飘落，歇在我的双肩；
> 一声"花儿"牵着我去漫游细看，
> 山花从脚下一直铺向云间。
>
> ……
> 哦！生养了我的家园，
> 孕育着红杏般醉心的乳泉，
> 我采着红的阳光，绿的诗篇，
> 一缕严峻的思绪闪上心坎——

诗的语言生动形象,比喻得当且别具匠心,用词讲究又明白晓畅;感情充沛而不弄玄虚,节奏响亮而不显喧闹。

第三节 散文

一、白族作家那家伦的人物散文《然米渡口》

那家伦(1938—),出生于云南省昆明市。求学期间受到进步思想影响,中华人民共和国成立后参加中国人民解放军,开始文学创作。一九六○年出版小说散文集《篝火边的歌声》。一九六一年起专门从事文学创作,并参加了第三次全国文代会。一九六四年转业回到家乡,其间发表大量散文作品。一九六五年出版散文集《澜沧江边》。他的散文,题材广泛,艺术方式多元,覆盖面、影响面都比较广。

一九六二年写于西双版纳箩梭江边的《然米渡口》,记叙西南边疆地区古老渡口摆渡工——傻尼少女漂茜尽心尽力为村人服务的事迹,颂扬她的美好思想、美好行为。文章开头,作家就仔细描写然米渡口的古老和重要性,由此凸现少女摆渡工的不一般:"江流湍急,船在颠簸,摆渡工脚踩风浪如履平地,好一幅生动的图画,出人意料的是,在激流中勇于奋进的是一位傻尼姑娘漂茜。"接着,作家回顾了摆渡工三代人的悲惨命运,委婉哀伤的回忆,使作品有了曲折的情节、弯绕的布局,恰是各民族劳苦大众在旧社会受苦受难生活的艺术概括;又由此反衬出如今少女摆渡工的精神气质,表现出新时代少数民族人民崭新的精神面貌。但,作家另辟蹊径:其一,这篇作品着意于表现少女摆渡工的英雄精神,着力于描写这个摆渡工的少女气质,由此显出少女摆渡工的不平常、不一般。文章的前一部分,作家不写漂茜的勇猛豪迈,只写她的淳朴普通;不写她的粗犷果断,只写她的纤秀明丽;不写她的沉稳敏捷,只写她的温情体谅。令人体悟到,这个傻尼少女并不是天生不怕水急浪高,而是热爱村人,体贴村人的艰难,把为人摆渡作为自己的一份责任和义务。天天摆渡,遭遇风浪,经受寒暑,是怎样的一种艰辛与艰苦?又是怎样的一种坚持与坚守?这,就是一种无私的奉献!一种无畏的精神！其二，从作品题目看，可知这个渡口的重要性，可知这个少女摆渡工的能耐，但作家不是全面铺开来写，只写了生死攸关的三件事：为抢救难产的傣族妇女，她在风大浪急时跳入江中，送老医生过江；为捞起掉在水中的机器零件，四次跳入激流；为捉住妄想偷越国境的坏人，不顾个人安危。这样，让读者留下深刻印象，人物也就留在了大家的心上。显然，作家主要在写这位僾尼少女摆渡工的美好心灵和高尚行为，写淳朴厚道的民族心理素质在民族新一代人身上新的体现和新的发展，也就映照出新的时代、新的社会中各民族人民新的风貌、新的思想。其三，写人写事都注重构筑一种特定的意境，以激发想象，拓展艺术空间。如写少女漂茜纺线时"艳红的火光，把她映照得很美"；又写"她的身体挺立着，火光把她长长睫毛下的眼睛照得更为明亮"，结尾时则写："在这匹宽宽的红缎上，我们的一对僾尼青年，将要写下多么美、多么美的诗句啊！"诗人写漂茜眼睛的美丽、明亮，并不只是客观叙写，而是将自己的情感倾注于当时的境地、景象之中，写出这位少女摆渡工平素的神情、日常的心地、胸怀的理想。作家又借助天空中飘舞的绚丽红霞生发开去，巧妙地将颂扬人物和讴歌时代一起融于美妙的意境之中，意味长长，意韵悠悠。

二、满族作家端木蕻良的草原散文系列

端木蕻良（1912—1996），原名曹汉文，男，出生于辽宁省昌图县一个贵族之家。一九二八年就读于天津南开大学，在此创办《人间》和《新人》杂志。一九三三年写出长篇小说《科尔沁旗草原》，一九三六年后，又曾创作两部长篇小说《大地的海》《大江》，以及《鹭鹭湖的忧郁》等短篇小说，这些作品都真实地反映了"九一八"事变前东北农村的面貌，描写了全民族的抗日战争。另一部长篇《新都花絮》及短篇《泡沫》等揭露了国民党统治的黑暗。一九四〇年赴香港编辑《大时代文艺丛书》，后又创办《时代文学》杂志。这时，他又致力于《红楼梦》及鲁迅研究，并从事历史题材创作。中华人民共和国成立后，参与筹建北京文学艺术界联合会的工作，曾任创作部副部长、副秘书长，北京市作家协会副主席。二十世纪六十年代，致力于散文创作。走遍内蒙古草原之后，写出《在草原上》《草原春曲》《草原放歌》《美丽的呼伦贝尔草原》《达赍湖》《三河马》《套马》《摜跤》等，都表现出作家对草原现实真诚、深挚的体察和体味，对草原生活真切、细心的感触和感悟。

少数民族作家写草原的散文不少。端木蕻良这组散文自有其优长：

其一，凸显草原现实中的"新"和"异"，使儿童读者能够具体地、形象地认识时代的发展和新时代的活力。如《在草原上》中写道：

> 墨尔格勒河才受到诗人的歌颂，画家的描绘。也只有今天，草原上的儿女才能报答以满天星斗般的牛羊，清泉般的马奶酒和牛奶酒，还奉献了欢乐的歌舞。也只有今天，墨尔格勒河才传遍了南北东西……

其二，在书写今天新的草原的同时，引导儿童深层地理解蒙古民族游牧文化的内涵和由此形成的民族心理，既感触到时代的跃进，又感悟到历史的丰厚，使时代感与历史感交织。如《草原，新禧》中写道：

> 你的泥土里还倒卧着古代勇士名马的骏骨，你的草丛里还挂着古代猎人用桦树皮做的腰带……

由古代游牧民族极珍爱的"骏骨""腰带"，儿童可以领略这亘古的荒原历史，可以领会那优美的神话故事。

其三，作家的描写并不止于大自然，而是使自然万物与人生诸事相叠合，使自然情景与人生追求相契合，虚实相映，并以新的意象取代旧的俗喻，以真的描述驱除假的矫饰，以鲜活的语言替换程式化的词句，使儿童知晓文学美与生活美的关联，知道散文的诗性来自生活本身。如《美丽的呼伦贝尔草原》：

> ……天空犹如一个透明的水晶钟罩，草原就如一个翡翠的钟托，立在草原上的人们就犹如钟罩下面的自鸣钟，人的心脏就是时间的摆，也就是草原一切脉搏的中枢……

其四，作家善于捕捉草原生活中有趣有味的瞬间，并将其放大，使浓浓的生活气息中溢满欢乐，使蒙古民族的日常语言表现得更加准确、生动。如《套马》：

> ……小黄马是在原野上面自由自在地长大的，它的背上偶尔落上一根

小草儿,也要甩落下去。现在,居然有一个人牢牢地骑在它的背上,它怎会经受得了。于是,便使出一切招数来,决意要把马背上的骑手甩掉。低头,尥蹶子,拍蹄,往别的马服下乱钻。它把这些花招都搬弄出来了,但是,有经验的骑手,一点也不给它施展的机会……

三、蒙古族作家阿·敖德斯尔的地域散文《慈母湖》《马驹湖》

二十世纪六十年代,敖德斯尔一直不断地写短小的儿童散文,作为儿童小说创作的一种延伸和补充。这方面的作品,有追忆童年的,如《雪》《草原喜雨》《蒙古狗》等;有以儿童视角写草原风情的,如《草原上的星星——我的家》《草原春节》《百花赞》等;有用亲切口吻向儿童讲述家乡变化的,如《慈母湖》《马驹湖》等。后者短小精致,是这方面的代表作。

《慈母湖》写于一九六二年,全文不足千字。却写了"慈母湖"这个亲切称呼的由来:几千年来,慈母湖像母亲一样用乳白色的奶汁——盐,养育着草原牧人。但,即使有"慈母湖"的恩赐,旧社会的穷苦牧人仍然受尽苦难:"在夏季的炎日里,居住在南部地区的蒙古人,一伙接着一伙向北移动。在冬季的长夜里,响着雪铃的骆驼运输队,在月光下慢悠悠地行进。"使儿童了解慈母湖的往昔,才能珍惜慈母湖的现在。作家接着描绘了慈母湖美丽的四季景色,还插叙了关于慈母湖的古老传说。作家真挚而丰富的感情润渗在字里行间,使儿童跟随作家游历了慈母湖,聆听了故事,学习了语言。

《马驹湖》也写于一九六二年。这是作家前往鄂尔多斯高原旅途所见。与《慈母湖》相同的是,也写了马驹湖名字的由来,插入了关于马驹湖的神奇传说。不同的是,作家没有直接写湖,而是由远而近,先写涉过沙漠的海洋——白茫茫的沙丘一个连着一个,像是无边大海的汹涌巨浪,在烈日下金光耀射、热气升腾。再写经过额尔格图山景色如画的柳树林、牧草地、野果丛,以及远处啼啭的布谷鸟、前后翻飞的燕子、两边叽喳的麻雀。然后才写到马驹湖:

当我们翻过一个沙丘的顶梁时,蔚蓝的擎天浪峰之巅呈现出一个美丽的湖泊。远看那湖水恰似水银荡漾,疑是十五的月亮落到人间,晶莹浑圆。

原来这就是鄂尔多斯高原的绝境——有名的马驹湖——乌纳干·布尔德。

接着,作家描写了鲜花盛开的肥美牧场、绒毯似的柔软草地,写了花丛间穿梭的蜜蜂、飞舞的粉蝶,写了成群结队在草地上吃草的雪白的绵羊、漆黑的山羊,以及望不到边的毛色光润而肥膘的骏马、在马群中来回驰骋的长鬃迎风飘荡的儿马等,以湖周围的自然万物来映衬湖的大、湖的美、湖对万物的爱抚。这一切,作家都写得概括而生动、平易而鲜明:

当金色的太阳沉下远山的顶峰时,我们翻过了额尔格图山的脊梁。玉一般白的云变得血一般红,给湖岸镀上了一层黄金。从高山之巅回头望去,但见皎月似的马驹湖完全染成火红。围绕着湖的碧绿草原,环抱着草原的蔚蓝树林,树林外沙漠的海洋,无不光彩夺目,鲜艳绚烂,恰似一只黄金的大圆盘覆盖在无边的呢绒上,放射出五色的霞光。

可以看到阿·敖德斯尔散文创作的艺术特点:其一,篇篇都有真情实感,对题材的选择总是基于蒙古族人的生活环境、思想意向、情感所系,写蒙古族大人小孩都关怀都向往的风土人情,作家与大众、与儿童的心灵是相通的。其二,注重从本民族人民大众口头语言中汲取、提炼,既具民族情思、地域情味,又准确精美、通畅明白,使生活功底与语言功夫相统一。其三,从不同的题材实际出发,采取不同的艺术方式。有话则长,无话则短,灵动有致,灵活自如。

四、其他少数民族作家的散文

虽然,少数民族作家们很少专门为儿童写散文,但,散文写得好的少数民族作家大都童心未泯、童情犹存。所以,散文佳作常被选入儿童读物,被儿童传读。如蒙古族作家玛拉沁夫写于二十世纪六十年代初期的一组散文《鄂伦春人之歌》。

玛拉沁夫(1930—),男,辽宁省吐默特旗一个贫苦农民家庭出身,由于勤奋好学,小学未毕业,就考进了内蒙古哲里木盟开鲁中学。一九四五年参加八路军,一九四八年入内蒙古自治学院学习,并转入内蒙古文工团工作。一九四七年参加自治区成立前后的工作和这年冬天开始的土地改革运动。一九四八年加入中国共产党。一九五一年到科尔沁草原做群众工作,写出第一篇小说《科尔沁草原上的人们》(后改编为电影《草原上的人们》)。一九五二年后,到中央电影剧本创作所、中央文学研究所学习。一九五四年,回到内蒙古深入生活,创作长篇小说《茫茫的草原》,出版短篇小说集《春的喜歌》。一九五九年与珠岚琪琪柯合作创作了电影剧本《钢城曙光》(拍成电影为《草原晨曲》)。一九六二年出版小说集《花的原野》。

散文《鄂伦春人之歌》写于一九六一年秋天,为玛拉沁夫到鄂伦春自治旗体验生活之后所写,内容共四篇:《旅伴》《篝火旁的野餐》《捕鹿的故事》《神鸟》。第一篇,虽然写了火车上遇见的一名四川来支边的"旅伴",主要还是写火车过大兴安岭时所看到的雄伟的高山、茂密的大森林、清澈的河流,以及水面上结成的一层镜子般的薄冰和柔软的晨雾等,由大兴安岭的旖旎风光赞美帮助鄂伦春民族改天换地的汉族人民。《篝火旁的野餐》描写"我"到鄂伦春老猎人家做客:一家四口人住进了白桦林中的三间新平房。儿子在第一届全运会上获百公尺自选步枪射击冠军。女儿当上了鄂伦春族第一位医生。他们打了狍子和大鱼,又采野果来酿酒,别有一番情致。《捕鹿的故事》描绘了鹿的机灵和倔强,也写了猎人的机智和勇敢;鄂伦春人的勇猛、勇悍跃然纸上。可贵的是,他们从以往的猎取野鹿发展到如今的驯养野鹿,这不仅是生产方式的决然改变,而且是传统观念的彻底转变,是僻远边疆在新时代的新变化。《神鸟》并不是写鸟,而是写一位鄂伦春老人在二十年前把《国际歌》译成鄂伦春语,使这首全世界无产阶级的战斗歌曲像神鸟一般,很快飞到苦难中的每一个鄂伦春人家:"尤合勒!额沃米道恩吐米毕儿热,包勒……"("起来!饥寒交迫的奴隶……")这支歌,在二十世纪四十年代,曾经唤醒了居住在僻远北疆的诸多鄂伦春青年。这是一件多么美好的往事啊!这样的散文,在当时实在难得。作家十分注意题材的选择,注意摄取、表现特定题材的角度,以求精练、精美。

蒙古族作家莫·阿斯尔写于二十世纪六十年代中期的《猎手帖木耳》,书写了那一年代草原上的蒙古族人为牲畜除害而围猎恶狼的故事。那是草原上传统的"春搜围场",众人捕猎的壮阔气概,除恶务尽的盛大气势,真可以说是惊心动魄、惊天动地!这样的题材,不是从小生长在无边草原上的少数民族作家,谁也写不出来!而且,作家写得绘声绘色:

静悄悄的草原上,脚步声和马蹄声顿时四作,由远而近,由疏渐密,踏满了这一片沉寂的土地。

　　草原沸腾了。

　　顷刻间,小冈上、斜坡上和沟洼里,到处攒动着挥矗合围的人,乘马的、骑驴的、徒步的、背枪的、持叉的、拿棍的、用投掷器的和领狗抱鹰的,应有尽有。

　　……

　　说时迟那时快,但见帖木耳将猎枪挽在左胳膊上,扶着鞍鞒向左一歪,抓住右侧铜镫,一把揪开镫皮环,旋即高举铜镫,催马冲刺。流水黑骏似乎已明白主人的意图,压低身子,肚皮几乎擦着地面,直奔快要冲出人墙的灰狼。此时别看流水黑骏四蹄飞扬,震地动天,但骑在马背上的帖木耳如若平地而蹴,没有丝毫的晃动和摇摆。

猎手的姿态、神情、气度、力量,都写得活灵活现,有一种强烈的现场感,儿童们不仅能感受到,而且能想象到。这样的艺术陌生感来源于独特的民族生活,足以证明作家的生活功底的深厚;何况,莫·阿斯尔也善于从中国古典文学名著中借鉴、汲取艺术表现手法。显然,中华各民族文学之间的相互交流、交融是推动各民族文学发展、进步的必然途径。

第四节　戏剧文学

一、满族作家老舍的童话歌剧《青蛙骑手》、童话剧《宝船》

　　老舍(1899—1966),原名舒庆春,字舍予,男,出生于北京。父亲是一名满族的护军,阵亡在八国联军攻打北京的炮火中。早年的穷旗人生活对他的人生有很大的影响。七岁开始读私塾,一九一三年进北京师范学校,一九一七年毕业后当过小学校长、中学教员,五四运动中开始用白话文写作。一九二四年夏,应聘到英国伦敦大学东方学院任中文讲师,其间写出三部长篇小说:《老张的哲学》

《赵子曰》《二马》，这些作品是我国新文学中最早创作成果的一部分，显示出他在创作上的讽刺、幽默天才，奠定了他作为新文学开拓者之一的地位。一九二九年从伦敦回国途中在新加坡停留，一边在华侨中学教书，一边写了童话、小说双重结构的长篇儿童文学作品《小坡的生日》。一九三〇年回国后，先后担任齐鲁大学、山东大学教授，写出《猫城记》《骆驼祥子》等长篇小说，《月牙儿》《我这一辈子》等中篇小说；并为儿童创作了小说《小铃儿》、童话《小白鼠》等作品。抗战全面爆发后老舍奔赴重庆，曾主持全国文艺界抗敌协会的工作，并写出为广大百姓喜闻乐见的曲艺、话剧、诗歌、小说等作品。一九四四年开始创作长篇巨著《四世同堂》。中华人民共和国成立以后，他从美国归来，曾任中国文学艺术界联合会、中国作家协会副主席、北京文学艺术界联合会主席，是全国人大代表、全国政协常委。这一时期老舍创作了二十三个剧本，以《龙须沟》《茶馆》《正红旗下》最为著名。创作于二十世纪六十年代初的童话剧《青蛙骑手》《宝船》，至今仍有着广泛的影响。老舍因创作话剧《龙须沟》而荣获"人民艺术家"称号，他对中国现当代儿童文学所做的贡献，也是极其重要的。十六卷《老舍文集》于二十世纪末出版。

六场童话歌剧《青蛙骑手》，根据藏族民间传说改编，发表于一九六〇年。原作叙述一对贫苦的藏族夫妇祈求神仙赐子，却生了一只青蛙。小青蛙聪明过人，七岁上山打柴，还会传播地母关于消灭贫富差别等三条预言。头人要杀掉小青蛙。青蛙勇闯头人家，施展哭笑魔法，迫使头人把女儿嫁给他。但，只有勤劳的三女儿愿意跟他结为夫妻。大女儿、二女儿阴险地诱使小青蛙参加赛马会，当小青蛙脱去蛙皮变成英俊骑手赴会后，头人从蛙母手中夺了蛙皮，使青蛙在三更后冻死。老舍改编后，艺术特色更加鲜明：其一，改变了原来传说的悲剧性结尾，让三女儿在青蛙濒死时刻赶回家，用自己的热血涂遍青蛙全身，使青蛙在三女儿泪血的温暖中恢复生命。这反映了各族人民的心愿，也反映了新的时代精神。其二，采取童话歌剧的艺术形式，在青蛙与头人的激烈冲突中，插入充满浪漫色彩的赛马、夺皮等动人描写，既铺展美丽的童话幻想，铺陈美妙的故事场景，渲染浓郁的生活气氛，又使故事具有很强的空间感和想象性，有力地延缓了故事单向度的时间推进。在幻想与现实的有机统一中，也赞扬了三女儿不嫌贫爱富、青蛙不畏惧强暴及他们对爱情忠贞不渝的民族传统美德。其三，运用儿童熟悉的幽默讽刺的语言，不仅使剧情显得轻松热烈、舒卷自如，更因为有情有趣、有理有味，易于儿童接受。如果再细细地品味,透过青蛙骑手与三女儿之间的爱情故事,就会清晰地看到头人对奴隶、牧民的残酷剥削压迫及奴隶、牧民的坚决反抗、斗争,看到藏族人民关于祖国统一、民族团结的愿望,以及他们跟有意制造民族分裂的头人之间的冲突。由此也可看到老舍正直、善良的人生观、价值观。

老舍写于一九六一年的童话剧《宝船》,也是根据民间故事改编的。作品主人公王小二是个朴实爱干活、心善乐助人的好少年,他在回家路上救了落水老人李八十,老人送给他一只能大能小的宝船,说宝船可在洪水中救人。大水来了,王小二与妈妈、大白猫坐宝船逃难,一路上救了仙鹤、大蚂蚁、蜂王及伪装成好人的张不三。大水过后,张不三骗得宝船献给皇帝,当了宰相。王小二为追回宝船赶到京城,张不三的随从把他打昏,他又遇李八十等相救。在李八十的帮助下,王小二等扮成大夫,以给公主治病为由进入皇宫,智斗张不三、皇帝,夺回了宝船,并使张不三变成狼,使皇帝变成猪。然后,大家高高兴兴回家了。

这是一个大家都熟悉的故事,但老舍通过改编,凸显其艺术特征,使故事变得新鲜生动:其一,人物集中,线索明朗,剧中主要人物就王小二、李八十和张不三、皇帝。善有善报,恶有恶报,符合民族文化传统中的道德准则和审美意趣。其二,传统童话中的魔法为好人所用,在坏人那里失效,如王小二等向张不三、皇帝讨还宝船,金殿猜谜、认人,最后将张不三变为狼,将皇帝变成猪等,充满了喜剧色彩和轻松热烈的生活氛围,痛快淋漓。其三,人物语言简单明白而富有个性,几句话就显出人物特点。如张不三在洪水中喊救命,王小二妈妈提醒说不知这人是好是坏。王小二便问:"嗨,你是好人,还是坏人?说实话!"张不三说:"我是好人,顶好的人!不踩一个蚂蚁,不伤一个蜜蜂,既不捉鸟,也不打猫,可好呢!"王小二又问:"你叫什么?"回答:"张不三,我弟弟叫张不四!"王妈妈说:"小二,留点神!不三不四,听着不大顺耳呀!"王小二却说:"妈,人好不好不在乎叫什么。"极短的对话,即可看出王小二的厚道,王妈妈的深思,张不三的油滑。老舍力求创作语言的平民化,但在儿童文学创作中能做到这一点很难。戏剧创作中写好台词是第一位的。老舍为儿童写的剧本有着很好的示范作用。

二、满族作家赵纪鑫的现代儿童京剧《草原小姐妹》

赵纪鑫(1939—2015),男,出生于北京。其父亲是京剧爱好者,他因此自幼受到京剧艺术的熏陶。十岁登台演出《钓金龟》中的张义,从此学习京剧丑角。

由于父亲早逝家境拮据，就一边读书，一边参加剧团演戏。一九五五年在北京八中初中毕业，考进北京市荀慧生京剧团任丑角演员。从此随剧团巡演祖国各地，常接触有名的京剧艺术家，并开始为荀慧生先生整理艺事日记和剧本，为日后的创作奠定了基础。一九五九年支边到内蒙古京剧团，几十年间，随团深入基层演出，演过众多的京剧丑角戏。二十世纪六十年代初开始戏剧创作，一九六二年根据蒙古族民间故事编写了京剧《巴拉根仓》，又以民间传说为题材创作了大型京剧剧本《纱格德尔》。一九六四年，又以内蒙古乌兰察布盟达尔罕茂明安旗蒙古族牧民女儿龙梅、玉荣风雪护羊、奋力保护集体羊群的英雄事迹为题材，创作了现代儿童京剧《草原小姐妹》；同年六月，参加在北京举行的全国京剧现代戏观摩演出。一九六五年至一九六七年，曾到上海戏剧学院戏文系进修。之后担任内蒙古京剧团团长，内蒙古文学艺术界联合会委员，内蒙古作家协会儿童文学委员会委员。

一九六四年，暴风雪袭击内蒙古草原。十一岁的龙梅与九岁的妹妹玉荣为保护集体羊群，在冰雪严寒中蹚行七十余里，三百八十四只羊未受一点损失；而小姐妹险些被冻死，妹妹玉荣冻坏了一只脚。她们的英雄事迹感人至深。赵纪鑫以京剧艺术形式再现了这个故事，不仅在京剧表演领域中开辟了儿童京剧这一行当，使现代京剧进一步拓展，也使京剧的继承、创新的思路更为深化。由此来看它的意义：其一，在"左"倾思潮时时冲击着中国文坛的二十世纪六十年代初期，作家能够在北疆草原的现实生活中深入地发现人性的美好与童心的美妙，不编造"阶级斗争"模式，不雕琢"高、大、全"形象，而是对真人真事做具体、生动的艺术表现，引起广大人民的内心共鸣，体现文艺的情感价值，应该说，这样的创作是真正的现实主义的书写。其二，儿童往往听不懂京剧的唱词，他们也不喜欢京剧中大段的念唱。《草原小姐妹》就广采博取，在京剧传统的虚拟景象中适当置入话剧式的实地布景，并注重动态表演。如在无际草原上的欢快放牧、对奔腾马群的纵情追赶，与扑羊恶鹰的激烈拼打、对狂风暴雪的狠劲搏斗，都以新颖有趣的草原歌唱、儿童舞蹈代替沉闷、冗长的抒情吟唱；尤其注意唱词深沉而浅近、优美而平易，使儿童情味与草原情韵融合。如剧中富有儿歌特点的"西皮流水"："穿上一身绿军装，戴上一对红领章，骑上一匹枣红马，背上一支冲锋枪。"又如那段"南梆子"："羊群散在牧场上，跑跑跳跳叫得欢。""淘气的羊儿乱追赶，好似那朵朵白云过草原。"都有情有韵、流畅流利。可见儿童京剧自有自己的创作路子。

其三,《草原小姐妹》是七场京剧,纵横两条线索交互发展。纵向写羊群遇风雪失散、小姐妹顶风雪护拢羊的惊险场面,展现小姐妹纯洁的心灵;横向写内蒙古草原牧民的安居乐业与"护河坝伸向天边,高压线架穿入云端""运输汽车来往不断,电动机井引出清泉"的祥和景象;纵横交错,表现了小姐妹高尚的思想境界,也呈现出草原的新生活、新气象;虽是儿童京剧,但反映了民族精神和时代风貌。显然,儿童京剧长也无妨,但情节结构必须单纯明朗,韵律节奏必须紧凑明快,令儿童观众看得起劲,更有一种急知下文、欲罢不能的欲望,可见儿童京剧独有的艺术魅力。其四,剧中虽然抒写英雄精神,但主人公是草原上的牧民儿童,他们的心思、心情跟广大儿童是一样的。剧中写小姐妹一边放羊一边玩儿,玩的时候谁也不当坏蛋,都要当解放军。写姐姐龙梅在风雪弥漫中为花头羊接羔,把红领巾系上松树梢,又把漫天白雪比作红军过雪山的情境,既具时代感,又流露出稚拙的天真。可见儿童京剧既不能少了京剧的韵味,更不可忽略儿童自身的心理特征。

附记:儿童文学民族性的充实与丰富

儿童文学民族性,是一个理论概念,更是一个实践规范。当然,少数民族儿童文学创作实践是第一位的。这一时期的少数民族儿童文学还处于薄弱阶段,创作儿童文学的少数民族作家很少,且大多生活在边疆,较少参加全国儿童文学界的活动,也就较少受到"左"倾思潮中因批判"童心论"而出现的公式化、概念化潮流的冲击。他们睿智而巧妙地选取了中华各民族儿童少年在党的引领下与大人们一道抗击日本侵略者的战斗与成长的题材,选取了民族新一代人的新生活、新思想、新作为的题材,真实而美妙地描绘出一个个生活在不同地区、不同家庭而性格相殊、脾气各异的少数民族儿童形象,使中华民族自强不息、爱国主义的民族精神,勇敢无畏、忠贞不渝的民族传统美德,在新的作品中得到深入延伸和深层拓展;既具体地反映出中国这个统一的多民族国家的辽阔广大、富饶美丽,反映出民族平等、民族团结的社会制度的文明和谐、美好祥和,又表现了坚决反抗帝国主义侵略的一代抗战少年宁死不屈的精神风貌,表现了全身心投入社会主义建设的新社会新少年一往无前的心理气质,表现出其勇猛、剽悍、淳朴、机智等民族心理素质在特定年代中的提升和发展。儿童文学民族性与地域性的相互映照,与时代性的相互交汇,与儿童性的相互融合,使它的内涵得到充盈而充实。儿童文学的民族性,因少数民族作家写出典型环境中的少数民族儿童典型形象而更为充实和丰富。

第三编 二十世纪七十年代后期至改革开放新时期初

第一章　少数民族儿童文学的新发展

一九七六年十月,"文化大革命"结束。

一九七八年十月,全国少年儿童读物出版工作座谈会召开。之后,儿童文学的出版、评奖、科研、教学等工作走上正轨。

一九七八年十二月,党的十一届三中全会召开,拨乱反正,改革开放。

一九七九年十月,全国第四次文代会召开,贯彻落实党提出的"为人民服务,为社会主义服务"的文艺总方针、"百花齐放,百家争鸣"的方针。

冯牧《文学十年风雨路》中写道:"我们的文学,在党的十一届三中全会思想路线指引下,确实可以说是进入了一个新的时期;这个时期,我们以为是我国新文学发展史上最好的时期之一。"当然,这也是我国当代少数民族儿童文学发展史上最好的时期之一。

少数民族儿童文学在新时期有了较快的发展,这当然跟时代进步、社会变革紧密相连。正如马克思所说:"物质生活的生产方式决定着社会生活、政治生活和精神生活的过程。"新时期,中国这艘航船驶向具有中国特色的社会主义建设航道,激发了所有文艺家(当然包括儿童文学家)的创作热情;政府对儿童文学事业的重视,《民族文学》杂志的创办,以及培养少数民族作家、扶持民族文学创作等有关政策的制定,使人数虽少但热情很高的少数民族儿童文学作家受到极大的鼓舞。那些曾经给各民族儿童奉献过精美的精神食粮,有着丰富创作经验的老作家焕发青春,老当益壮。如满族作家颜一烟、舒群,回族作家郭风、胡奇、白练,朝鲜族作家柳元武,哈萨克族作家夏木斯·胡玛尔,蒙古族作家吉儒木图等。中壮年少数民族作家是新时期少数民族儿童文学创作的主力军。他们大都在"文化大革命"前就致力于少数民族儿童文学创作且已有成就。如满族作家柯岩、胡昭、佟希仁、张少武,蒙古族作家额·察·力格登、石·础伦巴干、高·拉希扎布,土家族作家孙健忠,壮族作家韦其麟、黄钲,藏族作家益希丹增等。青年一代少数民族作家成长较快,他们思想敏锐、勇于探索,他们的作品冲破了多年来因极"左"思潮影响而形成的创作模式的羁绊,给新时期少数民族儿童文学园地里吹进一股清新的风。如藏族作家意西泽仁,满族作家王家男,哈萨克族作家艾克拜尔·米吉提,维吾尔族作家穆罕默德·巴格拉西,土家族作家李传锋、蔡测海、颜家文、杨盛龙,苗族作家贺晓彤等。他们为少数民族儿童文学创作带来朝气蓬勃的新景象、新气象。显然,少数民族儿童文学虽然薄弱,新时期少数民族儿童文学创作队伍却已经壮大了许多。而且,创作势头不弱,老中青三代少数民族作家们各自发挥所长,使新时期少数民族儿童文学呈现出新的精神风貌、新的民族特色。主要表现在:

其一,作品内容不局限于表现民族地区的大变化,也不拘囿于赞美少数民族儿童的好品德,而是真实、生动地写出生活本身、社会本来的丰富和复杂,具体、鲜明地写出日常所要面对的种种现象、人生所要面临的各个阶段的繁复和芜杂。有讴歌真善美的,也有抨击假丑恶的;有欢乐多多、洋溢着温馨生活气息的,也有忧心忡忡、充满了焦虑气氛的;有家风和美、陶冶儿童美好情操的,也有丑行件件、玷污儿童纯洁心灵的;有悲壮神圣、表现战争前线亲人牺牲的,也有文明和谐、反映民族团结的;有积极向上、昭示着少年进取精神的,也有不甘受压、显示出儿童自觉反"左"的;有热爱自然、描绘世间万物相依相存的,也有追求平等、鼓励少数民族儿童求学求知的……新时期少数民族儿童文学似有写不尽的题材,表明少数民族作家们在思想解放的激流中,砸碎束缚自身的精神枷锁,胸襟扩大了,视野开阔了,劲头强足了,少数民族作家所具有的独特的民族生活积累变成了一种独一独异的题材优势。不少少数民族作家从一生经历和观察中、从民族历史和现实中、从新一代人生活和情感中提炼、创作小说,如颜一烟的《盐丁儿》、佳峻的《驼铃》、玛拉沁夫的《活佛的故事》、石·础伦巴干的《三个小伙伴和三个大伙伴》、益希丹增的《啊,人心》、白练的《儿童文学三题》、夏木斯·胡玛尔的《长满蒿草的原野》、黄钲的《江和岭》、李传锋的《退役军犬》、王云龙的《爸爸在遥远的扣林》等等,从中可以看到这一时期少数民族儿童文学的优势和优长,以及它所呈现的无与伦比的不同民族儿童文学的民族特征和特色。

其二,对民族特征、民族特色的理解表达更加深入、更为深刻,不只是着意于地理环境、地域风貌的刻意描绘,也不只是着力于民族风情、民间习俗的仔细讲述,而是细致、活泼地写出历史急速前行中各民族人民在观念进步中始终具有的那样一种精神气质,精当、确切地写出时代迅猛发展中各民族人民在社会变动中始终坚守的那样一种文化心理。扼要地说,少数民族作家们都努力以自己对已经逝去的历史、对正在展开的现实、对即将呈现的未来的认识、把握,去描写、刻画不同年代中站在时代前沿的不同民族的儿童人物形象,使少数民族儿童文学具有一种纵深的历史感和开阔的现实感,并使二者相交辉、相交融;使"五四"以来的现实主义文学传统与各少数民族民间文学中蕴藏的美好传统得到创造性的继承、发扬;使"典型环境中的典型性格"这一经典理论在新时期少数民族儿童文学创作中更具当代性和民族姓。可以看到,同是满族作家创作的长篇《盐丁儿》、中篇《九月的枪声》、短篇《松花湖上》,同是蒙古族作家创作的长篇《成吉思汗传》、中篇《驼铃》、短篇《鹫雕岩上》,以及不同民族作家写的处于同一年龄段的少数民族儿童生活、思想、情感的短篇《依姆琼琼》《儿童文学三题》《牛牛的故事》《新伙伴》《界河上的红蜻蜓》等,作品中塑造的不同民族儿童人物形象所显现的无可替代的不同民族的民族性格、民族精神与时代精神、与儿童精神相融合。民族精神因时代精神的灌注、因儿童精神的浸润而显示出它的新发展;少数民族儿童人物形象,也会因此在中国当代儿童文学的人物画廊中显示出他们的独特。并由此反映出中国是一个统一的多民族国家,各个民族的儿童文学组成了中国当代儿童文学整体。

其三,在新时期,正确的民族观、价值观得以确立,少数民族儿童文学的艺术规律得到重视和尊重。少数民族作家们不再拘泥于简单化、程式化的机械"现实主义"写作,也不再拘牵于本民族民间文学艺术手段的借鉴和采取,而是着意于小读者审美意识、阅读心理的延伸,考虑到他们理解、接收方向的新变,做艺术探索、创新。这时,中国文艺界,各种思潮波澜起伏,各样流派竞相崛起,西方现代派、拉美魔幻现实主义等也都来势汹汹。少数民族儿童文学也必然受到冲击和波及。可贵的是,各民族儿童文学作家心中记着的是新一代人的成长,想着的是各民族一代代人的美好未来;他们对家乡的眷恋、对民族的依恋,一以贯之、朴实依旧。他们因此博览群书、广采博取,古今中外、融会贯通;努力使少数民族儿童文学艺术方式的多元适应生活素材的多样,使各类体裁的丰盈适合题材内容的丰富,使文学语言的精美适宜文化意蕴的精粹。概括地说,在少数民族儿童文学创作中,因观念革新而使艺术手段更新、艺术手法出新,如小说《孩子和割草的人》《依姆琼琼》《天鹅》《小火龙》《爱的渴望》,散文诗集《你是普通的花》《童心集》,等等,都明朗地显示了新时期少数民族儿童文学艺术性的意蕴和意义。少数民族儿童文学艺术性与思想性、民族性、时代性、儿童性熔铸一炉,提炼、提升,达到了一个高度。

新时期少数民族儿童文学在中国新时期儿童文学中开辟出一方新天地,独辟蹊径而别开生面,令人耳目一新、精神一振。这一时期,不少少数民族儿童文学作品已被写进《中国少数民族当代文学史》,如柯岩的《寻找回来的世界》,舒群的《毛泽东的故事》,苏赫巴鲁的《成吉思汗传》,玛拉沁夫的《活佛的故事》,敖长福的《猎人之路》,穆罕默德·巴格拉西的《流沙》,李传锋的《退役军犬》,乌热尔图的《七叉犄角的公鹿》。其中,柯岩的《寻找回来的世界》,乌热尔图的《七叉犄角的公鹿》,还被写进《中国当代文学史》。这些作品的文学史价值在于:其一,题材、题旨的独特,具有无可比拟的美学蕴涵、思想深度、历史意义。其二,艺术上的新颖度、陌生感、宏阔面,是以往少数民族儿童文学中没有过的,具开创性、开拓性。其三,有的作品涵盖广泛、开掘深层,意义超越作品自身,具深刻的文学性、永恒的经典性。

第二章　代表性作家作品

第一节　小说

一、满族作家的小说

(一) 颜一烟的自传体长篇小说《盐丁儿》

颜一烟在一九六三年调到北京电影制片厂任编剧,并任北京电影制片厂艺术委员会委员。一九八〇年,她写于五十年代末的儿童中篇小说《小马倌和大皮靴叔叔》获第二次全国少年儿童文艺创作评奖一等奖,并被译成朝鲜文、法文,还被改编成话剧、电影。一九八四年,她以自己的生活经历为蓝本,写出自传体长篇小说《盐丁儿》,一九八五年四月由中国少年儿童出版社出版;一九八八年获中国作家协会首届全国优秀儿童文学奖,一九九〇年获全国优秀少儿读物一等奖。

《盐丁儿》写的是一个出身于辛亥革命之后的满族封建贵族家庭的格格——鄂丁,在"五四"新文化的熏陶和共产主义思想引导下成长为反帝反封建的无产阶级文艺战士的过程。作品总共七十二章。从第一章写一九一二年鄂丁降生、当时的家庭境况、时代背景,到最后一章写鄂丁一九三八年春来到延安,时间跨度二十六年;从小时候到长大,线索单纯,脉络清晰,包括童年、在校、流亡日本、归国抗战四个阶段,鄂丁的童年苦难多多。那是二十世纪初叶,辛亥革命发生。鄂丁祖父是清朝一品大官,祖母是大家庭中的"太上皇"。当得知鄂丁二舅在日本参加了同盟会,她迁怒于鄂丁母亲。鄂丁还未出世就被说成"扫帚星",出世后就叫她"盐丁儿",意思是"嫌(咸)透了"。作家把这个称呼用作书名,满含着反讽、回击的意味,有着强烈的情感色彩。鄢丁母亲出身官宦之家,因弟弟是"革命党",全家被杂牌地方军乱枪打死。鄢丁九岁时母亲也悲惨离世。继母是末代皇帝溥仪的堂姐,专横跋扈,鄢丁饱受虐待。只有不做官的叔叔能够顶撞祖母,出面保护她。可以说,鄢丁最初的反抗性、叛逆性即从祖母、继母的侮辱、虐待中来。祖母不让鄢丁上私塾,鄢丁就站在书房外偷听着学。祖母去世后,鄢丁考上国立北京师范大学附属小学五年级,学校很远,她每天天不亮就走,天黑了才回。两年后却以第一名的成绩保送进了师大附中。在校刊上发表了小说处女作《菊》,受到国文老师、女作家黄庐隐的鼓励,但在她刚刚升入二年级时,父亲和继母去了东北,把她遗弃在北京。她决心读书,进了免收学宿费的西山温泉女子中学,靠写作交上伙食费。在她的青年时期,级任老师石评梅成为她思想和文学的启蒙人。之后,她考进了河北省立女子师范学院国文系,结识了地下党员林克,林克教她唱《国际歌》,借高尔基的小说给她看,领着她去工厂深入工人生活,还一起创办系刊,结果一起被学校开除;在听演讲时见到了鲁迅先生。一九三四年逃亡日本,考入日本早稻田大学文学部,并坚决拒绝父兄逼她改成"满洲国"籍的要求。其间,鄢丁积极参加中国留日学生的左翼文学活动,思想进步,表现活跃。一九三七年"七七事变"后,她毅然放弃了早稻田大学的毕业文凭,卖掉心爱的书籍,凑足路费,于一九三七年七月二十五日从神户登船回国。

  作家在创作这部小说的时候已是古稀之年,但她青年时代的远大理想和革命激情依然。她热爱自己的民族,热爱中华大民族;憎恨腐朽、丑恶的清政府官僚、满族奸臣,憎恨贪心、卑鄙、甘做"满洲国"奸细的父兄。她爱憎分明,行动坚决,全在于方向正确,信念坚定。从书中可以看到,反帝反封建是中华各族人民共同的历史使命。这是一部引导今天各民族的少年儿童具体地认识革命、奋斗、进步的书,是一本令人具体地体察、体验中华各民族人民怎样确立共同的正确人生观、世界观的书。

  有几点值得注意:其一,作家自始至终将自己的个人的命运置于时代的历史的风云变幻之中,使自己个人的革命情感熔铸于时代的历史的民族情感之中。虽是长篇,但内容集中,所有情节、人物随"我"的经历展开。在情节、事件展开中,在人物、关系展示中,不仅女主人公的性情、性格得以凸显,而且,中国革命的趋势、趋向,中国共产党在中国革命中的作为、作用,全民族抗战与中华民族精神的凝聚力、影响力,等等,都表现得有序而明白、有力而明朗。其二,作家自始至终注重真实的细节描写。真实的细节能够使人留下难以忘怀的印象,恰又最具体、最生动地表现出一个人物的内心、一个阶级的本质、一个社会的动态。如作品中写一九一七年张勋复辟时,鄢丁祖母欣喜若狂,带着全家人给祖宗板子叩头;又认为少年天子坐龙廷,定会选"秀"入宫,于是一反常态,派丫鬟想把鄢丁打扮起来。又如写鄢丁一九三七年从日本回国抗战前的内心矛盾:

躺在榻榻米上,我眼睛望着顶棚,顶棚上是船票和早稻田大学的毕业证书;我看着壁橱,壁橱上是船票和早大的毕业证书。

船票上的日期是:一九三七年七月二十五日

早大毕业证上的日期是一九三八年三月

船票……毕业证书……船票……毕业证书……

它们折腾得我不能入睡……

其三,作家自始至终采取对比、对照的艺术手段来写鄢丁和她的同胞兄长麟哥——麟哥是文曲星,贵族家庭的宠儿、心肝宝贝儿,家里为他设三个书房,分别请了教国文、算术、英文的三位老师,他一直跟随满奸父亲,后来成了"满洲国"派往日本的官费留学生。而鄢丁被称为"扫帚星""盐丁儿",家里有私塾而不准许上,只得不畏寒冷暑热、不怕日晒雨淋,站在教英文、算术的书房窗下偷听,却终被父亲和继母抛弃,成为家庭的弃儿、社会上的流浪者、学校的开除生、一个饥寒交迫的有父孤儿。她靠当家庭教师、写作来养活自己、坚持上学,最后投身革命,成为党的文艺战士。这样的对比,真实、真切,意味深长,促人深思。

颜一烟因自己的切身体会而更加热爱祖国这个多民族大家庭,更加热爱各民族少年儿童。一九八八年,她还写了散文《为三亿儿童呼吁》,获"家教征文"纪念奖。

(二)柯岩的长篇小说《寻找回来的世界》

一九七六年后,柯岩的创作激情重新燃烧,连续不断地发表长诗、短诗和诗剧;很快,她被调到《诗刊》当副主编,还当了《儿童文学》编委和中国人民保卫儿童全国委员会委员。在第四次全国文代会上,她又被选为中国文学艺术界联合会委员、中国作家协会理事,后又增补为中国作家协会书记处书记。这时的她,创作上、工作上都很活跃;还兼任中华文学基金会副会长、中国报告文学学会副会长;还是党的十二大代表,第八、九届全国人民代表大会代表;被山东大学、中国青年政治学院等多所大学聘为客座教授。

这时,她仍然像以往一样,深入生活,不断创作。写了一首儿童长诗《我的爷爷》以后,接连发表抒情长诗《周总理,你在哪里》《中国式回答》,以及《请允许……》《我们该怎样回答》《种子的梦》等诗篇。其中,《中国式回答》以家喻户晓的张海迪为抒情对象,为青少年谱写了一首生命之歌、青春之歌;以丰富的想象,回答了人生价值、生命真谛等问题。诗人用"对革命、对人生,无法朦胧"的"中国式的回答",引导、引领中国各民族青少年前进。

这时,她把十年的生活积累、十年的爱恨集聚都融进了创作之中。她又写出不少反映多彩生活、描写美好心灵的散文和报告文学。这些作品虽不是专门为儿童创作,但,无论是表现两位青年科学家成长、奋斗的《奇异的书简》,还是描写为祖国赢得荣誉的好干部《船长》,描写青年画家遭遇和追求的心灵记录《美的追求者》,都有一种引导儿童积极向上的艺术力量。

这时,她为儿童创作的初衷一点没有改变。一九八〇年,出版了弘扬爱国主义精神的大型歌剧《记着呵,请记着……》,一九八一年,出版了《柯岩儿童诗选》,外文出版社以英、法、德、俄、日五种文字出版了她的《童画诗情集》;还出版了题画诗集《月亮会不会搞错——题画诗百首》及《春天的消息》,儿童文学选《柯岩作品集》及《柯岩儿童论文集》等。

二十世纪八十年代初期,她重病痊愈不久,严冬里到北京朝阳区工读学校体验生活,写出了长篇小说《寻找回来的世界》。这是她的第一部长篇小说。作品以一所工读学校为背景,以失足青少年教育为题材,从教育者的角度写工读学校生活,写工读学校里学生的心理与师生之间的微妙关系,展现工读学校的教师和学生的矛盾、"斗争"与心灵世界。但,小说并未局限于对工读学校教育单视角的描绘上,而是由此展示时代的风风雨雨、社会的方方面面;由此揭示"左"倾思想对一代青少年身心的严重摧残和深层伤害,昭示青少年灵魂扭曲、人格蜕变的历史缘由和社会因素。

作品的主要成就在于塑造了生动、鲜明的人物形象。

小说中,作家塑造了工读学校青年女教师于倩倩、"老工读"老校长徐问、正派的副校长吴家驹、教导主任黄树林等一批献身工读事业的教育工作者的感人形象。他们在特殊的环境中,在特殊的岗位上,敢于面对反动势力残余的煽风点火、阳奉阴违,敢于冲破种种阻挠、层层障碍;他们严肃的使命感、高度的责任心、热忱的生活态度中,凝聚着一种振兴民族的崇高的情操,凝结着一种建设祖国的深情的诗意,凝合着一种有理想有气节的宏大志向。整部作品着力点在于对于倩倩这个高尚、严肃、热忱的青年女教师形象的塑造。她和同龄人一样,曾"经历了五十年代到七十年代所有青年经历过的各种风浪",她也曾经失了信心、没了希望。待到了新时期,从小就"一直向往过一种热烈而充满诗意的生活"的她,选择了工读学校中改造人的灵魂的工作,想着从中寻回自己原先的理想和梦,寻回有生机有活力的美的世界。作家深情地描述于倩倩的工作。于倩倩,把真心和真情都给了这一群思想被玷污、情感被扭曲的少年们。面对这些少年的畸形心态、顽劣行为,她总是耐心地、诚恳地开导,贴心地、关切地教导,细心地、具体地引导。她总是以心比心,体察他们的心境、体会他们的心思、体味他们的心情,由此启迪他们的良知,启发他们的良心;并以自己真挚的言行与工读学生们建立起信任和友谊。当工读学生们真正受到感动和感化,重新建立起生活的信念,并以新的姿态走上新的生活道路时,于倩倩和她的同事们也在教育事业中寻觅到一个向往已久的圣洁美好的天地。与此同时,这些怀着执着的理想和信念的教育工作者,也更深刻地认识到了生活中的美善丑恶,身心也再次受到生活的洗礼。于倩倩,是一个向往美、寻找美、实现美的教育者的美的形象。

作家也描绘了动乱后依然占据着工读学校的领导地位及市教育局中重要岗位的薛人风、迟威等遗老们,他们施阴谋、耍诡计,使精通业务的老校长迟迟不能回到原岗位,使坚持原则的副校长多次受到匿名信的诬告,使学校的正常工作一再受到莫名的搅扰;甚至,坚持调回老校长的市委书记被调离,调回的老校长等人也被以莫须有的罪名停职审查。虽然,徐问等人一腔赤忱,忘我工作,最终显示光明与正义的力量,但,围绕工读教育所展开的尖锐的政治斗争、曲折的实际工作,也实在应该引起人们深邃的思索、深切的思考和深沉的思量。可贵的是,作家由此真实地展现出动乱虽已结束,极"左"思潮并没有自动消退的丑美交集、善恶相搏的历史性的一页,深邃的历史感与真切的现实感兼具,促人深思,令人回味。

作品中对失足少年形象的刻画,确实令人惊心动魄。柯岩以深厚的生活积累,活脱脱地写出一群工读学生各自的畸形心态,而且追寻着他们的变形轨迹,探及生活的深处、社会的深层,真切地展现出动乱时代在他们身上所造成的一幕幕令人心酸的悲剧。如写外号"吃生肉的"郭喜相,在专搞打砸抢的父亲影响下也以打斗为癖好,并且故弄玄虚地吃生肉长力气;"伯爵"谢悦,母亲和继父以卑劣的手段,使谢悦生父的学生、谢悦敬爱的郑嘉身陷囹圄、生死不明。谢悦决心在十八岁后杀死母亲和继父,像基度山伯爵一样去复仇,他认定自己的归宿是坟墓,便漠然对待一切事情;等等。从挖掘工读少年不良习惯的养成、恶劣性格的形成缘由中,铺展出更为广阔的社会空间,表达了对黑暗和邪恶的鞭挞与反抗、对光明与美好的讴歌与赞美。

犯罪青少年教育是一个世界性的问题。这部作品的深刻性正在于:从一个独特的角度,加深了人们对这一问题的认识;并从人类文明发展的高度、从社会改革进步的广度重视这一问题的存在,真正寻找到解决这一问题的途径。

不可忽略的是,柯岩在塑造人物时,注重人物心理的细致刻画和细腻描写;在架构全篇时,注意情节发展的错落有致、跌宕有序;在提炼语言时,注意艺术表现的蕴藉隽永、犀利深沉。柯岩是一位诗人,即使写到一种沉重和凝重,她也总是会营造一种诗意的氛围,让生活闪射出美的光华。

(三)张少武抗日题材中篇小说《九月的枪声》及其他

张少武的中篇小说《九月的枪声》,以抗日战争和解放战争为背景,通过贫苦少年二祥一家的遭遇,写出日本帝国主义和国民党反动统治给东北百姓造成的深重灾难,表现了东北百姓绝不做亡国奴、誓与敌人血战到底的决心和精神。

在中国当代儿童文学中,抗日题材的儿童小说不少,但,张少武匠心独运,没写抗日前线,没写敌后工作,只写了二祥一家、写了"我"要上学,却写出了中华各民族人民一心爱国、同仇敌忾、勇敢无畏的民族精神;写出了中华各民族人民热爱家乡山川,痛击帝国侵略、保卫世界和平的时代精神;写出了中华各民族新一代人寻求革命、珍爱知识、渴望上学的少年精神;达到了作品思想性与艺术性、民族性的高度统一。

小说主人公二祥是个贫苦家庭的孩子,母亲早逝,父亲为地主赶车压断了腿,可还是摊上劳工。爷爷向地主、汉奸高大马棒求情,高大马棒就乘机向他家勒索一百张老绵羊皮子。二祥一边替人放猪,一边帮助哥哥大祥摸鱼卖钱,好不容易凑足了钱,却被高大马棒骗了。这个十恶不赦的汉奸拿走了哥俩的血汗钱,又让日本鬼子抓走他们的父亲。大祥气愤之极打死了高家的恶狗,烧了高家的后场院,然后去找抗日联军。二祥打心眼儿里佩服大祥,并且决心要报这个仇。当他知道有个好人在设法营救爷爷,他就偷偷地跟这个好人说,他自己愿意帮好人做事,从此小小年纪的二祥也开始承担起革命任务,搜集情报、侦察敌情、送出信件……做了许多大人们难以做到的事情。他还能在危急时候想出办法来对付敌人,不仅救了抗联战士田大哥,还在送情报路上被俘时灵巧脱身等。就这样,二祥因自己一家人受凌辱受欺压的切身感受,因革命者的亲切教诲引领,因经受实际斗争的锻炼,从觉醒到反抗,从做点小事到大胆斗争,成长为一个坚定坚毅、有智有勇的小英雄。作家写二祥、大祥、爷爷以及周围的人,从被压迫中抬起头、站起身的过程,就写出了东北抗日联军及广大百姓的抗日斗争,写出了各民族团结战斗的力量是不可战胜的,并由此揭示出人民解放战争的正义性。

  作家满怀深情地写出,即使是在日本鬼子入侵、地主汉奸逞凶的苦难岁月里,东北各民族还是不辞辛苦地耕耘劳作、种植庄稼,凫水下河、摸鱼捉虾,显示出中国百姓生的坚强、活的坚韧,显示出不屈不挠向善向美的意志和愿望。在大东北,无论土地怎样贫瘠,只要农人下了辛苦,那大片的高粱玉米就会长得茂密兴盛,那谷穗饱满的庄禾,滋养着高大壮实的关东大汉,滋润着高挑朴实的东北姑娘。奇妙的是,在日寇横行、战火连天的时刻,这高高蹿蹿的高粱玉米就连成了漫无边际、苍苍茫茫的青纱帐,抗日英雄们只要一走进去,敌人就会无可奈何。而那生长了无数鱼虾的大清河、西辽河,更是养活了一代代乡人,养大了一茬茬爱戏水爱游玩的乡间小孩子们。小孩子在家乡大河小溪的怀抱里学会了狗刨、踩水,学会了逮摸鱼虾。乡人们在断粮的时候,就靠河里的鱼虾焕一升半斗的米。让小孩子们万分高兴的是,当抗联战士任秀田被汉奸追捕时,那长满水草的河湾恰是他最好的藏身之所。正是这家乡的土地、河水,养育了这里的各民族人。人们热爱这方故土,必然珍爱宁静和平的生活。这是中华各民族人振奋精神,奔赴抗日战场,不惜牺牲保家卫国的精神动力。作品中对东北大地大河的尽情描绘,与乡人的辛苦劳动、热爱庄稼,与抗联战士的奋战杀敌、抗日到底,相交融、相交辉,不仅写出了东北乡间的风土人情、东北百姓的风骨气概,更写出了中华各民族人民热爱祖国、热爱和平的深刻的思想内涵。

  可以看出,作家对故土、对乡人、对小孩子怀着一种深沉的爱。因此,他能发现,即使是在抗战最艰难的时刻,乡人们、小孩子们总是乐观的。因此,小说中总是不乏讥刺性的俏皮和儿童式的幽默,并使其形成一种儿童文学特有的艺术魅力。如写村里的乡亲为了掩护大祥,与副村长"瘟神爷"较量一番、智斗一场:当"瘟神爷"用"抗联家属"这个名义来恐吓任六婶时,任六婶不但不害怕,还故意套住他的话,说他儿子参加抗联,多亏"瘟神爷"给"挂的钩""牵的线";然后,声色俱厉地说:"你小子有种把我送进警察署,我第一个就把你供出来!"话还没有说完,就把"瘟神爷"吓得灰溜溜地逃走了。这样的情节很真实,写出乡亲们有智有勇,汉奸们外强中干。

作家因为深爱儿童,对儿童的审美心理很是了解。他写的作品总是有头有尾,头头是道、首尾呼应,而且人人、事事都有着落,也都会有个完美的结局。

小说的语言,东北味儿浓,但不俗气、不晦涩;儿童情韵悠长,但不做作、不弄虚。读着有一种亲切感、真实感。

这部儿童抗日中篇小说是有思想深度的。但,深度不是深奥,而是思想的深刻、意蕴的深邃。除了作家生活功底厚实,主要在于艺术构思的精当和文学语言的精致——虽是抗日小说,写国难当头,却写出活泼泼的儿童天地、乐呵呵的童稚情趣。虽是斗争题材,写鬼子凶恶,却写出真切切的民族习俗、实落落的地域风情,既凸显小主人公的精神气质、人格品性,也表现出小孩子群体的民族心理素质的新发展;既凸显小孩子的抗日行动,凸现大人的实际斗争,也写出日本鬼子和汉奸走狗的丑恶态势动向。这样,就使东北松辽平原上小英雄的言行举动与全民抗日运动相合拍、相一致,从小孩子的所作所为,反映出全民抗日战斗的发展和深入,折射出世界反法西斯斗争形势的好转和剧变。如第二章"田野大课堂"中写:

  夏天,最好过的时辰是中午——
  ……我们就擎着用铁条磨成的钎子,蹑手蹑脚地在河岸边钎蛤蟆,……有时,还滚进那最恨人的财主们的地里,去折黄豆枝,抠土豆、地瓜拿回来烧着吃。
  吃饱了干啥呢?
  只要有一个喊:"谁敢跟我比赛?"几个人就脱去布衫儿,在河滩茸茸的草滩上摔起跤来。或者两人抬一个,几对几一起打"骑马战"……

"下河啦!"每当日头毒花花地晒得脊梁生疼,或者摔跤滚成了"泥猴",只要哪个一喊,我们就争着抢着爬到伸进河当央那棵歪脖柳上一捏鼻子一闭眼,扑扑棱棱,往河泡子里蹦。练扎猛子,搂狗刨儿,大漂洋……

有一天,玩腻了,我冷不丁想起了新主意,就喊:"咱们玩'念书'吧!"

....

……拿什么当课本呢,这可把我憋得够呛。……忽然,我看见一朵云彩,活像拎个藤子马棒的胖胖的高村长,挠了两下后脑勺,我冷不丁地就把"教材"编了出来:

"高大马棒腰儿粗,

活像一头老母猪……"

....

我紧接着又顺嘴诌出来:

"高大马棒嘴儿甜,

见着日本人就拜年……"

……二锁、狗剩忘了"课堂规矩",蹦起来,一个用碱草叶儿沾在嘴唇上当小胡子,把放猪鞭别在裤带上当"洋刀",倒背手,挺胸腆肚地走起来,活像"关东军"的大官儿。另一个呢,跟在后边,鼻子眼睛挤成了一堆儿,嘻嘻嘻,直劲儿点头哈腰,"太君,太君"不停地叫……

可以看到,这是一部抗日小说,更是一部难得的有关少数民族儿童的抗日小说。

这时,张少武还出版了东北农村儿童生活题材的短篇小说集《远方的种子》,共十篇作品,历时二十年陆续写成。书虽然不厚,内蕴却是丰厚的。这本书的特点是:其一,几乎每一篇都很短小,情节也比较简单,都是在儿童日常生活中提炼素材,通过儿童的一言一行表现他们的美好心灵;又通过儿童人物活动背景的描写,表现那一年代中的社会变革。可以看出,张少武善于写农村儿童,更善于捕捉儿童在一刹那间的闪光念头,表现儿童内在的品质品性。如《榛柴岭上的歌声》中的林小菊,进城到姑母家度假,偶尔听表哥说出口一吨鲜蘑可换回十几吨钢材,就立即邀表妹一起回家乡,与小伙伴们一道采鲜蘑,供外贸出口,支援国家建设。其二,每一篇作品的时代背景不同,写出了不同历史条件下不同处境不同性格的农村少年儿童日常生活的丰富多彩、心理状态的丰沛多样，也就更为丰厚地写出了新社会的新风貌新气象。虽是小作品，表现的却是大时代、大历史。如《瓜香时节》写小勇和小强顶着太阳暴晒，忍着蚊虫叮咬，趴在瓜地里盯住"大眼贼"，保护瓜田不受损失。《金灿灿的葵花》写车小萌在国外的舅舅花费十年心血培育出向日葵新品种，寄回祖国支援四化建设，竟被造反派无端地当洋奴哲学批判，并被扔进炉膛。车小萌与好友刘二力一起，不顾个人安危，在炉门边抢出十九颗种子，种到院子里。其三，语言上虽是一贯的东北方言风格，但绝不是千篇一律，而是随地域环境的差异、人物年龄的不同、男女孩子的有别，运用恰当、确切的话语。往往在渲染一种情感氛围、刻画一个人物脾性时，起到无可言传的作用。如《摸鱼》中对小清河上金光闪耀的夕照的描绘，《瓜香时节》中对小孩子们顶着午后火辣辣的太阳、忍着庄稼地里的闷热和蚊子的嗡嗡进攻，趴在地上等着"大眼贼"出现的情景的描述，等等。

集子中较为出色的一篇是《放马那天》。写保祥等三个孩子利用暑假帮助生产队放马的故事——保祥做算术题还没做完"偏偏困劲儿来了"，爷爷让他去睡觉，可他却想："爷爷真怪——他以为小孩子也跟他们老年人一样，困了，躺在炕上眯一觉就精神了。其实，要让我上那野地里撒撒欢，这困劲儿，准会像落在身上的苍蝇，挥挥胳膊就会飞的。"可保祥还得听爷爷的话，他与爷爷并排躺在炕上，"拿爷爷的蝇甩儿盖住脸——让他看不清我的眼睛是闭着还是睁着"。一会儿爷爷发出了呼噜声，而他悄悄溜出了家门。这一段睡觉前后过程的描写，写活了一个好动的、机灵的农村儿童的心思和行为。另一段放马过程的描写中，写保祥和小伙伴们一面认真放马，像大人人一样，生怕有什么不周到的地方；一面又贪玩，做事毛手毛脚，不考虑后果，孩子气十足。把孩子的认真和天真、机智和机灵、随心和随意，都表现得活生生、活脱脱的。足见作家对农村生活、对农村儿童的了解和熟悉。扎根农村，深入儿童，才能做到这一点。

在当时有过影响的，还有一篇写城市儿童生活的短篇小说《登山》。作品主人公祁小东是一个地质队员的儿子，随父亲进城以后，看到同学们的穿戴都很漂亮，同学家的家具摆设也都豪华讲究，心里羡慕不已，就嫌自己和自己的家太土气；对爸爸的那些"宝贝"——笨重的登山鞋，磕得坑坑洼洼的铝背壶，破棉袄，更是觉得讨厌。后来，爸爸带他到柿竹园矿去登了一次山，他才真正知道了爸爸这三件"宝贝"的用处，知道了艰苦奋斗是前辈的美德、勤俭朴素是革命者的传统。

从此,他不再攀比、不再自卑,立志继承父辈开创的事业,"要像爸爸那样,心里装着坚定的信念,一步一个脚印,扎扎实实地前进,去攀登那一座座'高山'"。这篇小说似嫌浅露,但在改革开放初期,儿童们因生活条件日益优裕而面临着一种成长危机。作家深邃地洞察,敏锐地发现,生动地表达,它的意义是深远的。何况,张少武注重表现儿童的心灵美、反映时代的气势美,注重东北土语的巧妙运用和儿童人物的平凡描写,使一篇小作品写来逼真传神,使一个小孩形象也能走进大、小读者的心间。这,对当时的儿童文学创作有一定的启示作用。

(四)舒群的短篇少年小说《少年 chen 女》

舒群(1913—1989),原名李树棠,笔名黑人,男,黑龙江省阿城县的一个工人家庭出身。家庭贫穷,迫使他少年时几次反复上学、失学、打工。小学毕业后,在哈尔滨读中学期间参加了共产党领导下的外围组织——反帝大同盟,读到大量国内外进步作品。一九三一年在哈尔滨参加革命,在第三国际中国组工作,并开始创作。一九三二年参加中国共产党。一九三五年在上海参加左翼作家联盟,一九三六年发表短篇小说《没有祖国的孩子》,反响很大,周扬、周立波等也著文予以肯定,一举成名。之后一年,连续写出二十三个短篇、中篇小说及散文等,这是他写作的旺盛期。一九四〇年来到延安,先后任《解放日报》四版主编、延安鲁迅艺术学院文学系主任。在延安文艺座谈会召开前,毛泽东曾委托他搜集关于文艺方针的意见,可见他当时工作的重要。一九四五年回到东北。中华人民共和国成立后调到北京任中国文学艺术界联合会副秘书长。一九五五年下放到本溪到农村,一九七八年彻底平反回京之后,他创作了数十部中短篇小说,还写出了具有很高学术价值的专著《中国话本书目》。出版的作品有:短篇小说集《没有祖国的孩子》《战地》《海的彼岸》《我的女教师》《崔毅》《毛泽东的故事》,中篇小说集《老兵》《秘密的故事》《雪》,长篇小说《这一代人》,以及长诗《在故乡》。之后出版了《舒群文集》(四卷)。显然,一九七九年至一九八九年,是他创作的又一旺盛期。

舒群一生追求文体创新,被誉为"文体家"。

短篇小说《少年 chen 女》,一九八一年获全国优秀短篇小说奖。作家几易其稿,他说:"可能这是我一向反对文学艺术风格单一化僵化而有所创新的、终生最后的聊以自慰之作;付出的劳动是巨大的,难以言喻的。"

《少年chen女》写一个十六岁少女——李晨,在十年动乱中经历了恐怖、迫害、冤枉,忍受着贫困、愤怒、悲痛,无以为生。她每天戴着大口罩、捂着大头巾,顶着飞扬的尘土,闻着刺鼻的异味,蹲在垃圾堆里捡废品;在生活的重负下挣扎着,勉力地站立着。她遭受的精神压抑、心灵创伤,是无法解脱、无法愈合的,但她有着很强的自尊心、上进心。她觉得"活着也没什么意思",也就有了"死了倒好"的念头。有一天,她在帮别人补课时,被那家的父亲、一位老干部认出了她是个捡破烂的人,她就立即离开了,觉得没脸再去那家了。她就跟她父亲一样,喝敌敌畏,吃安眠药,想着从此闭上双眼!那位老干部借了汽车送她去医院抢救,使李晨未死成,幡然悔悟。在两万余字的篇幅中,作家成功地塑造了自杀未遂、终于惊醒的李晨这一生动、逼真的少女形象,其间凝结着作家在"文化大革命"中动荡生活的经历和丰富的现实生活感受,凝结着作为一名老共产党员、老干部老作家疗救青少年的责任感。作家丰富的人生阅历,使他对生活中的苦难有深刻而敏锐的感受和认识,他以真情实感写出的两代人的心声,自然真切动人、感人至深。

作品题目中用了拼音,那是作家得自生活的一种启示,把现实生活中的沉沦、风尘、陈旧等的谐音,凑到一起;大致反映了李晨这个人物的命运。这是老作家表现人物形象高超艺术技巧的生动体现,也是一种创新。

作品采取日记体,按照生活本身的发展,以书中主人公为中心,将"我"的见闻、感受、内心活动,以及主人公的生活遭遇交织交融,既是两条线索,又并行一起,一贯到底。如从元旦开头,引出"chen女"所指和老干部的身世,交代出"我"这一条线;第二段,展现北京大规模新建住宅区。老干部在观光时,发现了一个用大口罩大头巾把自己隐蔽起来的"蒙面人"——少年chen女,交代了另一条线。然后就写一位遭了十年不白之冤的老干部看到这位少女的遭遇,无限感慨。老干部在落实政策后有了新居,他不苟安现状,看到少女捡破烂,想到的是"为了革命、社会主义的四化,我更要珍惜我的老年——老年的一言一行,胜过少年的所作所为多少倍。我时时刻刻都在想着为他们尽到我作为一个老共产党员所能尽到的微薄之力"。这就把两条线连接起来。"我"的思想波涛起伏,和主人公的坎坷遭遇紧紧关联,扣人心弦。第三段以后,两条线交错并行,步步深化。写老干部晨起打拳,听到捡废纸母女的对话,听到少女厌世轻生的话,听到母亲对女儿讲:"党、国家将会一天比一天光明起来,咱家也会一天比一天好起来……"但女儿顶撞、指责母亲:"不该讲课,不该宣读……"老干部"我"看出母女的内心世界,决心与他们共渡难关。这就引出老干部帮少女李晨修车的故事。紧接着,更深入地展现另一条线,展现李晨的思想、个性。写老干部买葵花子,李晨多找老干部两元钱,显现她虽穷困却不贪,显现她高尚的心灵与倔强的个性。但,李晨在老干部家被认出,却受到刺激,出现自杀悲剧。老干部借车将她抢救的同时彻夜难眠,他感受到李晨的苦难,于是大声疾呼,"……希望有关单位注意及此"。最后一段写李晨得救。"我"由此对自己提出诸多发人深省的问题:是否经常意识到"普通一兵"与"特殊老爷"的界限,"理论联系实际""党群关系""鱼水关系"的含义……李晨和"我"的形象逐渐清晰地展现出来,作家的艺术构思、创作意图也逐渐明朗地表现出来。

作家十分重视文学语言的优美和精炼,注重在语言上下功夫。作品中,当李晨发现老干部"我"已认出她时,作家写道:"她走了,她从我的家屋走了,走了一位春的使者。不,她从我的心窝飞了,飞了一只画眉,绣眼儿,蓝靛颏儿……她从我的眼前走了,走了一位春的女神。不,不,她从我的心田失掉了,失掉了一棵兰花,茉莉,金桂。不知怎么的,我觉察我的眼前家屋,我的心窝心田,顿失春色,春歌,春的快乐;而是那般馨香无余,寂静无声,空落落,淡漠漠……"短短一段描写,把少女的过分自尊、疑虑,刻画得惟妙惟肖;把少女走后"我"的不安自责、怅惘的思绪,描写得淋漓尽致。作品中的景物描写也同样给人以美感,而且让人从中领略人物的思想和个性。如:

……市区灯火映出的腾空的彩焰——一缕金黄陪衬一溜红紫,一溜红紫烘托一溜紫褐,而喷起一片冲天的迷漫的赭色的气氛……今晨是朔日的前兆——天上无月。而我心上却有,凭借集邮之称,名曰集月:像圆圆的橙,椭圆的柠檬,半圆的橘瓣瓣,一钩钩、一弯弯、一弓弓的黄鲉尾、金丝猴眉、雄狮鬃毛毛,都交辉发射出近乎水晶体的折光。其幽明之象——娇艳妩媚,醉心迷人,在示我以冬泳冷浴的遐想。而那淡淡的冷冷的月晕,又在诱我凝神注目,倾心沉思。

这初春乍到的景物描写,使作品中的"我"想到绿色的理想;破晓前的轻风峭寒,又引起"我"对过去寒冷的回忆,好像又听到少女轻生的话语,使"我"战栗。

作家善于运用排比的句式,长短句错落,也善于运用形象、新颖的比喻,令人心动、情动。

(五)王家男的短篇小说《松花湖上》

王家男(1962—),男,出生于吉林省蛟河县。一九七七年开始文学创作,一九八一年毕业于中国作家协会第六期文学讲习所。历任吉林市文学艺术界联合会专业作家,《短篇小说》月刊编辑,《短篇小说选刊》主编,吉林市戏剧创编室编剧。国家一级作家。中国作家协会会员,吉林省作家协会理事,吉林省电影家协会理事,吉林市作家协会副主席,吉林市第十二、十三、十四届人大常委。创作以小说及影视剧本为主。作品大多在《人民文学》《青年文学》《北京文学》《作家》等国家级及省市级刊物上发表。有中篇小说五部,小说集《乡恋》《大森林的女儿》《林海孤帆》三部。作品被《小说月报》《新华文摘》等选刊转载,并入选多种选本,部分作品被日本等国译介,短篇小说《乡恋》获第二届全国少数民族文学创作评奖优秀小说奖。

短篇小说《松花湖上》,是作家专门为儿童创作的,以爱祖国、学科学,充实知识、奋发有为为主旨。小说情节简单,构思巧妙,通过到松花湖上龟岛的"航海模型活动站"看望好朋友梅山和表哥的"我"的目光及口吻,讲述了驻扎在龟岛上的各个同学小组怎样设计、制作遥控渔轮模型并在湖中实地试航的故事。因"我"的参与,发现表哥与好朋友梅山,本来在一个组,却因表哥斗气而分成两个组;而表哥和同组的小胖、凉帽又用钓鱼所卖的钱订购了大连玩具厂生产的遥控货轮模型,以假乱真,冒名顶替。老师看出后提出批评。表哥他们尝试着以水作能源和动力,因计算欠周密等未能成功。但老师肯定了这一设想和设计,予以积极的引导;又在指导思想上做实际的开导;梅山也真情地、诚恳地提出几点建议,终于感动了"我"的表哥,使其认识到自己的过错。分开的两个组又合到一起,他们的水能动力遥控船在航海模型比赛中获得了第一名。虽然是小孩子的故事,作家却写得波澜起伏,一波未平一波又起。这就使小说中的两个少年主人公——梅山和"表哥"的形象更加鲜明活脱。在当年一个家庭只有一个孩子的社会环境中,像"表哥"这样以自我为中心、说话做事都任性任意的少年十分普遍。而梅山这样的处处维护集体、想着他人、事事认真去做、坚持到底的同学中的带头人,则是众人心目中的好少年,是集聚了新时期新一代新品格的典型形象。小说中,学习高新科技知识、攻克尖端科技堡垒的新时代的气息浓郁,充满建设富强祖国、发展现代文明的民族振兴的情怀,但整篇作品中没有教训的意味,更没有说道的意思。读者感受到的,恰是少年抱负的不凡,同学友爱的稚真,爱国激情的昂扬。虽然"表哥"一直在闹个人意气,当他知道自己不对时,也是"羞愧地低下了头","只叫了一声,再也说不出话了,两大滴眼泪滚了下来……"少年成长中的缺点,往往是在一定的社会环境、家庭影响中养成的,而不是天生不变的。小说主人公虽然有烦恼、有苦恼、有懊恼,但整篇作品表现着上进,充满着光明,展示着希望。作家并没有写明小主人公的族别,从小孩子的名字可能会猜到,但这并不重要。从少年们身上看到的,是爱国主义、自强不息的中华民族精神与时代精神交相辉映。由此还可看到作家对新时代民族少年现实生活的深入了解,以及对他们内心情感的深切体验。王家男是敏锐的、细心的,他并没有对人物和细节做过多的雕琢,也没有专门编织有趣的情节,而是以疏落洗练的笔致,从整个作品故事情节的发展和少年人物的思想碰撞中,渲染出一种崭新的时代氛围。作家所描绘的松花湖上别样的风光,龟岛上航模活动的别样经历,实际制作遥控渔轮模型中的别样感受,展现出一种别样的少年人生;这其中所透露出的民族文化底蕴,给人以咀嚼不尽的回味。

王家男写儿童小说不多,但他在这篇作品中用儿童视角来写大东北松花湖特有的自然风光,显示出他不一般的叙述风格——素朴、质朴、清新、清丽。如作品开头,写"我"在松花湖码头上"恨不得一下子飞到龟岛",但客轮不到那里,只得等着坐邮艇。这时——

乳白色的晨雾把整个湖面罩得朦朦胧胧,松花湖就像装满了滚烫的水,在冒着腾腾的热气。这两天大雾,什么时候才能散呀?

邮递员叔叔好像看透了我的心思,他说:

"不要急,快了。"

他的话也真灵验,说话间雾淡了,我面前那绿色的邮艇已经在薄雾中显露出来;接着在远处又出现了一排红色的浮标。晨雾越来越淡,湖面也越来越宽,最后,天空就像用水洗过那样清净,只有几条雪白的"手绢"留在空中,它又被投在那镜子似的湖水里。

好大的湖!它没有边际吗?

远处移动着几个小小的白点,是不是打鱼船上扬起的帆?

写晨雾,写湖面,写湖光水色,写出松花湖独有的美,也就自然地暗示出松辽平原上新一代少年学习、生活该是怎样的美好!素朴的、稚真的语言浸渍在深挚的、厚重的乡情之中,使整篇作品具有了酽酽的地域色彩和民族色泽,具有了浓浓的东北情调和儿童情趣。

二、蒙古族作家小说

(一) 苏赫巴鲁的长篇小说《成吉思汗传》

苏赫巴鲁(1936—),男,出生于原卓索图盟喀喇沁左旗昆都营子。从小受到蒙古族民间说唱的熏陶,热爱民族民间文艺,在长春第十一高中上学的时候,就开始写诗,并在报刊上发表过诗歌作品。由于特别喜欢民间歌曲和民间音乐,中学毕业后,放弃了报考中央民族学院艺术系的机会,直接参加了吉林省前郭尔罗斯蒙古族自治县民族歌舞团,拜著名的四弦琴演奏家苏玛和著名歌手其木格为师,刻苦学艺,坚持不懈,并开始文学创作。

苏赫巴鲁多才多艺。从一九六〇年开始,与他人合作发表了叙事诗《黎明前的鹰》《青山烈火》《龙泉水》等,还发表了歌剧《斧劈小王爷》《草原洪浪》《黎明烽火》,以及《金驹》《赞马》《草原红花》《哲里木纪行》等诗歌。在党的十一届三中全会以后,他的创作有了更大的发展。陆续发表了《党更强了》等三十多首抒情短诗,《牧童与金丝鸟》《伯乐与千里马》两首叙事长诗,并与著名剧作家超克图纳仁合写了歌剧《嘎达梅林》、电影文学剧本《成吉思汗》。

《成吉思汗传》是苏赫巴鲁的第一部长篇历史小说,分上下两卷:上卷,从一一六二年成吉思汗诞生写起,描写了成吉思汗青少年时代的生活状况、苦难经历、奋发斗争的过程,以及登上汗位、统一蒙古各部的四十五年间的军事、政治状况和个人生涯。作家集中写了二十四件历史大事,以个别概括一般,以生动的描述揭示历史的进展。下卷,写成吉思汗一二〇六年四十五岁时,将三十一个部落百姓收服在自己麾下,在斡难河边竖起九九白纛,号称成吉思汗。写了他经《扎撒》立法、巩固汗权的初期,东攻金国的中期,以及西征花剌子模的后期,共二十二年的戎马生涯,直到一二二七年成吉思汗在萨里川的贺劳图行宫病逝。详尽而简洁,宏大而精当。

这部作品,作家并不是专门为儿童写的。但,成吉思汗是一位伟大的军事家、政治家,是曾经走遍欧亚、震撼世界的一代天骄。小说中把成吉思汗作为文学作品中的英雄形象来刻画,整部作品中真实生动地描绘了成吉思汗从小到大、从大到老的思想发展、性格养成、品质修炼、才干积淀;描述了成吉思汗打仗时的运筹帷幄、一往无前,统治中的远见卓识、雄才韬略,作风上的思前想后、宽容大度。那一个个震人心弦、感人肺腑的故事,正是少年儿童最神往、最为心醉的。何况,整部作品中,作家还描写了那一时代中众多的有志气、有勇气、有心气的历史人物形象,如额伦母亲、也速该巴特尔、孛尔帖兀真、哈萨尔、别力古台、术赤、察合台、拖雷、木华黎、孛斡儿出、速别额台、者勒篾、者别、耶律楚材、扎木台、王汗等,作家根据历史传说和历史上的真实事件,对这些人物——描绘、塑造,也讴歌了诸多英雄人物南征北战、统一中国的英勇壮举。这些人物,正是少年儿童想要认识、想要探究的。此外,这部长篇小说中,还对成吉思汗发动的声势浩大、威武壮观的东西征战的场面做了有声有色的描绘;对古代蒙古部落社会的状况诸如那达慕、婚礼、祭礼、庆典、结盟及其他日常风俗习惯等也都有独特的描绘。作品在现今的少儿读者眼前再现往昔充满诗情画意的游牧生活,不仅令他们回望历史、了解民族文化底蕴,更使作品中的民族情思、草原情韵深深地泅进新一代儿童的心中。

值得专门提到的是,作家在创作这部作品的时候,注意从蒙古古典文学的优秀传统中汲取精华,采取了像《蒙古秘史》《蒙古黄金史》的散文、韵文相间的艺术方式,采用蒙古族生活中常用的幽默俏皮又充满哲理意味的语言,使作品更具一种传奇色彩,更有一种史诗风韵。而且,少年儿童读者们还可以从中领略古代蒙古部落社会的政治、军事、经济、文化等各方面的知识。

作家书写历史,谈论历史人物,实事求是,赞美优长,也指点瑕疵。成吉思汗虽是历史上的大人物,也不可能完美。战争的残酷、征服的冷酷,以及由此给人民带来的灾难和不幸,也必须正视。这,也正是作家给予少年儿童的一种历史唯物主义的启示吧。

(二) 佳峻的中篇小说《驼铃》

佳峻(1948—),原名包家骏,蒙古名博·巴尔斯,男,出生于内蒙古乌兰浩特市。中国作家协会会员。父亲早逝,童年是在当教师的母亲的启迪和教诲中度过的。他家境虽困苦,却从小喜爱读书、热爱文学。十五岁时就发表了短篇小说《号手》,并以构思新、文笔好受到关注。此后连续创作,一九七三年出版短篇小说集《礼花》。一九七六年从北京大学中文系新闻专业毕业,分配到《包头日报》社当记者,尔后调到《民族团结》杂志社当编辑、记者。其间,他走遍了内蒙古大草原,走遍了祖国各地,生活底子不断加厚、审美视野逐渐拓展,他的创作也进入了一个新的境界。自新时期以来,短篇小说《蚌壳·珍珠》《小草》《追光》,中篇小说《驼铃》《虎门"犬"子》等作品,在各民族读者中产生了较大影响。一九八七年,内蒙古自治区成立四十周年,《佳峻小说选》被列入《内蒙古当代文学丛书》出版。这本选集收入佳峻新时期创作的中、短篇小说二十八篇。之后,又出版《驼铃》《一支白丁香》等多部小说集,大致反映了他的小说创作概貌。此外,他还创作散文、随笔、报告文学、电影文学剧本等。

中篇小说《驼铃》是佳峻的代表作。作品中,"叮咚、叮咚"清脆响亮的、有节奏的驼铃声贯穿全篇。驼铃声声响,时光悠悠过;驼铃声,正是艰苦、艰辛的生活的美妙伴奏。在看似单调、重复、缓慢的驼铃声中,震响着一首满溢着民族情谊、人生情义的奏鸣曲。

作品以广袤无边的茫茫草原为背景,讲述了一个平平常常却又真真切切的动人故事——家住张家口的汉族手艺人张金锁,因妻子去世、后妻不愿当后娘,就把六岁女儿苦妮儿(小名,大名张心慧)送到曾救了他又与他结拜兄弟的牧驼人扎木苏家里抚养。扎木苏、敖登高娃夫妇把苦妮儿作为二女儿,取蒙古名桑吉娅,桑吉娅跟着爸爸扎木苏、弟弟德格吉夫去牧驼,随着妈妈敖登高娃、姐姐达丽玛去放羊,处处受到关爱、事事获得知识。原先向往着天堂草原的苦妮儿,在窄小又有着膻味的毡包里,在"叮咚、叮咚"的驼铃声中,感知劳动的辛苦与快乐,感触亲情的真挚与珍贵,感受品德的高尚与纯洁,在时光流逝中长大了。到了"文化大革命"时期,张心慧(桑吉娅)又在"叮咚、叮咚"的驼铃声中来到曾经哺育过她的草原,扎木苏爸爸领着她到公社"革委会"办公室,从靴子里掏出厚厚一叠十元、五元的人民币,那是准备给德格吉夫娶媳妇用的钱,现在拿来为二女儿桑吉娅上大学公开"走后门"。但是,招收工农兵大学生的指标没有给到这个公社,张心慧就做了国营商店的售货员。扎木苏从驼群中牵出一匹精选出来的公驼,套上了一个新铜铃,又用手从头到脚梳理着公驼周身焦黄色的绒毛,把手中的鞭子给了桑吉娅,并嘱咐她怎样呵护、关爱,又怎样指挥、调教骆驼。桑吉娅就这样开始了为草原牧民服务的新工作。哪一家人需要哪样物品,她都记在心上,及时送到各人手里。党的十一届三中全会后,驼背商店有了新的发展,大家选桑吉娅当了经理,她的事迹登载在盟里的报纸上。牧人们得知桑吉娅即将回城的消息,他们从四面八方赶来,把最珍贵的礼物赠给她。小说的深情结尾,正预示着她人生中的新转折,预示着美好理想、光辉青春交织成的美好未来。

读小说的结尾,可以加深读者对佳峻创作的了解和理解:

> 暴风雪在扑向我,我稳稳地坐在驼背上。骆驼迈着坚定的步子,驼铃声如此自信。
>
> 驼铃奏响的是我严峻人生的进行曲。伴着驼铃,我毕竟懂得了,默默地为更多的人去创造幸福,才会赢得人的尊严,才会得到心的欢乐。
>
> 草原的牧笛、四弦琴、马头琴,天上的百灵鸟、黄鹂,一齐为我那声音单调、节奏重复的驼铃伴奏吧!驼铃声中,我的蒙古妈妈敞开她含宏万汇的胸怀,迎接了我,暖热了我的童年、青春,并将继续暖热我全部壮丽的生命!

显然,佳峻的创作独具特色而别有洞天:其一,小说令人最直接地感觉到"民族团结"的丰富内涵。作家从表层写到深层,开掘人性中的善良,写出了中华各民族人民重情义、重操守、讲品格、有骨气的传统美德,写出了中华各民族人民爱亲人、爱故土,奋发向上、自强不息的民族精神。作家把民族团结的题材当作表现作家情感体验和美学观念的一个方面,以达到题材的超越和意蕴的深化,展现人的道德的伟大力量。其二,小说令人强烈地感受到"民族特色""地域特点"的独特呈现。驼铃声声,幽幽入耳,悠悠入心;在旷野中、在草原上有了回响,得到和鸣;这不仅是现实,更是一种天然的象征。巧妙的是,驼铃叮咚,总是应和着时间的过往、人的心境,渲染出时代的氛围、草原的变化,使人感触到时光的流逝、民族的进步。其三,小说令人深切地感触到"真善美"的普遍存在和普世价值。真善美,是人世道德的最高境界,但在人们生活中,真善美就由每个人细微细小的真忱言语、善良行为所构成。聚小为大,积少成多,"真善美"的点点光辉就会映照成"正能量"的万丈光芒,照亮人心,照遍人间。佳峻笔下,无论是张心慧的生父、汉族手艺人张金锁和他的后妻,还是养父母牧驼人扎木苏和放羊能手敖登高娃;无论是副盟长巴兹尔萨达,还是那个秘书模样的公社干部;无论是北京知青、教授女儿刘光莉,还是北京来的医术高明的年轻医生;也无论是患沙眼的老奶奶,还是没有说过话的老牧人,他们虽然各自过着自己的日子,各自有着自己的脾性,却都有一颗与人为善的心,都有一种对未来生活的期盼。这样一种满怀光明、满怀希望的美学追求,正是民族儿童文学作家最应该具备的。其四,小说令人实实在在地感悟到,一部作品的语言运用体现着作家创作的艺术特色和风格。佳峻小说的语言,浸渍了草原生活的情韵,又渗透进作家自身的情感体验和审美感知,是有生命、有活力的鲜活、鲜明的语言。比如,开头、结尾都在写暴风雪,情韵却并不一样;时时、处处都写到"叮咚、叮咚"的驼铃声,情调也各相殊异。而且,这里的天和地竟也是独一无二。如作家两次写到哈纳沟:

这是一块水草丰美的草场,有起伏的山冈,也有溪水。漫山坡是一片白色和粉红色的野桃花。从山冈石缝中溢出了小瀑布似的山泉水。

葱绿的草原上白色的羊群像一片白云。绿色的风,把让人感到微微发苦的牧草的清香,把让人感到微微发甜的野花的香气,吹进了人们的心扉。

整部作品,作家用"我"的口吻来叙述,亲切动人,也更加适应各民族少年儿童的审美情趣。

(三)玛拉沁夫的短篇小说《活佛的故事》

玛拉沁夫在一九七五年写了反映草原人民斗争生活的电影文学剧本《绿色的沙漠》(电影名《沙漠的春天》)。二十世纪七十年代末,玛拉沁夫迎来生命的第二个春天,他以"向每一天挑战"自勉,一九七七年写出电影文学剧本《祖国啊,母亲!》,描绘内蒙古人民在党领导下走过的解放道路,歌颂党的民族政策,歌颂各民族团结统一的伟大祖国。由于玛拉沁夫了解自己民族的历史进程,作品情节和人物都各有特色,语言也贴近大众。一九七九年之后,他写完了长篇小说《茫茫的草原》(下部),又陆续写出《第一道曙光》《爱,在夏夜里燃烧》《女部长》《荒漠》《轨道》和《活佛的故事》等中、短篇小说,力图以更开阔的历史视角对当代社会做全景式的观照,并由此认识本民族心理素质的形成和发展、了解民族文化传统中的优长与缺失,以推动观念的革新与民族的进步。儿童题材的短篇小说《活佛的故事》是这方面的力作,曾获一九八〇年全国优秀短篇小说奖。

短篇小说《活佛的故事》,不足七千字,却概括了一个人的一生。作品着力于写童年,以"我"的目光和口吻来看、来说,写了"我"的邻居、同岁的形影不离的好朋友小玛拉哈,怎样从一个眉清目秀、聪明胆大、健壮活泼的玩伴变成了一个身穿黄袍、两颊消瘦、眼窝深陷、反应迟钝的活泥塑。几十年过去,活泥塑却又变成了一个研究蒙藏医学的专家。小说着重于对千百年来宗教迷信扭曲人性的揭露、对封建制度下百姓无知而任凭愚弄的揭示,写出往昔年月里,这精神的桎梏怎样束缚着草原上一代代蒙古族人。小说撼人心弦,动人心魄!其美学意义十分深远。

作品的艺术特色主要在三个方面:其一,寓严肃深刻的题材于天真烂漫的童情童趣之中。玛拉沁夫是一位具有现实主义精神的作家,他总是从实际出发,在生活中敏锐地发现一些妨碍着、阻拦着民族发展、进步的思想因素和风俗习惯。由于草原的封闭滞后,这些因素、习惯常常被当作一种传统保存着。比如宗教迷信、愚昧造神、任凭命运摆布,使草原上的蒙古族人民在推翻了反动王爷的统治以后,并未实现精神上的真正解放。创作《活佛的故事》,就是作者出于挚爱民族的忧患意识、追随时代的民族使命感和关怀下一代的社会责任心。显然,小说具有强烈的政治批判色彩和历史唯物主义精神,但作家所写,是草原牧人真实的现实生活和内心世界,是草原牧区儿童真切的童年情景和稚真情怀,因此,能够打动大人的心,更能引起儿童的心弦共振和心灵共鸣。如作品中写道:

……昨天还跟我一起光着屁股抓鱼的小玛拉哈,被格根庙选中成为活佛了!

……我推进门去,……当我磕完第一个头,抬起眼帘时,我们俩目光相遇,他还跟从前一样天真地微笑着,向我招了招手,还做了一副逗人的鬼脸。我不敢笑,他却自鸣得意地发出格格的笑声。那个经师显然对玛拉哈的举止感到愤怒,威胁地用鼻子"嗯嗯"了两声。……我大胆地回过头去又看了一眼小玛拉哈,向他告别;我的小伙伴扬起眉毛,会意地向我使了一个眼色,仿佛在说:你等着,咱们以后再爬树撸榆钱儿,去小河抓鱼。

我心里不由得想,玛拉哈没有变成佛,他还是我的小伙伴。

玛拉哈当活佛整整五年的那一个夏天,格根庙举行盛大集会,……

那天晚上,寺院里挤满了人。……只见一个人身披黄斗篷,头戴黄缎帽,双手合十,坐在那里,纹丝不动,活像大庙里的一尊泥胎塑像。

我从大殿后面绕到了活佛跟前。……然而玛拉哈活佛却合闭双眼,对自己崇拜者们的虔诚与狂热,不屑一顾,连眼睫毛都不想动一下。我为了引起他的注意故意挺直腰身,走到他的眼皮底下,想叫他再向我转动一下眼珠,但是我失望了。……想到从此我将永远失去亲爱的儿时小伙伴,竟伤心地大哭起来……

人造神,神压人,童心被摧残,人性被扭曲,道德被玷污,传统被变质。作家从拜佛、迷信的外在表层,开掘到思想解放、思维开放的内在深层,足见这一作品的深度和力度。其二,寓真实生动的草原生活场景情景于散文化的笔法笔调之中。小说中的"我"似乎就是作家本人,"我"自小在草原上生长,所书写的这个发生在草原上的"活佛的故事"正是"我"的亲历,加以时代背景就是当下,自然具有很强的情感震撼力。其三,寓鲜明活脱的民族特色、地域特点于草原儿童日常的生活细节之中。作品中,蒙古民族的特征是从儿童生活中流淌出来,而不是作者故意、刻意地堆砌起来的。自自然然,实实在在,让人心领神会、记住悟到。如写月光很亮的晚上,"我"跟小玛拉哈到王府前面大草甸子上爬上几棵大榆树撸榆钱儿,全靠了那头正在吃草的老花牛,它用巨大的身躯掩护着两个小孩子,直到他们紧张地逃离,"索性舒坦地摊开四肢,仰卧在沾有露水的草地上,静静地眺望那湛蓝色的深邃夜空"……如写"金号,银号,羊角号和一丈多长由两个小喇嘛抬着的低音长号,以及八面鼓、十面镲等乐声大作,……喝!一溜儿走着九匹!第二天,我们两家都吃了一顿香喷喷的榆钱儿拌糠面的蒸饭"。如写草原上蒙古族人送活佛上路:"喇嘛乐队高头大马,马背上都披着几乎拖地的大块黄缎子……"那个年代,牧人的贫困与"活佛"的奢华,反差何等巨大。这里,并不只有特殊的仪式、心态的呈现,也有对民族文化的思考、思索。

(四)额·察·力格登的短篇小说《哦,我的伊席次仁》及其他

额·察·力格登(1943—),男,出生于内蒙古锡林郭勒盟。一九五二年进

家乡小学读书，后考入中学、大学，一九六九年从内蒙古大学蒙古语言文学系毕业，先后在乌兰察布盟达茂旗文化馆、乌兰察布盟报社工作多年。一九七八年调内蒙古文学艺术界联合会《花的原野》文学月刊社任诗歌组副组长。一九八一年在中国作家协会文学讲习所进修，一九八四年任《花的原野》主编。一九八六年参加中国作家代表团访问蒙古国，一九九〇年被评为编审。中国作家协会会员，内蒙古作家协会副主席，中国蒙古文期刊学会会长。他从二十世纪六十年代中期开始写诗，并致力于儿童诗创作，出版《长明灯》《火的赞歌》等诗集，以及《神镜》《奇特的猎狗》《三十三个金牛的故事》等童诗集。一九八二年写出的短篇小说《生活的逻辑》，译成汉文后在《民族文学》发表，获第二届全国少数民族文学创作奖。之后一直在写小说，尤其致力于儿童小说创作。写出《祝寿》《哦，我的伊席次仁》《一百零八颗兔粪或八枚金币》《人》等儿童小说；并以儿童小说为主结集出版《哦，我的伊席次仁》《八十一颗斋大苏》《斧·狗·人》等。

《哦，我的伊席次仁》是额·察·力格登这一时期儿童文学代表作。作品以回忆、反省的方式，沉痛、忏悔的口吻，写实、直叙的手法来结构全篇，又以儿童的第一人称、以多个儿童的对话场面来表达题旨。作家细腻地描写着这个长着一头卷发、有着一双清澈见底的黑眼睛、显着左耳朵上部筷尖大的小孔、具备着准确投石的高超本领的憨厚可爱的唐古特小孩，又突出地展现出自封"大王"、胁迫他人听从、服从的"我"无事生非、任意欺侮这个外来的唐古特小孩的情景，一字一句，无声无息，却令人动容动心。从"我"的身上可以看到人性中丑陋的一面。作家对此做深刻的展示、与揭露，并将深入的批判寓于深广的描绘之中。作家对生活的追究、拷问，显示出作品的思想深度——生长在草原上的淳朴的蒙古族儿童，何以会如此霸道？如此冷酷？是什么败坏了民族传统美德？摧残了民族博爱精神？作家的民族意识、忧患意识，泅透在字里行间；生活的哲理、人生的真谛隐匿其中。

额·察·力格登的儿童小说，总是从草原蒙古族儿童生活中撷取素材，很日常，很随意，以小见大，深入浅出。而这一时期的作品，又总是蕴含着批判精神。巧妙的是，他不是直露地指责、说教，而是通过蒙古族人民现实生活中一件件具体、真实的平常琐事，令人切实地感受到"左"的危害。如《祝寿》，写蒙古族儿童黑契叶尔泰，因妈妈惨死，爸爸被判刑，爸爸朋友王叔叔就把他接到家里。他偷偷跑出来，偷馒头，街头流浪，后来被遣送到赛罕草原，住在一个老奶奶家里。老奶奶十分疼爱他。待到爸爸平反即将返城时,他却偷了奶奶仅有的十五元钱。而这钱正是奶奶要给他用的。找不到钱,奶奶就给了他五斤黄油,让他到公社换成钱做盘缠。他感到羞愧,把钱压到小瓷罐底下。奶奶找到了钱,埋怨自己老糊涂。他临走时,奶奶把钱塞进他的衣兜里。这件事使他终生不忘。现在,他要去为奶奶祝寿,路上他捡到了钱,他把钱交给警察,耽误了当天到草原的班车。待他走进奶奶家,奶奶却因醉酒而停止了呼吸,留给黑契叶尔泰的只有悲痛和悔恨。而《一百零八颗兔粪或八枚金币》,则写草原旱灾,学校组织小学生捡兔粪。看门老人因取兔粪当烟抽,被认为是故意破坏捡兔粪活动,并被查出是地主分子。学校宣布给他戴上地主帽子进行批斗,又因他炖兔子吃而被作为阶级教育的教材。小学生们也就把他当作阶级敌人。《人》是一篇幻想小说,以一只小牛犊的目光,观察着、讲述着看起来多么慈善的"人",怎样宰杀了它的额吉!这些作品,生活的亲切感与艺术的陌生感并存,犀利的现实揭露与诙谐的儿童幽默同在,有一种非同一般的艺术吸引力。他还善于用简洁、朴素的语言表达草原蒙古族儿童耿直的性格、纯真的思想、行动,他的作品虽然是从蒙古文译成汉文,却仍然散发着浓烈的草原气息。让人一读就感觉到是蒙古族儿童文学,民族特色、地域特点自然地表露出来。由于他一直用蒙古文创作,作品在使用蒙古文教学的北方八省区有较大影响。

(五)石·础伦巴干的短篇小说《三个小伙伴和三个大伙伴》及其他

石·础伦巴干(1947—),男,出生于内蒙古兴安盟的一个草原牧村。中学毕业后曾在草原上一所苏木中学——察尔森中学任教。新时期开始以草原蒙古族儿童生活为题材创作儿童小说。全国有影响的儿童报刊几乎都登过他的作品。他是一位真心诚意又一心一意为儿童创作的少数民族儿童文学作家。《三个小伙伴和三个大伙伴》是他的处女作,也是他的成名作。他被调入内蒙古兴安盟文学艺术界联合会专门从事创作,并编辑文学杂志《兴安文学》;中国作家协会会员,曾担任内蒙古兴安盟作家协会副主席。

《三个小伙伴和三个大伙伴》的主人公是草原上三个蒙古族小学生——巴音、道尔吉、呼和。他们在暑假里为盟草原研究所来做调查研究的三个汉族研究员带路、认草,帮着采集标本、搜集数据等;短短三天,三个"大伙伴"完成了任务,三个"小伙伴"也因为为科学而"工作"、为"研究"出了力,心里很是自豪、快乐。

何况,三个蒙古族小学生也在"工作"中实现了参与祖国现代化建设的愿望,呈现了少先队员为美好未来而奋斗的使命感;更何况,这还体现了"蒙汉民族是一家"的深层意蕴。石·础伦巴干从蒙古族儿童独特的心理状态出发,以蒙古族儿童的思维方式来表达民族团结的现实,显得格外巧妙和美妙:

> 牧场到了。这里的牧草果然特别丰美。……三个小伙伴在三个大伙伴的指导下开始紧张地工作着(注意,"工作"!)。他们在露水中打湿了浑身上下,并且不断地用沾满了泥水的手拍打着叮在脸上的蚊子和牛虻,一个个都成了大花脸!但他们一点也不觉得苦,仍然是高兴的。因为这是为科学而工作。科学,你知道它有多重的分量吗?

更巧妙和美妙的是作品写的是严肃的科学研究,却处处充满了儿童情趣。如写三个小伙伴"像轻快的小鹿一样在前头跑着",那三个大伙伴就显得有些吃力。这时,三个小伙伴竟跟三个大伙伴玩起了"缴械"的游戏,一直跑在前头的小学生们猛地从草丛里跳出来,大声喝令三个研究员"把背包、仪器统统放下"!于是,三个小家伙高高兴兴地背起了三个大人带着的装备,让三个叔叔轻装前进。说说笑笑中,他们工作也格外起劲,大人和小孩的界线消除了,情谊加深了。

有意思的是,大人和小孩子不同的想法竟然"对"在了一起。作品展示出一种儿童式的幽默,格外有趣。如:

> 太阳升高了,露水没有了。红副所长来到巴音身边,脱掉了长筒水靴子,装进了大背包里。关切地问巴音:
> "累不累,小家伙?"
> "不累,累也是痛快!"
> "我们不会叫你们白白劳累的。"
> "这我们知道,你们说草原牧草的规划是……"
> "啊,对……对!"

作品结尾,三个小伙伴用三个叔叔给他们的"报酬"买了叔叔们爱吃的奶皮子、奶豆腐、干牛肉来送行,三个大伙伴似乎早就识破了他们的小打算,早早地就离开了。这个场景,更是情味无限,意味无穷。

这一时期,是石·础伦巴干创作的旺盛期,他接连不断地写儿童小说,篇幅短小,及时地反映草原蒙古族儿童的生活现实和实际问题;单纯而意蕴丰富,严肃而富有情趣,一时间拥有了众多读者。如《卧牛石》,写村里孩子放学时在卧牛石旁尽情玩耍,最小的嘎达为大家看守书包。路过的阿古拉老人让孩子们到西山小湖边去把他的几只羊找回来。天黑以后,孩子们找回了羊,吃着老人给的香甜奶皮子,却忘记了独自一人守着书包的小嘎达。他们跑向卧牛石,看到的是小嘎达在黑暗中孤独地抹着眼泪,认真地守着书包。如《医治》,写十三岁的乌云塔娜,因为父亲扎木苏重男轻女,家里有一点活儿就让她辍学,以致她至今还在读三年级。正好扎木苏最喜欢的海溜马病了,是刚从大学毕业的山丹女兽医治好了马的病。扎木苏这才有了觉悟,赶紧让乌云塔娜去上学。如《在飞奔的马背上》,写那达慕大会小骑手赛马,前一年的赛马冠军、十三岁的胡日查,骑一匹高大的枣红马,奋力向前奔跑。不料,急转弯时,从黄骠马上摔下一个比胡日查还小的骑手满都拉。胡日查把满都拉提上了黄骠马,又抽鞭催马,使黄骠马首先冲向终点。作家写草原蒙古族儿童的日常,写了他们的真诚言行,更写出了他们的纯洁心灵。真真切切,自自然然,令人感受到天底下最珍贵的纯真美、稚拙美。

三、其他少数民族作家的小说

(一) 朝鲜族作家柳元武的中篇小说《我们的老师》及其他

柳元武(1935—2008),男,出生于吉林省延边朝鲜族自治州。一九五六年,延边大学肄业。同年六月,任延边人民出版社编辑、编辑室主任。一九八一年,入中国作家协会文学讲习所学习。一九七八年开始文学创作。一九八二年,调到延边作家协会创作室。为中国作家协会会员,作家协会延边分会专业作家。主要作品有短篇小说集《啊,蜜泉》《绸缎被子》,中篇小说《长白少年》《林中篝火》《我们的老师》《副中队长和他的伙伴》,长篇小说《重返故乡》《春潮》,童话集《勇敢的黄爪贼》《大鼻子皇帝与哭鼻子皇后》,杂文集《我们是谁?》等。少儿中篇小说《长白少年》曾获第一届全国少数民族文学创作奖,《我们的老师》获第二届全国少数民族文学创作奖。长篇小说《春潮》一九八九年获首届延边作家协会中长篇小说文学奖。

儿童中篇小说《我们的老师》共十五章,以《队日》开头,写四年级中队开了一次别开生面的、主题为"我长大以后做什么"的队会。少先队员们争先恐后地发言,诉说自己的理想和志愿。全贤淑老师专心地记笔记,并注意启发和引导坐在最后一排的腼腆的崔成日和被称为"刺头"的赵一浩。赵一浩第一次受到表扬,第一次为老师帮忙。作品由此写了同学们的日常,写了他们相互之间的故事。比如写赵一浩带着妹妹玉姬上山去挖山菜,正遇同班同学粉妮。一浩找到一个百灵鸟窝,要把小鸟和鸟蛋拿回家。粉妮不忍,把自己挖的山菜给了一浩,让一浩把鸟窝送回原处。一浩平时贪玩,学习不用心,写作业坐不住。一次,他在山坡上追一只山羊,从悬崖上摔下来,伤了腿,不能去上学。为了不让他落下功课,全贤淑老师到他家来背他上学,同学们两人交叉手臂搭成轿子轮流抬他。淘气的一浩自此努力学习,还积极参加课外的科学实验,不久,他左臂衣袖上多了一个两道红杠的标志。在师生共同忙碌中,同学们得知全贤淑老师要结婚了。擅长画画的赵一浩提议,每一个同学把自己未来的志愿画下来,汇集成一张大画来祝贺老师的婚礼。画的题目就是"我们的老师"。小说最后写道:

> "这幅画画得蛮好!'我们的老师'这个标题也很好。……"
> 同学们这时才发现,金校长已经在他们的身后站了很久了。
> ……
> 同学们兴高采烈地簇拥着金校长和贤淑老师出了校门。
> 蓝蓝的天际,有一群大雁排着人字形队列,向南飞去……

首先,整部作品充满了师生之间真诚、真挚的情意,洋溢着师生双方向善、向上的情感。书名中"我们的"三个字就饱含着这情意、这情感,给人以亲近感、亲切感。书中写全贤淑老师关心、关爱全班三十二名学生的同时,写到了她与"科学叔叔"的相爱,恰当而适当。又写到了崔成日小同学长大了"要像'科学叔叔'那样,研究水稻和大豆",写到小同学们要给老师和"科学叔叔"送结婚礼物,也都十分精当,不仅写了小孩子的内心,也写了当代朝鲜族人有理想有文化有道德的幸福生活,浅显而深沉。其次,作品所描绘的朝鲜族聚居区的自然山水、家庭日常、农牧状态、人文概貌,都鲜活地体现出朝鲜族生活生存独具的特色,时代特征也分外鲜明。再次,作品情节看似单纯,却也不然。平淡描述中、有意无意间,对过于保守的传统家庭教育方式等也有所贬斥;作品的叙述虽极平淡、极自然,却能够打动人。这主要是作家对本民族儿童生活的熟悉和挚爱,无论写什么,作家总是站在儿童这一边。

这时,作家还写了相近题材的短篇小说《依布妮与百灵鸟》。依布妮的同桌光浩,从草丛里捧出一个百灵鸟窝,要拿回家去。依布妮答应采一篮子山菜给光浩,让他放下鸟窝;又答应把从城里买来的铅笔刀给他。第二天,光浩不要铅笔刀了,要借依布妮的作业本。依布妮怕他养成抄作业的坏习惯,坚持不借作业本。光浩扬言再去找回鸟窝,依布妮追着他上山。光浩找到了鸟窝,发现一条毒蛇要吃小百灵鸟。他打死了毒蛇,救了小百灵鸟。依布妮称赞他,他觉得很不好意思,对依布妮说:"要是我害小百灵,那我也太坏了,是不?"作品结尾优美而隽永,写道:"光浩和依布妮说笑着,一起走下山。远处传来百灵鸟动听的歌声。"

(二)回族作家白练的短篇小说《儿童文学三题》

白练(1929—2008),男,新疆伊宁市一个回族贫民家庭出身。父母早逝,靠兄长做小生意维持生活。小时候读过伊斯兰经文,后来在汉文小学、中学读书。回族的宗教信仰、回族丰富的口头文学,以及新疆其他民族的文化艺术,陶冶了他的文艺情趣。他的姨妈善于言辞擅长说笑,对他的创作影响很大。一九四四年,他辍学当了两年店员。一九四六年到乌鲁木齐读高中,读了不少文学名著,拓展了文学视野,开始创作散文。一九四八年,考入南京边疆学校,一九四九年参加革命,随后回新疆从事部队工作和政治工作。一九五八年,他参加了《昌吉报》的创办工作,任记者、编辑,在此期间广泛接触了农村生活。一九六三年开始业余创作,一九六四年发表短篇小说《掐线》,在新疆文艺界第一次写新疆回族人的生活,引起广泛关注。一九七四年至一九七五年,他又写出《石花》《源远流长》两篇短篇小说。新时期创作了反映新疆回族人民同反革命集团作斗争的小说《尕文化》。一九七九年调到新疆昌吉回族自治州文艺创作研究室,创办文艺季刊《博格达》。一九八〇年在新疆第三次文代会上被选为文学艺术界联合会委员,又出席了全国少数民族文学创作会议。之后,担任昌吉州文化局副局长。短篇小说《儿童文学三题》是他的儿童文学代表作。

《儿童文学三题》包括《爱吃鸡蛋的尕旦》《温顺的祖丽哈》《弹弓王哈山》三则。第一题《爱吃鸡蛋的尕旦》,写没上学时的尕旦总是拽着妈妈的后衣襟,喊着要吃蛋蛋，可妈妈不理他，他哪里知道家里一年到头见不着个钱，买油盐酱醋、针头线脑，全靠着攒几个鸡蛋去换。妈妈总是说："娃娃家吃了鸡蛋脚痛哩。"后来尕旦上了学，妈妈见他学习累，就煮鸡蛋给他吃。可他倒悄悄地攒鸡蛋，卖了蛋买了个地球仪，还反过来说："吃鸡蛋脚痛哩。"小说情节极简练，主人公是个儿童，却写出了时代的变动、体制的变革及儿童思想情感的变化，深切地反映出乡村里回族儿童对知识的渴求、对新生活的渴望。小说中，写大人不给孩子吃鸡蛋的无奈和尕旦想吃鸡蛋的急切，令人心酸，让人深思；但作家笔下尕旦的所想所说所做又都充满了稚趣、乐趣。尕旦急着去够鸡蛋筐，却从木墩和条凳上摔下来时，不是为自己摔伤忧愁，而是因为一筐鸡蛋全完而担心害怕；他瞒着妈妈攒鸡蛋换钱，又自作主张不买白球鞋而买了地球仪，被妈妈撞见就正式表示以后不吃鸡蛋，等等，都在儿童式幽默中写出回族人民惜物惜钱、勤快勤奋、精明精干的品质在尕旦身上的显现。第二题《温顺的祖丽哈》中的主人公祖丽哈是当年老龙河小学毕业的头一名，她报考了乡中学。乡中学离家几十里，得住校。班里的好几个女同学都没有报名，怕村里人背后指指头。但，阿大阿妈支持了她。作家写得很细心，写祖丽哈拿着毕业证书一心想快点回家，可一进门看见阿爸闷头抽烟，脸色阴沉，她因此一晚上睡不着，而父母屋里的灯也一直亮着。早晨，阿大飞快地磨着镰刀，在阿妈催促下，他"带着笑脸走过来，抚摸着女儿的头说：'好丫头，再去给阿大考个头名状元。'"。这时，祖丽哈一蹦子跑出了家门，"她蹦蹦跳跳，欢欢乐乐，轻松得像个小燕子"。这个生长在新时代的回族女孩，有志气，肯努力，能吃苦，明显地表现出回族人祖辈传承的勤奋品质。第三题《弹弓王哈山》，写七岁的哈山右手心的两条指纹连成一条线，长得跟他的先人阿爷一样，是个折手。先是娃娃们眼里的髀石场尕英雄，后又成了弹弓王。他随时都能打下任何一只飞鸟。当阿奶告诉他，飞鸟跟人一样有好坏之分时，他也有所感、有所悟。他的身上体现出倔强刚正、要强自信，把回族人在历史上、在现实中的自卫不欺人、自立不靠人、自尊不媚人的民族意志表达得充分而有新意。显然，白练的这个作品从回族儿童少年的生活表层写到他们的性格深层，并由此深入回族的文化积淀、文化心理的诸方面，包括了民族的、社会的、历史的、文化的蕴涵。又由于对作品艺术表现顺应儿童审美心理的强调，使这些作品真正成为回族儿童文学中独特的艺术创造。可以看到，这个作品中，深刻的民族性寓于儿童最便于感触和感受的浓郁的地域性中；深邃的时代性匿于儿童最易于感知和感悟的生动的趣味性中。可以看到,关于回族儿童的种种主题在历史进程中被作家多方面开拓和多层次掘进,并用多样化的艺术方式表现出来。

(三)哈萨克族作家夏木斯·胡玛尔的短篇小说《长满蒿草的原野》及其他

夏木斯·胡玛尔(1952—　),男,新疆昌吉回族自治州木垒哈萨克族自治县一个富裕的牧民家庭出身。一九五九年上小学,初中毕业后回乡劳动。一九七四年进入新疆大学物理系,当年在《新疆日报》发表第一首诗《新乡》,大学期间写出以一个十六岁哈萨克少年的成长为主线、反映哈萨克少年在往昔岁月中的反抗、斗争的第一部少年中篇小说《希望之火》。一九七八年大学毕业到新疆教育出版社工作,一九八二年后调新疆文学艺术界联合会《曙光》杂志社任编辑、副主编、主编。其间写出儿童短篇小说《暑假十天》《长满蒿草的原野》等,并在一九八四年出版儿童短篇小说集《白山羊和青山羊》。中国作家协会会员,国家一级作家。曾任新疆作家协会副主席、新疆文学艺术界联合会书记处书记、副主席,中国作家协会全委会委员。

儿童短篇小说《长满蒿草的原野》是夏木斯·胡玛尔这一时期创作中最具代表性的作品,以刻画天真淳朴的儿童心理、结构委婉曲折的故事情节见长;表现遥远边陲儿童的命运遭际、揭示山间村寨观念的闭塞滞后。小说着力地描写一个名叫马格萨迪的孤苦瘦弱的哈萨克小男孩。他出生没多久,母亲就去世了。奶奶照看他六年后也去世了。父亲娶了继母,伯父伯母收养了他。他长年跟着爷爷,却仍然整日提心吊胆——伯父醉酒后的打骂,伯母男人般粗重的嗓音,都使他害怕。因为家里穷苦,又缺劳力,他未满十岁就辍学当了牧童,但他渴望上学。因爷爷的恳求,他回到生父家里并上了学。可是,他来自荒野、穿着破旧,既遭继母歧视,又受同学奚落。他思念爷爷。在一个大雪纷飞的早晨,他偷偷地爬上了一辆进山的卡车,想要去找爷爷。卡车在半路上坏了,不见汽车启动,他心里害怕,艰难地从车上爬下来,驾驶室里空无一人。风雪中他发现了司机的脚印,沿着脚印朝前走,却终于走不动了,太累太困的他被无情的风雪吞没了。作家以写实的笔法,写了这个可爱可怜的哈萨克小男孩的凄苦、凄惨的命运。这是作品深刻思想性之所在,也是少数民族儿童文学独特审美价值之所在。这一短篇,篇幅不是很短,把家庭三代人都写到了,构思比较独到,意味深长。

夏木斯·胡玛尔擅长用本民族最普通最日常的话语来描绘本民族儿童形

象。他的作品总是一开始就使读者对小主人公和他的所在地有一个很深的印象。如他在《长满蒿草的原野》的开头写：

> 在莽莽原野中的黄色小土道上,马格萨迪一叶飞蓬似的拼命奔跑着。天近黄昏,三伏天的热浪从地面上升腾起来,遍地蒿草喷出浓烈馨香——热浪中掺杂着香气,潮乎乎地在空气中颤抖,渗进人心里去。天,蓝蓝的。几只不知名的鸟儿不停地鸣叫。还有一只布谷,也远远传来几声忧郁的啼鸣,小不点儿马格萨迪就在这原野的黄昏、在这热浪和鸟的叫声中奔跑着。……今年,他十岁了,……他穿着爷爷的大褂,衣摆淹没了两条小细腿。……只有天知道,这孩子的身体为什么瘦小得这样可怜……

这个开头,简洁、鲜明,点题。

夏木斯·胡玛尔还擅长从儿童视角来体察社会现实和人的内心世界,并由此反映社会变革和民族心理的新变化。他在这时写出的另一短篇小说《暑假十天》也鲜明地表现了这一点。作品写中学生阿克尔在暑假里回到了草原上的爷爷家。他的父亲艾色尔别克三年前在一次化学实验室爆炸事故中不幸身亡。在爷爷的毡房里,阿克尔认识了圆脸蛋扁鼻子、黑皮肤眯眼睛、最能爬树的叶斯博尔和黄皮肤、鼻子端正、眼睛深蓝、善于驯马的叶尔江。阿克尔不会骑马、不能爬树,对两个新朋友很是羡慕。当新朋友问他有什么本领时,他说会做小飞机,这次他就拿了一架做工精巧的航空飞机模型来送给爷爷。阿克尔对草原上的一切都感兴趣,新朋友领他走进一座尖顶小毡房,他立即悟到这正是几何课上讲的圆锥体,就用公式计算它的体积,算出它需用多少毡子,紧接着他们还要去计算叶斯博尔家的毡房;而当奶奶告诉他天打雷时光着脑袋会挨雷击的时候,他竟问奶奶什么时候学过物理课。阿克尔还喜欢这里所有的马,他跟叶斯博尔、叶尔江学会了骑马、上树,学会了草原上的种种礼节、种种游戏,当母亲加米拉来草原接他时,阿克尔长大了,长高了。离别那一刻,阿克尔对爷爷奶奶说:"我以后当了飞行员能驾驶飞机时,一定要把你们接到天上去旅行!"整篇小说中,描写了城里和草原上的哈萨克少年同样有志气有文化有礼貌,描写了哈萨克民族新一代人在新时代的快乐成长,也描写了少年们的祖辈、长辈的新的生活状态、新的思想情感。整篇小说洋溢着浓郁、清新的草原生活气息,将崭新的时代精神融合在民族气质中,使民族心理层面有了新的发展、新的进步。

夏木斯·胡玛尔对本民族儿童口头语言的提炼是精心的。他擅长用本民族人熟知、又十分别致的比喻来描绘眼前的人与事。如《长满蒿草的原野》中写小不点儿马格萨迪:"一顶破旧得变了形的军帽扣在他瘦小的脑袋上,仿佛背上驮着圆顶天窗的骆驼驹。歪歪扭扭的帽檐下,他的额头饭勺似的突出来,一双眼睛好像两颗欲滴的水珠。瞧他的脖子,细得不可思议地支撑着脑袋,破军帽越发显得大。"写山区的恶劣天气:"风雪疯狗似的狂叫着。积雪已淹没了车轮……"又如《暑假十天》中写爷孙俩进山的氛围:"汽车沿着蜿蜒的山路像鸟一样轻捷地飞奔着,一路把长着剪刀尾巴的白雨燕一只只都甩在了后面。……那屏风般起伏的群山,那公路两侧摇曳着银币似的树叶的钻天杨,那汽车卷起的一阵阵轻纱似的尘埃,无不使他感到惬意……""阿克尔一开始像刚刚来到一个陌生的棚圈里的羊羔一样感到拘束、惶惑,可是不久,便被身边的这两个牧村伙伴的热情爽直打动了。"作家采撷语言时的儿童情思,提炼语言时的儿童情感,运用语言时的儿童情调,都使作品语言具有很强的民族色彩和儿童韵致。

(四) 维吾尔族作家穆罕默德·巴格拉西的短篇小说《流沙》

穆罕默德·巴格拉西(1952—),原名穆罕默德·奥斯曼,男,新疆焉耆县一个手工业家庭出身。毕业于阿克苏地区农校,后又经自学考试毕业于新疆大学中文系。一九六五年参加工作,历任阿克苏专区文工团演员,新疆交通厅四运公司司机、宣传科宣传干事,《新疆工人报》编辑、记者,新疆文学艺术界联合会专业作家;新疆维吾尔自治区第八届政协委员,新疆作家协会、报告文学学会常务理事。一九八〇年开始发表作品。一九八五年加入中国作家协会。出版有《积德》《亚迪哥尔》(一、二)《啊,少女》等短篇小说集,以及中篇小说集《我,滞留在死人瞳孔里的形象》,报告文学集《希望田野的春天》等。短篇小说《战友》获一九八〇年全国少数民族优秀作品一等奖、新疆优秀小说一等奖,《流沙》获第二届全国少数民族文学创作优秀短篇小说奖,《美丽的平川》获一九八五年民族文学作品山丹奖,短篇小说《积德》、中篇小说《瘸鹿》、散文《远方的致意》先后获新疆维吾尔自治区优秀作品奖。

短篇小说《流沙》,写一辆长途客车在风暴来临时驶入了流沙区,司机因剧烈腹痛倒在引擎盖上,车停了下来,一车人面临被风沙埋没的危险!——作品并不是作家专门为儿童创作的,但其中自然而然地凸显了司机儿子、一个会开车的小孩子形象。由于客车摇摇晃晃、颠颠簸簸地行驶在无边无际、风沙满天的荒凉沙漠上,险乎顷刻,危在瞬间!这正是少儿读者爱读的惊险小说。作家描绘沙漠、描写人物、描述故事的语言,具体生动,逼真传神,浓厚的地域色彩中透露着鲜明的民族色调,在新的人际关系中透示出新的社会氛围。显然,独特的西北荒野题材,独一的儿童司机形象,独特的艺术结构方式,使这篇小说进入少数民族儿童文学领域。小说的艺术表现更是独树一帜:其一,作品的艺术构思非常巧妙。儿童司机的出现是在一车人的生死关头,大家先是出乎意料而无法相信,后竟深受感动而喜出望外。客车里的气氛也因儿童司机的出现,由风暴中的惶恐、纷乱中的吵嚷,转变为齐心时的欢乐、行进时的希望。而这个儿童司机,正是病倒的司机的孩子。在司机突然倒下时,正是他熟练地把住方向盘,停车熄火的。可是,一个十一二岁的小孩子,谁会注意他、想到他?谁会认真地让他坐到驾驶座上来开车?谁会果断地让他执掌一车人的命运?由此又彰显出另一个重要人物——一个穿着工作服、夹着拐架、左裤腿不停地晃荡着的四十岁左右的男人。是他,在关键时刻,预料到风暴,安顿好司机,鼓励着孩子,稳定了大家;是他,在紧要关头,毅然决然地坐到孩子身边,让孩子鼓足勇气开车离开流沙区,果断果敢地指挥众人行动,让一车人同心合力地扒淤沙垫枕杠,使客车尽快前行。作家通过一些细节,生动地写出这个儿童司机的懂事明理且能依靠大人拿主意想办法的能干敢干的心气;写出身有残疾的男人敢于担当勇于负责的精神;写出了淳朴勇敢的民族心理素质在新一代人身上的新发展,写出了社会风气的好转和人心深处的向善。其二,作品的布局框架十分精当。作家描绘客车里的人,有沉着冷静、能拿主意的身残志坚的工人,有带着一筐桃子、扳着指头算计什么的果农,有喃喃祈祷的老人,有嘻嘻哈哈暗中偷吃别人桃子的秃头小伙,有爱说道喜斗嘴的邋遢女人,有对什么都无动于衷的男人,等等。对话精练,详略得当,确切地反映出纷繁社会中的芸芸众生,写出灾难降临时人们各自的行为和相互的帮助,写出人性的真诚和人情的可贵。其三,作品的语言运用很精致。如开头交代客车行驶的地点、时间、天气:

　　七月,正是塔克拉玛干铄石流金的季节,整个沙漠就像岩浆一样沸腾着。茫茫无际的瀚海中,那林木葱郁的小县宛如一座小小的孤岛,勇敢地挺立在这片灼热的荒原深处,眼下已被客车远远抛在身后。

　　正午时分,空气燥热得令人窒息,客车越过灌木林河滩之后,又钻进了驼峰般高低起伏的沙包群中。……远处一段不长的路面被流沙截断,……客车越是深入荒漠,这样的断途就越是增多起来。

如写风暴即将来临:

　　风越刮越大,黑暗笼罩着荒漠的上空,从窗缝中吹进来的沙子沙沙作响……

　　满天的沙尘飞扬,甚至连路边耸起的一群群沙包,也全部从眼前消失了……

　　……风搅着沙尘像要把天空掀翻撕破,……在这辽阔的荒漠上似乎不是风暴在吼,而是不为人知的巨大的猛兽,发狂地相互争斗着,拼命地呼啸着,使荒漠上空笼罩着令人恐怖的气氛。

这样有声有色、有情有景的渲染,令人如临现场,恍若实感。

四、藏族作家的小说

(一) 意西泽仁的短篇小说《依姆琼琼》《瞧,那儿还有两朵花》

　　意西泽仁(1952—),男,出生于四川省甘孜藏族自治州康定县。三岁时父亲去世,母亲、外祖母是康定土司的缝纫工,她们常常给孩子讲藏族民间故事、唱藏族山歌,使意西泽仁从小受到民族民间文学的熏陶。他一九六六年六月读完初中一年级。一九六九年至一九七一年在泸定农村时,读到一本《藏族文学史》,立下志向要为发展藏族文学贡献力量。之后,曾任小学教师,《甘孜报》编辑,县委、州委宣传部干事。一九七二年发表第一篇短篇小说《草原的早晨》,一九八一年毕业于中国作家协会第六期文学讲习所。曾出版短篇小说集《大雁落脚的地方》《松耳石项链》,以及《意西泽仁散文随笔精选》《意西泽仁儿童小说选》等。儿童小说《依姆琼琼》获第二届全国少数民族文学创作奖,短篇小说《通向远方的小路》获一九八五年国际青年征文奖。中国作家协会会员,曾任《四川文学》主编,四川省作家协会副主席,四川省文学艺术界联合会副主席。

短篇小说《依姆琼琼》写于一九八一年六月,是意西泽仁儿童文学的代表作。作品写一个十一二岁的藏族牧民小姑娘依姆琼琼,小小年纪却主动承担家庭责任。家里已经没有茶和盐了,她虽然有点感冒、发烧,却仍然冒着风雪,牵了驮着四袋干牛粪的牦牛到县城去卖。一路上"风啸着,雪砸着";一路上,走在前头的牦牛等着她、呼唤她,她却还是晕倒在风雪交加的野外。恰遇县委书记尼玛下乡,送她到医院救治⋯⋯作家着力写依姆琼琼为父母分忧的淳真情怀和实际行动,她的形象天真可爱!她的事迹撼人心弦!

小说不足一万字,一个品德好、行为好的淳朴笃厚的藏族小姑娘形象却跃然纸上。作家的艺术表现颇有深度,也别具一格:其一,作家采取电影"蒙太奇"手法,将依姆琼琼的内心情感化作她不畏狂风暴雪、坚持勇敢前行的一个个具体、形象的镜头,给人留下深刻印象。由此展示依姆琼琼的品格、个性,也深层地展现当时藏族牧民贫穷、困苦的生活境遇,展露西藏牧区落后、封闭的社会状态。其二,作家善于从经典著作中借鉴、汲取,对域外童话的一些艺术方式采取"拿来主义"。这篇小说中,以排比、反复的艺术方式,以幻想与现实交汇、交融的艺术手法,来描写依姆琼琼进城卖牛粪一路上的情景,是病中的幻觉,又是心中的向往,很打动人。而这正是从安徒生童话《卖火柴的小女孩》中得到的启迪。其三,小说的结尾,依姆琼琼得到尼玛书记的救助,住在医院里,既令人感到温暖,又表现出党和人民大众之间的真情。

这篇小说的思想性、艺术性都较强,在国内外都有较广泛的影响。

意西泽仁的另一篇儿童文学佳作是短篇小说《瞧,那儿还有两朵花》,写八岁的德茜带着五岁的妹妹央茜在草原上放牧,正遇上县城的少先队员到对岸草原上集体活动。一个名叫洛尔布的男生吼骂着让她们把牛从河里赶开,接着又喊叫着让她们把飞过来的排球扔回去。央茜害怕得躲到姐姐身后,德茜不甘受欺负,不去理睬。这时,少先队中队长、九岁的三年级女生李苹蹚水过来。她问德茜为什么不读书,又问德茜各种花儿的名称,还称赞德茜懂得多。李苹的话更加激起德茜上学的愿望。德茜要上学。可德茜说:"我去上学,谁来放牧?"一个现实问题被实实在在地揭示出来。

作品好就好在:其一,真切地表达出草原藏族儿童渴求知识、渴望进步的心声,也急切地反映了藏族牧区牧民儿童上学的问题。小说写的虽是儿童生活中的小事情,读来却显得凝重、苍凉、撼人心魄,尤其是写到德茜初次进城卖牛奶时进小学校园受到奚落,以及这次又遭小男生吼骂的情景,令人心酸,启人深思。其二,适应少数民族儿童崇尚美好、渴望美妙的审美心理,也深切地呈现出儿童文学独具的优美隽永的审美特质。如小说开头就如抒情小诗一般:

> 牧草青了,野花开了。
> 紫的、红的、粉的、蓝的、白的……
> 桑塔草原美极了,就像阿爸刚从城里买回来的那床卡垫,因为,那天展开卡垫时,阿妈惊喜地说:
> "天哪!你把美丽的草原都搬到帐篷里来了。"

其三,诗性的结尾与小说题目相呼应,具有深邃的象征意蕴和深长的美学意义——

> "哎呀!"突然,德茜在前面叫了一声,并站住了。
> "阿姐,你……"央茜吓了一跳。
> "妹妹,你看,我们还忘了告诉他们一种花。"
> "什么花呀?"
> "瞧,那边草丛中的两朵。"
> "那叫什么花?"
> "色青梅朵,金色的花。"

这里,需要再引用一下《依姆琼琼》的结尾:

> 窗外,风止了,雪停了,阳光早已穿破云层,把金色的光撒在辽阔的草原上了。

两相对照,就对意西泽仁儿童小说的艺术性有更深刻的领悟。

(二)益希单增的短篇小说《啊,人心!》

益希单增(1941—),男,出生于四川省甘孜藏族自治州乡城县,祖籍西藏阿里地区。幼年时,生父遭旧军队杀害,全家从乡城县逃到巴塘县,靠继父砍柴、母亲织腰带维持生活,十分艰苦。一九五一年中国人民解放军挺进西藏,路过其家乡时,他参军成为一名小战士。入藏后,他先后在丁青等地区工作,当过文工队员、卫生员、翻译、公安人员。一九五七年到北京学习,先后就读于中央民族学院、中央美术学院美术史专业。一九六九年回西藏,主要从事艺术方面的工作。一九七二年开始文学创作,已出版长篇小说《幸存的人》《迷茫的大地》《菩萨的圣地》等,中短篇小说《真金》《金塔》《第三只眼睛》《在东藏的土地上》等。《幸存的人》曾获第一届全国少数民族文学创作奖。曾任中国作家协会理事,西藏自治区人大常委、西藏文学艺术界联合会副主席,西藏作家协会名誉主席。

  短篇小说《啊,人心!》曾获第二届全国少数民族文学创作奖。作品出色地描绘了三个不同阶层的藏族少年的形象——被卖给富人家的藏族牧羊少年毕朵、来自康巴为解放军当翻译的少年旺节,以及其米夫人的儿子、人品好有学识、拥护解放军同情穷人的丹达。作品自然而深入地表现了党在西藏百姓中的威信及西藏人心之所向。作品的政治气氛很浓,敌我斗争激烈,但是,并没有开枪开炮,也没有打斗打仗;而是围绕着解放军通讯员小李一枪打中抓了小羊羔的兀鹫之事,贵族上层其米夫人唆使两个管事,以解放军开枪打死白额金鹏为由,妄图冲击庆祝解放军进藏大会的会场,并由此挑起事端,引发骚乱。但当有人尖叫挑事时,小李上台申明,毕朵抱来了受伤的兀鹫,丹达和他的几个朋友上前阻拦闹事的人。真相大白之后,其米夫人拖着步子走下舞台,骑上马仰头而去。庆祝大会继续进行,开麦宗本讲话,会场上响起了热烈的掌声。可以看到,作家立场坚定,态度鲜明,作品中震响着时代的主旋律,映现着党的民族政策的光辉,透露出藏族新一代人的美好品德和奋斗精神。

  难得的是,对生活在往昔社会底层的、被剥削被压迫的穷苦藏族少年毕朵,作家除写他"眨得很快的大眼睛""微微翘起来的鼻子""仿佛喜欢笑的嘴巴"的长相外,对他的品德也做了具体刻画。如写毕朵对抓了羊群中小羊羔的兀鹫紧追不放,把兀鹫逼到山沟里钻进一个石洞。他听说开麦人拔兀鹫翎羽做耕牛头上的"旗帜",会把兀鹫拔死,就决定对任何人不透露兀鹫情况。当其米夫人的两个管家进山来找鹰尸,拾到了半个翅膀,给他一个银圆,向他盘问时,作家写道:

    银元掉在地上,声音却跟平常的银元不一样。毕朵心里一怔,把银圆放在嘴里一咬,发现银圆是镀了银水的铜币。"这钱有什么用,你们自己当宝贝吧!"

……格桑……恶狠狠地瞪起眼说:"你把鹰藏在哪里?快把鹰交出来!"

毕朵也有股犟脾气,他不怕来硬的:"找别人去吧,我不知道。"格桑抬起手,打了毕朵一个耳光。毕朵的脸被打红了,他捂着脸,习惯地忍受着,让他掉眼泪不是件容易的事。

及至其米夫人的管事在会场上挑动闹事时:

一个骑白马的少年冲进了会场,……只见他怀里抱着一只羽毛深褐的兀鹫,一下马就跳上台子。他是毕朵。"大家看呀,这就是解放军小李打伤的那个鹰。它没有死,是我和丹达哥哥养下来的。"所有的村民先是睁大眼睛,后是"啊"的一声感叹,接着响起了热烈的掌声。

原来,毕朵一看见闹事者亮出兀鹫的半个翅膀就跑到会场外抓来一匹马,把兀鹫取了回来。狂徒们怔住了,不知如何行动。……经过辨别,证实半个翅膀就是这只兀鹫的。

可见,毕朵善恶辨清,爱憎分明。他坦荡无私,勇敢无畏;他坚忍坚定,向善向上。他的心理状态体现了藏民族心理的新的变化。

与此同时,作家对生活在贵族家庭的少年丹达,也写得恰当恰切,很是活脱。巧妙的是,他的亮相是通过与他地位相殊的毕朵的回想来表现的:

丹达帮过他的忙。一次东家扎萨在街上追着打他时,丹达挡住扎萨,掏出了"死羊费"一块大洋。为此,毕朵摘来漂亮的野花送给丹达,丹达招待他吃肉丝面条和咖喱牛肉。丹达虽只有十七岁,但人品好,有学问,样子又英俊,庄园里的人都喜欢他,其米夫人把他当作掌上明珠。

之后,也都是通过具体的场合来表现他的人品:

几天前,丹达跟毕朵去看兀鹫,把兀鹫的眼睛蒙起来,剪掉了兀鹫的利爪尖子,给兀鹫的伤口抹麝香,又在兀鹫嘴里塞干肉。……毕朵和丹达共同订了一条秘密协议,对任何人不讲兀鹫的事。

丹达穿了一件草绿色的毛哔叽袍子,腰带是粉红色的。其米夫人觉得丹达的袍尾没有折叠好,亲手重新折叠了一下。母子间向来很亲密,可是丹达的思想却和母亲的不一样。丹达喜欢解放军,支持解放军,还跟陈营长交了朋友。他反对"西藏独立",主张"共产主义治理西藏",但他说的"共产主义"跟共产党的宗旨又不一样,他指的是"废除差役制度,建立西方文明"。丹达的思想很活跃,他不愿意把自己看成是"剥削者",有时候还鼓动母亲把五个庄园的土地全部分给差民。

丹达立刻明白将要发生什么事情,……他立刻想到兀鹫的重要性,只要把兀鹫抱来就能把这帮人镇下去。他没有去想谁是这伙人的后台,本着拥护共产党解放军的心理,立刻站起来去找毕朵……

作家的语言素养是很好的,尤其是那些独特的具有浓郁民族色彩的细节描写,颇能引人入胜。如写小翻译官旺节,他和小李在山上遇见其米夫人的两个管事。两个管事躲躲闪闪,群培转身就走,格桑要显威风,激旺节摔跤。作家的描写不露声色、极其细致而更显精彩:

"我愿奉陪!"旺节说,"别以为自己了不起,世界大得很!"他挽起袖子,把腰弯下来做架势。格桑力气大,把旺节压来压去,推来推去,可是旺节像藤子,不管怎么压怎么推,就是倒不下来。格桑"嘿"的一声,把旺节拔起来往地上一掷,旺节摔倒了。谁知格桑正得意地要站起来时,旺节的两脚一蹬格桑的腿部,把格桑摔倒在地上。

旺节跟格桑相比,年龄小,个子小,力气小,可他胆大心细、足智多谋,豪情满怀、正气凛然。这是一个沉稳而沉着的藏族新少年。

五、土家族作家的儿童小说

(一) 孙健忠的短篇小说《牛牛的故事》

孙健忠(1938—),男,湖南省湘西吉首的一个农民家庭出身。小时候进过私塾，后又上了小学。一九五一年考入湘西第二师范学校，博览中外文学名著，开始学习写作。师范毕业后当小学教师。一九五六年发表儿童文学处女作《小皮球》，又发表了短篇小说《铁山儿女》《瑞雪兆丰年》等。一九六〇年调入湖南省作家协会当专业作家，但他始终没有离开土家族聚居的湘西地区。他的生活底子是深厚的，童心不泯，儿童文学创作一直持续着。一九八〇年曾出版儿童文学集《小水獭的遭遇》，包括四篇童话(《小水獭的遭遇》《猴子种包谷》《狐狸仙人》《谁最美》)、四篇小说(《阿大阿二》《笛帕》《木脑壳风波》《桔子熟了》)及《毕兹卡的诞生》等九篇散文。作品不仅呈现出浓郁的儿童情韵，而且有着天然的民族、地域特色。

《牛牛的故事》是他这一时期儿童文学的代表作。作品写还没有上学的牛牛从山边捡回来一棵小小的梨树苗，它已经被太阳晒枯萎了，差不多要死了。牛牛把它栽在小楼外的岩坎上，又浇水，又堆肥，还围上了篱笆。小梨树种活了，却差一点被当作"资本主义尾巴"砍掉。小说情节曲折，写到生产队开了砍梨树的会，说这是砍"资本主义尾巴"，牛牛说梨树不是"资本主义尾巴"，就是不砍。阿公支持他，公社竟把阿公叫去盘问，说再不砍，就要"开会"，要"辩论"呢。第二年开春，小梨树开了花，结了梨子，牛牛把顶大个儿的留给阿公，其余的就请寨子里的姆儿们吃了。蹊跷的是，吃完了梨子，一夜间梨子树又绽出了满树的梨花。牛牛曾为小梨树将被砍而哭，现在又为它一年将结两回梨子而笑。作品童情洋溢、童趣盎然，富有诗意又具有一种象征性，令人浮想联翩、沉思良久。作家率先在一向是赞美现实、一直是讴歌生活的少数民族儿童文学领域中撕破了"左"的统治的"正"面，而将"反"面给儿童们看，从而在少数民族儿童文学创作中张扬了民族民间儿童文学中善必战胜恶的传统的道德力量，复兴了"五四"以来中华儿童文学的批判现实主义的战斗精神。

作品篇幅不长，却令人感叹，更使人心酸。它的艺术特点十分鲜明：其一，虽是儿童题材，作家却忠实于现实主义创作原则，真实生动地反映"左"的思想的谬误可恶、荒唐可笑，揭示其本质，暴露其用心。真实、生动，更显示思想性的深刻。其二，民族、地域特点不是特意专门来写，而是蕴含在牛牛种梨树苗、从山边上砍来小竹竿夹成篱笆等具体生活场景的描述中。这样的作品中自有一股"山味""野味""湘西味"扑面而来，牛牛对小梨树的那份情感也是地地道道乡间土家儿童的情感。其三，语言质朴天然，真情实感浸渍其中。听牛牛说的话，就是这一个山里土家族孩子的话,别无替代。说明作家对本民族生活、对本民族儿童的熟悉。这一点,在作家创作中也是无可替代的。

(二)李传锋的短篇小说《退役军犬》及其他

李传锋(1947—),男,出生于湖北省恩施土家族苗族自治州鹤峰县。一九六六年高中毕业,回乡知识青年,当过农民,打过猎,又当过生产队会计、大队党支部书记、县委副书记等。一九七〇年进入华中师范学院中文系学习,一九七三年毕业后任《长江文艺》编辑。一九八〇年开始小说创作,先后发表出版了《人生,将从这里开始》《故乡的小木屋》《退役军犬》《毛栗球》等中短篇小说和《最后一只白虎》等长篇小说。一九八一年从鲁迅文学院第六期毕业,任《今古传奇》主编、编审,并任中国文学艺术界联合会委员、中国作家协会少数民族文学委员会委员、中国少数民族作家学会副会长,湖北省文学艺术界联合会党组书记、常务副主席。

李传锋是以动物小说创作进入儿童文学领域的。他倡导有别于拟人化动物小说的创作理论,他所写的动物小说,既涉及生态领域,又展现鄂西土家族的历史进程和现实生活,极富传奇色彩,思想意蕴别开生面,艺术表现也别具一格。其动物小说曾以《动物小说选》为书名结集出版,包括短篇动物小说《退役军犬》《毛栗球》《牧鸡奴》《热血》《母鸡来亨儿》《山野的秋天》和长篇动物小说《林莽英雄》。

《退役军犬》的主人公是一只在军队中屡建功勋的军犬——黑豹。它因受伤结束了军旅生涯,被猎人张三叔救回家中,伤愈后成了猎犬,以其逐狐狸、护鸡群、保卫集体财产的高强本领,和机警智慧、忠于主人的优良品行,受到全村人的喜爱和尊敬。然而,世道突变,主人张三叔脖子上被挂上写有黑字的牌子去游街,它也被挂了牌子,又遭一伙人嘲笑、辱骂、驱赶,黑豹弄不懂这世界的纷乱,尤其是那个盗窃过公社的蜂蜜而被它抓到的冯老八,竟拿枪瞄准它打。黑豹死里逃生,躲进丛林,终因眷恋主人而下山来找。当它从废墟中挖出主人的玉石嘴烟斗,又终于衔到了被关在"学习班"的主人身边时,却被跟踪来的冯老八开枪击中。小说构思巧妙而新颖,退役军犬黑豹的经历,反映了时代乱象;写出了动乱中暴露出来的个别人的劣根性,激人深思,催人醒悟。——作家的巧妙就在于,通过一只具灵性、通人性、有本领、懂是非的昔日军犬的目光,来观察和感知社会现实；将忠诚守信、忠贞不渝的义犬与卑鄙自私、卑劣丑恶的人两相对照；狗具人性，"人"有兽性。在真实生动的描写中，再现那一特定年代中的社会状态，有一种独特的艺术感染力。作品的新颖在于，跳出了一般的动物拟人化的套路，而是真正地从一只狗的视角来注视和体会眼前这个颠倒的、悖逆的世界；通过狗的真切感受和疑惑不解，把那一特定年代的气氛真真切切地表现出来。这样的艺术表现，在当时诸多的作品中还很罕见。这是作家的一种探索、一种创造。作家写了世态的变动、社会的动荡，却始终在写黑豹对主人的思念、依恋，对窃贼的仇恨，写对老狐狸的猛追、狠抓，对小黄嘴的同情、救助。真心永不变，正义永不泯，这是中华各民族人民的一种坚定的信念。作家对土家山寨山野的描写虽然极简洁，却充满了对家乡、对本民族人民的真情和深情，民族、地域特色也从中自然地流淌出来。

作者这方面的作品，还有《毛栗球》。《毛栗球》写老猎人马六爷爷精心养育、驯化一只色彩斑驳的山鸡"毛栗球"，以它为"媒子"去猎取它的同类。作家把山鸡王国自然天地写得惟妙惟肖，野趣横生，因为这一题材就来自鄂西山区特有的生活形态，而作家对神农架的动物世界了如指掌。这个"打棚鸡"故事，并不只是描绘大自然风光，它的题旨在于写出"毛栗球"变为"媒子"之后的悲剧性命运及其心理状态，揭示禽鸟与人类悲喜剧的相互交错，又由此从山野情趣中去寻找和领悟自然万物的命运和大千世界的奥秘。《牧鸡奴》写黑豹后代"狮毛"，健壮聪颖、温顺忠实，却因尾巴过于粗长而未被警犬学校录取，之后成为农妇们的"牧鸡奴"。又因它不夹着尾巴走路，反而将尾巴高高举起，"当作进军的旗号"。于是，被剁，被暴打，终于使它丧失活力，败给偷鸡的狐狸。但因它变得"老成持重"得到恩宠，总有吃不完的肉骨头扔到它脚下，慢慢地它就发福起来。小说中对"狮毛"发胖前后做了极生动的描述：之前警犬学校教官带领学员来山村实习，"狮毛"客串，却把那些训练有素的警犬远远抛在后面；而在之后的演习中，它怎么挣扎也跑不动了。这使"狮毛"羞愧得哀号不已。这样的写活动物形象的艺术方式，也令人耳目一新。

（三）蔡测海的短篇小说《孩子和割草的人》

蔡测海（1954— ），男，出生于湖南省龙山县。初中毕业后回乡务农，曾当过铁路民工、民办教师和医生。一九七九年开始文学创作，处女作《刻在记忆的石壁上》获湖南省中华人民共和国成立三十周年青年文学创作竞赛一等奖和首届全国少数民族文学创作优秀散文奖。二十世纪八十年代致力于中短篇小说创作，结集出版了《穿过死亡的黑洞》《母船》等中短篇小说集。其中《远处的伐木声》获一九八二年全国优秀短篇小说奖。《麝香》获第二届全国少数民族文学创作优秀小说奖。二十世纪八十年代后期曾在北京大学中文系作家班学习。中国作家协会会员。

　　蔡测海的短篇儿童小说《孩子和割草的人》，是一篇看似寻常却不寻常、好像普通却很别致的作品：其一，作品写的是城里来的小外孙跟正在割草的外公的一场谈话。谈话的开始是因为孩子捉不住蝴蝶，哭了，外公问怎么了，孩子说："蝴蝶咬人，它咬我了！"从蝴蝶不肯跟他玩儿说到外公割完草去找肯跟孩子玩儿的地狗子；孩子说城里大人都不割草，外公说要割草喂牛，牛有角，"那角不伤人，只打老虎"。孩子喜欢牛角，就说："外公，我帮你割草好吗？"外公心里一热，他要教小外孙认草。外公突然问："你长大了来看外公吗？""来帮我割草吗？"孩子说，那时种田用机器，老人住敬老院。他听工程师叔叔说，有了电，旧机器也不能用了。谈话结束了，作品结尾又写了开头时的景象："蝴蝶飞回来了，恋着那花儿打转，孩子笑了，像个快乐神。老人在割草。孩子追着蝴蝶。老人眯着眼睛往孩子那边看了看，没看清孩子在干什么。老人像活了一千年的马桑树。……人要不割草了怎么办？"整篇作品写得空灵、飘逸，却又具体、实在。作家显然是借鉴了西方现代派的艺术手法，但融会贯通，人物是本土的，说的话、做的事也是本土的。其二，作品不以情节曲折复杂取胜，而注重对民族、对家乡的风土人情作诗情画意的描写，表现出湘西土家族人对时代发展、社会进步的呼应，又蕴含着土家族人传统的、美好的伦理观念，体现着古朴、自然、单纯、清新、隽永，融诗歌、散文的技巧于小说创作中。其三，人物很简单，作家就是在对隔代祖孙生活的合乎逻辑的描写中写出他们各自的思想、情感，虽然不是正面写改革开放，却深切地反映了时代浪潮对几代人心灵的冲击和影响。时代变迁，社会变动，生活变化，观念变革，是翻天覆地的剧变，作家却能以小见大、以简驭繁，真正显示出儿童文学的审美价值和情感力量。

六、西南少数民族作家的儿童小说

(一)苗族作家贺晓彤的短篇小说《新伙伴》及其他

贺晓彤(1952—),女,曾用笔名肖同。出生于湖南省芷江县,祖籍湖南邵东县。中国作家协会会员,曾任湖南省作家协会副主席,湖南省作家协会儿童文学委员会主任。一九六八年高中毕业,下放到邵东县卫家桥公社。种过地,挖过煤,教过书,当过公社广播员。一九七〇年应招进入冷水江铁厂当工人。一九七三年就读北京钢铁学院金属材料专业,毕业后分配到湖南省机械设计院工作。一九七九年开始文学创作,处女作短篇小说《笛笛》,以学生时代生活为题材创作,情真意切,言语动人,在湖南省第一届青年文学创作竞赛中荣获一等奖第一名,赢得了文艺界的一致好评。这是她走上文学道路的第一步。很快,她就从一名"钢铁战士"转为"文坛女兵"。一九八一年,调到湖南省《年轻人》杂志社当编辑和记者,自此,更广泛地接触了社会,尤其是对青少年有了贴心的认识与理解。之后,除发表部分散文、特写和报告文学以外,主要写小说。一九八三年加入中国作家协会。一九八八年毕业于北京大学中文系,获硕士学位。其间写出的儿童短篇小说《新伙伴》《美丽的丑小丫》《叶绿素夹心糖》等,在各民族少年儿童中反响热烈。出版的作品集有《爱,充满着这颗心》《笑微微说声再见》《贺晓彤儿童小说集》《美丽的丑小丫》《百家文库——贺晓彤卷》《永远的蓓蕾》《爱的折磨》等。还写了长篇小说《美女如云》。小说集《美丽的丑小丫》《爱的折磨》分别获得第三、六届全国少数民族文学创作奖。《永远的蓓蕾》拍摄成电视剧,获第十七届中国电视剧飞天奖。

短篇小说《新伙伴》写于改革开放初期,是最早写城里学生与乡间少年做了好朋友、成为新伙伴的作品之一。作品写从城市来到山区度暑假的三年级小学生金娃,一路蹦跳一路欢乐,终于生活在蓝天、绿树、红花、清溪之中,呼吸着甜丝丝的空气,陪伴着高高大大的山和各种各样的小动物。他是"开眼界啦",而他的到来也受到了山村孩子里三层外三层的围观和啧啧的称赞与羡慕。等围观孩子散去后,却只留下光上身、短裤头、背着娃娃的毛狗和穿着红布肚兜、一只手含在口里的五斤。毛狗捡起金娃扔在地上的纸片,说撕了本子很可惜。金娃文具盒里的各种笔和卷笔刀,让兄弟俩看得眼花缭乱。金娃这才知道,毛狗跟他同岁,却矮他半个头,父母要下田,他得看妹妹,至今还没有上学哩,但毛狗渴望上学,让上了学的孩子教他,家里门板上都写满了字。于是,金娃做完作业就来教毛狗认字,毛狗到地里扯猪草也叫上金娃。金娃回城前,把没用过的几个本子和剩下的半袋水果糖给了毛狗和五斤,还对姥姥说:"我回去要妈妈少给我买点鸡蛋,多给姥姥寄点钱来,您苦,还有毛狗他们……"金娃上路时,毛狗煮了四枚鸡蛋让金娃路上吃,还画了一张"我上学了"的画送给金娃。新伙伴难舍难分啊!——在城乡差别还十分明显的新时期初,作品除传播思想正能量以外,还弘扬了尊老爱幼、助人为乐的民族传统美德,光大了自强不息的民族精神;同时也比较深刻地暴露了乡村儿童失学的问题。整篇作品大故事里套小故事,又十分注意细节描写,写得真真切切、实实在在,极富儿童情趣,容易引发共鸣。

特别值得提到的是,贺晓彤的儿童小说,篇篇都有情有趣,又篇篇都涉及现实中存在的比较尖锐却比较隐蔽的问题。这是作家有历史使命感和社会责任心的表现。对于一个少数民族儿童文学作家来说,这是极重要的品格。《美丽的丑小丫》,写的是城市里双职工家庭里常有的事——把幼小的孩子放在农村的爷爷奶奶家抚养,等长到快上小学时就接回来。爸爸把六岁的小丫接回来时,全家高高兴兴的,但妈妈嫌小丫的衣服太土,换上她从上海买的圆领衣、皮鞋。吃饭时,妈妈给小丫夹了一个煎鸡蛋,又夹一个。小丫把饭粒都吃干净,让爸妈也吃干净;爸爸端起碗吃了,妈妈不理会。收废品的人来了,妈妈要把奶奶给小丫新做的红花布鞋和好几双还能穿的鞋都卖掉,小丫抱住那些鞋不让卖。结果弄得小丫摔倒,爸妈吵架、摔东西。作品写得很真实,是非曲直也很清楚,意蕴却很深沉,激人深思。又如《叶绿素夹心糖》,写一个靠走后门上了师大附中、在家娇生惯养、在学校上课吃糖、不好好听课做作业、还爱炫耀吹牛的干部子弟唐佳新,他的同桌是个"扎羊角辫"、穿着肥大的旧花衣、有一双会说话的大眼睛的女生肖珠。肖珠努力学习,也让唐佳新注意听课,不许唐佳新总往嘴里塞叶绿素夹心糖,也不准唐佳新在班里随意乱说、任性妄为。因为,她是班长。唐佳新以为肖珠在老师面前告他的状。事实不是这样。唐佳新来到肖珠家认错,看见镜框里的照片,才知道肖珠的爸爸正是新来的市委书记。作品写的也是当下常见常闻的"小事",其中包含着的却是不可忽视的关于家风及儿童教育、关于体制及公正法治等等大事。作品贴近现实生活、贴近百姓心灵,真正是为人民创作的作品。语言平易自然,读作品就像是在聆听坊间逸闻一样。

（二）壮族作家黄钲的中篇小说《江和岭》

黄钲（1945— ），男，出生于广西邕宁。一九六八年毕业于广西师范学院数学系，曾在隆林自治县中学、文化馆工作。一九七二年开始文学创作，出版有长篇神话小说《打鬼大王钟馗》，中短篇小说集《江和岭》，儿童长篇小说《江水静静流》等。中篇儿童小说《江和岭》曾获第二届全国少数民族文学创作奖及首届广西政府铜鼓奖，短篇儿童小说《心》曾获首届广西壮族自治区儿童文学创作奖。短篇小说代表作《老篷》被收入《中国少数民族当代文学史》，儿童长篇小说《江水静静流》列入《中国少数民族儿童文学原创书系》第一辑。黄钲创作还涉及文学、艺术两大领域，儿童广播剧《寻找太阳的母亲》获第二届广西政府铜鼓奖，参与创作和编辑的儿童漫画系列丛书《神脑聪仔》获中国国家图书奖。中国作家协会会员，广西作家协会理事，编审。

中篇儿童小说《江和岭》，写中华人民共和国成立后，八尺江畔、磊帽岭下壮族山寨的新生活、新面貌、新气象——九岁的勒安与爸爸妈妈一家三口，分得了田地，爸爸有牛一样的力气，日夜劳作，丰收在望。只是妈妈病瘫在床，需要花钱。爸爸就烧了炭运到镇上去卖，勒安进竹林捉竹蜂，卖点钱为妈妈买药，还帮着放牛、煮饭、煎药、担水等等。不料，爸爸烧的一船木炭翻在了江里，竹林里的竹蜂也愈来愈少。这时，寨子里办起学校，让小孩子都去读书。勒安爸爸虽然乐观自信，但家里缺钱缺劳力，勒安只得一边养起被称为"铁稷耙"的小鸭子，一边由好朋友依青每天放学后来教他。他每天赶放鸭子、捉摸虾螺，还刻苦自学，不落下功课。可是，暴雨、山洪、鸭瘟、野猪，纷纷袭来。生活中总是磨难太多，依靠寨里乡亲和学校同学的帮助，勒安一家才得以抢割谷子、击毙野猪。勒安一家感恩共产党，把最好的谷子交了公粮，把野猪肉分给大家。勒安还把在草丛中捡到的一包钱交给爸爸，让爸爸想法还给失主。小说情节并不复杂，但是一波三折，无论是对生活历程的描述，还是对生活情景的表现，都不一般、不平凡，有极大的艺术吸引力。作品的基调欢快积极，字里行间洋溢着对美好未来的信心和勇气，充满对国家、对家乡的爱和希望。作家常常是在写到勒安一家危急时刻时突然有了转机，让读者心灵有所慰藉。更重要的是，就在这曲曲折折之中，生动地刻画了爱爸妈爱老师、能吃苦能干活、愿读书愿上进的九岁壮族儿童勒安的形象，以及诚实无私、积极乐观的勒安爸爸的形象，表现出中国新时代壮乡生活焕发出的蓬勃朝气、勃勃生机,讴歌了勤劳、热情、奋发、向上的高尚品质,明朗地透视出壮族的新变化、新发展;也实际上反映出少数民族地区的落后、贫穷的问题,避免了当时少数民族儿童文学中主题单一化的倾向,使民族特色、地域特点自然地表露出来。

应该注意的是,这篇作品虽然主要是写勒安的成长,却十分注意写长辈们的言行举止,写壮族山乡的自然风光,而且注重于对日常生活的描写,这就写出了壮族的传统文化和由此形成的文化传统。写出了新一代壮族人身上体现的民族性格和由此凝成的民族精神。作家着眼于少数民族儿童的成长,也着力于具体的人文环境的描写和自然地域的描绘,使宏观与微观、时代与环境相一致、相统一。如开头部分:

"上塘报卖炭呀?"二伯公一早也到江边来了。他手里挎着那形影不离的勾把粪筐,背驼得很厉害,眼看下巴就要碰着膝盖了。

"二伯让我捎带什么吗?"

"方便的话,带两三百元的豆豉给我。"

二伯公说着,同时看中了一块已经干硬的稀牛粪。他用粪刮小心地刮进粪筐里,看看再也没有什么可刮的,又弯着腰走了。

爸爸一直把船头装得很沉,才满意地俯身到河面上,双手捧水,呼噜呼噜地洗去脸上、鼻孔里的黑炭灰,然后将嘴埋进水里,咕嘟咕嘟地喝了一阵子水,这才站直腰身,用他那个经常溜腔走调的嗓子唱起歌子《二郎山》……

紧接着:

爸爸在"高呀么高万丈"的歌声中渐渐远去了。这时候,太阳才急急忙忙地从东边山头露出半张羞红了的脸。柔和的阳光,给八尺江边的翠竹涂上了一层淡淡的枯黄色。村子后面高高的磊帽岭也抹上了阳光,倒映在江面上,像一只大金碗放在江里。草鱼和青竹鲤不时跃出水面,将弯得很低的嫩芦叶拖进水里,激起的圈圈波纹,使"金碗"变得歪歪扭扭的了。

这样的人文、自然描写,其实也是一种不露声色的细节描写,其含义的覆盖和包容是十分丰厚的。而且,作家所运用的既是壮族的又是大众能懂的极其传神的语言,确切地表现出壮族人民的生活情趣和精神气质,也呈现出浓郁的民族特色与地域特点。

(三)白族作家王云龙的短篇小说《爸爸在遥远的扣林》

王云龙(1943—),男,出生于云南省下关市。二十世纪六十年代开始文学创作。曾任中国人民解放军驻云南某部宣传处副处长。他的儿童短篇小说《爸爸在遥远的扣林》曾获第二届全国少数民族文学创作"骏马奖"。

《爸爸在遥远的扣林》,写的是对越自卫反击战争期间的事情。这样的题材在少数民族儿童文学中很罕见,很独特。它的独特还在于,作家并没有写自卫反击战的战场和前线,也没有写这一战争中的英雄和先锋,只是写了一个正在参加战斗的解放军营长的儿子——一个五六岁的、名字叫童童的男孩,一个人上公共澡堂洗澡。男孩个子小,买张洗澡票挺费劲,给人的第一个印象是"稚气的声音""圆圆的脑袋""过大的马桶包";接着就听到一个尖细的女声的嚷叫,小男孩走错进了女澡堂,快哭了,却让人看到他"大眼睛墨黑滚圆,忽闪忽闪的,显得聪明懂事。一对大酒窝又分明还满盛着稚气和天真"。就是这样可爱的孩子,始终是一个人上澡堂。因工作人员吴嫂的盘问,得知他的爸爸在扣林前线,妈妈忙于在厂里搞科学实验。可这样一个值得同情的聪明孩子,还受人欺负,被人抱走了衣服。后来,他很久没去澡堂。原来,他的爸爸在前线牺牲了。小说情节简单,人物也简单,小男孩的爸爸妈妈一直没有亮相,每一小节就是小男孩出现在澡堂。但通过澡堂内外的人和事,表现出爸爸的崇高、妈妈的刻苦、男孩的坚强;也展现出改革开放初期社会的复杂、思想的纷乱。整篇作品单纯而丰富、浅近而深刻,意味深长而悠远。更为巧妙的是,这篇作品是通过一个高中毕业没考上大学而在澡堂里卖票的年轻人的目光和口吻来描述的,其中的意蕴早已超越了作品自身,显得深沉、真切。作品结尾,写这个澡堂所有工作人员对小男孩态度的大转变,写作品中第一人称讲述者的内心所想,似在写人们的天良发现;也足见作家艺术构思和全篇艺术布局的独特。

作家赋予小男孩童童以最深最真的感情。如写他小小年纪,爸爸见不着,妈妈碰不到,但他说到爸爸妈妈时,没有委屈和抱怨,只有理解与自豪;他的每一句话,都是从他心底里说出来的,天真烂漫,稚拙无邪。这是作品中最感人之处,也是这篇儿童小说的创作特色。作家写道：

童童洗完澡出来，吴嫂……说："童童，怎么总不见你妈妈来呀？"

"妈妈上班了。她星期三休息，我星期天放假，我们老碰不到一块儿玩。我想去海埂，想去西山公园，都快想死了，还是没去成。"

"爸爸什么时候休假，让他带你去嘛。"

"他早该休假了，可是，他来信说，扣林前线紧张了，敌人老来捣乱，探亲假都推迟三回了。"

"扣林！你爸爸在扣林？"我不相信。

"嗯，他从军校回来，军区留他，他不干，又回扣林山去了。"

…………

又如写小男孩从扣林回来后又来澡堂：

一位老师傅走过来抱起了童童。

"师傅，您……"我忙问。

"让童童上楼到房间去洗盆池，我负责招呼他，那里舒服些。"

"不，谢谢爷爷，谢谢大家。妈妈说洗大池好，人多，大家会互相帮助，互相照顾的。"童童抬起头，用他那双美好的、懂事的大眼睛，感动地看着这许许多多的好心人。

爸爸的牺牲令人难过，令人从心底里痛恨战争，期盼和平。童童的坚强让人看到了美好的未来。

这个小男孩形象是以往少数民族儿童小说中没有过的。

(四) 景颇族作家岳丁的短篇小说《爱的渴望》

岳丁(1960—   )，男，生于云南省盈江县。一九八二年毕业于云南民族学院后，在该院任教。

儿童短篇小说《爱的渴望》，是以景颇族儿童"我"的第一人称来讲述"我"对"爱"的渴望。令人心酸，也令人深思。作品讲述："一场吓得鸡飞狗跳的吵闹后，阿妈走了。"阿妈来过信,说很想念"我",但并没有回来。有一天早上,爷爷病倒了,牵挂着"我"的爷爷第二天就去世了。阿爸要去远处上工,临走把"我"交给七叔七婶。当着阿爸,七叔撕给"我"一块牛肉干,七婶送给"我"一个黑背带的红挎包。不久,因为七叔七婶脾气坏,奶奶搬到二爹家去了。而就在阿爸走后第二天,七叔要"我"放马,花脚公马追着一匹青鬃母马跑远了,一直追到天黑才得以回家,七叔对"我"又打又骂,路过的队长阿叔把"我"救回家。队长一家待"我"好,让"我"独住一个房间,还送"我"上学读书。可是队长阿叔在"政治边防"运动中被打死了。和蔼的赵老师把"我"留在身边。现在,赵老师退休了,"我"下山去看望老师。晚上,"我"和赵老师的爱人睡在一起。一只手轻轻地伸过来帮"我"盖被头,让"我"好好睡。梦里,"我"感到睡在父亲怀抱里……却又被邻家的吵架惊醒。

这是一篇不到三千字的小说,篇幅短小,情节单纯,但它的思想容量并不小,艺术表现也不简单。这是一篇浅近而深邃、世俗而深情的作品,在少数民族儿童文学创作中别具一格。它的创作特点是十分鲜明的:

其一,作品虽小,覆盖面很大。所写的人和事涉及家庭与学校、乡村与城市,并由此反映出时代进展、社会演变中依然存在的社会问题。近似"五四"时期的问题小说。如一些地方不经判定离婚,男女自行分开,孩子权利没有保障;写七叔七婶人前一个样、背后一个样,任意打骂侄子而无人过问;写"左"的思想指导下,关怀百姓的队长惨遭迫害;写老师邻家依然在搞买卖婚姻等等。其二,作品主人公是十岁的景颇族儿童约等,内容很是集中,但因作家的巧妙构思、精心布局,使作品的民族特征、地域特色很自然地洇渗在字里行间,洇浸在小主人公的民族心理素质里。如写小主人公的景颇族名字"约等"的由来;写他对阿妈、阿爸的思念与盼望;写他的善良、笃厚、坚韧,却又因居住地区的偏僻、闭塞,眼界的褊狭,而显得胆怯、懦弱。这,是时代的局限,是发展的滞后,还是正确儿童观没有真正确立?其三,作品写得十分概括,却非常明朗地写出社会的纷繁复杂,写出真善美与假恶丑的对峙与对立;而且,在生动传神的描写中表达出真善美的珍贵与假恶丑的卑劣,使美好的、正确的价值观深入人心,使无情、自私、阴险、恶毒的行径暴露于光天化日之下。如写队长阿叔,自己家境不好却收养了约等,待他如亲生;写学校赵老师,在队长阿叔死后收养了约等,关怀似家人。又如写阿爸、阿妈丢下刚刚十岁的约等各自离去;写七叔毒打放马归来的约等;两相对照,界限分明。其四,作品语言是叙述式的,自然而流畅,但作家精心采撷了景颇儿童的口头语言加以提炼,使其从开头到结尾都浸透了民族情愫、地域情调、儿童情思,并由此显现一种独异的情韵,显示一种民族性、地域性、儿童性的交融。如开头:

> 一棵又一棵的树,牵枝搭叶,像长刀恋着刀鞘,可亲热了。我的家却像寨子边那被风吹裂了的芭蕉叶……
> 一场吓得鸡飞狗跳的吵闹后,阿妈走了。

如写七叔、七婶的为人:

> 林子里有一种树,结着一些红皮黑心的果子。我忽然觉得七叔七婶多像那种果子啊。

如写约等对阿爸、阿妈的思念:

> 我喜欢到山沟里去打水,水流进竹筒,叮咚叮咚……我好像听到了阿妈的歌声。于是,我把装满竹筒的水倒出来,一遍又一遍地倾听着竹筒里的歌……
> 我喜欢去放牛。那对好斗的小花牛一打架,我就跟着欢叫……这时,我感到阿爸在喊我,我就叫得更欢……

作品结尾,在老师邻居家的吵架声中,作家写道:

> 啊,世界,你到底驮着多少个不幸的家庭啊!难道你不希望你的夜是香甜而宁静的吗?

小说中写的是景颇族儿童的命运遭际,而作家要写的是整个社会啊!以一当十,足见作家思想的深刻和艺术的深邃。

七、其他少数民族作家的儿童小说

这一时期,少数民族作家解除了精神束缚,思想解放,观念更新,确立了正确的儿童观、儿童文学观;一些不是专门从事儿童文学创作的少数民族作家,也陆续写了一些有影响的儿童小说。如一九四七年出生于内蒙古卓索图盟(赤峰市)的蒙古族作家满都麦。他当过下乡知青、教师,一九八三年毕业于内蒙古大学文研班,曾任内蒙古乌兰察布市文学艺术界联合会主席,内蒙古文学艺术界联合会、作家协会副主席。他用蒙古文写了不少儿童小说,被译成汉文的短篇小说《鹫雕岩上》有较大影响。作品写少先队员照日格吐、巴特尔及其同学们,为了救治同学纳顺的额吉,不顾危险,登上秃鹫岭悬崖。照日格吐拿着书包进鹫洞取鹫粪,巴特尔挥着小旗,指挥同学们系绳子绑住照日格吐,把他送到鹫洞前面。意外的是,同学们拿着的绳子突然掉到了崖下。面对捕食回来喂养雏鹫的巨大秃鹫,照日格吐在害怕中镇静下来。他先是装死,然后紧紧抓住秃鹫爪子。不料,秃鹫飞起,把他带到空中。秃鹫力不能支,照日格吐在同学们的救护中慢慢落地,又幸亏王老师及时赶来。作品弘扬少先队员互助互爱、无私无畏的集体主义精神,将少先队员先人后己、乐于助人的高尚品德写到极致。作品的民族性、地域性、时代性都十分明朗,又十分得当地融合于儿童性之中。

另一位蒙古族作家莫·阿斯尔的短篇小说《卖奶豆腐的孩子》,以城里来的"我"的口吻与目光叙述坐在公社供销社水泥台阶上的小哥儿俩。这小哥儿俩,看上去大的五六岁的样子,小的不过四岁。大的只穿一条裤衩儿,小的干脆光腚。两人腮帮一鼓一鼓地嚼着满嘴的奶豆腐。他们俩中间夹着一个放了七八块湿奶豆腐的柳条筐,另外还有一只酒瓶子。那个小一点的孩子说:"爸爸不让我们吃,说要卖了奶豆腐,用卖奶豆腐的钱买酒喝。"他一边说着一边晃着那个空酒瓶。哥哥伸手要夺下这个瓶子。一来二去,酒瓶砸落在水泥台阶上……小说不足两千字,只写了两个小孩嚼奶豆腐的场景。但,普普通通的日常小事,留给人切切实实的生活思考——小哥儿俩非常爱吃奶豆腐,为什么不留着吃,而要卖了钱给爸爸买酒喝?即使必须卖了奶豆腐,卖了钱,是否应该先为小哥儿俩买两身衣裤?而且,这么小不点儿的孩子,从草原拿了奶豆腐来供销社门口卖,谁来看护他俩呢?应该说,这是新时期少数民族儿童文学中的问题小说。莫·阿斯尔,一九三六年生于内蒙古兴安盟科右中旗一个牧民家庭。一九五一年参加中国人民解放军，一九五五年任《内蒙古战士报》编辑并开始创作。穷苦的童年使他深爱今天的少数民族儿童，他曾写过多篇蒙古文儿童小说。

此外，一九三四年出生于内蒙古呼和浩特市、一九五六年毕业于内蒙古师范大学的蒙古族诗人毕力格太，由于幼小时曾经当过喇嘛，饱受生活的磨难和艰辛，一九七八年写出儿童叙事诗《布尔固德的故事》，一九八二年出版儿童中篇小说《古庙里的秘密》，都写了蒙古族儿童反抗压迫、敢于斗争的生动而曲折的故事。尤其是后者，描述以前蒙古族小奴隶特木尔，被王爷当作"布施"送进喇嘛庙，后来在党的地下工作者刘峰的启发教育下，挣脱了"天命"的精神枷锁，参加了党的地下工作，机智勇敢地完成了组织交给的任务。特木尔这一蒙古族儿童形象，真实而鲜活。另一位出生于二十世纪三十年代、曾担任内蒙古戏剧家协会主席的蒙古族女作家娅茹，一九八四年写了蒙古族少年弃家出走却又"浪子回头"的中篇问题小说《铁木耳传奇》，有浓郁的生活气息和地方特色，有鲜明的现实意义和教育价值。

达斡尔族女作家苏华，(1957——)，毕业于内蒙古师范大学，是内蒙古莫力达瓦达斡尔族自治旗人，她所写孤苦儿童乌珠热与小牛犊的深厚情谊的儿童小说《牧歌》，在各民族儿童读者中引起共鸣。作品写七岁的乌珠热，经常胸闷喘气、经常犯病。爸妈离婚，他对爸爸没有印象，妈妈在城市工作，很少回来。他跟着姥姥、姥爷在一起。姥姥总是怕他犯病，不让他随意出外。乌珠热没有玩伴儿，只得跟小牛犊玩。乌珠热觉得，他的身世跟小牛犊一样。小牛犊出生后，没有吃过母奶，因为姥姥就靠每天挤一点牛奶换一点钱来维持生计。他就格外地关照小牛犊，领着小牛犊到水沟那边的草滩上去吃青草。不过，小牛犊有一只小羊羔做朋友。天黑回来时，小牛犊送小羊羔回家，然后趴在小羊羔主人家门外面。可是，小羊羔被送到屯子里了。天黑了小牛犊没有回来，乌珠热不顾自己会不会犯病，到处去找。可它自己回来了，后臀被人砍了，流血不止，受伤很重。姥姥、姥爷看它活不了，要杀掉它。乌珠热不让。夜间，乌珠热把大乳牛牵到小牛犊跟前，小牛犊找到母牛的乳头，激动地吮吸起来。突然，乌珠热特别特别想念妈妈，终于忍不住失声痛哭。……作家写小孩子与小牛犊心灵相通，十分感人。作家是在反映一个当下的现实问题——父爱、母爱的缺失，使儿童心灵上、身体上受到多大的损伤！作家写得十分细腻、细致，达斡尔族因为主要从事农耕，对耕牛有一种特殊的爱怜、爱护之情。而当商业经济大潮侵入少数民族地区之后，族人原始的、淳朴的感情发生了变化,人与牛的情谊也渐渐淡薄。这是怎样的一种变化呢?令人深思,耐人寻味。

王延辉(1956—),山东省淄博市人,毕业于山东师范大学的,是一位回族作家。他也写了回族孩子从心底里爱耕牛、爱土地的儿童小说《小火龙》。作品的题目并不是写一条龙的名字,小火龙是回族孩子心目中的那只即将降生的小牛犊,是孩子对还未见面的小牛犊的昵称。龙,是中华民族的图腾,把牛比作龙,是怎样的一种感情,怎样的一种心理状态呢?作品从那个名字就叫牛子的孩子坐在一棵很高很高的树上、直瞪瞪地望着那条一直延伸到庄里的小路写起——牛子在等老花。老花是一头怀犊八个多月的母牛,本是不该下地的,可爷爷病了,他是个小孩子,队长叫人硬牵走了。牛子五岁死了妈,十岁有了后妈。跟着当饲养员的爷爷一起过,今年十四岁。他心疼老花,准备好吃的草、喝的汤,然后,就是焦急的等待。暮色很沉很沉的时候,老花才回来。老花叹了一口气,牛子也叹了一口气。牛子摸老花肚子时,有个东西一撞一撞的。他守着老花,想着爷爷说过的教过的。小牛犊终于出生了,度过了艰难,驱除了恐惧;点亮了提灯,燃起了火堆。作家写道:

火堆烧得正旺,把小牛犊那光滑、深红的皮毛映得火红火红,闪闪发光。把那湿漉漉的一双大眼睛映得晶亮晶亮。尤其是那个要多俊有多俊的毛茸茸的脑袋和四只轻捷调皮的小蹄子,简直叫牛子的眼睛一会儿不能离开。小火龙!呵呵呵呵!

作品结尾时,作家又写:

……整个沉重的黑夜已经过去,一个抖抖颤动的大火球正在地尽头跃起,并将把一切属于昨天和黑夜的东西一扫而光,只留下一片纯贞、光明的原野。他将真的拥有小火龙,真的拥有土地……

小火龙,也是一种象征。显然,作家借鉴了西方现代派的意识流、象征、荒诞等手法,为我所用。

这时,一些早已有了名气的作家也积极为儿童写作。如一九五四年出生于新疆霍城的哈萨克族作家艾克拜尔·米吉提,他是中国作家协会会员,全国政协委员,中国作家出版集团管委会副主任,《中国作家》主编,中国作家协会少数民族文学委员会委员,中国作家协会第六、七、八、九届全委会委员。他的散文式儿童短篇小说《天鹅》,写住在新疆赛里木湖畔的六岁的哈萨克小姑娘哈丽曼茜,听祖母讲了天鹅的故事。祖母说,现在正是天鹅飞来的节令。哈丽曼茜手搭凉篷出神地望着洁净的蓝天——

> 她仿佛听到了一阵琴音轻柔悦耳的声音。她倾心静静听着这一微妙的旋律,……她仰起头来望着深邃的苍穹。就在这一刹那,一幅奇异的图景映现在她眼前——在蓝幽幽的天幕上,有小小的两朵白云越过她头顶,飞翔在赛里木湖上空。不,那不是白云,分明是两只比白云还要洁白的天鹅!啊,天鹅哟天鹅,你果然就像奶奶的故事里所讲的那般洁白。对了,刚才那一阵美妙的旋律一定是从你翅膀底下发出的吧?

就这样,哈丽曼茜对一切都视而不见,心目中只有湖边的天鹅。她,喝令跟随她的小狗黑嘴立即回家,自己跑过了那条黑色腰带般的公路,跑到了蔚蓝色的赛里木湖面前。湖水已经涨潮,湖岸富于变幻,……洁白天鹅从远方飞来,正是哈萨克人心中的吉祥的象征,是人与大自然和谐相处的情境。哈丽曼茜奔跑着、渴望着见到两只美丽的天鹅,这是新一代人对高尚、高洁的一种挚爱;对美好、美妙的一种期盼。而字里行间,又透现出祖国建设的飞速发展、民族团结的深入人心。作品的语言既具诗情画意,又透露着鲜艳、闪光的色彩,显示着广袤新疆特有的明丽、粗犷的色调。

长期生活在西南边陲的云南白族作家菡芳,则写了以改革开放、睦邻友好为题旨的儿童短篇小说《界河上的红蜻蜓》。中、缅边界上,丛丛芭蕉林掩映着的我国云南青鹿寨,和簇簇凤尾竹摇曳着的缅甸绿竹寨,只隔着一条银亮亮的小河。界河那边,花公鸡的啼鸣,小羊羔的吃草,都听得到、看得见。令人高兴的是,有三男四女七个缅甸小朋友到清路寨小学来"留学"。放学后,"我"领着同桌的山团小姑娘到家里做客,揣起芭蕉叶包着的糯米饭团,闻着缅甸那边吹来的一阵阵缅桂花香,逮着界河上飘飞的千点万点的各色蜻蜓。她们各自逮了一只红蜻蜓,又还它们以自由,把它们放了。当山团得知"我"的爷爷因为帮着盖学校的竹楼而摔伤了腰,需要一种叫水晶花的草药时,就说这种药在凤尾竹林里长着,明天上学时她就会带过来。作家写"一群红蜻蜓悠悠然飞过界河,落向缅甸的田园,又一群小鸟快活地从界河那方向我们这边飞来",写中、缅两国小朋友的友善互信、友爱来往,写出邻国之间团结、互助、和平、繁荣的新气象。这篇儿童小说,国际题材独特,隐喻手法独异,诗性语言独到,在少数民族儿童文学创作中独树一帜。作品结尾点题,也独具情致:

> 我静悄悄地目送着山团渐去渐远。她,多像一只在界河上面自由自在地飞去飞来的红蜻蜓呀!……
> 我们,也是自由自在地在界河上飞去飞来的红蜻蜓呀!

是苗族作家李再春创作了表现本民族传统生活题材的儿童短篇小说《嵌着戒指的烟杆》。作品采用倒叙的艺术方式,以给阿爹买到一棵一尺多长的斑竹烟杆而感到踏实、欣慰来开头,以这棵烟杆为引子,回忆起狮子山下那小小的寨子、那逝去的童年——"我"的阿爹是个猎人,在狮子山遇上豹子,激烈搏斗后抱着豹子滚下崖底。阿妈得暴病去世,丢下"我"和后父在一起。寨里人瞧不起跟着后父的娃崽,但,后父对"我"是很好的。一天,"我"随一伙娃崽到野鸭河边割猪草,一个挑着货郎担的汉族老人来了。娃崽们就买丁丁糖吃。"我"没有钱买,受到讥嘲。"我"回家找不到钱,就拿了后父那个嵌着戒指的烟杆来换丁丁糖吃。后父发现了赶来挡住,而且恼怒非常。后父打了"我","我"也咬了后父。"我"自此住到守山爷爷的小屋里。一次,"我"从树上跌下来,后父赶来看"我",还卖掉了嵌着戒指的烟杆为"我"治伤。后来,"我"得知这根烟杆是后父原先妻子死后的纪念物,内心由感动而歉疚。之后,后父编蓑衣卖钱供"我"上学。待"我"从师范学校毕业、工作,终于买到了一根好烟杆。推门进家,却见那位昔日挑担的老人正与后父聚谈。汉族老人把那根嵌着金属环的烟杆归还"我"的后父,还带来了"我"那时一心要吃的丁丁糖。"我"就把为后父买的那根烟杆赠送给这位汉族老人。这是一个"寡崽"与后父的故事,是一个曲曲折折地讲述道德、良知的故事。这篇小说对民族特色和地域特点做了细致描写,儿童心理的细腻刻画、民族风俗的细致描述,生动、形象地展示出旧观念所造成的苗族人生活中的陋习和新生活所带来的新风气,又具体、真实地展现了苗汉人民之间的友爱与和睦。

第二节　诗歌

一、蒙古族诗人的儿童诗歌

（一）吉儒木图的儿歌集《团结的大雁》

吉儒木图，男，出生于二十世纪二十年代的内蒙古牧区。长期在内蒙古人民出版社蒙古文幼儿文学编辑室工作，并从事蒙古文儿歌、儿童诗的创作。出版有蒙古文儿童诗歌集《团结的大雁》等，代表作是《燕子》《嘎嘎歌》《佳佳诗》。

儿歌一般是使幼儿接触、感受文学最早的一种文学作品。由于幼儿的生活面窄，知道的事情少，运用的语词简单，且幼儿注意力不能长时间集中，因此，作家为幼儿创作是一件不容易的事情。吉儒木图以祖辈对小辈的热切希望、真诚期盼，认真地学习、借鉴中国古诗和蒙古族传统儿歌的内容与形式，用心写出适合幼儿聆听、念诵的一首首儿歌，使每一首儿歌都有自身的独特之处。如《燕子》：

> 尾巴似剪刀
> 飞翔本领高
> 春天到这里
> 悬崖筑窝巢
> 一对尖翅膀
> 美丽又灵巧
> 空中会捉虫
> 秋凉南迁了

作品像一首五言律诗，特点十分明显：其一，优美的艺术表现。整个作品句式匀整、音韵和谐，节奏明快、律动活泼，非常适合幼小儿童朗读、念唱、背诵，好读、好懂、好记。其二,写出人与自然的和谐。燕子年年冬去春来,捉害虫,做"燕窝",有益于人类。它们依恋原先做窝的人家,讲诚信,有情义,是中华各民族人都喜爱的吉祥小鸟。其三,知识性融合于艺术性。作品虽十分短小,却因作家观察细致、构思巧妙、语言运用精当,把燕子飞翔的姿态、它的本领、习性都写了出来,既生动形象,又真实确切。

《嘎嘎歌》是一首知识儿歌。

> 红旗红旗红艳艳
> 五颗星星挂上边
> 祖国首都是北京
> 天安门在城中间
> 太阳太阳圆又圆
> 党中央在北京城里边

作品特点鲜明:其一,以真切、具体的形象呈现爱国主义精神。作品写了鲜艳的五星红旗,伟大首都,美丽天安门,圆圆红太阳,显现出艳丽庄重的鲜红色调,凸现了巍峨庄严的国家标志,表现深厚赤忱的深爱民族、挚爱祖国、热爱共产党的思想感情。其二,采撷幼儿口语,又予以恰当、精当的提炼,使之自然而然,而又合乎音韵、合于格律。读着"红艳艳""挂上边""城中间""圆又圆",就能体会到。其三,从内容到形式,通俗、世俗,却显示一种高贵的气质、高昂的气概;素朴、质朴,却表现出一种深切的情感、深厚的情意。如《佳佳诗》:

> 红色花蕾最可爱
> 革命后代最可爱
>
> 百花盛开最可爱
> 天真孩子最可爱
>
> 乌兰花儿最可爱
> 幼儿园孩子最可爱

牡丹荷花最可爱

有礼貌的孩子最可爱

作品八句,古典情韵,现代格调,但与前两首又有所不同,可见吉儒木图儿歌内涵的多种多样,艺术方式的多姿多彩。虽是小儿歌,却是大创作。这首儿歌有以下特点:其一,巧妙确切地运用了比拟、反复、排比、递进的艺术方式——比拟中有反复,反复中有排比,排比中有递进,使孩子与花朵相互比照、映射、交辉。我国各民族都把孩子说成"祖国的花朵",这首诗使之具体化、生动化。其二,这首诗的内容、形式都极简单,但,简单而不简略;单纯中蕴藏着丰富,简明中体现着深邃。——这一点,正是幼儿文学创作中最珍贵的一点。其三,诗人虽然用蒙古文写作,但所写并不拘囿于蒙古族儿童,乌兰花儿与牡丹荷花同时写入诗中,既开阔了蒙古族儿童的眼界,也是与他民族儿童交流思想。

(二)高·拉希扎布的科普诗集《你知道吗?》及其他

高·拉希扎布(1939—),男,出生于河北省张家口市。一九五七年从呼和浩特市第二师范学校毕业后当了教师。一九七九年到正蓝旗工作,历任旗文体局副局长、旗政协文史委员会副主任、人大常委会副主任。一九八八年任锡林郭勒盟政协副主席。一九八九年至一九九六年兼任锡盟文学艺术界联合会主席。中国作家协会会员,中国少数民族文学学会会员;并曾担任内蒙古作家协会名誉委员,作家协会儿童文学委员会委员等。十六岁开始发表诗作,写各种体裁作品两百余万字。儿童文学作品主要有儿童科普诗集《你知道吗?》《动物趣话》《趣闻集》,以及《幼儿歌谣》《科学诗选》,儿童中篇小说《乡下的儿子》等。其中,《你知道吗?》是他的儿童文学代表作,曾获第一届全国少数民族文学创作奖、内蒙古文学索龙嘎奖、全国运用蒙古文八省区优秀图书奖。他的儿童诗作等被选入五十多部图书和中小学、幼儿园教科书。

儿童科普诗集《你知道吗?》共辑录《从马相毛色说起》《牛的友情》《象鼻子的本领》《喜鹊窝巢》《蚂蚁旅行记》等四十一篇蒙古族儿童科普诗歌作品。诗人巧妙地以诗歌形式解答了成百上千个科学知识领域中的"为什么";还以生动形象的诗歌语言解释了蒙古民族的村落浩特、家具用品、草原五畜、花草植物、飞禽走兽、昆虫万物，乃至宇宙星空、银河世界中诸多的"什么"和"为什么"；但，这些科学诗并不只是让儿童学知识、知万物，更使广大少年儿童扩展视野、丰富见闻、发展智慧，并由此认识生活、了解社会、领悟现实。

以《孔雀的伎俩》为例，第一段描绘孔雀的美丽羽毛、美妙姿态；第二段描述孔雀在南方森林里的生活情景；第三段却出人意料，描写了孔雀在美丽、美妙背后的可怕一面；在第四、五段中，诗人写道：

> 美丽孔雀展翅开屏
> 傲视左右漫步而行
> 天真无邪的孩子们
> 尽显出无比羡慕心情
>
> 孔雀以它美丽形象
> 诱拐孩子们到僻静地方
> 啄破他们的脑门
> 吞噬他们的五脏

应该说，这是真正的料想不到，尤其是生长在北方边疆的各民族孩子们，他们只在动物园里见到过孔雀，对它们的野性一无所知。从诗中，孩子们了解到孔雀的自然习性，也懂得了不能被事物表面的华丽现象所迷惑，不然将会受到蒙蔽，并带来各种各样的危险。作品的知识性寄寓于艺术性、趣味性之中。

诗人的另一本儿童科普诗集《趣闻录》，是《你知道吗？》的续集。作品多以有趣的讲述描绘正面形象，传播正能量。如《草籽儿的追求》：

> 锦鸡儿枝叶蓬又松
> 弯弯扁豆夹在中
> 只听豆荚一声响
> 种子四散奔西东
>
> 神奇可爱蒲公英

种子绒绒呈伞形
随风飘遂游世界
哪里生根哪里停

苍耳果实真精明
身披小刺有本领
依附万物来回走
周游大地各处生

秋季沙蓬会逞能
随风顺势善滚动
途中撒下千百籽
来年春风吹又生

……………

草籽都有好本领
奇特现象数不清
待你长大去探索
植物世界妙无穷

可以看到，高·拉希扎布的儿童科普诗歌短小精悍、浅显易懂，又蕴含着丰厚的各科知识、表现出深刻的人生哲理，透示着语言的内在情致、呈现着活泼的艺术魅力。

二、满族诗人的儿童诗歌

（一）胡昭的长篇叙事诗《瘸狼》及其他

一九七九年，胡昭调回吉林省作家协会搞专业创作。出版诗集《瀑布与虹》、儿童诗集《雁哨》、散文诗集《冰雪小札》《珍珠集》等。他是艾青在《中国新诗六十年》中提到的十几位"新的诗人"之一。一九八三年，参加中国作家代表团访问突尼斯、叙利亚等国。自一九八四年起,任吉林省作家协会副主席,《作家》杂志主编。中国作家协会理事。

长诗《瘸狼》是他这一时期儿童诗的代表作。作品写一只凶恶的狼,经常侵犯草原上的羊群,给蒙古族牧民带来很大危害。蒙古族牧羊人老巴图狠狠地教训了它,使它成了一只三条腿的瘸狼。瘸狼总想寻机报复。有一次,趁老巴图不备将他咬死。老巴图的孙子小巴图立志为爷爷复仇。他练就了一身过硬的本领,时刻提高警惕,终于杀死瘸狼,为爷爷报了仇,还为草原上的牧人除了大害。胡昭的家乡邻近内蒙古草原,所以他熟悉蒙古族牧人生活,诗作也透现了民族团结的题旨。诗中描写了草原上的美丽风光和淳朴习俗,描写草原牧人的勇猛精神与笃厚性格,民族性、地域性与牧人的个性都极鲜明,诗境悠远而诗味悠长。

此外,诗人还写了描述抗联小战士的系列诗章。如《山泉里的星星》,写抗联的一位小司号员,冒着生命危险为伤员取水,不幸在河边遭遇敌人。他立刻想到要给伤员报信,就吹起响亮的军号。为了同志们能及时转移,他光荣地牺牲了。诗人用极富深情的诗句,表达出人民对烈士的永远崇敬与缅怀之情,诗的意境优美、真挚、深沉。诗中写道:

> 亮晶晶的星星呀,
> 记着他的身影;
> 清亮亮的泉水呀,
> 记着他的面容;
> ……
>
> 多少年过去了,
> 悬崖还在流泪。
> 永远歌唱着小英雄,
> 星星呀泉水呀。

胡昭这时还发表了一些赞美抗日精神的儿童诗作。如《桔梗谣》,写勤于劳作的朝鲜族小姑娘上山挖桔梗,高高兴兴地为抗联战士做桔梗菜,表现朝鲜族儿童与抗联战士之间的深厚感情。如《袄带歌》,写朝鲜族抗联女战士被捕后在狱中宁死不屈、英勇就义的崇高气节。她坚定不移的钢铁意志、爱憎分明的高尚情操,撼人心弦,感人至深。又如《靰鞡草》,写抗联杨靖宇将军向战士请教靰鞡草来历的情景,表现抗日队伍中将领与兵士亲如手足的深情。

胡昭童心不泯,真情不灭。他在那首《竹马》中写道:

小时候,我们各自有匹竹马
有时一前一后
有时并辔向前
我们从天上跑到地下

摘最亮的星星,给我做帽徽
说我明天要去出征
捞最圆的珍珠,送你当耳坠
说你今天就要出嫁

看到多少奇珍异宝
我们大声地叫嚷
探过多少神洞仙窟
我们附耳轻声地说话

诗人写出了纯洁、纯真的童情、童趣,写出了真善美的儿童天地,随后笔锋一转:

如今竹马都已经太老
跑不了多远也跳不了多高
可我们谁也不愿歇息
还是要拼着命向前奔跑

各自抖动手里的缰绳
在想象的天地里驰骋

去经历那艰险和欢乐

去走完各自的途径……

诗人又从热爱童年、热爱玩伴写到热爱生活、热爱生命,爱心、真心,是诗的基调;纯情、真情,是诗的旋律。这就是胡昭儿童诗作的艺术风格:清新、质朴、优美、隽永。

(二)佟希仁的儿童诗集《雪花姑娘》

在中国少数民族儿童文学领域中,满族作家佟希仁是难得的专门为儿童创作的诗人、作家之一。儿童诗集《雪花姑娘》是他多年来优秀诗作的荟萃,出版于改革开放初期。书中收入诗作五十三首,分为五辑:"跳荡的童心"(十三首)、"美丽的脚印"(十首)、"野营的欢笑"(九首)、"彩虹的家乡"(十八首)、"孔雀和白头翁"(三首)。这本诗集内容广泛、丰富、深远,旨在帮助儿童认识自然,了解社会,充实知识,发展想象。如写少年儿童观天象(《少年气象哨》),收集各种矿物标本(《脚印》),参观爸爸的科学实验场(《春芽》),举行夏令营活动(《火炬》《山雾》);又写少年儿童心头的奇思异想(《雪花,沙沙沙》),不羁的梦幻玄想(《我躺在绿色的草地上》);等等。

这本诗集的主要特点:其一,抒写大自然。写出大自然的欣欣向荣、勃勃生机,生动地显示大自然固有的、内在的美,也写出儿童对大自然的热爱;活泼地展现儿童"万物有灵""万物共存"思想的天真烂漫、纯净无瑕。如《夏天的歌》:

夏天,是个爱美的孩子,
将遍山野花插在身上。
用清风梳理闪光的头发,
用薄雾擦拭多彩的脸庞。
用巨大的喷头给大地淋浴,
雨后的彩虹是你架设的美丽桥梁。

夏天,是个好动的孩子,
爬上篱笆、攀登院墙。

让窝瓜的金喇叭吹得悦耳，
叫葫芦的银唢呐奏得响亮。
催芸豆花儿展开彩翼，
赶鹅鸭跳进小河、池塘。

夏天，是个温柔的孩子，
披月光的纱衣走在山乡小路上。
给荷花一身挂露珠的翠衣，
送瓜园阵阵扑鼻芳香。
给家家送去扇凉的蒲扇，
将绿荫搭在娃娃的摇篮上。

其二，呼唤真善美。写出对新生活、新儿童的热爱，由此聆听爱心跃动的声音；写出对家乡新面貌、民族新气象的赞美，由此领悟社会发展、时代进步中人的一种精神、一种气质；写出生命的价值、意义和对理想的憧憬、追求，由此感触到新的生活气息和新的时代氛围，感受到生活的勇气和生命的力量。如诗集首篇《春天的翅膀》：

春雨，染绿了婀娜的柳丝，
也染绿了起伏的山冈；
春风，送来了田野的香气，
也飘来了无数彩色的翅膀。

天鹅洁白的翅膀，
在湖水的碧波中荡漾。
小燕黑亮的翅膀，
在杨柳的新绿中飞翔。
蜻蜓薄纱似的翅膀，
飞东飞西闪着晶莹的光亮。
蜜蜂勤劳的翅膀，

追赶着花粉的芳香。
　　犁铧锋利的翅膀，
　　翻开阡陌的垄行。
　　花朵彩云般的翅膀，
　　孕育着幸福和希望……

　　春天，在我们少年的心中，
　　更有一双矫健的翅膀。
　　它飞呀飞呀，飞出校园飞向四方，
　　载我们去实现宏伟的理想！

其三，构筑新诗境。诗人的每一首诗，都是通过饱蘸着生活汁液、满含着情感韵致的清新、朴素、自然、蕴藉的语言，构筑新颖、新奇的情境、意境，才能抒写大自然的诗意盎然，才能呼唤真善美的诗性律动。以《春天的翅膀》《夏天的歌》为例，《春天的翅膀》写出了春天的美好和力量——大自然的生气昂扬、万物的生机勃发，新一代少年的正气满怀、心志激励。春天，是美好的存在，是力量的象征。《夏天的歌》写出了夏天的热烈和进取——大自然的热情洋溢，万物的欣欣向荣，整个世界的安详温馨、美妙和谐。夏天，是活跃的存在，是奋发的象征。

　　这一切，伴随着动听悦耳的韵律、响亮明快的节奏，走进各民族儿童的生活天地，泅进他们的心灵世界。

三、其他少数民族诗人的儿童诗歌

　　诗人们总是怀有一颗纯真的童心，在生活中，能够敏锐地发现有关少年儿童成长的素材，并以自己的真情实感将其提炼为儿童诗的题材，写出能激起儿童共鸣的诗作。

　　苗族诗人石太瑞，一九三七年出生于湖南永顺县，一九五四年毕业于湖南第八师范，当过多年小学教师，一九六三年后调到州文学艺术界联合会，一九七二年调入省作家协会。他在诗歌《鹰之歌》的"题记"中写道："鹰并不死在窝巢里，而是死于飞翔中。——一个未经证实的传说。"诗中抒写、赞美鹰的精神——即使将要老死，也是奋发悲壮：

飞呀
一声尖叫
它冲破云层
奋力向上
重温曾经有过的
欢乐
书写告别蓝天的
诗行

这是一首礼赞鹰壮烈一生的诗,是一首以鹰为一种象征,激励奋斗奋发、勇敢勇猛的诗,是一首倡导一往无前、勇往直前精神的诗。

阿昌族诗人孙宇飞,一九五七年出生于云南,一九七九年开始文学创作,在创作的短诗《月亮花》中,诗人以儿童喜爱的拟人手法,以平常真切的口吻,说出自己朴素实在的心志:

山边水尾是我的所在,
少受红阳的抚爱,
……
我没有羞惭遗憾,
也不会顾影自怜,
只因为有大地的厚爱,
我豪迈地长在神圣的边寨。

这是一首励志的诗,是一首表现不为艰难境遇所困、所拘,而要扎根大地、扎实生长的坚韧意志的诗,是一首写出民族自豪感、自信心的诗。

朝鲜族诗人李相珏,一九三六年出生于黑龙江富锦县,一九六一年毕业于延边大学中文系,后曾任《延边文艺》副总编、《天池》总编他在《小船》一诗中,巧妙地运用形象的比喻、生动的比拟,来形容"小船",来表达一种不断前行的思想:

傍岸的小船像一只巨大的摇篮,

……

摇篮中甜睡的是一双木桨,
水波的摇篮曲已把它们带入了美丽的梦乡
梦中,它们在继续着日间的奔波和劳作,
因此,洒满月光的笑脸是那样的幸福安详。

——昨天,我们亲手拨开万里清波
拥着船儿饱览两岸风光
明天,我们将挽着碧流的手臂,
唱着号子,游向浩瀚的海洋。

这是一首抒情诗,诗中将"木桨"拟人化,表现它永远"奔波和劳作",有着游向更远大目标的大志向。"小船",因为有高昂乐观的精神、劳作不懈的意志、前行不停的行动,一定能"游向浩瀚的海洋"。

第三节　散文

一、回族作家郭风的散文诗集《你是普通的花》及其他

一九七七年,郭风调回福建省作家协会主持工作,并当选为福建省第三届政协委员。他又开始动笔为儿童创作,于一九七九年一月在上海《文汇报》发表了以《写给孩子们》为副题的一组散文诗:《松坊溪》《松坊溪的冬天》之一、之二、之三,以及《桥和桂树的传说》。长期积蕴在诗人心中的感情,随着一支获得自由的笔倾泻出来。经历十年磨难后的诗人依然有着一个自由、光明和充满幻想的心灵,依然对大自然、对故乡的一草一木怀着深深的眷恋之情。他写道:

这是一条多么好的溪涧。溪上有一条石桥。溪中有好多大溪石,那溪

石多么好看,有的像一群小牛在饮水,有的像两只狮子睡在岸边,有的像两只熊正准备走上岸来。

溪底有好多鹅卵石,那鹅卵石多么好看,有玛瑙红的,有松青的,有带着白色条纹、彩色斑点的,还有蓝宝石般发亮的。

溪水多么清……

他又写道:

下雪了。
…………
雪降落下来,像柳絮一般的雪,像芦花一般的雪,像蒲公英的带绒毛的种子在风中飞,雪降落下来了。

雪降落在松坊溪上了。像芦花一样的雪,降落在溪中大溪石上,那溪石上都覆盖着白雪了。

好像有一群白色的小牛……
好像溪中生出好多的白色的大蘑菇了。
…………
好像有一座白玉雕出来的桥,搭在松坊溪上了。

文中充满着清新与清幽,优美与优雅,童真与童趣。这,使郭风不仅在中国少数民族儿童文学重建中起到示范的作用,在中国当代儿童文学中也是一个佼佼者。之后,他又接连发表散文诗《山中叶笛》《雏菊和蒲公英》《红菰们的旅行》《竹林里》。

一九七九年九月,由郭风策划、主编的《榕树文学丛刊》在福州创刊。他在第一辑发表了《花卉·风景画自选》,其中包括最受儿童们喜爱的那篇《你是普通的花——再致蒲公英》。十一月,参加第四次全国文代会,当选为中国作家协会理事。一九八〇年二月,任福建省文学艺术界联合会党组成员,六月,当选为省文学艺术界联合会副主席,省作家协会主席。二十世纪八十年代初,散文诗集《你是普通的花》出版。在这前后还出版有儿童散文集《避雨的豹》《搭船的鸟》,散文诗集《鲜花的早晨》《灯火集》《小小的履印》,以及儿童诗集《小郭在林中写生》、儿童文学集《郭风作品选》等。显然,这一时期是郭风儿童文学创作中的又一个高峰。

儿童散文诗集《你是普通的花》,一九八一年一月由人民文学出版社出版。集子里的作品,集中体现了郭风儿童散文诗的艺术特色和风格,是郭风这一时期的儿童文学代表作。就以用作书名的《你是普通的花》为例:

你是普通的花……
——再致蒲公英

我应该有勇气说出来,我真心地爱你。

你谦逊,你开放很小的花。

你坚定,当你确认了自己是喜欢淡黄的色彩的,便服膺自己确认的信念,始终如一地开放小小的花,开放焕发着淡黄的色彩的花朵。

你喜欢野外所有的泥土吗?你在野地里开花。呵,我现在记清楚了,是在一个雨后,我在一个山村的旅居期间,我听见你在石桥旁边的草地上唱的一支歌,我无意间听见你唱的一支歌,认为这是我第一次听到关于下雨的真实的赞歌,认为这是一支多么朴实的歌。

你谦逊而真切。我不应该犹豫,应该说出来,我真心爱你,小小的淡黄的花呵。

此外,如《乡情》《夜霜》《百合花的回忆》《樟树和水磨坊》等,都简练而传神。作家对山村土地上一草一花、乡风乡情的亲切描绘,写出了世间万物相依相存、互爱互助的美好情怀,写出了内心深处纯真纯净、高尚高洁的美妙情愫,亲切、自然。可以看到,在儿童散文诗艺术上,诗人是做了积极探索的:其一,用优美、醇美的语言,描绘万物的自然和大地的天然,使多彩的世界和辽阔的宇宙,像一幅幅神奇神妙的图画一般展现在孩子们面前,使地域性交融于儿童性之中。其二,用美丽、奇妙的幻想,表现儿童内心的向往和追求,使美妙的现实和宏伟的理想,像一个个电影"蒙太奇"镜头一样,显现在孩子们眼前,使想象性交织于情感性之中。其三,用庄严、智慧的理性,营造真切的氛围和深邃的意境,使事物的知识和人生的真谛,像千百年流传下来的民族民间的一则则格言、谚语,铭刻在孩子们心头,使哲理性交汇于知识性之中。显然,郭风的散文诗之所以格外出色,就在于他在描述、抒情基调上融进不同的形象和色彩,从而在不同的作品中创造不同内涵的善的意境、呈现不同情调的美的理趣。

同年十月,他的散文诗集《鲜花的早晨》由花城出版社出版。他还在写野外的花,写他真心爱着的蒲公英。那篇《在雨中,我看到蒲公英……》中,还在写"……蒲公英的花是稚气的,天真的……"那情味,那情韵,令人久久地萦记着、回味着。

在中国少数民族儿童文学中,郭风的儿童散文诗别有洞天,引人入胜。

二、壮族作家韦其麟的儿童散文诗集《童心集》

韦其麟,曾任教于广西师范学院,并任广西作家协会主席、中国作家协会副主席。因创作长诗《百鸟衣》成名。之后又写出长诗《凤凰歌》《寻找太阳的母亲》等。《寻找太阳的母亲》曾获第二届全国少数民族文学创作奖。大概是因为他在广西风景如画的山村度过童年,抑或因为他在师范学院教书,接触到儿童心理、儿童教育等课题,因而他写出的以民族民间文学为素材的几篇长诗都得到了儿童们的呼应,他竟然连续写了七十四篇表现童心的散文诗,并结集为《童心集》。

书中用第一人称——儿童"我"的口吻,叙写"我"的心事、心思,描写"我"的心志、心境,抒写"我"的心情、心绪,是一本名副其实的"童心"集。作品大致可分为四类:一是以童心感受自然美,并以此作为比喻、作为象征,如《仙人球》《阵雨》《木耳》《洁白的油茶花》。二是以童心思考生活中的种种事情、种种现象,并由此提出疑问、提出所想,如《隐恻》《童话里的金鱼》《小河》《寒潮》。三是以童心触摸亲情的珍贵,并因此领悟长辈对工作的尽责、对事业的尽心,也反映出人们为祖国建设忙碌着、奋进着,如《祝福》《风》《在妈妈出差的日子里》。四是以童心认知现实,丰富知识,并由此拷问、追寻,又从某个侧面揭示特定年代里的特定事件,如《善良》《听了狐狸故事之后》《故事》《贝壳》。《童心集》的艺术特色也分外鲜明:其一,因为书中的"我"是一个稚拙的幼小儿童,所以,几乎每一个篇章都采取向哥哥或是向爸爸、妈妈诘问的艺术方式,在激发读者思虑、思索的过程中,明确答案,显示题旨。这样写来,自自然然,实实在在。其二,儿童的思维是具体的、形象的,书中每一则小文所写,都映射着当下的现实和崭新的时代,但写的都是一件件实际的事情、一个个具体的场面,并适当运用形象的比喻和生动的比拟、有趣的夸张和适度的夸大,令人感到亲和而亲切。其三,语言是天真的、稚拙的,但又是通顺的、晓畅的。常常在有情味的联想、遐想里形成一种欢快、愉悦的幽默,在有韵律的排比、反复中构成一种明快、响亮的节奏。这样的语言是儿童的,文学的,是属于这个民族、这个地域的。

以《彩虹》为例(古今中外写彩虹的散文或诗有许许多多):

雨晴了,天上有一座美丽的桥。

爸爸,如果我提着你那把浇花用的水壶走到桥上去,把水洒下来,不是我在下雨了吗?我把雨洒在山上的药圃里,你就不用挑水去浇了,你高兴吗?

妈妈,如果我拿着你梳头用的那面圆圆的镜子走到桥上去,天上不是多了一个月亮吗?我拿着月亮照你梳头,你高兴吗?

哥哥,如果我把你系在门前树上的秋千拿去挂在桥上,我坐着秋千荡来荡去,我的花裙子不是变成一朵彩云飘来飘去吗?你看见了,高兴吗?

再以《心愿》为例(曾有过多少表达心愿的散文或诗):

芒果树,告诉我——

为什么你结的果子这样少,为什么你长的叶子那么多?

如果我做一棵芒果树,

我长的叶子,最多,也只有你结的果子这样多;我结的果子,最少,也要像你长的叶子那么多。

韦其麟的儿童散文诗,浸渍了民族的情、地域的味,又渗透了儿童的趣、时代的光,别有一个天地。

韦其麟的儿童散文诗,充满了奇妙的想象、新妙的比喻,运用了巧妙的构思、美妙的语言,真正是妙趣横生,妙不可言。

三、土家族作家杨盛龙的儿童生活散文《东边桃西边李》《小放牛》及其他

杨盛龙(1953—   ),男,湘西土家族苗族自治州龙山县水沙坪乡的一个农民

家庭出身。五岁时,他在外婆家站在寨上的教室门口听讲课,老师发现了他,允许他入学。读完初小,在水沙坪小学读高小,学习努力,爱听故事,深受文学熏陶。一九六四年考入红岩溪中学。上初二时回乡参加生产队劳动。务农十年,精通农活,也积淀了生活。一九七七年考入吉首大学中文系,毕业后留校任教。改革开放后被选调到国家民族事务委员会工作,一九七八年开始文学创作。其后在西藏工作三年。从一九八二年起,他陆续写出反映湘西风光风物风情的散文,如《山乡小桥》《深山锣鼓声》等,并出版散文集《山乡小桥》《出山集》。与此同时,开始创作儿童生活散文。这些作品大多辑入一九九八年由开明出版社出版的第三本散文集《西湘记忆》,《远山的呼唤》一文入选《中国少数民族文学经典文库1949—1999》。代表作有《东边桃西边李》《小放牛》《渔乐》《蜂趣》等。一九九七年,加入中国作家协会,一九九八年,参加第三届全国少数民族文学创作会议。一九九九年,中国文学艺术界联合会出版社出版他的第四本散文集《走进都市唱民谣》。自二〇〇一年起,任国家民委文化宣传司副司长、民族问题研究中心副主任。

  杨盛龙的青少年时代都在故乡湘西度过,他的儿童生活散文大多描述湘西风土人情,篇篇都短小、精致、逗人,篇篇都充满着活泼泼的童思、活脱脱的童情、活生生的童趣,篇篇都透露着鲜明的民族特色、鲜亮的地域特点、鲜活的时代特征。他的散文可分为三类:一是描绘家乡独特的风光风物,使儿童熟知和热爱家乡、理解和挚爱民族、寄情和深爱祖国。如《秋日重彩》,描写金黄的稻谷、紫红的高粱、或紫红或碧绿的油茶果、开得满山皆白的油茶花,以及翠绿的蒿草、各种新种的植株等,描绘出一幅色彩纷呈、生态和谐的湘西民族地区山村水墨图,表达金秋的丰收景象和欢快旋律。《深山吊脚楼》,则对湘西少数民族特色民居——吊脚楼的地点山势、结构造型、形状姿态等都做了简练生动的描绘,美妙如画,逼真传神,折射出湘西少数民族人民的坚韧意志、自在生活。民族情思、地域情调俱在其中。这样的散文又因为描写了眼前的景物,正是儿童习作的最佳范文。二是描写土家族独一无二的风俗,把民族生活日常升华为心灵意象,使之成为一种精神存在;不仅抒写了乡情,而且使本民族儿童获得一种民族情感的陶冶、熏染。如《牧童》写乡村儿童小时候帮大人放牧的自由快乐,也写出儿童爱劳动、爱长辈的淳朴情感。《渔乐》写"河湾里赶出一条大鱼,立即哦呵声四起,人如潮涌",小伙伴们一起捉鱼你抢我夺的兴高采烈,赶热闹的凑趣逗乐,都不是为了多得鱼,而是要"闹";分得鱼后就慷慨解"篓",把鱼分送给得鱼少的人,正所谓"吃鱼不如赶闹味"。《蜂趣》写土家儿童不怕捅马蜂窝,他们堵住马蜂窝门,砍下树枝,连枝提一个拥有乱哄哄千万个"蜂民"千万支毒箭的球状马蜂窝,就像拎着一枚嗡嗡作响的炸弹,却神态自若地好似打着个大红灯笼赶花灯会那般悠然,提回家后就挂在屋檐口养起来逗画眉似的,将蜂巢当作地球仪逗趣。《月亮谣》写小时候听老祖太吟哦的各种民谣儿歌,还一连引用了三首土家人代代相传的有关月亮的童谣,等等。而《火塘》写火塘边老爷爷讲故事,小兄弟们为决定谁去暖床而划拳等,则是勤劳朴实的土家山民温馨美好的家庭生活的素描,也细腻地展示出土家儿童温和善良的品性。三是描述土家儿童们的天真率性和天然无邪,奇趣顿生,生趣盎然,充满了浓浓的民族生活气息,呈现出土家族寨子里家人和睦和谐、长幼亲爱亲切、邻里互尊互助的生活氛围,也表露出民族心理素质在儿童身上的新发展。如《水乡游牧》中写儿童对放鸭人的戏谑戏唱;《东边桃西边李》中写土家村寨里淳朴淳厚的民风,以及儿童们在果熟季节吃桃吃李的怡乐情景;《小放牛》写勤劳勤谨的土家儿童边上学边放牧的辛苦而快乐的生活,都显得情趣浓郁情味悠长。

第三类散文因更加贴近儿童现实、更能体现儿童情思,影响最为深广。以《东边桃西边李》为例,作品开头就写:

> 花开花落!掩映在桃红李白中的桃花寨、李树湾,家家场院里、屋脊瓦顶上铺了一层雪片似的花瓣,可心的果实便在热烈的孕育中了。枝头花落,心花怒放。挂果了!一树树果实累累,高兴啊,语文课堂上的造句练习乐得不通文法:满树花落,果然!

满满的儿童情怀与儿童情趣!也写出日子的红火,生活的兴旺。接着写:

> 果树么,随便长在房前屋后,没有专门培育经管,它们自己吃露水靠天长大结果。人们就将其当作野果外财……
> 放学路上,打柴途中,一路有果子可摘。
> 乡间有俗言:那些个果子吃露水长大的,娃儿们摘几个就摘几个,偷果子不算偷。

谁家的桃啊李啊成熟了,随便招呼人来吃,随便摘了送人;就是背上街卖,也送给熟人不少。就得防止娃儿们手爪子痒,未成熟的果子随便摘了扔,当球玩……

文中充满淳厚的土家风情,也写出乡邻之间的和睦,社会状态的和谐。又如《小放牛》,开头写:

　　就那么个八岁的小娃儿,牵着一头庞然大黄牯在田埂上放牧。那牛低着头一口一口地卷咬着嫩草,牛角弯弯,长耳朵忽闪忽闪,大尾巴左右甩动,不时猛一甩头,嘴咬着的一把草当刷子,驱赶着蚊蝇。小牧童在前面移动步子,露水湿到大腿根上,浸着了上卷的裤管,弯弯的缰绳上兜着一圆圆的太阳,牧童和牯牛抢长绳似的悠悠转玩着一轮热滚滚的火球。

悠然悠哉小牧童,闪来闪去大黄牯,一起兜着圆圆的太阳,一道玩着滚滚的火球。是真实?似幻境?正写出了牧童对黄牯的一腔真挚、黄牯对牧童的一片忠贞。

坦坦荡荡的山间牧场,高高兴兴的童年游戏!写出当时土家族人的生产、生活,也写出土家山寨儿童求学上学的问题。

作家又用提炼过的方言土语,写那"小放牛"的早放牛和晚放牛:

　　夏日的早晨清爽宜人,民谚说:二十四五六,月亮出来放早牛。和月亮一起出山,牵牛到水草丰茂鲜嫩的田边地角。牛吃了一老早晨的露水草,牛肚儿滚圆,人心儿满足。回到家吃了早饭后,大人赶着牛去耕田,娃儿背着书包去上学。

　　下午放晚牛是另一种情景,悠然,自由,欢乐。放学后,那学童兼牧童从牛栏里放出牛来,鬼邀伴样的,随手接一片树叶,含在嘴里,吹着小伙伴的名字,那家老奶奶听熟了这"叶语",应答道:"他刚走了。"那木叶道了个短调,跨着牛背进溪沟找歌去了。

作家写放早牛、放晚牛不同的情境和情趣,又写男娃、女娃们放牛时不同的游戏和游玩,写出土家山寨里儿童们无限的乐趣和意趣。一直写到放出去的牛十多天不回来,牧童腰间别上砍柴弯刀去找牛,找得自己也不回来了。

这样,就把乡间土家儿童的生活和情感写活了,民族特色、地域特点也写活了。

显然,杨盛龙的儿童散文源自生活,缘于童心,起于真情,写来写去,都是朴朴实实的山寨氛围,热热闹闹的儿童天地!可贵的是,作家的语言,既诗一般精致凝练,又乡间俚语一样清新质朴,是儿童的、文学的,也是民族的、地域的。

四、蒙古族作家博·照日格图的散文《太阳的故乡》

博·照日格图(1958—),男,出生于内蒙古科尔沁草原,一九八二年毕业于内蒙古民族师范学院(今内蒙古民族大学)蒙古语言文学系,毕业后留校任教。现为内蒙古民族大学教授,中国作家协会会员,中国蒙古文学学会理事。出版《太阳的故乡》《村庄》两部散文集,发表《哈日胡之死》《田野清风》《候鸟》《黑土地》《猎人阿爸和他的猎犬》等中短篇小说多部,另出版长篇小说《天上风》及学术著作六部。在区内外多次获奖。散文《太阳的故乡》《爷爷的世界》《在书店》被选入高中、初中、小学语文课本和《师范文选》等。《田头一棵烟》《实习纪实》《田野清风》被选入《大学文选》。

《太阳的故乡》是其散文代表作之一。作品写孩童时期和小伙伴们一起在野外玩耍时出于好奇追赶太阳、寻找太阳的故乡的故事,充分展现了广阔草原、无邪童年和多彩的孩童精神世界。作品中,七八岁的孩子们时而追赶太阳、奔向太阳的故乡,被树阴下蚂蚁搬家吸引,时而又因想起太阳和太阳的故乡欢呼雀跃。他们有着很多美好想象和不解的疑惑:太阳到底在哪里?它的家乡在什么地方?太阳是不是跟我们捉迷藏?就这样,跑着,追着,想象着,揣摩着,又很自然地融入了人生哲理和民族历史文化的追问。作品中,太阳和太阳的故乡无疑是人生最美好的事物和理想的象征。人生的旅程其实是无限向往和不懈追寻梦想的过程。无论是对一个人、一个民族,抑或整个人类,美好的梦想如太阳般神秘且让人们无限向往。然而,无论是圆梦还是有所遗憾都不重要,追求梦想的过程才是人生的意义所在。作品语言很生活化又很精练、很儿童化,也很精当,具有浓郁的生活气息,赏心悦目的美感和启迪思想的内涵同在。

写到太阳的儿童散文不少,这篇作品之所以给人以美感和启迪,还在于它独特的、幽幽的民族情韵。这是一种难以言传的美妙和微妙——

太阳还是不近不远、不紧不慢地挪动,那金红色的光圈像调皮的马驹儿抖落它的鬃毛。

乌力吉木沦河绕过丘陵、淌过旷野,默默地奔流着。哦,看看,太阳在那儿,在河水里飘荡,河面上溢出赤、橙、黄、绿、青五色涟漪,如飘动的彩虹。我们被这奇异的景色迷住了,正想跑过去,太阳却抖着身子轻爽地走出水面爬上了河边的一棵翠柳枝。翠柳青靛靛的树冠顷刻间筛射出千丝万缕的阳光,醒来的小鸟们飞来飞去地和太阳玩儿呢。

我们的兴致又被挑逗起来了,小鸟般欢叫着奔向了太阳。

作家运用的明喻、隐喻,都是蒙古族特有的。

五、其他少数民族作家的儿童散文

改革开放初期,作家们常常会追忆起自己的童年少年时代。小时候天真的目光、烂漫的情怀、奇妙的思索,都在人生旅程中留下了一个个稚嫩而真诚的脚印;脚印或深或浅,都是纯洁的、纯净的。

满族诗人胡昭的散文诗《踏浪者》《灯塔》《贝》,写水手们踏着波浪走着,是在写水手的一种无所畏惧的精神:"一边是栏杆,一边是船舱,湿漉漉的甲板在左右摇荡、前后摇荡……水手坦然地走动着。""一边是舱壁,一边是万丈深渊呵……""勇敢的水手,踏着躁动的波浪。矫健的水手,在海上飞翔!"诗人写"灯塔是忠诚的战士",是在写灯塔所呈现的一种为他人的精神:"当夜色如漆,当风浪凄迷,千百海里过去了,仍不见港口,究竟路在哪里?灯塔安详地回答:我在这里——我在这里——""由于机械失灵,由于身心疲惫,有时连经验丰富的航海家也不免游移,那预期的标的在哪里?灯塔安详地回答:我在这里——我在这里——"写"贝""比珠宝还美丽"的品质,也是在写"贝"长年默默地在海底砥砺的一种扎实的精神。诗人在写实,但也运用了比拟、象征的艺术手法,使绮丽的童话般的幻想艺术与现实生活熔铸为一体。

白族作家张长,一九三八年出生于云南省云龙县,当过医生,又在景洪县委、西双版纳州委工作过,他的童年散文大多写云南边陲的风土禽鸟,民族的、地域的特色就自然地蕴含其中。《一大一小的回忆》写的就是一架大山和一只小鸟。山,怎样的大? ——

> 山是横断山脉的那种大山,山体很厚很厚,山脉很长很长,……那无边无际的山峦仿佛都争相往上长。山,在这里变成海,滔天的波浪被凝固、被定格了……
> 小时叫"东山"的那整支山脉,抬头看时,还能看到它一个个山顶或白云缭绕,或冰雪皑皑,山腰上或挂下一匹银色瀑布,或点缀些烂漫山花,加上铁青的峭壁,墨黑的森林,多姿多彩。走到山脚,这一切全看不见了,……山里静极了,只有当山风轻轻地掠过树梢时,才听到树叶的沙沙声,仿佛是大山平静的呼吸。
> 沉默,使大山变得更加威严和雄伟。

鸟,怎样的小? ——

> 突地,传来一只小鸟的叫声:"嘀——哩——噜!""嘀——哩——噜!"一忽儿像是在箐沟里的一棵树上,一忽儿又像在对面那架大山的山坡上。好听极了!我真想要,却怎么也找不见。母亲说,这叫吹箫雀,很小很小的,一张树叶就能把它盖住,少有人见到这种小鸟,更别说能逮住它了。
> ……山太大,鸟太小,我终于没能找到这只小鸟。

作品写出祖国山川的壮丽及大自然的奇妙,激发儿童们的自豪感和求知欲。以"一大一小"为题,在强烈的对比、对照中,形成一种艺术陌生感,非常适合儿童好奇、好探索的审美意识。

土家族作家向民胜,一九六九年出生于湖南泸溪,一九九二年毕业于湖南师范大学中文系,二〇〇二年获硕士学位,长期在出版社工作。他的散文《最难忘的是童年》,描述儿童在水田里摸田螺、捉泥鳅的欢悦与欢快,以及整天地泡在浅水里梭滩的痴迷。劳作后的收获,嬉戏中的团结,学技巧的尽心,能操作的欣喜,俱在其中。作品更写出了新时期的新生活,写出了新农村新儿童的快乐。真情实感,以情动人!作品最鲜明的特点就在于语言的精致而平易、精当而平实,描写土家寨子里的水田、泥田、浅滩,既独特也平常,民族的、地域的那种情味,说不周全却让人能体会得到。以"摸田螺"的开头为例:

在乡下,圆不圆方不方的水田到处都是。喏,我们村寨旁边就有一丘。里面的田螺特别多,数也数不清,最大的比我们的小拳头还要大哩!

……每回竹篓篓总是装得满满的,心窝窝也装得满满的。

竹篓篓装的是田螺,心窝窝装的是欢乐。

……

水田也笑了,笑出一个个大大的酒窝窝。……圆圆的小竹篓在屁股上一颠一颠的……

瑶族作家彭式昆创作了记叙日本鬼子入侵的散文《童年生涯患难多》,写了童年,也写了一段历史,让各民族一代代儿童不忘国耻,奋发图强。

附记:儿童文学民族性的延伸与衍变

改革开放初期,少数民族儿童文学领域中,少数民族儿童小说依然是少数民族儿童文学中的主要方面。但是创作观念的更新,表现手法的革新,是十分明显的。作为少数民族文学中一个敏锐、多样,又富于童情童趣的部分,它有着自己的新的优势,那就是顺应儿童的审美心理,从民族文化发展的新的层面进入当下更宽广的儿童天地:或采取儿童渴望了解的革命历史题材、大人们的童年题材,历史地艺术地展现时代的进步、表现民族的精神,呈现人生的内涵;或深入新一代少数民族儿童的思想情感,走进他们天真而又不再单纯的心灵世界。可以看到,少数民族作家们充分利用自己独有的本民族生活积淀,开掘埋藏其中的历史的、文化的意义,揭示包含其间的民族的、地域的意蕴,使题材优势发挥到极致,使语言特色渲染出韵味,从而使儿童文学民族性在延续中伸展、在衍化中变动。

少数民族作家中真正称得上"儿童文学作家"的人很少。这一现象的长期存在,自然有其深层的缘故。可是,从另一个角度看,那很少的、能够数得过来的少数民族儿童文学作家们，却都能以各自生活的地域为背景，通过一个个富有个性、情趣的"人物"和"故事"，描绘出少数民族儿童的鲜明的形象和他们生活其中的独特的广袤的天地，从而呈现出改革开放初期少数民族儿童文学新的风貌和风格，凸显出儿童文学民族性新的延伸和衍变。

第四编

二十世纪八十年代中后期至九十年代末

第一章　少数民族儿童文学的发展与繁荣

二十世纪八十年代中后期，进入新时期还不到十年，社会各方面的改革正在深入开展，开放也在扩大。少数民族儿童文学，作为少数民族文学的一个部分，兼顾民间儿童文学与作家儿童文学两个方面，在题材的拓展、题旨的深化，以及艺术方式的多元、文学语言的个性化等方面，都有非常明显的进步和发展。从一九八七年起，云南少年儿童出版社陆续出版南北方各民族民间童话丛书，一九九〇年，湖北少年儿童出版社出版《中国北方少数民族故事精选》《中国南方少数民族故事精选》（一套两本）；同年，海燕出版社出版张锦贻主编的《中国少数民族儿童小说选》，这是中国儿童文学史、中国文学史上第一本由少数民族作家创作的儿童小说选集；一九九八年，张锦贻选编的《中国少数民族儿童文学新作选》，由贵州人民出版社出版。一九八九年，由人民文学出版社出版的《第二届全国少数民族文学创作获奖作品丛书》中，辑入的少数民族儿童文学作品就有中篇小说三部：蒙古族作家佳峻的《驼铃》、壮族作家黄钲的《江和岭》、朝鲜族作家柳元武的《我们的老师》；短篇小说七篇：维吾尔族作家穆罕默德·巴格拉西的《流沙》、土家族作家李传锋的《退役军犬》、藏族作家益希单增的《啊，人心！》、白族作家王云龙的《爸爸在遥远的扣林》、藏族作家意西泽仁的《依姆琼琼》、佤族作家董秀英的《最后的微笑》、景颇族作家岳丁的《爱的渴望》，以及土家族作家颜家文的诗歌《悲歌一曲》等。事实证明，在二十世纪八九十年代，正确的民族观、儿童观、儿童文学观，已经逐步地在全社会牢固地树立；为儿童创作的少数民族作家一年年地多起来；少数民族儿童文学正在发展、走向繁荣。

二十世纪八九十年代，少数民族儿童文学因为有了自己的作家队伍，有了正确的创作观念，就有了一个崭新的发展。老一代笔耕不辍，起到了很好的凝聚作用。一九八六年，满族作家舒群在原稿丢失后重新创作出版了纪实文学集《毛泽东的故事》,蒙古族作家阿·敖德斯尔根据本民族世代流传的美妙民歌、美丽传说,在一九九〇年代写出中篇小说《云青马》《狗坟》。一些作家出版了儿童文学作品集,如鄂温克族作家乌热尔图的短篇小说集《七叉犄角的公鹿》,蒙古族作家石·础伦巴干的短篇小说集《啊,妈妈》,白族作家张焰铎的短篇小说集《洱海的孩子》,彝族作家普飞的《普飞儿童文学作品选》(彝文汉文双语)、散文选《蓝宝石少女》,土家族作家李传锋的《动物小说选》,满族作家佟希仁的《佟希仁儿童诗选》、儿歌集《蒲公英》、散文集《五十双眼睛》《美文天地》,满族作家赵郁秀的散文、报告文学集《为了明天》,蒙古族作家额·巴雅尔的散文集《天涯归心》,回族作家海代泉的寓言集《螃蟹为什么横行》《老灰狼作报告》,回族作家马瑞麟的寓言选《摇篮》(回文汉文双语)等。一些作家出版了中、长篇小说单行本,如哈尼族作家存文学的中篇小说《神秘的黑森林》,蒙古族作家哈斯巴拉等的长篇纪实文学《成吉思汗》,蒙古族作家乌·达尔罕的中篇小说《警犬"黑豹"》,土家族作家向民胜的长篇童话《外星猫人阿木哥》,以及一九九六年在内蒙古《锡林河文学》杂志连载的蒙古族巴根那的长篇小说《雪灾之后草青青》(出版时改书名为《雪冬》)等。由此看到,少数民族儿童文学,无论是数量,还是质量,都在走向丰富和成熟。

从二十世纪八九十年代发表的少数民族儿童文学作品中,我们能明显地感受到改革开放以来的新的时代气息,从各民族少年儿童生活和情感的变化中,反映出中国大地的变动和变革。非常可贵的是,当代少数民族作家们不论离开自己的故乡多么远,都始终深深地热爱他们的民族,眷恋着养育他们的那一方水土,而且更深地挚爱下一代。他们因此把这执着的爱完全融入为儿童的创作中。这使得这一时期的少数民族儿童文学具有了更生动的特征:鲜明的时代特征、鲜亮的本土特色、鲜活的儿童特性相渗透、相融合。这一特征的表现,并没有停留于绚丽的边地色彩和殊异的民族习俗的外在描绘上,而是向着更富深度更加本色地表现各民族又一代人的情感意向、心灵世界逐步深化。如维吾尔族作家艾克拜尔·吾拉木的短篇小说《卖哈密瓜的小姑娘》,侗族作家刘蓉宝的短篇小说《小河流水清亮亮》,以及彝族作家普飞的书写儿童爱鸟、爱大自然的诸多散文《再见吧,扎腊么鸟》《神奇的鸟童》《蜜花》《青罗牯和小罗牯》,藏族作家贡卜扎西的短诗《阿妈要摘的星》《童心》等。这些作品都从琐细的少数民族儿童生活着眼,写出时代的巨变,写出新时代中各民族在新一代人身上的新变。这,除了少数民族作家忠实于生活、艺术，更在于少数民族作家对于本民族的历史变革、文化传统、道德规范、语言习惯等都有自己独特的体会和体验，对于本民族长期居住的地域环境、风土人情，又有自己独到的感知和感受，他们对于各民族少年儿童的生活和情感，有深入的理解和准确的把握，所以才能细腻地表现出当代各民族儿童微妙的心理状态。所以，有一些作家即使不是专门为儿童写作，其作品中所塑造的儿童形象、所展现的儿童天地，也会使各民族的小读者感同身受，如哈萨克族吾玛德力·马曼的短篇小说《宁静的草原上……》，朝鲜族崔清吉的短篇动物小说《林中悲曲》等，都从不同角度写出一种特定的场景和氛围，而且，从孩子特有的心态和神情中，从丛林中野猪特具的抗争逻辑和决斗行动中，透露出一种北疆少数民族的淳朴、坦诚和剽悍、勇敢的气质。这一时期少数民族儿童文学的独到之处，不仅在于写出了不同民族儿童的新的生活，活泼泼地反映出民族传统的厚重积淀和民族文化的深邃意蕴，更在于充分地展示出不同少数民族作家不同的创作个性。创作个性的殊异必然使作家的艺术构思千差万别，各民族儿童文学作品才会千姿百态，儿童文学百花园里才会百花齐放、姹紫嫣红。

二十世纪八九十年代的少数民族儿童文学，发展得快，呈现出一派繁荣的景象。

第二章 代表性作家作品

第一节 小说

一、蒙古族作家的小说

(一) 哈斯巴拉等的长篇纪实文学《成吉思汗》

哈斯巴拉是一位难得的一心一意为儿童创作的少数民族作家。写诗,写散文、报告文学,写小说。二十世纪九十年代中期,他与历史学者奇格、留金锁合作撰写长篇纪实文学《成吉思汗》。他认为,让本民族和其他各民族少年儿童从小认识和了解曾经在人类历史上产生过巨大影响的民族英雄的人生经历,是一件极有意义的事情。因为"有了人,我们就开始有了历史"(恩格斯)。儿童们会在潜移默化之中树立起历史唯物主义的观点,增强民族自豪感,培养爱国主义精神。

关于成吉思汗的文艺作品已经有许多,这方面的电影电视剧都曾引起轰动。而这本书是专门为少年儿童创作的,作品着意于写成吉思汗的童年、少年、青年时代,又着力于展现成吉思汗的气质、性格、思想、品德、抱负、作为,从探索人物的人性、人情,去发现民族英雄一生中容易被人忽视而又确实存在的闪光点。这本书因此而充满了奋勇睿智的民族情愫和自强不息的爱国主义精神,也因此在当代少数民族儿童文学中别开生面、独树一帜。

作品之所以能够独树一帜,还在于,作家在描述这位出生于十二世纪中叶、离世于十三世纪上叶、征战于欧亚两洲、建立了大蒙古国的重要人物时，不是泛泛地铺陈历史，而是用非常细腻的笔法和大人给孩子讲故事的亲切口吻，艺术地展现出这位虽然家喻户晓、儿时和童年的遭遇却鲜为人知的英雄人物的辉煌与艰难相交织的宏伟业绩。作品把小说式的人物刻画、社会学历史学式的评价和大量的史料、研究成果糅为一体，运用最能体现儿童心理特征的形象而稚真的语言，写出了成吉思汗这样一个大勇大智、敢作敢为、知错知改、不屈不挠、从复家复国到为民族为人民都融汇了优秀民族传统的特殊的历史人物；从儿童单纯的目光中的成吉思汗的个人命运遭际展示了极为丰富的人类历史上值得后人铭记和深思的一页。纵览全书，"手握血块出生的孩子""五岁的猎手"，以及"复兴祖业"，成为"部族新首领"，进行新的征战等，都表现出作家善于从史料中提取故事因素和情节因素，编织成一个能使儿童读懂和爱读的精巧的艺术之网。书中的那种整体构思的苦心孤诣，生活细节的精心雕琢，使这个大名鼎鼎的人物性格刻画和作品主题意蕴的开掘与概括更有深度和力度。

  作品之所以独树一帜，更在于作家并不只是着眼于成吉思汗所遭遇的严峻考验和征战拓疆的勇士生涯，而是着力于儿童们最为关注的他的情趣爱好和生活状态上。如描写他刚满五岁就已经学会了骑马和射箭，还常常跟同龄孩子比试骑术和箭术，脾气犟，不服输，在受到年龄比他大、本领比他强的孩子欺侮时总要默默地记住，日后非找机会压服他不可。五岁那年春天，他随父亲参加蒙古乞部二十多个氏族的群体围猎，正当他扬鞭催马冲过黄羊群，准备用猎棒去打杀黄羊时，一只被惊散的小狼崽突然窜了出来，使他的马受惊而把他从马背上甩了出去；他虽受了惊吓，但起身定心，像大人一样擦了擦脸上的汗污，抖了抖衣上的灰，然后又上马而去。这样就使人物的雄心壮志深埋于细小的行为与细微的心境里，从而在非凡与平凡、超常与日常的相融相谐、相辅相成中，既情趣盎然又鞭辟入里地凸显成吉思汗戎马倥偬的人生。恰恰是他的桀骜不驯和临危不惧，才使他和他所统率的部队所向披靡、天下无敌；也恰恰是他的聪颖超俗和胆识过人，才使他和他的家族、部落团结一致，齐心协力，逐步地完成了彪炳史册的建立大蒙古国的勋业。作家正是恰如其分地把握了这位英雄人物的情感脉搏和生命轨迹的关键，从而为史料注入灵魂，使人物呼之欲出，跃然纸上，使今天各民族儿童能同他"心有灵犀"。

(二)巴根那的长篇灾难小说《雪灾之后草青青》

巴根那(1961—),男,出生于内蒙古锡林郭勒盟西乌旗白音郭勒乡巴拉淖尔(湖)畔,长大在高利罕高勒(河)边。十岁左右才开始在乡里的复式班上小学,正值"文化大革命",没有课本,更没有课外书可读。接着在乡里第一届初中班上了初中,然后在旗里上高中,高中毕业后考入锡盟技工学校。一九八二年开始工作,在中国工商银行西乌旗支行当职员。这时开始尽量借各种文学书籍来读,并且尝试着写作,写过去岁月中牧人们的生活和喜怒哀乐的情感,写童年记忆中那个特殊年代的点点滴滴,写从小到大对美丽故乡的眷顾和思恋。就这样,他用业余时间创作了长篇小说《雪灾之后草青青》。由于厚积薄发,作品不仅有着浓郁的草原气息和稚拙的儿童情趣,而且明显地透露出时代精神和民族精神。

小说以一个七岁孩子朝鲁门的眼光来看二十世纪六十年代寥廓牧野上蒙古族人的生活状态:当冬雪覆盖草原时,人们在驼背上托起一顶陶包(蒙古包顶子),在冰雪天地间呵护着牛羊,带着希望,并肩携手,为生存、为未来,顽强不息,与大自然的风雪不屈不挠地抗争;在动乱之中,带着善良的期盼,扶老携幼,信念坚定,与厄运抗争,忍辱负重一步步走过来。他们时时刻刻祈求平安,同时也在靠自己的双手创造着自己的生活。就这样,作家巧妙地把那个历史时期的焦灼与思考概括于儿童视野里的草原人的生活之中。

小说的独到之处在于对叙述视角的选择。朝鲁门诞生在初冬白茫茫的雪原上。他长着一头乱蓬蓬的黄头发,连面颊上的乳毛也是金黄色的。他天真无邪,看人世绝无半点偏见;但他又是在纷纭复杂的人世间长大,看得见也体验到草原上牧人生活的方方面面。他与他的亲人、邻里,与他的一个个小伙伴,以及小伙伴们的不同家庭之间的相互关切,他的全家与从部队上转业到苏木来的供销社赵主任、与从城市里来蒙古包接受再教育的知识青年之间的相互关怀,都恰当而又真切地表现出当代蒙古族牧人粗犷而细致、勇猛而聪慧、安分而进取的精神气质,表现了社会主义社会中的人性美、人情美。而小说中"我"的叙述所呈现出的儿童所特有的心理状态和情感内涵,有其独特的耐人寻味的阅读价值,这就使小说以撼人心弦的情感效应超越了一般草原故事的俗套。

这一超越,正是这部小说的成功之处。在作品中具体表现为:

其一,将历史的变迁、生活的变动化解在朝鲁门的生活历程中,化解在朝鲁门童年的快乐与苦涩的情感体验中。比如当我们看到一个沾满血污的婴儿大声啼哭着降生在临时搭建于雪原中的毡包里,就会具体地体会到牧业生产和牧民生活方式的落后,体会到难以抵御天灾的人们生存的艰辛和生活的艰难,体会到广大牧民对于祖国现代化的期盼和心愿。七年以后,这个名叫朝鲁门的孩子已经长得像吃奶的牛犊一样结实强壮,他从羡慕、崇拜阿木尔萨那嘎家会看懂故事的巴图哥哥,到跟着知青小江学汉语、识字、看小册子图画本、听收音机,从两脚够不上马镫就骑爷爷的老黑马赶羊群走敖特尔,到跟自家的牧羊犬花狗儿一起捉打艾虎,对于知识的渴求及在放牧中的机智和勇敢的成长历程,都表现出蒙古民族精神在新时代的延伸和发展。朝鲁门在哭泣中学会了帮爷爷拢羊群、修羊圈,学会了像大人一样干各种活儿。一个可爱的上进的牧民儿童,感受到生活的艰辛、生存的艰难,这就使这部小说的底蕴变得更加深沉了。

其二,将地域的特色、生活的特征浓缩于朝鲁门家乡人在雪灾中走敖特尔、迁冬营盘的艰辛跋涉中,浓缩于即便是柳叶绽开、鸿雁归来却仍听得见雪夜羊叫、大风不停的无常气候中。可以看出,小说开头对雪原的细致而细腻的描绘,正是整部作品题旨的一种巧妙的暗示——罕见的"铁甲"白灾已经降临,但大自然仍然孕育着生命和希望。雪原上男女老少昼夜赶路,应和着马的响鼻、牛的喘息、狗的撒欢、羊的抢食,更显示着自然万物与人的相依相存,显示着生命的力量。作家对自然的描绘,是为了深入地写人,进而更深刻地写出社会和时代。

其三,将民族的风情、生活的风貌凝聚在对古老的民族习俗的承续和批判中,凝聚在对美丽的民间传说的穿插和讲述中。小说通过朝鲁门的眼睛来看种种世间万象,通过他的耳朵来听民间流传的故事,使小说中的民俗描写不仅作为创作素材被感受和认识,而且作为刻画人物性格、揭示人物心态、表现人物情感的"形式",使审美情感化、艺术化了。

其四,将人世的经验、生活的经历提炼成对蒙古族新一代有启蒙、启示意义的形象语言,提炼成对各民族的思想和智慧都有开浚和开导价值的理性观念。既使小说的文学语言更规范、更精湛,又给人以广大的思维空间和想象空间。如写牧人的繁忙:"牧人生活日历中从来没有一张红颜色,到了春天就没有了昼夜之分;太阳转到哪里,时辰过去多少,是它的事。""季节像一条无情的鞭子,驾驭着牧人生活的节奏。""生命的循环是多么简单又如此不可思议。"如写牧人的心怀:"多一份操劳,少一分烦恼。""牛车曾留下的辙印,埋在雪下,书写出生活快乐却又艰辛的历史。它不像雪橇印那样,被雪填平,或到天暖就消失。同样是生活有被人们记得的,也有很快被忘掉的。"在他们心中,"再大的雪也不会挡住春天的脚步"!

显然,这是一部难得的好作品。广阔的锡林郭勒草原是巴根那创作的源泉,巴根那从草原深处走来,看了一路,写了一路,也实在是一件美好的事情。

(三) 阿·敖德斯尔的中篇小说《云青马》《狗坟》

历史进入新时期之后,阿·敖德斯尔动手重写长篇小说《骑兵之歌》。作家自己曾经长期在内蒙古骑兵部队做政治工作,他写骑兵,不仅是因为熟悉这支骑兵部队在解放战争中建立了丰功伟绩,而且看到从这支部队里涌现出的无数可歌可泣的英雄人物。这样一部书写骑兵生活、洋溢着民族精神和英雄主义的作品,虽不是专门为少年儿童写的,却由于题材、情节的独特而赢得广大的少数民族少儿读者的喜爱。

到了二十世纪九十年代,阿·敖德斯尔再度全力创作儿童文学。先后写出三部题材迥异的儿童中篇小说:《云青马》《狗坟》《小钢宝鲁寻母历险记》,以及六篇从不同角度反映现实生活的儿童短篇小说:《我那不知姓名的阿盖》《卖牛》《俄罗斯列车上的洋娃娃》《甜甜的雪糕》《芒来和他的黑狗》《"胡德尔"同学敖特根》。这些作品,除保持作家原有的善于结构紧张的故事情节,表现勇猛、彪悍的人物气质的特点外,更着意于蒙古族新一代人新的性格、精神的刻画,更着眼于揭示作品鲜明的民族特色和浓郁的漠野情调,从而使民族性融入思想性、艺术性之中,民族化与儿童化相一致、相统一。

《云青马》是他这一时期儿童小说的代表作。

在二十世纪的最后十年中,阿·敖德斯尔的创作始终着力于蒙古族历史进程中的文化积淀与进步——民族心理素质的发展。扎根生活,创新的探索一直没有停止。他努力去突破民族题材固有的意义而达到对生活本质的认识,他的这种努力使他对民族题材的把握上升到了新的高度。

这部小说的立意和选题是由一首古老的蒙古族民歌引出的。作品开头的民歌和对这首民歌的诗一般的诠释,以及由此呈现的画一样的情调,贯穿了小说的始终:

鹿花般的云青马,

腾云驾雾,四蹄如飞,

......

在阿布都兰台山上,

追扑过鹿的快骏马,

......

在前额的正中央,

长着吉祥的一轮明月,

......

这是一支古老的民歌,它像一条穿过草原的长河,带着牧马人世世代代的深情厚意,流向远方……从成吉思汗的年代起,就在草原上流传着,时至今日,不论男女老幼,没有一个不会唱的。

这首民歌就这样为作家抒发感情、揭示主题、刻画人物提供了独特的富于民族性和幻想性的依据。

作品内容并不复杂,写马倌丹达尔的儿子,十来岁的蒙古族少年小达格敦怎样心疼、怎样调养那匹在寒冬的黎明出生的青马驹,并使青马驹长成骏马的故事。一个有志气的、生长在毡包里的、淳朴的蒙古族少年,一匹有灵性的、出生在雪地上的、威风凛凛的骏马,在茫茫草原上相依相伴、形影不离,却因丹达尔的主人诺日布"巴彦"的耍赖,夺走了云青马,引出种种矛盾、种种曲折;小达格敦骑着云青马远走他乡之后,又终于回到深深依恋着的故土。他凭借自己的坚强和坚毅成为广大牧人心目中的英雄,他的云青马也成为名闻草原的神马。整部作品中,少年、骏马都存在于由情感和情意所运化的美的氛围中。

作品的艺术特点就在于作家始终着力于特定氛围的渲染与营造。对于青马驹的体态、性情、英姿、魄力的细心而细致的描写,对于草原上景物、景象、景致的精心而精湛的描述,虽然都不过是一些草原生活片断,却神奇般地将作家独特的审美包括情思、睿智、感受、理念都融合在由文字所散发的内在气势中。作家由此造成一种气氛,构成一种象征,漫成一种情调,又由此塑造人物,展现人物的性格和心理。

在作品中,具体表现在两个方面:

其一，在艺术构思中突出故事情节本身的情调，注重抒情的诗化因素，使气氛浸润人物——把气氛的渲染作为整部小说的结构中心。小说中，在季节的变换、循环的铺叙中，在青马驹与达格敦共同生活、一起长大的铺陈中，尽情地渲染了小达格敦对云青马深深的爱、殷殷的恋、切切的情。在浓郁的情的氛围中，云青马的"魂"被注重、被凸现，小达格敦的"魂"被浸染、被滋润，他的志向和希冀都蕴涵其中。如：

"哒哒哒哒……"一阵春雷般的马蹄声……像整个草原都沸腾起来……云青马……不停地躬着脖子……一股无穷尽的力量像烈火一样，在它胸中燃烧。……达格敦逐渐放松了马缰，好胜而要强的云青马舒展着瘦削、修长的躯体，像受惊的黄羊，……腾空飞奔。……达格敦这时只觉得大地在他眼前撕裂，一切都像飞一样从他身边向后移去，被风卷起的马鬃在他耳边呼啸。

显然，骏马的形象愈鲜活，飞驰的氛围愈强烈，英雄的特质愈明朗。赞美骏马是蒙古族文学在历史发展中形成的一种传统，作家在小说中从头到尾都在抒写马的心神和精神，运化出一种剽悍、古朴的游牧情调，酿造出一股朴野粗犷的文化气息，就使小达格敦这个儿童形象一直被浸渍在浓重的、有生活动感、有生命气息的草原文化氛围之中。

其二，在气氛渲染中突出了小说的民族情韵，并由此构建小说的象征意义，开扩整部小说的艺术容量。小说中，气氛浸没了人物，浸渍着整部作品，性格和情节因之淡化。但，云青马这个主要的审美对象由于深深浸染了创作主体的情感色彩，具有很强的情感规定性，形成一种含义大于具象、意义超越本义的体味不尽的象征；也正由于此，它所传递的象征含义中，必然寄寓着作家的审美理想，以及作家在生活体验中所积蓄的情思和意绪。云青马所经历的种种磨难、辛苦、艰险，暗示着蒙古民族心理气质形成、发展的过程，这种暗示，不是知性的演绎，不是理性的推断，而是情性的衍化。云青马这个形象，不只局限于本身，而且由此及彼；不仅体现了蒙古民族所崇尚的义、勇、力的精神，更体现了蒙古民族在新时代里奋斗、奋发、奋进的志向。小说在描述云青马的飒爽英姿所营造的浓浓的抒情气氛中，进入一种表现蒙古民族高尚品格的氛围，从而构成具有崇高格调的

更高更美的象征境界,使读者感受到蒙古民族文化的意蕴和底蕴。作家写道:

> 夕阳西下时分……青马驹发出长笛般响亮的嘶鸣,离开马群,向蒙古包飞驰而来。……青马驹又长高了,……它的双眼又大又圆,总是水灵灵的,闪着光;两耳像竹叶,不停地剪动着。……它的腰长,颧骨高,腿长肚子细,生气勃勃,楚楚动人。
>
> …………
>
> 在一个炎热的下午,风带着太阳一整天照晒的热气,从干旱的草原上吹过来。这时候……一群各种颜色的马,从夏营地上的牧民家旁边像山洪一样涌过来了。……有一匹青色骏马像夜空中的流星……飞驰而来,它的四蹄时而离开地面,在草尖上奔驰,时而在绿色原野上闪烁。

作家用贴近本民族人民生活的草原风情与富有儿童情趣的游牧情怀来写云青马的姿态和神态,写云青马的气势、气概和生命气息,从而使骏马的英姿、草原的寥廓风貌、民族的文化心理一起融合在云青马跃动的象征境界之中,使作品的民族性、抒情性、传奇性都更为突出。那绵长的民族情韵,那跳荡的儿童情趣,令人更觉回味无穷。

《云青马》的创作,是阿·敖德斯尔儿童小说创作中的又一次探索。

两年以后,阿·敖德斯尔又发表了中篇小说《狗坟》。

艺术构思的巧妙,始终是阿·敖德斯尔儿童小说最明显的特点。他一直在写草原上蒙古族儿童的生活,但每部(篇)作品都给人以新颖、新奇的感觉,他既不重复别人,也不重复自己。

《狗坟》的艺术特点就在于独特的悬念设置和独特的细节描写。

一方面,作者设置了独特的悬念。

作品开头就写了那座显眼的狗坟:

> ……离大路稍远的一片碧绿的漫坡上,有一个不大的凸起的小坟,从老远就能看得见,坟上堆着许多雪白的石头,不然,那个小小的坟墓,也许早就被漫山遍野的青草淹没了。

草原上的蒙古族牧民,家家都养狗。为狗修坟,却是从未有过。这样,由一座狗坟而讲起这条狗的故事,既是一个很吸引人的悬念,又是一种极巧妙的倒叙。书名就是一个悬念,而作家把这个悬念写得引人入胜,出人意料又令人惊异。如写这条狗的来历——小郎布家的母狗海里克在严寒的冬天一胎生了八只小狗崽。阿爸说,家里牲口不多,只能留一只小狗。爷儿俩看来看去,定了要留那只小花崽,就把其余的七只统统摔出篱笆墙外。一只脑门上有白点的黑崽子摔进了雪坑,没死,小郎布执意留下它,给它起名叫少乐木(机灵鬼),给那只花崽子起名叫阿拉嘎(花花)。小郎布像爱羊羔、牛犊、马驹一样爱着小黑狗少乐木,钟爱中还带着怜爱。这部小说就写由少乐木引出的一个个动人、感人的故事。

另一方面,作者运用了独特的细节描写。

因为作家运用细致的细节描写,将少乐木的故事写得悬念迭起,撼人心弦、引人入胜。如写少乐木追狼:

……少乐木像一颗出膛的子弹,飞也似的紧追不舍。大灰狼……黑灰色粗尾巴在月光下看得清清楚楚。少乐木……追上去,一口咬住了那个家伙的后腿。恶毒的野狼回过头来,狠狠地咬住了少乐木的脖颈……可少乐木不但没有丝毫放松,反而咬得更紧了。……它知道,只要忍着疼痛,死死地咬住它不放,后面的狗群马上会追上来。

一只小猎狗,一条大灰狼,小猎狗死追追上了大灰狼,咬住、咬紧了大灰狼的后腿,无畏无惧,坚忍顽强。作家接着写恶狼咬住少乐木脖颈后,"使劲儿地抖动着",又"几乎要把它提了起来","少乐木觉得脖子生痛,两眼冒火",但它"忍着疼痛"与大狼"拧在一起向前滚动着"。一小一大的搏斗,一善一恶的较量,真是惊心动魄。这个细节,揭示狼的本性,也显示狗的品性,而且巧妙地铺延开去,展示出草原上蒙古族人的情性,使作品的生活气息更浓,生活底蕴的开掘更深,也更凸显了作品的民族性和当代性。

《狗坟》写草原上人们对一只小猎狗的纪念。这只小猎狗的优良品性、忠贞气质,值得人们永远铭记。

(四)察森敖拉的中篇生活小说《无词的摇篮曲》

察森敖拉(1945—),男,出生于青海省海北蒙古族自治州门源县。中国作家协会全委会委员,中国少数民族作家学会常务理事,青海省文学艺术界联合会文学创作研究室副主任,青海省文学艺术界联合会委员,青海省作家协会副主席。上小学、中学时就热爱文学,一九六七年开始发表作品。一九八一年毕业于中国作家协会文学讲习所(鲁迅文学院前身)。历任教师,政府秘书,专业作家。著有长篇小说《头号凶手》。自新时期以来,时有儿童题材的小说发表、出版。儿童中篇小说《无词的摇篮曲》辑入《中国少数民族儿童小说选》。小说集《祁连游牧仔》获全国少数民族文学骏马奖,中篇小说《你也是蒙古人》获《民族文学》征文奖,中篇小说《博音河哟水晶晶花》和《扎手的刺梅》、小说集《祁连游牧仔》均获青海省政府颁发的优秀作品奖。

中篇小说《无词的摇篮曲》是察森敖拉这时期儿童文学创作中的代表作。作品从头到尾都在描述蒙古族小女孩巴达玛的额吉从早到晚一直哼唱着那首无词摇篮曲的情景,讲述了从无词摇篮曲里漫溢出来的博爱与同情的至真情愫、忠诚与感恩的至善情怀。小说开头就紧扣题旨——

  呣……嘿嗬哟……
  啊啊……
  阿哈嘿嗬哟……
  …………
  这悠长的曲调,萦绕在白云低垂的蓝天下,低回在草浪起伏的牧场边。这悠长的曲调,飘忽不定,捉摸不透,常常令你难以确定它传来的方位。有时,你觉得它迎着早晨的太阳,伴随着骏马飞奔的四蹄飘逸;有时,你觉得它沿着地皮,伴着牧人的脚步声在流淌。有时它在行云里,有时它在草棵上,有时它在畜栏旁,有时它在溪水边……
  这古老而悠长的曲调,不知漂流了多少年……

紧接着是六个节段。从巴达玛梦里听到这熟悉而悠长的曲调,醒来看见额吉忙着给弟弟尤日布穿衣服,又忙着干各种活儿,就来到泉边洗漱,因为向往着美丽而神秘的对岸,要求额吉带她去;远处传来大木轮车声,听到驾车的德尔古爷爷也在哼唱这悠长的曲调;额吉为她编了背草绳,额吉和她都心疼着家里的老白牦乳牛。神奇的是,每当额吉哼唱这悠长的曲调,哭闹的尤日布入睡了,调皮的小牛犊听话地系上脖索,牦乳牛乖顺地让搭绊挤奶了,犍马也驯服地戴笼头了;尤其是老白牦乳牛,它会马上捕捉到那个旋律,停下吃草或反刍,走去跟在额吉身后。原来,巴达玛的生母生下她后去世了。当时,牧民没有自己的奶牛,额吉为了让巴达玛活下来,只得半夜进乳牛棚里偷着挤一点奶。乳牛们都踢脚跺蹄,只有白牦乳牛顺从地让额吉挤奶,从不弄出一点声响。就这样,巴达玛得以长大。因此,分牛到户时,额吉就把已经老掉牙的老白牦乳牛要来,这是草原牧人心怀感恩的表现。额吉如此,巴达玛也如此,这是蒙古民族文化传统的传承、光大。可是,老白牦乳牛已经老得干不动活儿了。巴达玛的阿爸、阿妈,瞒过了一老一小,还是把老白牦乳牛宰了。作家写道:"巴达玛双手蒙住眼睛,泪水哗哗地在手底下流淌。她忘记扔掉背上已经没有用的草捆,朝着下雨的山林跑去……那里,阳光跟雨水在打架,青天和黑云在搏斗。"这时,这首悠长的曲调在吟唱……

　　小说中,作家对蒙古族小女孩巴达玛形象的塑造别具匠心,在现实主义的创作方法中渗入了浪漫主义的色彩,对巴达玛稚真的内心世界和淳朴的道德情感进行了细腻的刻画。她的天真善良发自内心,表现出新时代新一代蒙古族儿童民族心理素质的新的发展,写出了朴素的、纯真的民族道德观的内在力量。作家的切入角度既传统又现代、既新颖又平常。作品中的额吉,是一位辛勤终日、慈爱满怀的老人,草原上的长者。她钟爱小孙女巴达玛,热爱割嫩青草、背枯树柴的牧野日子;她钟爱老白牦乳牛,热爱走敖特尔、饮山泉水的游牧生活;她忙碌着所有自己能干的活儿,哼唱着一首抚慰心灵的曲调;她的身上显示出蒙古民族的传统美德。作品中一老一小两个人物,以及由此展开的草原生活,不仅具有浓郁的民族风情和浓烈的生活气息,透露着一种诗意的蕴藉的美;而且由此巧妙地将人和自然、人和社会紧密地结合起来,使小说的思想、艺术容量都比较丰满、丰沛;使读者体味到作家艺术构思的精巧和精当。

　　作品结尾时写道:

　　　　"呣呣……嘿嗬哟……"
　　　　歌声深沉、悠长,在湿漉漉的空气里颤抖,在绿茵茵的草棵里低回。
　　　　她在山脚下的草丛里发现上面雨水的反光,她的全身闪着白光。巴达玛突然觉得,朝这边走来的,不是老额吉,而是老白牦乳牛。她和老额吉,伺偻着身子,背着很大一捆柴,摇晃着走在阳光里。她背的柴,一定全是干白刺棍儿,和它,太相像了……

那白色的形象,一会儿是额吉,一会儿是老白牦乳牛……

接着,就是那首悠长的曲调在草原上回响,这爱与善的旋律,时而响起在行云里,时而响起在草滩间,时而响起在畜栏旁,时而响起在溪水边。这是怎样的隽永与委婉。

(五)石·础伦巴干的短篇小说集《啊,妈妈》

石·础伦巴干在调入内蒙古兴安盟文学艺术界联合会任专业作家后,一直在创作儿童文学作品。二十世纪九十年代是他儿童文学创作的高峰期。内蒙古人民出版社出版了他的短篇小说集《啊,妈妈》,集中收入二十七篇作品,具体、生动地描写了牧区蒙古族儿童上学、失学的欢乐与悲哀,牧牛、放羊的快活与辛苦(《归路》《太阳和月亮》《小牧工》);表露了牧区儿童成长过程中渴望母爱、渴求知识的心思(《啊,妈妈》《放牛犊的孩子们》《山之灵》),赞颂了奋起向上、奋发有为的品性(《小河在此拐了个弯》《今天我值日》《回到沙力嘎》),坦诚无私、善良助人的行为(《水与火》《大山那边有位怪老头》《山恋》);也委婉地写出了那个年代给牧区蒙古族儿童所造成的心灵创伤和家庭伤害,以及那个年代发生在草原上的人间悲剧(《黑色的太阳》《奶奶的泪》《一只乌鸦口渴了》);有的作品也犀利、尖锐地揭示了人性中的卑劣和丑陋(《再见了,姑姑》《打更记》《酸杏》)。应该特别提到的是,石·础伦巴干虽然写到了那一黑暗的年代、那些丑恶的灵魂,却总是藏匿着希望、透露着光明。在作家看来,现实中既然存在着邪恶、虚伪,就应该让儿童们正视、鄙视,让儿童们知道这样的社会应该变革。

短篇小说《啊,妈妈》,从内容到形式都很新颖。新就新在彻底摧毁了草原上人们根深蒂固的旧的家庭伦理观念。——已经没了母亲的小赛音吉亚,从懂事起还没有叫过一声妈妈!如今,老三届的爸爸大学毕业了,快回来了;他工作了,又结婚了。奶奶脸上露出笑容,却又紧锁眉头,叮嘱赛音吉亚见了爸爸要叫"叔叔"。奶奶说:"爸爸领来的阿姨是大城市的姑娘,她要是知道爸爸还有孩子,会……会不高兴的。"赛音吉亚委屈极了,低低地、压抑地哭着,哭着哭着就在奶奶怀里睡着了。等他醒来时,爸爸和一个陌生的阿姨坐在他的面前,一人握着他的一只手。这个阿姨还给他买来了新衣服。赛音吉亚大叫着"爸爸"扑到了爸爸怀里哭起来,又搂着阿姨的脖子,叫出了"妈妈"!作家写道:

> 爸爸笑了,奶奶笑了,笑脸上都挂着泪珠,蒙古包里充满了喜悦。
> 啊,赛音吉亚,你确实是个运气不错的孩子!啊,妈妈,愿你永远爱着他!

作品的情节一点不复杂,但,作品所包容的情感是极复杂的:草原上的祖孙三代人,加上新进门的从外面大城市来的新媳妇,构成了草原上的新家庭。新的观念,新的感情,不仅有力冲击着旧观念、旧思想,更是对民族传统美德的弘扬和发展。而且,作家还深层地表现了新社会的新气象,也蕴藉着民族平等、民族团结的内涵。作品中,蒙古包里的每个人都泪流满面,但却充满了新生活的幸福和快乐。

作家的另一篇产生了较大影响的短篇小说《小河在此拐了个弯》,则写草原上乌努嘎小学四年级班里的劳动委员图古拉的故事——放暑假时,学校决定假期护校工作由四年级负责,班主任又决定,由离校最近的三个男生负责。三个小男生都是班干部。可放假不久,班长特古斯被指名参加盟里的一个夏令营,去北戴河了。接着,学习委员达木林也参加了旗里的智力竞赛活动,如获奖还要到北京旅游。于是,护校的任务就落在了图古拉一人身上。每天,"他一锹一锹地铲着,一堆一堆地堆着。烈日在他的身上像针扎一样,只穿背心的后背被烤出了油。他直起了腰,甩了甩胳膊,腰和胳膊都有些酸痛"。他就会想到:"护校与上北京就有区别!"作家写道:

> 乌努嘎河水在拐弯处拧了一个劲儿,又以更快的速度向前流去。河水哗哗,唱出了欢快的节奏。图古拉踏着坚实的脚步向校园里走去。
> 开学了,去北戴河的特古斯和上北京的达木林都回来了。三个伙伴背起书包,迎着刚刚升起的太阳,肩并肩向学校走去。当他们走到乌努嘎河的拐弯处时,特古斯拿出了他从海滩上捡的一个贝壳,……达木林也捧出了他在智力竞赛中获得的纪念章。……图古拉……鼓了鼓勇气,终于伸出了双手。……在他的两个手掌上亮着十来个血泡,殷红,透明,像滚动着的珍珠

玛瑙。

　　特古斯、达木林和图古拉,三个孩子的心上都流着一条小河。不过,此刻都拐了个弯。

　　孩子的心灵朴实、纯净,孩子心上流着的小河明快、欢畅,但,再明畅的小河也会拐个弯、拧个劲儿!作品情节同样简单、明白,内容却是格外丰富、充实;童心单纯天真,却极活跃、敏感——少数民族儿童文学作家,以温暖、温馨的笔触,呵护着少数民族儿童稚嫩、稚真的心灵。

二、满族作家吴岩的长篇科幻小说《生死第六天》

　　吴岩(1962—　),男,出生于北京。一九七八年开始科学文艺创作,一九九八年获北京师范大学教育管理学硕士学位,新世纪又获管理学专业"发展战略与未来学"博士学位。他的主要作品选集有《星际警察的最后案件》《命运水晶球》《灾难的星球》《恐龙飞碟机器人》《心灵探险》《出埃及记》及长篇科幻小说《生死第六天》等。现为北京师范大学教授,中国作家协会会员,中国科普作家协会科学文艺委员会副主任委员、科幻创作研究会主任委员,美国科幻小说研究会(Science Fiction Research Association,SFRA)中国籍会员。

　　长篇科幻小说《生死第六天》,是作家根据同名短篇小说改编写成的。原作于一九九一年世界科幻大会上获"中国科幻小说银河奖"。吴岩在这本书的后记中说:"中国的科幻事业联系着中华民族的文化振兴。对于一个作家来说,能投身这一伟业,本身就是值得骄傲的事情。盼望更多的读者能从中得到有益的收获与启发。"

　　全书近十二万字,分为六部:① 电脑网中发现苍蝇;② 西安事变;③ 霍金转移;④ 多维时空;⑤ 独闯疯人院;⑥ 生死第六天。讲述了一次未来世纪微观世界大探险——二〇五四年的除夕夜,随着奇特的"晚间新闻"的出现,"聪明蛋"的父亲、从事火星探险计划研究的张涛工程师连同那艘耗资七百亿人民币建成的探测飞船突然在这个世界上消失了。是实验计划变更,还是键盘牛仔所为?"聪明蛋"和他的同学们立即进行了周密的排查。与此同时,兰星烈上校主持的寻找和营救工作也在紧锣密鼓地展开。几天后,中国陕西省培城的小学生汪洋突然神智错乱、言语古怪……这一连串事件之间有什么样的联系?这些事件的背后有着什么样的阴谋？"聪明蛋"的爸爸会有什么样的结局？作品情节就由此展开、深入。作品中，除"强特转换""霍金转移""COBT 议"是幻想性观念，超弦理论、婴儿宇宙、VR 技术、混沌分析等都是自二十世纪七十年代以来科学界很热门的话题，给人以真实感。在悬念迭出、惊险交加之中，可读性极强，由此激发广大读者的探索热情和创造想象，也得到深入未来世界的种种快乐。

难能可贵的是，作家在创作中总是十分注意展示少年们的内心情感，表现他们在探索未来中的主人翁意识，从而揭示出一个普通的道理：科技发展终将伴随着社会认识上的整体进步。

显然，吴岩的科幻小说创作，在当时的少数民族儿童文学创作中，不仅达到思想性、艺术性统一的高度，而且具有文本开拓的意义。

三、土家族作家李传锋的长篇小说《林莽英雄》

自进入新时期以后，因生态意识、文明意识的觉醒，从小生长在鄂西山区的土家族作家李传锋一直致力于创作动物小说。一九九三年出版的《动物小说选》，包括六个短篇、一部长篇。其中，一九八六年改定的长篇动物小说《林莽英雄》，是他这一时期的代表作。作品写一只举世罕见的小白公虎从出生到死亡的种种磨难、种种流离，写了它历经坎坷、几经生死的曲折经历，写出了一曲悲壮的生命赞歌。作品共十八章：1. 幽深的草莽；2. 清晨出游；3. 午夜的咆哮；4. 向大林莽告别；5. 马戏班一月；6. 森林的呼唤；7. 喳喳喳，回来了！8. 神秘的洞穴；9. 囚笼与木筏；10. 人山与人海；11. 在栅栏里同居；12. 痛苦的蜜月；13. 不动声色的计谋；14. 虎落平川；15. 嵌在太阳上的山；16. 裸露的秋山；17. 带枪的人；18. 最后一声长啸。作家以鄂西山区粗犷苍茫的林莽为背景，展示了充满野性和生机的动物世界与善恶并存的现实社会，表现了作家对人类文明发展过程中科学与愚昧、文明与野蛮的矛盾冲突的深层的哲学思考。

自新时期以来，少数民族儿童文学中，动物小说强势崛起。有的以动物世界为隐喻，影射现实生活中的种种现象、种种问题；有的以动物生存中的某种关联、关系为依据，构筑一种象征，表达一种观念，寄寓一种哲思，昭示一种理性；有的赋予动物以人的思想感情，让动物说人的话，做人的事，以拟人手法写童话式小说。李传锋则独辟蹊径，在他的创作中，动物的生存、生活状态，它们的情感、行为，与现实社会的变革联系着，从而自然地显现出它们的本能与本色。作家的艺术想象不脱离动物所在的地域空间和自然环境,运用的艺术手段虽然多元多样,但并未离开现实主义的创作方法,虽然融进浪漫主义、现代主义的写作方法,但不是替代和取消前者。《林莽英雄》印证了他的创作观念。小说主人公小白公虎,是幽深林莽中的百兽之王。中华各民族中,几乎都认为虎是自然界最威武的动物,是力量与强权的象征。白虎,更是远古以来土家族人的自然图腾崇拜。小说中对小白公虎野性雄威的描绘,对它被偷猎者抓住又逃回的描述,对森林被砍伐、植被被毁坏的描写,都很真实。写出了小白虎的虎威,写出了自然生命的顽强,也写出了一种民族精神;写了现实社会中的物欲横流,写出了城市化进程中的道德滑坡和生态危机,深层地写出了现代文明进步、人类自身发展中正面临的严重问题。显然,这是一部有着深邃文化蕴含的作品,是动物小说,也是文化小说。

难得的是,深邃的文化蕴含通过对自然的诗性领悟、对人世的幽默嘲讽来表现,令人在感受大自然的美丽、美妙的同时,真正知道破坏生态就是在摧毁人类珍贵的家园;在领略人世间的风趣、风雅的同时,真正知晓不讲道德就是泯灭人们纯洁的良心。

开头部分写道:

> 如果从飞机上往下看去,南渡江就像被扔在这崇山峻岭之中的一条银色的长链,将这数百平方公里幽深的林莽切割成犬牙交错的两半。
> 南渡江发源于桃山之侧,从百顺桥南下,经过凶险的老虎渡,在青猴城附近注入溇水,这溇水汇入清江,清江从宜都归入长江,长江东流入海。千顷波浪泛起多少迷人的故事。
> 展眼望去,南渡江东,是一架高山,人称阳坡,上下十八里;江西岸是一脉峻岭,人称阴坡,上下也是十八里。两面山上各自挂着一条小路,一条躲躲闪闪,一条吞吞缩缩,都从林莽间朝南渡江边伸展过来。在这阴阳交接之处,便是老虎渡。

这就是小白虎所生存的鄂西南渡江一带的自然环境。山的雄奇、水的险要、路的幽深,组成了这里独特的地理景致,也烘托了小白虎的阳刚之气。而在这原始的林莽中间,还有着"一棵棵高大的捌皮檀","千百条巨蟒似的粗黑的藤萝",

"一蓬蓬茂密的葛藤开着串串紫红色的花,野百合散发出一种古怪的香味",听得见"腐叶乱草在地下发出水泡破裂的响声",看得见"无数条狭窄的兽道从山顶直通到谷底水边"。这样的细腻描写交织成独特而奇异的森林景观,构成作品的一种神秘、深邃的情调。

又如作家以谐趣的方式表达庄重的内容,以构成一种幽默的色调——小说写小白虎从省城动物园潜逃之后遭遇的追捕行动,那规模和声势,空前"壮观",简直如同追捕一个被通缉的要犯。不仅省长签署命令,而且借助传真将"通告"传遍了"省内各地、县、区、乡",接着"一支搜寻白虎的队伍很快组织起来了","野生动物保护协会和猎人协会"的庞大队伍"连夜出发了",颇有点"雷厉风行""闻风而动"的势头。接着,又继续描述"虎落平川"的情景,来自四面八方的人群、狗群都参加了"猎虎"战斗,人声、狗声、枪声响成一片,直升飞机赶来了,带着麻醉枪的动物学家和"搜寻队"也赶来了。人们迅速将小白虎团团围住,谅它插翅也难飞。于是人们点燃篝火庆祝。可是,第二天清早,人们发现包围圈内竟一无所有!这样的情节,作家写来从容自如,然而那诙谐揶揄之情却蕴蓄其中。

李传锋的长篇小说《林莽英雄》,因其有别于其他动物小说的创作理念和实践而别开生面、别具一格,曾引起文学界的关注和研讨,称其为"新时期以来较早真正有意识地举起动物小说的大旗,并做出了可贵的探索与贡献的作家"。

四、哈尼族作家存文学的中篇风土小说《神秘的黑森林》

存文学(1952—2002),笔名阿存,男,出生于云南省普洱市。一九七五年毕业于云南大学中文系汉语言文学专业。历任思茅县教师,《思茅文艺》杂志编辑,思茅地区作家协会副主席,昆明文学院副院长,云南省作家协会理事。一九八〇年开始发表作品。一九九四年加入中国作家协会。二〇〇〇年当选为昆明市作家协会副主席。著有长篇传记文学《聂耳》,长篇小说《兽灵》《死城》《远方的峡谷》,中篇小说《神秘的黑森林》,中短篇小说集《兽之谷》《鹰之谷》,短篇小说《狗队》《那年的牛头谷》等。中短篇小说集《兽之谷》获第三届全国少数民族文学奖;中篇小说《神秘的黑森林》获第四届全国少数民族文学奖、一九九四年庄重文文学奖;《聂耳》获二〇〇〇年云南省政府奖。

中篇小说《神秘的黑森林》共二十四节。列出每一节题目,即可了解小说的内容梗概:1. 神秘的黑森林;2. 山神;3. 豹子的舅舅;4. 偷蜜贼;5. 大猫猫草;6. 夜莺树;7. 试胆;8. 初闯黑森林;9. 瘸腿狼崽;10. 乐园;11. 放野蜂;12. 黑蜂王;13. 长尾巴奶奶;14. 两棵水源树;15. 眨巴眼爷爷;16. 少女和麂子;17. 放卫星;18. 第一位老师;19. 火烧野牛;20. 饥荒;21. 外婆;22. 雨夜;23. 读书;24. 蓝色的天籁。

这篇小说写得很美妙、很别致:其一,用哈尼族儿童"我"的体验、感受,写了哈尼族村寨的房屋森林、大人小孩、风情习俗,而且写得很细致——密匝匝的黑森林,森林里有儿童们又怕又喜欢的花豹子;褐色蘑菇似的木屋,木屋简陋,却冬天热气扑面,夏天凉阴阴;大人在山地上辛苦劳作,然后用"豹子来了""老虎来了"哄着哭闹的孩子,小孩子照样进林子去摘野果、采蘑菇,见到了珍禽异兽,也遇着了凶恶狼群;不过,上学读书是他们的最爱。哈尼族人虔诚地信仰山神,大人还会为孩子招魂,他们告诫孩子不做坏事,等等。浓浓的童真童情渗透在整部小说里,给人以真实感和亲切感。其二,写美丽的大自然,写出能锻炼哈尼族儿童意志力想象力的美丽的自然环境;写艰难的苦日子,写出哈尼族人勤劳、勇敢、坚毅、善良的民族心理素质;又巧妙地反映出那个"放卫星"和"饥荒"的年代,哈尼村寨有了学校、有了希望。自然与人文交织,现实与未来交融,激发人们向上、向善、向美。其三,作家对本民族儿童生活有透彻了解,对本民族语言特点把握准确,将其提炼为优美、隽永的儿童文学语言,显示出一种独异的艺术吸引力和感染力,呈现为一种精湛和精彩。几乎每一节的语言都是这样的。就以最后一节为例:

又是秋天了。

山寨里迎来了难得的好收成,坡地上,山谷、苦荞、大豆、玉米摇曳着沉甸甸的喜悦。梯田里,稻谷扬起了黄灿灿的金波。

....

上山的路像一条瘦瘦的青藤从长满了大树的密林间伸了出来,……我们不得不提心吊胆地走上一座座横跨在山涧、布满了滑腻腻苔藓的独木桥,……热了渴了就在那抛珠洒玉的山溪边停下来,……拔一根蕨杆抽去芯子吸几口凉凉的水。

……登上了山顶,天地豁然敞亮起来。……地上只有些矮小的杨梅、刺梨、羊奶果之类的灌木丛和绿绒绒的爬地龙及白茅草，无拘无束的小风就在上面调皮地滚来滚去。

…………

我们太阳般明媚的目光，像小鸟一样自由地在层层叠叠的群山和起伏不平的林海间翱翔着……

…………

有亮亮的游丝在荡来荡去，让人想到那就是太阳抽出来的缕缕金线。可不是吗，老人们总是说，太阳姑娘的手里攥着一根根耀眼的绣花针，有针当然就应该有线了。

…………

显然，精致、精美的少数民族儿童文学语言，才能表达出精湛、精彩的少数民族儿童文学内容，才能达到思想性、艺术性的高度统一。

五、鄂温克族作家乌热尔图的短篇狩猎小说集《七叉犄角的公鹿》

乌热尔图（1952—　），男，出生在内蒙古兴安盟乌兰浩特市，祖籍黑龙江省甘南县。童年时生活在嫩江岸边的莫力达瓦达斡尔族自治旗尼尔基镇。一九六八年初中毕业回到大兴安岭北坡额尔古纳左旗敖鲁古雅鄂温克族乡，在猎业生产队当猎民，后又当过民警、乡干部等，在林区生活十年之久。一九七三年加入中国共产党，一九七六年发表处女作《大岭小卫士》，一九七八年在《人民文学》发表反映鄂温克族狩猎生活的短篇小说《森林里的歌声》。之后，发表中短篇小说三十余篇，出版儿童文学集《森林骄子》，中短篇小说集《琥珀色的篝火》《七叉犄角的公鹿》《乌热尔图小说选》等。短篇小说《一个猎人的恳求》《七叉犄角的公鹿》《琥珀色的篝火》连续获得一九八一年、一九八二年、一九八三年全国优秀短篇小说奖。一九八四年为中国作家协会理事、中国作家协会书记处书记。后又返回内蒙古，任内蒙古文学艺术界联合会副主席、呼伦贝尔盟文学艺术界联合会主席。一九九〇年被评为全国民族团结进步先进个人。一九九七年当选中共十五大代表。一九九九年，短篇小说集《你让我顺水漂流》获第六届全国少数民族文学"骏马奖"。

短篇小说集《七叉犄角的公鹿》，共收入十九篇作品，其中十三篇都写了鄂温克孩子（《琥珀色的篝火》《越过克波河》《棕色的熊》《七叉犄角的公鹿》《老人和孩子》《马的故事》《鹿，我的小白鹿啊》《一个猎人的恳求》《爱》《森林里的梦》《小别日坎》《熊洞里的孩子》《森林里的歌声》），其余六篇也都是写鄂温克孩子身边的现实，是他们能懂、能领会的。可以说这是一本难得的鄂温克族儿童小说集。

《七叉犄角的公鹿》是乌热尔图儿童小说代表作。作品写一个鄂温克猎人十三岁的孩子几次猎鹿的经过：首先，被冷漠、暴戾的酒鬼继父毒打，怀着凄苦、郁悒而渴望自立的孩子，在严寒的清晨走出帐篷，走进冰封雪盖的山林，突然遇见了一头公鹿。枪响了，孩子打伤了公鹿——作家着力写了公鹿的两只犄角，写了它的一瞥、一瞅的眼神，写出了这头公鹿的姿态和神采，写出了孩子以外的另一个艺术形象——一头七叉犄角的公鹿。其次，第二天，顺着雪地上的蹄印，孩子去寻找被他打伤的公鹿。找到它时，它正被狼追赶着。公鹿虽然受了伤，却毫不退缩，扬起粗壮、尖利的犄角，把狼甩过头顶、抛越石崖、扔进深谷。那是对公鹿勇气、力量的赞美！作家写孩子痛惜地看着鹿的伤口，让它从自己的枪口前面走了过去，更是对孩子善良、爱心的称颂！一只无言的鹿，却生动地体现出鄂温克人的民族心理素质在新一代人身上的一种发展和变化。再次，当孩子和他那贪婪的继父一起伏在草丛里守候着那头公鹿来碱场时，孩子却"猛地从藏身的草丛里站起来"，故意惊动了它。一个看似不经意的动作，一笔好像不起眼的白描，把鄂温克孩子纯洁、淳朴的心灵表现得更加明显和明朗。最后，当孩子再次见到七叉犄角公鹿时，狼群围住了它，它正处于危难之中。孩子举枪打死了头狼。这时，鹿的犄角被皮索缠住，孩子又奋不顾身地扑上去，用猎枪打断了皮索，自己却受了重伤。孩子内心的光明、情怀的正大，显示出这个民族的精神气质。

虽然，小说只是写了一个鄂温克孩子、一只七叉犄角公鹿，极简单，却极丰富，民族特色、地域特点、儿童特性尽在其中。可见作家生活底子的厚实和艺术素养的深湛。作家的高妙，不止于此，更在于那个既不是直接写孩子也不是完美写公鹿的结尾：

……他伸出经常捶打我的两只大手，轻轻地捋了捋我的头发。然后，转过身去，蹲在我的面前双手把我一托，我被背在他宽阔的脊背上。

一道透过乌云的阳光照在我的身上，我把脸紧紧地贴在特古的肩上。

远处传来鹿的叫声。

妙就妙在,结尾时继父的行为与开头时大相迥异,鄂温克族粗犷、粗放的本性,坦率、坦诚的本色,以及作家自己的民族情愫、情感,都奇妙而巧妙地隐匿其间。而作家对本民族人的了解、理解、热爱、挚爱,决定着作品民族性程度的深浅、思想性蕴含的高低。

高就高在,结尾的这一笔,竟把孩子的命运起伏和心灵展示交织起来,使人与自然、人与社会的关联交融起来,真情实感洋溢在字里行间,民族的气脉、地域的气息流淌着,时代的气象、儿童的气质泅透着,使作品的情节发展、环境氛围、形象刻画、艺术意境以及人的心灵的震颤都融合在一起了。虽然,整篇小说几乎全是白描手法,却写得淋漓尽致,感人至深。如此着眼于民族文化心理、着力于少数民族儿童情思的质朴、天然的艺术表达,决定着作品艺术特色的完美与否、作家创作风格的方圆。

乌热尔图创作的独特,还带有几分传奇色彩;这当然来源于生活在大兴安岭深山老林里的鄂温克民族独异的处于原始社会状况的狩猎生活,从艺术创造的角度来说,是作家赋予小说艺术特色、艺术风格。在《七叉犄角的公鹿》中,乌热尔图以一个鄂温克少年的童稚目光和天真情怀,从审美角度表现出鄂温克猎人古朴的生存状态,描述了他们淳朴的精神世界,他们对大自然的依附和崇拜,以及处世的简单和粗莽,异常生动地展露了中华民族大家庭的丰盈内蕴。可以看到,作家把艺术的真实和艺术的倾向性结合得那么自然、那么美好。

可贵的是,虽然鄂温克民族乡的地方很小,人口很少,作家笔下的鄂温克儿童形象却是各具个性,跃然纸上。如《琥珀色的篝火》中尽心照顾生病的母亲而让父亲去寻找、援救在森林中迷路的三个汉族野外工作者的善良的少年猎人秋卡;《小别日坎》中那个先把毛主席像章戴在自己胸前,又把像章戴到心爱的小白鹿颈下的可爱的猎人幼童小别日坎;《熊洞里的孩子》中那个缺了手指脚趾却用树棍牵着瞎眼爷爷走路的坚韧的猎人孩子酿满那等等。更为可贵的是,乌热尔图写鄂温克孩子,也总是写出了那个年代的背景,激发人们去思考、探索。

六、白族作家张焰铎的短篇乡土小说集《洱海的孩子》

张焰铎(1943—),男,出生于云南省大理白族自治州。中国作家协会会员,中国少数民族作家学会常务理事。曾任大理白族自治州作家协会主席,大理市文化局局长。自二十世纪六十年代起,陆续发表诗作,一九七九年发表第一篇儿童小说《礼物》,自此开始儿童文学创作。一九八三年,儿童小说《山蛟》获云南省儿童文学征文奖。之后,《爷爷的魅力》获云南省首届政府奖。二十世纪九十年代中期,出版儿童文学集《洱海的孩子》,新世纪出版儿童文学集《羊泪》《秋山八月花》。

张焰铎的儿童文学作品,字里行间总是浮现云南大理洱海的壮阔、苍山的秀美;更以饱满的热情、细腻的笔墨,展现大理白族孩子的机灵质朴和白族乡亲的憨厚淳朴。每个故事都以独特的视角讲述着白族孩子和大人的各样生活,每个故事都以独到的手法呈现出一代代白族人的内心情感。

短篇集《洱海的孩子》,共收入十七篇作品,除末后的《圣地传真》《蜂儿蜂儿》是散文外,其余十五篇都是短篇小说。篇幅都不长,却内容丰富,写了白族的风情风俗,写了大理的风景风光;写了白族儿童的情感情思,写了大理人的心气心怀。难得的是,作家以白族儿童纯净的目光来看来写,写出了苍山洱海的格外凝重、分外壮丽,白族人的一身正气、一世正义。写自然,也写人文,让人感觉到、感受到:白族人思想、观念有了新的进步、新的变革;民族心理素质在新一代人身上有了新的变化、新的发展。也令人感触到、感悟到:正,一定压倒邪;善,必定战胜恶。如《洱海的孩子》,开头写夏天的洱海,宽阔的水面,晴雨交织,彩虹弯弯,到处有花;接着写,恰逢星期天,白族孩子阿明刚刚在全县数学比赛中得了第一名,村里老人就把心爱的船儿交给他。啊,驾着船尽情冲向洱海,是一件多么令人陶醉的事!可作家的笔不止于此,他写道:"比缀在洱海周围明珠般的白族渔村更绚丽多彩的,是洱海里各种各样奇妙的鱼!……""阿明不仅要与大海一同陶醉,还要与大海一同丰收!"可阿明真正遇到的,恰是一场夏季的暴风雨——

> 与乌云和狂风一齐袭来的,首先是梗人喉咙的凉森森的寒气,接着是"噼啪"作响的大雨和助威似的滚响着的海涛。突然,头顶一亮,一支闪电刺出乌云,一声惊雷在头顶炸响开来……

作家所要着力描写的,正是阿明面对暴风雨的所思所想、所作所为。他看到,在翻卷的浪涛间,好几百只鸭子,全力接应一只失群惊叫的小鸭;他看到,"在他的左前方,突然出现了一个向同一方向划行的船影","那充满力量的船影始终没有消失,一直相伴着前行!为他引导着方向,传递着力量,输送着温暖"。而当暴风雨过后,见到立在岸上焦急地等候他的多福阿老时,也见到了村里谁都讨厌的"小狗狗""小猴子"划着船回来,他俩身上都挂着汽车内胎,"小狗狗"手里还提着一个。一切都明白了。阿明在心里对自己说:"人的心灵应该丰富些,更丰富些!应该比大海还要大……"而对暴风雨过后的情境,作家又是怎样描绘的呢——

> 云雾终于散开了,洱海平静下来,但天空仍然发黑,还不时带来雨点。这当儿,阿明看见洱海密集的风雨,正像经过了一番鏖战的千军万马,慢慢地,散乱地,移向大理坝子。屏风一样的苍山十九峰,星罗棋布的几百个村庄,位于坝子中央挺然矗立的三塔,或是走着飘飘的雨脚儿,或是挂着密密的雨帘儿,或是隐在厚厚的雨幕里。大理坝子顿时成了各色雨景的画廊!

这是真正的情景映衬,情景交融。作家把景和物的感情色彩写足,反转来,又映射出孩子的感情,即在孩子内心深处漾起的情愫。渲染愈深,感情愈浓。感情写得深了,心灵也就写得透,作品也就深邃、深情,有了较强的艺术感染力。

这篇作品,作家写了洱海,写了洱海边的白族村子、白族大人小孩,写了白族风俗习惯、白族人的思想观念;写了云南大理的天然风光,写了大理渔村的现实生活;把民族特色、地域特点、时代特征、儿童特性,全都囊括在内、蕴含其中,而且,活泼泼地塑造了一个热爱自己家乡、学习成绩优异、又能够独自战胜暴风雨、能够善待同龄的顽皮伙伴的白族少年形象!除了说明作家对本民族的熟悉、热爱,表明作家对儿童文学的理解、把握,也十分清晰地呈现出这一短篇小说的文学史价值和意义。

这个集子里的其他作品,也都描绘、塑造了不同长相、不同性格的白族少年儿童形象,其中,主意大、胆子大、本事大、效果大的,就数《山蛟》里的人物山蛟了。作品用弟弟讲哥哥的口吻来写山蛟大胆、沉着地火烧马蜂窝,彻底烧灭白族人养蜂酿蜜的死敌的故事。火烧马蜂窝,险恶多多,危难重重,是几代白族人要干而没干成的事。少年山蛟,有勇有智。他,登上接近天际的树顶、爬到伸向天空的树梢,一只手点燃绑在一丈多长火竿上的麦秸,另一只手用麻袋套住挂在枝头的马蜂王窝。只听得树枝断裂的"咔嚓"一响,山蛟被树枝往上一弹,抓住了上面的一根树枝;又"咔嚓"一响,山蛟却已抱住了大树的树干,平安地落到了树下的茅草堆上。十分真实,又非常亲切;让人心惊胆战、惊讶之外,满心充溢着惊喜和惊奇。白族的民族心理素质在新一代少年身上体现得美妙而微妙。他的其他,还有写新一代白族少年儿童新观念的《第一颗鸡蛋》,写白族少儿心底的善良愿望、美好憧憬的《圣地传真》等等。

应该特别提到的是,那篇以白族儿童的心灵感受来写的对抗、批判极左倾向,又蕴涵含民族团结深意的《蜂儿蜂儿》,是一篇政治性很强、艺术性极高的儿童散文,坦诚而委婉,直率而隽永。是少数民族儿童文学中罕见的真忱之作。

七、彝族作家普飞的短篇山寨作品集《蓝宝石少女》

普飞从开始写作时起,一直坚持写儿童文学,一直没有离开家乡。他从本民族儿童日常生活中撷取不同题材,根据不同年龄少数民族儿童的审美趣味选择不同的艺术形式,所以,他的儿童文学作品形式多样、多姿多彩。一九九七年五月,晨光出版社出版了他的短篇集《蓝宝石少女》,书不厚,却包括了三十九篇作品,篇篇短小,篇篇鲜活,篇篇有趣。他是一位真心热爱儿童、一心为儿童写作的少数民族儿童文学作家。他在这本短篇集的后记中写道:"我感到,有那么一群孩子活跃在我的周围,我才有了生命。因为孩子们给了我朝气,给了我活力,给了我信心,给了我希望,我的生命是由这些素质组成的。"

他的作品都是用散文的笔调来写的。一类是写实的,如《蓝宝石少女》《小医生与巫师》《责任田边》《一把花银刀》《一只小锦鸡》《篝火识字会》《青罗牯与小笙牯》等;一类是用幻想的艺术手段来写的,如《走在五彩缤纷的地方》《爱听音乐的小野兔》《丽香和好娃》《鸭娃》《长长的电话线》等。但,无论是哪一类作品,都着重写彝族孩子对自然万物的珍爱、对眼前生活的热爱,写他们心地的和善、心灵的和美。普飞是农民出身,作品中的文学语言都是从少数民族儿童口头语言提炼而来,清新、明丽,却是朴素、平易,民族的情感、地域的情愫,都是从字里行间自然地流淌出来的;时代的气息、儿童的气派,都是从现场情景自如地呈现出来的。

以《走在五彩缤纷的地方》为例:

太阳偏到西山顶的时候,东面的山顶出现了一条彩虹。它从蓝蓝的天边弯下来,像大竹弓,又像一座拱桥,还像一条山路,靠着山峰,一头触着山下的草坪,一头栽进小河里……

············

这一天,我们几个彝家孩子想上天了……

我们五个孩子排成一支队伍,向那边的彩虹走去。

············

为了在五彩缤纷的地方多走一步,我们沿彩虹的背向前走着。时而跨大步,时而走小步。走呀走,走呀走……怎么,我们走到了彩虹饮水的小河里?

作品中,自然的乡土美,童情的稚拙美,语言的纯净美,想象的真美,交织交融,而这一切都不是普飞的刻意营造。这些作品,就像普飞本人一样,实在,自然,朴素。

其他作品,如《蓝宝石少女》,写了摩梭人聚居的大山里的泸沽湖的风景,写了摩梭少女求学进取、造船捕鱼、开朗好客的现实生活和品格性情。以蓝宝石来比喻泸沽湖,比喻戴蓝色头帕、穿蓝色衣服、站在蓝闪闪泸沽湖边的摩梭少女,也别具特色。如《小医生与巫师》,写巫师装神弄鬼,哄骗彝人;而巫师有了病,还得让小医生诊治呢。这样的作品,贴近生活,真实可信,看着也有趣,对破除迷信、革新观念,作用很大。

八、其他少数民族作家的儿童小说

这一时期,少数民族地区的社会变革、生活变化都十分明显。少数民族中的一些陈规陋俗受到新一代人的抵制和反对,新的思想观念、价值取向已经在少年人心目中、言行中牢固树立。少数民族作家们从不同的视角,写了不同少数民族儿童的生活和情感,写出少数民族在历史新时期中的观念进步和生活进展。

哈尼族作家艾扎,一九五八年出生于云南省元阳县,曾任元阳县文学艺术界联合会副主席、红河州作家协会副主席,他的短篇小说《棺树》,写哈尼族习俗,人一出生就要上山种一棵杉树,用于死后做棺木。少年"我"不愿意活着时就想着死,他要改变这种旧观念,就跑上棺树山放了一把火。"我"在叛逆中成长,显示出哈尼族新一代人生命意识的觉醒,给少数民族儿童以深深的启迪,有一种独特的思想意义。一九九二年《榕树》获首届云南省文学艺术创作奖。

佤族作家董秀英,一九四九年出生于云南省澜沧县,毕业于云南民族学院,曾任云南人民广播电台文艺部编辑,他创作的短篇小说《最后的微笑》从旧社会写到新社会。写出生在芭蕉叶上的佤族女孩娜女,阿妈生下她几天后就死了。阿佤人旧观念,她阿妈死后要变卜思鬼,她跟阿公就不能在寨子里住。阿公带她到了山上,住在野竹和芭蕉叶搭的窝棚里。阿公背着她挖地,把她放在竹篮里挂在树上。阿公喂她吃蛇肉,给她摘野果、采蘑菇和黑木耳、扣鸟雀。日子一天天过去,解放军来了。阿公带娜女下山来。满八岁的娜女上学了,有几个男娃叫他"卜思鬼"。阿公就像冲天大树,每天放学时在竹晒台上稳稳地守望着。就这样,娜女读完小学、中学,考上了中央民族学院。就在这时,阿公闭上眼睛长眠地下。整篇作品写娜女在旧社会的苦难,在新社会的成长,真实而富有传奇性。作品题材独特,对阿公挖地时把娜女放进竹筐挂在树上后的危险遭遇的细致描绘、对佤族窝朗牛(头人)凶相的勾勒,写出了旧社会旧观念留下的历史重负和新时代发出的热烈召唤,字里行间激荡着浓烈的民族感情,构成一幅幅有时代气息、民族气韵的生动画面,透露着与其他民族不一样的佤族特色。作品中专门写到娜女上小学时受男娃欺负的情景,揭示出旧观念并不会随旧制度的毁灭而自行消灭。作品着力刻画阿公的性格,也正表现出娜女从小受到长辈行为的影响和民族文化的熏陶,写佤族的民族传统文化与其在新社会的发展。这篇小说曾获第二届全国少数民族文学创作奖。

瑶族作家陶永灿长期从事新闻工作,曾任湖南省绥宁县绥宁报社社长、总编。他的短篇小说《红瓦》写一个在大火中失去了双亲、失去了家园的孤儿旺生,辍学后在烧瓦的窑上拜师学艺。装坯烧窑的活儿异常繁重、辛苦,但师傅悉心地教,旺生尽力地干,他们烧出的青瓦远近闻名。就在寂寞而平静的日子里,在瓦厂棚子檐口下出现一头灰色水牯牛和一个受了惊吓的牧牛女孩小枝。偶然的相遇后,小枝就常来学捏泥,水牯牛就帮着踩泥。有一阵,小枝好多天没来,恰在装窑那天来了。师傅是死守老规矩的人,认为装窑时有女人来就会烧出红瓦。旺生因此挨了师傅的打,被赶出门。旺生走了,而经他手烧的这窑瓦却是烧得最好的青瓦。整篇小说中,以真实而又具象征性的手法,写了旺生的善良和无奈、小枝的稚真和无助,也写了帅傅的技艺高超和思想愚昧,反映出少数民族烧窑师傅技艺的精湛和观念的滞后,从而揭示生活中的喜与悲、美与丑,昭示出旧习俗、旧观念必然被抛弃,民族新一代人将开辟自己的天地、掌握自己的命运。小说写得简练含蓄,写人物的遭遇、情感,有深度而又贴近自然;尤其是写两个少年,生活很沉重,情思却极纯真,有力度而又婉约隽永;令人领悟到,旺生虽孤苦,他的志气和勇气必然会光大。作品中,写出了少数民族的地域环境,少数民族少年的生活环境,特色也很鲜明。

云南省德宏州文学艺术界联合会、作家协会主席,景颇族作家玛波运用景颇语、汉语双语写作,曾获得第三、第八届全国少数民族"骏马奖"的短篇小说《冲出圈套》,突出地描写刚从缅甸回来、正在读初中的景颇族少女迈迈的形象,她单纯、善良、开朗,因此险些中了寨子里那个奸猾的老会计早诺设下的圈套。早诺是与她同时从缅甸回来的男孩都扎的二叔。都扎对迈迈好,但彼此都还小,并未说过什么。同村的小伙麻刚因嫉妒而造谣,早诺趁机要照往昔景颇族习俗,让都扎和迈迈成婚。父母早逝的迈迈与三哥腊散在一起生活。腊散不知内情非常生气,迈迈被逼十分伤心,兄妹之间有了误会。迈迈难过至极便在学校喝酒,而遭到校长训斥。幸亏同村女孩宽伞给迈迈讲了事情真相。迈迈明白了,正好校长也在找她,于是,她跟校长一起急速返回学校。作品所写,是景颇族少年反抗陋习,摧毁旧思想、旧观念的一次行动。但作家写得扑朔迷离,给人以深深启迪。这样的作品在少数民族儿童文学中有着不可忽视的思想、美学意义。

傣族作家玉光的短篇小说《东边日出西边雨》,直接写新时期里傣族两代人思想观念上的冲突,同样不一般。作品写蔓养寨的两位母亲——咪玉燕、咪玉旺,她俩从小在一起玩耍。现在,咪玉燕十六岁的女儿玉腊软正准备考中专,咪玉旺的儿子岩罕索是玉腊软的同学,憨厚踏实,是劳动好手。咪玉燕家需要好劳力,咪玉旺家想有个好儿媳,两个人就想着为儿女办婚事。却不料,玉腊软一心要读书,岩罕索也已有了相爱的人。冲突似乎很尖锐,但这一代人有自己的观点。玉腊软考取中专进城上学,岩罕索主动到咪玉燕家犁田是真心相帮,他的心上人玉香教也出面说明情况。末了,咪玉燕、咪玉旺异口同声地说:"人都快老了,还让娃娃来教我们咋个做人,真是惭愧啊!"就这样,激烈的矛盾在温情中化解,守旧的长辈还由此得到教训,受到启迪。作品艺术构思十分巧妙,简单的事情表现得不简单,不高兴的事情有一个高兴的结局。民族性融于时代性之中。

藏族作家卓玛、洛桑的短篇小说《德喜》,叙述卓斯卡小城里十三岁的藏族残疾女孩德喜的生活遭遇,描写瘟疫、贫穷加上各种各样空洞口号所造成的苦难。

但是,新的时期,新的家庭,也使德喜有了新的日子,她的汉族后妈省吃俭用,为她装了假肢。欢快的结局很符合儿童的审美趣味。

新疆的居玛德里·马曼、艾克拜尔·吾拉木两位少数民族作家则从社会广角、从成人视角来表现本民族儿童的道德取向和品性情操。

哈萨克族作家居玛德里·马曼,一九五九年毕业于新疆学院中文系,历任《伊犁河》杂志社社长、总编,伊犁哈萨克州文学艺术界联合会主席,新疆文学艺术界联合会委员,伊犁哈萨克州第九届人大常委。他的短篇小说《宁静的草原上……》,写草原上的一群哈萨克小姑娘,星期天来到棕褐色毡房里看望辛劳的卡缅奶奶,帮奶奶择羊毛。忽然传来老奶奶家安瓦尔哥哥的惨叫声。原来,草原上的"江阿拜"(混蛋)毕坎把安瓦尔放牧的羊群赶进自己的院子,他用棍子打安瓦尔,说"把钱拿来就给羊"。毕坎是小姑娘加娜蒂的爸爸,这几年他为了弄钱,在草原上做了不少违法的事。这时,加娜蒂哭着跑回家去,只见爸爸已戴上手铐,正被公安人员押着走出门。加娜蒂眼前天地翻转……作品中,正义压倒邪恶,以小姑娘的痛哭表现人性善良的永在,阴暗中透露着光明。

在哈萨克族文学中,居玛德里·马曼的儿童文学创作卓有成就,《江阿拜的花招》获一九九三年全国儿童出版物文学一等奖,《戴铃铛的羔羊》获国家文化部创作二等奖,《阿合拜勒爷爷的故事》获全国少数民族文学创作一等奖。

维吾尔族作家艾克拜尔·吾拉木的短篇小说《卖哈密瓜的小姑娘》,以"我"回故乡后到乡下探亲为契机,写大热天因小车出故障而中途停车,正遇一个十二三岁的叫卖甜瓜的小姑娘,她穿着已经短小的裙衫,躲在一棵大柳树的背后,显得有些惊慌。原来,前几天曾有乘车来的人吃了她的瓜不给钱还嘲笑她。因为家里穷,她辍学后在路边卖瓜。瓜卖得很便宜,"我给的钱不让她找了,她却坚持让我再挑一个瓜"。"我出于同情,又拿一点钱让她买学习用品,鼓励她温习功课继续上学,但她不收钱。""我"只得又以这点钱买下她的瓜。一天后,"我"从亲戚处返回时,为她买了包、书、练习本和铅笔,鼓励她一定好好上学,并答应每年按时给她寄学费来。小姑娘把一堆瓜搬上"我"的车,说是他爸爸特地为"我"选摘的。作品在依依惜别的叙述中,还插入了一段小姑娘站在爷爷奶奶坟前的情景。篇幅不长,写卖瓜小姑娘对那个"革命"年代的不解,对自己辍学的辛酸,以及由此反映出的维吾尔族瓜农的贫穷和人穷志不穷的精神,都令人动心;同时,令人深切感受到中华各民族传统美德的可贵。

回族作家白冰的短篇小说《绿太阳和红月亮》，写因视神经萎缩而双目失明的小姑娘绿燕和得了视网膜母细胞癌、七天后即将动手术摘除眼球的另一小姑娘米佳佳，两个人都已经或即将看不见这个世界，但都热爱美好生活中的美丽色彩。绿燕喜爱绿色，"希望太阳是绿色的，它洒下的阳光也是绿色的"。米佳佳却因自己的经历"厌恶绿色，喜爱红色"。但，为了绿燕，她愿意有一颗绿色的太阳。待到米佳佳做手术的那天一早，老杏树旁，"一丛红红的山丹，像火、像血。""……自己还将有许多红色的梦。""啊，红色呀，生命的颜色。""她觉得，自己的心被那红色燃烧起来了，整个世界被那红色燃烧起来了……"面对生活中的黑暗、生命中的残酷，作家竟写得如此心境开阔、如此心情浪漫！童话一般的境界，英雄一般的情怀！是对残缺命运的弥补？对黑暗童年的照耀？另一短篇《洁白的茉莉花》也属这一类。这是励志抒情小说，独树一帜，影响深远。

需要特别提到的是，满族作家舒群在"文化大革命"中失掉了系列纪实小说《毛泽东的故事》文稿之后，在新时期根据回忆重新创作，并在一九八六年出版，在各民族青少年读者中产生很大影响。因为其中不少篇章写的是青少年们关心的、想知道的事，也有的是直接写毛泽东与青少年交往的。如《藕藕》，通过延安烈属祖孙二人给毛泽东送粮食的事情，表现领袖和群众心心相连的深厚情谊。《延安童话》以铁娃在毛泽东关怀下成才为中心故事，赞扬了毛泽东的精神、品质，赞美了人民战争的伟大胜利，赞颂了延安精神。《黄河女》以一名普通的黄河女儿的人生经历，表现了虽经挫折依然无法磨灭人民对领袖的崇敬和爱戴之情，等等。这本书中每篇作品的语言都很讲究，如《延安童话》中对陕北风光的描述，对延安初冬清晨的描绘，都有景有情，如诗如画，个性鲜明且光彩独具。

第二节　诗歌

一、藏族诗人贡卜扎西的《贡卜扎西诗集》

贡卜扎西（1938—　），男，出生于甘肃省甘南藏族自治州夏河县拉卜楞镇。一九五七年在西北民族学院藏文专业毕业后留校任教。一九五八年开始发表作品。一九六〇至一九六二年就读于中央民族学院政治系哲学研究生班,毕业后仍回西北民族学院执教。二十世纪七八十年代,先后在甘南玛曲报道组、甘肃省委统战部工作。一九八三年至一九九一年任甘南州委副书记。二十世纪九十年代初兼任合作民族师范专科学校党委书记,后调任甘南州人大常委会主任。与他人合作创作了电视文学剧本《苏鲁梅朵》,颂扬党的民族政策,阐发爱国主义思想,在国内外受到广泛欢迎。他也连续不断地创作诗歌。由于胸怀纯真的童心和爱心,他的诗几乎皆为儿童而作,一九九七年出版《贡卜扎西诗集》。

《贡卜扎西诗集》收入诗作六十一首。开卷第一首《我不停地寻找》,是他的诗创作的宣言:寻找祖先"血和泪的残骸",寻找生命的"强度"和"抒情",寻找民族发展的"神话"和"根须"。每一首诗,都是这一宣言的创作实践和情感寓托,都是这一宣言的真心表达和深情展示。浓烈的民族情感,炽热的家乡情怀,厚重的时代情愫,纯洁的儿童情趣,都在句句段段中自然地流淌着、渗溢着。如《我的帐篷》:

> 比海拔还要高的是它
> 比暴风雪还要暴烈的是它
> 比天空还要纯净的是它
> 比花朵还要娇艳的也是它
> 支起它,支起了一个民族的执着和信念
> 支起它,支起了一方蔚蓝和苍茫
> 神话传说中有它
> 民间的歌谣中有它
> 我们的血液里和骨骼中有它
> 而在年老母亲的微笑中也有它
> ……
> 你给了我凝思、遐想和壮美
> 你给了我力量、挑战、执着和不屈
> 你是太阳的孩子　星星的图画
> 一轮永远不败的图腾……

一顶帐篷，表现出藏地、藏人的居住、生活特点；字字句句中，藏族人、藏族儿童的自豪感、自信心，他们对民族、对故土的热爱、深爱，都袒露着、昭示着。比喻得形象，比拟得生动，作家从藏族民间文学中借鉴、汲取，恰到好处。

这本诗集里，诗人还向儿童讲述着先人奋斗的历史(《达里嘉湖边的歌》《腊子口，不灭的爱》《篝火》)，铺陈着今天幸福牧人的心思(《草原之夜》《阿妈要摘的星》《蕨麻花》)，描绘着眼前美丽家乡的情境(《则岔石林短歌》《节日的聚会》《玛卿叙怀》)，憧憬着不远未来的变迁(《献给阿妈的歌》《太阳 燃烧的花朵》)。而诗人也禁不住直抒胸臆，他在《童心》中写道："……小拉姆措采来溪畔五色的花束，编成一只只绚烂的彩船。……彩船是童年智慧的结晶，花朵是孩子纯洁的童心。"这是对童心的真切描述，是对童年的虔诚礼赞。这些诗作无不透露着藏族人的气质，表露着他们的文化心理。

二、回族诗人王俊康的节日朗诵诗

王俊康(1944—)，男，出生于江苏省南京市，祖籍江苏省吴县。毕业于广东省电大，在小学、少年宫当教师多年。一九八一年调入广东省作家协会，始终致力于儿童文学创作。曾任省作家协会《少年文艺报》副主编、《少男少女》杂志社副主编，中国作家协会会员，广东省作家协会主席团成员、党组副书记，兼任省作家协会儿童文学委员会、校园文学委员会主任，省关心下一代工委会副主任；并担任广州市民族团结进步协会会长、广州市政协委员。创作以儿童文学为主，长期致力于创作儿童朗诵诗和新儿歌，作品有《校园朗诵诗》《又是三月春风来》等诗集、《王俊康文集》(上下卷)等。创作以朗诵诗、儿歌见长，作品曾获中宣部、中央文明办等部委颁发的全国优秀童谣一等奖、国家新闻出版总署第六届国家图书奖特别奖、广东省第五届"五个一工程"奖。

《王俊康文集》(上卷)，标明为"儿童文学卷"，六十万字。朗诵诗占了半卷书，共六十七首。其中，大多是专门为不同节日、不同场合创作的。这些朗诵诗至今还在广东省内外的中小学校园里诵读着、流传着，还在少先队员心中铭记着、泅渗着。如《是谁给了我金色的童年》《我把党来比母亲》《在举国欢腾的时刻》《让我变只小蜜蜂》《又是三月春风来》《小鸟请你帮个忙》《红领巾化作云帆一片》《从这里飞向明朝》等。这些诗作，节奏明快，音韵自然，原汁原味地表现着少年儿童内心的纯洁思想和真挚情感，传达了他们爱生活、爱祖国的心声，跃动着

新时代新气象新生活的脉搏,体现着民族精神的丰富与发展。如《春,就在我们这里》:

  春,就在我们这里。
  看,红领巾与苹果似的小脸,
  ——春光明媚;
  三好学生的光荣榜上,
  ——春花怒放;
  那琅琅的读书声,
  ——春雷回响;
  天真活泼的笑语,
  ——春潮激荡;
  ……
  我们和春在一起,
  生命特别的美丽。
  ……

  诗人的想象丰富独特,他那春风般和煦温润的美妙文字,生动形象地表露出对春天的深情和对生命的深爱,表现出对生活的激情和对儿童的激励;既呈现出新时代儿童的生存状态,也揭示了他们奋发进取的精神风貌。

  如《是谁　给了我金色的童年》一诗写道:

  六月的大地,
  开遍芬芳的花朵;
  六月的歌声,
  荡起欢乐的绿波。
  在这美好的时刻,
  我静静地思索:
  ……

显然，诗人是在写对六一节的思索和感谢。诗中洋溢着民族自豪感和历史使命感，虽是小小年纪，也有一份社会责任心和学习进取心；而诗性、诗情的潜移默化，别无替代，可谓别具匠心、别有风采。

又由于诗人在《王俊康文集》中是按欢庆节日、盛会，讴歌老师、妈妈，称颂理想、志气，赞美宇宙、自然的内容顺序编排，更使每首诗与历史社会、与时代现实、与学校教育、与儿童生活紧密关联着，使读者感受到诗作里面有生命的贯注，流动着诗人创作中的血脉和气息。在时光流逝中，这些诗作仍为一代代少年儿童诵读，而且，总是令人有一种新的感受。

由于王俊康早年当过教师、诗人、编辑、领导者，他在创作中有自己的心思、自己的眼光，能使深厚的思想性体现为鲜明的当代性与浓郁的趣味性。也正由于此，他总能想到校园活动的实际需要。他的这些诗作包括了节日朗诵诗、夏令营朗诵诗、红领巾朗诵诗、大自然朗诵诗等。可以说，正是这些朗诵诗，使诗人王俊康与各民族少年儿童心连心。

三、满族诗人佟希仁儿歌集《蒲公英》

满族诗人佟希仁的儿童文学创作是从写儿歌开始的。他后来虽然写诗、写散文、写童话，写儿歌是从来不间断的。这本《蒲公英》是他儿歌创作的选粹，收入儿歌一百〇二首，按内容分为五辑："我们站在阳光下""长脖鹿和小刺猬""我家住在矿井边""柳树枝儿挂月亮""溅起水花一片片"。佟希仁从小失去母爱，生活悲苦，如今挚爱儿童的心是一片真忱；热爱新时代、新生活的情感也最为深切。他的这些儿歌都充满了真情和深情。由于他从未离开家乡的这片土地，他的这些儿歌都洋溢着家乡大地的气场和气息；再加上他善于借鉴和汲取民间儿歌和古代童谣的种种艺术手法，古为今用，推陈出新，使每一首儿歌读起来顺口、听起来顺耳、记起来顺心，堪称新时期的新儿歌。如开卷第一首《我们从小热爱你》：

鼓声响，
号声脆，
小朋友们排好队。
排好队，
抬头望，

五星红旗在飘扬。
举起手,
脚站齐,
恭恭敬敬行个礼。
红旗代表咱祖国,
我们从小热爱你。

这首儿歌写于新时期初,运用传统儿歌三三七句式,和谐押韵,十分自然。它所包含的"国旗在我心中""祖国永存心上"的思想感情,是中华各民族永久的爱国主义精神,与当下在少年儿童中开展"爱国旗•爱祖国"的活动也正相符合。

书中大多数儿歌是表现自然美的。诗人以巨大的生活热情和审美力,描写大自然的万千气象,以自然界蓬蓬向上的活跃、欣欣向荣的欢悦,展现出自然万物的生命力和勃勃生机,展示了民族生活中美好的情境、美妙的内涵。如第二辑第一首《春天来了》:

房檐的流水,
滴答,滴答。
解冰的小河,
哗啦,哗啦。
水塘的鸭子,
呷呷,呷呷。
南来的大雁,
哏儿嘎,哏儿嘎。
它们都在说:
"春天来了!"

儿歌中所描述的,都是乡村儿童熟悉的生活景象,一看就知道,一听就明白,一念就记住。美,是生活,是发现,是领会。浅近的儿歌就在于贴近儿童的生活和情思,能启迪儿童的感知和情愫。这样的儿歌,是认识的启示、审美的启蒙。

应该专门提到的是,一直生活、工作在辽宁抚顺的佟希仁,把这座煤城的矿

井景象和矿工生活写进儿歌,开拓了儿歌的题材领域和思想境界。如第三辑第二首《灯》:

> 什么灯,像彩虹?
> 什么灯,挂头顶?
> 什么灯,汇成河?
> 什么灯,似流星?
>
> 信号灯,像彩虹,
> 采煤灯,挂头顶。
> 矿山灯,汇成河,
> 运煤车灯似流星。

运用民间广泛流传的问答歌的艺术形式,有情有趣地表现东北著名煤城抚顺露天煤矿的独特情景,把繁忙的采煤流程、繁重的矿工劳动、繁杂的矿井景象,巧妙地囊括在一首小小的儿歌之中。有知识,有情味,比喻巧,情绪高,是民族儿歌中的好作品。

四、其他少数民族诗人的儿童诗歌

这一时期,专门为儿童创作诗歌的,要数蒙古族诗人最多,一些著名诗人还带头创作。如巴·布林贝赫写了《太阳,太阳,你过来》,以拟人、比喻的艺术手法,赋予太阳以生命,生动活泼,别有一番情趣。诗中写道:

> 太阳啊,你可曾抚摩花儿
> 花儿正在向你微笑
> 太阳啊,你可曾追逐风儿
> 风儿正在吹着动人口哨
>
> 你是否在清澈湖泊游泳
> 湖水时而平静时而起波涛

>你是否在碧绿草原上奔跑
>草儿有时点头有时弯腰
>
>你是否在挑逗枣骝马
>枣骝马躲躲闪闪蹦蹦跳跳
>你是否想和我们比试本领
>我们的背上都背着书包

诗人在轻松的表达中传递了严肃的意蕴。

又如一九四九年出生于内蒙古锡林郭勒盟太仆寺旗、一九六六年开始发表诗作的阿尔泰,用幻想的艺术手段创作了长诗《飞马》。诗中,将大山写成"呼出狂风""举粗糙手臂喊"的庞然大物,衬托出蒙古族少年阿尔斯楞遭遇危险、陷入可怕境地的情景,展现出他无所畏惧、追求真善美的智慧和勇敢。

又如,毕力格太,他一九三四年出生于内蒙古呼和浩特市,九岁时当过小喇嘛,中华人民共和国成立后上中学、大学。新时期开始发表诗作,二十世纪八十年代中期出版了儿童叙事长诗《布尔固德的故事》,叙述抗日战争时期,辽阔无边的乌兰察布草原上蒙古族儿童布日固德世袭奴隶的家世和他参加抗日游击队的经过;描写他因急于复仇违反纪律而重入魔掌,以及在以后的战斗中捉住王爷、套中藤山、取得胜利的曲折历程。曲折的故事用诗的形式来叙述,显得精当并富有悬念、精炼并富有情感。

这一时期,朝鲜族诗人也写了不少以本民族聚居地域生活为背景的童诗,充满了爱家乡、爱民族的真挚情感。如金在权的《屏风山》:

>白色的山鸽子自由地飞翔
>高耸入云的屏风山啊
>曾经让日本鬼子闻风丧胆
>老百姓把胜利的欢呼高喊
>
>鲜红的金达莱花盛开的屏风山哟
>讨伐日军时是铜墙铁壁

如今则阻挡狂风和早霜
年年迎来金黄色的丰产

一首短诗，写一座和平鸽高飞、族人喜爱的鲜花盛开的美丽的屏风山，却向儿童诉说了朝鲜族人与整个中华民族一起反抗日本侵略者的历史，讲述了朝鲜族人在新时期勤恳劳作迎丰收的现实，感情真挚而饱满。

如韩锡润的《彩虹和民族》：

一种颜色多单调
难以组成好图画

赤橙黄绿青蓝紫
如同美丽七彩花
七种色彩合一起
变成彩虹天上挂

一个民族多弱小
难以组成大国家

汉回藏维蒙壮朝
一共五十六朵花
各个民族团结紧
中华民族最伟大

这样的诗歌还有不少。通过有色彩、有声韵的诗歌，让儿童从小知道伟大的中华民族共有五十六个民族，认识民族平等、民族团结的意义，是这一时期民族童诗的重要主题。

维吾尔族作家铁依甫江·艾力耶夫回忆童年岁月、眷恋亲爱故乡的抒情诗《故乡抒怀》，哈萨克族作家夏侃颂扬老师恩情、称赞老师恩德的《致导师》等也是这一时期涌现出的优秀儿童诗歌。

第三节　散文

一、回族作家郭风的幻想性散文系列《松坊村纪事》

二十世纪下半叶,郭风一直在为儿童写散文。他始终生活在家乡福建,对家乡土地的眷恋、对家乡儿童的挚爱,使他的儿童散文充满了浓重的乡土气息、洋溢着浓烈的闽地风情,也流淌着浓郁的儿童情思。但郭风的创作并不止于此。他寻找儿童散文创作与成人散文创作之间的差异,寻觅儿童散文的独特和独到,使儿童散文真正地适应儿童的审美心理和精神需求。他发表在《人民文学》一九八九年第十期的小散文系列《松坊村纪事》(一组四则),就是这种创作寻求、艺术寻觅的具体实践。以第一则《柏树和松鼠》为例:

> 那个时候,
> 我们住在松坊村。
> 那个时候,我喜欢站立在门前的石阶上,观看站立在小溪对岸一座丘冈上的一棵柏树——观看它在风中摇动。
> 我的爸爸告诉我:
> 那棵柏树有一双手套,当我去午睡的时候,它便把手套套在双手上,去捕捉树上太阳的影子,去捕捉鸟和拉住吹过的风;
> 我的爸爸告诉我:
> 那棵柏树有一个口袋,里面装着好多它结出的果实:柏枳。当我去午睡的时候,便有松鼠跳进它的口袋里,
> ——那松鼠在柏树的口袋里,
> 一只一只地剥吃柏枳,
> 高兴得不住地叫:
> "吱!吱吱!"

散文是写实的，文中写松坊村的小溪、小溪对岸的丘冈、丘冈上的一棵柏树、柏树在风中摇动，一切都是真实的——鲜活的生命，灵动的情景。接着写柏树有个口袋、口袋里装着柏枳、松鼠跳进口袋剥柏枳吃、高兴得不住地叫，那是前面情节的延伸和发展——相依相存的自然万物，和顺和谐的大千世界，风情万种，知性明朗。此情此景，很真，很美。而作家的巧妙，在于恰当地运用了拟人手法，使柏树拥有人的行为，而柏树捉住鸟、拉住风，松鼠吃柏枳、吱吱叫，也很真，很美。更为有意思的是，柏树戴手套，松鼠进口袋，都正是在"我"午睡的时候。显然，作家只是运用幻想的艺术手段来表现现实；作品中所描写的现实都是真切的、真正的。他曾写道："在一个历史性的时刻，我一家旅居一个小山村，其地民情醇厚，其地山水甚美，雪甚美，花草树木甚美，雀鸟蝴蝶甚美。我忽然有动于衷，并异想天开以小散文试作花卉画，试作风景画。"可以说，这是郭风在儿童散文创作中的一次超越、一次创造。之后，郭风仍以"松坊村"为背景，续写散文《松坊村的溪流》，刊于《儿童文学》一九九二年十二月号；散文《松坊溪的花和松鼠》，刊于《少年文艺》一九九三年四月号。这些作品都辑入《郭风散文选集》《郭风儿童文学文集》之中。

二、满族作家佟希仁的散文集《五十双眼睛》

佟希仁在中学教初中语文二十多年，教书之外，当班主任，当少先队辅导员。他熟读国内外儿童文学名著，熟悉煤城抚顺周边各民族儿童，熟知少年人的阅读需求与审美心理。对于少年儿童，他有一种强烈的社会责任感和历史使命感。他为儿童写朗朗上口的短诗歌，也写悄悄入心的小散文，这一时期，是他诗歌、散文创作的旺盛期。一九八九年出版散文集《五十双眼睛》，收入小散文一百〇六篇，分为五辑："喷涌的绿泉""童年的梦幻""彩色的世界""心中的短笛""芬芳的土地"。作品短小精炼，蕴藉精致，适合默读和静读，也可朗诵和背诵，大众性与经典性兼具。如《春的短笛》，作家说"雪花"是"春的使者"，"把春的信笺送给了苏醒的大地，送到了那些等待播种的人们的心中"！说"蝌蚪"是"春的音符，正汇入这生命的旋律之中"。他说："你要谛听春天的动人的脚步声吗？热爱生活吧，你将有一双春天的耳朵！"美妙的现实，美丽的想象，美好的心灵，如此和谐，如此朴素，如此动人心弦！如《祖国啊，祖国》：

我无论走到哪里,祖国啊,你都在我心中升腾。

……你是春天满山翠绿,夏日满山鲜花,秋天满谷野果,冬日满谷皆白的大山;你是家家开满喇叭花、扁豆花、云豆花的篱笆墙;……你是矿工叔叔头上那盏不灭的灯盏……

我无论走到哪里,祖国啊,你都在我心中闪光。

……你是红领巾对美好未来充满憧憬的闪光理想;你是共青团员们那颗颗勇于拼搏、开拓和探索的滚烫的心……

我无论走到哪里,祖国啊,你都在我心中跳荡。

……你是那长江葛洲坝下敢于冲决一切的排排急流和浪花;你是那天安门前每天都随着东方的旭日一起冉冉升起的红旗……

啊,祖国啊,祖国,我亲爱的祖国!

作品中,热情与热血一起沸腾,梦想与理想一起呈现,自然与自我一起升华。既是生活的写真,又是情怀的抒发;写得既实在又奥妙,既粗犷又雅致。大概是得益于作家的教师生涯,佟希仁十分注意语言的提炼与锤炼,集子中的作品,几乎篇篇都可以作为儿童习作的范文。这一点,正是少数民族儿童散文创作中很难得的一种品质,从而使作品具有一种自然而然的吸引力。

显然,佟希仁的散文创作,使民族性寓于地域性之中,使时代性与儿童性相融合,是真正的儿童散文。

值得注意的是,几乎在佟希仁所有的儿童文学创作中,都要写到煤矿丰富的矿藏,写到矿井繁忙的景象,写到矿工辛苦的劳动。这本集子中的《矿山童话》《海的儿子》《燃烧的心》《煤精》《琥珀》,都是这方面的作品。这些作品,不仅是在写家乡的独特,也是在讲解一种知识,在讲述祖国工业的发展。这样题材的儿童散文很难得。

书名《五十双眼睛》,来源于教室里儿童们期待、期盼的目光,有一种双关、象征的意义。

三、其他少数民族作家的儿童散文

专门为儿童写散文的少数民族作家很少。写得比较多还产生影响的,内蒙古赤峰市的蒙古族女教师女作家韩静慧是其中之一。一九九六年,韩静慧出版了校园散文集《绿草青青》。由于她熟悉那里的草原、山岭和林地，熟悉在那里生长、成长的蒙汉族孩子们，所以，她写的校园生活散文都有浓浓的本地生活的味道和气息；那些蒙古族、汉族的少年儿童都有着独特的个性，都是各民族小读者们从未见过也想象不出的。因他们的生活不同、习俗各异、性格差别而生发出来的种种碰撞、矛盾、冲突，虽然看起来很是平常、一般，但是其实也很不平常、很不一般的，追究起来，也是另有一番意趣。可以说，韩静慧的校园散文，既写学校生活、写社会现实，又写了民族团结、写了时代变迁，内容很丰富；而更重要的是，发生在一个学校一个班级的不算多么大的事，作家却能写得引人入胜，有悬念，有分叉，使生动的民族性寓于有趣的故事性之中。

《绿草青青》中的第一篇是《危险的较量》。写上"危险的"三个字，分量就不轻。开头写："祖国北方，在呼伦纳贝原始森林的北边，有一个叫喇嘛地的国有林场，场里有一个小小的初中点，小到只有一个班级。你可别看它小，这儿的学生却来自方圆五十多里的三个苏木乡镇。这个初中点，在去年还是林场的职工子弟自己读书的地方，只有十多个学生。今年苏木领导为了附近几个游牧点的蒙古族孩子上初中难的问题，特地找了林场场长。……二十一个蒙古族孩子也就进了这个班。……这个班其实是个民族团结班，用汉语、蒙古语两种语言上课。"由于两个民族儿童以往生活、学习环境的差异，从班委会成员、三好学生选举，到喝水吃肉的截然不同，到汉族马源老师处处维护蒙古族同学，以致矛盾时时有、冲突频频生。打架、摔跤，汉族学生绝对不行。汉族班长刘大威就提议比赛爬山——去爬笼罩在云雾中的又陡又直的喇嘛山。两个小时后，汉族学生爬上山顶。向下一看，深渊万丈，山鹰盘旋。刹那间，没有了胜利的感觉，倒是真心地为朝鲁等蒙古族同学担心。等蒙古族同学爬上来，天已擦黑，大家早已无心论胜负，两批人马合成一支队伍，沿着比较平缓的北坡往回走。不料女生踩落了大石头，眼看要砸到朝鲁，刘大威大喊着冲过去将朝鲁推开，大石头却砸在刘大威脚上。归途中，朝鲁把刘大威背在背上。黑暗里他们迷路了，走入了原始森林。朝鲁让大家捡柴火笼火，他自己值班。结尾处写：

……朝鲁坐在一块大石头上，将脑袋塞在两腿中间，正酣睡着，黑亮的胳膊上有一颗颗亮晶晶的露水珠。而他的衣服，却盖在刘大威的身上。刘大威心头一热，泪水又涌了出来。

当朝霞升起来的时候,蒙汉少年们去除一夜的疲劳,迎来了新的一天。他们辨认好方向,手拉着手退出了这片原始森林。

　　歌声陪伴着他们踏上归途。

　　这是一篇书写蒙古族、汉族少年从年少气盛闹意气,到真心互助、齐心一致走出困境的民族团结的代表性散文,是一篇抒写蒙古族少年美好心灵与情操的佳作。

　　散文集《绿草青青》,共收入校园散文十二篇。散文内容虽限于校园,却因为贴近儿童生活和心灵,极易引起各民族儿童的内心共鸣。如那篇用作书名的《绿草青青》,写一位上海女知青为了草原儿童能上学,拿出自己的积蓄到城里去买课桌椅,归途中遇上暴风雪而冻死;如今,她的女儿留在了草原上。如《告诉你几件新鲜事》,写都市女孩林亚慧随父母来到偏僻的小山村,她的言行举止使班里男女生之间的关系不再别扭,使老师的教学不再出错,使贫困家庭的同学不再自卑,等等。都深入浅出,感人至深。

　　出生于一九六一年,毕业于台湾台中师专,远在海峡彼岸当小学教师和《原报》总主笔的泰雅人(高山族)作家柳翱(汉名吴俊杰,本名瓦历斯·诺干),一九九〇年在台湾出版了一本以童年视角撰写的散文集《永远的部落》。集子包括三卷:部落手记(卷一,共二十一篇),游浮族群(卷二,共十一篇),泰雅笔记(卷三,共十二篇)。作家写的是二十世纪六十年代真实的泰雅人聚居的部落的生活,反映有志气、有勇气的泰雅儿童过着平凡、平静的日子;也写到了二十世纪九十年代以后都市发展、物欲膨胀所带来的部落森林的消失、宁静环境的变化、小学校园的荒芜、矿山开发的悲剧。从中可以读到台湾社会中原住民(高山族人)儿童被轻视、被忽略的现实,也可以读出台湾高山族儿童勇猛、淳朴、智慧的民族心理素质。

　　作家长年从事台湾原住民文化运动,致力于撰写山地散文,创作中十分注重文字的民族特质和儿童特性,他的作品精妙,颇具意蕴。如:

　　部落,就像翻开书册遗失在时间之流的事迹,就像童年一张张发黄的照片一般,若聚若离地紧紧贴在胸口,如此根深蒂固又丝毫无所察觉。

　　……部落自成一座匮乏又极其丰盈的城堡,匮乏的是属于物质的生活需索,但泰雅的小孩往往可以在森林的磨炼里解决胸部以下的饥饿问题,丰盈的是属于心灵的恬适安宁,族人彼此心碰触着心。

——《永远的部落》

童年的记忆,就是森林、野兽、溪流的复合体。老一辈的族人也常把少年或小孩带进森林的中心地带,让他们磨炼在森林求生的本能,谛听各种野兽的鸣声,辨识不同兽类的粪便;……因此,小学时代每每上作文课谈到"我的理想"时,……常常不合老师伟大的理想……

——《森林》

从部落出发,通常都要经过荒凉的山径。一步步接近恒列的青山,才逐渐感到自己形体的渺小……

……山路两侧遍插着巨树,树顶张开浓绿的枝叶,阳光只剩下细微的光线斜斜地刺进森林里,这些巨树仿佛就是群山的雨伞,遮蔽花伞下的世界,有嫩绿的地衣,潮湿的蕨类,不知名的小草,鼓动飞翅的昆虫,形成一幅悠然的岁月,接受着山的滋养。此时,我的小脑袋也渗出一滴滴温热的汗珠,不一会儿便溅湿了一身衣服。

——《山的洗礼》

散文语言是外界景象与内心情感的交融与结晶,最能体现作家的艺术素养与功底。

第四节　童话　寓言

一、回族作家郭风的童话《红菰们的旅行》

郭风在儿童文学创作中的艺术创新、艺术创造,从未间断。他用幻想的艺术手段来反映现实,写散文,又使童话幻想与自然万物、与儿童情思熔铸一炉,熔合、提炼为一种散文体的童话。一九八六年出版的童话集《红菰们的旅行》,就是这方面作品的结集。用作书名的《红菰们的旅行》一篇,是郭风的童话代表作。

作品分为出发、送行、游行三个部分。

出发

她们持着淡红的雨伞,持着浓红的遮阳伞。

她们持着胭脂红的雨伞和遮阳伞,她们一齐集合起来了,排成队伍了。

她们从林中出发了。

…………

……她们心中充满期望和欢乐。她们从流动着乳白色的烟的黎明中出发了。

送行

有蜜蜂来送行,有胡蜂来送行。

有画眉鸟来送行。

有两只小鹿……有草兰……有野菊和蒲公英来送行……

经过泉边的村庄

那里——

…………

菖草、红蓼花、菖蒲和雏菊们,一齐向她们跑过来了,一齐向她们握手,请她们到村里做客,喝一杯蜜;

——她们便走进村庄里看看。

…………

经过土阜前的村庄

——啊,她们看到了,在前面的一座土阜上,是一座花的村庄吗?那里,……牵牛花们——一起站在土阜上,吹着自己谱写的歌曲——来欢迎她们;

…………

游行

……那游行的队伍——

开始从草地上的草丛间、篱笆间

整队出发了;

看啊,好多好多的山百合花——

……好多好多的石蒜花……

……三色堇们、香水花和黄蔷薇们……

……好多好多的向日葵……

…………

红菽们也参加了游行队伍，……正和向日葵们，和所有的花朵们一起赞美夏天的早晨的欢乐。

一起赞美夏天的早晨的五色缤纷、繁荣和豪华。

三个部分，既各成篇章，又紧密相连——写了红菽们走到树林子以外的欢愉和欢乐，写了树林间集体里万众感恩的真挚和真诚，同伴们的希冀和希望，也写了前进中一路花草的热情与热忱。儿童情与大众情交汇，时代感和现实感交织，民族性与地域性交融。难得的是，柔婉的节律和铿锵的节奏，精短的句子和复沓的句式，丰盈的意蕴与凝重的底蕴，都自然地和谐地表达出来。郭风自己把这类作品称为童话散文，其实就是用散文的艺术方式写的童话——不着力于童话人物的塑造、情节的结构，而是致力于美的发现与表现——生活美的捕捉、自然美的渲染、情思美的开浚、心智美的启迪。郭风童话的艺术特点可归纳为：篇幅精短，幻想绚烂，诗情饱满，喻义丰厚。应该说，这是一种全新的艺术创造。对于儿童文学文本创新的贡献，并不只是对中国少数民族儿童文学而言，郭风儿童文学创作的影响早已及于整个中国当代儿童文学，以至于更深远。

二、回族作家马瑞麟的寓言选《摇篮》

马瑞麟（1929—　），又名艾哈默德·达吾德，曾用笔名沙野，男，出生于云南澄江抚仙湖畔一个名叫黑泥湾的回族小村子。幼年时因家境贫寒，无力供他上学，父亲把他送进清真寺，跟着阿訇诵读伊斯兰教经文。他深受有音韵、有哲理的经文的熏陶和感染。一九四五年毕业于昆华师范，先后在明德小学、中华小学任教。一九四六年发表诗歌处女作《有星星的时候》，之后以《父亲和他的黑布袄》等诗作登上昆明文坛。一九四八年，在昆明主编《诗大地》《火把》两个刊物，并由重庆火种诗社出版了诗集《河》。一九五六年，又以才华富赡的青年诗人之名进昆明第一中学执教。他长期从事教师工作，尤其钟情于儿童文学创作，二十世纪七十年代末出版童话诗集《"咕咚"来了》、儿童传记文学《雷锋叔叔》；八九十年代出版童话诗集《松树姑娘》，以及《马瑞麟童话寓言诗选》、寓言集《忘了大海的海豹》《摇篮——马瑞麟寓言精选》（汉阿双语对照）等，并主编报告文学集《童心流出的爱泉》。一九八六年离开教育工作，专事文学创作。二〇〇三年，《马瑞麟短诗选》（中、英文对照）由银河出版社出版；二〇〇九年，儿童散文诗选集《蛐蛐蚂蚁山喜鹊》由作家出版社出版。作品多次获奖，如长诗《"咕咚"来了》一九八〇年获云南省及首届全国少数民族文学创作奖，寓言散文诗《小穿山甲打洞》《蠢鸭子》《小燕垒窝》一九八三年获云南省儿童文学创作奖，小说《可可与海鸥》一九九一年获《春城儿童故事报》建党七十周年献礼征文特别奖，并获昆明市文学艺术界联合会新时期十年文学贡献奖。作品入选全国近百种书卷。云南人民广播电台与中国国际广播电台，曾分别用汉语与阿拉伯语以《诗情恰似滇池水，云雀歌声绕贺兰》及《笛声悠扬颂祖国》为题，向国内外听众介绍他和他的作品。现为中国作家协会会员、中国少数民族作家学会理事。

马瑞麟寓言精选集《摇篮》，是我国第一本用汉语、阿拉伯语双语出版的寓言集，收入寓言八十一则。作品都极短小，每则二百字左右，对人和事只做最简单的交代，只写最简练的对话，不描写，不铺展，点到、点明为止，把无限的想象空间、无尽的情韵回味留给不同地区、不同国家、不同性别、不同年龄的各民族读者们。如《暗礁》：

暗礁对水手说："我知道，在你心目中只有灯塔。因为它无时不在突出自己，让人们一眼就能看到它。"

"不！"水手说，"在我心目中除有灯塔外，还有你！因为你无时不在隐蔽自己，让人们很难发现你的存在。"

如《激流》：

悬崖对踩着自己的身子狂奔而来的激流说：
"快停！再不能往前走了，否则，你马上就会落得个粉身碎骨的下场。"
"不要紧！"激流回答，"为了奔向大海而粉身碎骨，总比贪恋安逸地做一潭死水强得多。"

如《山头比高》：

> 几座山头在一起比高，比来比去，都没有比出个结果，因为它们各人都觉得自己的个头总是要比别人高些。
> "不管谁最高，总没珠穆朗玛峰高。"
> 多有见地的看法啊！谁说的呢？大家一看，是只麻雀。
> 于是，争论立即停止了。
> "不，不管珠穆朗玛峰怎样高，绝对没有攀登者的脚步高！"
> 这看法更有见地啊！谁说的呢？大家一看，是位樵夫。
> 于是，大家更加信服了。

显然，马瑞麟寓言创作有其特点：其一，注重写现实生活中一点一滴的感受，写人生旅程中一丝一毫的领略，写奋斗经历中一时一地的体悟；简单、简易、简练，却深入、深刻、深邃，印证了"寓言家是思想家"的道理，也实证了"寓""言"的艺术方式，具有鲜明的哲理性和大众性。其二，常常把比喻扩展为象征，把讽刺化解为幽默，把生动呈现为深沉，使寓言的艺术方式不拘束、不僵化，随时随地有所变更和变革，具有鲜活的当代性和儿童性。其三，语言形象化、规范化，能够准确地表达一种意思、精确地表现一种意蕴，使意象和意境、意蕴和意义达到和谐统一，具有生动性与蕴藉性。

三、回族作家海代泉的寓言选《老灰狼作报告》

海代泉（1936— ），男，广西柳州市人。中国作家协会会员，中国民间文艺家协会会员，中国少数民族作家学会会员。曾任柳州市作家协会副主席、柳州市民间文艺家协会主席、广西寓言文学研究会副秘书长。一九五七年年初开始发表作品，出版寓言集《鹦鹉的诀窍》《驴的忧虑》《变脸的斗士》《螃蟹为什么横行》《小白兔智斗大老虎》《老灰狼作报告》，童话集《飞碟留下的机器人》《老鼠贝米有支画笔》，诗集《光的恋歌》《故乡的柳》，散文集《广西第一楼》等。作品多次获奖。

《老灰狼作报告》是海代泉儿童寓言选集，共收入寓言二百六十九则。其中，二十世纪八十年代中期至九十年代后期的作品一百四十六则。从这些作品中我们可以读出：

其一,思想观念与时俱进,如倡导竞争意识,《竞争》写一片森林里,杉树苗和铁树苗被别的杂树遮住了阳光,杉树苗勇于竞争,一个劲地猛长高,终于把头伸出杂树外,迎着阳光健壮成长;铁树苗则慢吞吞的,不思竞争,最终枯萎。在《小鸡与蛋壳》中,则提倡必须啄破"蛋壳",成为"小鸡"——只有冲破旧的局限,才能有新的作为。

其二,引导儿童重在启迪。如《激流的产物》:

　　文学家、地质学家、哲学家三人同乘一艘船沿河顺流而下,当船在一处地方停泊后,三人登岸观赏沿河风景。文学家触景生情,激动地说:"峭壁是英雄,尽管流水像刀一样削砍它使它遍体鳞伤,它仍然屹立在岸边,绝不后退半步;卵石是小人,它经不起流水的冲刷,丧失自身坚强的本性,变得圆滑;暗礁是阴险的敌人,它潜伏水中,时刻想让过往的船触沉。"

　　地质学家对文学家提到的三种东西,逐一认真观察,说:"它们原来都是一样的东西,都出自同一大山,只不过是激流造成了它们之间的差异。"

　　这时,哲学家接着说:"这并不奇怪,其实人类社会也是如此的。"

显然,作家运用比照、映衬等艺术方式,让儿童学会观察和思索。

其三,从平常事物中发现不平常的事象、事理,开浚儿童心智,以达到启蒙、启示的作用。如《钥匙打不开的锁》中说:"打不开的锁,是毫无用处的废物。"《驴的反驳》中说:"驴前进在一个圆圈上,这意味着它是步步从零开始。"《梯子》中说:"原来人们把我举起来,是为了把我踩在脚下。"《太阳与灯塔》中说:"灯塔坦率地说:'让我在晚上放射光芒来弥补你的不足不是更好吗?'"《热和冷》中说:"不论别人对你热和冷,都要弄清楚他的动机。"等等。

海代泉总是有意识地为儿童创作寓言,这一点很难能可贵。

四、白族作家凝溪的短篇寓言《一壶水》

凝溪(1943—2020),本名李治中,男,云南大理人。一九六一年毕业于昆明市美术学校。新时期任《大西南文学》编辑。中国作家协会会员,曾任中国寓言文学研究会副会长。出版有《凝溪寓言选》《凝溪寓言2000篇》,以及《凝溪小说选》《中国寓言文学史》等。

凝溪并不专门为儿童写寓言,他的作品,思想内涵深刻,艺术表现严谨,总是显得深奥了一点,严肃了一点。但他比较注重作品的故事性,比较注重那种让人笑出来的幽默,所以不少作品为各民族少年儿童所喜爱。代表性作品如《一壶水》:

……蓝军军官问这被红军放回来的士兵,被俘后在红军的兵营里见到一些什么……

…………

"嘿!真是好笑。"士兵说,"他们所有的士兵嘴唇都渴得干裂了,但只剩下一壶水。他们传着喝水壶里的水。所有的士兵都传完了,你猜怎么样?水还没喝去半壶!最后半壶被我喝了。"

蓝军军官听后,像触了电一样,一下从天鹅绒椅子上跳了下来,向他的部队下令道:

"撤退!"

"为什么?"士兵不解地问。

"看你们见了罐头、食物不要命争抢的劲头,要战胜这样一支团结、友爱的部队,简直是妄想!"

如此注重人物言行的细节描写,注重人的内心世界的深入开掘,注重朴素而又细腻的心灵揭示,注重对一些见不着摸不到的东西形象化具体化的生动叙述,正是凝溪寓言与众不同的艺术风格。凝溪寓言中适合于少年儿童的作品虽然不多,但他把白族人善于思考的特点体现得很是确切、很是得当。

凝溪寓言风格中值得注意的是,作家想象力的丰富。那是作家扎根于人民生活土壤、浸润于民间风土人情的结果,是作家多年来对民族生活积累的精心提炼、对民族文化积淀的精心汲取的结晶。再以《蚂蚁与犀牛》为例,作家写小蚂蚁向蚁王报告:"洞外来了一头犀牛。"蚁王竟下令捉了来。这时,犀牛喘了口气,一阵风把蚁窝吹得堵死,这蚁王却在洞里说道:"……那犀牛准被大风吹到九霄云外去了。"想象奇特、独到,别有一番妙趣,耐人寻味而余味无穷。儿童们随着年龄的增长,自会不断地有新的阅读体会。

五、其他少数民族作家的童话

写散文的土家族青年作家向民胜，一九九七年出版了长篇童话《外星猫人阿木哥》。作品中的小主人公是莫名其妙星球上的一个小男孩——猫人阿木哥，他十分害怕老鼠，便披上蓝色猫皮，扮成猫的模样，被星球王封为"灭鼠大王"。心怀嫉妒的老鹰把他抓走，他无意之中掉到了地球上。从此，猫人阿木哥以猫的形态、人的心态，活动于人与动物当中。在如此复杂纷繁的环境里，猫人阿木哥一再遇险——他，掉进了乌鸦窝，见到了有魔法的蘑菇，上了大公鸡、大黑狼的当。但他总能逢凶化吉、祸中得福。在遇到聪明美丽的小女孩京京以后，又见识了蚊子组成的剪刀、花一样香树一样高的小草、长着铁尾巴的大老鼠、妖精变的石头心、录梦枕头……作家以十分离奇的布局、极度夸张的手法、非常风趣的语言，表现出一个异乎寻常、出乎意料、独特而奇异的童话世界。作品中种种奇特的想象、奇诡的悬念构成了童话艺术中的陌生感，有一种很强的艺术吸引力。

满族作家佟希仁一九九三年发表的五场童话剧《放火的国王》，是一部满族气息、韵味十足的作品。作品写古代时满族前身萨拉国（肃慎）国王萨可满倚仗权势、愚蠢蛮横，因蜜蜂蜇了鼻子就下令消灭蜂巢、灭绝蜜蜂。萨拉国美丽的格格反复相劝无效，倒由此激起萨可满对格格老师七彩鹿——智慧之神的仇恨。这位国王听说食用七彩鹿的肉能长生不老，就下令捕杀七彩鹿。聪明神奇的七彩鹿屡次躲过士兵的追杀，更激起国王的愤怒，又下令将七彩鹿栖身的森林焚烧掉。火烧森林的结果是虫害猖獗、鼠疫横行、山洪暴发，国王被洪水吞噬，七彩鹿驮走格格迎来了艳阳天。剧中情节夸张，充满大胆的幻想，体现了作家奇妙的构思——人、动物、神，三者同台表演，人与神交往自如，鹿与人来去互变，都显示出一种浓郁的浪漫主义气质。应该格外注意的是，作家将故事放在满族祖先女真族曾经生活的北方，让小公主格格穿上美丽的满族服装，处处透露出满族历史、文化的痕迹。整个童话剧中的人物设置，也类似满族神话故事，智慧之神，白发飘飘，公正智慧；公主格格，漂亮善良，终有好报；国王专横野蛮，毁林害己。作品既具民族文化的意蕴，又富民族生活的意趣，历史感与现代感交织。

附记：儿童文学民族性的生动与鲜明

这一时期，少数民族儿童文学处境发生了巨大变化。当代儿童文学的文化指向和市场开拓对它产生了深切的影响：一是为儿童创作的少数民族作家更加专注于创作，作品中更加着力于对少年儿童形象的塑造和描绘，更加着眼于对新时代独特的民族精神、艺术精神的揭示和展露。二是没有人再把为儿童创作看得很简单，真正使儿童文学创作根植于民族生活土壤，从而进行清醒的自我超越。虽然总体上看似还有些单薄，在涵盖现实的深度与广度上似乎不够，但是，少数民族作家们发挥出自身优势，以在少数民族生活中积淀而成的特有的观世目光、叙事智慧，显示了对人性的深度发掘、对童心的极度呵护；并由此呈现出当下少数民族儿童文学所独具的一种气质——一种熔铸了民族性、当代性、儿童性的诗性之美。

这时，少数民族儿童文学能够在当代中国儿童文学整体中凸显出来的最重要的一点，是少数民族作家们不仅仅通过风景画、风情画、风俗画的描绘，写出特定民族少年儿童的心理状态，而是拨开现实的芜杂、躁乱，不断地发现隐匿在儿童生活深处的真善美，用各自擅长的艺术方式表现出来，从而呈现出各民族世代生息的自然本土的美和民族血脉传承的少儿本真的美；令人具体而生动地领略到现代化进程中民族灵魂中所特有的那种生活激情和自然诗情，追逐儿童王国中的思想自由和艺术自由，张扬个性，写得与众不同、超凡脱俗，但又根植于民族儿童生活之中。少数民族作家笔下始终弥漫着某一民族的文化气氛，呈现着儿童的天真、朴实的精神的美。

这是少数民族儿童身上所特有的一种美的特质，不仅仅显现在少数民族儿童外在的一言一行、一颦一笑，更体现于他们内心的情思情愫、情感情绪中。所以，这也不只是儿童情趣，而是民族心理素质映现在新一代少数民族儿童心灵中所呈现出来的一种人格、性格的美。显然，因民族、地域、时代的不同，少数民族儿童所具有的这种美的内涵、外延是不同的。不同民族的作家在少数民族儿童文学创作中所书写的这一美质，必定是特色独具、异彩纷呈，从而更深切、有力地体现出儿童文学民族性的生动与鲜明。

第五编

走进二十一世纪

第一章　新世纪少数民族儿童文学的新貌和新质

无论是从中国当代儿童文学的整体来看,还是就中国少数民族儿童文学的范畴来说,新世纪少数民族儿童文学创作,一直处于上升的状态。长期以来,一说中国儿童文学就只提几个有名气的汉族作家的状况有了完全的改变。当代儿童文学的文化指向和市场开拓对少数民族儿童文学的创作产生了深切的影响:一是为儿童创作的少数民族作家更加一心一意,新写的作品中更加着力于对少数民族少年儿童形象的塑造和描绘,更加着眼于对新时代独特的民族精神、艺术精神的揭示和展露。不少少数民族作家在想到未来的同时就想到了儿童,少数民族儿童题材的作品多了起来。二是在加强生态文明建设的语境中,少数民族地区的图腾文化、游牧文明,以及由此浸润进少数民族儿童文学作家心灵中的生态理念、家园意识都被进一步激活。少数民族儿童文学的题材优势更加充分地显示出来。三是没有人再把为儿童创作看得很简单,真正使少数民族儿童文学创作根植于民族生活土壤,从而进行清醒的自我超越。虽然,总体上看少数民族儿童文学似乎还有些单薄,在涵盖现实的深度与广度上似乎还不够,但是,少数民族作家们能够自觉地利用自己独有的本民族生活积淀,开掘埋藏其中的深刻的民族文化意义,揭示包含其间的深厚民族历史意蕴,使题材优势进一步地、更充分地发挥,使语言特色深层地、更完善地呈现,从而使少数民族儿童文学创作成果更加丰厚、更为多元。同时,又以在少数民族生活中积淀而成的特有的观世目光、叙事智慧,显示了对人性的深度发掘、对童心的极度呵护;并由此展现出——新世纪中国少数民族儿童文学,已经无可争辩地成为中国儿童文学中不可或缺、无可替代、极其重要的组成部分。它所呈现的崭新风貌和全新气质令人振奋——一种熔铸了民族性、当代性、儿童性的诗性之美。

一是本原本色的美。

这是新世纪少数民族儿童文学能够在当代中国儿童文学整体中凸显出来的最重要的一点。它并不仅仅是指少数民族作家通过风景画、风情画、风俗画的细致描绘,写出少数民族少年儿童生存其中的独特的地域环境、自然风貌和历史变迁;更为重要的是,拨开现实的芜杂、躁乱,少数民族作家们不断地发现隐匿在少数民族儿童生活深处的真善美,用各自擅长的艺术方式表现出来,从而呈现出民族世代生息的自然本土的美和民族血脉传承的少儿本真的美;令人具体而生动地领略到现代化进程中的边地景象和时代发展中的民族精神。如蒙古族青年作家格日勒其木格·黑鹤的新作《叼狼》,虽仍在写蒙古族牧羊犬,写蒙古族少年儿童;但他不依照往昔也不依照现代,不重复他人也不重复自己。他从一片行将荒废的坟地、一些幽暗的洞穴写起,写苍老的榆树、黑色的乌鸦、塌陷的墓穴、风干的黄羊;写巨大的恐惧、紧张的气氛和孩子们找"鬼"的惊奇、唤"鬼"的惊喜。书的开头关于坟、鸦、鬼的描述,也许是当下草原生态遭到破坏的一种隐喻吧。书的尾声,猎犬因救助孩子,与坏人搏斗,与野猪厮打,力竭而死的悲剧性结局,是在展现人与动物相依相存的实际状态,还是为唤醒人类对待动物的内心良知?无论怎样来读、来想,人与自然相和谐,倡导善良与爱的题旨,在黑鹤创作中始终不变。勇猛善良的蒙古族少年形象,令人难忘;他们对猎犬的真情和深情,激人反思。可以看到,面对现代性日益深化的当下,作家将笔触伸向历史纵深,伸向牧区古老的生活习俗,伸向原生态的荒野和草原;从过往的岁月、从偏远的荒原小镇、山地草滩,深入开掘其中所包藏、所蕴含的民族的、历史的、文化的精神财富。这是一种宝贵的人性精神。它的审美意境中所呈现的,是当下中华各民族文艺所秉承的对于民族优秀传统文化魅力的虔诚顶礼和对于社会主义核心价值观的巧妙展示。

在大兴安岭一个小镇上长大的蒙古族作家陈晓雷,则时时在写山岭、森林里的日日夜夜,童年、少年时的辛苦,使长久埋藏心底的热爱生活的炽热真情、珍爱青春的炽烈激情的火种,点燃他的内心。从而使他童年、少年时的一段段经历、一次次感触、一回回体悟,化成了一篇篇清新优美、质朴淳厚的散文。他的作品,如《爬犁小记》,讲述了内蒙古呼伦贝尔地区大小兴安岭的原生态面貌及居住在这里的蒙古族、汉族、鄂温克族小孩子们日常生活的情景。这些文字,因浸渍了那一地域、那一族群所独有的民族情感而显得如此清新质朴,因泅渗了那些年间、那些孩子所特有的时代影响、时代记忆而显得如此优美醇厚。这些文字里，充满着家乡的泥土味、野果味、冰雪味，洋溢着大自然赐予小孩子的乐趣：清甜的山泉、酸甜的野果以及可以溜冰的湖面、能够滑雪的缓坡等。这些文字里，夹带着卷了雪粒、裹了雪雾的怒吼的狂风，以及勇往直前、锐不可当的昂扬的朝气，流淌着人与自然相依相存、互帮互助的生命气息；都活生生，活泼泼，给人以激励和鼓舞。无论从哪个角度，都可以读出兴安岭绵延不绝、坡上坡下民族家园的美和蒙古族儿童坚毅坚强、爱家爱国民族性格的美；都可以感受到当下少数民族儿童文学本原本色的美学气质和价值。可见当下少数民族儿童文学中所呈现的本原本色的美，并不只是指少数民族作家所写出的边疆地域天然自然的外向美，还在于写出了一代代少数民族儿童要强自强的内在美。这是一种民族精神与新时代精神交汇、交融的美。

彝族作家普飞在新世纪写出了新的儿童故事。虽然每一篇故事都很短小，却都写出少数民族生活的情韵，写出彝族儿童的情致。那本原本色的美，就在不经意间从他的作品中流淌出来，流进了人们的心里。那篇《金子换哨子》，写山寨里的彝族孩子心仪那个小小闪闪、吹起来却响响亮亮的哨子。它挂在老师脖子上，老师一吹，无论彝族还是汉族小学生就都跑到教室前面；它拿在排长或连长手里，一吹，兵士就都集合在操场上。如果彝族小孩子一吹呢，就可以把寨子里还没有上学的孩子召集起来、指挥起来。彝族孩子跟随大人到金沙江撮江沙淘金，用自己劳动所得的金子，跟串村走寨的货郎换了一个吹出声来好听、叫起人来很快的白铜哨子。作家所写的彝族寨子很平常，所写的彝族孩子很普通，却令人感受到彝族人世世代代的辛劳和改革开放后村村寨寨的变化；让人感触到新一代彝族儿童的心愿和希望。这也是少数民族儿童文学中本原本色的美，细微而清晰，具体而生动。

可以看到，不少少数民族作家在当下的儿童文学创作中运用了童年视角。童年视角，是少数民族作家艺术审美的一种艺术方式，它使逝去的往昔与面前的现实衔接起来，使人们意识到历史的变迁、时代的变动、社会的变革、民族文化心理的变化，以及它们之间的相互关联。童年视角透示出来的，远不只是作家们对往昔的历时性影响，而更多地包含了作家们对现代化急速推进的共时性的深层次思考。想一想，格日勒其木格·黑鹤果真只是在写那只彪悍凶猛、独自叼狼归来的猎犬吗？陈晓雷果真只是在写大兴安岭孩子们对自然的热爱和生活中的苦乐吗？普飞果真只是在写彝族孩子也懂得自己赚钱买东西吗？其实，新世纪少数民族儿童文学作品中所呈现的本原本色的美，正是少数民族儿童文学中民族性、当下性、儿童性熔铸后的一种艺术的美。

这些作品，题旨虽各有侧重，却都将这些生存于世间的人和动物写得极为生动，作品中伤感的意味促人深思。显然，这些长短不一的作品，都不停留在生活的表层，而是由此探索民族生活的底蕴。

二是奇妙奇幻的美。

新世纪少数民族儿童文学新书不是很多。但一些书名很别致的书倒是非常引人瞩目。民族灵魂中所特有的那种生活激情和自然诗情，使少数民族作家们冲决以往创作范畴中的一切束缚，追逐儿童王国中的思想自由和艺术自由，张扬个性，承扬自如，飞扬不羁，写得与众不同、脱俗不凡；新奇，但又根植于少数民族儿童生活之中。可以看到，少数民族作家的笔游走于现实与历史之间，穿行于少儿与成人心中。他们的书中，既交错着现实与幻想，又始终弥漫着少数民族的文化气氛，呈现着民族的精神风貌。如土家族青年作家彭绪洛，不停顿地创作少年冒险小说。如其系列之作《穿越雅丹魔鬼城》《西双版纳大营救》《追寻民国创刊号》《险护巴国廪君剑》，这些作品题材更加宽广，艺术手段更为多元，集时空穿越、边地探险、成长励志为一体，并使中华历史、民族文化、儿童心志交融在一起，在厚重中显示奇妙，于深邃中展现奇幻，并在奇妙奇幻中达到思想性与艺术性的高度统一。但它的审美趋向，不仅仅在于认知社会现实和儿童生活的角度奇妙，反映社会状态和儿童心理的手法奇幻，而且，这奇妙、奇幻之中包裹着打动人心的温暖内核——爱与责任，善与勇气……从而形成一种情性、理性与诗性相融合的奇妙奇幻的美。而所有这一切，又都源于彭绪洛自己长期旅行、探险的生活积累和切身感受，源于他光大民族优秀传统的自觉和承扬民族淳美文化的自信。彭绪洛的高明在于，无论作品怎样充满了惊险和奇异、夸张和奇诡，却都有根有据、合情合理，充满了情味、趣味，充满了历史感和现实感的交织，充满了行动力和知识的张力。作家按照理想和幻想的逻辑，映现生活、凸现精神，而这恰恰是在对少数民族少年的出其不意、意料不及的超现实的奇妙、奇幻的描写中深含着理想的象征意义，隽永、含蓄地寄寓了对某一民族心理、心性的深层揭示，并由此在作品中构筑了一种独特的意象和意境。显然，在彭绪洛的作品中，故事情节的奇妙与祖国未来的美妙更紧密地连在一起，人物行动民族的奇幻与民族梦想的变幻更贴切地接在一道，使奇妙、奇幻的美呈现为一种新时代的新质。

曾经写出过十足奇幻的长篇儿童小说《猩猩语录》的回族女作家白山，新世纪又写出一本儿童长篇小说《戴勋章的八公》。这是写抗日战争期间云南边地少年八公离家弃学、风餐露宿去抢筑滇缅公路的故事，是完完全全的写实作品，但在真实地书写云南西部山地风情、边陲形势，真切地描绘少年和滇西各民族山民的筑路心境、爱国风貌之中，却呈现出一个个奇妙的情境和奇幻的意境，给人以奇妙奇幻的美的感触和感受。作品中，白山深情而又深沉地描绘了一枚再简易不过却又再厚重不过的"勋章"，描述了一个再简单不过却又再隆重不过的"授勋"场景。作家岂止是在写八公这个少年！她是通过一个奇巧奇崛的角度直接切入当时云南各族人的精神世界，并由此奇妙奇幻地呈现出滇西山民在国家存亡紧急关头的一种挺身而出的淳朴和笃厚。也许他们不是多么高尚、纯粹，但他们对国家、民族的天然感情、对侵略者的无比仇恨，以及他们不顾自身的种种难处，只是一心筑路的真挚情意，却感人肺腑！奇得实，奇得真，民族精神、时代精神自然地融合在少年精神之中。白山在将滇西山地山民融入中华民族抗日洪流的同时，也将中华民族全民抗日的伟大精神融入了作品中。

一向坚持写童诗的瑶族诗人唐德亮，在《恋山》《山野灯笼》《洗泥澡》《种草菇》《瑶族移民新村》《瑶山太阳伞》等诗篇中，以充满诗意的激情审视瑶族人习以为常的生活，从中发现那些被日常生活格式化的生命潜能——对自由、光明、正义、爱、美的永不枯竭的真情，唤醒行将被物欲横流所湮没的淳朴心灵。很明显的是，每一首诗都以情感为主题，恰每一首都别具新意、别开生面，无论是思想上艺术上，都在奇特中见奇妙，于奇异中显奇幻，从而使诗的奇妙、奇幻显得张力十足，更具艺术魅力。

三是稚真稚拙的美。

少数民族儿童大都出生、居住在边寨山村，从小受淳朴民风、笃厚品德的熏陶，他们的思维方式、行为习惯，更显天真天然、朴拙朴实。这是一种稚真稚拙的美，是少数民族儿童身上特有的一种美的特质。这种特质通过少数民族儿童外在的一言一行、一颦一笑，体现出他们内心的情思情愫、情感情绪，所以，这也不只是一种少数民族儿童情趣、谐趣，也是新时代中特定民族心理素质映现在新一代儿童心灵中所呈现出来的一种人格性格的美。显然，因民族、地域、时代的不同，儿童所具有的这一美质的内涵、外延，是不相同的。不同民族的作家在儿童文学创作中所书写的这一美质,必定是特色独具、异彩纷呈的。如毛南族作家孟学祥的散文集《守望》,大多是写留守儿童的篇章,他在用作书名的那篇《守望》中,写留守在乡村里的儿童渴望着父母回家的细节:

> 离过春节的时间不远了,……他们的父母在外打工还没有回来,于是他们就三五成群地聚到村口的公路边,翘首迎送那些从村口经过的车辆,希望能看到他们的父母从车上走下来。
>
> ……
>
> 雪已经把公路覆盖了,但孩子们还是在天一亮就来到公路边,开始只是一两个,后来几乎村子里的孩子都来了。……他们迎着风雪站在雪地里,脸和手都被冻得通红,而望着远处的目光却是那样坚决和热切。

这些留守儿童常年不见父母,思念着,记挂着,希望着,这是他们心头的痛,更是他们心间的爱!这是他们心中无法言说的缺失,更是他们心上无可言喻的亲情!人世最高贵最珍贵的情感在这些儿童的言行举止中显现出来,那是一种最纯洁纯净的稚真至真之美。

孟学祥的散文《家》,写一对父亲早逝、曾得到乡人关爱的孪生兄弟,把自己的家建成留守儿童的"家",把爱和温暖给予幼小孤苦的儿童们。作家以欢愉的笔调写这个苦涩的"家",体现着一种高尚高贵的稚真稚拙的美——

> ……院子里有一棵郁郁葱葱的桂花树,桂花树旁边是一棵树干做成的旗杆,一面国旗……被山野的风吹得啪啪作响。在这个因干旱而看上去特别萧条的季节里,鲜艳的国旗看上去就特别鲜艳夺目。

作家写的事情虽小,却真切地展现出真实的现实,揭示现实的真实;文字蕴藉、深沉,充满了对留守儿童的爱怜和同情,有着一种深深的忧患意识、一种沉沉的社会责任感。可以看出,作家已经不拘囿于留守题材的直接叙述和正面表现,已经不局限于引起重视和引来关注,而是用自己的真心真情,写少数民族儿童渴望亲情、盼望关怀的稚拙心愿,写他们向往快乐、向往幸福的稚真心灵,写出了一种普世的而又独特的儿童内心之苦、之痛,写出了一种高洁的而又平常的儿童天性之美,使作品有了深度和力度。

自然,生活中处处有儿童,稚真稚拙的美也就无处不在。这样的美,正是从儿童心灵深处流淌出来的。不同民族儿童的心灵深处各有各的奥秘,他们的情愫、心思是不一样的,而新时代里不同民族的作家又各有各的视角、目光,因此,不同民族儿童文学作品中所呈现的稚真、稚拙的美,既巧妙地反映了新世纪某一民族的生活现实和心理状态,也常常是这一民族价值观念、审美取向的机智表达。如回族作家马金莲的短篇小说《长河》,从回族儿童的视点,看人的生与死;又以回族儿童的情怀,写出怎样善待活着时在一起的小伙伴,又怎样记挂着死亡的同伴。这样的题材以往很少见。作品中写一个从外地迁来的、牡丹花一般的女孩素福叶,她把村里的儿童全都比下去了,但大家对她没有一点嫉妒,有的只是惊叹、艳羡和爱慕。后来,大家终于知道了,这个素福叶从小就有心脏病。于是大家就处处让着她。可就在第二年倒春寒又起风的一天,素福叶和"我"手拉着手跟着放羊的姐姐们上山,走呀走,没说话,脸却变成了青紫色,手松开了,软软地垂下来,小小生命竟就此结束。作品写回族习俗,写宗教信仰,写由此构成的民族文化氛围中回族儿童心中稚真、高尚的情感和生活中稚拙、诚挚的情性。这种稚真、稚拙的美,是一种民族心理素质的美,一种民族精神气质的美。

显然,少数民族儿童文学经历了一段不同寻常的历程,在进入新世纪后终于展现出新的创作风貌、新的美学特质。少数民族作家们各自的新作中,无论是对荒野大地的童稚演绎,还是对本土风貌、民族气质的朴素呈现,无论是对民族文化、童年记忆的重新描述,还是对少数民族儿童情怀、民族风习的重新发掘,都显示了新时代少数民族儿童文学的美学意义。可以看到,新世纪少数民族儿童文学中,动物文学、探险文学强势崛起,一鸣惊人;乡土文学、成长文学再度跃起,声势显赫;奇幻文学更是顺势跳起,高度非凡。必须看到,一些少数民族作家开始以理性的目光打破乡野的藩篱,关注民族新一代人在新世纪新时代的生存状态,正视他们的出走、进取,并由此拓展和扩大审美视野,提升和完善审美素质,衍生和深化审美价值。厘清这一点,也许会对新世纪少数民族儿童文学的持续发展有某种全新的理解。

第二章　代表性作家作品

第一节　小说

一、动物、自然小说

（一）蒙古族作家格日勒其木格·黑鹤的长篇小说《黑焰》《鬼狗》、中短篇小说集《狼獾河》

格日勒其木格·黑鹤（1975—　），男，出生于黑龙江省大庆市，祖籍内蒙古呼伦贝尔盟。自小与两头乳白色蒙古牧羊犬相伴，在草原与乡村的接合部度过童年时代。长大后居住在黑龙江和内蒙古呼伦贝尔，每年有一到两个月的时间在呼伦贝尔的林地和草地生活，在自己的草原营地中饲养大型猛犬，并常常将优化的蒙古牧羊犬的幼犬无偿赠送给草原牧民。他一九八八年开始创作，出版长篇动物小说、中短篇动物小说集、长篇开放式大自然散文集等作品六十余部。作品曾多次获全国优秀儿童文学奖、陈伯吹国际儿童文学奖，以及中宣部"五个一工程"奖等全国性大奖，有多部作品被译介到国外。现任黑龙江省作家协会副主席。

少数民族儿童文学的题材优势，最明显地体现在写动物、写大自然的作品上。格日勒其木格·黑鹤从小居住于边地的山林、草原、荒野的边缘，骏马义犬、驯鹿青羊，是他生死相依的伙伴，杂草野花、胡杨白桦是他生存与共的友邻，而与他交往最密切、交流最深入的，就是能奔跑、能鸣叫、能表情、能干活的牧羊犬、骏马、驯鹿们。正由于此,格日勒其木格·黑鹤的动物文学在新世纪少数民族儿童文学中强势崛起。

二十一世纪初,他曾写了童话小说《额尔古纳河的母狼》。随即全力写小说。发表了两篇短篇小说《冰湖》《睡床垫的熊》,一写蒙古族老人在封冻的湖面上救黄羊,一写守林老人带小孙子在森林里穿行时对林中各种动物的新奇、有趣的发现。在春天的生机中写了冬日的冷酷,在对森林原生态的描写中渗进了现代气息,描写了从传统的蒙古族人生活中走出的新时代蒙古少年——阿雅。两篇作品都写动物的性情,写人与动物的互助互爱,但着重写的是蒙古民族的心理状态。

二〇〇三年,他的短篇动物小说集《老班兄弟》出版;二〇〇五年,他的动物小说集《重返草原》,以"来自遥远北方的动物小说"的名义,作为《儿童文学》典藏书库之一,在北京出版。

读者的阅读热情激励了作家。格日勒其木格·黑鹤紧接着就写了长篇动物小说《黑焰》,中篇小说《美丽世界的孤儿》,短篇小说《静静的白桦林》《住在窗子里的麻雀》。

格日勒其木格·黑鹤的创作在二〇〇五年以后进入一个亢奋期。埋藏心底的大草原风物被激活,独特的个性化的动物文学道路在他面前伸展开来。之后,他接连出版了长篇小说《鬼狗》、中短篇小说集《狼獾河》、长篇散文《罗杰、阿雅,我的狗》《高加索牧羊犬哈拉和扁头》。在二十一世纪第二个十年开始时,出版了长篇小说《黑狗哈拉诺亥》、中短篇集《狼谷的孩子》、系列中篇小说《狼谷炊烟》《狼血》《狮童》,以及中篇小说《叼狼》,发表了长篇散文《生命的季节》《王者的血脉》;与此同时,还发表了短篇小说《冰层之下》《从狼谷来》《黄昏夜鹰》,散文《一个人的奔跑》《暴风雪中的马群》等。这些作品,既延续了他的创作风格,又有所变化、深化。他一次次饱含深情地描述那些巨大无比、凶悍无敌、坚韧不屈的蒙古牧羊犬,描写那些与草地相依存、与巨犬共朝夕、与万物同呼吸的蒙古族少年,描绘那些旷远而神奥、美丽而神奇、幽深而神秘的与异国相连的大草原和大森林。这固然是为了优雅地、美妙地呈现人与自然共生共处所特有的美,为了精湛地、艺术地表现蒙古族一代代人在特定的地域环境中所形成的独特的民族心理素质的美,为了真实地、深切地展现我们祖国疆域辽阔广大、山水风光无限的说不尽道不完的美,更是为了切实地、深层地揭示草原文化的意蕴、意义和弘扬民族精神的气势、气概；并由此使人们自然而然地理解中华文化的丰富、丰厚，认知中华民族自强不息、宁死不屈精神的坚贞、坚韧。这种有声有色的揭示，这种自豪的弘扬，令人动容、动心。

《黑焰》是格日勒其木格·黑鹤新世纪初长篇动物小说的代表作。小说主人公，是一只出生在藏北草原、有着纯正的藏獒血统、毛色黑到极致而闪烁出一种钢蓝、名叫格桑的牧羊犬。作品以母獒勇斗雪豹开篇，读者在心灵震撼之中，惊讶于它的忠贞、温情与刚烈，惊诧于它的勇气、智性与魄力。结尾时写格桑在呼伦贝尔草原大雪灾中全力救护四个蒙古族小学生的过程，更惊叹于它的忠诚忠实与多情多义。作家对这只黑獒倾注了心中所有的爱，赋予它灵性，写它像一团黑色火焰似的生命活力和生活热情；也让人们体味、体悟到古老的游牧民族的强悍和淳朴，以及现代社会中这一精神的缺失。作品既开创了写动物的鲜明习性和鲜活情感相统一、朴实无华的民族土话和精致华美的文学语言相融合的独特风格，又开拓了刻画动物形象的审美视野，更开启了人们心底珍藏着的真善美的那扇门扉。可贵的是，作家对新一代蒙古族少年儿童的挚爱泅漫在字里行间；对当下社会漠视生态的现象，持坚决批判的态度。这就使动物小说除了具有深厚的地域性之外，更有了一种崭新的当代性；使动物小说创作的意义超越了自身，也超越了儿童文学领域。

难得的是，格日勒其木格·黑鹤创作的题材并不局限于本民族，也不拘囿于大草原。他这时创作的中篇小说《美丽世界的孤儿》写了鹿，写了驯鹿的鄂温克人，更写出了民族元素中的生命力。这又使动物小说有了一种生动的真实性、民族性，并使其具有了独一的审美价值和美学意义。

作家其后写出的又一长篇动物小说《鬼狗》，写一只名字叫"鬼"却一身纯白像传说中的雪狼似的巨猛獒犬的故事。前半部着力写鬼狗的野性、蛮性，并由此写到拜金主义潮流中人性的扭曲和泯灭；后半部则有意地写鬼狗在内蒙古大草原上遇到蒙古族小男孩阿尔斯楞的种种情景。小说用诗性的语言抒写阿尔斯楞对鬼狗的深爱和关切，又深情地描绘鬼狗对阿尔斯楞的温情与顺从。那段写阿尔斯楞与鬼狗在草原上互相追逐游戏的场面，激烈而欢快，紧张而舒缓，使作品具有了象征的、哲理的意义。可以看出，格日勒其木格·黑鹤在动物小说中越来越注重对草原少年形象的描写和刻画。他写动物，写自然，却正是在写人，写现实。在草原出生、长大的黑鹤，从内心里亲近自然，尊重自然，用自己独特的审美敏感去捕捉自然、表现自然，甚至对自然升华出一种虔诚的崇拜情结，领悟到自然那庄严、超越的灵性，并因此能够准确地记录下、能够贴切地表达出自己对自然、对周围的世界的感触、感受。但这不仅仅是一种会心的、天然的感触和感受，更是一个少数民族作家用本民族人的目光去观照、审视本民族人民长期经历、至今也还在经历着的那片土地上的风习、那种劳作和生存中的景象、那些年年月月累积在心底里的情感，并用本民族人的思维方式去思考这一民族人民世代生息的生命状态。他想要通过文学，把那种原生态的生命观带给一代代本民族及他民族的儿童们；他想要让生活在新时代的蒙古族及其他各民族儿童们看到生命的另一种绚丽和辉煌。

中短篇动物小说集《狼獾河》，是格日勒其木格·黑鹤新世纪第二个十年中代表作的选粹。用作书名的短篇小说《狼獾河》中所描绘的狼獾与狼对峙、缠打、分开的画面，是格日勒其木格·黑鹤笔下最独特、最鲜活、最典型的凶猛动物对峙争斗情境的呈现，那种瞬间的冲击和悠长的回味，无可言传。但作家能在一只狼獾身上，传达出奇妙的感性与理性相交融的感觉。他是用一种浸渍了草原蒙古人的情感汁液的、富有民族生活情韵的语言来表达的。他把不大的狼獾写得很有情意，它们的体态神情与茂密的丛林、薄薄的雪层、远处的山脊，与黄昏的草地、蓝色的烟雾、遥远的地平线，共同构成了一种特定的意境。其间所寓藏的雄强、悍朴、粗犷之大美，所显现的奇谲、灵变、神妙之至真，都表现为一种撼人心弦的诗性。那是艺术创造中的一种境界，具有不可再造性。我们常常强调小说创作中的诗性结构，格日勒其木格·黑鹤的动物小说就是这样的。格日勒其木格·黑鹤在描绘自然和动物时，满怀真情，并富有唯美的味道。他的动物文学的语言浸渍了游牧民族对广袤草原和丛莽山林的激情与虔诚，独特地描写出少数民族在现代化进程之外的另一种奇妙的精神境界和微妙的民族气质，独特地表达了蒙古民族文化心理的构成与发展；作品中充满着的正是本民族的淳真的情感和人与动物、与自然、与宇宙之间相依存、相和谐的本真。

格日勒其木格·黑鹤动物文学写到的动物、动物与少年的生活都是极真实的。他以对草原上森林中自然状态的回顾、赞美，来反思、批判社会现代化在当下所产生的负面影响：工业文明带来了社会异化、道德滑坡。格日勒其木格·黑鹤作品所表现的，正是一种在广袤草原、在僻远地区天然保存下来的、未受商业气息所濡染的信义、正直、善良。它构成了格日勒其木格·黑鹤笔下寓于动物世界的正能量,表现了蒙古族少年美好的人性。

格日勒其木格·黑鹤曾说:"草地,是我内心中最温暖的一部分。很多年了,只要有时间,我就会进入草地,我很庆幸,自己还有机会经历游牧文化最后的古代。"他在游牧文化趋于解体的时代,不断地抒写、赞美草原生活,作为一个不久前才从草原少年人生旅程中走出来,青春的激情正在胸中燃烧的蒙古族青年,他努力追寻着人性的美,书写着诗性和童心的美。他用笔来好好地保留"一个诗意的时代"和坚守"某种坚忍的精神"。他的动物小说,不是怀旧的哀歌,而是源于民族生活的对民族文化的认知,对民族精神的弘扬。

有意思的是,格日勒其木格·黑鹤所描写的人与动物的世界,恰恰拓展了中国当代儿童文学创作的边界。而且,这个世界庞杂无比,深不可测,常常巧妙地构成人与大自然的一个缩影或一种象征。换一个角度看,就是艺术创造的一种深度。儿童文学的深度不是抽象的、纯粹的、寓意性的理解,而是一种生动的、活泼的、形象的感悟。无论是蒙古族还是其他任何一个民族的读者,读格日勒其木格·黑鹤的作品,都会对其中不屈不挠的英雄主义、自强自信的精神有一种入骨的体验和沁心的感受。

作家真切地描写了人与动物共同生存其中的广阔的原野、丰沛的草地,描写了人与动物和谐共处的诗意的生存、美妙的情谊,乡土的自然色彩、神性色彩、情感色彩、寓意色彩通过风景画、风情画、风俗画的艺术表现,得到了最为生动的展示。它的审美价值就在于使少数民族儿童从作品氤氲着的自然崇拜、动植物崇拜的无限情思中,重新找到民族精神的原乡。作品的民族性融于地域性之中,具有生态美学性质。可以说,这是当下少数民族儿童文学在秉承民族文化传统的同时所生发、裂变的新质,它使儿童文学的民族性更显充盈、更为丰富。而且,格日勒其木格·黑鹤不只是从自身经历中提炼出创作题材,还把儿童文学不可或缺的儿童情趣、故事悬念、智慧蕴涵、哲理启迪统统化解,把这一切融进作品中的牧羊犬、其他动物及蒙古族少年人物形象中,或者说他本人的经验里。他对生活素材的处理,有点像高超的电影导演对电影画面的设置。那些经典电影中能够被人永远铭记于心底的东西,其实就是那些最能吸引人、打动人的生活画面的呈现。格日勒其木格·黑鹤作品中许许多多出人意料的画面,正是民族生活的立体呈现、民族情感的深沉体现。

可以说,在中华各民族儿童文学的发展史上,还从来没有一个作家像格日勒其木格·黑鹤这样，被阅读、谈论得如此之多、之广。他的创作，在新世纪中国儿童文学乃至中国文学中领风气之先，所产生的影响广泛而深远，我们甚至可以从动物小说创作的探索与突破，民族意识、人文意识的深度与层次，表达儿童经验的角度与力度等向度出发，探讨儿童文学向成人文学漫洇、渗透，以及优秀少数民族儿童文学的深远意义等问题。由于时代、国度不同，我们很难说他比美国的杰克·伦敦、加拿大的欧涅斯特·西顿、英国的杰拉尔德·达雷尔更独特，但至少他能和他们一起，毫无疑问地跨入世界动物文学创作的那一层次。

（二）蒙古族作家察森敖拉的长篇小说《天敌》

青海省蒙古族作家察森敖拉的长篇小说《天敌》，写的是草原上马背学校的蒙古族儿童在广阔草滩欢乐放牧的生活。作家巧妙地以大草原上打狼英雄、老牧人达尔吉爷爷的孙子超尘把全身白色、嘴巴黑色的狼崽当作狗崽来驯养的故事为主线，写"黑嘴巴"扑杀小飞鸟、咬掉猪尾巴、冲向流血的小羊羔；咬伤祁才郎的小腿，还差一点咬掉达尔吉爷爷的鼻子等"事迹"。书中自然地铺陈"黑嘴巴"帮助祁才郎找回了牛、抓住了盗牛贼；参与草原师生们的灭鼠行动并立下大功。然后，又认认真真地叙述"黑嘴巴"在受到表彰的会场上回应狼群的嚎叫、飞奔而去又迅速跑回。出人意料的描写，动人心魄，摄人心魂，更令人回味着、思索着人与动物、人与自然之间的诸多问题。

《天敌》，是一部线索单纯、内容丰富、意蕴深邃的长篇动物小说。

先说作品的线索单纯。作品开头几章铺写超尘祖父、狩猎能人达尔吉爷爷的敢为人先、有所作为。第六章写到超尘无意中捡回一只白毛皮、黑嘴巴的小狗崽，开始精心饲养。之后就以此为轴心，向高原生活的四面八方辐射开去，向青海草地的深处僻壤伸展进去，"黑嘴巴"的故事逐渐多层次地展开，虽疑雾重重，但内容集中，情节不断深入，引人入胜。

再说作品的内容丰富。作品中生动地描述了青海高原上牧人们的生活——日子的充实和艰辛、沉重和欢乐；更写了高原儿童内心的愿望——上学求知识，帮助大人牧牛、放羊，还想着养一只心爱的小狗来赶牛护羊、看门守家。书中还写到了改革开放之后城市养狗风之盛与牧狗在牧人心中被轻视之现实，从细微处反映出社会的转型、生活的变动、观念的变化，潜在地反映出市场经济对游牧生活的冲击和影响，并由此写出时代变迁中的不同方面。书中对草原上各种动物、植物的描写,也具有很强的地域性和知识性。

再说作品意蕴深邃。作品中所写青海高原老猎人的狩猎技能、生态观念,以及新一代儿童的天真情愫、心灵世界,与新时代前进的节奏相合拍,与新的高原生活相和谐,涉及草原文化、生态文明的重要内容。写牧场周围树林的正被摧毁、野生动物的逐渐减少、各种牧草的日益荒萎,以及虫患蔓延、鼠害猖獗等,都关系到人类自身的生存、生活,关系到民族振兴、梦想实现和美好未来的千秋大业。作品结尾时(第三十章)写道:

……循声望去,所有的人都亲眼看见,黑嘴巴白狗张着大口,冲着山坡上的狼在嗥叫。接着,它像一只飞翔的白色海鸟,飞也似的掠过草滩朝山梁的狼群跑去。

……

黑嘴巴从那道山梁上跑了下来。绿色的灌木丛把它的身子映衬得非常洁白。所有人的目光像舞台追光灯似的一直追随着黑嘴巴的身影。它转眼之间跑到草滩里,重新卧在刚才卧过的那个地方。

黑嘴巴与狼群的呼应与返回,是艺术方式上一种浪漫色彩或抒情意味的深切表达。显然,作家所写,极富西部高原地区色彩,散发着西部古老文化气息,但作家能用现代人的目光去捕捉古老文化,并由此写出世代生活于西部高原的蒙古族少年儿童民族心理素质的衍变。

显然,在时代进步中,老作家与时俱进,胸襟更扩大、视野更开阔,创作中对题材的选择、对艺术方式的运用,也更加宽泛。但,他们与青年作家生活情境不同,教育背景各异,创作心情有别,所以他们即便都在写狗写狼写鸟,却各有其独特和奇异,各有其历史内涵和现实意义。作品中的动物们因此也就无比生动,动物文学的意味因此也就无比悠长深远。

(三)蒙古族作家许廷旺的长篇小说《马王》、草原儿童小说《黄羊角》

许廷旺(1971—),出生在内蒙古通辽市科左中旗境内的一个小村。一九九一年毕业于沈阳铁路师范学校,一直从事小学教育工作。二〇〇三年开始儿童文学创作。中共党员。中国作家协会会员,内蒙古作家协会儿童文学专业委员会委员,通辽市作家协会副主席。第三十届鲁迅文学院中青年作家高级研讨班(儿童文学作家班)学员。出版各类儿童文学题材作品已有百部。出版的动物小说代表作有《马王》《野狼》《苍鹰》《雄豹》等,《马王》的影响更为深广。二〇一八年出版的长篇小说《黄羊角》获首届接力杯曹文轩小说奖银奖,是他近年创作的草原儿童小说的代表作。《风之子》获首届大自然文学鸿雁奖,小说《五等小站》(原名《丑狗》)获第九届《儿童文学》擂台赛铜奖,《天鹅冢》获首届中国校园文学奖二等奖。另有多篇作品获全国征文优秀奖。《山地羊军》《少年棋王》等近二十本图书入选农家书屋、教育部图书馆配项目。部分作品被翻译成俄罗斯文、阿拉伯文。

长篇小说《马王》,二〇一一年由中国少年儿童出版社出版。写一匹从出生就失去母爱的孤马驹成长为马王的艰难经历、艰险进程——孤马驹拳毛骊,是蒙古国野马与台来花草原胡尔勒家马枣红马的混血儿。拳毛骊出生刚一周,母马就死了。因着野马的基因,拳毛骊刚刚出生就欢蹦乱跳的,个高体长、颈长,马蹄如同海碗。高大威猛不说,相貌还英俊,黄毛黑嘴,浑身上下金灿灿的,没有一根杂色的毛。令人惊讶的是"金灿灿的毛色呈连环状,就像静静的水面上击起一层层水晕。这些水晕是有规则的,从内向外,一圈圈荡漾开去。远远看去,拳毛骊身上遍布着无数个金灿灿的连环,仿佛用纯金特意为它打造的一件马衣"。它的生长速度更是快得一天一个样,刚刚四岁,奔跑起来四蹄不着地,如同四个点,在空中连成一条直线。这样一匹强壮、健美的骏马,不抢风头,不显霸气,无论是碰到水灾还是遭遇暴风雪、或面临狼群围堵,它都能凭着灵敏的视听能力,凭着坚定的意志、坚韧的力量,协助头马特勒骠,协同三个马倌的坐骑白啼乌、飒露紫、青骓,机智敏捷地预防洪水,挺过风暴,智胜狼王。在最困难、最危险的时刻,它总能身先士卒,勇往直前;总能以马群为重,浴血奋战;终于化险为夷、化难为安。它还救助儿马什华赤于深水中,拦挡乘骑青骓于雪窝前,指令老少家马于狼群旁。这蕴含怎样的出众智慧!表现出怎样的无比勇气!所有这些鲜活、优美与生动,都得力于作者对马王拳毛骊的刻画与塑造,又都得力于语言的精美,得力于民族的语言韵致、地域气息和儿童情味!蒙古族人最崇尚骏马,不仅因为骏马剽悍勇猛,更因为它们忠心于故土、忠诚于马群、忠贞于主人!它们的坚韧与壮烈,是蒙古民族传统美德的化身。整个作品中,品性的美、情性的美、诗性的美,相映照,相衬托,相融合,非常美妙又十分巧妙,写出蒙古民族心理素质的丰富内涵和在新时代的新发展。

许廷旺的动物小说好就好在情深意切,真实动人。

长篇草原儿童小说《黄羊角》,二〇一八年由接力出版社出版。作品从草原上两位杰出的猎人——呼斯楞、乌日图曾因争夺黄羊角结怨写起,写到呼斯楞病危时,却把六岁的儿子巴杰托付给乌日图。巴杰渴望得到长辈的爱。但,父辈的往昔恩怨,乌日图的长久沉默,令巴杰想着逃离。巴杰沿着草地上那条迤逦的土路匆匆前行。他被百灵鸟吸引,找到了一股清泉,又来到河边;看到了河对面的一只獾,他猛地抽出蒙古弯刀,刀刃的光晕使这只獾消失得无影无踪,让巴杰充满了勇气和信心。正好在这时,他遇到一只狼。当巴杰瘫软在地上时,赶着大牛拉的勒勒车的老额吉抱起了他,救了他,又把他送回给乌日图。接着,乌日图卖掉了他最重要的财产——一群心爱的羯羊,为巴杰买了坐骑枣红马;巴杰骑着马,进苏木学校上学了。几年过去,巴杰长高了,也长了见识。只是,生活也有另一面,巴杰险些葬身于暴风雪,又险些被打着以"黄羊角"赚大钱的算盘、愚弄巴杰窃取黄羊角的"毛力都嘎"所欺骗。当"毛力都嘎"被警察带走后,巴杰做苦工挣钱偿还乌日图。其实,乌日图知道事情的经过。只是他的身体愈来愈差,他把一对黄羊角放在巴杰手里,轻声说:"它原本是你的。"巴杰郑重道:"不!它是我们的!"乌日图就此缓慢地闭上眼睛。"巴杰擦去脸上的泪水,小心翼翼地擦拭着黄羊角,将它们装进鹿皮袋里随后把鹿皮袋装进乌日图贴身的衣服里。"小说的结尾写道:"这一天,巴杰迎来了十八岁生日。"

这部小说虽然写到了草原上的一些动物,书名也与动物有关,但作家的主旨不在于展开人与动物之间的情节,而是以蒙古族少年巴杰的成长经历为线索,展开了一幅牧民家庭与草原生灵相偕相伴的生活画卷,感情细腻,撼人心弦。在严酷的生存环境中,人与大自然相依相存、共生共荣,而人与人之间的真挚关怀、真诚相助尤为珍贵、尤需珍惜。在时代发展中,作家写出了草原上蒙古族牧人的美好心灵——人心深处的真、善、美,又批判了拜金主义思潮的侵蚀和危害。看见灯塔照耀下的光明,更要察觉暗礁隐匿的危险。草原虽然纯净、淳朴,社会始终复杂、多元。写出草原文化的优秀传统,也写出民族进步的伟大精神。这正是作品思想深度所在。作品结构环环相扣,紧凑而明快;语言字字精当,鲜明而活泛。全书借鉴了蒙古族说书人的主线明朗、情节曲拐的艺术技巧和音韵铿锵、内蕴隽永的语言运用,有张力又有魅力。

许廷旺的草原小说的引人之处，正在于对民族民间口头语言的撷取和锤炼。

(四) 彝族作家张昆华的长篇小说《蓝色象鼻湖》《白浪鸽》

张昆华（1936— ），男，出生于云南省昆明市昆华医院，因而得名。祖籍镇沅彝族哈尼族拉祜族自治县按板井。一九五一年参加中国人民解放军，在部队二十二年。一九七三年由昆明军区宣传部转业到《云南日报》任副刊主编，一九七九年调云南省文学艺术界联合会，先后担任云南省作家协会副主席、《边疆文艺》副主编、云南省当代文学研究会副会长，中国作家协会全国委员会委员、名誉委员。在全国各地出版各类文学著作三十余种。一九七九年开始写长篇动物小说《蓝色象鼻湖》，自二十世纪八〇年代起，先后由新蕾出版社、延边人民出版社、香港新文化事业供应公司、北京外文出版社、晨光出版社等以各种形式向国内外发行。其中，延边人民出版社把小说译成朝鲜文，外文出版社译成孟加拉文、乌尔都文（与巴基斯坦联合），产生了广泛影响。此外，从二十世纪八〇年代初开始，在重庆文学季刊《红岩》发表，在《台湾新生报》连载，又收入《中国儿童文学名家书系》之散文、诗歌、小说集《云雀为谁歌唱》。与此同时，沪、粤、浙、滇等省市多家出版社将之改编为连环画出版发行，中央人民广播电台、天津、湖南等十多家省市电台也做了连续广播。这部作品因此获全国少年儿童优秀读物一等奖，被译成英、法文出版；在时代发展中又一再修订，新版于二〇一三年出版。他的长篇小说《白浪鸽》，散文、诗歌、小说集《云雀为谁歌唱》获冰心图书奖，散文集《漂泊的家园》获冰心散文优秀奖，短篇小说集《双眼井之恋》获民族文学骏马奖等。他的创作涉及小说、散文、诗歌等领域，被誉为"文学三头鸟"。

长篇小说《蓝色象鼻湖》的创作开始于改革开放之初，最后的修订、定稿是在二〇一三年春天，共十章。小说描述澜沧江边曼占寨里三个傣家少年在大森林中猎象、爱象的故事。老猎人波敢占和儿子岩勇，以及岩勇同学、傣家少女玉芭，在密林中发现并背回了一头小野象。傣家少年岩拉早就想自己有一头小象，出于自私和嫉妒，就偷偷地放走了岩勇、玉芭拴好的小野象，然后跟踪而去，想捕猎后归自己所有。岩勇、玉芭发现小野象脱逃后也寻迹追踪。在茫茫无际的大森林里，三个少年急匆匆穿过密密的白樟木林，又竖起耳朵听森林中风吹的方向、溪水流淌的声音，眯着眼睛看太阳偏移在哪方，以确定自己所在的位置。但他们仍然经历了一系列从来没有经历过的场面——遇到了嵌在绿葱葱森林里的蓝色的象鼻湖、灰色大雁、白色鹭鸶，使他们心醉神迷；烟波朦胧的湖面、飒飒激荡的林涛，使他们心旷神怡；银光闪闪的"象鼻喷泉"、跺蹄咚咚的"大象发怒"，又使他们惊喜参半。他们攀爬到一棵古老的菩提树上潜伏起来。哪里想到，岩拉竟被大象的巨大吼声惊骇得从树上跌落下来。岩拉被大象卷起，掉进象鼻湖中。岩勇大吼着从树上飞跳下来，紧贴象背，无论大野象用鼻子来钩，甩尾巴来打，都没能把他摔下来。因此激起大野象的暴怒、狂奔，又使岩勇危在瞬间，惊险至极。岩拉因岩勇舍命相救而愧疚万分。在波敢占的帮助下，三少年同心合力，用陷阱猎取了大小野象，却又被闻声而来的野象群围困在无花果树上——经历了生死搏斗的三少年建立了深厚的友谊，淳朴善良的傣家少年引导大小野象走出陷阱，在彼此成了朋友之后，少年们把大小野象放归森林。这时，森林百鸟都欢快地飞翔着，唱起了送别的歌，老猎人、三少年也与猎人们一齐唱起来。"这人和家乡、人和野象合唱的歌声，在蓝色象鼻湖上，在勐西纳森林中，久久地回响、回响！"

　　这部小说从改革开放初期到新世纪，二十五年间三次修改，作家在写人与自然、人与动物共生共荣的和谐和顺时，不仅自觉地融入了民族文化的深邃内涵，还融进了现代文明的生态意识，融汇了崭新时代的进步观念。尤其动人的是，作家对西南边陲风光、风情的细腻展示和深情描绘，并由此写出生活、生长在这独特奇异的群山环绕、森林茂密的民族寨子里的傣族少年们——他们能辨识林中的各种鸟儿，能区分山里的各类野兽，尤其擅长驯象、捕象，勇猛、细心、无畏、机智、善良、坚毅。作家把傣族人的民族心理素质活泼泼地展现出来，令人触摸得到、感受得到。足见作家生活底子之厚重，语言功力之厚实；也看得出作家对各民族儿童的厚爱、对各民族人民的厚意。儿童文学民族性、地域性、当代性似水乳交融一体。这部小说之所以具有极强的艺术生命力，关键在此。巧妙的是，作家善于从中国古典名著和民间文学中借鉴、汲取，如每一章末尾，或设悬疑，或卖关子，使读者欲罢不能；如章节中常常插入古老的傣族谣谚，使作品更富有生活气息。作家也很注重从西方文学中"拿来"适合我们的艺术手法，如描绘蓝色象鼻湖仿佛笼罩在蓝色轻纱里的美妙幻景，描绘它波光潋滟、浪花耀眼、深蓝泛绿似蓝宝石一般晶莹透明的美丽意境，都是实写与幻写融合。这些都使作品思想性与艺术性高度统一。

　　长篇小说《白浪鸽》写于新世纪初，共二十一章。描写了自然界中能够与人亲密相处、还可以替人传递信息的鸽子。写了一只可爱的、犹如洁白浪花的小鸽子从出生、试飞、春游、起舞,到捎信件、被囚禁、遭谋害的生命状态;也写出它与其他小鸽子的欢乐、烦恼、痛苦的情感历程;由此展现出鸽子与人相依相伴的和谐美好与鸽子遭人残害残杀的悲惨痛心,折射出人性人情的真假善恶。写鸽子行为的美,也是写儿童心灵的美。这部作品的创作距《蓝色象鼻湖》二十余年,一写生存于密林中的大小野象,一写飞翔在蓝天上的小小鸽子,前者着重抒写大自然的美妙以及人类与动物的和谐并存,后者通过鸽子与主人之间的悲欢离合展示社会转型时期的生活变动与现实状态,反映真善美与假恶丑,以及正压邪、善胜恶的艰辛。作品结尾写道:"一阵阵鸽哨,好像一股股泉水在空中流淌;鸽群飞翔的拍翅声,汇合海潮的奔腾声,组成一首雄壮豪迈的进行曲。"小鸽子——白浪鸽,它的真情呼唤,显示的是道德情操的美,是正能量。作家的创作显示出动物小说也可以奏出时代主旋律。而且,作品寓知识性于文学性、儿童性之中,使知识性与诗性融合,使儿童文学的情感价值在美妙的幻想、奇妙的幻境中体现得更动人、更完美。作品中,民族精神、时代精神的表现则是隐匿在地域性描写之中,也更显得蕴藉、隽永。

(五)白族作家杨保中的长篇生态小说《何处家园》

杨保中,原名杨葆崇,出生于云南省大理白族自治州剑川县,中学高级教师。一九八七年开始儿童文学创作,写过一些描述家乡和中学生的作品。二〇〇二年,他的第一篇儿童成长小说《一个并不美丽时刻的美丽陷阱》在《儿童文学》发表;儿童小说《借你一个微笑》在《辽宁青年》发表,并入选《二〇〇二中国最佳微型小说》,又被众多的儿童文学刊物及地方教材选用。之后又写过一些儿童成长小说,如《一匹来自大山的狼》《在她眼里变成虎》《在男孩肩上痛哭》《绿太阳》《豆米虫子与罐子》,还写了儿童诗歌如《种家》《男孩》《走向春天》等。与此同时,开始写作动物文学。动物散文《蜜蜂·苦荞·熊瞎子》《熊·杜鹃·食物链》《徒手搏熊》连续发表在二〇〇三、二〇〇四年《儿童文学》月刊上。由于作家是个地道的山里人,熟悉山野生活、山地风光和山林动物,作品自然而别具一格。二〇〇八年,天津教育出版社出版了他的第一本动物散文集《闯进高原动物圈》;二〇〇九年六月起开始创作长篇小说《何处家园》,试图以更宏大的场面与更多的动物形象,演绎一个非常严峻的动物生存保护的沉重话题。历时七年,最终由中国少年儿童出版社列入"儿童文学金牌作家书系"于二〇一六年三月出版。其间,长篇动物小说《狼部落》《野狗雪斑》《野猪囚徒》《猴王三部曲》(《石宝山猴王》《残猴王蛮子》《兄弟狼王》)先后出版。这些作品,都揭示动物真实的生存场景,以期唤起人们尤其是儿童对大自然的爱护与保护。绿色写作理念始终贯穿于他的写作中。二〇一一年,小说《闯进高原动物圈》获昆明市第五届"茶花奖"荣誉奖,二〇一五年短篇小说《麂子的马樱花节》获冰心儿童文学新作奖。二〇一七年三月起,长篇动物小说《野鸡坪的狐狸》在《大理日报》连载。作家被评为《儿童文学》杂志与搜狐网举办的"全国最受读者喜爱的十大作家"之一。

长篇动物小说《何处家园》,以滇西北高原为背景,虚拟了人和野生动物共处一地的老君山,上演了人和动物之间的血腥恶斗、动物和动物之间的弱肉强食的一幕幕活剧。作品中,动物形象众多,场景跨度宏大,笔下主角狼、豺、豹,三条线索既平行发展,又交错钩织;再穿插进虎、熊、猴和人类,虽然线索繁复,但井然有序。在作者笔下,动物生存法则无处不在,野兽之间的打斗过程非常惊险,强中更有强中手。此外,作家还凭借自己的生活经验和知识积累,生动形象地揭示了动物主要依赖长者的经验和强者的勇力的生存规律。又以小说家的奇思妙想,大胆编织情理之中想象之外的情节,使全书故事跌宕起伏,张弛有度,富于悬念,引人入胜。作家还善于驾驭大场景的书写,尤其体现在描写混乱复杂的捕猎场面,既能把握总体大局,又能兼顾精妙的细节。作品立意沉雄厚重,书写挥洒自如,源于作者熟悉所描写的动物——不仅对动物习性、种群特点有整体把握,对每只动物的年龄、脾气、心理以及在种群内部的职能分工,都能细致刻画。悲悯的情怀,流畅的文笔,更使作品具有打动人心的艺术力量。小说在表层写的是惊心动魄的丛林法则,深层写的则是生态毁灭给动物和人类带来的巨大灾难。大旱之年,彩云之南的家园之殇,不仅指向动物,更指向人。人在发展的名义下,对自然的没有节制的掠夺,表面看是强者,是胜者;从长远看,却注定是自食恶果的失败者。所有动物的苦难其实最终都是人类自身的悲剧和苦难——小说以"何处家园"的悲怆之问,揭示了这一沉重严肃而又让人无奈的重大主题。

以人类的眼光观照动物世界,以动物世界折射人的社会——彼此换位和转喻,这是传统动物小说创作的基本路径。杨保中写来与众不同、独具特色。

(六) 其他少数民族作家的动物小说

进入新世纪,重庆市土家族老作家孙因的中篇小说《雪虎》,写活了一只名叫雪虎的中国军犬。它在抗日战争中忠诚尽责、忠贞坚定、挚爱主人、报效国家的行动，感人至深。它，耳尖，尾长，全身毛色金黄，嘴和四蹄却长着黑毛，剽悍而机敏，英武而灵巧。它，随抗日将领张自忠的副官抗击日本鬼子，尽管日本军队的狼犬高大凶残，它都能险中取胜。但它在主人牺牲、寡不敌众时不幸被俘。历经种种磨难之后，它最终率领百余只被俘的中国军犬一齐暴动，咬死军犬基地的日军司令官，把那个日本来的主任女教官咬成重伤，同时咬死咬伤其他日军官兵几十人。在激烈的战斗中，中国军犬全部牺牲。雪虎和它的伙伴们宁死不屈，令日本鬼子胆战心惊、丧魂落魄；它们的临危不惧，使读者精神振奋、热血沸腾。显然，雪虎这个形象的审美意义早已超越了军犬自身。它既是一只道地的中国军犬，是中国军犬英雄，又是有尊严的、绝不做亡国奴的中华各民族人民的骨气、品格的象征。作家努力穿越传统的拟人化层面，向更深更广的民族精神的层面突入。这里民族的内涵是广义的。

这一阶段，新人新作也时有出现。如新疆柯尔克孜族作家阿依别尔地·阿克骄勒的短篇小说《三条腿的野山羊》，描述大山里的一只野山羊被猎人的夹子夹着了腿，挣不脱，却又急着要去救与自己一起被猎夹夹住的小山羊，就挣断了那条腿，用三条腿蹦跳着前行。血，滴了一路、一地，野山羊依旧无法解开牢牢夹住了小野山羊的那个冰冷、强硬的铁夹子。它坚持守候在小野山羊的身边，不停地舔抚着小野山羊被夹着的正在渗血的前腿。在这样悲切的情景中，三条腿野山羊无助中绝望、凄凉的惨叫和小野山羊挣扎中痛楚、凄厉的嚎叫，令人心灵震颤。与此同时，作者又全力刻画了一个猎人家的孩子、已经上了学的柯尔克孜族少年努尔别克的形象。他自小与山里的小动物们一起奔跑、一起长大，心里对它们充满了同情和爱怜。但年幼的他无法违抗父亲的意志，也无力改变猎人的生活方式。终于，他在天气骤变、风雪交加、父亲生病时，自己上山放走了那只被夹住的小野山羊。努尔别克的这一举动当然不是一时的冲动，而是他的本性善良的表现。但作品结尾时，小努尔别克因雪中迷路而死亡。作者似乎想以巨大的情感冲击来引起全社会对生态维护的深入认识，并由此引起关于生活在大山中的民族生产、生活变革的思考。

又如湖南侗族作家龙章辉的短篇小说《绝版牛王》，虽然只有万余字的篇幅，却极细腻地描写了牛在侗寨人心中的崇高地位，描绘了侗寨人在斗牛节上对牛王勇武强健精神的崇敬心理。写牛王，就写出了农耕文明和民族精神，但在社会转型的时期里,商品经济大潮也涌进了僻远的侗族山寨。强烈的金钱欲念淡化了人们对牛王、对耕牛的情感。作品的结局令人震撼。小说中,侗族少年天运和他的妹妹阿月令人难忘,他们对牛王的真情和深情激人反思。这样的作品,并不是早早地设定了倾向和目的,而是自然地拓宽了人们的文化视野,成功地解构了当下一窝蜂的某些动物小说模式;取材、立意和文字,都执着地追求和坚持一种文学理想和审美价值。作家的兴奋点在当下的现实。现实使他有了太多的灵感和激情。有灵感和激情才能有批判的力量和勇气,有力量和勇气才能有文字的深刻。

本时期的其他短篇小说,如新疆哈萨克族作家加海·阿合买提的《瘸腿鹿的故事》、云南拉祜族作家李梦薇的《闯入者》,虽都以动物为主角,却大都着意于刻画、塑造民族少年形象,既表露出童心的纯美善良,以及人类与动物相互理解与关爱的一种默契,更彰显了新一代民族少年血性、阳刚、硬朗的气概,体现了民族心理素质在新时代的新发展。由此巧妙地将关注点由自然生态转移至社会生态,写出当代人生态道德的缺失,使作品的意味由原来的单调发展成了复调;又使新世纪民族少年一身正气、豪气满怀的形象真正铭刻于读者心灵。内蒙古满族作家袁玮冰的《穿越 H5N1 封锁》,写北方一座小城里的小学生小宝,不让防治禽流感的人员捕杀爷爷饲养的鸽子之王,把这只鸽子带到一个废弃的矿洞里,恰遇暴风雪,靠"鸽王"飞回家报信他才得以脱险,但"鸽王"因此被发现被拧死。作品中小宝对"鸽王"的爱,洋溢着浓浓的诗意。

显然,浓郁的民族地域文化韵味,深厚的生命家园意识,鲜活的民族少年形象,强烈的理性和艺术冲击力,构成了新世纪动物文学发展中的特色。

二、探险、惊险小说

(一) 土家族作家彭绪洛的长篇探险小说系列《少年冒险王》及其他

现代化、信息化、全球化的时代改变着人类。文学精神的内在变化不可忽视,儿童文学当然也不例外。新一代少数民族作家,以培育儿童活跃的想象力、坚韧的意志力、非凡的创造力为己任,潜心于写探险、冒险、惊险的儿童文学作品。

自二十一世纪以来,最早写这类作品,并坚持探索、不断开拓的,是土家族青年儿童文学作家彭绪洛。

彭绪洛(1981—),男,出生于湖北宜昌长阳土家族自治县的一个山寨。从小喜欢读书、喜欢闯荡,在祖国的经济腾飞中长大,其所形成的体验世界的方式与人生价值观,自然不同于前辈作家。他一向主张少年们读万卷书行万里路,又最早倡导探险励志,并身体力行,也由此开拓出了属于他自己的文学道路。一九九五年开始创作并发表作品,二〇〇二年加入湖北省作家协会,二〇一〇年毕业于武汉大学文学院,二〇一一年加入中国作家协会。出版有长篇小说《少年冒险王》《宇宙冒险王》《兵马俑复活》《我的探险笔记》《绝地探险》《丝绸之路的使者》《虎克大冒险》《彭绪洛研学探险》等系列八十余部。作品入选"中国文艺原创精品出版工程",曾获冰心儿童图书奖,中国首届土家族文学奖、湖北省"五个一工程"奖等。

彭绪洛既是作家也是探险家,曾经徒步穿越敦煌段雅丹魔鬼城、神农架原始森林无人区和古蜀道,攀登过海拔五千三百九十六米的哈巴雪山,自驾走过滇藏线、川藏线和青藏线,成功穿越过罗布泊,到达过楼兰古城遗址、塔克拉玛干沙漠、高昌故城、塔里木盆地等神秘之地。

《少年冒险王》是彭绪洛持续创作的写实性儿童探险小说,他亲赴探险地探险,用切身的感受讲述着大自然的神奇。真实的探险经历加上精彩有趣的故事,让小读者在身临其境的同时,也能学到野外的生存技能,学会遇事勇敢面对,懂得与小伙伴相处中彼此关爱、包容。故事中蕴含了丰富的探险知识、实用的救生技能、强烈的团队意识、探索精神和敬畏精神,堪称正宗的儿童探险小说。

其中有代表性的作品是《少年冒险王:追踪丛林魅影》和《少年冒险王:险护巴国廪君剑》。前者写四个少年因听到清江附近有怪物的传闻,结伴前往探究。他们先来到湖北长阳土家族自治县境内的清江。这条发源于利川市龙洞沟的清江,清凉清澈,是土家族的母亲河。这里,群峰巍巍,丛林幽幽。射水鱼,倒影峡,巫灵大佛,是以往未曾见闻过的;而山下四面环水、山上五峰错落的武落钟离山,正是土家族祖先聚居之地。作家由此所描述的凌空高悬、祀奉巴人首领的向王庙,印记着古代巴族生殖崇拜的石神台,表现着巴人诞生之地的赤穴、黑穴,以及显现巴人首领廪君英灵的白虎石、白虎堂,传说是廪君妻子化身的盐女岩,标志着土家族白虎图腾的白虎亭等胜景,再加上途中所尝土家族的美味饮食,所见土家族的鲜艳服饰,所遇土家族的奇异婚俗,正可以说是,每一段故事,每一个细节,都渗透着土家族的文化和理念;每一则传说,都浓缩了土家族的历史变迁和社会变动。但这并不是艺术加工的结果,更不是刻意表达的列举,而是眼前活泼泼的民族风情,扑鼻的酸辣风味,是土家族人真的性情、善的愿望、美的追求、巧的构想的活生生的表达。

《少年冒险王:险护巴国廪君剑》写聪明吴、小机灵、香蕉熊和水桶妹四少年辗转到达湖北长阳土家巴人之后小鱼家乡渔峡口,发现几辆神秘的丰田车尾随他们而来。从车上下来的黑衣人不断打听着夷婆的消息,弄得小鱼紧张万分。原来夷婆一直保护的廪君剑是古代巴国的圣物,世代相传秘密保护至今,不知为何这消息走漏了出去。四人急忙赶往夷婆家,将夷婆藏了起来。香蕉熊为了弄清黑衣人的目的,只身跟踪他们,却不小心被黑衣人抓走。黑衣人半夜返回,将夷婆打伤,并抢走了夷婆一直保护的廪君剑。少年们为了夺回被抢走的廪君剑,与坏人斗智斗勇,终于牵制住坏人,等来了警察的救援。整部作品源于对历史传说的一种寻觅和探究。有根有据的探险和传奇,合情合理的夸张和想象,使作品充满了奇幻,充满了趣味,充满了历史感和现实感,也充满了行动力和知识的张力;更使作品在所展示的奇异的"冒险"中,张扬了好奇心、自强精神、助人品格和想象力,从而使优秀的民族文化传统得以传承、发扬,使高尚的民族道德观念得以传播、光大。对特定地域风貌、风物特点的表征描写,既弘扬了土家文化和古巴国文化,也巧妙而含蓄地寄寓了对某一民族心理、心性的深层揭示。

近年,彭绪洛陆续出版"少年冒险王"系列等新的少儿探险文学作品。说是冒险,却都是地图上能找到的地方,其中不少地方是少年们已经去过的,或是在报刊、电视上看过的。应当指出的是,彭绪洛写的每一座山、每一条河,都不是单纯地为了探幽和冒险,而是以土家族作家的担当,书写本民族和他民族人民的现实生活与内心情感,追寻先人所创造、所遗存的历代古迹与民族文化,表现当代少年儿童身上所透露的新的心理状态和精神气质。他的笔游走于现实与历史之间,穿行于少儿与长者心中。他的书中,虽是现实与幻想交错、交融,却始终弥漫着浓浓的民族文化气氛,散发着酽酽的民族生活气息。应该说,作品中所呈现的新题材、新风格,所透露的新观念、新视角,令人耳目一新。

如果对他近年出版的冒险小说系列做深一步的研究,可以进一步看出,这些少年冒险小说的审美价值不仅仅在于认知社会现实和儿童生活的角度新颖,反映社会状态和儿童心理的手法独特,更因为,在奇谲的外壳下,有打动人心的温暖内核——爱、勇敢、责任、坚强……而所有这一切,又都源于彭绪洛自己长期旅行、探险的生活积累和切身感受,源于他光大民族优秀传统的自觉和承扬民族淳美文化的自信。

有意思的是,彭绪洛"少年冒险王"系列的主人公,始终是两对上了初中的小兄妹;其他系列的主人公,又始终是一个名叫清江水的土家族少年,却本本新奇、好看,似有无限的吸引力。这固然是因为作家运用了惊险小说的某些特技,使作品中悬疑处处,障碍重重,推理层层,析解点点。最重要的原因在于他笔下的每一个故事,都在试图跨越边界:跨越儿童世界与成人世界、非虚构文学与虚构文学的边界,使读者了解山川、维护生态,将现实和想象、自然和人文、知识和智慧等融合起来,使故事中独创性与开放性兼具,民族性与地域性交织,思想性与艺术性统一;并由此使读者在跟随小主人公的"冒险"中进入一种放松身心、发展个性、勇于挑战自我、敢于克服困难的状态。应该说,这样的精神状态正是塑造新一代民族性格所需要的。

少年探险小说,在十九世纪前就已在世界儿童文学中占据重要位置,至今已有两百多年的历史。彭绪洛的作品,从大的文化背景看,内涵是十分博大的。居住在苍茫、遥远边疆的少数民族少年,或是出于一种向往、一种好奇,或是为了进行一次追寻美妙人生的旅程、完成一个探究广阔世界的心愿,他们出发了,远行了,到一个只有在传说中存在、却是人们从不知晓的地方去,到一处没有地名和标示、连小路都不见的黑压压的原始森林去。那是另一种意义上的探险,也是少年人生中的砥砺和锤炼。显然,彭绪洛善于借鉴、汲取,他这方面的创作,既是本土的又是超越本土的,别开生面,自成一家,在中国儿童文学中具有开创性的意义。

(二)哈尼族作家存文学的中篇探险小说《黑蟒桥》

存文学一直没有停止为儿童创作。二〇〇三年出版中篇探险小说《黑蟒桥》,独辟蹊径,别有洞天。作家着力于写实,描写三个不同文化背景、不同生活经历的少年——南疆山寨里名叫大岗、二愣子的两个男孩和从省城来的女孩小李弦,带着一条名叫黑闪的猎狗,闯进了荒无人烟、野兽出没的峡谷。他们在原始森林里经历了种种从未经历过的危险和艰险,目睹了种种从未见闻过的动物和植物,感触了件件从未接触过的奇事和怪事。但,少年们一开始就看到了荒凉深邃的峡谷里藏匿着的万物生长的蓬勃和自然呈现的热烈,就感受到了渺无人迹的林子里的奇花异草的兴旺和幽深无比的寂静。天地的无垠、生命的蓬勃,呼唤着他们长久以来疏远自然、疏离乡野的情思,警醒着他们茫然不觉变得懦弱怯懦的心胆,一路上的新奇发现和一时间的新颖感觉,倏然间征服了三个少年的心。他们在与寥廓大自然的拥抱中、在接受严酷的生存法则的洗礼中,体验到了世界上、生活中、人心里的真、善、美,心中那一点点恐惧即刻化作了美妙的希冀和美好的期待。书的第一章《峡谷的诱惑》即写道:

> 再往前,他们就进入了攀枝花树林地带。
> 大岗他们的心,突然被一种强烈的惊愕占据了。
> 眼下还是冬末,在东北林子里还堆着白皑皑的积雪,就是在小李弦居住的省城里,郊外的草坡上也还看得到隐隐约约的清霜。
> 可是,这里的春天却提前来到了。
> 小李弦从来没见过这种美丽的参天花树。她的浑身上下都被烧热了。
> 一树一树的攀枝花像那触天的火炬,在充满激情的阳光下燃起了腾腾的烟火。风一吹,这灿烂无比的花朵就舞起了一条鲜鲜活活的长龙,一直朝峡谷的深处延伸。
> 不时,一片片花瓣从空中飘落下来,酷似那绯红的云霞悠悠降落在地上。
> 低下头看,这些花瓣又像无数红玛瑙铺在那里,闪闪烁烁,真不忍心在上面行走。

之后,他们碰到了各式各样从未见过的飞禽走兽:野公鸡、红脚白鹇鸟、野鸽子、送屎狼、墨蛇、报时鸟、秃鹫、棕熊、麂子、老虎等;经受了花脚蚊子的叮咬、日眼虫的骚扰。惊诧慌乱之中,还听到了林妖的故事。更令人惊愕的是,他们竟走上了由大蟒搭住两岸的"黑蟒桥"! 桥动得蹊跷,人掉下深涧,奇与险就在一刹那间。他们又在岩壁下的树林间遇到了住在草屋里的抗日老人,听老人讲了抗战时期美国陈纳德飞虎队的飞行员因受伤迫降在林中的经过,还看到了那架保存下来的战斗机。这一切,使他们增长了知识,磨炼了意志,也懂得了历史,认识了生活。显然,这样的作品明显超越了以往的游历小说和惊悚故事,作品中所写的少年特有的理想冲动、生命热情,使他们不断地在假期里出门去闯世界、开眼界,他们的经历离奇而真实、惊险而平常,写出了儿童成长中的实际历练和性格养成,写出了少年人生中的独立意识和吃苦精神,也写出了伟大祖国从南到北迥然不同的地域文化风情、文化积淀,以及多民族祖国的生机和希望。作家自己的地域体验和民族气质,极大地拓展了作品的知识内涵和情感意蕴,也使儿童文学民族性在多元、开放中或多姿多彩,或交汇交融。作品中,少数民族作家也赋予了少年人物以特有的当代气息和诗性意味,这其间蕴含了一个少数民族作家对民族未来、对社会进步的认识。可以看到,少数民族作家的世界观、民族观必然会影响到民族性的程度和包容度。

(三)维吾尔族作家穆罕默德·巴格拉西的中篇惊险小说《心山》

新疆维吾尔族穆罕默德·巴格拉西,擅长以新疆大沙漠为背景,书写大西北风沙满天、飞沙走石、沙山可转身间移动八面、沙海能眨眼时淹没四方的独特场面和奇异情景。他在这一时期写出的中篇惊险小说《心山》,就是这方面的代表作。作品写了三个年龄相仿、向往美好、却家境各异、性格相殊的维吾尔族少年:白净、内向、文雅,在城里上学却因喜欢乡村的宁静淳朴而来奶奶家度暑假的十二岁的伊力多斯;矮小、聪明、能干,却因长年照顾爷爷、自己整天干活而没有上学的十岁的米拉吾西;高大、懂事、仗义,只因父母离异无人管束而有了一些坏习惯的、十二岁的吐来克皮特。这三个少年,因为被村子里流传的"心山"的传说所吸引,因为被传说中用鲜血挽救楼兰孩子的拜格库勒拜格和使心脏变成了"心山"的"漂亮母亲"所感动,竟自作主张,去探察、探寻那座天天被日头映照得像是刚被掏出来的心一样鲜红的"心山"。整部作品都在描绘他们走向"心山"历程中所遭遇的困境,以及他们面对困境的表现;都在描述当下的社会现实、生活环境对他们每个人的具体影响,以及他们每个人心中存有的崇拜民族英雄、创造自身奇迹的情结;都在描写他们每个人心中希望获取新的知识、展示别样才能的情思,以及对实现这一希望、这一展示的切盼。可以看到,作品因民族色彩、地域色调极为浓郁,科学性、神秘性异常浓烈,无论是内容,还是语言都独具一种深沉、真切的魅力。

难得的是,作家对少年探险中的每一个画面都勾勒得清晰清朗、可感可触,把每一个场景都描述得天真天然、生动生色,可谓是惊心动魄、惊天动地,悲剧色彩涂抹得十分浓烈、洇渗得很是透彻,恰由此凸显作品的警示和启示意义,从而在少年惊险小说中独具一格、独树一帜。作品中写到大沙漠的广阔广大,沙丘重重,沙海茫茫,沙浪滚滚,充分显现漠野的辽远、荒僻、苍茫、空旷;写到沙丘的一端有一条大沙蜥在吞吃小沙蜥,而那一端又有一只很大很可怕的毒蝎正在爬过来,具体地展现着沙漠生物天地中的阴森、残忍、悲惨、凄凉的另一侧面;又写到沙漠中铺天盖地的黑夜带着突如其来的饥饿和孤寂、带着渗进骨髓的寒冷和恐怖压过来,更真切地揭示出沙漠在阳光下、在白昼时金光闪闪的伪装和虚假,以及它在暗地里、在黑夜中阴影叠叠的威胁和压迫;写到沙尘在暴烈的狂风中吼叫着、扭动着,沙山乘着猛烈的风势从远处移过来,无可遮挡,无处躲避,身处沙漠,犹如飞蓬之于沙地,眨眼间吹飞了、埋没于周围一切中。可见,在风暴中,再大的抱负、再猛的勇气,也不如骑上骆驼、带着水和干粮来得有用。

(四)其他少数民族作家的儿童惊险、历险小说

另有一些作品,近似二十世纪五十年代苏联的惊险小说。作品中,伸张正义,鞭挞邪行;展示光明,驱除黑暗;颂扬善良,贬斥恶浊;弘扬民族文化传统,揭示民族审美意识;将现实和想象、成人世界和儿童世界融合起来,算得上是儿童探险小说的一个分支。

如黑龙江省赫哲族作家孙玉民的短篇小说《神秘的依尔嘎》,描述一个赫哲少女英勇无畏、机智大胆、灵动敏捷、神出鬼没地抗击日本鬼子的传奇故事,是一曲惊险交加、曲折有致的民族少年英雄精神的铿锵颂歌。依尔嘎,是严寒的黑龙江畔得勒乞山上盛开的鲜红花朵,也是作品中这个十二岁赫哲少女的名字。作家粗笔勾勒,又细笔描写她对日本鬼子的刻骨仇恨,跟小八路雁来的偶然相遇,与同是渔霸家奴仆阿娜的一起出逃,以及日后成为一个来无踪去无影、两把二十响大镜面匣子枪左右开弓、弹无虚发而使鬼子司令官坐卧不宁的赫哲英雄"游魂",又打入鬼子妄图实施毒计而策划的"红色女子抗日军"的一件件事情、一幕幕场景,无疑似有疑,有疑似有玄,有玄就有奇,有奇就有巧,作家总在写到紧要关头时戛然而止,使情节在跳跃式发展中愈显蕴藉离奇,跌宕起伏中更为读者开拓十分阔大的想象空间。在诱人入围、引人入胜之中,激发一种探求、探究、探幽的志向和志趣,从而大大增强作品的吸引力和震撼力。

与这篇小说异曲同工的是被誉为"文学湘军五少将"之一的回族青年作家于

怀岸的短篇小说《祖上的战利品》。作品写了山里的老猎人麻子帕旺，一个特别喜欢小孩、小孩也喜欢亲近他的善心人。这一年秋天，他在人迹罕至的青云岭遇到了老虎，还救下一个人。没有想到的是，他救的这个人是日本特工，是个最坏的坏人。坏人因为看见帕旺用一把日本军刀劈柴而凶相毕露，原来他认出这把刀是"天皇陛下御赐军刀"，而这正是帕旺祖上打倭寇的战利品。这个日本特工把军用刺刀刺进帕旺肚子里，帕旺才明白过来，即刻用抓破过虎喉的五指抓住了对方的喉咙。作品中，层层设置悬念，又处处点破疑题；弯弯绕绕，却是认认真真；慌慌张张，而又痛痛快快；酣畅淋漓，爱憎分明而激情满怀。这是一种对敌斗争中的惊悚，是一种善恶较量中的惊险，又激发一种警惕、警觉、警醒的心智和心思。作家出生于二十世纪七十年代，没有经历过全体中国人的抗战，可贵的是，他能细心地捕捉到当年中国各民族人民心中的抗日情绪和同仇敌忾的大无畏气概。他没有正面描述发生在民族地区的伟大的抗日战争，而是采用绕弯的表现方式，从人们很容易忽略的民族生活侧面展示了国家和民族的精神。

两篇小说都写抗日，都有惊有险，有壮有烈，但民族、地域背景、小说主人公的状况、抗击敌人的场面等又迥然相异，各有千秋，从而使抗日少年形象更显活脱，使惊险题材的少数民族儿童小说中跃动着童心，闪耀着人性之光，显现着不同民族作家各自的艺术个性。

与此同时，内蒙古的蒙古族作家许廷旺，根据长时期流传在科尔沁草原上的夺宝藏宝的传说，和二十世纪四十年代日本鬼子入侵以后、强逼百姓挖洞筑洞以隐藏掠夺来的文物财宝的传闻，写出"草原冒险系列"长篇小说，包括《寻找忽必烈密码》《复仇的金像》《蒙哥密洞》。作家所写发生在当代草原上的探险故事，有着浓厚的传奇色彩。书中所塑造的林不几等几个草原少年形象，所叙述的三个似曾听说的有头有尾的寻宝故事，既令人觉得真实，又感到惊异万分。

三、本土、乡情小说

（一）彝族作家吕翼的长篇现实小说《疼痛的龙头山》《岭上的阳光》

吕翼（1971— ），男，出生于云南省昭通市。先后在乡镇学校、市委机关、办事处、报社、文学艺术界联合会工作，现为昭通日报社总编辑，昭通文学艺术家创作中心主任。中国作家协会会员，鲁迅文学院第十五届高研班学员，中国首届

"少数民族文学之星"。他的创作横跨儿童文学和成人文学两大领域,进入新世纪的二十年是他的创作旺盛期,二〇一四年以来连续出版儿童长篇小说《疼痛的龙头山》《云在天那边》《岭上的阳光》《比天空更远》,曾获"云南文化精品工程"奖等。短篇儿童小说《鹤儿飞呀飞》入选《二〇一六年中国儿童文学精选》,并获云南省二〇一七年度优秀文学作品奖。另一短篇《水冰糖》获二〇一九年度冰心儿童文学新作奖。成人文学创作有长篇小说《土脉》《寒门》,中篇小说《割不断的苦藤》,短篇小说集《风过杨树村》等;有作品入选《小说月报》《作品与争鸣》等。

长篇小说《疼痛的龙头山》,是一部读后令人心痛的小说,二〇一四年由云南人民出版社出版。

作品以鲁甸"八三"地震为背景,以一个叫大洋芋的十岁多的彝族男孩简单、纯净的视角来审视世界,描绘了人与人之间、人与动物之间的博爱与挚爱。大洋芋从不知道外面的花花世界有多好,也不知道龙头山之外的世界有多贫穷,有多落后;龙头山,在他心中永远都是最美的。但,人们对龙头山的肆意破坏,过度开采,把龙头山的"肚子"掏得光溜溜的,使龙头山环境日趋恶化。他的母亲就在此时出走。他很无奈,很伤心,十分痛恨这些破坏龙头山的人。他认为只要把进龙头山搞破坏的罪魁祸首——卡车弄坏了,人们就没有办法破坏龙头山了。于是,他半夜偷偷起来把金大叔最心爱的大卡车的轮胎扎破。而在汉族支教老师白洁的关于"爱"的课上,大洋芋对母亲越发思念。为了筹集寻找母亲的路费,他跟订了娃娃亲的汉族女孩小花娇进了银矿,差点丧命。大洋芋又渴望在邮递员手中那一摞书信中,有母亲来信,但往往希望越大,失落越大。他突然想到:既然母亲不给我写信,那我给母亲写信。可是,邮递员的一句话让他彻底绝望:"小洋芋长成大洋芋啦,会写信了,但这信没有地址,我送不到你母亲的手里。"后来,白洁老师与小花娇以大洋芋的母亲木香的名义给大洋芋写信,让他感受到母爱的温暖。在白洁老师和金大叔的相劝下,大洋芋父子决定外出寻找木香,经历重重波折,终于在昆明的一次演唱会上找到木香。于是大洋芋与金大叔、小狗犸基一起回到龙头山。就在大洋芋对在自家茅屋里的爷爷乌普和小花娇大声呼喊时,突然,山崩地裂,龙头山瞬间化成龙头山人的一块伤疤。大洋芋眼睁睁地看着爷爷与小花娇倒在血泊中,看着白洁老师的男朋友失去了呼吸。大洋芋也为救白洁老师受了重伤,大洋芋家两只有灵性的动物——公鸡楪楪、小狗犸基也从此失去了往日的活泼爽朗,成天守在主人的坟边。

可贵的是，龙头山地震后，吕翼只用了二十多天时间，就完成了这部儿童题材长篇小说《疼痛的龙头山》。作品中的人物虽是杂取种种人而成，但流淌在人物血液里的真情是触手可及的。小说从文本的整体架构和细节描写，到文本的人物刻画、情节结构、场景处理，都匠心独运；以故事一波三折、人物鲜活生动、反思深刻动心为特色，呈现出清新自然的艺术特色，是一部充满人文关怀、洋溢着真善美的优秀长篇小说。吕翼对现实的敏锐、在大难前的果敢，体现出一个少数民族作家强烈的担当意识。

《疼痛的龙头山》里还有一个不可忽视的主题就是民族团结。文中所写的龙头山，是个彝汉杂居的村庄。为矿上开卡车的金云开和前来支教的白洁老师都是汉族，但他们自始至终帮助着困难重重的普麦一家，从生活上、从精神上，一直在给予无私的、暗暗的帮助。小说一开始，大洋芋因为对金大叔那辆卡车的不满，在夜深人静之时将车胎割破。此后，作为父亲的普麦给他打圆场，做掩护。在大洋芋随父亲一起找到妈妈，然后随金大叔回龙头山的路上，大洋芋"想到以前划坏车轮胎的事，心中有着无限的悔恨。他太对不起金大叔了，他觉得自己简直就是一个卑鄙的小人，用小动作来对待勤勤恳恳、有宽容之心的金大叔"，当他小心翼翼地提起此事，说以后赚到钱，要送金大叔几个轮胎时，金大叔笑了。说："不必不必，你跟着白老师好好读书，将来有出息了，领我们去看看北京的天安门、上海的东方明珠就够了……"而在小说的末尾，一行四人坐着拉花椒的大车进县城时，心里有"鬼"的普麦说："……我现在是要脚踏实地地干点事儿了，我变现实了，还是让那些虚无缥缈的梦远离我一些吧！我是在想，你新换的车轮胎质量好不？上次……"早已心知肚明的金云开大笑起来："你那点小动作，瞒得住我的眼啊？真是的！"金云开的包容之心便呈现了出来。彝、汉两家便如他们歌里所唱的一样："笛子和芦笙在一起，针儿和丝线在一起；太阳和光亮在一起，春天和温暖在一起……"故事里的人物，将爱与包容一代又一代地传承了下来，相互影响，相互促进，这应该是乌蒙山区各民族相生共存的写照，更是中华五千年来民族团结、共谋发展的艺术再现。

显然，这部小说虽是儿童题材，却在小题材中寓托了大题旨，民族小乐章奏响了时代主旋律。首先，作品融通了儿童天地与成人世界，融通了彝汉不同民族的小家和中华民族的大家，融通了龙头山村落与统一的多民族的中国。窥一斑而见全豹，龙头山地震牵动了全中国各族人的心，民族平等，人民和谐，国家统一都自然地显露出来、展示出来;民族进步,时代发展,地区巨变也都本真地融合其间。其次,彝汉儿童的相亲相爱,彝汉民族的互帮互助,两条线索平行发展、交错推进,虽悬疑迭出却曲折有致,虽童情稚拙却自然而然。整部作品口语化,使作品既适合儿童也适应成人阅读。

另一部长篇小说《岭上的阳光》,二〇一八年由浙江少年儿童出版社出版。作品书写当下正在中国大西南各个民族地区进行的脱贫扶贫工作的实际进展,抒写彝族乡村少年在扶贫工作队引领下开始过好日子的美好童年。小说是以乡村少年闰生一家的生活遭际来着笔,以闰生的角度、语气来描述的。小孩子不说假话,作品中的人与事令人感到真实、真切,而且也更能引起少儿读者的共鸣。这也正是这本书的价值、意义所在——把中华民族振兴与各少数民族的发展、进步实实在在地联系在一起,引导广大少年儿童关心国家大事,真正认识伟大祖国是一个统一的多民族国家,认识五十六个民族共同现代化的强盛的未来。社会主义核心价值观自然地寓托其中。

小说中的贫困乡村地处云南高原上的野猪岭,这里农民主要种植土豆。农民吉贵与儿子闰生发现野猪偷吃了刚种下的土豆种子。闰生带着剽悍勇猛的猎犬闪电,手拿刃锋闪亮的狩猎砍刀,随着足智多谋的爸爸上到岭上,与野猪一番搏斗;野猪逃了,他却悄悄地救下一头小野猪,抱回家精心养育,并起名"小王子"。野猪事件引起扶贫工作队的重视,队长眼镜叔叔、队员高黑瘦叔叔来到野猪岭,走进土豆地。他们看到闰生爸爸善于培植土豆园地,闰生妈妈巧于烹饪土豆美食,闰生则把家里土豆与自己上学捆绑一道。他们就与闰生一家探究野猪饲养、土豆种植和加工的种种问题。当阳光洒下金子般的光芒,洁白、淡紫的土豆花竞相绽放之时,闰生一家与野猪岭上的村村户户,都加入了生产营销土豆的合作社,创办了有关的公司,闰生也到城里上中学。而野猪与家猪混养的试验也取得成功。

这部作品是一部真正以人民为创作中心、描写当代乡村少年在脱贫攻坚工作中不畏艰难、有所作为的现实主义的少儿长篇小说,描绘了中国大西南边疆高原山地土豆种植、生猪养殖、助推农民脱贫致富的新山村画卷。作品所写既是人民生活中的重大题材,也正是与民族振兴、与实现中国梦紧密关联的现实题材。在岭上阳光的温暖中,在土豆花竞相绽放的美丽中,那扑面而来的浓郁的生活气息,以及闪现其间的乐观与幽默,都是吕翼在少数民族儿童文学创作中匍匐大地、深接地气的写作姿态,是他以少数民族儿童文学创作实现动人、动心的情感价值的美学追求的一再体现。作品真实、真切地反映当下少数民族儿童生活、思想和情感,接着地气,跃着童心,泅着童趣,溢着美感。它弹奏着昂扬的时代主旋律,高唱着亢奋的少年进行曲,旋成美妙的民族交响乐。无论对于小读者、大读者,都能催人向善、向上。

相比《疼痛的龙头山》,《岭上的阳光》更注重艺术手段的巧用、口头语言的锤炼、地域特色的渲染。作家所运用的语言与所写到的内容水乳交融、浑然一体;他所描绘的少数民族儿童生活,与所刻画的少数民族儿童性格光耀相符、光芒一致。作品所呈现的民族本土自然与所表达的新时代氛围交相渗透。儿童文学民族性就融于其中。如小说开头写:

> 夜最深沉的时候,瓦屋内黑乎乎的一片,……当然也有幸运的时候,透过瓦隙,眼睛能够看见外面闪烁的星星,皮肤能够感知到空气的潮湿,耳朵能够听见鸟叫与虫鸣。
>
> 现在,闰生最能感觉到的是自己的心跳。……闰生用手将心口紧紧摁住,身子缩得紧紧的,眼睛睁得大大的,耳朵竖得高高的,脚步踮得轻轻的。……走着走着,黑暗在不知不觉中隐退,脚下的道路越走越清晰。
>
> 眼前的山坡层层叠叠,绵延不绝。山梁之上,是一片又一片的耕地,耕地十分潮湿、松软,散发着泥土本来的香味。晨曦之中,雾气升腾,光影浮动,远的天与近的山,近的景与远的雾,构成一幅水墨般的画卷。
>
> 脚下这片土刚翻过不久,爸爸和妈妈夜以继日,刚种下土豆种……

作家所写"神秘行踪",其实就是写少年闰生的爸爸天不亮就起身去查看土豆下种后在地里的生长情况,却写得神秘兮兮、悬疑重重——爸爸摸黑,闰生跟踪,恰正适合儿童好奇好探究的审美意识和喜欢曲折喜欢猜测的性格;也正写了小小闰生关心土豆种植这个关乎乡人生存、关系到乡村发展的大事——小孩子有着大胸怀;又写了野猪岭这个家家种土豆的地方急需解决的屡屡被野猪偷吃土豆种、毁坏庄稼地的大问题——小脑筋想着大局。少年闰生抱回小野猪、实施野猪家猪混养,培育猪类新品种,保护猪种良性繁殖——小小年纪有着大作为。这一切引起了扶贫工作队的注意,也凸显了彝家新少年新的思想情感、新的风貌品性。作家的叙述风格真切、亲切,语言恰有一种童真的稚拙美,而且,由于浸渍了知识性,更有一种乡情的天然美。应该注意的是,作家还常常从民间谚语、俗语中采撷,使作品更具大众性、现实性。书名《岭上的阳光》和一些章节的标题如"交锋""伤心的土豆""不吃土豆心不安""土豆的品质",既来自现实生活又有象征性的意义。

(二)仡佬族作家肖勤的长篇儿童小说《外婆的月亮田》及其他

肖勤(1976—　),女,出生于贵州遵义。一九九七年四月加入中国共产党,七月毕业于贵州师范大学思想政治教育专业,学士学位。曾任贵州省湄潭县鱼泉镇宣传干事、县委组织部办公室副主任、兴隆镇副镇长副书记、湄潭县团委书记。二〇〇六年至二〇一一年为遵义市第三届人大代表。二〇一一年任湄潭县副县长,遵义市第四届政协委员,遵义市作家协会副主席。其间曾在北京鲁迅文学院第十二届中青年作家高研班学习,并为贵州省文学院签约作家。中国作家协会会员,中国少数民族作家学会会员、理事。贵州省第二届"德艺双馨"文艺工作者,贵州省宣传文化系统第三批"四个一批"人才,贵州省委、省政府授予其"贵州省民族团结进步模范个人"荣誉称号。二〇一七年任贵州省遵义市文学艺术界联合会党组书记,贵州省妇联副主席。二〇一九年十二月当选遵义市文学艺术界联合会主席。贵州省政协十二届常委。她的创作以农村题材为主,兼及儿童文学及成人文学,著有中篇小说《暖》《我叫玛丽莲》《潘朵拉》,短篇小说《霜晨月》《丹砂的味道》等。中篇小说《暖》在《十月》《小说选刊》发表,并在《新华文摘》选载。中短篇小说集《丹砂》获第十届全国少数民族文学创作骏马奖,并入选二〇一一年度《二十一世纪文学之星丛书》。二〇一八年,长篇幼儿小说《外婆的月亮田》由山东教育出版社出版。二〇一九年四月,中篇小说《去巴林找一棵树》获"中国李庄杯"第十五届十月文学奖。

长篇儿童小说《外婆的月亮田》,以作家故乡为背景,描写生长在高高白水台上、如今已经长大的仡佬儿童的童年。作家写道:

越来越多的人正在失去故乡。

因为都市繁华的灯火,让人看不见星空和月光。生长在钢筋混凝土之间的孩子,不知道桐花是一朵怎样的花,又是怎样绽放在春寒料峭的山野,不知道一棵竹笋是怎样从泥土间生长，长成一棵棵挺拔的翠竹，不知道仲夏深夜的秧苗会散发出香奈儿也调制不出的清香，不知道冬天走在树林里，踩在落叶与冰雪之间的脚步声，是那么寂静幽雅……

回不去的故乡，去不了的远方——这是我们这一代人的惆怅。

而我们的孩子根本就没有故乡。

唯愿这些带着遥远记忆的文字，能为我们的孩子、孩子的孩子，留下一个永不消逝的故乡。

显然，这本书里溢满了浓郁的仡佬山乡的淳朴、纯净的生活气息，寄寓着浓烈的仡佬长者的纯真、纯洁的生命希冀。

作品以六岁半小女孩小竹儿为主人公，书写故乡那"水蓝水蓝的一角天"，夜色中"跑着蓝水水的光"；书写"从桐花岭山脚到高高的白水台，一路上来层层叠叠"的"上千块望天水田"，其中有一块是"平时看不见""只有在打霜的明月夜才会出现"的"月亮田"，"它是月光娘娘藏在人间的宫殿"；写外婆自制的"麻糖香又香"和外婆挖到的"白生生、肥嘟嘟、蛮乎乎"的鲜嫩冬笋；写茶杯里珍贵无比的茶泡；写白水台的明月夜，霜满天，和那些伤感却又美丽的夜晚。

作家的高明在于：其一，对体现古老文明的"月亮田"作诗意的抒写。作家以"月亮田"为经，穿连起千百年间仡佬民族厚重而广博的文化历史，又以"月亮田"为纬，铺展了贵州高原仡佬人安宁祥和的生活画卷。以儿童视角插入了民族民间的神话传说，将民族山寨的梯田文化做有情有理、有趣有味的审美观照和诗化再现，赞美和讲述了高原之上与仡佬族相关的风土人情与动人故事；并巧妙地描述和呈现了仡佬人的自然之道和神圣信仰，从而构建自己独树一帜又极富民族特色的、似真似幻的儿童文学的审美境界与抒情风格。其二，对养成民族性格的风土人情作真切描绘。如在"蜜蜂和冬笋"这一节中写道："在白水台，冬笋是冬天最好的美味。"小竹儿和松针儿提了空竹篼，在宽大密集的林子里转来转去，还是个空竹篼，两个小孩子就去求小竹儿的外婆教一教，作者写道：

外婆拍拍手上的泥巴，慎重地说，教也可以，祖上有规矩，你们得先答应——拜过山神，进了竹林，一冬季只能挖三次冬笋，一次只能挖十根，一辈子都得依，不然，外婆不教。

松针儿点点头,老模老式地答,我晓得的,留得青山在,不怕没柴烧。

小竹儿妒忌地看着松针儿,狡猾地跟了句,是是是,我也晓得。

外婆开始教松针儿和小竹儿找冬笋——

外婆所说,最具体最明白地说出了人与自然相依相存、共生共荣的世间哲理。松针儿答得很是在理,也足见仡佬族人不仅敬待族人,也善待万物,因此,世世代代,生生不息。外婆指点,怎样通过分辨竹子根不同的生长状态来找到冬笋,又怎样拿锄头拗一拗,拣粗一些、干焦一些、深扎一些的,轻轻挖下去。听起来一点不难,这可是一代代人劳作的经验、寻觅的智慧所得。可见,这是一个勤劳、善良、聪明、朴实的民族,是一个崇奉自然、崇尚诚信、崇仰生活、崇拜祖先的民族。其三,对陶冶儿童情操的微妙细节作深情的刻画。如写那天晚饭时,外婆老是说:"来,小竹儿,尝尝你自己挖的冬笋。"作家又写道:

自己挖的——这句话多么让人兴奋和自豪啊,小竹儿小小的胸膛装满了甜蜜。以至于吃到最后,小竹儿宣布,从此,她要外婆教她种洋芋、种苞谷、种萝卜、摘豇豆、做酸菜……白水台所有的农活,她都要学会,她要自己种菜,自己做饭,自己炒菜,自己生火,因为小竹儿发现,只有自己亲自采摘和做出来的饭菜,才是天下最香的美味。

…………

煤油灯听到小竹儿的豪言壮语,调皮地跳了跳,嚓的一声,开出一朵橘红色的漂亮灯花。

白水台的夜,真好。

又比如"年夜的磕膝头",外婆说,过年三十的时候,一定要记得在十二点前洗完磕膝头,这样才能顿顿赶上人家吃饭。可是,小竹儿很讨厌洗磕膝头,除了卷毛线裤子很麻烦,还箍得小腿肚发麻发胀。作家又写道:

而且……而且外婆每次给小竹儿洗磕膝头,都要用那么多的水,那是外公很辛苦很辛苦挑上山来的水啊。小竹儿看着外婆慢腾腾地用葫芦瓢把灶台上烧得白茫茫雾腾腾的开水一勺勺盛到大木盆里,心里急死了。

够了。小竹儿叫。

不够。外婆哄,少了浇不透磕膝头。

小竹儿生气着嘟着嘴嚷嚷……

之所以能有生动的艺术效果,与作家善于提炼儿童口头语言分不开。作品中的儿童文学语言,既有地域方言的腔势腔调,族人用语的习惯习俗,又有儿童说话的情愫情韵,很天然,很灵动,很鲜活。我们常常说文学是语言的艺术,儿童文学更是这样。

之前,肖勤还写过反映社会问题的短篇乡土小说《暖》。十二岁的山寨小姑娘小等,爸妈外出打工了。后来爸爸酒后死去,妈妈没钱回来,奶奶患了重病,自己独撑着家庭。瘸腿的村小代课老师庆生因怕受到非议,不敢接受小等,以致奶奶去世后,小等在暴风雨的夜晚迷路了,触电了。作家所写,当然不止于一个山寨少女的悲惨遭遇,而是中国城镇化进程中面临的严重、残酷的思想束缚、社会风气等问题。这个作品曾被改编并拍摄成电视剧。

(三) 回族作家白山的长篇抗日小说《戴勋章的八公》

白山(1954—),女,回族名赛里麦,出生于云南腾冲,毕业于西北大学中文系,文学学士。她长期在云南省交通运输部门工作,曾任汽车保修工、中学教师、报社新闻记者及副总编等。秉承父辈事业的白山,一九七九年开始文学创作,作品约两百万字。一九八二年开始在省级文学期刊发表作品,当年获省级文学奖。一九九二年写出长篇纪实文学《血线——滇缅公路纪实》,是国内第一部全景式反映"中国抗战生命线"滇缅公路历史的纪实作品,被专家誉为"解读滇缅公路历史最具权威性的文本"。同年出版中短篇小说集《会唱歌的老屋》,这是一九九二年一月云南省作家协会为十名新时期崭露头角的青年作家出版"第一本书"中的一本。进入新世纪,创作、出版反映第二次世界大战期间滇西人民为滇缅公路而承受苦难、为国尽忠的长篇小说《冷月》;她花十年时间跟踪采写,写出现实重大题材长篇报告文学《大通道——云南建设中国连接东南亚南亚国际大通道纪实》。其间又陆续出版长篇儿童小说《戴勋章的八公》《猩猩语录》、长篇小说《好个霜天》等。曾获第五届全国少数民族文学创作骏马奖,第三、第四届云南文学艺术创作奖,云南文学艺术贡献奖,冰心儿童图书奖等。作家不媚俗不趋时的写作态度,对重大题材的准确把握、驾驭,对人物心灵的细腻开掘、展示,对云南滇西边地的苦难和求索所持有的深切关注、悲悯情怀,以及所呈现的浓郁的滇西特色和人文色彩,都在大小读者中引起共鸣。二〇〇六年,云南省委、省政府对云南近六十年各文艺领域代表人物进行评选、表彰,白山获"云南文学艺术贡献奖"。

长篇小说《戴勋章的八公》,正是写了白山家乡的人们全身心爱国、全力抗击日本帝国主义的故事。写熟知的生活,写敬仰的人们;其间又浸渍了她热爱民族、深爱乡土、挚爱少儿的真情,读来令人感动。作品写一个大名叫姜石头、小名叫八公的十六岁的云南山地少年,在民国二十六年的冬天,知道了日本人发动"七七事变",霸占东三省,横行大半个中国。这让他猛醒,让他想到一个边地少年应该承担的责任。他随即与学友杨道德一起投入抗日洪流之中——与云南各族人民一道,几个月内修筑出一条跨越崇山峻岭、直达仰光出海口的汽车路:滇缅路,以承运大量国际援华军用物资,打破日本侵略者的封锁。在工地上,八公虽小小年纪,却与从滇西各地汇集到这里修路的人们心连心。他敬重身有伤残的滇西老兵福举,福举出大力气干硬活,又懂得怎样干好活,他就处处追着福举、学着福举;他爱护才十二三岁的孩子四季,把染上瘴疠的四季从持续的高烧中救活过来;他一心想着四个月要修好这条路,面对洪水、泥石流不动摇,发动大家搞竞赛;他在工地上断粮的时候,动员家人献出仅有的粮食,坚持着渡过难关。八公的少年人生就这样与这条滇缅路连在了一起。工地上的男女老少说八公是个英雄。福举用手腕粗的树枝锯成一个薄薄的、里面有红的白的细纹年轮的圆片,用小刀削上一些狗牙边,上下各打一个眼,上面拴根草编细绳,下面挂三根狗尾巴草,就制成了一枚地道的勋章。工地"头儿"杜阿壮就把这只家乡人用家乡树木制成的勋章轻轻地戴在八公的胸前。

不可忽略的是,这部作品一直在写八公,却一直在强调:"我们云南人,云南各族人民,汉、回、白、彝、傣、景颇……我们要一条心,拧成一股绳,修出这条救国路,把娃娃们从日本人的刺刀下救出来……"一直在记述:"人,云南各族人民,更多的是滇西各族山地人,这些从不曾见识过'汽车'为何物的边地山民,他们像是一群又一群的蚂蚁,正以'救国'的名义,聚集在一起,干一件大事,一件也许要震惊世界、改变世界的大事!"作家通过一个巧妙的角度直接切入当时云南各族人的精神世界,呈现出滇西山民在国家存亡紧急关头的一种原生态般的淳朴和笃厚。作家朴朴实实地写着——

> 整个滇西,整个云南,都动起来了。那些深山老林间,村村寨寨,铓锣敲起来了,长号吹起来了,木鼓响起来了,火把烧起来了,烧成了红旺旺、亮闪闪的一片……
>
> 火把举处,有人举着只大喇叭,给乡亲们讲述抢筑滇缅路的意义,爱国如爱家,国家兴亡、匹夫有责……
>
> 修滇缅路,有钱出钱,没钱出力……
>
> 没钱的人家,两丁抽一,一丁准去,没丁的人家由妇孺顶替……
>
> 不一会儿,讲的人,还有听的人,搞完了"有钱"还是"没钱"这个事情,心里像是有一团火,被点燃了……
>
> 喝喝喝,走,修滇缅路去,去救国,去当一个有爱国心的"匹夫",将小日本鬼子赶下太平洋……该做什么做什么!

也许他们不是多么高尚、纯粹,但他们对国家有一种天然的深情,对侵略者怀着无比的仇恨,他们不顾自身生活的种种难处,只是真心真意地抗日,一心一意地筑路! 民族精神、时代精神都自然地融合在乡土精神之中。白山在将滇西山地山民融进中华民族抗日洪流的同时,也将中华民族全民抗日的伟大精神融入作品中。显然,在少数民族儿童文学的发展中,少数民族作家更能赋予乡土以现实和历史的厚度,他们不仅仅从地域的独一、民族的生息来写乡土,而且将一种特定的乡土书写变成了一种文化审视,并将作家对生命与生活、信仰与信念的思考寄寓其中。也因此,作家的乡土儿童文学创作的价值,绝不只是在于体现出了在全球化语境中进行乡土书写的独特性,更是在于作品中所展现的历史纵深感、博大的民族情怀所具有的深长的情味和深远的意义。

(四) 其他少数民族作家的乡土小说

自二十一世纪以来,改革开放日益深入,历史性与当代性交织,更成为乡土儿童小说发展中的一个亮点。

一直生活在内蒙古莫力达瓦达族自治旗的达斡尔族女作家映岚的中篇小说《童年里的童话》,除开头、结尾,连写十八节。从眼睛眯成一条线的古热大伯边讲故事边唱歌谣写起,写了达斡尔族人的迁徙、定居地的野兽和狐狸和家人;写了儿时唯一的伙伴、女孩达契找了婆家的忧郁;写了"我"的妈妈怎样种烟、弄烟、吸烟;又由此写到达斡尔族人的家园、猎鹰的传统、宰牛的习俗、春节的游戏,以及让星星看见了枕头会烂掉耳朵等吓唬小孩子的传说;还有树萨满救护"我"姥姥、昆米乐(柳蒿芽)姑娘普救众生的似真似幻的故事。作家还写了全村人在大柳树(神树)下求雨的场面,以及砍了神树的马二流子、打了狐狸的猎人干查遭到报应的事,也写了上小学时一起捉迷藏、摘野果,一起往小河里扎猛子的同伴黑姑娘救落水男孩而不幸病死的事。每一节都可以独立成篇,却又相互衔接,连缀成一代代达斡尔族儿童生活生长的自然环境、文化氛围,具体得令人触摸得到、体验得到,生动得让人心驰神往、沉溺其中。作家擅长运用儿童视角、通过童年记忆来反映时代变迁对少数民族儿童心理素质的影响,并由此写出达斡尔族人民族心理素质在新时代的新变化。

　　云南省藏族青年女作家永基卓玛的短篇小说《九眼天珠》,篇幅不长,却写了僻远土地上、闭塞小村里藏族人的往昔和现在,写了藏民族的习俗和秉性,写了藏族儿童的生活和情感,包蕴了藏民族历史的、社会的、乡土的内涵,深层地反映出一代藏族儿童的成长,反映出民族心理素质在历史进程中在一代代人身上的显现和变化。九眼天珠是一颗有九个白圈花纹、大拇指那么粗的黑石头,是奶奶珍藏着又赠予孙女达娃的"护身符"。奶奶告诫孩子:"不管做什么,天上总有九只眼睛在看着我们,所以不能做亏心事。"显然,这是藏族人信仰、观念的象征。作品巧妙地穿插了达娃放羊时遭几个大男孩欺负,第二天带了半岁藏獒咚那夺回牧场,以及奶奶为达娃讲述藏族传说与歌谣中的善恶故事、爷爷年轻时的英雄行为等情节,一遍遍表达奶奶的教导,一次次地使藏族人的精神品质具象化。

　　甘肃省裕固族青年作家苏柯静想的短篇小说《白骆驼》,以清新质朴的乡土叙述、神秘的历史和现实氛围,写一个裕固族少年苏柯尔在中华人民共和国建立初期的人生经历:拉骆驼,进闹市,遇盗贼,救白驼,识诡计,捉匪首,当干部。反映历史变迁中乡土生活的变化,折射社会变革中生活在乡土上的少数民族儿童命运的变化。

　　宁夏东乡族作家了一容的短篇小说《揭瓦》,从民族少年的视角,描写东乡族人自己动手、建设家园的民俗、民风,叙述全家干活、乐观和睦的亲情、真情,表现东乡族少年热爱乡土、热爱亲人的欢悦、欢乐。写得朴素、实在,却妙趣横生、童情盎然；鲜明地表现出少数民族儿童文学创作的鲜活就在于扎根民族生活的土壤。正因为如此，少数民族作家将笔触伸向留存的民俗，伸向现实的纵深，伸向原生态的少数民族村寨和家庭，从岁月沉积的乡土生活中开掘民族传统文化，展示民族新一代人在新时代中承扬传统、健康成长的历程。

内蒙古蒙古族作家阿云嘎的短篇小说《第九个牧户》，写二十世纪七十年代初"我"到一个偏远的放牧点去招生的事。九个牧户九个孩子，但只能录取三个。作家以似乎很平常的语调叙述着女队长乌德巴拉家宽敞的砖房和寡妇南斯勒玛家小小的旧毡包，叙述着乌德巴拉的颐指气使和南斯勒玛的穷苦凄凉，其间更凸现了南斯勒玛儿子小哈达的善良进取，天真可爱。作品中对母子俩见到招生老师时神态的刻画，对母亲为儿子买了最贵的书包而后又送给了即将外出上学的乌德巴拉女儿的神情的描绘，令人心灵震颤。那些曾经被回避被遮蔽的社会真相，在他的创作中得到一种历史真实的尊重与切近，历史感与现实感相交织，并因此丰富与深化了少数民族儿童文学作家在当代民族文化与乡土层面上的掘进与突破。

湖南省瑶族作家陈茂智的短篇小说《田野花开时》，在改革开放、民族地区的光景愈来愈好的现实中，把小姐弟之间的深情写得温馨之极。姐姐挑猪草，弟弟放了学去接；挑够猪草后姐姐背着竹筐拎着竹篮而不让瘦小的弟弟受累；姐姐挖最甜的野甘蔗、烤最香的鲜猪肉给弟弟吃；等等，都写得细腻而细致。生动的细节渲染出中南地区瑶族山村淳朴笃厚的风习、风气，小姐姐的勤劳、小弟弟的纯真，更烘托出长者厚道、小辈感恩、村人和睦相处的和谐氛围。小说以小弟弟"我"的眼光来看，以"我"第一人称的口吻来叙述。好的民族文化传统与新的现代生活气息相融合。民族性与儿童性浑然一体。

宁夏回族自治区回族青年女作家马金莲的短篇小说《柳叶哨》，写大西北穷乡僻壤里回族少男少女的生活变迁、命运遭际，写他们的善良心地、真挚情怀，写贫困少女梅梅的情感失落、无奈出嫁等，都真实而深刻地展现了回族少年的生存状态、生活状况，承继着传统的、如今心路历程，展示出那一年代宁夏回族自治区边远乡村的生活以及伴随着改革开放这一时代进程而出现的变化。

拉祜族女作家李梦薇的《扎拉木》，写爱爸妈、爱动物的拉祜儿童对盗猎者的憎恨与对动物的救助；蒙古族作家郭雪波的《琥珀色的弯月石》，写爱好人、爱生活的羌族儿童对爸爸的期盼与依恋。两者都是在写不同乡土上少数民族儿童心灵世界的作品。

民族文化在童心中的抒写,是这些乡土小说的共同特点,也更显示出少数民族儿童小说在少数民族儿童文学中的重要地位。近年少数民族儿童乡土小说创作中,似乎出现了现实主义传统与后现代文学时尚相互交织的状态。作家们在表现本民族儿童生活、情感时,都采用现实主义的描写;但在艺术方式上,不难发现一些现代派、后现代派文学影响的痕迹。再者,这些少数民族儿童小说似乎呈现出了某种交叉性和合成性。从作品内容看,这些少数民族儿童小说似乎表现出某种非情节化、非英雄化的趋向。不过,即使如此,我们感觉到的,仍是某些民族传统特质的渗透,比如对民族历史充满反思的追溯,对社会现实不无悲悯的关注,对新一代人及其生活既温情又超然的观照。作品中闪耀着温情的人性之光,显示出纯洁的童心之美。

四、校园、成长小说

(一)蒙古族作家韩静慧的长篇校园小说《M4 青春事》《一树幽兰花落尽》及其他

韩静慧(1964—),女,出生于内蒙古赤峰市喀喇沁旗锦山。毕业于内蒙古师范大学。曾任赤峰实验小学、中学高级教师、《孩子天地》编辑等。中国民主促进会会员,中国作家协会会员,内蒙古作家协会儿童文学专业委员会副主任。一九九〇年开始文学创作,主要写校园文学作品,已出版儿童长篇小说、小说集、童话等几十部。小说集《恐怖地带 101》获第七届全国少数民族文学骏马奖;散文《不肯安分守己的人(外一篇)》获首届冰心儿童文学新作奖;中篇小说《赛罕萨尔河边的女孩》获冰心儿童文学图书奖。长篇小说《为谁活着》、中篇小说《赛罕萨尔河边的女孩》,分别被改编为电影《父子战争》《毡匠的女儿》;教育童话《河马卡拉和他的一家》被列为优秀图画故事出版,多篇作品被收入《中华儿童文学作品精选》《中外精短故事》等文集。

长篇校园小说《M4 青春事》,二〇〇三年由作家出版社出版。作品从一个全新的角度切入蒙古族少年生活,力图探索民族传统文化对于早已在城市社会中与汉族同学朝夕相处的蒙古族少年的影响,以及在他们心灵上留下的痕迹;并在新的群体中去发现这一代有着优裕的家庭条件、受到良好的学校教育的本民族少年的不同性格——作家写了北方某城市一所收费高、条件好的私立学校里几个新入学的蒙古族、汉族富家子女的性格碰撞与思想变化。小说用当代少年中流行的词语来写,说班长韩林很帅,还有背景,"是蒙古族皇族后裔,挺拔的身材,高高的鼻子,漆黑的剑眉,妈妈是市税务局局长"。但他当班长不是靠长相和背景。他是一个爱憎分明、敢作敢为、很自信的男孩。无论是对老师评职称遭遇不公,还是有的孩子因家贫而辍学,他都要呐喊,要干预。他的正义感和新一代人的使命感,渗透着蒙古民族血液中那种豪爽、智慧、勇敢,有着新时代新生活的烙印,非常鲜活地显示出漫长岁月中蒙古民族在城市定居、接受现代文明、与汉民族和睦共处相互影响的历史流程和生活轨迹,也显现出祖国这个民族大家庭的生动内涵。作家还着力写了一个名叫卓子的蒙古族女生,她的刻苦努力、热情善良感动、感化着周围那些不上进、花钱不在乎的富家子弟。她遭车祸仍然乐观,遇火灾仍显坚强;不屈不挠、过五关斩六将当了班干;动脑子列证据说服了校长,大智大勇。令人感受到在她身上所蕴含的蒙古民族的坚韧、智慧、剽悍、勇猛的品性。我们也由此进一步感悟到,在刻画远离家乡走进城市的少数民族少年形象时,必须致力于表现其民族精神和气质。这是最难表现的一点,深刻地透示着新世纪新时代少数民族儿童文学的新的民族特色。

之后出版的"神秘女生"系列中篇(《咱不和女生斗气》《拯救懒女泡泡》《外国来的小女生》),又写了一个随父母来上海插班读书的蒙古族男生米来。他从塞外小城来到国际化大都市,受到同学的歧视和欺负,但他阳光、进取、善良、大度。他总是直来直去,忙里忙外,为同学、为班级服务,是一个高高大大、快快乐乐的蒙古族棒小伙。对于米来,祖辈传下来的民族文化是抹不去的,现代文明的影响又是必然的,而这一切体现在米来身上又都是实在的、生动的。比如女班长麦娜看不起他,但麦娜优秀上进,他能忍让;而蓝梦扭捏做作,说话甜腻腻的,他就看不惯。又如他对来自斯里兰卡的忧郁的小女生桑琪十分关照,对东北来的懒女泡泡也尽力帮助,不怕麻烦,不避嫌疑,等等。既写出了米来这样一个当代蒙古族少年形象,也写出了中华各民族大家庭的深层内涵,写出多民族的祖国现代化的美好前程。这样的作品,从振兴中华的大视角来观照少数民族儿童心理状态的新的变化和发展,关注少数民族儿童心灵的陶冶和铸炼,反映少数民族儿童生存其中的这个时代的本质;从民族性与儿童性的融合中,活泼地写出民族开放、民族共处、民族平等的新时代。

韩静慧的中篇系列《罗比这样长大》(《罗比这样长大》《父子较量》《不该知道的秘密》),三篇小说的故事主线都很简单,从书名就可看出大概。但,韩静慧着重写关键的情节、生动的细节,故事从罗比的无奈写到他的出走,将表现视角从城市延伸到草原,写了蒙古族、汉族儿童之间的相遇相识、交往交友;又从校园大事和家庭琐事的交织点,营造出一个个属于少儿的、穿越时空的文学空间;而每一文学空间的形成和发展都有其历史、现实、民族渊源。这就把似乎大家都熟悉的、原本线性的情节艺术化、陌生化。作品虽是"成长"系列,却有着浓浓的"问题小说"的味道。

韩静慧始终坚持写校园小说,又能紧跟时代、贴近当下。长篇小说《一树幽兰花落尽》二〇一二年由中国华侨出版社出版。改革开放以后、经济快速发展的年代里,草原上的蒙古族人来到城市办实业,小孩子也就进了城市里的学校。时代的变动,地域的变迁,生活的变化,理念的变革,使作品中的蒙古族女孩朵莱在都市的贵族化校园里、在与富家女生共住一室时遇到了一系列从未遇到过的事情。应该说,在新的时代,朵莱广人际,多交往,开眼界,长见识,经受现代文明的洗礼,接纳现代文化的熏陶,是大好事。但家庭环境的差别,学习目的的殊异,生活态度的不同,使朵莱有许多的不习惯、不适应。作者将日常的题材构筑成曲折的情节,反映着民族优秀传统的光大、民族心理素质的衍变;也折射出时代发展中民族地区经济结构、社会状态的剧变,社会转型中新一代人理想信念、情感素质的嬗变。显然,韩静慧书写的蒙古族少女离开故土、走进都市的故事显示着厚重的历史性,对作品所写历史时段的选择是一次突进。韩静慧一向执着于写当代,又由当代而抵近当下,写长期生活在僻远边地的少数民族少年们已经或即将走进都市的一段段"历史",并且自在自如地去把握、评判和表现这段演进着的历史。本来,写校园里少男少女间的争东争西、吵来吵去,很能够取悦读者,但韩静慧放弃了这一些,拂拭掉可供调侃的种种细节,坚定地走向历史性,把童心、人性置入现实中父辈权力、财富的暗中较量,并由此显示民族精神的圣洁和民族性格的坚韧。作品中所表现的这一历史时期,的确是民族史上从未有过的一个特殊时代,我们这个统一的多民族国家日益强盛,少数民族的落后面貌正在改变,世代贫穷的百姓逐渐富裕,这种历史性的巨变,让各民族的人们在喜悦中有些迷惑,在金钱面前灵魂裸露。作家捕捉到了一个比任何时代都具备戏剧性的历史时段,让少年原本纯净的心灵在拜金主义的潮流中经过浸没、浸泡,经受冲刷、冲击。是金子，就会照样明亮，而且更是光耀。作家生动地写出校园中不同民族不同家庭少男少女的生活、思想、情感，并由此辐射到社会的各个角落。作者思考、思辨重大的社会伦理和道德问题，深层地关注当下少数民族少年的精神境况，从而把她多年来对本民族少年从草原走进城市的思索继续往前推进。

应该特别注意的是，韩静慧关注、思索的，正是诸多少数民族少年的现实状态。她竟能以柔软的笔，在历史、现实的烟云中凿开生活潜藏的暗道，将乡村、牧区与城市打穿，拓展出一片前所未有的崭新视野，使校园生活的外延大大延伸。书中所描写的发生在校园里的不同民族少年之间的性格矛盾、心理冲突，带有鲜活的现实感和时代色彩，使人们从中读出了民族性格的现代发展。

（二）彝族作家吕翼的长篇革命历史小说《比天空更远》及其他

云南昭通的彝族作家吕翼近年致力于儿童文学创作，他以描述本民族儿童的成长为主，历史题材与现实题材兼及。二〇一九年秋，他的历史题材长篇儿童小说《比天空更远》由浙江少年儿童出版社出版。作品以凉山彝族从奴隶制社会直接进入到社会主义社会为历史背景，写一个十二三岁的彝族奴隶家的孩子觉格，和他的阿爸阿妈、和苦荞地寨子被压迫被剥削的乡亲们一道，经历了一场历史巨变——在共产党领导下，在革命形势急速发展中，阿爸早已前往金沙江的那一边，阿妈早已在深山岩洞里藏好了爷爷留下来的一支枪。在苦荞地，阿妈还在挨头人夫人的鞭打，觉格还在服头人家的劳役。在彝寨，只有黑彝世袭当头人，其余彝人都生活在黑暗的深渊之中。终于，解放军打过来了，阿爸回寨子来了，奴隶制被彻底废除。觉格，在社会变革、时代变动、历史变迁之中，整个身心都经历了斗争的锤炼、经受了革命的洗礼。在党的光芒照耀下，在党的政策关怀下，彝族少年觉格必将有全新的美好的未来。

这部小说共十七章，包括：岩洞里有枪、救下这只鹰、头人的女儿、毕摩的咒语、不速之客、不一样的人间、花母牛惹的祸、枪的来历、诺言不能改变、山外的天空、虎口逃生、女人的盛妆、捉鹰、贪吃的代价、骨肉相见、另一种生活、夷人的枪口。作品在实现儿童文学审美价值的同时体现了少数民族儿童文学深邃的美学意义：其一，注重从民族民间语言中提炼、汲取，以渲染特定地域、特定民族情愫、情思的美，使民族性与地域性、时代性、儿童性交相融合。如开头第一章写那个有枪的岩洞所在：

森林的深处有个岩洞。那个岩洞藏在起伏的山岭间一片密密的树林里。走出寨子,先是左拐三下,右拐三下,再是往谷底折三折,再又往峰顶转三转,总计要转十八个弯,要走十八个拐。如此反复,让人头晕目眩,不辨东西,就像进入了迷魂阵。

这样的地形,就算是山神木尔木色、地神舍舍阿朴,也未必能够搞清楚,更不用说常人了。

……它仿佛是觉格的另一个世界,深邃、幽暗,不可穷尽。觉格每进去一回,就觉得自己做了一个梦,神秘而又新奇。

其二,注重从东西方儿童文学艺术手段中借鉴、移用,以深化本地区、本民族风貌、风情的美,使民族性与思想性、艺术性、趣味性浑然一体。吕翼擅长运用象征手法,书名"比天空更远"就有着很浓的象征意味。书中"救鹰""藏鹰"及为小岩鹰取名"黑箭"、医疗翅伤、悉心喂养、郑重保护等情节,既包蕴着一种民族意识、一种文化意蕴,也呈现着一种民族信仰、一种图腾崇拜。其三,注重从民族传统文化、传统美德的内涵中承扬、光大,以彰显中华各民族人民心中的真诚、人性中的善良、人情中的美好,使人物性格在时代的发展中发展,使民族心理素质在社会的变动中变动,使统一的中华多民族大家庭在历史的进步中进步。如作品中写到刘伯承将军与果基头人歃血为盟的结拜情义,写到觉格阿爸曲木与夷山上的汉人娃子钟皓一起逃离寨子投奔红军,写到罗火头人的尔沙管家暗中袒护曲木、钟皓的出走,写到罗火头人女儿史薇帮助觉格上学读书并与觉格站在一边等,使作品在民族团结、平等的意蕴上更觉厚重,在民族觉醒、振兴的意义上更觉深刻。

作品结尾写得十分抒情,满怀希望,是现实的,又是象征的:

天空湛蓝,一望无边,一丝风也没有。有些云又白又薄,轻纱一样挂在天幕。有明媚的阳光照来,这鹰飞得越高,就越发感到温暖。

……自己的梦想,得靠自己来实现。比天空更远的路,要靠自己走。他扛起枪,跟在阿爹和保爹的队伍中间,小跑着,努力让自己不落后。

他攒着劲的脚掌,踢起了一阵阵尘土。

那个叫作史薇的头人女儿,噔噔噔地追了上来:"觉格,等等我,我们一起并肩走……"

应该提到的是,吕翼在二〇一六年为纪念红军长征胜利八十周年而写的革命历史题材长篇儿童小说《云在天那边》,与这部作品异曲同工。全书共三十七章,写的是一九三五年红军长征路过云南乌蒙大山时留下的一个个可歌可泣的故事——一个红妹的出生,一袋天麻的转送,都演绎了爱与痛、生与死的往事,撼人心弦,感人至深。

(三)藏族作家意西泽仁的中篇文化寻根小说《白云行动》

中篇文化寻根小说《白云行动》,作为《意西泽仁儿童小说选》的重点作品,于二〇〇四年年底由四川民族出版社出版(该选集共收入四部作品:《白云行动》《没有色彩的线条》《瞧,那还有两朵花》《珠玛》)。小说共七章:康定情歌、"白云行动"、跑马山上、雅拉沟里、拈香聚会、小巷深处、塔公草原,另有尾声。作家细心地描述十一岁藏族少年洛尔布与同学刘强、娜措,因《跑马溜溜的山上》这首歌的传唱使家乡康定为全世界人知道,觉得写这首歌的作者很了不起,就想着要找到这个作者,也就有了一次探究民族传统文化的"白云行动";反映出藏族少年对家乡、对祖国的热爱,对民族文化、民间传统的钟情,表现出一种天然的民族意识、民族情怀,一种生活在多民族的祖国大家庭里的深厚的自豪感、幸福感。

无论是在思想上、艺术上,《白云行动》都独具特色:其一,小说思想明朗,线索单纯,由一首民歌的传唱,去追索民歌作者的创作意向、探究民族文化的底蕴所在。层层递进,循循善诱,步步深入,渐渐揭底(自然形成三人小组——寻见登巴爷爷,寻找格桑阿婆,寻觅歌舞团周老师、研究历史的陈伯伯),令读者喜爱而手不释卷,欲罢不能。这是因为作家洞悉儿童心理,恰当地从古典名著、民间文学中借鉴、汲取,使作品处处悬疑、波折丛生而又处处光明、情意绵长,既深沉又活泼,严肃行动中充满了儿童情趣。其二,民族特色、地域特点都融化在细节的刻画和情节的发展之中,充分体现儿童小说的情感价值和潜移默化作用。三个少年一路跋山涉水、一路餐风饮露,一路按迹追踪,就把康定古城的风貌、藏族聚居地区的风光,以及藏族人安居乐业、能歌善舞的风采,具体地、生动地、鲜明地展示出来。三个少年中,两男一女,两个藏族、一个汉族。在他们探索民歌的形成、发展的历程中,藏族百姓和汉族专家们给予了巨大的帮助。其三,整个作品自然而然地插入了历史故事、民间传说,又别样有致地写出了藏族地区流传的各种山歌、民谣,如溜溜调、杨柳子调等,相当于梳理了《康定情歌》的曲调产生、歌词来源、传唱缘由;又把民族团结、文化传承等历史内蕴隐匿其中。更重要的是,作品反映了新一代藏汉族少年在新时代的健康成长,以及藏民族心理素质在新时代的新发展。可以看到,在宗教氛围十分浓郁的藏族地区,藏族新少年对民族传统依然尊重,但,眼界的开阔、知识的学习、思想的活跃,都使他们焕然一新——少年新则国家新、民族新,新的时代就在眼前。

(四) 毛南族作家孟学祥的少儿成长问题小说集《惊慌失措》

孟学祥(1964—),男,出生于贵州平塘。大学文化,鲁迅文学院第十七届高研班学员。中国作家协会会员,贵州省作家协会主席团委员,贵州省"四个一批"人才,现任贵州省黔南州文学艺术界联合会副主席。一九八八年开始文学创作,长期致力于农村底层写作,关注农村留守儿童的生存、生活、成长中的种种问题。作品曾获第九届全国少数民族文学创作骏马奖。少儿散文集《守望》二〇一三年由大众文艺出版社出版,小说集《惊慌失措》二〇一四年由团结出版社出版。他对少数民族儿童文学题材的开拓受到社会的广泛关注。

小说集《惊慌失措》,辑入中短篇小说十二篇:《中秋月圆》《大房子》《回家》《锅盖井》《曲折的山路》《唇亡齿寒》《石头》《绝牧》《名字》《眼睛》《惊慌失措》《饥荒岁月》。作品以各个不同时期的儿童生活为主线,再现了社会变迁和发展,既记述时代发展中少数民族儿童生活的多彩和丰富,也透现出对民族地区原始文明失落的感伤和无奈,有很强的时代感和社会责任感。

当下青壮年农民进城务工成热潮,留守儿童的生存境况和生活状态值得关注,开卷两篇《中秋月圆》《大房子》最具代表性。两篇作品情节都极单纯,《中秋月圆》,写中秋节学校放假,每人发两块月饼,回家过节。文慧、文樯没有吃月饼,留着带回去给爷爷、奶奶吃。两人回到家,爷爷、奶奶还都在地里干活,要不是孙儿放假回来,他们还不知道到了中秋——爷爷、奶奶一见到孙儿,首先想到的是没到周末怎么回家来了,是不是出什么事了?等知道是过节,就问文慧、文樯想吃什么,即刻到地里撸下刚刚成熟的新糯谷,杀了家养的鸡,做了孙女爱吃的倭瓜煨糯饭、孙子想吃的鸡汤炖菜豆。祭祀祖先之后,爷爷、奶奶把鸡腿分给文慧、文樯吃,文慧、文樯又一定要让爷爷、奶奶吃,吃了月饼,奶奶又忙着炒赏月时嗑的瓜子。吃完后爷爷又让他们回自家的楼房去睡觉，说第二天早上他套马车送他们回学校。《大房子》的结构更简单，写一个名叫刘君亮的十三岁乡村男孩，独自一人住在一座三层楼的大房子里。父母带着不满八岁的妹妹进城务工，说是要挣钱偿还造大楼房欠下的债。每到黑夜，黑暗和孤独，使他感到寂寞、恐怖。他整夜蜷缩在客厅大沙发里，开着电视；他用父母给的钱买了好吃的食品和影碟《喜羊羊和灰太狼》，让小伙伴来他这里玩；他随小伙伴到河畔野外去玩，但天黑了小伙伴们就由爷爷奶奶喊回家去，刘君亮还是一个人守着这座大房子。在日日夜夜的孤寂中，突然，一个晚上，距他家不远的马小五家自留地里的草垛着火了，村里人都来救火，十分热闹。第二天晚上，刘君亮拿着打火机走出家门，来到院子旁边自家堆草垛的地方。草垛燃起的火光映红了小村的天空，刘君亮趴在家里的窗台上睡着了，睡梦中，他不再感到孤单和害怕。两篇作品，作家都是在揭示农民工进城，在"空巢"中留守儿童的生活境况和由此产生的种种问题——主要是少年儿童成长问题。留守儿童缺乏父母的抚育、关爱、教导，会有怎样的后果？父母历尽辛苦挣钱造楼，却是造了一个个空巢，这是一种怎样的现象？作品都指向当下社会转型中不可忽视的社会问题，而这正是关系到后代的成长，关系到民族振兴、国家富强的大问题。作品既洇透着特定儿童的生活色彩，散发着一股特殊生活气息，又因反映少数民族儿童生活的现实，触及市场大潮冲击中民族地区社会的变动、观念的变迁、思想的变化，更显示出儿童文学民族性与当代性的深度融合，有着浓浓的儿童问题小说的味道。

孟学祥的小说，除了描写民族山寨儿童生活，写新时期新时代里，民族文化传统中"守旧"力量与"进取"精神的对峙、较量，也是一个重要的方面。作家写民族山寨里千百年来被大山挡住了目光、被悬崖封闭了心思、被沟壑隔断了思想的人们的"守旧"。可贵的是，无论是写人物情节，还是写山地自然，都透示着一种山里人对外面世界的好奇、对现代文明的向往、对科学知识的渴求。收在这本书里的《曲折的山路》，是这方面的代表作。

《曲折的山路》，写大山深处的十四岁少女云，用心读书，使劲干活，是个好学生。读到三年级时，班里却只剩了她一个女生。父母鼓励她，她也坚持着。终于在小学毕业时以高出录取分数线五十分的成绩被镇中学录取，成为山村里有史以来第一个女中学生。作品中那条曲折的山路，是云上学时必走的，是她掘猪菜时必走的，更是她到镇上读中学时要经过的。这是眼前的一处存在，也是心中的一个隐喻,是人生历程中的一种象征。这存在,这隐喻,这象征,本身就具有鲜明的地域性和民族性。有意味的是,在鲜明的地域性、民族性中,蕴含着深刻的思想性,优美的艺术性。

作品中写道:

> 小河淙淙的流水延伸着讲不完的故事,曲曲弯弯的山路缠绕着几代人的辛酸。路总也走不直,就像那流不完的河水一样,对这片土地一如既往地应付着。……渴望走出禁锢却又只能无可奈何地在大山的艰难和封闭中挣扎着。
>
> ....
>
> 山路就是这样,曲折地在一对朴实的父女脚下延伸着,从这头到那头,虽只是短短的一截,可它却牵连着一份感情、一份义务和一份看不见摸不着的希望和追求。
>
> ....
>
> 山路弯弯,弯弯山路。尽管山路充满着曲折,充满着无奈和艰险,但云从踏上山路走上学校的那一天起,就坚定了一个信念:要通过努力学习来改变脚下的山路,要用学到的知识来唤醒生养她的这片封闭的土地。

作家擅长对山路的描写,其他作品中,也常有这种深入的地域性民族性的表达。如在另一短篇小说《回家》中,写上学的张思雨、张思成姐弟俩,天黑前后翻过大山小山,穿过山道山谷,担惊受怕,气喘心慌,为的是回家看望生病的奶奶。作品只写了小孩子天黑走山路的难和苦,却写到了现代化进程中大山深处民族山村人们的生存状况和心理状态,写出了现代文明影响下民族新一代人对民族优秀文化传统的光大。鲜明地揭示出:淳朴、坚毅、奋发,在当下儿童身上的表现和体现;长期形成的民族文化焕发出新的时代精神。人们也由此领会到,社会主义核心价值观正是中华各民族传统美德的历史积淀和发展,是中华各民族文化理想的现代呈现和进步。作品中看似不经意的情节,恰正是民族文化积淀与现代文明发展的一种互动。民族文化传统的承扬,民族心理素质的发展,就在少数民族儿童主人公的风貌、气质中。作品凸显儿童文学的民族性,也体现出正能量。

可以看到，孟学祥继承、光大了"五四"时期冰心、茅盾等开创的"问题小说"的优良传统，使新世纪新时代中国少数民族儿童文学领域有所开拓，使儿童文学作品超越自身，贴近时代、贴近现实、贴近心灵，跟时代脉搏一起跳动，跟百姓心声相互呼应；也使现实主义精神在当下的儿童文学创作中有所弘扬、有所进步。孟学祥热爱本民族人民，扎根民族生活，洞悉本民族人民的文化心理，故能将真情、深情浸透在整部作品之中，将儿童文学的情感价值和美学意义发挥到极致，令人如临现场、深受感动。孟学祥虽然不是专门为儿童创作的作家，但爱与同情使他对留守儿童的心情、心思有深切的体验和体悟。作品中，真实的情节、真切的细节，以及儿童稚真的语言、稚拙的行为，都似乎令人看得到、摸得到、感觉得到，非常符合少年儿童的审美心理。

（五）土家族作家苦金的儿童教育问题中短篇小说集《明天在哪里》

苦金（1958—　），男，原名粟光华，出生于渝鄂湘黔交界处的重庆市黔江区。一九八〇年毕业于酉阳师范学校，一九八五年毕业于西南民族大学中文系。供职于重庆市黔江区文化局。二〇〇一年开始创作小说，为鲁迅文学院第十一届中青年作家高研班学员。短篇小说《哦，沉香木》《明天在哪里》《远寨》都曾引起反响并获奖。二十一世纪出版作品集《苦金小说选》《残树》《明天在哪里》，开始关注少数民族儿童失学问题并致力于这方面的儿童小说创作。

中短篇小说集《明天在哪里》辑入四个作品：《明天在哪里》《牛铃波娃奇遇记》《听夕阳》《雪夜》。其中，《明天在哪里》《听夕阳》，专门写山寨里土家族儿童的失学现状，表达儿童一心想上学的心声。前者写一个失学的土家族男孩六千娃，想要养鱼赚钱来上学。他随同村小伙伴波儿划一条破旧小船，想去小学校看鲢鱼养殖的影片，却偏偏遇着了暴风雨。平常的故事经作家的精心构思和着意渲染，变得惊心动魄、非同寻常；活脱脱写出两个一心要改变命运的土家族孩子的思想和情感。后者写土家族儿童钟二娃星期五天没亮、觉没醒时就被妈妈叫起来上山砍柴。因为天热，又误了上课，心里赌气，就有了岩阡上睡回笼觉、急忙中脚板滑出鞋底的曲折故事。当读者读到跛脚妈妈上山来找他，母子俩一前一后挑着柴看夕阳时；当读者感受到钟二娃为生活耽误上学，稚嫩的肩上担着沉重的责任时，都会为之动容。作家由此不仅揭示出民族地区最需要关注的儿童失学问题，也透示出民族地区现代化进程道远而任重。作品的民族特色也因渗透了时代特征、地域特点而更加丰富和充实。中篇小说《牛铃波娃奇遇记》，写牛铃波娃因父母沉迷于赌博、不顾他的生活和学习而出走。他要去外婆家，坐火车却弄错了方向。他在火车上为一个没钱的失学儿童肖三补了票，又答应帮肖三上学，接着去了肖三家。其间，被骗用所有的钱买了一条狗。后来，随肖三父亲到牛背岛去抓金钱兔，恰遇暴风雨；在肖三父子帮助下，他得以与父母联系上，回了家。作家敦促父母醒悟，又教导儿童懂事。故事曲折，却反映现实。《雪夜》写生活中的阴差阳错，使才情横溢的白领女性和她的聪明却桀骜不驯的儿子，与粗鲁多疑的乡村男人组成了家庭。在生活矛盾、性格冲突之中，人性的光辉逐渐点亮，童心的光明正在熠耀。作品中少年沙宝的倔强与至纯、上进与稚真，很是打动人。

显然，苦金的儿童小说因贴近社会现实、贴近民族实际、贴近儿童心灵，产生了良好的社会效果。作家善于把握儿童生活中的细节，善于描述教育中的普遍情形，善于凸显特定环境中的非常气氛，使平淡的叙述变得凝重，使平常的情节变得鲜活，使平易的境遇变得惊奇，更易引起儿童共鸣。

（六）其他少数民族作家的儿童成长小说

蒙古族作家额·察·力格登始终坚持用蒙古文为儿童创作。二〇一三年被译成汉文的长篇社会小说《"馒头"巴特尔历险记》（策·布仁巴雅尔译）由作家出版社出版。作品写一个会帮父母放牧却又顽皮淘气的牧区蒙古族儿童巴特尔，因爱吃、能吃馒头，得了"馒头"的绰号。他失学、外出、被骗、得救的经历，似乎没有新意，细细读后却能读出，这是同类题材小说中写得最具民族特色和儿童情趣、最复杂和真切的作品之一。作品的基本主题就是对草原牧人生活真实的残酷还原。虽然，社会现实被有意识地嵌入时间的幕后，在时间的帷幕上留下的只是辛苦、艰难、窘迫的境遇，作品却明显地写出了牧区蒙古族儿童的不幸命运绝非天生注定的。这就凸现了这一主题的形而上意义。小说实际上也不是简单的写实，而是对牧区岁月和儿童遭遇的感慨，犀利而又智慧地揭示出少数民族儿童问题，展望他们的未来。

有一类作品，则常用奇巧的结构、智巧的表述，正面、全面地书写少数民族儿童当下的生活、思想、情感，传播真善美，传递正能量。如维吾尔族青年女作家阿依努尔·多里坤的中篇小说《伊尔法的日记》。维吾尔儿童第一人称的使用，使小说显示出一种率性倾诉的味道。就使读者感同身受,与小说的主人公心灵相通,理解儿童们的内心,使小说变得如亲人书信一般,变成童心、爱心的诗性结晶,变为少数民族儿童成长史中的一个篇章。巧妙的是,作品看似局限于一个维吾尔儿童的诉说,但涉及家庭、学校和整个社会环境,牵连到民族文化和历史传统。民族性、地域性中蕴含着极大丰富性。作品中写到在爷爷墓地撒麦穗儿的民族风习,写到瞻仰本民族伟大人物陵墓和听大人讲有关的传说故事,写到民族礼节的生动、民族情谊的厚重、民族团结的和谐等,都真实地表达出中华民族大家庭中不同民族生活的温馨气息和纯粹感觉。

上海回族女作家郑春华,二十一世纪初出版儿童成长系列小说《奇妙学校》,共十本,每本两万字左右。包括:《玻璃丝小马》《爸爸的梦想》《大龙和龙大》《挂满孩子的"树"》《光头校长》《蝴蝶结发卡》《三国女孩》《最爱足球》《小不点的大行动》《我们都是肌肉男》。作家长年居住在大都市,写的是都市儿童的生活。这对于居住在乡野林地、沙漠草原的广大的少数民族儿童来说,恰会因陌生而感到新鲜,因距离遥远而心驰神往,起到开阔视野的导引作用。作品颇具特色和新意:其一,作品从童情童趣切入,无论是写校长家长、男生女生、高年级低年级、中国儿童外国儿童,还是课内课外、大行动小活动,都写得真挚真切、奇特奇妙,与小读者心心相通。其二,作品从童心童思着眼,把儿童盼望进入小学、希望快快长大,希望做个让父母满意的好孩子、希望做个被校长和老师夸奖又被同学喜欢的好学生的内心世界写得惟妙惟肖、活灵活现,使小读者被感染、感动。其三,作品从童言童语出发,把活在儿童口头上的自然简单、朴素明白的语言予以提炼,每一个比喻都是小孩子能够联想到的,每一处描写都是小孩子已经体验到的,每一种表现都是小孩子可以感受到的,每一点展示都是小孩子用心想象到的,这就写得灵活、鲜明,能够拨动小读者的心灵琴弦。

这一类短篇小说,大都是写儿童校内校外的日常生活和寻常日子;短而精,注重作品构思的独特和表现的深度,在看似最普通不过的儿童生活里,显示出少数民族作家的锐利和锋芒,显示出不同民族作家的艺术个性。如哈尼族作家朗确的《永远的恋歌》,写住在山寨的哈尼儿童"他",一心想读书,阿爸、阿妈却让他在家里领阿妹、上山砍烧柴找猪草,多亏那位汉族女教师关心他,他奶奶也开通、善良,他才得以上学。上了学他的学习成绩是班级前三名,还戴上了红领巾。作品不仅写出哈尼儿童求知上进的生活和思想,还写了新的时代潮流对哈尼人传统观念的冲击,写了教育普及、民族团结话题。瑶族作家陶永灿的《陀螺转溜溜》,写村寨里的两个男孩,一个是村子里有名的陀螺王的后代树生,一个是一心想当陀螺王的大勇。大勇准备了最好的鞭子仍不能打败树生,就偷砍了树生家那棵最大的茶子树,做了一个大陀螺。当他终于在大塘冰面上得胜时,冰裂了,人掉进了塘里。围观的孩子一下子散了,树生用打陀螺的鞭子把他拉上冰面。作品篇幅不长,却颇有深度,让人们触摸到了似曾经历却未曾注意的人性的隐蔽处,以及被濡染、被遮挡的童心的背面。在满含稚气的叙述中,不露痕迹地显示出作家对少数民族儿童生活的洞察力。

其他如蒙古族作家乌云毕力格的《选班长》、回族作家马笑泉的《泪珠滚动的鲜花》、回族李栋林的《生意》,对儿童的描写都不过是寥寥几笔,看似漫不经心、平常抒写,却在细微的描述中,透示着童心的无邪与扭曲,透露着对儿童的生存陷于物化困境的忧虑。马笑泉的短篇小说《清真明月》,写爱上学的回族儿童对汉族老师的敬爱与宽容。拉祜族女作家李梦薇的《扎拉木》,写爱爸妈、爱动物的拉祜儿童对盗猎者的憎恨与对动物的救助;蒙古族作家郭雪波的《琥珀色的弯月石》,写爱好人、爱生活的羌族儿童对爸爸的期盼与依恋;侗族作家杨仕芳的《我们的世界》,写两个侗族儿童喜爱画画很好的女老师,爱雨停后会哭泣的桃树的率真与简单……都是在写实中有隐喻性的作品,作家关心的都是少数民族儿童的内心世界。水族作家潘会的《滚烫的红薯》、瑶族作家冯昱的《栖息在树梢上的女孩》,都用一些常常被人忽略的细节描写本民族中常常被人忽视的幼童(女童),并由此显现出当代少数民族作家直面现实的批判精神和自觉的社会责任感,也显示出少数民族儿童文学独特的情感价值和社会价值。藏族作家班丹的短篇小说《泉心》,写"我"在泉边提水时遇到的一个七八岁的藏族小女孩嘎嘎。嘎嘎坐在泉边石头上,静静地望着天边的云朵、雪峰,脚边放着容量达十公斤的塑料桶。"我"来到嘎嘎家里才知道,嘎嘎阿爸三年前朝圣不见回来,阿妈有病躺在床上。而在地震中,阿妈也没了。作家书写着西南边疆藏族儿童的现实生活,作品中蕴含着爱与同情,更包含着拷问。

另有一类短篇小说,关注当前少儿成长中的某种社会问题,如维吾尔族作家艾贝保·热合曼的《出远门的少年》、朝鲜族作家梁永哲的《小男孩与青龙大刀》。前者写少年穆合塔尔进县城与父亲走散后被拐骗的遭遇;后者写一个为寻找父亲并为父"报仇"而离家出走、流浪的男孩。作品写得真诚、投入,隐含着忧伤和愤懑，显示出另一种视角下少数民族少年的生活图景。这是少数民族作家对儿童成长主题的一种开掘，他们切入的仍是儿童文学创作总也离不开的家庭、学校、社会的领域。

值得注意的是，有一些少数民族儿童小说，并不是作家一时间写成的，但他们在创作中始终秉承现实主义的精神，心存爱意，同情弱小，关怀少数民族儿童的生存境遇，关注灵魂的深层状态。因此，就能时时写出少数民族儿童天地里的现实故事，并用理想之光照亮黯淡的生活场景，还由此反映出一段历史、一个时代，表现出民族心理状态的变化和发展。如二〇〇六年湖南少年儿童出版社出版的苗族作家贺晓彤的《永远的蓓蕾》，集中除了作家在改革开放初期写出的《新伙伴》《美丽的丑小丫》，还收入九个短篇：《叶绿素夹心糖》《灿灿的担忧》《上帝的儿子》《稀奇古怪的大人》《永远的蓓蕾》《雪地上，站着一个小女孩》《小宇和他的小白猫》《樟树下的小乐园》《爸爸妈妈，祝你们幸福》。还如二〇一二年宁夏人民出版社出版的回族作家马金莲的《碎媳妇》等。这些作品，因作家们多视角书写民族少儿的生活和心灵，既写出现实社会中的酸甜苦辣，更显出少儿的淳朴纯真、正直正气，使民族气质与时代气息、地域气韵与儿童气场融合一体。

显然，民族文化在校园、成长小说中也表现为一种民族情感。可以看到，自二十一世纪以来，少数民族作家写得好的校园小说，无论写什么，也无论怎么写，几乎都能够多侧面地反映出某一少数民族儿童对于笼罩着当下社会的诸多现象、思潮的感觉和情绪，由此也显现出这些作品的多样性、丰富性。

五、幻想、奇异小说

（一）回族作家白山的长篇奇幻小说《猩猩语录》

回族女作家白山的长篇小说《猩猩语录》，虽然幻得出奇、奇得出格，却能够很好地反映现实，反映深刻的命题。在作家看来，奇得荒诞，幻得荒唐，正是跟现实保持紧密联系的一种极妙的艺术方式。在奇幻中，往往能够更加凸显现实生活中令人纠结的尖锐问题，从而使这种作品具有了独特的意义。

《猩猩语录》的主人公是一只健壮的、有着丰富生存经验、还会思考问题的黑猩猩。它的名字叫郝星星。它自认为幽默风趣、敏感有智慧，还个性鲜明、热情好学习；又自以为对所有新事物都保持着好奇心，对眼前新生活都坚持着个人见解。最为重要的是,郝星星是本市第一位参与"与人类握手"的生态试验,对人类和他们所创造的文明,包括他们的生存方式、生活现状进行了亲身体验的动物。在这本书里,郝星星一一讲述它是怎么"与人类握手"的,以及它对人类的看法和对这次"握手"的看法。它一开始就说:"这家中心的名称让我很感兴趣,是的,它叫'与人类握手',而不是'与动物握手',他们这是想表达一种立场吗?像这样站在动物的立场说话,他们能否表达动物的意愿?"之后,就说到了它的名字:"'郝星星'——不错吧?……它的发音似乎与'黑猩猩'相近,却又精明地避开了那个反犬旁。让动物顶着一个反犬旁,这就是人类的主意。人类分明也是动物,可他们总是用这样的方式,在自己与动物之间画出一道鸿沟。"又说到人类的文明,"精神是个不错的东西,它与电一样,看不到,摸不着,但它也与电一样,一出场就统治着这个世界,并让世界改变了面貌。我算是服了这个名叫'精神'的东西了。"然后,它就逐步说到了它与人们的接触、亲近,说到了它学会阅读、思考。它引用专家的话来表述自己的见解:"专家们说,'与人类握手'不是要动物向人类学习,也不是要动物彻底地改变自己,这个试验的目的,应该是为了找到一个凭证,证明动物的生存方式应该受到人类的尊重,而人类也该对自己的生存方式进行反思。"就这样,作家让一只猩猩来讲述人的生活,评述人的言行,那是怎样的一种奇幻啊! 更为吸引人的是,书中奇怪、奇特的幻想境界,是在挪开层层屏蔽、拨开重重疑雾、打开个个谜团之中,不断地延伸、深入、展示的。当我们读到大学生物系二年级女生叶小素,代表一个名叫"与人类握手"的生态研究中心,到动物园领养了一只六岁的小猩猩,并让它入住省城某小区某栋某单元,接受人类文明的熏陶时,会有怎样的平中出奇、引人入胜的感觉;在读到郝星星与单元里的人们——油画家郝大路、植物学博士苏文岚、回国投资的庄老先生、热心做事的秦奶奶、勤俭好学的小学生李南南和他的坚强固执的妈妈,从认识到了解到投合时,又会有怎样的惊诧与深思;而读到郝星星参与的"与人类握手"的生态试验即将结束,那个单元变成了一个积极向上的大家庭时,又是怎样的一种美妙神奇、激人大悟。

可以看出,作品既源于当下中国的现实生活,又承扬了中国历代的传奇文学传统,并对拉美魔幻现实主义创作方法有所借鉴。而最重要、最关键的一点,是少数民族作家对幻想艺术的创造性运用。作品中,白山通过夸张、比拟、暗示、象征等手法,叙述和描画郝星星进入人类社区的生活实际和生活变化,追求极致,使郝星星所经历的稀奇古怪、光怪陆离的一切,都像真实情况下的生活一样活脱、一样生动,而且,更觉典型,更富情感色彩,也就更具一种无可比拟的艺术魅力。

显然,这是白山在新世纪的一次精心的艺术创造。理想的情怀,浪漫的精神,幽邃的意境,深奥的内涵,在奇幻至极的悠长的故事里,纵横交错,交相辉映,使"猩猩语录"有了质感,有一种大气派、大气势,有一种很强的思想价值、审美价值。这是幻想艺术所造就的奇幻世界至善至美的审美情景,也是升华了的奇幻小说语境的至境。这是新世纪少数民族儿童文学中不应缺少的思维方式和创作意识。

值得注意的是,白山这本书的语言也带着一种既现实又奇幻的味道。在"书也可以成为猩猩的朋友"这一章中,作家写道:

> 掌握了文字,再学会了使用《辞海》,这就掌握了两把向人类文明进军的金钥匙。
>
> …………
>
> 不知为什么,书总是选择了一种屹立的状态——它屹立在书柜里,那书柜也屹立着。
>
> 当你打开书的时候,就和人类文化的精华撞了个满怀,你还没搞清是怎么一回事,就被书里的知识俘虏了。

这样一种平易却又深奥的语言表述,开拓了儿童文学语言的新境界,别具一种风格,也是作家对少数民族儿童文学创作的一点贡献。

(二)彝族作家普飞的长篇异想小说《灵魂鸟》

云南省彝族作家普飞的儿童文学创作是多方面的——题材多方面,艺术方式多方面,读者年龄段多方面。二〇一八年由晨光出版社出版的长篇异想小说《灵魂鸟》是历史题材,也是将异想寓托于社会现实又自然融合其中的作品。作品写早年间,彝族少年大苏一家,爸妈忙于种地,两个妹妹,一个被狼叼走,一个死于麻疹;庄禾也常遭洪水冲毁、鸟兽啄啃。一家三口便挑着锅罐衣被、刀斧镰锄,离开了棚租寨。一路辛苦,过了嶍峨县城,又过了几个彝族村寨,到了路脚寨，住进了寨子的碓房，认识了彝族女孩龚桃珍一家。彝人好客助人，大苏一家便在这里盖房住下来，又与大家一起挑脚背脚过日子。在此期间也就有了大苏逮蛇、煮蛇肉、炖蛇汤的事；有了化念赶街、得知老鲁关大庙菩萨传说的见闻，有了土匪抢马帮、马帮藏银圆、大苏捡回家的细节；有了大苏学弹棉絮、学打铁的经历。之后，大苏因误杀爸爸而入狱、逃走，投奔红军；大苏当了红军，在帮老人取水途中，为救溺水孩子而身亡。多年后，大苏的灵魂变成一只白鸽，沿着他走过的路，飞到他们一家居住过的棚租寨，看见人们已经种稻谷和杂粮，没有人再种罂粟。这只灵魂鸟又经过嶍峨改名峨山的地方，再飞到路脚寨，看见妹妹龚桃珍正帮助他妈妈打柴、种地。几年后再来，看见这里已经有了公路，人们不再当脚工了；看见这里飘扬着五星红旗，变成了一个好地方。之后，每隔几年，灵魂鸟白鸽都会来峨山县上空飞呀、绕呀，看见公路一边又多了一条宽阔的高速公路。又过了多年，看见火车从这个山洞里钻出来，又钻进那个山洞去；看见村寨人烧饭不再烧柴，烧的是昆明输送来的天然气。作家在结尾写道：

> 大苏的灵魂鸟明白了：美丽的地方并不限定在哪个地方，只要在中国共产党领导下，到处都会变成好地方。

短短一句话，看似直白直露，而正是大人小孩口头上的言语，表达众人心声才自然而然。应该说，大众化与儿童化相一致，正是这部小说的独特所在。

这部长篇小说的独特还在于：其一，作家细致描述大苏一家无奈迁徙、长途跋涉，终于落脚于彝人聚居地路脚寨，在此耕种耕作、挑脚背脚过日子的艰苦、艰辛的经历，具体、曲折地展示了彝族人的生存艰难，以及他们迎难奋进、无畏奋发的民族性格；生动、形象地展现了彝民族自力更生、以善为美的民族心理素质；清晰、鲜明地展露了彝族汉族互帮互助、并进并存的中华大家庭中各民族自强不息的民族精神。可以说，这是一部专门写给儿童的彝族发展史。其二，作家一直在写实，虽然时常插入少年梦境、民间传说、地方故事、官衙逸闻，但整部作品是反映当时社会现实的。而大苏牺牲、灵魂永恒，变成一只灵魂鸟的幻想情节却极简单，只是作品结尾时的一笔，却被用作书名，作为全书的灵魂。作家以简驭繁，以彝族少年思想提升、践行为民的灵魂光辉照耀全书，以党的思想光芒照亮现实；以异想的奇幻之光映照实在的彝族之路。寓现实于奇幻，也使这部历史小说的民族性、地域性变得出色、出奇。其三,作家在对彝族少年大苏生活历程的描述中,不仅十分巧妙地概括了彝族的历史发展,而且,非常自如地描绘了彝族聚居区的风光习俗、风景物产、风土人情,也就很自然地写出了彝族人民族心理状态的养成。如:

> 这座山叫猴子山,山顶略为平坦,……除了种杂粮就靠编篾具出售挣钱买稻米,……大苏一进入大法克地界,首先看见的便是成片的金竹林,沿着金竹林边的山道,走到寨口,看见的是几棵香椿树、核桃树、果松树,经过这些高大的乔木树脚,才是户户都在后三间土房顶上加一层草楼的寨子……
>
> 山头的阳光到来得更早,有的男人已经把昨天就砍好的金竹搬到屋子外面的场地上来,坐在叠起的两个草墩上,一条大腿上铺着皮垫,一手捏着搭在皮垫上的竹子,一手拿着篾刀,开始劈篾了。……吃了晚饭以后,天快黑了,做其他活计的妻子和儿女们不再外出了,全家人就用白天劈好的篾筋开始编织箩筐、背篓、提篮等器具。

普飞还善于从民族民间文学中借鉴、汲取。如第三节中,写大苏爸爸像贝马(男性巫师)吟诵彝文经书一样哼唱出自己的坎坷经历;第十五节中,运用民间传说来诠释老鲁关大庙里两个大金刚菩萨用缰绳牵住两匹正欲狂奔的骏马塑像的由来;等等。既使创作中的艺术手段更加丰富多样,又使作品接地气,旺人气,更加有情趣、有滋味。

(三)其他少数民族作家的幻想、奇异小说

有一些少数民族作家的少儿奇幻小说,更多的是受到民族民间魔幻、魔怪文学的影响,汲取素材,借用手法,但不落窠臼,在善恶分明的传统内容中,绝无一点点概念化、程式化的影子,倒是可以更清晰地看到新一代少儿的生活状态,可以更清楚地看出新一代少儿身上所体现的民族心理素质的新的变化和发展;梦想、幻想、理想交相融合,感性、知性、理性浑然一体。愈奇幻愈真切,推陈出新,幻中更新。

满族作家王立春于二〇一一年出版的《葵花公主与黑寡妇》《葵花公主与草原白狼》,是两部写内蒙古草原生态的长篇奇幻小说。两部小说叙事情节中心的主人公葵花公主——草原上蒙古族女孩宝伦,以及她的友人草原白狼、她的敌人黑蜘蛛,都有超凡的神奇本事。一个是科尔沁大草原腹地珠日河草原葵花王国的第十二代葵花公主,一个是浑身雪白的草原狼王的后代小赤那,另一个则是与日轮花一起吃人吃牲畜的、阴险的黑蜘蛛。宝伦与天上太阳、与草原万物、与老师同学及与黑蜘蛛变成的各样人物,构成了一个包括草原、森林、城市、乡村,古老而现代、曲折又离奇、惊险还有趣的完整故事。作品中的人与事,都是起于现实动机,但按作家的幻想需要设置,使直接的草原生态、当下的现实世态与往昔的神话传说一同虚幻化、主观化,于是便写出了一个出自幻想中的化实为虚的魔幻世界。在这个魔幻世界里,以双方的"寻找"与"遇到"为契机,使事态扩展,故事叠加,成为环环相套的结构,使真与幻达到有机的统一。比如,作家写美丽的珠日河草原上的一大片花海,各色各样的花朵簇拥着一棵高大的、被太阳光镀上了金光的向日葵的情景;写校园的花坛里所有的花都伸出头来看"我"、所有的草都向"我"鞠躬行礼,以及草一高兴绿得特茂盛、花一高兴开得特鲜艳的情态;写草原狼群呼唤小赤那的这一年,"我"忽然就会唱蒙古长调了,歌声起于狼嗥,教唱的启蒙老师是狼的情形;似很平常,却很奇异。作品中的蒙古族女孩男孩形象及黑蜘蛛的变幻形象,象征性与世俗性兼具,既包含着儿童文学固有的道德内涵,也呈现着浓烈的地域文化色彩,散发着浓郁的民族生活气息。而情节发展中因节外生枝、枝丫交错而形成的奇怪、奇诡的美,更有一种巨大的吸引力。

满族作家吴岩一直坚持科学幻想小说创作。二〇〇五年年初,他的科幻短篇小说集《出埃及记》由广西师范大学出版社出版。近十万字,收入二十篇作品。多数作品采取青少年视角,或直接以青少年为主人公,或以"鼠标垫"切入,以某种奇妙的方式去呈现人与人、人与智能机器之间的沟通(《鼠标垫》);或超越传统的时空观,走进秘密时间通道,从一九九四年跨进二〇五八年(《秘密时间之路》);或通过去过地球中心的少年主人公的行动,去探索:金字塔是接受宇宙信息光线和进行折返的标识?万里长城是外太空飞行器降落时的齿轮状滑轨(《换岗》)?或描绘只有少年亚西才能拯救埃及星球上备受奴役的卷毛人的命运(《出埃及记》)……作家以科学知识为依据,以美的享受和奇妙的想象引导青少年读者去认识世界、探索未来。可贵的是,作家不仅着重于作品中神奇瑰丽的科幻构思,而且分外注重紧张生动的情节铺陈、明快凝练的语言运用、细腻亲切的心理描写,使作品留给少年读者以深长的艺术回味和深邃的智慧空间。

蒙古族作家力格登的一些短篇小说与白山的长篇有异曲同工之妙。如《人》，以一只小牛犊的角度看人，看人的模样，看人对牛的爱抚与亲近，并传递出因人对牛的饲养、照料而感激、感恩。可是，到了寒冷的冬天，小牛犊却看到，房子东面原来铺着狼皮的地方铺着它额吉（妈妈）的皮，在旁边的一块石板上，放着它额吉的头。它看到人在擦拭那个马兰叶片似的殷红物件。小牛犊，是蒙古族儿童最亲近的动物之一。小说中描写小牛犊单纯、快乐的心情和平常的所见所闻，可感可信，却奇智奇巧，似是而非，似非而是，不似又是，是又非似，物象非凡，有一种非奇幻文学不可及的美学意义。

这一类短篇奇幻小说中，哈萨克族作家合尔巴克·努尔阿肯的《灵羊》（阿依努尔·毛吾力提译）也颇具代表性。作品写一个曾因杀害岩羊而致右眼外翻的老猎人，再三阻拦小儿子叶热篯克带着他的另一个孙子赛力克去捕杀岩羊，叶热篯克不听。他射杀了母岩羊，却在天地与小岩羊共同哭泣中，在雨水倾泻中的一次次瞄准中，失去了知觉。他竟射杀了自己的侄子，也使自己口鼻歪斜，挪不动半步。看似神奇的灵异感应，却洋溢着新的时代气息。叶热篯克的遭遇，是哈萨克人心中认定的一种报应，也正是生态意识的一种觉醒。

彝族女作家黄玲的短篇幻想小说组合又是一种写法。四个短篇：《杜鹃啼血》《鹤之舞》《香水百合的梦》《奇妙的"烟盒舞"》，都使奇丽的幻想渗透眼前的真实，使幻境变成实景；在又幻又真的描写中，一切都似乎已经发生了、存在了；在人们信以为真的同时，作品就实现了它的情感价值。如《杜鹃啼血》，写猎人开枪打死了雄杜鹃，雌杜鹃哀婉地叫着、急速地飞来，又幻变为一个女人，向猎人索要了装着雄杜鹃尸体的盒子。猎人之后看到的，恰是纸盒盖被风吹开，雄杜鹃身旁依偎着一只嘴角挂着殷红血珠的雌杜鹃。《鹤之舞》写乡下女孩秀，热爱高雅美丽的黑颈鹤。哥哥开枪打伤了一只小雌鹤，说是卖了钱给秀买裙子、让秀上学。但是，秀不稀罕。受伤的小雌鹤变成一个与秀年龄相仿、白净秀气、围着黑围脖的姑娘，秀尽全力救治她。后来，鹤女让秀穿上一件神奇的羽衣，秀就像鹤一样，飞到天上了。《香水百合的梦》写一个勤奋善良、进城开花店的乡下小伙子阿栗，他悉心培育的一枝香水百合，日渐憔悴，却因阿栗心中流出的泪滴在她身上，变成了一个白衣白裙、浑身香气的百合姑娘。自此，阿栗花店溢满了香气。以上这些都可以看出作家对民族民间文学的继承、弘扬，以似真似实的幻想艺术手段，使古老的民间传说与新时代的民族生活融合一体，使民族传统美德有了新的内涵，使民族民间故事有了新的形式。

其他，如布依族作家梦亦非的《布布和他的寨》、瑶族冯昱的《拔草的女孩》，作家的艺术构思，作品的情节发展，也明显地烙印着民族民间文学的痕迹。前者写布依族山寨里十二岁男孩布布与七岁女孩小麦丫一起造无穷无尽高的芭茅秆棒棒梯、小麦丫与小狗一同升天的故事；写布布在魔蕨丛中迷路、小麦丫带布布走进奇异森林的故事；写布布在月明的夜晚坐进一段枯枫香树里划向银河的故事；构筑了一个极独特、极奇异的表现特定少数民族儿童生活、情感的艺术空间。艺术的陌生感与思想的深邃感兼具。后者写一个勤劳、勤俭却又命苦、命短的女孩亚莲，因她喜欢拔草而写到了班主任周老师，因她是为别人家拔草而写到了有钱人刘胜富，从而在奇特的幻想空间里展示出广阔无限的现实。艺术的生动性与思想的深刻性兼具。两篇作品中，极度夸张与非凡表达，构成了奇幻儿童文学特有的神秘氛围和神奇魅力。应该说，这是两位作家的精湛的艺术创造，是儿童幻想、奇异小说创作中的一次次新的探索。

六、新创、原创小说

（一）《中国少数民族儿童文学原创书系》（第一辑）

《中国少数民族儿童文学原创书系》，包括二十一世纪新创、原创的南北方少数民族儿童文学作品。主编为内蒙古社会科学院研究员、儿童文学理论家、作家张锦贻。第一辑为少数民族儿童长篇小说专辑，一套十本。二〇一六年由辽宁少年儿童出版社出版，二〇一七年在北京国际书展研讨、推介。

《中国少数民族儿童文学原创书系》，以少数民族儿童长篇小说创作开头，是因为在中国少数民族儿童文学中，少数民族儿童小说以其曲折感人的情节、优美动心的语言，格外受到欢迎；更因其对不同年代少数民族儿童生存状态、生活状况的深切审视和深刻把握，对不同时期民族地区社会变革、时代变迁的真切反映和真实折射，而具有恒久深远的艺术生命力。第一辑的十本，聚焦于各民族少年儿童品性养成、品格形成的经过，专门描述出不同民族少年儿童成长、成才的经历；由长期关注本民族儿童文学、潜心深入本民族儿童现实生活、洞察民族心理状态的南北方十个民族中的十位作家所创作，为关于本民族少年儿童的独特生活和美妙成长的长篇小说。这是一次费时很久、思谋很远、意义很重大的少数民族儿童文学实践。

这一套系少数民族儿童文学创作与出版独辟蹊径，与众不同：其一，揭示民族性在社会变革中的生动和丰富——因为是由长期生活在本民族中间、真正体验了本民族儿童思想情感的本民族作家来写的，写出体现在少数民族儿童身上的民族心理素质的新的发展和变化，呈现出不同民族心理状态的美妙和微妙差异。其二，显示原创性在艺术创造中的独特和鲜活——因为这十位少数民族作家，既积累了一定的创作经验，又能朝气蓬勃地站在新时代前沿，在民族文化的熏陶和现代意识的影响下，形成了一种独立、自由的个性化精神，具有一般意义上现代性精神的光辉和神采，能够着眼于当下的现实，反映历史的真实，并由此呈现出民族性格的独异、儿童品格的独特、作家风格的独到。其三，展示宏观性在儿童天地中的阔大和深邃——因为是长篇，是要书写一定历史阶段中的少数民族儿童的现实。少数民族作家，尤其是中青年少数民族作家，不久前也曾是童年、少年，童情、童趣还在他们心中流淌着，这就能够在广阔广大的层面上写出在不同少数民族儿童天地中蕴蓄着的人性的真、人情的善、人心的美。

十本书，北方五本，南方五本；男作家五本，女作家五本。回族作家马金莲的《数星星的孩子》，写干旱西部偏僻贫穷的回族村庄里、在浓郁的伊斯兰宗教习俗感召中生长的回族儿童的善良秉性和朴实品行；哈萨克族作家阿瑟穆·小七的《淘气的小别克》，写大西北极度寒冷满目枯黄的空旷辽远牧场上，在顺乎上苍适应自然的天人合一的游牧文化熏陶中长成的哈萨克族儿童的大爱心地和勇猛行为；满族作家王立春的《蒲河小镇》，写满族聚居、风习依旧的辽东地区山坳小镇上，养羊养猪的满族孩子同情友爱、悲悯救助的同心同德和善心善意；蒙古族作家陈晓雷的《黑眼睛蓝眼睛》，写大兴安岭荒凉幽深的多民族徙居的河岸沟口里，蒙古族鄂伦春族、俄罗斯族儿童的正直情怀和互助行动；维吾尔族作家图尔洪·米吉提的《绿叶》（玉苏甫·艾沙译），写原野辽阔、森林遍布的广袤西部大地上的新兴都市里，两代人都能够受到较完善的文化教育的维吾尔族家庭里，在时代变迁、生活变动、观念变革中长大的维吾尔儿童的纯真亲情和至诚爱心；景颇族作家玛波的《背孩子的女孩》，写中缅边境温和秀丽的景颇族大小竹楼里，景颇族儿童的传统道德和美好情操；拉祜族作家李梦薇的《阳光无界》，写西南边陲哆依河畔哆依树花开雪白、蜂蝶纷飞的多民族杂居的波安镇上，拉祜族少年与连寨相邻的傈僳人，以及傣族、汉族少年，与隔河相望的缅族少年和睦共处、倾心相助的博爱胸襟与和平理想；壮族作家黄钲的《江水静静流》，写改革开放的春风吹进依山傍水清秀明丽的壮家小村子里，帮父亲养蜂烧炭并坚持上学的壮族少年的自强本性和进取精神；土家族作家苦金的《白鹤少年》，写丘陵起伏淳朴清朗的土家族寨子里，在浓郁的满寨土家歌舞和普及民族教育的生活氛围中度过的土家族残障儿童的不屈意志和持续努力；藏族作家觉乃·云才让的《牧云记》，写大山深处遥远闭塞的藏族乡野里，藏族儿童的虔诚信念和向上心怀；等等。作品都明显地透示出，作家们在新世纪仍然将眼光和笔力集中于本民族广大儿童居住的乡村牧野，把这些村野作为少数民族儿童生存和民族现实进步的一个缩影，由此写出南北方不同少数民族儿童的心理特质，写出各种各样独具个性的不同少数民族儿童的人物形象，并将不同民族地区中几代人的生存状态和内心情思逼真生动地展露出来，从而反映出现代化进程中少数民族儿童成长的精神遭际与实际困境，也反照出一个时期、一段历史。从中洇漫出的，正是作家们不动声色却精湛独到地刻画少年儿童精神面貌、文化心理的敏锐和细腻，是他们不做渲染却俏皮幽默地勾勒少数民族儿童所处社会、周边人际的机智和婉约。他们以儿童视角看待生活，以稚诚情愫触摸人事，又以历史眼光判断现实，以天真心灵抒写感受；更以各自的独特的民族民间的艺术形式呈现出来。可以看到，广大的少数民族村野的现代化转型，远非我们想象的那样简单。这一转型波及中华大地，各民族儿童的成长自然就涉及社会的深层变革和变动。显然，这十本民族儿童长篇小说，看似只写了不同民族儿童在生长、成长中的平常、琐细的生活故事，少数民族作家们却在这些"平常""琐细"里揭示了民族文化的底蕴和时代精神的特征。他们由此塑造了能够引起读者共鸣的少数民族儿童人物形象。可见，少数民族作家们所写，并不是一般意义上的少数民族儿童故事，而是有深度、有力度的精心的艺术构建。我们常说儿童文学是浅语艺术，是爱与美的文学，当然是对的。但，这套"书系"着意追求思想的深度和艺术的力度，追求儿童文学民族性的丰富、充实和少数民族儿童文学当代性的厚重、扎实，既标示着当代少数民族儿童文学的美学价值和审美取向，又是中国儿童文学创作领域中深层的艺术创造和艺术开拓。

  写这十本书的少数民族作家由于立足于不一样的地域，采取不一般的角度、选择不一致的切入点，恰正好使不同民族的读者感触到南北方民族地区的风土气息、生活氛围、文化品质。这是一种在以往的少数民族儿童文学作品中很难见到的、很典型的、平视着各民族现实空间各维度的广阔的少数民族儿童生活场景。更难能可贵的是,这十本由十位少数民族作家分头创作的儿童长篇小说,都保持了本民族人为儿童讲故事似的从容晓畅、活泼风趣,以及一地一腔、一族一调的极具个性化的细腻清丽、俏皮隽永,让人从中感觉到南北不同民族的不同风貌风情、别样童思童趣、殊异情韵情致;也分明聆听到不同少数民族儿童在新时代里渴求知识渴望上学的心声,在全球化语境中回归传统回望亲情的呼唤在锵锵震响。他们各自独特的艺术构思和美妙的文学表达,在相互对称、比照中交相辉映,具体、真切地昭示着儿童文学民族性与地域性、与时代性、与儿童性的交汇、交织、交融;也最实在、最深沉地表示着儿童文学民族性不是一成不变的、固定的概念,而是在时代猛进、生活巨变中不断地发展、丰富;不仅呈现出少数民族儿童长篇小说独特的艺术感染力、吸引力;也使少数民族儿童文学理论更充实、更完善,更具活力。更令人感受到民族性中那股民族味儿的醇厚、醇烈,感觉到原创性中那些民族题材的扎实、厚实,感悟到宏观性中那些少数民族儿童形象的唯一。尤为珍贵的是,这一由本民族作家写本民族儿童独特生活和美妙成长的原创长篇小说书系,无论是在中国儿童文学史,还是在中国文学史上,都是第一次。这,对于推动、促进中国少数民族儿童文学的繁荣、发展,对于充实中国当代儿童文学的文本,具有无可替代的开拓意义和美学意义。

这一套系儿童文学作品的创作与出版是新世纪新时代背景下少数民族儿童文学"语言的艺术"的复归、拓展与升华。当代的文化背景已与此前迥异。国家综合国力的不断提升使中华文化影响面更加广泛;国内各民族之间的真正平等使各民族文化自信持续增强;少数民族作家就以更加开阔、开放的视野思考少数民族儿童文学的现代性进程,自觉地使现代性灌注于民族性之中。他们脚踏民族大地,努力勘探独属于本民族儿童的文学世界,并向民族文化传统深层复归,重新发掘少数民族儿童小说自身的魅力内涵;在题材提炼、人物刻画、文本形式、美感神韵等方面体现出不同于以往少数民族儿童小说创作的新品格,又共同呈现出中华各民族儿童成长的殊异的文学景观。

应该专门谈及的是,文学是语言的艺术。少数民族儿童文学创作中作家将历史场景和历史事件都归结到童心感受、童情书写的层面上,将书中布局和书中人物都归置于儿童感触、审美的表达上,然后予以细节饱满的立体化呈现。生活细节的细腻,人物形象的丰满,全都依仗着作家在语言方式上的革新与创新。

写这十本书的十位少数民族作家,有的用第一人称,有的用第三人称,但都采取本民族儿童视角。他们努力摆脱国人习以为常的儿童腔调,尽量避免千篇一律的长者口吻,也着意躲开陷于模式的习惯叙述,而是对本民族语言特质进行有意义的挖掘。如回族马金莲,以伊斯兰文化的代表性符号——主麻日、圆白帽、做礼拜——打头,大量运用本地口语与文学语言杂糅的方式,有意识写到回族小孩子的经名、小名,写到他们的玩耍,使小说语言的民族化与规范化交叠一致、儿童性与文学性浑然一体;使整部小说既具有浓厚的民族色彩和民间气息,又显示出鲜明的儿童文学民族性与历史性、现代性的交错。藏族觉乃·云才让对本民族文化传统有着自己独特的理解,有着对神灵和宗教的尊重与敬意。因此,小说语言呈现为奇异的民族色彩和新鲜的艺术陌生感,使语言的民族化与世俗化交互统一,儿童性与文化性水乳交融;整部小说具有一种神秘之美,更显示出鲜活的儿童文学民族性与艺术性、情趣性的相融、交合。哈萨克族阿瑟穆·小七,哪怕是在一件最微小的事情、一个很不起眼的场合里,也都能让人清晰地分辨出小主人公稚嫩的话语声,看到他满怀好奇、一刻不停的别样的身影。小说语言因此显现出活泼泼的、哈萨克族儿童特有的放任不羁的意味和意趣,传达出深邃的儿童文学民族性与文学性、地域性的相互映照。蒙古族陈晓雷又写出在人口稀少、民族杂居、林地坎坷、天气酷冷的山沟里长大的不同民族、不同家庭、不同遭遇的小孩子的不同言语、不同性情和不同作为,字里行间充溢了浓烈的蒙古族、鄂伦春族、俄罗斯族儿童的浑身豪气和满襟志气,弥漫着浓烈的历史正气和时代锐气。小说语言由此表现出北部边疆少数民族儿童独具的倔强、痛快、说话追根、做事到底的情性和情趣,展露出开放的儿童文学民族性与时代性、社会性的相互对照、交汇。显然,少数民族作家们都以精湛的小说语言,表现出南北各族儿童坚毅、勤劳、孝顺父母、诚信待人的品德和脾性,展示出蓬勃的儿童文学民族性与乡土性、现实性的相互衬托和交叉,等等。作品由此显示了本民族儿童生活的与众不同,显示了本民族儿童气质的独一无二。少数民族儿童文学的"民族语言",并不只是在作品书写的层面上,更是少数民族作家创作意识、思维方式、审美习惯、艺术表达的综合呈现,是少数民族作家世界观、价值观、民族观、儿童观的生动体现,是少数民族儿童文学内容与形式的统一体。这十本民族儿童长篇小说创作复归到"语言的艺术",拓宽、拓展了少数民族儿童文学所及的艺术空间,拓进、拓深了少数民族儿童文学自身的美学意义。

(二)《"金骏马"少数民族儿童文学精品》丛书

《"金骏马"少数民族儿童文学精品》丛书的主编为中国少数民族作家学会常务副会长、土家族作家叶梅。二〇一六年至二〇一八年间由北京少年儿童出版社出版。已出版八本,每本十万字左右,主要书写少数民族儿童的思想情感、理想志向。

回族作家马金莲的《小穆萨的飞翔》,写对真主虔诚的回族人家庭里,正在老师指导下做飞机模型的小穆萨哥哥哈三被指定到清真寺听经读经,做传承教义的人;而沉醉于阅读、思考的小穆萨则去放羊割草,做个小羊倌。兄弟俩私下换位。终于,阿訇默许小穆萨到寺里学经书,爷爷支持并准许哈三跟老师搞试验。看似简简单单的家庭小事,其实是磕磕碰碰的打破旧传统、接纳新思想的大事。兄弟俩的梦想,在新时代里才得以实现。

蒙古族作家韩静慧的《赛罕萨尔河边的女孩》,在祖传手艺不传女孩的氛围里,把草原上蒙古族女孩宝迪学擀毡写得如诗如画,把宝迪的执着写得如痴如醉。作家着力写出宝迪懂得父亲定要将祖传擀毡工艺传下去的心思,想着哥哥将擀毡工艺看得很是低下的心情,记牢母亲将擀毡工艺做得有条不紊的心计;又由此写出旧时代草原擀毡匠的屈辱和苦难,写出宝迪对本民族传统手艺的热爱和痴迷,写出了蒙古民族发展中的另一面。

纳西族作家和晓梅的《东巴妹妹吉佩儿》,讲述了纳西古城的人们因为摧残自然、侵占时间、毁坏古迹,触犯了纳西民族的古老盟约,得到天神的惩罚。最可怕的是,管理时间大钟的钟表匠儿子、小男生恩鲁纳,将因为古城时间的被交易被停滞而一天天变小。……纳西女孩吉佩儿和她的同伴,因东巴爷爷的引领,得东巴经文的启示,凭东巴传统的点拨,经历艰险,经受灾难,救赎人类,拯救世界!小说中涉及纳西民族文化积淀的历史呈现,关乎纳西民族文化心理的历史发展,表达的是东巴教经文中的深邃教义。

维吾尔族作家麦合木提·尤勒瓦斯的《少年阿克泰的等待》(狄力木拉提译),写阿克泰的父亲外出打工,一家人都思念着父亲。阿克泰在家里帮母亲砍柴、牧牛、挤奶。在村子里,与小伙伴们尽情地玩各种游戏,还跟着孤儿萨迪尔走进从未去过的深山,听萨迪尔讲各种神奇的故事。但,父亲回到村里,跟一个陌生女人住在一起。阿克泰受到种种嘲讽和讥刺,暗中流泪,从此疏离父亲,并因此从山崖坠落受伤。受伤后的他得到父亲的精心照顾而父子和解、全家团圆。故事结局让人高兴,但少年心灵的创伤也令人难忘。小说以乡土的道德观、价值观为主线,对维吾尔族少年的民族心理素质的描写与他们对亲人、对长者、对家乡的深爱关联着。

达斡尔族作家晶达的《塔斯格有一只小狍子》,写达斡尔男孩塔斯格在森林里救了一只刚出生的小狍子,因阿爸要让小狍子回归森林而抱着小狍子出走。由此写了新一代少数民族儿童对动物的深情,写了达斡尔家庭中继父与继子女之间的相处,写了偷猎者对生态的破坏等;塑造了一个热爱乡土、热爱生活、热爱动物的达斡尔儿童形象。

此外还有土家族、苗族等作家的作品。从这些作品中,我们不仅看到了民族村寨中熟悉、亲切的景象,更感受到了民族文化传承中长者对后辈的期望;感知到了民族文明进步中今天对昨天的全新的思考和展望;感触到了民族文学形象中新理念对旧观念的全新的追究和拷问。作品运用的是现代儿童的视角,借鉴的是古今中外儿童文学经典中的艺术手法,展现了南北方各民族人民生存、生活的实际状态,揭示了现实中人的心灵的精神的世界。

几位少数民族作家,从小生长在旷荒故土——贫瘠的宁夏西海固,遥远的云贵高原,寥廓的新疆边地,空旷的内蒙古漠野等,他们与小说中儿童人物的精神之根皆深深地扎在民族的故土中。这样的人生体验使他们对当代中国民族地区的社会变动有着自己的判断,他们对少数民族儿童成长的书写无疑是真实存在的社会图景的一部分。也就是说,这些作品中,总有一种独特的民族风格在,有一种独一的民族品格在,令人体会到、领悟到浓郁的儿童文学民族性和深切的诗性。作家民族血脉的传承、思想情感的浓淡、民族审美意识的强弱,与儿童文学民族性成正比。何况,这些作家里以中青年居多,除了题材内涵更加丰富丰厚、艺术方式更为新颖新巧,对当下、人文的关注,对未来、自然的关切都跃然纸上;传统的成长叙述、现代的梦想抒怀,心智的童真呈现、生趣的天然表达,都写出了与众不同的别致与前所未有的独特。

他们写各自熟悉的生活题材,取各自擅长的艺术方式,用各自喜爱的创作手法,说各自日常的民族语言;说是"百花齐放",说是"万紫千红",似乎都不为过。应当特别提到的是,有的作家在艺术表达上,常常独辟蹊径而独有一种妙趣。如《小穆萨的飞翔》的语言,是回族儿童的心声,也是少数民族儿童文学艺术创造的呈现;《塔斯格有一只小狍子》的"角色",既是达斡尔族生活的实际反映,又是精心结构的艺术表达;而《东巴妹妹吉佩儿》的故事布局,既是当下纳西族聚居区城市化进程的一个侧面,又是在此进程中少数民族儿童民族心理状态变动的一个缩影,令人意外的是,一个现实的故事,竟插入了幻想的情节,而且一贯到底。

显然,少数民族作家们对现代儿童生活的再深入、对传统艺术形式的再创造、对民族文学语言的再熔铸,都因为鲜明的民族化本土化倾向而凸显出少数民族儿童小说独异的审美视角和独特的美学视野。

第二节　诗歌

(一) 满族诗人王立春的乡野童诗集《骑扁马的扁人》《梦的门》及其他

王立春(1965—　),男,出生于辽宁省阜新县。中国作家协会会员。当幼儿教师多年,一九八五年开始发表文学作品,一九八七年进入辽宁文学院青年作家班学习,之后担任《文学少年》编辑部、发行部主任,辽宁儿童文学学会常务理事,业余从事儿童文学创作。已出版儿童诗集、儿童长篇小说共十五部。其中,儿童诗集《骑扁马的扁人》《梦的门》先后获第六、第八届全国优秀儿童文学奖。其间陆续出版的儿童诗集《写给老菜园子的信》《乡下老鼠》《偷蛋贼》《光着脚丫的小路》《贪吃的月光》,都因自成一格受到广泛关注。一些短篇作品曾入选小学和师范院校教材。曾获冰心儿童文学新作奖、陈伯吹儿童文学奖、文化部蒲公英奖等奖项。儿童诗选集《狗尾草出嫁》被收入"百年百部中国儿童文学经典书系"。

王立春的出生地是一个蒙古族、满族、汉族杂居的地方,这就为她打量多民族中国的新乡村、多民族相处的新儿童提供了一个极佳的视角。让她既能放眼八方,又能透视四面,使她能够站在多民族儿童的立场上,天真、直观、好奇地面对一个辽远、多变的世界,活泼泼的、烂漫的情思溢满心间;又使她对记忆中的童年历历在目,承载着不同民族孩子们的梦想,承载着特定地域天地间生命的重量,并凝结、升华而成一种奇丽、独异的情境,凝聚、凝练为梦幻般的玄妙的情意。她的得天独厚的优势帮助她看到了别的诗人看不到的不同民族孩子心中的大自然和小生物、大宇宙和小生命,帮助她感受到了很多孩子还没有感觉、感悟到的历史大前行中的细小变动、现实大变革中的微妙变化。她的作品因而自成一体——奇诞而真实,奇丽而朴实,奇幻而切实。

王立春的第一本儿童诗集《骑扁马的扁人》,二〇〇二年由辽宁少年儿童出版社出版。诗集分为五辑:夏夜、爸爸不在家的日子、乡间童谣、冬天的声音、公主和她的七个小矮人,收入童诗七十四首。诗人以东北乡野上的自然万物为题材,在活泼的联想、新奇的幻想中,营造一种意想不到的情境,抒写一种回味不尽的情意,令人耳目一新。如《向日葵妈妈》中关于向日葵的比拟内涵,与以往的这类诗作迥然不同,有着鲜活的民族、地域的印记,也有着鲜明的新时代、新生活中涌动的新的思想潮流的痕迹,是童诗创作中一种全新的艺术方式,大大开拓了少儿读者的想象空间。

王立春之后出版的几本诗集,作品更具广度和深度。这一方面是因为她的诗中充满了奇想和妙想,异想天开,又似乎处处是真实的存在,时时是现实的瞬间,亲切可信;另一方面,她的诗又描写了万物和万象,形象鲜活,却又似乎处处隐藏着意义,时时包含着哲理,深邃莫测。如《阳光荞麦》:

> 稻田是一所贵族学校
> ……
> 流浪汉似的荞麦哟
> 是不能混进去的
>
> 麦田里的麦苗
> 也抽出优雅的穗
> ……
> 荞麦感到
> 无地自容
>
> 荞麦蹚开荒草跑到山上
> 荞麦踢开石子跑到山上

吸一口山风

他就把全身的花都开了

吞一口山雨

他就把果实长成棕色了

可以看到，诗人以自然界中儿童熟悉的事物为题材，却总是写出新意，呈现出种种通过幻想反映现实的新的艺术方式——或巧妙地运用儿童最喜爱的拟人手法，构建顺乎情理又异乎事理的奇谲的意象；或以极度夸张的、怪诞的方式，造出各种静的姿态和动的感觉，构成一种近在眼前远在天边、明明真实却又奇幻的神妙意境；既完全出人意料地跳出人们习惯的思维定式，又奇幻得一点不落俗套，也没有刻意的痕迹，显得新颖，新鲜。又如《糊涂老玉米》中写："那个披头散发的沙漠/……他不敢咬长树的山/他不敢啃长草的地/……老玉米/可不要做糊涂事呀/你们赶紧从山坡上下来/把那块地还给/小樟子松和鸡爪草/回到玉米地里/做个本分的庄稼人吧。"诗中关于老玉米的所作所为，与以往这类诗中的描写大相径庭。又如《蛐蛐风》，写蛐蛐叫得好听，跳得敏捷，斗得威武。乡村的男孩们几乎没有不在夏夜里逮过蛐蛐的。孩子们或逮个正着或逮了个空，都会弄得浑身是汗。这时，夏夜的风是最惬意的。可是，"天黑了/再找不到一丝风"，那是因为"蛐蛐们在地上跳来跳去/到处抓风"，"风的胳膊都被捆上了/风的嘴都被堵上了"，而后，"蛐蛐们把自己装成风/在草丛里扯着嗓子/一缕一缕地/大声叫"。多么奇妙的想象！可这又似乎是真实的情景。在小孩子的感觉中，夏夜没有风虽然不舒畅，但能听着蛐蛐的叫声也很美妙。另一篇《整天装病的草》中，写半边莲"满山遍野放羊"，山花椒"开花房养蜂"，马莲花"整日割秋草"，乌拉草"缝过冬的鞋垫"，远志、夏枯草"躺在老中医的药箱里"，都奇巧地运用变形、移情的艺术方式，使通情达理的百草，不仅铺展着张扬着草地的美丽、丰富，更是与辽西丘陵草场、科尔沁草原上各民族孩子的生活密切关联着，从而渲染出一个人与自然相依相存、互帮互助的美好境界。这里，羊有牧草吃，蜂能采花蜜；天寒可挡，遇病可祛；吉祥、平安俱在其中。至于写远志、夏枯草"整天装病"，既是一种诙谐的表达，也体现出一种宽厚的包容。就这样，王立春用童稚的奇特幻想，将有趣的蛐蛐、有用的百草这些大人小孩都熟知的具象，经过一系列奇异化、陌生化的艺术表现，化作诗性的、奇崛的意象，又以此筑起洋溢诗情、彰显奇丽的意境。似幻似真,亦奇亦实;有趣有味,寓情寓理。这样的童诗,似乎匪夷所思,恰正贴合北方原野的风情,贴近少数民族儿童的心思。

王立春的诗作之所以能够以奇制胜,还在于她把独一无二的生动性融进了变化莫测的奇幻性。诗中,不仅意象、意境都亦奇亦妙,遣词造句的奇婉,取譬设喻的奇诡,也都非同一般。如《毛毛虫回姥姥家》,恰似辽河平原上一则活脱脱的奇幻的民间童话。诗人用第二人称的口吻,亲切而又关切地边问边说。问着说着,就鲜明地显现出满民族重人伦、重亲情、重仁义、重礼节的文化传统。另一篇《蚂蚁士兵》,开头写"蚂蚁睡着时/睡呼噜都规矩地 擤上草叶/蚂蚁睡着时/梦都整齐地 长出须子/哨子一响/蚂蚁一骨碌爬起来/精神抖擞去集合";结尾写"蚂蚁士兵要是迈开正步/走向小竹桥/还没等脚步声走近/小竹桥就得吓塌"。如此夸张,如此生动,竟致无形变成有形,有形化作无形;如此曲折,如此诡异,使声响远播于外,风貌跃然纸上。而小小蚂蚁士兵之所以有大阵势、大气概,恰恰就在于它们行为守规矩、行动讲团结、行进有目标。真的,谁能想得到,那人人见过的毛毛虫和小蚂蚁们,竟在奇异幻想中诗化为灵妙、奇异的意象,又由此营造出有点神妙又有些神奇的意境;有声有色,活灵活现,既承扬传统文化,又弘扬现代文明;奇幻至极,又正折射民族复兴的希望,映射广大儿童的心情。

显然,王立春在创作中一直牢牢地立足于东北这块严寒酷冷却充满诗情画意的土地,立足于本民族儿童的生活。因此,她就能看到原先被遮蔽着的千奇百怪的各种故事,而且用诗的方式、用虚虚实实的各种样子呈现出来。这些诗,看似不注重押韵,音韵却正在明快的节奏之中;"奇幻"的精神空间随时跳转,充满张力,更使"奇幻"的情节流畅自如,激情洋溢;使奇幻性融合于儿童文学的民族性、当代性之中,思想性、艺术性浑然一体。

(二)瑶族诗人唐德亮的人文童诗集《住进小木屋的梦里》

唐德亮(1958—),男,出生于广东省连山壮族瑶族自治县上沙水村。在家乡读小学、中学,高中毕业后回乡务农,进厂做工,一九七六年十月以后在县路线教育工作队、水库工程指挥部工作,一九七九年秋考入中师,毕业后在连山任小学、中学教师,一九八二年考入韶关教育学院中文函授,其间兼读北京语言自修大学。一九八四年后任连山县教育局干部、办公室副主任。后当选县政协委员。一九九〇年初调到清远报社,二〇〇四年后任清远日报社副总编。中国作家协会会员,广东省作家协会理事,清远市作家协会主席;并被选为广东现代作家研究会副会长、中外散文诗学会广东分会副主席。二十世纪九十年代初开始陆续出版诗集《南方的橄榄树》《生命的颜色》《微笑的云》;二〇〇〇年出版散文集《心路漫漫》;进入新世纪,出版诗集《苍野》《唐德亮短诗选》《深处》;二〇一四年出版儿童诗集《住进小木屋的梦里》。

儿童诗集《住进小木屋的梦里》,由金盾出版社出版。分为四辑:长不高的树、林中的雨、他们与他们、秋之野,共九十四首。大致可分为四类:

其一,描绘乡野儿童生活。如《秋之野》:"田野一片金黄/稻穗低垂。与小溪交流心事/一只白鹇携一阵清风/飞过。稻穗昂了一下头/大山上的树便红了/深了,远了/斑了/斓了",写大地之美。如《拾穗》:"哦,我来了/一个小小的拾穗者/捡起一串小小稻穗/小小的稻穗一粒粒/饱满的谷粒/在背篓里交换眼神/……",写劳作之美。

其二,想象自然万物生存。如《小鹅》:"小鹅吃掉一片鲜嫩的春天/草地上又长出/一叶叶翠绿的夏天",写异想之美。如《年轮》:"一圈年轮/藏着三百六十个日夜/三百六十个日夜就有/三百六十支歌/三百六十个故事",写生长之美。

其三,抒发宇宙天地生态。如《树洞》:"一棵上百岁的老树/树上长着一个大大的树洞/狐狸在里面住过/……//兔子在里面住过/……//小野狗在里面住过/……//受伤的小鸟在里面住过/……//如今,山光了/老树也秃了/再也没动物光顾树洞/老树怀念着快乐的时光/守望着,守望着。"写生息之美。如《阳光对我说》:"我是一棵被霜雪压着的草芽/阳光对我说:……//我是一只雏鸟/阳光对我说:……//我是一条被封冻的小河/阳光对我说:……//我是一个待放的蓓蕾/阳光对我说:……//我是一缕慵懒沉睡的魂/阳光对我说:……//我就这样带着太阳这盏灯/穿过风雨坎坷/向一个缤纷丰硕的季节走去。"写昂扬之美。

其四,提炼人世哲理生趣。如《月亮》:"一个月三十夜/只有一夜是圆满的/一年三百六十五夜/只有一夜/又圆又大又亮//月的奇妙/在于它的理想/不断的追求/不断的成功/哪怕将身躯磨成一把镰刀/一个小逗点/一个大问号/甚至被黑夜淹没//圆满固然幸福/跋涉的过程/更充满魅力。"写自强之美。如《松针》:"我们用一根根鲜嫩的绿叶/编织七彩的梦想/我们用绿色的情愫/编织迷人的阳光/……/当软弱的叶子纷纷枯黄坠落/只有我们依然绿得迷人/绿得灿烂绿得鲜亮/当九重霜雪锁压我们/我们用一根根绿针/刺破冬的大幕/牵来煦暖的春风/

牵来无垠的春光。"写坚韧之美。

显然，每一类作品都源自对各民族儿童所熟悉和关注的物、事的理解和发现，源自诗人对少数民族儿童心灵的敏感和深悟；这就使每一首诗都饱含少数民族儿童情愫，加以作家常常运用幻想的艺术手段，更体现出奇幻艺术在童诗创作中的审美意蕴和意义。那首《屋子大得让人害怕》中写"只有月亮来做伴/可月亮常常躲在它自己的家/只有小狗陪我/可小狗老爱和它的伙伴玩耍"，就鲜明地呈现出这一点。无论诗人怎样上天入地地幻想，都能够很好地反映现实，反映深刻的命题。在他看来，奇得出格，幻得荒唐，正是跟现实保持着特别紧密联系的一种极妙的艺术方式，在奇幻中，往往能够更加美妙地反映现实生活中最令人纠结的尖锐问题，从而使这种作品具有了独特的意义。诗人的独特就在于，使这些常见的事物在奇幻的诗行中具有了诸多的言外之意，能让人想到很多。

（三）回族诗人王俊康的校园朗诵诗集《向雷锋叔叔学习》

王俊康始终致力于创作校园朗诵诗。二〇〇四年出版的《王俊康文集》（上下卷）中，收入校园朗诵诗六十七首，占上卷的一半篇幅。之后曾在团中央主办的《辅导员》杂志上发表全年十二个月的朗诵诗作。二〇一二年出版校园朗诵诗集《向雷锋叔叔学习》，在各民族中小学生中引起热烈反响。

校园朗诵诗集《向雷锋叔叔学习》，在毛主席"向雷锋同志学习"题词五十周年的前一年由新世纪出版社出版。分为"奋发向上篇""助人为乐篇""感恩赞美篇"，辑入诗作五十四首。每首诗篇幅都不长，读来却意蕴深邃、意味深长，铿锵有声、坚定有力。因为：其一，雷锋一生并没有做什么惊天动地的事，他只是时时刻刻、事事处处都想着他人，又总在帮助他人。他的一生最能说明"伟大寓于平凡"这个道理。因此，"向雷锋叔叔学习"是每个想做好孩子的孩子都能做到的。王俊康把孩子们学雷锋的平凡的日常生活诗意化，如写都市少年心系山区、赠送图书；春天里上山植树，儿童节慰问老师；零花钱捐献公益事业，课余时维护社区环境；……有谁不知道呢？诗作中所描写的场景和情景，都是人们常见常闻、有知有感的，孩子们参与其中，诗人以艺术的方式表达出来，给人们以新的生活情趣和精神享受。其二，诗人着重于中国优秀诗歌传统的继承、光大。中国的传统诗歌一向讲究品格、意境，讲究诵读、吟唱。造象构境，押韵上口，使诗节之间音律和美、节奏和谐、起伏和顺。校园朗诵诗更应该按照中小学生的审美意识、诵读感觉凸显这一点。其三,诗人长期从事儿童教育工作,热爱儿童,对儿童天真的情思、烂漫的情怀了然于心。世间的自然万物虽然人人皆知,但,经过童心、童情的浸渍,再加上人性、人文的泅渗,就成为当下各民族少年儿童的心灵象征,成为一代人成长的见证。当翻开诗集时,我们能感觉到内心有一股壮烈浑厚的正气充盈升腾,一首首读下去,这正气就化作爱亲人、爱民族、爱祖国的浩然之气,溢满在胸膛和天地之间,直到浑身发热,与热烈的阳光、热情的春花、鲜艳的红领巾一起飘盈飘升。应该说,这就是这本诗集的品格、魅力所在。

以《理想之歌》的后半部分为例证:

……
探索大自然奥秘,
兴趣小组四面八方考察;

推广祖国共同的语言,
红领巾争当普通话小专家;
……
小发明、小制作、小论文,
谁不夸赞咱的"小星火计划";

种树栽花有"绿色工程",
小主人精心把校园美化;
……
理想之路通向远方,
布满荆棘也开着鲜花。

理想之帆在心中扬起,
惊涛骇浪又算得了啥。

显然,诗人对儿童诗歌自有其独特领会和独到领悟。诗人就像一个出色的农人,带着丰富、自由想象的种子,小心地播撒在少年儿童天然、天真的心灵旷野,他注重的:一是,使想象的种子经过童心的滋润长成各式各样的诗性意象,使它们以艺术的方式构成各种色彩、声音、味道、形状之间的关联,造成事物与事物之间、意义与意义之间的呼应;二是,凸显意象的音响节奏,呈现为诗句音韵的和谐与段落节律的和顺,使各民族儿童心与心之间相感触、相感应。

王俊康的校园朗诵诗几乎是他生活的全部,是他的整个世界。在这个举国上下都在为民族振兴、为国家强盛而奋斗的年代里,这些诗作的旋律与书中主题诗《红领巾,时代的小雷锋》的吟诵,把雷锋精神又带回到人们心中,唤醒人们难以忘怀的记忆,激励孩子们昂然向上。诗人真情地抒写少年身上的雷锋品质,希望新时代的人们重新感受到雷锋身上那种强大的精神之光,感受到道德与操守的力量。

向雷锋叔叔学习,是孩子生活中的行动目标,也是孩子生活中的实际行动;是孩子学做人的一种境界,也是孩子学着做人做事的一种实践。这样的目标、境界,这样的行动、实践,自然是美妙、美好的,因此,诗集中的一首首诗虽然包容童年少年,包含万物万事,诗人提升的意象却只是明媚的春日、灿烂的太阳、绽放的花朵、鲜艳的红领巾,是各民族少年儿童最为喜爱、最感亲爱的大自然和饱含情感、深藏意义的身边景和身边物。诗人由此凝聚孩子们心中崇高的情感,以童心的律动弹奏时代的强音,使雷锋精神代代相传,使孩子们争做新时代的小雷锋。

(四)哈萨克族诗人阿瑟穆·小七的抒情长诗《我的小羊驼蜜糖》

阿瑟穆·小七(1974—),女,出生于新疆布尔津县,毕业于新疆艺术学院。阿勒泰女作家,新疆"解忧牧场"民间文学创作基地及"解忧牧场"游牧非遗文化慢手工品牌创建者。她热爱自然,珍爱生活,挚爱儿童,深爱文学。新疆青少年出版社于二〇一四年出版了她的抒情长诗《我的小羊驼蜜糖》,二〇一六年出版长篇纪实散文《从前啊,有一只猫小宝》,二〇一七年出版生活散文集《唯有解忧牧场》。二〇一六年年底,她的儿童长篇小说《淘气的小别克》纳入《中国少数民族儿童文学原创书系》(第一辑),由辽宁少年儿童出版社出版。作品先后获民族文学奖、《散文选刊》华文最佳散文奖、丰子恺中外散文奖等。有的作品已被译成英文出版。

抒情长诗《我的小羊驼蜜糖》,是一本像古老的哈萨克民歌似的诗体作品,讲述的是一个关于新疆阿勒泰草原上人与羊驼之间朝夕相处、相互依存、真心关怀、温情度日的独特、美妙的故事。作家用第一人称"我"——一个哈萨克小女孩的视角,使作品的题材内容、表达方式都呈现出鲜明的儿童文学民族性。

1. 在题材内容上的特色:

历史进程中,一个民族的文化传统是不会突然中断、贸然改变的。进入二十一世纪,哈萨克族人依然在新疆阿勒泰辽阔的草场上牧牛牧羊、养犬养驼,四季游牧、八方奔走。作家描写了新时代的新牧场,"一望无际的绿色草地""蓝色的天空""白色的毡房""密密的松林""满山坡的牛羊""追着小羊跑的牧羊犬""草丛中五颜六色的野花儿""马背上温暖的牧人",羊群中却还有一只来自境外的死亡母羊驼留下的孤单忧郁的小羊驼,"在大家为这只小羊驼担忧时,/父亲主动接回小羊驼。/他自信地说:/'我们给她所有的爱,相信她一定会好起来。'"新的牧人,新的心思,新的情愫。作为新一代牧人的"我",更是"第一眼爱上了她"。一会儿说她"像是童话故事里的小精灵",一会儿又说"她的脸长得像糖一样甜蜜"。而且真的把"蜜糖"叫成她的名字。"我"哼着歌儿,安慰着她失去妈妈的悲伤,抚摸着她罩着歪着的头和背,呼应着她孤独的恐惧的眼神。从此,我把"蜜糖"视为家人,让"蜜糖"住进"我"家的毡房,形影不离,一起度过欢乐时光。作家对辽阔草场上两代哈萨克人同情、怜爱一只小羊驼的形象描绘、情境表达,对新一代哈萨克人慰藉、关爱那只小羊驼的细节描写、氛围渲染,极细腻极具体。又写蜜糖友善地让婴儿抓她耳朵,高兴地陪男孩追逐嬉戏:"'蜜糖好有爱心哟!'/蜜糖使劲上扬她的嘴角,/专注善意的双眼,闪着亮光。/虽然很累,/但她为帮到别人而感到愉快。"作家所写,虽然只是一只与"我"形影不离的小羊驼,却活脱脱地写出游牧民族的文化心理在新时代新一代人身上的衍变。作品中,作者深沉地写到了天山脚下的哈萨克人在全新时代里革新的游牧风习、更新的自然观念、崭新的思想情感,也就自然深切地写出了哈萨克民族在社会转型、时代转变中风土人情的变迁、生命体验的变动、民族心理的变化。这正是哈萨克民族人独具的一种情思和情感,是哈萨克民族性格的灵魂所在。

可以看到,新的时代精神是怎样地浸渍于儿童文学的民族性之中。作品自始至终以哈萨克族小女孩的口吻来描述"我"与小羊驼的刚刚见面、慢慢接近、静静抚慰、渐渐融洽,来表现"我"与小羊驼的亲密无间、亲热无比的情景。当作家写到"我"的爸爸带回一只圆头圆脑的小羊驼时,就听见"我"不停地在说:"哎呀!真是太可爱啦!""哈!你是歪脖子小羊驼吗?""快看!她的脸长得像糖一样甜蜜。"这样的感触,这样的感慨,令人真真切切地领略到,一个民族的生产生活方式会给新一代人心理素质的形成产生多么深远的影响;民族心理素质的差异,就在于民族一代代人内心情感的差异。这既揭示出游牧民族独特的秉性,更展现着牧人少年特有的情怀。

2. 在表达方式上的特色:

作品民族性的最明显的呈现,还在于它的既庄重又诙谐、既浅近又深邃的儿童式的幽默表达;在于它的又温情又严厉、也明朗也蕴藉的朴拙的智慧表露。作品中,小羊驼藏在心里的抑郁、哀愁,露在脸上的紧张、恐惧,都湮没在爸爸运沙子、妈妈拌草料和"我"的百般安抚所营造的温馨的生活气场中,都融化在牧人一家的怜爱之情所凝聚的友善气氛里。如写小羊驼闯祸之后:"妈妈拿起扫地毯的刷子,假装追打蜜糖。蜜糖把头藏在我身后,完全不管圆圆的屁股还露在外面。"写她高兴之时:"她围着我转圈,跳得四条腿儿都离开地面啦。一会儿,又摇头晃脑跑到我前面,兴奋得,简直过了头。"写她对草地上风的喜欢:"在风里,她的发型总是不停变换:有时中分,有时偏分,有时背头,有时会来个大爆炸。"写她吃饱青草却依然贪馋:"吃饭时,蜜糖把头搭在我的肩膀上,直勾勾的眼神,盯着盘子里的手抓饭。从盘子到嘴,从嘴到盘子,来来回回,紧盯不放。"作家写哈萨克牧人在绿草丰茂的牧场上的身心放松和欢欣,以及对牧野上万物生灵的赤忱看护和相待、对外来的陌生的动物的倍加爱护,这些是生活中的真实情景,也正是一位少数民族作家与小羊驼之间心心相印的真心流露,是少数民族作家在本民族现实中独到而有趣的发现。

显然,作品所呈现的儿童文学民族性,是活脱脱的。也就是说,民族性总是与儿童的天真、成长天然地融合,如作家在"蜜糖的样子"中写了小羊驼快乐的、得意的、满意的、着急的、"凶狠"的、满足的、思考的、好奇的、威胁的种种表情,这是对小羊驼的一种描述,是真切、真挚的记录,是生动的写实,也是对小羊驼的一种绘声绘色、有根有据的想象,是比拟比照的抒情。看似平凡而琐细,却正好显示出小女孩对小羊驼的平等的视角、敏感的视线,显现了小羊驼聪明的灵性、顽皮的灵气。幻想艺术的多元,幻想表现的多样,使作品于平常中见独特,于平实中显个性,使少数民族儿童文学摇曳多姿、缤纷多彩。这是作家以本民族人充满幻想充满诗情充满爱心的目光来看天地万物、来审视哈萨克一代代人习以为常的生活方式,从中发现那些被日常生活格式化的生命潜能,熔铸北疆民族绮丽的童年梦想与伟大中华壮丽的振兴理想于一体,给人耳目一新的审美愉悦和情操陶冶;而民族心理素质的新的发展、变化,总是最鲜明、最直接地体现在民族情感情绪的表达上。加以这一长诗的结构自然,往昔与当下、传统与现代、"我"与小羊驼、人与大自然、牧人与外来客,交错叙述,穿插自然,巧妙地交织起来,辐辏并进,更使民族情感情绪所蕴含的思想凝聚凝练。作品以"珍惜、享受我们现在拥有的,更加爱家人、爱朋友、爱自己、爱生活,更加快乐而幸福地活着。""再见了!我最最亲爱的蜜糖!再见!蜜糖!——我们都会好好过"收尾。一只可爱的小羊驼,一个好心的小女孩,竟使我们体验了一把哈萨克族人的悲欢离合,体悟了一回哈萨克儿童的喜怒哀乐。显然,儿童文学民族性,最终体现在少数民族儿童文学作家所创造的民族情感天地中。作品中儿童文学民族性的深度,与儿童文学思想性、艺术性的高度成正比。儿童文学民族性正寓于少数民族儿童文学作家一次次精心的艺术创造之中。

　　需要专门论及的是,作家对儿童心理特征的高度重视。由于儿童看事物总是柔化的、小化的,书中对少数民族儿童特有的情感的描述就显得格外地细腻细致。如写小羊驼住进"我"家毡房的第一个夜晚:"我试着走开,钻进被窝,黑暗里,竖起耳朵倾听她的动静。一开始,并没有任何声音,接着,传来细微的'呼呼'声,再接着,我的耳边吹过风一样的'呼呜呜——'声。像是有人往我耳朵里大口吹气。""唉!可怜的小家伙。我怎么舍得让你孤零零待在那里呢?"如写小羊驼与"我"要好起来:"蜜糖吃饱了,发现我躺在草地上,就装出一副'路过,却被你挡道'的无辜模样,慢慢踱到我身边,蜷起前肢,若无其事地趴下,侧着把头放在我的肚子上。"试想,不是在广袤的牧场上,不是哈萨克儿童,怎么会这样深爱着小羊驼?又怎么会这样亲近着小羊驼?诗中,这些不断重复出现又有细微差异的细节描写还有不少,它们既刻画了"我"这个哈萨克小女孩的心性和品性,又增添了作品的戏剧性,更鲜活地透露出丰厚的民族文化意蕴。而且,正是这些细微细小内容的频繁多层次地被描绘,满足了少数民族儿童成长中最需要的主人翁感和温馨感,丰富了少数民族儿童文学创作中最重要的渗漫情趣的美感和如临其境的质感;也正是在如此简约而精致的描绘、叙述的点点滴滴中,彰显了儿童文学民族性的无限生动、无比深切。

　　归根结底,这本诗集所散发的浓浓的哈萨克民族生活的味道,所传递的淳淳的哈萨克族儿童的心意,又都体现在作家小七诙谐会心、妙趣横生的语言中。她尤其善用如诗如画的图绘和似鼓似钹的音响,有声有色,相配相合,意象饱满,诗意盎然。

(五) 其他少数民族诗人的童诗作品

少数民族诗人中,专门为儿童写诗歌的极少,但满族诗人佟希仁自二十世纪六十年代以来,童诗创作不断。除出版儿童诗集《孔雀和白头翁》《柳树梢挂月亮》《雪花姑娘》等以外,二〇〇四年出版诗集《美丽的大自然》,二〇〇六年出版的《佟希仁儿童文学选集》中,儿童诗作品约占全书四分之一篇幅。他的诗作始终钟情于大自然,浸润着他最朴素的乡土情感和民族情结,不加掩饰地流露出作家内心深处的至真,表达出他对生活的天然的亲和感。就连那些记叙满族少年与大人一道抗击日本侵略者的诗,也都不只是描绘了那一年代的历史画面,更在于在画面中注入了作家鲜明的主体意识。如《那个夜晚》《羊肠小道》《让历史告诉未来》等,都使爱家乡、爱民族、爱祖国的情感变得具体、丰沛、真挚。他近年创作的写自然的优美童诗,如《秋天的童话》(组诗)《太阳的金手指》等,也都写出聚居于松辽平原、嫩江平原的满族儿童的心声,体现出一种朴拙之趣,深藏着作家对少年人生的深切关怀。而在时代发展中,诗人对人、对自然的思考也在发展,作品中常常充满着浓郁的文化气息,呈现着崭新的时代色彩,如他在《年轮》的末尾写道:"间距宽阔,质地疏松,在诉说风调雨顺,阳光灿烂;间距狭窄,质地致密,好似诉说着,生命的贫瘠,步履的艰难。……它启迪我们珍惜生命,热爱美丽的大自然。告诉我们在短暂的生命中,要保护好美丽的春天!"他为幼儿创作的儿歌,更简练,更明朗,展示出他对故土、对民族的温情目光。如《蝴蝶落》《海浪花》《吓一跳》《小雪花》《小狗喝酒》等,显示出一望无际的东北大地激发了作家无比丰富的想象,并构成了独特的乡野视角。

另一位出生于二十世纪三十年代的满族诗人冬木,原名佟乃林,已经逝世,他生前一直在创作儿歌、童谣。他的作品有儿童诗歌集《春娃娃的歌》《幼儿园里花朵朵》等。作品都韵律齐整、节奏明快,极富童情童趣;而且,大多散发着山区满乡的生活气息,浓浓的民族色彩中氤氲着酽酽的地域情调。

如《唱得山村富起来》:

场院大,院场圆,

　　　　场院像张大唱片。
　　　　红马拉着石磙飞，
　　　　吱吱扭扭唱得欢。

　　　　唱得金豆蹦出壳，
　　　　唱得红米露笑脸。
　　　　唱得山村富起来
　　　　唱得人人心里甜。

如《霜花》：

　　　　北风刮，大雪下，
　　　　玻璃窗上结霜花。

　　　　这像鸡，那像鸭，
　　　　三套大马把车拉。

　　　　哎呀哎，怎么啦？
　　　　鸡飞鸭逃马毛了。

　　　　找呀找，没影了，
　　　　太阳公公笑哈哈……

如《送香茶》：

　　　　骑上我的竹竿马，
　　　　小小背壶肩上挎。
　　　　马儿扬蹄嗒嗒嗒，
　　　　载我飞跑奔边卡。
　　　　解放军叔叔保祖国，

咱去慰问送香茶。

都令人感受到山乡生活的和美、幼儿心灵的淳美。这方面的代表作还有《林海是咱祖国宝》《我们双手绣春天》《丫丫放鸭》等。

冬木还特别注重儿歌创作中的爱国主义和道德品质教育,其中影响较大的作品有《从小爱祖国》《小乌鸦喂妈妈》《公鸡和母鸡》《刚栽的小树苗》等。冬木儿歌中还有一部分是专门向小孩子描述自然知识的。如《剪出祖国山河美》《青蛙》《蜻蜓》等。二十世纪八十年代后期,冬木与他人共同主编《中国新儿歌大系》。他还主编和编选了《幼儿歌谣100首》《中国童话儿歌选》《中国讽刺儿歌选》等。

维吾尔族诗人艾尔西丁·塔提勒克的寓言诗《聪明的母鸡》、图拉罕的故事诗《爱上圣母玛利亚的小姑娘》,都因理念的革新、艺术的创新而受到关注。前者,四十一行诗,写母鸡遇到狐狸,在奇妙的幻想中充满了机警和智慧。往常被认为蠢笨的母鸡聪明了、机灵了,使儿童读起来感到快活有趣。后者是一首八十四行的长诗,讲述了一个伤感的故事,但整首诗中洋溢着爱。两首诗都比较长,但都重音韵和节奏,似乎是合着冬不拉的音律,随着手鼓的鼓点,节奏明快而自然。土族女诗人张怀存的诗中,大自然的每一个季节、每一个日子、每一株花草,都红红火火、蓬蓬勃勃、蹦蹦跳跳。激情在奇异幻想中燃烧,大爱在奇妙幻想中炽烈,诗意在奇丽幻想中升华。

第三节　散文

(一) 蒙古族作家陈晓雷的乡野散文集《我的兴安　我的草原》

陈晓雷(1959—　),蒙古名图特戈,男,出生于内蒙古大兴安岭甘河镇,在兴安岭的坡地上、山林间度过童年和少年。一九七七年高中毕业下乡,又在大雁煤矿当过四年矿工。一九八二年开始文学创作。一九八五年毕业于内蒙古电大中文专业,一九九〇年毕业于中央戏剧学院影视编导专业。一九九一年参加全国青年业余文艺创作会议,一九九二年进《东煤集团报》工作,一九九四年任《中国煤炭报》记者、驻吉林省记者站站长。二〇〇一年任新华社吉林分社记者、总编助理。之后调任吉林省委政研室决策咨询研究所所长。前期创作以散文为主，二〇一三年出版散文集《我的兴安　我的草原》，获第十一届"长白山文艺奖"。自二十一世纪以来致力于儿童文学创作，二〇一六年出版儿童长篇小说《黑眼睛　蓝眼睛》，为《中国少数民族儿童文学原创书系》（第一辑）中的一本，再次获"长白山文艺奖"。

散文集《我的兴安　我的草原》，是作家自二十一世纪以来创作的适于儿童阅读的乡野散文集，共三辑（三十七篇）：① 我的兴安；② 我的草原；③ 悠远的蒙古高原。可以看到，在陈晓雷的创作人生中，山岭、森林里的日日夜夜，童年、少年时的辛苦，是永远无法磨灭的记忆。那是他志向、志气的火种，长久地埋藏在心底，无论是热爱生活的炽热真情，还是珍爱青春的炽烈激情，都会即刻点燃他内心的心志之火、心气之火。这就使他童年、少年时的一段段经历、一次次感触、一回回体悟，化进了这本被列入"中国美文名家名作典藏书系"的散文集，集子中的每一篇作品都清新优美，质朴淳厚，从中可以看到乡野散文在民族儿童文学范畴中的美学品位和价值。

在这本集子里，陈晓雷以天然、纯真的笔调描述出内蒙古呼伦贝尔地区大小兴安岭原生态的山林风光及居住在这里的蒙古族、汉族、鄂温克族的孩子们日常生活的点滴情趣；以家乡人最熟悉、最顺耳的声气讲述着内蒙古高原上那山那河那树那草，以及山岭上的神灵、河岸边的神树和树林传达出的大自然的声音、草丛呈现出的大自然的色彩。面对辽远宽广的山野草原，他书写着生于斯长于斯的这块土地，写出不一样的、洇渗着他内心热爱这块土地的情感的鲜活文字。如《大岭高粱果》中写：

> 大岭上长不出苹果、桃子，也长不出香蕉、椰子。没有水果吃，我们嘴里没有"嚼裹儿"，就找到了许多可以和水果类比的野果：山杏，酸得让人流口水；都柿，甜得像葡萄；稠李子，涩得让人拉不动舌头。而最受孩子喜欢的，就是我现在描写的高粱果。

如《爬犁小记》中写：

爬犁像蹦跳狂跑的鹿,在雪坡上起伏驰骋。我听到耳边的风呼呼作响,眼前的树影向后飞跑着,雪地像冒着热气的天空,银光刺眼,载着我们的爬犁,像翱翔的飞机快速轻盈,只一两分钟就把大山大树甩得老远。……感觉爬犁就是自己的翅膀,飞越大山,飞越大森林,降落到小镇里。

这些文字里,充满着家乡的泥土味、野果味、冰雪味,洋溢着大自然赐予小孩子清甜的山泉、酸甜的野果,以及可以溜冰的湖面、能够滑雪的缓坡等无可比拟的活力和无可想象的乐趣。这些文字里,夹带着卷了雪粒、裹了雪雾的怒吼的狂风,以及勇往直前、锐不可当的昂扬的朝气,流淌着人与自然相依相存、互帮互助的生命气息,都活生生,活泼泼,给人以激励和鼓舞。

应该特别提到的是,陈晓雷在二十一世纪合作的乡土散文,不只是写了家乡土地上令人难忘的乡情和乡谊,还写了贫穷、艰难、危险、祸患,却都呈现着一种精神——一种压不倒、击不垮的坚韧不拔的精神,一种兵来将挡、水来土掩的自强不息的精神。他始终在写蒙古高原的壮观和酷寒,始终在写蒙古族儿童秉性的剽悍和不屈,始终在写那一年代童年的被摧残和被损害。读者正是从这个独特的地域环境、独特的生存际遇的具象描绘中,感受到了历史变迁对民族命运、儿童生存的巨大影响,感悟到了自然情怀与人文关怀的紧密关联。

(二)回族作家阮殿文的文化散文集《像大地一样》

阮殿文(1937—),男,出生于云南省东北部昭通的鲁甸湾湾田。中国作家协会会员。中学时代即开始写诗、写散文。旅居北京十几年,先后任《格言》杂志执行主编、人民日报社《人民文摘》执行主编、《意林》传媒集团《意林·小文学》主编、《北京文学·中篇小说月报》特邀编审、《奥秘》杂志总编等。二十世纪末出版诗集《我的另一个母亲》。自二十一世纪以来出版散文集《像大地一样》,中短篇小说集《深夜里,谁引我们上路》(中文版、阿拉伯文版),长篇小说《湾湾田之恋》《爱上泰戈尔的孩子》。散文《父亲挑书》《没有故乡的人是不幸的》等曾被一些省份选入中、高考语文试卷阅读理解题。

散文集《像大地一样》,二〇一〇年由百花文艺出版社出版,是阮殿文儿童散文精选集,分为四辑(共二十四篇):① 没有故乡的人是不幸的;② 向一位天堂居住者讲述战争;③ 大地和她的守卫者;④ 漫游与神话。这些作品大致可归为三类:一是以少年人的心神目光,写世间最珍贵的亲情,如《父亲挑书》《母亲的菜花》;二是以儿童的心灵感应,写乡间最美妙的自然情愫,如《大地和她的守卫者》《像头顶的星光喂养着夜空》(还有未收进集子的《两只小麻雀》等);三是以少儿的心情直觉,写人间最质朴的儿时情怀,如《河堤上的少年》《火把》(未收入集子的《小街少年》也属这类)。这些作品,似乎都只是在写一些人们并不很在乎、很在意的东西,却都与童年、少年有关,都有着鲜亮的地域、民族色彩,有着鲜明的伦理、道德倾向。所以,这些作品又都与众不同。那就是作家总能把似乎看不见、摸不着的民族文化心理、内心情感,通过细节刻画,让儿童领悟;总能把深藏于人们言行的民族传统美德、思想观念,通过形象描绘,使儿童知晓。

如《母亲的菜花》,写回族家庭里母亲的勤劳、母亲对家人的爱,写得细腻而实在、细致而优美。如《大地和她的守卫者》中,写出孩子对鸟儿、对天空的细心观察与感悟:

> 鸟儿和我,同是天空的孩子。
>
> 鸟儿在天空行走,我在大地上飞翔;鸟儿看到天空的辽阔,我看见天空的高远。
>
> ……
>
> 天空是我们共同的母亲。天空怕我们口渴,就洒下雨水给我们喝,还帮我浇灌幼小的树苗;天空怕我没有盛装,就展开云彩做我的衣裳;天空还怕我们生活无趣,就把神话编成彩虹逗我们发笑。
>
> 天空的孩子喜欢在母亲干净的目光中唱歌。

如《河堤上的少年》中,写冬天面对田野的少年的细微感触、细密心思:

> 在少年心中,冬天的田野是没有灵魂的。被割去稻穗的稻茬站满了田野,它们的灵魂已随稻谷飞进一间间房顶冒着炊烟的农舍。需要水稻作隐蔽的飞禽,也在这个时候带着它们的灵魂隐入了新的深处。不同的是,田野变得更空旷、更高远了。
>
> 少年想,神灵一定在这个时候降临田野了,否则,失去灵魂的田野怎么还这般让人感动。

显然，在阮殿文眼里，自然的、人文的细碎风景，都能化作童年、少年的想象，并由此将美与生活紧紧系在一起。在他的笔下，所有的风景，既是特定地域、特定民族中一种童心美的意象，又是一种温暖人性的所在，还是一种承扬优秀传统的寄寓。所以，阮殿文的作品篇篇都有一种爽朗朗的野性野劲，有一些清灵灵的民风民韵，有一股活泼泼的生机生气。所有作品中，园地上的母亲和阳光，稻田里的父亲和水牛，屋舍间的家人和小狗，天空中的鸟儿和白云，原野上的包谷和孤山，家门前的河流和火把，高原上的雪山和神灵……都与童年、少年的美好情感关联着。他用创作的热情点燃了少年人生的"火把"，照耀着一条条向善的通道，引导人们寻觅温暖的理想家园。他在散文集的"后记"中写道："我……只能把这些过往的零碎瞬间呈现出来，但我固执地认为，一块完整的玻璃碎了，它的碎片发出的光，有时反倒会比整块玻璃发出的光还要亮，还要耀眼，甚至更具锋芒。"显然，阮殿文的童年、少年散文虽然切入的角度细小，却是氤氲着生活之气，有一种大的气势和深的意蕴。他力求以小见大，以一当十，并以朴拙的诗意统领着自己的文学天地。诗意埋藏在细节里——历史的细节，自然的细节，生活的细节，童情的细节。哲理隐匿在文字中——有情感的文字，有色彩的文字，有底蕴的文字，有味道的文字。阮殿文的这些作品是真正的深入浅出，真正的贴近民族生活，贴近少数民族儿童的心灵。

显然，童年、少年，在阮殿文散文中，不只是一个题材，一次追忆，一种向往，而是一个民族心灵的、精神的抒写——抒写恪守信仰的、稚真纯真的心灵；抒写追求美好的、向善向上的精神。志向、勇气、尊严等美好的情感就蕴含在少数民族儿童的心灵深处；迎接挑战、临危不惧、一往无前的品性就寓托于精神力量之中。童年、少年，在他的作品中，也不只是一个符号，一次激动，一种灵感，而是一个民族审美的、诗性的呈现——呈现回族人特有的高洁、纯真的审美趣味。

在中华民族大家庭中，回族是小聚居、大分散特点最明显的一个民族，分布范围最广，从内地到边疆，从城市到乡村，到处都有回族人的身影。在文学园地里，尤其是在儿童文学小百花园里，回族作家写出的充满了生活气息、呈现了新一代儿童情愫的作品，既具别样风采，又显示出中华儿童文学的多姿多彩、丰富丰厚。

（三）回族作家马瑞麟的大自然散文诗集《蛐蛐蚂蚁山喜鹊》

马瑞麟的散文诗集《蛐蛐蚂蚁山喜鹊》共十辑（二百篇）：① 花花草草；② 虫

儿鸟儿;③ 乡情悠悠;④ 山山水水;⑤ 湖畔童年;⑥ 天地之间;⑦ 园丁印象;⑧ 都市小景;⑨ 梦梦故事;⑩ 废墟·圣火。从每一辑的题目可以看出作品的大致内容,也看到这些作品的与众不同:首先,作品着重于描绘西南边陲纯净的自然风光,表现本民族人民纯真的思想情感,揭示世间万物纯朴的生活哲理,把爱与美的种子一路播撒在纯洁的各民族少年儿童的心田。如《虎刺梅》:

浑身尖尖的刺数不清,可蜂蝶们一直喜欢飞来这里游玩。

浑身红红的花数不清,可孩子们一直不愿伸手去摘下一朵。

尖尖的刺捍卫着红红的花;红红的花伴随着尖尖的刺。刺与花组成一个和谐而美好的家。

花是虎刺梅最美的语言。

刺也是虎刺梅最美的语言。

短短几行文字,小小一个篇章,描绘了虎刺梅的独特形象,展示着虎刺梅的独特姿态,呈现出虎刺梅的独特品性。虎刺梅,是西南边陲才有的一种花,在花卉中,它是被忽略的一种,可这里的人们却分外喜爱它!那是因为它的美丽、鲜艳,它的尖锐、深刻。美是永恒的,爱,也是。

这样的作品在这本散文诗集里俯拾皆是。如《野草》,作者在三百余字的短章中,竟写出九种野草的性格,写了它们与"我们"之间的友情和玩乐、嬉戏、趣事。野草也有它们的天地,令人惊诧、惊喜。这也就构成了一种意外的艺术陌生感。再如《牧歌》,讴歌人与万物之间凝练的博爱、饱满的真情,有一种热爱生活、珍爱生命的普世价值。

这些散文诗作品,因其意蕴的精致、意味的精湛、意义的精深,凸显出中华各民族语言的无比丰富性、生动性。语言直接呈现出各民族人民的思想,文学语言的锤炼、磨砺,既形成巨大的艺术魅力,又化为一种强大的文化力量,是爱国主义精神的源头之一。如《马豆草》:

从豆田里回来,有谁能不带回一串歌声?

从豆田里回来,有谁能不带回一束短笛?

从豆田里回来,有谁的口里不含着一颗马豆?

从豆田里回来,有谁的衣袋不被马豆塞满?马豆结在马豆草上,马豆草长在蚕豆田里。田野因为有了马豆草而吸引来一批批孩子,孩子们因有马豆而使自己快活的心越飞越高。

盲童吹起马豆,也会望见灿烂的太阳,望见艳丽的桃花。

跛孩吹起马豆,也能领会舞蹈的节奏,吹出飞跃的乐章。

马豆草结满累累的马豆,结满累累的音符,结满累累的情趣,结满累累的欢乐,结满累累的希望。

马豆草使田野沸腾,使村庄沸腾,使生活沸腾,使村道更宽……

普普通通的马豆草,因为能吹起、吹响,就与儿童的生活、与儿童的心灵有了紧密的关联。作家写来,天然无雕琢,朴实无造作,每一句都是从儿童心里流淌出来的,是真情实感。而每一句又经过作家的提炼和提升,无论是意境的构筑、知识的表达,还是语言的运用,都形神兼备。文中,反复而不重复,夸张而不夸大,凸显而不突兀;言简意赅而又准确精致,字斟句酌而又生动飞跃,民族文化心理、地域自然景况和儿童美好愿望尽在其中。

(四)满族作家佟希仁的花卉散文集《花之魂》

满族作家佟希仁始终致力于儿童散文创作。自二十一世纪以来,他又出版了《花之魂》,把一年四季的花花草草,用一百一十篇短小而美妙的散文,艺术地展现给各民族小读者看。这是一本知识性、文学性兼具,民族性与地域性都有的少数民族儿童散文集。

走进文中恬淡又雅致的花草世界,扑面而来的,并不只是缤纷的色彩、芳香的气息和深长的意味,而是有着大地伦理的至爱关怀以及由人及物的道德眷顾。文中,花花草草常有着人类难以企及的风范,无论是微小的还是硕大的、盛开的还是零落的,它们总是以全部身心燃烧着生命的光华,熠耀着生活的光彩,闪射着生存的光芒。作家写搏击严冬、最早报春、芬芳馥郁、冰清玉洁的玉兰花;写历经风雨、屡遭践踏、不惧炎夏、高飞播种的蒲公英;写树高树大、耐寒耐霜、花小不艳、秋香沁心的桂花;写高举火炬、引领众花、雪中怒放、抗击严冬的雁翎茶;写花草们在明媚的春光下绽露着会心笑容,在温润的夏雨中洗净了可爱脸庞,在凉爽的秋风间轻说出爽朗话语,在纷扬的冬雪里留下了英雄精神。一切的一切,都鲜活、生动地呈现出花草们的绰约风姿和昂扬风貌，表现了它们对人类的慷慨赠予。当人们在每一丛花草前观瞻流连、在每一片长满花草的土地上思索忘返时，人们的生态意识就会被激活，自然知识就会被革新，关于世界的理念和观念就会有所变化和发展。作品明朗地暗示人们应该怎样认识、认知我们身旁的一花一草，又应该怎样爱惜、爱护不同季节、不同门类的花草。一花一草，都是我们朝朝为邻、日日为伴的亲近的朋友啊！由此，大小读者就在心痴心醉中，于生机蓬勃、生趣盎然的大千世界里走入了人生的堂奥，走进了天人合一、世世永生、生生不息的境界。

书中，作家虽然写了诸多名贵的花，如牡丹、玫瑰、茉莉、玉兰、昙花等，写得最多的却是那些普普通通、朴朴素素、清清淡淡的花草。如房前屋后、墙根地头常见的、从春雨过后一直开到秋末霜降的南瓜花；家家户户、村村寨寨都在种的、从黄土高坡一直种到江南水乡的黄瓜花。如长满山间小路、不怕车碾马踏、淡黄小花和棕黑细籽都能入药的车前子；开得漫山遍野、一片红蓝黄紫、各色花朵都能镇痉止痛的芍药花。如走遍全球无处不在、吹起晨号唤醒百草、花开花落生生不已的牵牛花；山谷溪沟是其所爱、红宝浆果汁液满怀、酸甜苦辣俱在心中的五味子花等等。写花草们品格的高贵与高尚、情意的厚笃与厚重、性情的活泼与活跃，都切实可感、逼真传神。所写的一花一草，既是春夏秋冬四季轮回的自然风景，又是东西南北八方天地的寰宇风貌；既是花草树木兴衰盛落的永远天机，更是山丘河川高低深浅的永恒天然。它们更是明白地昭示人们：人与花草，相依相存、相得相益；花草于人，不可或缺、无可替代；一花一草，都是我们命运与共、和谐共生的亲爱的知己啊！至此，人们已在不知不觉中，于有声有色、有滋有味的宏大世界里悟到了人生的哲理，悟出了热爱大地、呵护自然、珍视生命的真谛。

书中，作家几乎写遍了世界各地的花草，如郁金香、睡莲、矢车菊、九重葛、大丽花、蓟草、百日草等；但，着力写的，正是那些平常、凡俗、不上大雅之堂的花草。如乡里野外随处可见、青翠苍绿任其自然、叶片似剑坚韧不屈、草根盘错顽强再生的马蔺草；初春时节当粮作菜、拳头大小鲜嫩脆生、含了淀粉有点面、近似菜蔬有点水的蕨菜；如上头两片紫花瓣，似是飞来紫蝴蝶，下面一片白花托，好像掉下白星星，一朵一开一整天，你开我开不迟延的鸭跖草；花儿很小很小像蚂蚁一般、花色很多见阳光就开，灾荒年可用来蒸饽饽、重病时能修补细胞膜的太阳花等。写花草形貌的独特与独一，秉性的温和与温顺，内涵的丰富与丰沛，价值的珍贵与珍奇,都平中出奇,非同一般。所写的花花草草,既是见过摸过吃过用过的野菜野品、草绳草药,又是挖过采过煮过编过的土产土货、原种原味;既是通俗易懂、谁都知道的自然现象,更是蕴含丰富、还需探讨的自然科学。它们明晰地启示人们:一花一草却蕴含着无限的知识,从广袤高原到辽阔平原,从高山之巅到大洋之底,从河川溪涧到树林旷野,还有多少从来没有听过、没有见过的清新而奇丽、美艳而奇妙的花?还有多少人类从来不知道的奇异的草类?花花草草,生生长长,其间又包蕴、包藏着怎样的无穷无尽的知识?一花一草,都是我们探秘自然、探究宇宙的亲密伙伴啊!于此,我们不禁惊叹作家知识的渊博、学养的深厚,也自然而然地领略到"读万卷书,行万里路"的深切意蕴和深远意义。

书中,作家面对偌大的花草世界,倾情地传递着诗意的审视、诗性的描绘。他引用优美的诗词来赞美莲花、菊花、梅花、竹林、雁来红的纯洁;借用凄美的民间传说、故事来渲染勿忘我、合欢树、虞美人、玫瑰的多情;运用恬美的传神比喻和淳美的生动拟人,来称赞玉兰花、达子香花、波斯菊、石榴的素朴和素雅;等等。每一篇文字都充满了让人心动的诗情画意,都涌动着大自然巧妙的情意,飘逸出作家曼妙的情思;令人感触到花草们心音的清爽、心意的清香,感受到它们绽放时的心情、怒放中的心境。它们明畅地告示人们:小小的一花一草在大大的世界之中,也许不显著、不起眼,但,无边无际的花草能演绎出无休无止的自然篇章。而且,由于作家对各样花草的审美化、情绪化的表述,使各个篇章话语张力弥漫,情感表达时起时伏、抑扬有致,相互间呈现着迥然不同的审美特质;又由此形成了百花竞放、百草丰茂的兴高采烈的审美氛围。一花一草,确使我们无时无刻不欣赏着、浸润着自然的美啊!因此,我们也就更深切地体会到作品语言的美质、语境的美感,以及由此形成的文学的形象性、抒情性。这部书的语言是一种心灵的语言,一种浸渍了心愫、心思的语言,这样的语言,诗一样,歌一般,读者能看得见作家丰富的思想心灵,正张开美丽的想象翅膀,飞翔于花草们的审美天空,飞进读者的心间,飞向人与花草共繁荣、人与自然相和谐的未来。

这部书描写、颂扬了美丽花草,呈现、讴歌了美好心灵。在花草世界中,奇妙地展现生态观,巧妙地传播正能量。

在这之前的二〇〇五年,佟希仁的散文集《桃花雨》由少年儿童出版社出版。这本散文集按季节分为四辑:春的韵律,夏的芬芳,秋的果实,冬的浪漫;收入散文七十六篇。创作年代跨度大,一些佳作已在前面有关章节中论及。

(五) 哈萨克族作家阿瑟穆·小七的儿童生活散文集《唯有解忧牧场》及其他

一直在新疆阿勒泰工作的哈萨克族作家阿瑟穆·小七,不避艰苦,始终深入偏远牧场生活,既看到蓝天绿草间的无限旷远、无比惬意,也感受到牧人们在不同季节转场迁徙的无尽艰辛、许多风险;看到儿童们帮大人放羊牧牛的无限欢悦、无比快活,也感受到长辈们日夜辛勤终年忙碌中的无尽期盼、无穷希冀。她的连缀散文集《唯有解忧牧场》,二〇一七年由新疆青少年出版社出版,作家满怀深情地讲述着当下哈萨克牧人家的大人、小孩在新疆阿勒泰解忧牧场上的自由自在、开心快乐的日子,描述了生活在牧场上的哈萨克新一代儿童的活泼、朴实、纯真的性情,非常具体地呈现出哈萨克民族心理素质在新一代人身上的发展和衍变。

散文集《唯有解忧牧场》由四十三则小文连缀而成。分为三辑:有意思的邻居们、有灵性的动物们、曲终。在城市化迅速推进的今天,"有意思的邻居们"所呈现的这一份赤忱和厚道,"有灵性的动物们"所展现的这一种忠贞与和美,不仅为女作家所钟情,也为其他人所钟爱。情的共振、心的共鸣,使作品中丰厚、美妙的情感性完完全全地泅漫在儿童文学的民族性、地域性之中——其一,描绘了富含民族情愫的少数民族儿童性格。作品中所写的儿童,虽是本民族中最普通、最平常的,却因为女作家讲述的真挚、描述的真诚,使那些普通的、琐碎的细节显现出人性的高贵、童情的稚真,使那些平常微小的细部表现出气度的非凡、童心的圣洁。这当然是任何民族人民都珍爱、都喜欢的。如那篇《我只是找我的羊》,写整天伺候羊群的努尔旦老爷爷丢了一只羊。他发疯似的跑遍周围所有的毡房,无休止地瞅着附近各家的羊圈,寻觅着,唠叨着,诅咒着。人们都体谅老努尔旦的心情,都客气地说话,任由他查看。等他走到小别克家,继续说着羊"一定是被人偷走了"的话时,小别克竟认真地拿来自己的大书包,掏出校长授予他的"诚实之星"的奖状、奖品,小别克拽住他的坎肩让他看这些东西直到把他拽倒在草地上。老人"找我的羊"的较真,小孩"绝不偷羊"的认真,让人会心地笑出来,又能悟出哈萨克儿童思想情感的高尚和品德行为的高洁。《这把斧子不错》,写小别克父亲在毡房前空地上劈柴,四岁的小别克学着父亲,拿一柄塑料斧子劈青草。他见父亲累得满身大汗直喘气,自己却不累,就以为自己拿的是一柄"魔力斧子"。小别克就把"魔力斧子"借给父亲,好让父亲劈柴时轻松些。父亲没有意识到,把"魔力斧子"踢到几米外的柴火堆里。晚上,小别克认真问父亲用"魔力斧子"的感觉,父亲才意识到儿子的爱,赶紧点起蜡烛找回这柄珍贵的"魔力斧子"。一柄塑料玩具斧子很轻,但小别克的纯真爱心却很重;一件日常小事一点不起眼,小孩子的圣洁亲情却是美好心灵的根。阿瑟穆·小七抒写的哈萨克儿童的美好心灵,跟先辈倡导的中华民族传统美德血脉相连,跟如今践行的社会主义核心价值观一脉相承。作品中活泼泼的情感性,为儿童文学的民族性注入了艺术的生命力;儿童文学民族性就会因民族情愫的滋润、儿童情思的滋养、时代情绪的滋蔓而鲜活永恒、生动永远、美妙永在。阿瑟穆·小七作品中,对哈萨克儿童小别克的种种讲述和描述,巧妙地或昭示、或揭示了哈萨克民族精神的不同方面,也更证明了情感性之于儿童文学民族性的本质意义,之于少数民族儿童文学创作的永恒意义。

其二,描述了极具民族风情的哈萨克牧场。阿瑟穆·小七以其对于本民族儿童心灵从始至终的关注,在创作中有意无意地避开城市和时尚、隔开喧嚣和浮华,寻找一份宁静,追求一种纯净,细心地写了偏僻遥远的哈萨克牧场上辽阔、明朗的碧蓝天空,轻盈、缥缈的洁白云朵,艳丽、明媚的大红太阳,清爽、新鲜的空气,描绘了生活在这片草场上的哈萨克族人民之间的相互扶助、人与动物之间的相互依存所构成的一幅幅原始本真、暖彻人心的画卷;使"田园牧歌"与人文关怀自然契合,并天然地表现出哈萨克儿童在旷远、寂寥的牧场上与长辈们、小伙伴们、各种可亲可爱的动物们共同度过的快乐童年和健康成长。这一切,对于远离草原牧场的人们来说,是无法体验、无从体会的。阿瑟穆·小七以朴素真诚的情感、朴实真切的文字,把这一切活脱脱地写出来,写出哈萨克族人民生活在远离都市、远离繁华的广袤草原上,他们远离拜金主义、远离虚伪做作,享受现实生活中的那一份难以想象的欢悦。应该说,阿瑟穆·小七接续了"五四"新文学运动中"救救孩子"的传统,承扬了当代乡土文学的现实主义精神,赋予其新时代的民族、地域文化的意蕴,也无拘无束地将自己的艺术个性、风格色彩泅染其中。《草丛里有一条镶花马鞭》,以儿童视角写一条马鞭在草丛里的四季经历。因为"马鞭对于哈萨克人来说,是灵魂,也是生命"。作家不仅巧妙地写出哈萨克牧场美丽的天上地下,写出哈萨克人聚居地和谐和美的风土人情,也写出哈萨克民族心理素质的形成和发展,写出哈萨克民族文化的蕴藉。作家写道:

不远处的山坡上开满金黄色的山花。……牛羊从草丛边走过。……草丛里的泥土上有蚂蚁、蚂蚱和不知名的昆虫。……草丛上方飞过蜜蜂、蜻蜓,还有美丽的蝴蝶……

热风从远处吹来,在草地上打旋,一只蚂蚱敏捷地从旋风中弹出,钻进前面的草丛……

夏季慢条斯理地来了。

……天空巍巍地飘起细小水粒,不知是雾气还是雨水,草儿停止生长,树叶的边缘开始干枯卷曲。风吹到人脸上有一种凉飕飕的感觉。

山坡上的花儿开始凋谢,……蚂蚱也蹦不动了,在草丛里一点点挪动身躯……

…………

草原上的秋季已来到。

……草原上开始刮起沙尘暴……接着,飘起雪花,并且,渐渐稠密。很快,枯黄的草原换了一件白色外套,遮盖住秋季衰老的痕迹。

冬天来了。

太久太久的寂寥之后,厚厚的雪层下有水流动,枯草、树叶在泥水中腐烂变质,回归为零。

积雪消融减少,树上冒出嫩芽,黑黑的泥土裸露出来,也露出了马鞭……

…………

扎特里拜老人……认真捡起那些金属碎片,观察着,"走吧,我的孩子,我带你回家,虽然你变得如此难看,但你代表着草原精神。"……

半个月之后,镶花马鞭基本恢复了从前的模样……老人像珍宝一样把它收藏了起来。

春天来了,镶花马鞭终于回到家里。

《小松鼠托尔根》,写一只灰黑色的小松鼠,每天都像个孩子一般跟着库齐肯奶奶。当路过小别克家时,库齐肯奶奶就笑着炫耀。小别克又好奇又羡慕,"库齐肯奶奶想告诉他,这得靠内心深处的某种东西才能办到。就是那种促使任何物种的心灵之间嘎哒一下,就挂到一起的东西。但是,她不知道他能否听得懂。……她朝小别克挤了挤眼睛,拖着长长的音,用手指点点小别克的头,神秘一笑,转身离去"。作家用暗示、设置悬念的手法启迪儿童的思维和想象空间。

阿瑟穆·小七的散文多涉及儿童的、动物的题材,但切入点各不相同。长篇纪实散文《从前啊,有一只猫小宝》,以最普通、最朴素的语言讲述了一只兔唇流浪小猫陪伴、感动一位身患癌症、虚弱绝望的老人的真实故事。一只小猫,竟使原本沉闷沉重的家庭气氛变得愉悦愉快,还使旷远、荒凉的牧区小村变得和睦和美。无论是写地域氛围、生活方式,还是写家庭境况、人物情感,都显示了浓厚的民族风情与民族特色。这个看似十分简单的人与动物和谐相处的故事,其实更深层地显现出哈萨克民族游牧文化的深层意蕴,以及游牧民族文化在新时代的新气象。关于游牧文化的意蕴和影响,学者们曾有过种种诠释和阐述,而在这个作品里,读者却能具体地感受到哈萨克这个游牧民族当代的生产生活,能切实地触摸到当下游牧民族的情绪。时光不断流逝,生活永远向前,民族文化总在发展进步。儿童文学民族性的丰富、发展、充实,也必然体现在少数民族儿童文学历史性的进步之中。在少数民族文学整体中,儿童文学虽然"小"些,但儿童文学作品的历史价值、历史穿透力,并不能小看。《从前啊,有一只猫小宝》中所写到的哈萨克人民的生活和心灵,既属于"人物",也属于"人物"所处的新的时代,属于新时代的新历史。

(六)满族作家胡冬林的山林散文集《狐狸的微笑》

胡冬林(1955—2017),男,出生于吉林省长春市。毕业于吉林省海龙师范学校。吉林省作家协会专业作家。他深入长白山原始森林二十年,致力于动物文学、儿童文学创作。已出版散文集《鹰屯——乌拉山野札记》《青羊消息》,长篇动物小说《野猪王》、长篇科幻小说《巨虫公园》,并编剧创作了二十六集动画片《关东三宝记》、五十二集动画片《昆虫联盟》。作品多次获奖,如全国首届"环境奖""长白山政府奖""吉林文学奖"等,《巨虫公园》获全国优秀儿童文学奖。

山林散文集《狐狸的微笑》,二〇一二年由重庆出版社出版。包括八个中短篇作品:《青羊消息》《拍溅》《原始森林手记》《约会星鸦》《蘑菇课》《黄金鼬》《山猫河谷》《狐狸的微笑》。大致为三类：一为纪实类，如动物散文《山猫河谷》，作家足足用了五年时间，在山林中观察、跟踪山猫，又到民间去寻访、探究山猫的生活奥秘；然后用散发着林间清新气息的优美的文学语言写出来。作品的每个细节、每个场面，都写得活灵活现、有声有色，语言也鲜活鲜明、精湛精致、出新出奇，很打动人，很好地满足了少儿的好奇心。作家总是巧妙地写到林间万物与山猫的种种关联和关系，机智地插进诸多活泼有趣的小故事，使生态意识完完全全地渗进知识性；又使知识性自然地融入文学性，既真实又巧妙。二为幻境类，如用作书名的那篇《狐狸的微笑》，奇异生动。作家写道：

> 我们面前的狐狸……仍用那种无忧无邪的眼神望着我们，……看它眼神里透出的机灵劲儿……
> "这小家伙冲咱笑呢。"
> 喜彦低声说。一贯粗声大嗓的他，这么小声说话可真没几回。
> 小家伙是在笑。雪白的嘴角上翘，暗褐的眼角上扬，眯缝眼，一副笑吟吟的模样。冷不丁看，好像迎面遇上邻家的小狗。瞧啊，它伸出了粉红色的小舌头，舔了舔干嘴唇，又伸出一双前足抓了抓地面，突然张嘴打了个惬意的呵欠。

那是人与动物之间怎样的一种和谐。
三为抒情类，如《约会星鸦》中对原始森林由衷的赞叹：

> 地面覆盖着一层厚达一尺的翠莹莹的塔癣或长发癣，远看似一片凝固的平稳起伏的碧绿湖水。青苔层低洼处和倒木湿朽的树身两侧，遍布着数不清的五颜六色的各种牛肝菌，仿佛整个牛肝菌大家族全部来这里聚会。远远近近的枯朽松杉枝上，缠挂着一团团细绒线似的老绿色短松萝，把每一根枝条都变成毛茸茸的绒棒。横七竖八的陈年倒木身上覆盖着暗绿色青苔，更显出这座森林的原始与沧桑。令人感觉来到了一个古老童话中的森林。

那又是自然万物的怎样的一种美妙。
从中，可以看到作家热爱民族故土、深爱万物家园的爱心，巧寻民族根基、愿与万物对话的童心；看到作家情感的天然，叙述的自然，又看到作家扎根人民生活土壤的民族自觉，了解儿童内心情感的创作主动；看到作家概括现实的准确、精当，表现自然的朴素、优美。这就使散文的真实性与现实性、知识性与学识性、时效性与时代性、民间性与民族性都能自然地汇合、融合；使作家的山林散文创作，既扩大了创作天地，又拓展了创作文本，更使儿童散文从内容到形式都充实起来、丰富起来、生动起来。

（七）毛南族作家孟学祥的纪实散文集《守望》

毛南族作家孟学祥，多年来一直在写西南边陲山村里儿童的生存、生活状态，写他们受教育的情况，以及民族地区实施儿童教育的状况。这些作品，大多是纪实类的，文学性、新闻性兼具，虽然写的主要是儿童生活中的问题，但由于作品题材都是现实生活中发生的一些事情，或是眼前的少数民族儿童生活中实际存在的诸多问题，实实在在，真真切切。这些事、这些问题，都牵涉到村村寨寨、家家户户，牵扯着上辈老人、儿童父母，还牵连了镇上县上、市里省里，倒使这些作品显得格外厚重和沉重，故而在整个少数民族儿童文学中占据了重要的位置。

应该说，民族少儿的成长，是少数民族儿童文学创作的永恒主题。但，在不同的历史背景下，每个时期都有不同的热点话题。自二十一世纪以来，在迅猛的现代化进程中，农民进城务工形成热潮。民族地区虽然相对闭塞，但为了摆脱贫穷，民族村寨的青壮年也卷入了这股热潮中。这样，就有了长年没有父母管束和关爱的、不同民族的"留守儿童"们。不是一个村子、一个地区这样，而是大部分乡村、大多数地方都这样。这些大大小小的"留守儿童"，生活，上学，成长，进取，是怎样的一种境况？怎样的一种状态？近年来，孟学祥一直在关心、关怀这一儿童人群，写出了一些"留守儿童"题材的作品，引发了广泛的社会反响。

孟学祥纪实散文集《守望》，分为上、中、下三部，收入作品三十八篇，其中多数篇章是专写"留守儿童"的。这样的作品，不仅是少数民族儿童文学题材上的一种拓展，而且，在对少数民族儿童少年人物的描述手法上，在艺术陌生化的布局方式上，也有新的呈现和表现。以《家长》为例，写的是在深沟中学读初三的十六岁少女刘竹平。从读初一开始，刘竹平就一直带着一个妹妹和她两个叔叔的四个孩子，在深沟场坝租房读书。除了带这几个孩子，她还不时地要回家去看望年迈的奶奶，七十二岁的奶奶咳嗽不停，身体不好。父母给刘竹平买了一辆摩托车。每天,她就骑着这辆没有任何遮挡的摩托车,在高高低低的山路上颠簸。在深沟的学校里,刘竹平不光要管那五个与她生活在一起的孩子的吃喝,还要管他们的学习,她是他们的"家长"。在寨子的家里,她要安排好奶奶的饮食起居,还得到村组为奶奶领取低保金和救济物资,有时还要到村组去开商量事情的会,她也是奶奶的"家长"。对这样一个小小年纪担着大大责任的女孩,作家并没有一一地记叙她的种种经历、种种酸楚,只是写了她身子过于瘦弱矮小,跟那几个弟弟、妹妹站在一起似乎没有多少差别;写走进她和五个孩子睡觉的那间屋子,就仿佛走进了一个杂乱无章的世界,所有床上都凌乱地堆着衣服和书本,有的床上连被子也没有叠好,被子的一头都拖到了地上;写刘竹平因为被人看见了屋里的"乱"而一直红着脸,两只手不停地绞动着,非常地局促不安;写刘竹平尽管忙乱至极,却为来访的客人煮了饭,并一再邀请客人跟他们一起吃午饭;等等。以上都着眼于刘竹平外形的"小"、内心的"大",着力于她言语的"少"、想到的"多",着意于她实际的"弱"、做事的"强"。作家平实地记事,把事情写得实实在在;深情地写人,把人物写得真真切切;把刘竹平的状态真切地凸显出来。唯其真切,才能产生现场感,作品也因此具有了难以形容的艺术震撼力。另一篇《无法兑现的承诺》,写贵州省罗甸平岩小学五年级的苗族女孩王红梅。小红梅的父母都外出打工了,她和弟弟一直跟爷爷、奶奶在一起生活。她的父母已经有一年多没有回家,所以她一见到有客人到村子里来,就请求为她拍照,还希望把照片寄给她,她再寄给出门在外的父母看。可是,作家还没有来得及寄出照片,小红梅却在水池边清洗衣服时不小心掉进水里,等村人来救,她已停止了呼吸。作家极写小红梅的活泼可爱、为她拍照时的笑容可掬,更是在反思:这样痛心的事情为什么会发生?因为村里那些年轻的父母都打工挣钱,各家的房子都修得很好,只是房子里只有老人和孩子,都是一个个不完整的家。作家一直全力地写真实的现实,但并不停留在现实的真实,而是以反衬的手法进一步拷问:挣来钱,修好房,能否改变农民命运?有了钱,住新房,能否代替留守儿童的成长?文字含蓄、蕴藉、隽永、深沉,充满了对留守儿童的爱怜和同情,充满了对民族山寨的希望和期盼,有着一种深深的忧患意识、一种沉沉的社会责任感。《山路难行》,写那个被大山重重包围的小村寨——满瓮的留守儿童。这里只有二十二户人家,除了两户孤寡老人,二十户都有留守儿童。作家巧妙地借老人之口来叙述十七岁的石波怎样"学坏",又以村里其他儿童的逃学、厌学来反映石波现象的连续影响和结果。虽是侧面写，却因老人的深情诉说、因其他儿童的实际表现而更加令人揪心。揪心的是，不仅仅是石波一个人"学坏"，也不只是这个小山村里的儿童会变"坏"。这样的巧妙结构，是作家精心构思的结果。因远距离地勾绘而给读者留下更大的思索空间，因影子般的描画而使读者有了更广的思考余地，这就使作品有了一种深度和力度。显然，作家已经不拘囿于留守题材的直接叙述和正面表现，已经不局限于引起重视和引来关注，而是把"留守儿童"题材创作看做当下少数民族儿童文学中的一个重要方面，并在艺术上做多方面的、深入的探索。

孟学祥的儿童散文题材还有多方面的开拓。如《猴鼓舞》，写奥运春风吹到了毛南山区，年近古稀的七爷来到卡蒲乡民族小学，把古老的民族民间舞蹈——猴鼓舞教给这里的老师和学生，希望新一代毛南儿童能把包含其中的讴歌民族历史、渲染大山灵性、激发生命活力的民族文化发扬光大，并使它融入奥运这个大文化中，展示给全世界看。作家通俗而生动地写了这一已经作为非物质文化遗产入选国家名录的民间舞蹈的表演情景和表现意趣，也写了五岁就开始学跳猴鼓舞的七爷的故事。民族文化、儿童情性、奥运精神得以交汇、交融。作家的尽情描写，真实地、生动地凸显了儿童文学的民族性。

（八）其他少数民族作家的散文

自二十一世纪以来，在多元文化的背景中，不少少数民族作家从少数民族儿童的角度切实地、活脱地再现民族新一代人生存其中的实际生活，满足他们多方面的精神需求。

土家族作家彭绪洛，出版了以童年视角书写的更具实践性、行动性的长篇散文《我的探险笔记》系列：《神农架野人谷》《西藏生死线》《雅丹魔鬼城》《死亡地带罗布泊》。这是他历经七年的奔走穿越、攀登远渡后写出的，每一本书里都描写了他所经历的死亡威胁和无助处境，显现着惊险作品独具的神秘特质和无畏精神；又决不相仿相同，常常是超于预期、出乎意料；常常是峰回路转、曲径通幽；常常是风起云涌、瞬息万变。由此形成的艺术魅力也就千差万别、千变万化。值得回味的是，作品中所寄寓的少数民族作家自身喜爱探奇、喜欢冒险的无畏品行和阳刚气质，正是光大民族心理素质的倡导，是弘扬时代精神意蕴的引领和实践。

彭绪洛写探险散文的姿态是全新的，新就新在：其一，探达险境，探察险情，探秘险象，并不只是为了适应儿童好奇好动好问的心理特征和审美需求，而是以爱国主义为主线,写出历史变迁、地理变动、社会变革、科学发展中的人类文明进程,写出我们祖国之伟大——地域的辽阔广大与地貌的殊异万态,民族的复杂多姿与民俗的深邃多样,古代文明的辉煌灿烂和古人智慧的出类拔萃,等等。其二,叙述探险攻略,记述探险情景,描述探险心迹,并不只是为了教会儿童怎样在探险前做准备,怎样在探险中做考察,怎样在探险后做研究,而是以丰富知识、发展想象、开拓思维为主导,写出悠悠岁月、灿灿星辰、苍苍上天、茫茫大地的时代进步状态,写出今日中国各民族儿童之非凡——拥有人类最古老、最独特的历史文化遗产,拥有东方文明最珍贵的文化遗产,拥有世界上最难得见到的动植物化石、最难吃到的种种食品,等等。其三,写鼓舞人心的卷首《在探险中寻找智慧和勇气》,写操作性很强的引领规划"探险攻略",写趣味性很浓的纪实散文《抵达……》《骑行中……》《徒步……》《穿越……》,并不只是为了吸引儿童们即刻去到远方、访古寻踪、历险探秘,而是以多样的艺术方式,优雅隽永的文学语言,优美丰盈的想象空间为主轴,写出人类在忽忽时光、漫漫历程中的创建和创造、进展和进化,寓托了"劳动创造世界""历史是人民创造的"真谛,写出中国少数民族儿童文学对民族民间文学传统的承继和发扬,对汉民族、他民族文学的借鉴和汲取——呈现出柳暗花明、绝路逢生的曲折布局,营构出平地突兀、平中出奇的传奇氛围,显现出神灵精怪、魔幻诡异的神奇特质。在历史与现实、自然与人文、生命与死亡、幸福与苦难的碰撞与交汇中拓展了文本与文体,发展了艺术方式和表现手段。书中,《在探险中寻找智慧和勇气》是卷首短论,以鼓舞精神,鼓动力行;《火焰山》是风土散文,以感知西域奇热,感悟意志砥砺;《九十九道拐》是形象性说明文,读之可以了解大自然的奇崛,理解创造的奇迹;《流沙》是科学小品,可以充实知识,适应环境;《魔术大师》是抒情诗,回望往昔事,怀念前驱者;《余纯顺的故事》是诗体速记,记下探险家的壮行,记录儿童们的所思;等等。

内蒙古蒙古族作家鲍尔吉·原野写了不少儿童散文和自然散文。他的关于草原家乡和民族家园、关于日常心思和民族心理、关于现实生存和民族生活的文学书写覆盖了人们的体验和记忆,让人感叹人的心灵竟是如此广阔,让人感受、感悟眼前的世界竟是如此绚烂又如此复杂。他是在城市里长大的蒙古族人。他写内蒙古,写草原,写倾注了自己情感的地方,写自己的童年和成长。他在《凹地的青草》中写道:"草像埋伏的士兵,等待初夏冲出去和草原的大部队会合。""从大坝上远望,漫一层河泥的丘陵连接天际,青草像被风吹去浮土露出的绿玉。"

"五月到六月,草原每天都多出几万朵花,鲜花你追我赶,超过流水。""五月是羊羔最欢愉的时光……大羊走远了,凹地的羊羔还在低头看,好像读到了一本童话书……"在《青草寂静》中写"早上,山坡上的青草刚刚醒来……山下的小河拐弯流过去,好像故意不肯走一条直路……小河跟儿童差不多"的情状,让我们领略辽阔草原的蓬勃生机、盎然生趣,领会大自然的无尽生命力、巨大震撼力。作家对草原、对自然万物的热爱、赞美就在他美妙的描述与奇妙的幻想中绵延回荡。那亘古不变的风景让人觉得千百年不过一瞬,更感到人与万物的生命如此珍贵。一种与这片土地相匹配的一个民族强悍的生命意志呼之欲出。

有意思的是,在他的作品中,总会读到作家的"小时候",读到草原上的、其他地方的、有名字没名字的小孩子。常常写得澄澈透明,妙趣横生。如《吉祥蒙古》开头就写"小时候,我认为所有的人都是蒙古族人";如《泪水是眼睛的语言》,自始至终都在写"小孩子泪水的感人",写"感动于小孩子努力抑制泪珠流出时的神态"中的心思;如《牧区的动物朋友》中写:"狗最主要的朋友是孩子,狗觉得牧区的孩子不能叫做人,太顽劣了。比如,他们企图骑在狗背上飞奔……他们还把手伸进狗嘴里,拽出舌头观看。……"而《南风里有青草的香味》《青草寂静》中写"春天与人间的通信""青草上的露珠是它们的眼睛"的情境,又往往是一个画面接着一个画面,一个个意象唤起了一个个故事。作家十分注重色彩的运用,画面的颜色都十分美丽、纯净而饱满,草原就如童话境界一般。就这样,这些作品被灌注了儿童的天真情感,字里行间鸣响着儿童的天籁之音,令人重新体验人心的淳朴和圣洁,体味人性的真切和善良。作家在文字中也时时释放出一种理性的光芒。那理性能够让人读出一种思索、一种智慧、一种力量。

有不少童年散文写了动物题材,如甘肃省裕固族阿拉坦·淖尔的《珍珠鹿》,以裕固族人世代爱鹿、爱草原的深情来写,写人与珍珠鹿的心灵交流,写爷爷讲述的关于珍珠鹿与海子湖的古老传说,有一股独特的裕固族味儿。如维吾尔族艾贝保·热合曼的《放羊的日子》,纳西族人狼格的《世界的细节》,前者写童年放羊的"苦"和对捣蛋头羊的"恨",写对付头羊却伤害了可爱小羊的愧疚,也真切地写出草原儿童对动物的情和意;后者,追忆童年时家里的两条狗:小黑,小黄。写它们的遭遇,就写出了时代的变化,而且还写到了纳西族人关于狗从天上偷了稻谷种子,藏在爪子里带给了人的神话传说,写到了关于不吃狗肉、大雁肉的习俗,很自然地使自然关怀与人文关怀结合起来,揭示出人与动物关系的深层意蕴。这些作品，往往胜过那些刻意描写动物讨人喜欢的作品。还有的生态散文写动物的命运，表现出强烈的忧患意识，也拥有众多的各民族少儿读者，如哈萨克族作家艾则孜·萨吾提的《熊的厄运》、鄂温克族作家德柯丽的《小驯鹿的故事》、哈萨克族作家阿吾列罕·哈里的《天鹅回来了》、回族作家泾河的《宰牲节》，都写了少数民族儿童与动物相处、相依的感人故事，虽因少数民族作家艺术个性的差异，作品的题旨各有侧重，却都写活了这些生存于人世间的动物，作品中伤感的意味促人深思。显然，这些长短不一的动物散文作品，都不停留在生活的表层，而是由此探索民族生活的底蕴，在相互的比较、比照中，凸显出儿童动物散文的当代发展。

第四节　童话　寓言

（一）回族作家白冰的幼儿童话《吃黑夜的大象》《小老鼠稀里哗啦》

白冰（1956— ），男，河北省平泉市人。曾在解放军工程兵及部队医院工作。一九八四年转业到作家出版社任编辑、编辑部主任、副社长。一九九一年毕业于北京师范大学及鲁迅文学院合办的文艺学研究生班，获文艺学硕士学位。现为接力出版社总编辑。编审，中国作家协会会员，中国作家协会儿童文学委员会委员。二十世纪八十年代中期开始写儿童小说、诗和童话，一九九四年列入"中国儿童文学获奖者自选文库"的作品集《绿太阳和红月亮》由华夏出版社出版。自二十一世纪以来，致力于童诗、童话及图画书创作，著有儿童诗集《飞翔的童心》、童话集《吃黑夜的大象》、童话《小老鼠稀里哗啦》系列、《狐狸鸟》，作品集《绿太阳和红月亮》，图画书《挂太阳》《换妈妈》《雨伞树》《爸爸别怕》《一个人的小镇》《大个子数数的野兽岛》《一颗子弹的飞行》等。作品曾获中国出版政府奖、全国优秀儿童文学奖、冰心儿童文学新作奖、陈伯吹儿童文学奖等多个奖项。童诗《假如》《写给云》等被选入人民教育出版社、上海教育出版社的中小学语文教材，一些作品被译为英、俄、日、韩、乌克兰、阿拉伯、土耳其文出版。

二〇一五年、二〇一七年，春风文艺出版社先后出版白冰幼儿童话代表作——童话集《吃黑夜的大象》、童话系列《小老鼠稀里哗啦》。童话集《吃黑夜的大象》辑入十四篇作品：《吃黑夜的大象》《尼尼的秘密》《泡泡糖飞船》《想变成人的小狐狸》《桃花节》《枫叶贺卡》《瓶子里的音符》《老虎山　老虎树》《吸字》《魔术狗食》《会变颜色的妈妈》《甜猫、酸猴和辣兔》《小傻熊波卡的电话》《从画中来的小公鸡》。每篇作品都有一个鲜明的题旨，在作品后面写出来，提示家长和孩子。其语言平易顺畅，不识几个字的小孩子也能听懂。如开卷第一篇《吃黑夜的大象》，写黑蘑菇森林里的小熊、小猴、小刺猬，一到天黑就害怕就哭闹。正好来了一只名叫啊呜、专吃黑夜的大象，他，啊呜，啊呜，把小熊家、小猴家、小刺猬家和森林里、湖边、路上的黑夜全吃了，到处亮亮的。过了几天，小熊在幼儿园上着课就睡着了，小猴在树上跳就睡着了掉进河里，小刺猬捡大枣也睡得找不着了。妈妈们也在大白天连连打哈欠。那就只能连忙让大象啊呜把黑夜吐出来。大家都睡个好觉，一切又都好了。过了黑夜是新鲜的白天，大家也就不害怕了。又如《小傻熊波卡的电话》，写小波卡和好朋友小刺猬萝卜泥克两家隔着一个月亮湖，他们就造了两部电话——用空木头做耳机、响铃石做送话器、绿藤条做电线，说话方便。只是小波卡忙这忙那，为接电话常常误事。他就造了很多部电话，这屋那屋、床上床下，都安上电话。不料，小刺猬萝卜泥克一打电话来，铃声轰隆隆，小波卡立即被震得昏过去。小萝卜泥克打电话没人接，赶紧过来看望。弄清缘由，小波卡只留下一部电话，把其余电话送给森林里的小朋友，大家都快乐。作家写活了小波卡心眼好、情谊真、做事动脑筋、自己会创造的好品德，憨乎乎，傻兮兮，可亲可爱的形象。那些想得不周密、做得不周到的小缺点，长大了就好了。白冰的童话作品虽都简简单单，却跌宕起伏、曲折有致，自有其不同寻常的思想吸引力和艺术生命力。童话系列《小老鼠稀里哗啦》为三个系列："稀里哗啦爱帮忙""稀里哗啦变变变""稀里哗啦和大喷嚏"。每个系列各自成章，又相互关联。《稀里哗啦爱帮忙》写做事总能"想办法"的小老鼠姐姐稀里和遇事总说"别急、别怕"的弟弟哗啦，因为家搬到了郊外，他们就帮爸妈干活儿。先是洗背心、袜子，弄得满地是水；拖地板，又把水溅在墙上；在屋子里灌了水，他俩坐进木盆擦墙，把白墙擦成红墙。《稀里哗啦变变变》写稀里、哗啦睡梦中来了大飞狼，说着舔着要吃姐弟俩。他们发现大飞狼来自童话书，就用彩笔把大飞狼改画成小飞象、小飞羊。小飞羊爱吃青草，不吃小老鼠，就跟稀里、哗啦在一起了。《稀里哗啦和大喷嚏》写稀里、哗啦去帮奶奶干活。奶奶家太远，他们就钻进小灰象邦邦的鼻孔里,邦邦一个大喷嚏就把他俩喷到奶奶家;干完活又请邦邦表哥把他俩喷回家。情节都很简单,却把两只小老鼠爱家爱长辈、勤思考勤干活、有主意有见识的可爱形象写得活灵生动。

白冰幼儿童话创作特点鲜明而独特:

其一,民族文化心理蕴藉于简单简洁的描述之中,巧妙地展现回族人民心理素质在新时代的延伸和延展。可以看到,作品中所透示的伊斯兰教义是明晰的、明朗的。如主张为人正直、知错就改,引导弘扬正气、敬重长者,遇事伸张正义、惩恶扬善。作品中所展现的回民族的风土人情也是实际的、实在的。如回族人日常爱干净、寻常极干练,家人讲和睦、待人知礼节,生存有智慧、生活懂道理等。作家不说出自己的民族所属,作品的内容、情感却很天然、很真切。

其二,承扬、光大回族民间童话的思想精华和艺术精粹,并使新的时代精神灌注其中。可以看到,作家巧妙地运用民族民间童话的三段式,又精妙地借鉴复沓、重叠、排比、双关、比拟等艺术方式,尤其是把夸张用到极致,如《吃黑夜的大象》,故事本身就夸张到了极点,但作家写得自然——大象是巨大的庞然大物,所以能到处吃黑夜;大象跟孩子亲善,它让小熊、小猴、小刺猬都别哭,随即吃掉黑夜,也就理所当然;写大象吐出黑夜"离开了这座森林,到矿井里、山洞里去吃黑夜,他在那里很受欢迎",想象奇特,有趣。

其三,中华民族中,每个民族的儿童既各具本民族的心理素质,又都有纯洁童心、淳朴童情、稚真童趣,狭义的儿童文学民族性与广义的儿童文学民族性相统一。作品中小老鼠姐姐稀里爱说:"没事儿,没事儿,想办法!"弟弟哗啦爱说:"别急,别怕,有我呢!"一个爱思考,机智、睿敏;一个有胆量,机灵、勇悍;那正是一种独立自主、奋发进取、自强不息的民族精神的具体的体现。

(二)满族作家胡冬林的长篇科幻童话《巨虫公园》

胡冬林长年住在长白山原始森林,专心写出山林散文,为的是唤醒人们的生态意识、家园意识,使人与大自然共存。他的作品,因内容的丰富、题旨的新颖、表达的美妙,拥有广大的各民族青少年读者。这使作家受到鼓舞。他就以二十多年的林地生活积累,以时时刻刻对自然万物的观察积淀,用爱心熔铸,用童心提炼,专门为儿童写了一本科幻童话《昆虫公园》,并使自己在人到中年时成为中国当代儿童文学领域中显露锋芒的"新人"。

二〇一一年，长篇科幻童话《巨虫公园》由北方妇女儿童出版社出版。书中分为十一部：昆虫公园里的奇遇、爷爷也变成了大米粒、昆虫餐馆美食家、骷髅蛾之歌、蜜蜂王国大冒险、蟾蜍的巨口、29响小钢炮、蜂蚁大战、朋友永不相忘、艰险归途、骑虫回家。在世界上，在大自然中，在人看到、接触到的生物里，昆虫是最微小的了。可是在书中，外号纳米虫、实验小学六年级三班学生李小亮和他的同学王天白、丫丫，以及丫丫的小狼犬巴鲁所见到的昆虫都十分巨大，这是怎么回事呢？丫丫对李小亮说："就是那架'大米粒号'飞行舱把我们变小的。那是我爷爷和你爸爸多年的研究成果，进入'大米粒号'飞行舱以后，再驶入什么什么合金钢塔，那个……叫什么基因的，就发生了重组……"由此可知，书中的三个小学生变小了，变得和大米粒儿差不多。而这三个小学生的遭遇、经历，正是科学家带领孩子们进行的一次非同寻常的科学实验！昆虫因为"巨大"，才被儿童们看得清清楚楚。故事的发生、发展就由此而来——

其一，各种各样的昆虫构成了广大的昆虫世界，它们奇形怪状，五颜六色，各有模样，各具姿态；它们有奇法怪招，飞去飘来，各显本领，各露特技。人类对昆虫天地里家族与社会、争斗与依存、生命与发展的研究，不仅会纠正对大自然认识的一些偏见和成见，会充实有关昆虫知识和学问，更会受到多方面的启迪与启示。

其二，作家以生物学知识为依据，以童话幻想的艺术方式为手段，不仅会延伸少年儿童对广阔大自然探秘的兴趣和兴致，延展他们对人类美好未来的希望和希冀，也使少数民族儿童文学中科学文艺的文本范围不断拓展。

其三，值得注意的是，小学生们闯进昆虫世界不是自发的、偶然的游玩，而是在科学家的指导和引导和诱导下开展的。所以，无论是他们的奇遇、冒险，还是亲历的"小钢炮"和"大战"，都是昆虫们因某种目的实施的计划，因某种需要采取的行动，都有科学的依据和证明。作品中，三个小学生虽是与昆虫们打交道的小主人公，两个爷爷、爸爸级的科学家形象也极其重要。

其四，在科学的、幻想的境界中，今天少年儿童的理想、梦想融化进他们在新时代的远大志向中，不空洞，不空泛。作家不仅采取现代童话的逻辑幻想艺术，还运用民族民间童话的传统手段，如按着好人的心愿变变变，依着善恶的标准打打打，照着儿童的情趣干干干。所以，作家虽然着力借鉴西方科幻童话的魔幻手段，却仍然显示着浓浓的东方生活情调，散发着酽酽的东方文明气息。如第十一部《骑虫回家》所写三个小学生急于回家的心情,爷爷提出骑飞虫回家的想法,以及"平安着陆""回家"的情境等。

胡冬林有长期在森林生活的经验,能够辨别数百种虫鸟花草,因此,他对林间的动物、植物,有一种别人不能感觉到的全心的热情、衷心的热忱、倾心的热爱,他与那里的动物、植物之间,有一种别人无法感受到的心情的交汇、心思的交流、心灵的交融。他也因此有了一种非凡的,甚至带一点神秘色彩的文学想象力和创造力。他通过写实、夸张、变形、奇幻等艺术方式,使大自然中的每一样昆虫都有了一种像模像样、有紧有慢的平常日子,有了一种有价值、有尊严的生命状态,有了一种活泼泼的思想情感。昆虫们的世界,在独异、奇特的科学幻想中,在独一、奇妙的故事情节中,展示着简捷中的复杂、单纯中的丰富、平淡中的深刻。在蓬勃的生活、盎然的生机、美妙的生趣之中,巧妙地寄寓着天人合一的传统文化观念、自然保护的现代文明理念。作品以新世纪新时代为大背景,以新学科新知识为大前提,以新现实新幻想为大布局,终于完成了一篇科普性与未来性相统一的别具一格的长篇科幻童话《巨虫公园》。胡冬林熔生物知识、科学发展与文学创作于一炉,是一种精心的独特的艺术创造。

(三) 壮族作家刚夫的《海底科普寓言》系列

刚夫,原名陆刚夫,男,二十世纪五十年代末出生于广西百色,在广西北海工作。曾出版《大财门》等商智类作品。二〇〇四年,《海底科普寓言》系列由广西科学技术出版社出版,获广西壮族自治区人民政府"铜鼓奖"、中国寓言文学研究会"金骆驼奖"。二〇一五年,《刚夫寓言精选集》由光明日报出版社出版。

《海底科普寓言》系列共五册:《追捕聪明鱼》(智门)、《漂亮的本色》(德门)、《"克隆王"复仇》(志门)、《神秘鹦鹉螺》(技门)、《大战亚马逊》(道门),辑入一百五十则作品。它不是那种让海洋生物扮演角色以表达某种训诫的寓言,而是和《森林报》作者、苏联作家维塔里·瓦连季诺维奇·比安基笔下丰富的动植物世界一样,在为读者走进大自然充当向导的同时,给他们以美的启发、智的启迪、理的启示。不同之处在于,刚夫的创作不仅着力于展示海底世界的奇丽与奇妙,还着眼于显示每一个"人"命运遭际的独特,着意于揭示人生真谛的深沉与深刻。

这是一部题材殊异、理念新异、艺术变异的系列作品——

其一,五册书的内容涉及各类海洋生物,多为读者见所未见、闻所未闻。作家凭借对海洋知识的谙熟和对大自然的深情,既赞美了大海的壮丽和丰富,也昭示了它的无情和冷酷。更让人感动的是作品中那些透过简单自然知识折射出的巨大的精神魅力。如《漂亮的本色》中,海底万物练就种种本领,均善于隐匿和保护自己:石斑鱼会变色,比目鱼成了黄沙的模样,海龙饰为藤蔓,蝙蝠鱼装成一片枯叶等。长着黑白黄相间条纹、尾部点缀着一颗大圆点的漂亮蝴蝶鱼,平时就敢于四处漫游。鲨鱼来了,要吃小鱼,蝴蝶鱼勇敢地游出来搭救,把鲨鱼引诱到长刺的海胆旁边;鲨鱼错认蝴蝶鱼尾部漂亮的大圆点是眼睛,把尾部当头部攻击,一下就撞到了海胆硬刺上。由此作家在故事结尾点道:"美丽有了内涵,才显出其更加的美丽。"又如作家在《小海龟闯鬼门关》结尾处写出:"不屈服于命运,就可以战胜命运。"《螺族叛逆者》中写道:"文明,总是随着不断地进步而产生。"《"鱼王"之道》写:"成功,往往是从最小的事做起。最小的事,就是最大的事。"作家笔下那些从知识引申出的一个个奇幻般的故事,不仅表现出一种真实存在的氛围,还试图构成一种象征、一种哲理,并将其融汇在潜移默化之中。可以看到,作家笔下的海洋,广阔的水面与深邃的海底并存,平静的生活与激烈的冲突同在。这里时而如无比美丽的童话境界,时而似争斗得死去活来的万里疆场;时而温馨,时而惨烈;时而轻快,时而沉重。书中内容依据大自然的节奏展开,在大海大洋浪涛汹涌、波澜起伏之中,其间的一个个故事虽然像是弹唱着一支支简单小调,却交汇着一种带有强大精神力量的主旋律。

其二,书中每一则寓言的有趣叙述,都是鲜活生命的生动反映。它是拟人的、幻想的、奇谲的,也是实际的、细致的、具体的。作品的寓意是海洋万物自然关系的一种概括和提升。这种基于诗性、知性的理性,平易动人,深入浅出,少年儿童读者极易了解和理解。而作家则由此在寓言创作的境界上打开了全新的局面,使作品的知识性与纪实性、趣味性与哲理性达到绝妙的契合。应该说,这是寓言创作中的一次新的突围,是科学文艺创作中新的发展。

在全球化语境中,刚夫的寓言除了向少年儿童们展示生活中无处不在的生存之道、处世之理,几乎无一不在展现新世纪、新时代中令人耳目一新的一种现代时尚和现代意识。时尚也是一种文化,从某种意义上说,作品中表现时尚也使得作品具有了鲜明的时代性。如《强盛的奥秘》《鲍鱼的选择》,前者讲老鲨王在与虎鲸大战中战败,指令儿子去窥探虎鲸破绽以便打败它。鲨太子通过了解,发现虎鲸一族不但个体强大,而且很有集体观念,因此,鲨太子劝老鲨王不必与虎鲸争王位。后者讲述鲍鱼与贻贝都是成绩很优秀的同班同学，毕业后贻贝在海的上层带发展，而鲍鱼则自甘置身于海的底层，鲍鱼由此获得更多有营养的食物而使自己更有价值。作品点出"位置高，地位高，所处的层面高，并不能代表人的高度，只有价值，人的价值，才能证明人所处的社会高度"。可以看到，两篇作品都写出了迎接挑战的竞争意识，又都突显了现实当中极其朴素的处世哲理。在并不复杂的故事里彰显出现代社会的复杂内涵，在并不深奥的寓意里藏匿着现代文明的深奥意蕴。对于强大与弱小、胜利与失败、高贵与低贱、深厚与浅薄等的认识和理解，也俱在其中。有意思的是，作品不仅写到了老鲨王与鲨太子理念上的差异，也写出了同龄者观念的迥然不同。这里有着更深层的意思和意义，也有着更深切的意蕴和意味。比如，关于传统与现代，关于生活态度与思维方式，关于信念与希望等。显然，刚夫创作的深度主要在于社会与心理层面的新的揭示。创意的新、思维的新，是整部作品中一个鲜明的导向性标志。

而作品中的有趣叙述是一种奇巧灵慧、蕴藉隽永的志趣和意趣。作家把寓言的主旨隐在其间，让儿童们、大人们各自去琢磨意会。如《龟兔重赛》对经典故事《龟兔赛跑》做了某些颠覆。海龟与海兔都是进化了的动物，海龟前身是龟，海兔前身却是蜗牛。海龟用已进化为蹼的四足划水速度很快，海兔虽脱离蜗壳但速度仍很慢。因此，遥遥领先的海龟觉得比赛不紧张而打盹，而赶上来的海兔也并未冲线，它叫醒海龟牵手一同跨过终点线。作品告诉人们，人会随着时间、环境的变化而变化，同时也阐述了比赛对手差距过大容易使选手失去比赛兴趣的深刻道理。又如《石斑鱼变色》，讲述石斑鱼小时候为了不至于成为大鱼的午餐，不停地改变自己体色的故事。石斑鱼儿时的伙伴，因漠视海底复杂环境坚持不变色均丢掉生命。石斑鱼与时俱进，不断地改变自己，所以它成功了。两篇作品都以散文化的口吻娓娓道来，却各有一番妙趣；又因对物体奇幻怪异、鲜为人知的特点的描述，加上个性鲜明的对话，构成艺术上的陌生化、戏剧化。使作品寓意在新颖、新奇的情节中藏得更好，在活泼、活跃的氛围中隐得更深。然后，又以儿童的独特视角聚焦了作品的理性之光，熠熠闪光的思想火花，使作品在模糊中不失明朗，更有一种诗情诗意之美。

在以人与自然和谐共处为使命的二十一世纪，这部《海底科普寓言》带给大家的不仅仅是文学技巧方面的特色，还有对人类与自然关系的思索与领悟，以及对现实社会的思考与体察，并为广大读者开拓出巨大的想象空间。一则则描绘海底世界的自然故事都具有了思辨的魅力。

(四) 其他少数民族作家的童话等作品

这一时期少数民族作家的童话作品较少。引起人们关注的,是蒙古族老、中、青三位作家写的寓言式童话——如一向坚持用母语创作的蒙古族作家力格登的蒙古文童话《神奇的皮囊》,写出生在草原上的蒙古族少年,在岔路口毅然选择了求知、探索、进取的坎坷不平的道路。历经艰难险阻,如亲人患病、死亡的悲痛,失学的悲哀,使他童年的心灵上留下创伤。但顽强的拼搏与努力使少年戴上了菱形博士帽。作品思想上、艺术上都有新的创意。

大学毕业后一直在基层工作的蒙古族作家鄂·巴音孟克,以自己最熟悉的半荒漠草原生活为背景,用蒙古文写出长篇科幻童话系列《鼻烟壶里的故事(1—7)》。作品以褐圆脸蛋的包尔夫和扁黄脸蛋的夏日夫兄弟俩从呼和尔其老大爷那里买来了两只会讲故事的鼻烟壶为线索,写神通广大的跳鼠德利图、卓德格、燕子记者萨础丽查,与制假者、诈骗者、盗窃者不断斗争的奇妙故事。赞美仁慈与博爱,鞭笞奸诈与邪恶。故事发生在半荒漠草原上,金色的沙包,清澈的湖水,绿色的树木,鲜艳的花草,蔚蓝的天空,寥廓的草原,都展现了大自然的富饶和美丽,歌颂了自然万物生命的顽强和永恒。从作品中看到,佛教对蒙古族人思想信仰的深刻影响,看出中华各民族人道德理念上的共同点,看出中华各民族人对民族新一代的殷切希望和热切希冀。鄂·巴音孟克的作品在北方八省市用蒙古文教学的地区有较为深广的影响。

蒙古族女作家贾月珍近年陆续发表短篇童话,已出版两本集子《飞来的邻居》《吃烦恼的鱼》。书中,描绘人与大自然的友爱相处、生息与共的美好境地,描述人与自然万物和谐共存、荣盛一起的美妙境界,描写人类有"飞来的邻居"做伴、有"吃烦恼的鱼"相帮的自由天地和平等氛围。作品有着鲜明的特点:其一,作家采取儿童"万物有灵"视角,在与大自然中的任何"一个"相遇时,都放弃了以人类为中心的观念,把心中的挚爱给予它们,把人的脾性、心情赋予了它们,使它们具有了人的思想、感情,说着人的话,做着人的事。作家把童话幻想中夸张、夸大的艺术手段运用到极致,不完全依照"物"的本性,而是依循儿童此时此地的愿望,依据大自然此时此刻的可能,出乎意料、出其不意地牵引出一个个让小读者爱听、能信、会记住的活生生、活泼泼的故事来。其二,运用儿童"万物平等"的观念,使"淳真"与"博爱"两大主题贯穿始终。那"飞来的邻居"之所以能飞来与人为邻,"咕咕,咕咕"地大声唱着摇篮曲,就是因为一种真诚的信任、一种真心的友爱。那"吃烦恼的鱼"之所以把人的烦恼吃掉,也是想帮助人们把烦恼快快地摆脱掉、消除掉。《追猎》中,十岁的达尔罕跟着爷爷救活了被饮料瓶套住嘴而即将饿死的小狐狸的行为;《山间的陶克》中,小陶克对草场的悉心保护,对羊群的真心爱护,对山林的全心维护,又是一种纯真的热爱家乡、热爱牛羊、热爱生活的情怀!一种朴实的博爱情怀!其三,光大蒙古族儿童"自然为基""诚信为本"的民族心理素质,深化自然是人类精神家园的认识。作品中所有对大自然的描写中都寄托着这样一种情感,在以情动人的同时,使儿童心灵受到大自然的滋润、滋育。《黑斑蝶想去的地方》写一个永远的春天世界,虽然没有等小孩子跨进去,石壁的缝隙就关上了,可是,小孩子开心着、欣慰着,因为,黑斑蝶飞进了春天,飞到了想去的地方;因为,冰冻的石壁定会消融,定能将细水汇成小河,流向山下。——冬天在眼前,春天就在石壁后。大自然永久地奏响着生命的韵律,童心里永远地跳跃着生命的活力。这些作品,正是自然与童心交汇交融的结晶。

蒙古族女作家陈璐的校园童话《笨鸟的世界》写天才男孩塔克,他可以自己看到、也可以帮助别人看到不同的人唱歌、说话或弹琴的声音。"我"的爸妈一向逼"我"弹琴,自从看到"我"的琴声似大冰山一般冰冷、冻硬,就一改以往的态度,任女儿选择自己喜欢做的事情。而塔克也终于成为一名培养大音乐家的教师。作品以独特的想象,凸显出当今儿童教育中亟须注意的一个大问题:尊重个性,张扬个性。

其他如满族作家叶赫那拉·姗晓的讲述艾滋病的长篇童话《神秘的红丝带》,也在民族童话题材开拓、艺术表现上有所拓展,在科普工作中有其独特价值。

第五节　图画故事(绘本)

(一) 回族作家保冬妮的各民族儿童图画故事

保冬妮(1961—　),女,出生于北京。现当代文学研究生,《婚姻与家庭》杂志主编。新时期开始儿童文学创作,代表作有《屎壳郎先生波比拉》《一年级的小豆包》《丑妞儿马丽》《问题非凡》《门墩背后有小人儿》等;系列作品有重庆出版社出版的"保妈妈童话系列",少年儿童出版社出版的"桃桃丛书"等。自二十一世纪以来她致力于创作图画故事(绘本),成就卓越。如北京师范大学出版社出版的"爱的种子绘本馆""水墨宝宝视觉启蒙绘本""水墨汉字绘本""北京记忆·皇城童话",新疆青少年出版社出版的"保冬妮京味绘本",希望出版社出版的"保冬妮作品·中国风",大连出版社出版的"保冬妮绘本·海洋馆",和平出版社出版的"中国娃娃·快乐幼儿园水墨绘本",人民教育出版社出版的"最美中国·原创图画书";等等。目前已在海内外出版百部、约四百万字作品,作品获全国优秀儿童文学奖、全国优秀少儿图书奖、冰心文学将、冰心图书奖等。作品多次入选百种优秀图书书目和"三个一百"原创图书出版工程。多部作品版权输出国外。她是中国原创绘本领军人物,中国第一本原创绘本刊物《超级宝宝》创始人,资深编审;中国作家协会会员,北京师范大学全国幼儿园园长和骨干教师绘本培训课程专家,国家图书馆全国图书馆馆长及骨干馆员绘本培训课程专家。

近期,保冬妮又以在新时代被唤醒的民族自觉、民族自信,匠心独运,别开生面,创作出反映不同民族儿童现实生活的独特而美妙的精致绘本,独具一格,独树一帜。

保冬妮的"中国娃娃·快乐幼儿园水墨绘本"已出版三篇(心理篇、想象力篇、游戏篇),共三十本。抒写幼儿的生活和情感,是幼儿生活中的真挚故事,也是幼儿心灵里的奇妙境界。作品的本土化、民族化,使其与幼儿心心相连、息息相通。

保冬妮写过小说、游记,又善于写童话、诗歌,其发散性、多元性思维,能够从各个角度观察幼儿、洞察幼儿内心;幼儿的游戏日常、心理变化、想象能力,都是作家关注的重点。书中似真是奇、是真似奇的艺术创作,恰正是"中国娃娃"快乐成长的奇妙映照和缩影。而这"真"这"奇",来自当下幼儿的实际生活、来自眼前幼儿的内心情愫,作家以纯朴自然的笔调所构筑的意境丰厚丰盈、富实富丽。如《再见,小布熊》,一共十六个画面,十一个画面写"我爱我的小布熊,……我们在一起"。第十二个画面写:"我爱我的小熊。可是,明天我要去上学了呀,小熊你可怎么办呢?"第十三个画面写:"我爱你——小熊。我们暂时分开吧。因为我长大了,我要去上幼儿园。"第十四个画面写:"小熊,再见! 等我回来呦。"词语、句式,都很简单,"我"每时每刻都跟小布熊在一起,可见爱心之真、之实、之深、之切。但,"我"更爱上学,更爱长大。多么美妙的情愫,多么美好的情怀!随着幼儿长大,他们还会体会到万物平等、相处和谐、崇尚文明的生活规范。其意蕴、内涵,是极丰富的。

作品中,面对一个小布熊,"我"称它为"我的小熊",略去一个"布"字,使"我"的真情更加彰显。在"我"的心目中,小布熊就是一个活泼泼的小熊,就是一个舍不得分离的小伙伴。语言中泅透了活蹦乱跳的气息,画面里流淌着活跃生动的情思。末后两个画面则是"我"直接跟小熊说话,汉语的浅近又深刻、简练又繁富、精当又广泛、确切又鲜活,都隐匿其中。随着孩子的长大,在语言的反复积累中,感触与感受会深入,理智与理性会深化。而水墨画法中传统的淡雅、素净与现代的夸张、热烈相融汇,既传递了一种活脱脱的现场感,又传达了一股深悠悠的温情。作家所写,绝不只是一种场景和场景中的故事,更是人的成长的尊严和人与"非人"之间的尊爱、尊重。

如《我是斑马迷》,写小姑娘浇浇爱穿那条斑马裙。她居然想停留在人行横道的斑马线上。于是,妈妈带她来到动物园。看到了真正的黑白条纹的斑马,看到了也穿黑白服装的熊猫、仙鹤、企鹅、海豚、月熊;又想到了不在动物园的奶牛,还有:山羊呢?兔子呢?猫呢?狗呢?想啊想,那大象、长颈鹿、狮子、老虎、孔雀、鹦鹉,竟都是"黑白的"了。最后的两个画面上,是小浇浇的梦话:"天哪,他们难道和我一样,都是斑马的粉丝吗?"小浇浇醒来的第一句话就是:"今天还穿斑马裙!"这篇作品,形式上是一篇幼儿生活散文,而内容上是现实与幻想的奇妙相融,更是一种以幻想构筑的象征。它充分挖掘现代都市孩子心中的爱美和审美,把小浇浇对衣服色彩、色调的感觉,对自然生灵奥秘、奥妙的兴致,既描绘得美妙离奇、美不胜收,又描写得贴近生活、贴近童心,让幼儿从最单纯的小事情中懂得美、热爱美,从而去创造美。

又如《蜗牛飞上天》中,南飞的天鹅答应蜗牛的请求,浇浇把蜗牛放在天鹅背上,天鹅带着蜗牛向更高更远的天空飞去。这是关键的帮助!是无私的成全!"小蜗牛如愿飞上了天。"这个立意其实很浅显。但小蜗牛立志上天,却包含了无穷无尽的想象和无边无际的丰富:理想使人出众,坚定使人出息,友爱使人出色,韧性使人出奇。

显然,这些作品中,作家的独具匠心,就在于使传统的形象立足于脚下的大地,使奇巧的想象发生于实际的生活。

近年,保冬妮以散文的方式写中华各民族儿童的生活"绘本",人民教育出版社于二〇一七年出版了她的"最美中国·原创图画书"系列。如写维吾尔族男孩沙迪克代替生病的阿爸及时给全村人送去信件的《小邮递员》,写哈萨克族女孩玛依拉向爷爷学驯鹰、到远方去求学的《玛依拉的鹰》,写乌孜别克族女孩冉娜普一家喜气洋洋的冬季迁移的《冬季牧歌》,写在草原牧羊的蒙古族男孩巴图带着枣红色小马驹和羊群走进彩虹谷的《巴图和小马》,写已在城里上学的蒙古族男孩巴特尔来胡杨林深处接不想进城的爷爷的《老人湖》等。本本真实真切,又本本奇妙奇异。保冬妮从民族大角度观察、洞察儿童小天地,以独特的目光、独特的理解、独到的呈现,营造出"绘本"世界中少数民族儿童的所遭奇遇、所见奇观、所遇奇迹。其实,作家是在深入不同民族生活、感知不同民族风习、体验不同民族心理的基础上,把握少数民族儿童的微妙心态,以少数民族儿童的审美意识,写出一个个有生气、有活力、有真情的不同民族儿童形象。这些儿童形象,无论是男孩沙迪克、巴图、巴特尔,还是女孩玛依拉、冉娜普,他们各自的精神气质、道德品质、情感特质,都体现着本民族人心理状态在历史前行、时代进步中的新发展、新变化。所以,每一个绘本的情节虽然极平实,少数民族儿童人物的性格却极丰满。人们常常会忽略,审美观其实是世界观的一种呈现。让少数民族儿童在有意无意间学会了在民族日常生活中品味美好;在有形无形中知道什么是民族生活中的品格;在有意无意间感受不同民族人民生命中的好品德。就这样,在一个个文字不多、图画有限的少数民族儿童绘本里,平常平实的人物、情节中蕴蓄着关于民族审美意识、人生意蕴,关于民族生活品位、生命品质的独到的内涵和意韵。

难能可贵的是,保冬妮创作的各民族儿童生活绘本,虽然故事相对单纯,却始终坚持深入生活,从各民族丰富的现实生活中提炼素材、提纯题材,使每一个绘本都充满生气、洋溢着鲜活的艺术生命力。二〇一九年年初知识出版社出版了她的"丝路之花"绘本系列。如《哥哥的套娃》,写俄罗斯族男孩阿廖沙,时时怀念着在放羊路上走失的妹妹伊莲娜,就用木头做成了一个个像妹妹一样的娃娃。心中的妹妹与手中的套娃叠印成美丽的画卷,令人难忘。《我有长辫子啦》写维吾尔族小姑娘阿依慕,过七岁生日梳七根辫子;原来,这是维吾尔小姑娘在模仿仙女的打扮。辫子越梳越多,阿依慕长大啦。《苏麦莱克》写乌孜别克族春天里欢乐的诺鲁孜节聚会。古老的热瓦普和艾捷克弹奏出欢快的乐曲,牧人们熬出浓稠香甜的小麦粥,汇聚了族人的友善和真诚,与春天的鲜花一起,带给人们新鲜和美丽。《玫瑰园》以哈萨克族小女孩卡丽罕的口吻,讲述了伊犁的哈萨克族孩子在一个小小玫瑰园里的幸福生活的故事。《巴音布鲁克的孩子》写中国最大的高山草原,雪山环抱,湖上栖息着中国最大的野生天鹅种群,美丽的大自然治愈了蒙古族女孩小萨仁的孤独症。《香妃的秘密》则浓缩了一个维吾尔族女子为了民族和睦,远嫁清朝乾隆皇帝的传说故事,令人回眸历史,回味无穷。

显然,保冬妮的独具匠心,就在于使民族传统美德漫进各民族的生活,用奇巧的想象映现现实生活的美好。

少数民族作家热忱的生活情愫就在真诚的艺术构思之中。

无论世界潮流如何变化,各民族一代代人的优秀品质总是不断传承、发展。近年间,保冬妮的儿童绘本创作就在于从少数民族儿童真实的生活世界和内心情感中,探寻到他们的心灵之美。民族生活的现实之美与少数民族儿童心灵之美,在少数民族儿童绘本中相互映照;在妙趣和生趣中,折射着社会大格局、时代大氛围、历史大变迁。显然,保冬妮的少数民族儿童绘本创作,在新风貌、新风格中呈现着前所未有的新变化、新进展。

(二) 回族作家白冰的民族智慧图画故事

白冰在把幼儿童话《吃黑夜的大象》变成绘本的同时,开始按照幼儿的审美意识、阅读心理,专门为婴幼儿创作图画故事。这些作品以简驭繁、言简意赅,收以小见大、以一当十之效,在中国当代儿童文学中已经有了较大的影响。

白冰绘本有三类:一为启蒙类,如《黑和白》《上去下来》等。以《黑和白》为例:

小白豆,　大黑豆,　都是豆。

小白扣,　大黑扣,　都是扣。

小白球,　大黑球,　都是球。

小白鱼,　大黑鱼,　都是鱼。

小白鸭,　大黑鸭,　都是鸭。

小白狗,　大黑狗,　都是狗。

小白牛， 大黑牛， 都是牛。
各种肤色的小朋友，
各种肤色的大朋友，
都住在地球上，
都是好朋友。

作家写了植物、玩具、动物、人物，黑白、大小相对照，形状、种类相映衬，恰都存在于一个地球上，都是"好朋友"——各有各的模样、脾性，各有各的生态、作用，共生共存，构成一个万物相容的世界。

作家所写事物都是儿童在生活中看见过、接触过的，但事物背后有事情，事情背后有事理。编成儿歌，好认，好懂。

作品语句简短，语义明晰，朗朗上口，切切好记。

二为情感类，如《爸爸，别怕》《换妈妈》《雨伞树》等。在《爸爸，别怕》中，开头写着"今天，天儿真好，熊爸爸带着小熊卡卡去找食物"，故事很平常。一路上，熊爸爸用身子为小熊遮风挡雨；用熊掌把大蛇打到了天上，又使劲把鳄鱼推倒在水里，嘴里说着："儿子，别怕。"就在这时，小熊要吃身旁开白花有香气的草。熊爸爸说好像是兔子草，不能吃。小熊还是要吃，熊爸爸就说自己先试试。熊爸爸刚咽下草，刹那间变成一只小兔子。小熊大哭，可爸爸已变不回来。于是，"卡卡抹了抹眼泪，挺起胸脯，抱起爸爸，向家里走去"。一路上，下大雨，遇老虎，滑进河里，又遭蜜蜂叮。卡卡说"爸爸，别怕"。他把蜂巢喂进爸爸嘴里，爸爸终于变回来了。熊爸爸对小熊说，你真长大了。故事里，父子亲情令人感动；儿子心中有爱，危急关头，有了胆量、有了勇气、有了智谋，长大了，故事因而更撼人心弦。

作家通过童话幻想的艺术手段，使熊爸爸和小熊角色互换，以生动的细节细腻地表现成长的秘密，展现爱的力量、情感的力量。

作品语言是口语化的，反复中有变化、有递进，情味、韵味自然地流淌在字里行间，深沉深切，作品的艺术魅力就此形成。

三为智慧类，如《大个子叔叔的野兽岛》《一个人的小镇》《一颗子弹的飞行》等。三个绘本的故事都很单纯，第一本：大个子叔叔买了一座荒岛，想在岛上种植花草稻蔬，使之成为美丽小岛。他请兔子来除草，请黄鼠狼来吃兔子，请狼来灭黄鼠狼，请老虎来咬死大灰狼。可是，老虎来追大个子叔叔了！大个子叔叔跑呀跑,扔下越野车,跳上快艇,加速逃跑。小岛变成了野兽岛。第二本:小镇上有一只苍蝇、一只蚊子、一只青蛙、一只狗,一个会做月光汽水的小姐姐,一个会做彩虹面包的小哥哥,一个会拉藤蔓大提琴的小歌手,一个会变魔术的小魔术师。小魔术师有本事,她只要想让什么变没有,什么东西马上就消失。她把蝇、蚊、蛙、狗都变没了。又因为她自己做的月光汽水有点苦、彩虹面包太酸,歌唱得不好听,就把小姐姐、小哥哥、小歌手都变没了。小魔术师自认为是小镇上最厉害的人。一个人的小镇上,没有了好喝的汽水和好吃的面包,也没有一个人听她唱歌。她想把变没了的再变回来,可是她只变出来一只苍蝇、一只蚊子、一只青蛙、一只狗。第三本:有一颗子弹不是一颗普通的子弹,而是一颗有思想、有情感、有生命的子弹,"从小就想像鸟儿一样飞,像云朵一样飞",因为"飞起来很美!"可是,飞起来就停不下来。它,不想穿过孩子的棉花糖,不想穿过天鹅的翅膀,更不想穿透母亲的身体,但是它停不下来。它,惊恐、无奈、痛苦,一直到穿过苹果树,掉落到地上,结束了"飞行",结束了生命的旅程。子弹,令人恐怖;这颗子弹,却有一个稚真善良的灵魂。

显然,白冰绘本的独到之处就在于小小篇幅、短短语句中蕴藏着思想的深刻、艺术的深沉、知识的深厚、哲理的深切,以真感人、以情动人,真情的光辉闪耀在字字句句之中,积聚而成的理性光芒就会照亮儿童与大人的心灵世界、温暖着所有人的内心天地。能有这份独到是不容易的。这首先在于作家心灵中充满了爱和善,有着孩子般的稚拙天真和美妙希冀。这是一个真正的儿童文学作家社会责任、历史使命的源头。其次,白冰绘本的独到,还在于作家巧妙地汲取和创造性地运用民族民间童话的艺术方式,如三段式、头尾呼应式,以及误会、巧合、悬念、绕弯等艺术手法,而且,运用自如,各有妙趣。

白冰青年时参军,后转到出版社工作,他的视野广大、胸襟开阔,他的绘本创作,既有回族人文化心理的蕴蓄,更有着中华民族文化传统的积淀。求知进取、自强不息,民族团结、人情厚重,爱好和平、向往大同,是中华民族爱国主义的精神体现。白冰绘本《一个人的小镇》《大个子叔叔的野兽岛》的绘画者都是伊朗的著名插画家帕杰曼·拉米扎德和阿明哈桑·谢里夫。这些作品不仅在西亚伊斯兰国家深受欢迎,在全世界范围内也颇具影响力。

(三)以各少数民族民间童话为题材的图画故事

在中华民族大家庭中,五十六个民族,在各自的历史进程中形成了本民族文化。民族民间童话是用幻想艺术来反映现实,既写真,又能表达本民族人的心愿和心声,是最能呈现民族文化内涵、最能体现民族心理素质的原生态文学作品。由内蒙古社会科学院研究员、少数民族儿童文学学者张锦贻主编的"中国少数民族故事绘本典藏"丛书,自二〇二〇年起,由内蒙古人民出版社陆续出版。二〇二〇年出版的有《给云雀让路》(回族)、《不听话的小骆驼》(蒙古族)、《姐姐的眼泪》(鄂温克族)、《小蚂蚱盖房子》(鄂伦春族)、《谁最厉害》(达斡尔族)。

附记:儿童文学民族性的当代呈现

儿童文学民族性,就体现在少数民族作家的儿童文学创作实践中。它不是一个不变的概念。新世纪新时代的新作品,因贴近少数民族儿童的现实,把握社会脉搏的跳动,使儿童文学民族性的内涵更为丰沛、新颖,概念更加明朗、精确。可以看到,儿童文学民族性,就体现在少数民族儿童文学作品中新的少数民族儿童人物的成长经历和品格砥砺里,就隐藏在新的少数民族儿童人物生存、生活的时代前行、社会变革中。它,既是稳固的、常态的,又是发展的、动态的。也就是说,它总是表现为一种少数民族儿童文学的新的进行、新的进步。它,是少数民族儿童文学中新的民族精神、民族气质、民族情韵的最集中、最具体、最生动的艺术呈现。时代性灌注其间,地域性泅漫其中,儿童性融合其里;儿童文学民族性,必然也必定是民族性、地域性、儿童性、当代性的浑然一体。

新世纪少数民族儿童文学中的民族性,首先是在与当代性的交汇、交融中呈现的,是在描写人与自然的文学潮流中涌现的,显示出它所独有的纯净、纯洁的美学品格——少数民族作家们常常对真实乡土做出陌生化处理,张扬了少数民族儿童文学的诗性美学传统,也展现出新一代人民族性格的完善和民族精神的提升,并使作品带有明显的寻找民族文化之根的倾向。也可看到,新世纪少数民族儿童文学的民族性总是与洋溢着活力的儿童性深层泅渗、泅透。在民族共处、民族平等的当下,从振兴中华的大背景、大视角来观照少数民族儿童或在故土或进城市的现实,以及他们由此受到汉文化、外来文化的影响,体现出民族心理状态的新变化、新发展。对于少数民族儿童来说,现代文明的影响是必定的,祖辈传下来的民族文化心理也是抹不去的。作家既写了当代少数民族少儿形象,也写出了中华民族大家庭的深层内涵;从近期少数民族儿童文学的优秀作品中可以看到,儿童文学民族性的内涵在全球化、信息化的时代巨变中的无比丰富和无尽变化;它的变与不变,是历史的、辩证的、发展的。

需要特别谈到的是,一些年轻的少数民族作家,似乎更为关注现代化背景下本民族儿童与他民族儿童所共有的心理特征,关注他们的精神需求和审美需要。作家自己的地域体验和民族气质,极大地拓展了作品的知识内涵和情感意蕴,使儿童文学民族性在多元开放的格局中更具超越性。

与此同时,必须看到少数民族儿童文学语言以对于儿童文学民族性的呈现有着无可言传的重要作用。只有浸润了民族情味、浸染着艺术情韵、又浸渍于儿童情趣的语言,才可能表现出一个真正的少数民族儿童世界及无限度的民族精神飞扬的梦想。儿童文学民族性,似乎是难以捉摸的,但作品中的语言恰令所有的读者在阅读中感觉到、感受到、感悟到。

显然,儿童文学民族性是少数民族儿童文学创作中最具生命力的一点,也是少数民族儿童文学研究中最应着力探究的一点。

后 记

二十世纪八九十年代,《中国现代儿童文学史》陆续出版了三种版本。接着出版了蒋风先生主编的《中国当代儿童文学史》,这在中国儿童文学界乃至整个中国文学界引起关注,明显地推动和促进了中国儿童文学的发展。但是由于历史的原因,少数民族儿童文学长久以来没有得到应有的重视,儿童文学史书中常常忽略了少数民族儿童文学的创作发展及其深刻影响和深远意义。而事实上,统一的多民族的伟大祖国,五十六个民族儿童文学的交汇和交辉、交流和交融,使中国当代儿童文学更加丰富多彩、丰盈厚实。比如北方民族儿童文学中动物文学的强势崛起、南方民族儿童文学中探险文学的勃然兴起,都使中国当代儿童文学领域得到大大延伸和拓展,由艺术上的新鲜感、陌生感所构成的艺术魅力被凸显出来,使中国当代儿童文学大放异彩。事实上,中华民族的伟大复兴、建设中国特色社会主义现代化强国的远大规划,需要我国各民族一代代新人来担当。儿童文学的情感陶冶、情操熏染不可或缺。我国各民族儿童文学创作的欣欣向荣、勃勃生机,正是建设中华民族现代文明进程的标志之一。这本《中国当代少数民族儿童文学发展史》,对分散在祖国东西南北的少数民族作家的儿童文学创作加以梳理、研究、论析、概括,以期我国各民族儿童文学相互的融合、融汇,更加迅速地向前、向深发展;以期世界各大洲各种族儿童文学之间的了解、理解。这是时代变迁、历史前行、社会发展、文明进步所必需。

笔者由于长年从事我国各民族儿童文学研究工作,就有了不少南北方的各民族作家、编辑朋友,他们所写所编的中国各民族儿童题材、儿童视角的作品,我都一一阅读,写出札记,分类保存;也陆续地写出一些论文。在工作实践中我深深地体悟到我国各民族儿童文学的共同发展繁荣是铸牢中华民族共同体意识的一个极重要的方面。几十年的知识积累、资料集聚,几十年的稚真熏染、童心体悟,几十年的持续思考、不断探究,凝结成了这本书。但是,这本书得以出版,得力于江苏凤凰文艺出版社对中国当代儿童文学的关注、热爱,得力于原江苏凤凰文艺出版社总编室主任王宏波及其他编辑朋友的远见卓识。他们只是看到了我的一篇论文,就打电话来约我写这本书。我听他们讲了对中国少数民族儿童文学的见解和理解,深受感动,也就毅然接受了这一任务。我们千里相隔,却志同道合,心灵相通而相互信任,这是多么难得!又多么美妙!

感谢王宏波!感谢小卉!

感谢江苏凤凰文艺出版社!

由于时间跨度大,少数民族作家们又居住分散,买书、寄书多有不便,积存的资料也不全,书中所写会有缺少和遗漏,希望得到指正和批评。

张锦贻

二〇二〇年四月

于内蒙古呼和浩特